Parinoush Saniee, sociologue et psychologue, vit à Téhéran. *Le Voile de Téhéran* a été interdit de publication en Iran avant d'enthousiasmer lecteurs et lectrices partout dans le monde. En Italie, il a été couronné du prestigieux prix Boccaccio.

Parinoush Saniee

LE VOILE
DE TÉHÉRAN

ROMAN

*Traduit de l'anglais
par Odile Demange*

Robert Laffont

TEXTE INTÉGRAL

TITRE ORIGINAL
The Book of Fate
ÉDITION ORIGINALE
Roozzbahan (Iran)
ÉDITION ORIGINALE EN ANGLAIS
Little Brown, an imprint of Little, Brown Book Group (Londres)
© Parinoush Saniee, 2004
© Sara Khalili pour la traduction du persan vers l'anglais, 2013

ISBN 978-2-7578-5645-1
(ISBN 978-2-221-13097-1, 1ʳᵉ publication)

© Éditions Robert Laffont, S.A., Paris, 2015, pour la traduction française

1.

Les libertés que prenait mon amie Parvaneh m'étonnaient toujours. Elle ne songeait pas un instant à l'honneur de son père, ni à sa réputation. Elle parlait fort dans la rue, regardait les vitrines, et il lui arrivait même de s'arrêter pour me désigner des objets du doigt. J'avais beau lui répéter : « Ça ne se fait pas, allons-y », elle m'ignorait royalement. Un jour, elle est allée jusqu'à me héler depuis le trottoir d'en face et, pire encore, elle m'a appelée par mon prénom. J'étais si gênée que j'aurais voulu disparaître au fond d'un trou. Dieu merci, aucun de mes frères n'était dans les parages, autrement, je ne sais pas ce qui se serait passé.

Quand nous avons quitté Qum, Père m'a autorisée à continuer à aller à l'école. Plus tard, quand je lui ai expliqué qu'à Téhéran les filles ne portaient pas de tchador en classe et que les autres allaient se moquer de moi, il m'a laissée mettre un simple foulard. J'ai tout de même dû lui promettre d'être prudente et de ne pas lui faire honte en devenant impudique et en me conduisant comme une enfant gâtée. Je n'ai pas très bien compris ce qu'il voulait dire, ni comment une fille pouvait être gâtée comme un aliment avarié, mais je savais comment me comporter pour ne pas lui faire honte, même si je ne portais pas de tchador ni de vrai *hijab* *. J'adore Oncle Abbas ! Je l'ai entendu dire à Père : « Mon frère, c'est à l'intérieur qu'une fille doit être vertueuse. Le hijab n'a rien à voir avec cette vertu-là. Si une fille est impure, elle se permettra de faire sous son tchador mille choses qui ne laisseront pas à son père une seule miette d'honneur. Puisque tu t'es installé à Téhéran, tu dois vivre comme les gens d'ici. Le temps où les filles restaient enfermées à la maison est révolu. Laisse-la aller à l'école et laisse-la s'habiller comme les autres, c'est le meilleur moyen pour qu'elle ne se fasse pas remarquer. »

Oncle Abbas était très sage et très avisé. Forcément, il habitait Téhéran depuis presque dix ans. Il ne revenait à Qum que pour les enterrements. À chacune de ses visites, Grand-Mère, que Dieu accorde le repos à son âme, lui disait : « Abbas, pourquoi ne viens-tu pas me voir plus souvent ? » Et Oncle Abbas répondait avec son gros rire : « Qu'y puis-je ? Dis à nos proches de mourir plus souvent. » Grand-Mère lui donnait une tape et lui pinçait la joue si fort que son visage en gardait longtemps la marque.

La femme d'Oncle Abbas était de Téhéran. Elle portait toujours le tchador quand elle venait à Qum, mais on savait qu'à Téhéran elle ne respectait pas le vrai hijab. Quant à ses filles, elles se moquaient bien du hijab et de tout le reste.

À la mort de Grand-Mère, ses enfants ont vendu la maison de famille de Qum où nous vivions, et chacun a touché sa part. Oncle Abbas a dit à Père : « Mon frère, il ne faut pas rester ici. Fais tes bagages et viens à Téhéran. Nous mettrons nos parts en commun pour acheter une

---

* Pour les mots suivis d'un astérisque, se reporter au glossaire en fin d'ouvrage. S'y trouve également une liste des personnages.

boutique. Je louerai une maison pour toi dans le même quartier et nous travaillerons ensemble. Viens ! C'est le moment de commencer une vie nouvelle. Si tu veux gagner de l'argent, tu dois t'installer à Téhéran. »

Mon grand frère Mahmoud a d'abord trouvé que c'était une mauvaise idée. « À Téhéran, tout le monde abandonne la foi et la religion », voilà ce qu'il disait.

Mais mon autre frère, Ahmad, était très content. « Oui, il faut partir, répétait-il. Nous n'avons aucun avenir ici. »

Quant à Mère, elle hésitait. « Pense aux filles ! se lamentait-elle. Elles n'arriveront jamais à trouver de bons maris à Téhéran, personne ne nous connaît, là-bas. Tous nos amis et toute notre famille vivent ici. Massoumeh a déjà son certificat d'études primaires et a même fait une année supplémentaire. Il est temps qu'elle se marie. Et Faati, qui entre à l'école cette année ! Dieu sait comment elle tournera si nous allons à Téhéran. Les filles qui grandissent là-bas ne valent pas grand-chose. »

Ali, qui était en dernière année de cours moyen, a répliqué : « Elle n'a pas intérêt à mal se conduire. Je ne suis pas mort, tu sais ! Je ne la quitterai pas des yeux et elle se tiendra à carreau. »

Puis il a donné un coup de pied à Faati qui jouait par terre. Elle s'est mise à crier, sans que personne n'y prête attention.

Je me suis approchée d'elle pour lu prendre dans mes bras. « Quelles bêtises, ai-je protesté. Vous croyez vraiment que toutes les filles de Téhéran sont mauvaises ? »

Mon frère Ahmad, qui mourait d'envie que nous déménagions à Téhéran, m'a coupé la parole : « Toi, tais-toi ! » Puis il s'est tourné vers les autres. « Le problème, c'est Massoumeh. Le mieux serait de la marier ici, avant de partir pour Téhéran. Ça nous ferait un souci de moins. Et on chargera Ali de surveiller Faati. » Il a donné une petite tape dans le dos d'Ali et a ajouté avec fierté que ce garçon-là était rempli de ferveur, qu'il savait ce qu'était l'honneur et assumerait ses responsabilités. Mon cœur s'est serré. Ahmad avait toujours vu d'un mauvais œil que j'aille à l'école, simplement parce qu'il était mauvais élève et avait redoublé plusieurs fois sa troisième avant de laisser tomber ses études. Il ne voulait pas que je sois plus instruite que lui.

Grand-Mère, que Dieu accorde le repos à son âme, était très fâchée elle aussi que j'aille encore à l'école et ne cessait de sermonner Mère à ce sujet : « Ta fille n'est bonne à rien. Quand elle se mariera, tu peux être sûre qu'ils nous la renverront avant la fin du mois. » Et elle tarabustait Père : « Pourquoi continues-tu à te ruiner pour cette fille ? Les filles ne servent à rien. Elles appartiennent à d'autres. Tu te tues au travail et tu dépenses tout cet argent pour elle et, en définitive, tu vas devoir payer bien plus cher encore pour lui trouver un mari. »

Ahmad avait beau avoir presque vingt ans, il n'avait pas de vrai métier. Il était coursier pour Oncle Assadollah qui tenait une boutique au bazar, mais passait son temps à traîner dans les rues. Mahmoud, qui n'était que de deux ans son aîné, était très différent de lui ; c'était un garçon sérieux, sur qui on pouvait compter, très pieux et qui ne manquait jamais ni ses prières ni le jeûne. On aurait cru qu'il avait dix ans de plus qu'Ahmad.

Mère tenait absolument à ce que Mahmoud épouse ma cousine du côté maternel, Ehteram-Sadat. Elle disait qu'Ehteram-Sadat était une Sayyida – une descendante du Prophète. Mais moi, je savais bien que mon frère était amoureux de Mahboubeh, mon autre cousine, du côté paternel. Chaque fois qu'elle venait chez nous, Mahmoud rougissait et se mettait à bégayer. Il restait dans un coin à dévorer Mahboubeh des yeux, surtout quand son tchador glissait de sa tête. Et Mahboubeh, que Dieu la bénisse, était tellement gaie et pleine d'entrain qu'elle n'y prenait pas garde. Lorsque Grand-Mère la grondait et lui rappelait qu'elle devait se montrer un peu plus pudique en présence d'un homme qui n'appartenait pas à sa famille immédiate, elle répondait : « Arrête, Grand-Mère, ces garçons-là sont comme mes frères ! » Et elle se remettait à rire aux éclats.

J'avais remarqué qu'aussitôt après le départ de Mahboubeh Mahmoud s'asseyait et priait pendant deux bonnes heures, et qu'ensuite il répétait en boucle : « Que Dieu ait pitié de notre âme ! Que Dieu ait pitié de notre âme ! » Je suppose qu'il avait commis un péché en pensée. Mais tout le savoir appartient à Dieu.

Avant notre départ pour Téhéran, la maison a longtemps retenti de disputes et de querelles. Le seul point sur lequel tout le monde était d'accord était qu'il fallait me marier et se débarrasser de moi au plus vite. À croire que la population de Téhéran n'attendait que mon arrivée pour me pervertir. Je me rendais tous les jours au sanctuaire de Sa Sainteté Massoumeh et la suppliais d'intervenir pour que ma famille accepte de m'emmener et que je puisse continuer à aller à l'école. Je pleurais, je lui disais que j'aurais préféré être un garçon, ou alors je la priais de m'envoyer une maladie pour me faire mourir comme ma sœur Zari. Âgée de trois ans de plus que moi, elle avait attrapé la diphtérie et était morte alors qu'elle n'avait que huit ans.

Grâce à Dieu, mes prières ont été exaucées et personne n'est venu frapper à notre porte pour me demander en mariage. Toute ma famille continuait à s'interroger sur ce qu'elle allait bien pouvoir faire de moi. Chaque fois que Mère rencontrait des gens qui lui paraissaient convenables, elle lançait : « Il est temps que Massoumeh se marie. » Et moi je rougissais d'humiliation et de colère.

Finalement, ma famille a fait savoir, je ne sais comment, à un ancien prétendant qui, depuis, s'était marié et avait divorcé, qu'il pouvait retenter sa chance. Il était financièrement à l'aise et relativement jeune, mais personne ne savait pourquoi il s'était séparé de sa femme au bout de quelques mois de mariage seulement. Moi, je trouvais qu'il avait très mauvais caractère et il m'effrayait. Quand j'ai découvert le sort terrifiant qui m'attendait, j'ai fait fi de la bienséance et de la pudeur, je me suis jetée aux pieds de Père et j'ai versé toutes les larmes de mon corps jusqu'à ce qu'il m'autorise à les accompagner à Téhéran. Père avait le cœur tendre et je savais que, même si j'étais une fille, il m'aimait. Mère m'avait dit un jour qu'il s'était beaucoup inquiété pour moi après la mort de Zari ; j'étais très maigre et il avait peur que je meure, moi aussi. Il avait toujours pensé que, parce qu'il s'était montré ingrat à la naissance de Zari, Dieu l'avait puni en la reprenant. Peut-être avait-il fait preuve de la même ingratitude lors de ma naissance ? Il n'empêche que je l'aimais sincèrement et qu'il était le seul de la famille à me comprendre.

Chaque jour, quand il rentrait à la maison, j'allais chercher une serviette de toilette et je m'installais à côté du bassin. Il posait la main sur mon épaule et plongeait les pieds dans l'eau plusieurs fois. Puis il se lavait les mains et le visage. Je lui tendais la serviette et, pendant qu'il s'essuyait la figure, ses yeux noisette me jetaient un tel regard au-dessus du linge que je savais qu'il m'aimait et était content de moi. J'avais envie de le couvrir de baisers mais, évidemment, il aurait été déplacé qu'une grande fille embrasse un homme, fût-il son père. Quoi qu'il en soit, Père a eu pitié de moi et j'ai juré sur tout ce que j'avais au monde que je ne me laisserais pas pervertir et que je ne lui ferais pas honte. Le moment venu, Père a réglé ses affaires et Oncle Abbas a loué une maison pour nous tous, près de la rue Gorgan.

Je n'avais pas obtenu pour autant de pouvoir continuer l'école à Téhéran. Ahmad et Mahmoud s'oppo-
saient à ce que je poursuive mes études, et Mère
estimait que je ferais beaucoup mieux de prendre des
cours de couture. Heureusement, à force de prières, de
supplications et de larmes, j'ai réussi à convaincre Père
de leur tenir tête, et il m'a inscrite en quatrième au
collège.

Ahmad était tellement furieux qu'il m'aurait étranglée, et il me tapait dessus pour un oui ou pour un non.
Comme je savais ce qui le rongeait, je ne ripostais pas.
Mon école n'était pas loin de la maison, à quinze ou
vingt minutes à pied seulement. Au début, Ahmad me
suivait en cachette, mais je me drapais étroitement dans
mon tchador et veillais à ne pas donner prise à la
moindre critique. Quant à Mahmoud, il ne m'adressait
plus la parole et faisait comme si je n'existais pas.

Ils ont fini par trouver un emploi tous les deux.
Mahmoud est allé travailler dans une boutique du bazar
appartenant au frère de M. Mozaffari, un ami d'Oncle
Abbas, tandis qu'Ahmad entrait en apprentissage chez
un menuisier, dans le quartier de Shemiran. Selon
M. Mozaffari, Mahmoud passait ses journées au magasin et son frère avait toute confiance en lui. Père disait
souvent : « En réalité, c'est Mahmoud qui tient la boutique. » Quant à Ahmad, il s'est rapidement fait beaucoup d'amis et s'est mis à rentrer tard le soir. On a fini
par s'apercevoir qu'il empestait l'alcool, l'arak pour
être plus précis, mais personne n'a rien dit. Père baissait
la tête et refusait de répondre à son bonjour, Mahmoud
se détournait et marmonnait : « Que Dieu ait pitié. Que
Dieu ait pitié », pendant que Mère lui réchauffait rapidement son dîner en l'excusant : « Mon fils a mal à une
dent et a mis de l'alcool dessus pour apaiser la douleur. » Nul ne savait quel était cet étrange mal de dents

qui refusait de guérir, mais Mère avait l'habitude de couvrir Ahmad en toute circonstance. Il faut dire que c'était son préféré.

Monsieur Ahmad avait trouvé un autre passe-temps quand il était à la maison : il s'installait à une fenêtre du salon, à l'étage, pour épier la maison de notre voisine, Mme Parvin. Mme Parvin s'affairait généralement dans son jardin et, bien sûr, son tchador glissait sans cesse. Ahmad ne bougeait pas de son poste d'observation. Un jour, je les ai même vus se faire signe discrètement.

L'avantage était qu'Ahmad était tellement distrait qu'il ne s'occupait plus de moi. Même quand Père m'a permis d'aller à l'école avec un simple foulard à la place d'un vrai tchador, je n'ai eu droit qu'à une journée de cris et de récriminations. Ahmad ne m'avait pas oubliée, non, simplement il a cessé de me sermonner et même de m'adresser la parole. Pour lui, j'étais l'incarnation du péché. Il ne me faisait même plus la grâce d'un regard.

Ça m'était bien égal. J'allais au collège, j'avais de bonnes notes et je m'étais fait un tas de copines. Que demander de plus à la vie ? J'étais vraiment heureuse, surtout lorsque Parvaneh est devenue ma meilleure amie et que nous nous sommes promis de n'avoir aucun secret l'une pour l'autre.

Parvaneh Ahmadi était une fille gaie, toujours de bonne humeur. Elle jouait très bien au volley et appartenait à l'équipe du collège, mais elle se débrouillait moins bien dans les autres matières. Je savais que ce n'était pas une fille impure, ce qui ne l'empêchait pas de passer outre à beaucoup de principes moraux. Elle était incapable de distinguer le bien du mal ou le vrai du faux, et ne songeait pas un instant à préserver la réputation et l'honneur de son père. Elle avait des frères, mais n'avait pas peur d'eux. Il lui arrivait même de se battre avec eux, et s'ils la frappaient, elle leur rendait coup pour coup. Parvaneh riait de tout et de rien, sans se soucier du lieu où elle se trouvait, même en pleine rue. C'était à croire que personne ne lui avait jamais inculqué que, quand une fille rit, on ne doit pas voir ses dents ni l'entendre. Elle s'étonnait chaque fois que je lui expliquais que c'était un comportement déplacé. Elle me demandait pourquoi d'un air stupéfait et me regardait parfois comme si je venais d'un autre monde (ce qui n'était pas totalement faux). Elle connaissait le nom de toutes les voitures et aurait voulu que son père s'achète une Chevrolet noire. Je n'avais pas la moindre idée de ce à quoi pouvait bien ressembler une Chevrolet, mais ne voulais pas perdre la face en l'admettant.

Un jour, je lui ai désigné une magnifique voiture qui avait l'air flambant neuve et je lui ai demandé : « Parvaneh, c'est ça, la Chevrolet qui te plaît tant ? »

Elle a regardé l'auto, s'est tournée vers moi et a éclaté de rire. « C'est trop drôle ! Elle prend une Fiat pour une Chevrolet ! »

J'ai rougi jusqu'aux oreilles, mortifiée autant par son hilarité que par la bêtise qui m'avait poussée à lui révéler mon ignorance.

La famille de Parvaneh avait une radio et même la télévision. J'avais déjà vu un téléviseur chez Oncle Abbas, mais nous, nous n'avions qu'un gros poste de radio. Du vivant de Grand-Mère, et chaque fois que mon frère Mahmoud était à la maison, nous n'écoutions jamais de musique parce que c'était un péché, surtout si c'était une femme qui chantait et que l'air était entraînant. Père et Mère étaient très pieux, l'un comme l'autre, et ils savaient évidemment qu'il était immoral d'écouter de la musique, mais heureusement ils n'étaient pas aussi stricts que Mahmoud et aimaient bien écouter des chansons. Dès que Mahmoud sortait, Mère allumait la radio. Elle mettait le son très bas, bien sûr, à cause des voisins. Elle connaissait même les paroles de plusieurs chansons, surtout celles de Pouran Shapouri, qu'elle fredonnait doucement à la cuisine.

« Maman, tu connais beaucoup de chansons de Pouran », lui ai-je fait remarquer un jour.

Elle a bondi comme si une mouche l'avait piquée et m'a grondée : « Tais-toi ! Qu'est-ce que tu racontes ? Tâche que ton frère ne t'entende jamais dire une chose pareille ! »

Quand Père rentrait déjeuner, il allumait la radio pour écouter le bulletin d'informations de quatorze heures, et ensuite il oubliait de l'éteindre. Le programme musical Golha commençait, et machinalement il se mettait à battre la mesure de la tête. On dira ce qu'on voudra, mais je suis sûre que Père adorait la voix de Marzieh. Quand ses chansons passaient à l'antenne, il ne disait jamais : « Que Dieu ait pitié ! Éteins cet engin tout de suite ! » En revanche, quand c'était Vigen Derderian qui chantait, sa foi et sa piété se rappelaient soudain à lui et il hurlait : « Encore cet Arménien ! Éteins ça tout de suite. » J'aimais tant la voix de Vigen, moi ! Je ne sais pas pourquoi, elle me rappelait toujours Oncle Hamid. Je gardais de lui le souvenir d'un très bel homme. Il n'était pas comme ses frères et sœurs. Il était la seule personne de ma connaissance à se mettre de l'eau de Cologne… Quand j'étais petite, il me prenait dans ses bras et lançait à Mère : « Bravo, ma sœur ! Quelle jolie petite fille tu as ! Dieu merci, elle ne ressemble pas à ses frères. Autrement, tu serais obligée d'aller chercher un gros tonneau pour la mettre en saumure ! »

Et Mère s'écriait : « Oh ! Que dis-tu ? Mes fils ne sont pas laids du tout, voyons ! Ils sont aussi séduisants qu'on puisse l'imaginer, juste un peu basanés, mais ce n'est pas grave. Un homme n'a pas à être joli. Depuis la nuit des temps, on dit qu'un homme doit être vilain,

16

laid et mal luné ! » Elle prononçait ces derniers mots en chantonnant, et Oncle Hamid éclatait de rire.

Je ressemblais à mon père et à sa sœur. On nous prenait toujours pour des sœurs, ma cousine Mahboubeh et moi. Pourtant elle était plus jolie que moi. J'étais maigre, alors qu'elle était rondelette et arborait une masse de longues anglaises, bien différentes de mes baguettes de tambour qui refusaient obstinément de boucler. En revanche, nous avions toutes les deux les yeux vert foncé, la peau claire, et nos joues se creusaient de fossettes quand nous riions. Ses dents étaient légèrement irrégulières et elle me disait : « Quelle chance tu as ! Tes dents sont si blanches et si bien alignées ! »

Mère et les autres membres de la famille n'étaient pas comme moi. Ils avaient le teint bistre, les yeux noirs et les cheveux ondulés, sans parler d'une nette tendance à l'embonpoint. Aucun d'eux, cependant, n'était aussi corpulent que la sœur de Mère, Tante Ghamar. Ils n'étaient pas laids, bien sûr. Mère encore moins que les autres. Quand elle s'épilait le visage et les sourcils, elle ressemblait à s'y méprendre aux représentations de mademoiselle Soleil qui ornaient nos assiettes et nos plats. Mère avait un grain de beauté au coin de la lèvre et répétait souvent : « Le jour où votre père est venu demander ma main, il est tombé amoureux de moi dès qu'il a aperçu mon grain de beauté. »

J'avais sept ou huit ans quand Oncle Hamid est parti. Le jour où il est venu nous faire ses adieux, il m'a prise dans ses bras et s'est tourné vers Mère : « Ma sœur, pour l'amour de Dieu, ne marie pas cette petite fleur trop tôt. Accorde-lui de recevoir une bonne éducation et de devenir une vraie dame. »

Oncle Hamid était le premier membre de la famille à partir pour l'Ouest. Les pays étrangers étaient un mystère pour moi. J'imaginais qu'ils ressemblaient à Téhéran, mais qu'ils étaient un peu plus loin, c'est tout. De temps en temps, Oncle Hamid envoyait une lettre et des photos à Grand-Maman Aziz. Les photos étaient magnifiques. On le voyait toujours dans un jardin, entouré de plantes, d'arbres et de fleurs. Plus tard, il a envoyé un portrait de lui en compagnie d'une femme blonde qui ne portait pas le hijab. Je n'oublierai jamais ce jour. L'après-midi touchait à sa fin et Grand-Maman Aziz était venue chez nous pour que Père lui lise la lettre d'Oncle Hamid. Père était assis à côté de sa mère sur les coussins de sol. Il a commencé par lire la lettre pour lui-même, et soudain il a poussé un grand cri : « Formidable ! Félicitations ! Hamid Agha s'est marié ! Il nous envoie la photo de son épouse. »

Grand-Maman Aziz s'est évanouie et Grand-Mère, qui ne s'était jamais bien entendue avec elle, s'est couvert la bouche de son tchador pour glousser à son aise. Mère s'est frappé la tête. Elle ne savait pas si elle devait se pâmer ou ranimer sa mère. Finalement, quand Grand-Maman Aziz est revenue à elle, elle a bu une grande quantité d'eau chaude avec du sucre candi avant de demander : « Ces gens-là ne sont-ils pas des pécheurs ?

— Bien sûr que non ! l'a rassurée mon père en haussant les épaules. Après tout, ils sont instruits. Ils sont arméniens. »

Grand-Maman Aziz a commencé à se frapper la tête, mais Mère lui a pris les mains en disant : « Cesse donc, pour l'amour de Dieu. Ce n'est pas un drame. Il l'a convertie à l'islam. Demande à qui tu veux. Tout le monde te dira qu'un musulman peut parfaitement épouser une non-musulmane et la convertir. Et même, Dieu l'en récompensera. »

Grand-Maman Aziz l'a regardée de ses yeux las. « Je sais, a-t-elle acquiescé. Certains de nos prophètes et de nos imams ont pris des épouses qui n'étaient pas musulmanes.

— Eh bien, s'il plaît à Dieu, ce sera une bénédiction ! a commenté Père en riant. Alors, quand allez-vous fêter cette bonne nouvelle ? Une épouse étrangère mérite qu'on donne une grande réception en son honneur. »

Grand-Mère a froncé les sourcils. « Excuse-moi, mais une bru est déjà une malédiction. En plus, celle-ci est étrangère, ignorante, et elle ne sait rien de la pureté et de l'impureté telles que les professe notre foi. »

En se levant pour prendre congé, Grand-Maman Aziz, qui avait visiblement retrouvé tout son ressort, a rétorqué : « Une jeune épouse est un bienfait pour un foyer. Nous ne sommes pas comme certains qui sont incapables d'apprécier leurs brus et semblent croire qu'ils ont fait venir une servante dans leur maison. Nous aimons nos brus et nous en sommes fiers, surtout quand elles sont occidentales ! »

Ces fanfaronnades étaient insupportables à Grand-Mère, qui a repris d'un ton narquois : « Oui, oui, j'ai pu le constater à l'instant. Mais qui sait si cette jeune femme s'est vraiment convertie à l'islam ? a-t-elle ajouté malicieusement. Peut-être a-t-elle entraîné Hamid Agha dans le péché ? De toute façon, Hamid Agha n'a jamais été très sérieux dans sa foi et dans sa pratique religieuse. Autrement, il n'aurait pas émigré aux États-Unis.

— Vous voyez, Mostafa Agha ? s'est indignée Grand-Maman Aziz. Vous entendez ce que votre propre mère ose me dire ? »

Père a fini par intervenir pour mettre fin à ces chamailleries.

Grand-Maman Aziz a rapidement organisé une grande réception et s'est vantée devant tous de sa bru occidentale. Elle a fait encadrer la photo qu'avait envoyée Oncle Hamid, l'a posée sur le manteau de sa cheminée et l'a montrée à toutes les femmes. Il n'empêche que, jusqu'à l'heure de sa mort, elle n'a cessé de demander à Mère : « Est-ce que l'épouse d'Hamid est devenue musulmane ? Tu es sûre qu'Hamid n'est pas devenu arménien ? »

Après la mort de Grand-Maman Aziz, nous n'avons plus reçu beaucoup de nouvelles d'Oncle Hamid. Un jour, j'ai apporté au collège les photos qu'il nous avait envoyées pour les montrer à mes amies. Parvaneh s'est extasiée. « Il est tellement beau ! Quelle chance il a eue de partir à l'Ouest ! Si seulement je pouvais faire comme lui. »

Parvaneh connaissait toutes les chansons qu'on entendait à la radio. Elle était folle de Delkash. À l'école, la moitié des filles adorait Delkash tandis que l'autre ne jurait que par Marzieh. Je n'avais pas le choix, je suis devenue une fan de Delkash. Autrement, Parvaneh n'aurait plus voulu être mon amie. Elle connaissait même certains chanteurs occidentaux. Chez eux, ils avaient un électrophone. Elle me l'a montré un jour ; on aurait cru une petite valise avec un couvercle rouge. Elle m'a expliqué que c'était un modèle portatif.

L'année scolaire n'était pas encore achevée, pourtant j'avais déjà beaucoup appris. Parvaneh m'empruntait régulièrement mes cahiers et mes notes de cours et nous faisions quelquefois nos devoirs ensemble. Elle venait volontiers chez nous. Elle était vraiment gentille et facile à vivre, et ne s'arrêtait pas à ce que nous avions ou n'avions pas.

Notre maison était relativement petite. Trois marches conduisaient à la porte d'entrée, qui ouvrait sur une cour entourant un bassin. Nous avions installé un grand lit en bois d'un côté et, de l'autre, une longue plate-bande fleurie courait parallèlement au bassin. Je veux dire que sa longueur était parallèle au plus petit côté du bassin. La cuisine, toujours plongée dans l'obscurité, se trouvait au fond de la cour, séparée de la maison, avec la salle de bains à côté. Il y avait un évier extérieur qui nous évitait d'avoir à utiliser la pompe du bassin pour nous laver les mains et le visage. À l'intérieur de la maison, à gauche de la porte principale, quatre marches menaient à un petit palier sur lequel donnaient les portes des deux pièces du rez-de-chaussée. Un escalier rejoignait l'étage, où se trouvaient deux autres pièces communicantes. Celle qui était située en façade nous servait de salon. Elle avait deux fenêtres, dont l'une avec vue sur la cour et sur une partie de la rue, l'autre sur la maison de Mme Parvin. Les fenêtres de l'autre chambre, celle où dormaient Ahmad et Mahmoud, donnaient sur la cour arrière et offraient une perspective sur le jardin de la maison construite derrière la nôtre.

Chaque fois que Parvaneh venait, nous montions nous asseoir au salon. Il n'était pas très richement meublé : un grand tapis rouge, une table ronde et trois chaises en bois cintré, un gros poêle dans l'angle, avec à côté quelques coussins de sol et quelques appuie-dos. L'unique décor mural était un tapis encadré portant le verset du Van Yakad tiré du Coran. Il y avait aussi une tablette de cheminée que Mère avait recouverte d'un linge brodé et sur laquelle elle avait disposé le miroir et les chandeliers de sa cérémonie de mariage.

Nous nous installions confortablement sur les coussins de sol, Parvaneh et moi, et nous chuchotions, nous riions et faisions nos devoirs. Je n'ai jamais eu la permission d'aller chez elle.

« Il n'est pas question que tu mettes les pieds dans la maison de cette fille, aboyait Ahmad. Premièrement, elle a un frère qui est un imbécile. Deuxièmement, c'est une fille frivole qui n'a aucune pudeur. Qu'elle aille en enfer ! Sa mère elle-même se promène sans hijab. »

21

Et moi, je répliquais, entre mes dents, bien sûr :
« Parce que tu connais quelqu'un, dans cette ville, qui
porte le hijab ? »

J'ai tout de même fait un saut chez Parvaneh, un jour
où elle m'avait promis de me montrer ses numéros de
Jour de femme. Je ne suis pas restée plus de cinq
minutes. Tout était si propre, si joli, ils avaient tellement de belles choses ! Les murs étaient ornés de pein-
tures de paysages et de portraits de femmes. Le salon
était meublé de grands canapés bleu marine dont le bas
était bordé de glands. Les fenêtres qui donnaient sur la
cour étaient agrémentées de rideaux de la même couleur. La salle à manger se trouvait de l'autre côté, séparée du salon par des tentures. Le téléviseur était installé
dans le spacieux vestibule où étaient disposés plusieurs
fauteuils et quelques canapés, et dont les portes donnaient sur la cuisine, la salle de bains et les toilettes, ce
qui leur évitait d'avoir à traverser la cour dans le froid
de l'hiver et la chaleur de l'été. Les chambres à coucher
étaient à l'étage. Parvaneh en partageait une avec sa
petite sœur Farzaneh.

Quelle chance ils avaient ! Ils disposaient de beaucoup plus d'espace que nous. Nous avions théoriquement quatre pièces, alors qu'en réalité nous vivions tous
dans la grande salle du rez-de-chaussée. C'était là que
nous prenions nos repas ; en hiver, nous y installions le
*korsi**, et nous y dormions, Faati, Ali et moi. Père et
Mère couchaient dans la chambre voisine où se trouvaient un grand lit de bois et une penderie contenant nos
vêtements et toutes nos petites affaires. Nous avions
chacun une étagère pour nos livres. Comme j'en avais
plus que les autres, on m'en avait attribué deux.

Mère aimait bien regarder les photos de *Jour de
femme,* mais nous cachions soigneusement ces revues à
Père et à Mahmoud. Je lisais la rubrique « À la croisée

des chemins » et les feuilletons, que je racontais ensuite à Mère en grossissant les détails au point qu'elle en avait les larmes aux yeux. J'étais moi-même si émue que je me remettais à pleurer. Parvaneh et moi avions décidé qu'elle me donnerait systématiquement le numéro de la semaine, dès que sa mère et elle l'auraient lu.

J'ai dit à Parvaneh que mes frères ne me permettaient pas d'aller chez elle. Surprise, elle m'a demandé pourquoi.

« Parce que tu as un grand frère.

— Dariush ? Ce n'est pas mon grand frère. Il a un an de moins que moi, en fait.

— Peut-être, mais il est grand, et ils trouvent que ce n'est pas convenable. »

Elle a haussé les épaules. « Franchement, je ne comprends pas vos coutumes, moi. » Mais elle a cessé d'insister pour m'inviter chez elle.

J'ai obtenu d'excellentes notes à mes examens de fin d'année et les professeurs m'ont fait de nombreux compliments, qui n'ont pas semblé impressionner beaucoup ma famille. Mère ne s'intéressait pas vraiment à ce que je lui disais.

Quant à Mahmoud, il m'a lancé sèchement : « Et alors ? Tu crois que c'est un exploit ? », tandis que Père me demandait : « Pourquoi est-ce que tu n'es pas la première de ta classe ? »

Le début de l'été nous a séparées, Parvaneh et moi. Les premiers jours, elle venait me voir quand mes frères étaient sortis et nous restions à bavarder devant la porte d'entrée. Mère ne cessait de se plaindre. Elle avait manifestement oublié qu'à Qum elle passait tous ses après-midi à faire la causette avec les femmes du quartier en grignotant des graines de pastèque pendant que Père était au travail. À Téhéran, elle n'avait pas beaucoup d'amies ni de connaissances, et les femmes du quartier la snobaient. En plusieurs occasions, elles se sont même moquées d'elle, ce qui l'a beaucoup vexée. Peu à peu, elle a perdu l'habitude de passer l'après-midi à papoter et, du coup, elle se fâchait quand je discutais avec mes amies.

Dans l'ensemble, Maman n'était pas heureuse à Téhéran. « Nous ne sommes pas faits pour cette ville, ronchonnait-elle. Tous nos amis et toutes nos relations sont à Qum. Je me sens tellement seule, ici ! Si l'épouse de ton oncle, avec ses grands airs, ne s'intéresse pas à nous, que pouvons-nous attendre de la part d'étrangers ? »

Elle s'est si bien lamentée et a tellement asticoté Père qu'elle a fini par le convaincre de nous envoyer à Qum pour l'été, chez ma tante maternelle. J'étais furieuse : « Tout le monde va passer l'été dans une maison de campagne et toi, tu veux que nous retournions à Qum ? »

Elle m'a jeté un regard noir. « Tu oublies bien vite d'où tu sors. Fut un temps où nous passions toute l'année à Qum et où tu ne t'en plaignais pas. Mais voilà que cette petite princesse prétend partir en villégiature estivale ! Je n'ai pas vu ma pauvre sœur de toute l'année, je n'ai aucune nouvelle de mon frère, je ne me suis pas recueillie sur la tombe de ma famille… L'automne sera là avant que nous ayons pu passer une semaine chez chacun de nos parents. »

Mahmoud a accepté de nous laisser partir pour Qum, mais il aurait préféré que nous logions exclusivement chez la sœur de Père. Ainsi, quand il viendrait nous rendre visite en fin de semaine, il ne verrait que Mahboubeh et notre tante. « Restez donc chez Tantine, a-t-il conseillé à Mère. À quoi bon passer quelques nuits chez chacun de nos parents ? Après, vous serez obligées de les inviter à venir nous voir à Téhéran, et ils ne décolleront plus. Imagine un peu la corvée. » (Merveilleux ! Quel sens de l'hospitalité !)

« Parfait ! a répondu Mère, très en colère. Tu applaudis à l'idée que nous allions chez ta tante et qu'elle vienne ici avec ta cousine. Mais si ma pauvre sœur souhaite nous rendre visite, c'est une calamité. » (Quelle autorité ! Colle-lui donc une bonne gifle et remets-le à sa place !)

Nous sommes donc allées à Qum. Je n'ai pas trop protesté parce que, de toute façon, Parvaneh et sa famille passaient l'été chez son grand-père, qui possédait un domaine avec un vaste jardin à Golab-Darreh.

Nous avons regagné Téhéran à la mi-août. Ali, qui avait déjà redoublé plusieurs fois, devait repasser ses examens de fin d'année. J'ignore pourquoi mes frères étaient aussi mauvais élèves. Mon pauvre père avait échafaudé de si beaux rêves pour eux ! Il aurait voulu que ses fils deviennent médecins ou ingénieurs. Quant à moi, j'étais bien contente d'être rentrée. Je ne supportais pas cette existence nomade qui nous avait conduites d'une maison à l'autre, de celle de ma tante maternelle à celle de mon oncle paternel, et de celle de ma tante paternelle à celle de ma tante maternelle… C'était chez la sœur de Mère que je me plaisais le moins. On aurait cru qu'elle vivait dans une mosquée. Elle demandait constamment si nous avions bien dit nos prières et ronchonnait sans cesse, nous accusant de ne pas les avoir récitées correctement. Elle se vantait sans discontinuer de sa dévotion et faisait grand cas des parents de son mari, qui étaient tous des mollahs.

Quinze jours plus tard, Parvaneh et sa famille sont rentrés à Téhéran, eux aussi. Et, avec le début de l'année scolaire, ma vie est redevenue heureuse et plaisante. J'étais folle de joie à l'idée de revoir mes amies et mes professeurs. À la différence de l'année précédente, je n'étais plus une nouvelle, une bécasse qui s'étonnait de tout, je ne faisais plus de commentaires stupides, mes rédactions étaient meilleures, plus littéraires, j'étais aussi futée que les filles de Téhéran et n'hésitais pas à donner mon avis sur un tas de sujets. Et je devais tout cela à Parvaneh qui avait été mon premier et mon meilleur professeur. Cette année-là, j'ai également découvert la joie de lire d'autres livres que mes manuels scolaires. Nous échangions des romans à l'eau de rose que nous lisions en nous répandant en larmes et en soupirs, avant d'en discuter pendant des heures.

Parvaneh s'est constitué un joli livre d'amitié. Sa cousine, qui avait une belle écriture, s'est chargée des entêtes de chaque page et Parvaneh a collé des images qui lui plaisaient. Toutes les filles de la classe, sa famille et quelques amis de ses parents ont rédigé des réponses à chacune de ses questions. Certaines – Quelle est ta couleur préférée, ou ton livre favori ? par exemple – ne présentaient pas grand intérêt. En revanche, Qu'est-ce que tu penses de l'amour ? As-tu déjà été amoureuse ? et Quelles devraient être les principales qualités de l'époux idéal ? suscitaient des commentaires passionnants. Certaines filles avaient manifestement répondu ce qui leur passait par la tête, sans réfléchir à ce qui arriverait si ce cahier se retrouvait entre les mains de la directrice.

Quant à moi, j'ai réalisé un album de poésie dans lequel je recopiais soigneusement mes vers préférés. Il m'arrivait de les accompagner de dessins ou de photos que Parvaneh découpait pour moi dans des magazines étrangers.

Par un bel après-midi d'automne, alors que nous revenions du collège, Parvaneh m'a priée de l'accompagner à la pharmacie pour acheter du sparadrap. La pharmacie était à mi-chemin entre l'école et ma maison. Le docteur Ataii, le pharmacien, était un vieil homme très digne que tout le monde connaissait et respectait. Quand nous sommes entrées dans l'officine, il n'y avait personne. Parvaneh a appelé le docteur Ataii et s'est haussée sur la pointe des pieds pour regarder derrière le comptoir. Un jeune homme en blouse blanche était agenouillé, en train de ranger des boîtes de médicaments sur les étagères du bas. Il s'est relevé et a demandé : « Que puis-je faire pour vous ?

— Je voudrais du sparadrap, s'il vous plaît, a répondu Parvaneh.

— Très bien. Je vous apporte ça tout de suite. »

Parvaneh m'a donné un coup de coude dans les côtes et a chuchoté : « Qui est-ce ? Tu l'as vu ? »

Le jeune homme a remis le rouleau de sparadrap à Parvaneh et, tandis qu'elle s'accroupissait pour sortir l'argent de son cartable, elle m'a dit tout bas : « Hé !… Mais regarde-le donc. Il est drôlement beau. »

J'ai levé les yeux vers le jeune homme, et l'espace d'une seconde nos regards se sont croisés. Une curieuse sensation m'a envahie, j'ai senti mon visage s'empourprer et j'ai promptement baissé les yeux. C'était la première fois que j'éprouvais une chose pareille. Me tournant vers Parvaneh, je lui ai lancé : « Viens, allons-y », et je me suis précipitée dans la rue.

Parvaneh m'a rejointe en courant : « Qu'est-ce qui te prend ? Tu n'as encore jamais vu d'être humain ou quoi ?

— J'étais gênée, ai-je expliqué.

— De quoi ?

— De ce que tu as dit à propos d'un homme qui est un étranger.

— Qu'est-ce que ça peut faire ?

— Ce que ça peut faire ? Mais c'est terriblement inconvenant. Je suis sûre qu'il t'a entendue.

— Penses-tu ! Et, d'ailleurs, qu'est-ce j'ai dit de tellement horrible ?

— Qu'il était beau, et…

— Allons ! m'a interrompue Parvaneh. S'il m'a entendue, il a dû être flatté. Entre nous, après l'avoir regardé de plus près, je ne le trouve plus tellement bien. Il faudra que je raconte à mon père que le docteur Ataii a engagé un assistant. »

Le lendemain, nous sommes parties pour l'école un peu en retard. Au moment où nous passions en courant devant la pharmacie, j'ai vu que le jeune homme nous regardait. Au retour, nous avons jeté un coup d'œil par la vitrine. Il était occupé, mais nous avons eu l'impression qu'il nous avait remarquées. À dater de ce jour, comme par un accord tacite, nous échangions un bref regard tous les matins et tous les après-midi. Ce qui nous a fourni, à Parvaneh et moi, un nouveau sujet de discussion passionnant. Tout le collège a bientôt été au courant. Les filles ne parlaient plus que du beau jeune homme qui travaillait à la pharmacie et trouvaient n'importe quel prétexte pour s'y rendre et essayer d'attirer son attention.

Nous avions pris l'habitude, mon amie et moi, de l'apercevoir tous les jours, et j'aurais juré qu'il guettait notre passage. Nous nous disputions pour savoir à quel acteur il ressemblait le plus et avons fini par nous décider pour Steve McQueen. J'avais sacrément évolué ! Je connaissais maintenant le nom d'un certain nombre d'acteurs célèbres et, un jour, j'avais même persuadé Mère de m'accompagner au cinéma. Comme ça lui avait beaucoup plu, désormais, une fois par semaine et à l'insu de Mahmoud, nous allions au cinéma, au coin de la rue. On y donnait généralement des films indiens, qui nous faisaient pleurer à chaudes larmes, Mère et moi.

Parvaneh n'a pas tardé à en savoir plus long sur l'assistant du pharmacien. Le docteur Ataii, qui était un ami de son père, avait confié à celui-ci : « Saiid est étudiant en pharmacologie à l'université. C'est un bon garçon. Il est originaire de Rezaiyeh. »

Les regards que nous échangions sont alors devenus plus familiers et Parvaneh lui a inventé un surnom – Haji l'Anxieux. « Il a tout le temps l'air d'attendre quelqu'un anxieusement », m'a-t-elle expliqué.

Cette année-là a été la plus heureuse de ma vie. Tout me réussissait. Je travaillais bien en classe, mon amitié avec Parvaneh devenait de jour en jour plus intime, au point que nous avions l'impression de n'avoir qu'une âme pour deux corps. Mon seul motif d'inquiétude, au cours de cette période par ailleurs sans nuages, était les chuchotements incessants qui se multipliaient chez moi à l'approche de la fin de l'année scolaire. Je redoutais que ma famille ne m'interdise de retourner en classe à la rentrée.

« C'est impossible, protestait Parvaneh. Ils ne te feront jamais ça.

— C'est ce que tu crois. Ils se fichent pas mal de mes résultats. Dans leur esprit, trois années d'enseignement secondaire sont plus que suffisantes pour une fille.

— Trois ans seulement ! » Parvaneh n'en revenait pas. « De nos jours, même le diplôme de fin d'études secondaires ne représente plus grand-chose. Toutes les filles de ma famille vont à la fac. Seulement celles qui ont réussi l'examen d'entrée, bien sûr. Mais toi, tu l'auras les doigts dans le nez, c'est évident. Tu es bien plus intelligente qu'elles.

— La fac ? N'y pense pas ! Je serais déjà drôlement contente qu'ils me laissent finir le lycée.

— Il faut que tu leur tiennes tête, voyons. »

Elle en avait de bonnes ! Parvaneh n'avait pas la moindre idée de la situation dans laquelle je me trouvais. J'étais capable de m'opposer à ma mère, de lui répondre et de lui résister. Mais je n'avais pas le courage de parler aussi franchement en présence de mes frères.

À la fin du dernier trimestre, nous avons passé nos examens et j'ai été reçue sans problème. J'étais deuxième de ma classe. Notre professeure de littérature m'aimait bien et, après nous avoir remis nos bulletins, elle est venue me voir : « Bravo ! m'a-t-elle dit. Tu es vraiment douée ! Dans quel domaine as-tu l'intention de poursuivre tes études ?

— Mon rêve serait d'étudier la littérature.

— Excellente idée. C'est exactement ce que j'allais te suggérer.

— Malheureusement, c'est impossible, madame. Ma famille s'y oppose. Ils disent que trois années d'enseignement secondaire sont largement suffisantes pour une fille. »

Mme Bahrami a froncé les sourcils, a secoué la tête et s'est dirigée vers le bureau de l'administration. Elle est revenue quelques minutes plus tard avec la directrice d'études. Celle-ci a pris mon bulletin et m'a dit : « Mademoiselle Sadeghi, vous demanderez à votre père de vous accompagner à l'école demain. J'aimerais le voir. Et précisez-lui bien que je ne vous rendrai pas votre bulletin tant qu'il ne sera pas venu. N'oubliez pas ! »

Ce soir-là, quand j'ai annoncé à Père que la directrice d'études voulait le voir, il s'est étonné : « Qu'est-ce que tu as fait ?

— Rien, je te jure. »

Alors il s'est tourné vers Mère. « Tu iras à l'école voir ce que veulent ces dames, lui a-t-il dit.

— Non, non, Papa, ça n'ira pas. C'est toi qu'elles veulent voir.

— Il n'est pas question que je mette les pieds dans une école de filles !

— Pourquoi ? Beaucoup de pères viennent. La directrice a bien spécifié que si tu ne venais pas, elle ne me donnerait pas mon bulletin. »

Les rides de son front se sont creusées profondément. Je lui ai servi du thé et j'ai cherché à le convaincre à force de cajoleries. « Papa, as-tu mal à la tête ? Veux-tu que je t'apporte tes comprimés ? » J'ai glissé un coussin de sol derrière lui et lui ai apporté un verre d'eau. Finalement, il a accepté de m'accompagner à l'école le lendemain matin.

Quand nous sommes entrés dans le bureau de la directrice d'études, elle s'est levée, a salué Père chaleureusement et lui a offert un siège juste à côté du sien. « Je vous félicite, votre fille n'est pas une élève ordinaire, a-t-elle commencé. Elle travaille vraiment bien et, en plus, elle est très gentille et très bien élevée. » Debout près de la porte, j'ai baissé les yeux sans pouvoir réprimer un sourire. La directrice s'est alors tournée vers moi : « Ma chère Massoumeh, voulez-vous bien attendre dehors ? J'aimerais parler à M. Sadeghi en tête à tête. »

Je ne sais pas ce qu'elle lui a dit mais, quand il est ressorti, Père était tout rouge, ses yeux brillaient et il a posé sur moi un regard plein de bonté et d'orgueil. « Et si nous allions tout de suite chez le proviseur t'inscrire pour l'an prochain ? a-t-il suggéré. Je risque de n'avoir pas le temps de revenir un autre jour. »

J'étais si heureuse que j'ai cru que j'allais m'évanouir. « Merci, Papa ! Je t'adore. Je te promets d'être la première de la classe. Je ferai tout ce que tu me demanderas. Que Dieu m'accorde de donner ma vie pour toi !

— Ça suffit ! a-t-il répliqué en riant. Si seulement tes paresseux de frères pouvaient en prendre de la graine. »

Parvaneh m'attendait dehors. Elle s'était fait tellement de souci qu'elle n'avait pas fermé l'œil de la nuit. Par signes et par gestes, elle m'a demandé comment ça s'était passé. J'ai fait la grimace, j'ai secoué la tête et haussé les épaules. On aurait pu croire que les larmes s'étaient accumulées derrière ses yeux dans l'attente de cet instant, parce qu'elles se sont immédiatement mises à ruisseler sur ses joues. Je me suis précipitée vers elle et je l'ai serrée dans mes bras. « Non ! C'était une blague, l'ai-je rassurée. Tout va bien. Je suis déjà inscrite pour l'an prochain. »

Nous avons sauté comme des cabris dans la cour du collège en riant et en séchant nos larmes.

La décision de Père a semé la zizanie à la maison. Mais il est resté inébranlable. « La directrice d'études la trouve très douée ; elle est sûre qu'elle deviendra quelqu'un d'important. » Quant à moi, j'étais ivre de joie, sourde aux protestations des autres. Les regards haineux d'Ahmad eux-mêmes ne m'intimidaient plus.

L'été est arrivé et, bien qu'il fût synonyme de séparation avec Parvaneh, j'étais soulagée de savoir que nous nous retrouverions à la rentrée. Nous n'avons passé que huit jours à Qum, et toutes les semaines Parvaneh trouvait un prétexte pour rentrer à Téhéran avec son père et venir me voir. Elle insistait pour que je passe quelques jours avec eux à Golab-Darreh. J'en avais terriblement envie, mais comme je savais que mes frères n'accepteraient jamais, je n'en ai pas parlé à ma famille. Parvaneh était sûre que si son père en discutait avec le mien, il le persuaderait de m'autoriser à les accompagner. Cependant, je ne voulais pas ajouter aux problèmes de Père. Je savais qu'il aurait du mal à refuser quelque chose à M. Ahmadi, et plus encore à supporter les querelles avec mes frères et ma mère. Aussi ai-je préféré essayer de m'attirer les bonnes grâces de Mère en acceptant de prendre des cours de couture, afin de posséder au moins une compétence utile le jour où je partirais vivre sous le toit de mon mari.

L'école de couture était dans la même rue que la pharmacie. Saïid n'a pas tardé à comprendre que je passais un jour sur deux et se débrouillait pour être près de la porte au bon moment. Quand j'étais à un pâté de maisons de la pharmacie, mon cœur se mettait à battre plus vite et j'avais du mal à respirer. Je faisais de gros efforts pour ne pas tourner la tête vers lui et pour ne pas rougir, en vain. Chaque fois que nos regards se croisaient, je devenais écarlate. C'était affreusement gênant. Et lui, timidement mais avec une lueur passionnée dans les yeux, me saluait d'un signe de tête.

Un jour, alors que je tournais à l'angle de la rue, il a soudain surgi devant moi. J'ai été si troublée que j'en ai lâché mon mètre de couturière. Il s'est penché, l'a ramassé et, les yeux baissés, a murmuré : « Je suis désolé de vous avoir fait peur.

— Ce n'est rien », ai-je dit.

Je lui ai arraché le mètre des mains et j'ai filé. J'ai mis un long moment à reprendre mes esprits. Quand je me remémorais cet incident, je rougissais et mon cœur frémissait de plaisir. Je ne sais pourquoi, j'étais convaincue qu'il éprouvait les mêmes sentiments que moi.

*

Les vents d'automne et les premiers jours de septembre ont mis fin à notre longue attente et nous sommes retournées en classe, Parvaneh et moi. Nous avions tant de choses à nous dire ! Nous tenions à nous raconter tout ce qui s'était passé pendant l'été, tout ce que nous avions fait et même tout ce que nous avions pensé. Mais nous finissions toujours par en revenir à Saiid.

« Avoue la vérité, m'a demandé Parvaneh. Combien de fois es-tu allée à la pharmacie pendant mon absence ?

— Je te jure que je n'y ai jamais mis les pieds. J'étais beaucoup trop gênée.

— Pourquoi ? Il n'a aucune idée de ce que nous pouvons penser ou dire.

— C'est ce que tu crois !

33

— Comment ça ? Comment le sais-tu ? Il t'a parlé ?

— Non, je n'en sais rien. C'est une simple supposition.

— Dans ce cas, nous n'avons qu'à faire semblant de ne nous douter de rien et agir comme il nous plaira. »

La vérité était que rien n'était plus comme avant. Mes rencontres avec Saiid avaient changé de tonalité et de couleur, elles étaient devenues beaucoup plus sérieuses. Au fond de mon cœur, je sentais qu'un lien solide, bien que tacite, m'unissait à lui, et j'avais du mal à le dissimuler à Parvaneh. Nous n'étions rentrées en classe que depuis une semaine quand, déjà, elle a trouvé un prétexte pour m'entraîner à la pharmacie. J'étais terriblement embarrassée. J'avais l'impression que la ville entière m'observait et avait conscience de mon émoi. Quand Saiid nous a vu entrer, il est resté pétrifié. Parvaneh lui a réclamé plusieurs fois de l'aspirine, mais il ne l'entendait pas. Le docteur Ataii s'est finalement approché, il a salué Parvaneh et a pris des nouvelles de son père. Puis il s'est tourné vers Saiid : « Pourquoi restes-tu planté là comme un ahuri ? Donne donc une boîte d'aspirine à cette jeune dame. »

Quand nous sommes sorties de l'officine, la vérité a éclaté au grand jour. « Tu as vu les regards qu'il te jetait ? » m'a demandé Parvaneh avec étonnement.

Je n'ai pas répondu. Elle s'est tournée vers moi et m'a fixée droit dans les yeux.

« Pourquoi es-tu si pâle tout d'un coup ? Tu vas tomber dans les pommes ?

— Moi ? Absolument pas. Je n'ai rien. »

Mais ma voix tremblait. Nous avons marché en silence pendant quelques minutes. Parvaneh était plongée dans ses pensées.

« Parvaneh, qu'est-ce que tu as ? Ça ne va pas ? »

Elle a soudain explosé comme un pétard et, d'une voix plus sonore que d'ordinaire, elle a lancé : « Tu es vraiment méchante. Et moi, je suis aussi bête que tu es cachottière. Pourquoi est-ce que tu ne me l'as pas dit ?

— Te dire quoi ? Il n'y a rien à dire.

— Allons ! Il y a quelque chose entre vous. Tu crois que je suis aveugle ? Avoue-moi tout : jusqu'où êtes-vous allés, lui et toi ?

— Comment peux-tu poser une question pareille ?

— Cesse de jouer à la plus fine avec moi. Quelle idiote j'ai été ! Et moi qui croyais que c'était pour moi qu'il sortait de la pharmacie chaque fois que nous passions. Quelle hypocrite tu fais ! Je comprends à présent pourquoi les gens de Qum passent pour des malins. Tu m'as tout caché, alors que je suis ta meilleure amie et que, moi, je te dis tout. Surtout s'il s'agit d'une chose aussi importante ! »

J'avais une grosse boule dans la gorge. J'ai pris Parvaneh par le bras. « Je t'en prie, jure-moi que tu ne le répéteras à personne. Et ne parle pas aussi fort dans la rue, ce n'est pas convenable. Calme-toi, on pourrait t'entendre. Je te jure sur la vie de mon père, je te jure sur le Coran qu'il n'y a rien entre nous. »

Mais, tel un torrent en crue, la colère de Parvaneh enflait de minute en minute.

« Tu es une traîtresse, voilà ce que tu es. Et tu as le culot d'écrire dans mon album que tu ne penses pas à ce genre de choses, que tout ce qui compte pour toi, ce sont tes études, que parler des hommes ne se fait pas, qu'ils sont mauvais, que ce n'est pas décent, que c'est un péché...

— Je t'en supplie, arrête. Je te jure sur le Coran qu'il ne s'est rien passé. »

Nous approchions de chez elle quand j'ai fini par craquer. Je me suis mise à pleurer. Mes larmes l'ont calmée et, comme de l'eau, ont éteint les flammes de sa colère. « Allons, pourquoi pleures-tu ? m'a-t-elle demandé d'une voix plus douce. Et en pleine rue, en plus ? Je suis vexée parce que je ne comprends pas pourquoi tu as gardé ça pour toi. Je te raconte tout, moi. »

Je lui ai juré que j'avais toujours été sa meilleure amie, que je n'avais jamais eu aucun secret pour elle et n'en aurais jamais.

*

Nous avons exploré ensemble, Parvaneh et moi, toutes les étapes de l'amour. Elle était aussi excitée que moi et m'interrogeait constamment : « Qu'est-ce que tu éprouves en ce moment ? » Dès qu'elle me trouvait un peu taciturne, elle me harcelait : « Dis-moi à quoi tu penses ! » Alors je lui confiais mes rêves, mes appréhensions, ma fièvre, mes inquiétudes pour l'avenir et ma crainte d'être obligée d'en épouser un autre. « Comme c'est romantique ! soupirait-elle en fermant les yeux. Voilà donc ce qu'on éprouve quand on est amoureux ! Moi, je ne suis pas aussi sensible et émotive que toi. En plus, certains gestes des amoureux et certaines de leurs paroles me paraissent tellement ridicules ! Et puis je ne rougis jamais, moi. Alors, comment est-ce que je saurai si je suis amoureuse un jour ? »

Les journées d'automne, belles et radieuses, filaient comme le vent. Nous n'avions toujours pas échangé un seul mot, Saiid et moi. Mais désormais, chaque fois que je passais devant la pharmacie avec Parvaneh, il murmurait bonjour tout bas et mon cœur bondissait dans ma poitrine, avant de retomber comme un fruit mûr dans un panier.

Tous les jours, Parvaneh avait de nouvelles révélations à me faire au sujet de Saiid. Je savais qu'il était originaire de Rezaiyeh, où vivaient encore sa mère et ses sœurs. Il était issu d'une famille très respectée. Son nom de famille était Zareii. Son père était mort depuis plusieurs années. Il était en troisième année d'études à la faculté de pharmacie. Le docteur Ataii lui accordait son entière confiance et était très satisfait de son travail.

La moindre bribe d'information contribuait à affermir l'amour pur et innocent que j'éprouvais pour lui. J'avais l'impression de le connaître depuis toujours et étais convaincue que je passerais le restant de mes jours avec lui, et nul autre que lui.

Une ou deux fois par semaine, Parvaneh trouvait une excuse pour m'entraîner à la pharmacie. Nous échangions des regards en secret, Saiid et moi. Ses mains tremblaient et mes joues devenaient cramoisies. Un jour, Parvaneh, qui surveillait attentivement le moindre de nos faits et gestes, m'a confié : « Je me suis toujours demandé ce que voulait dire se "dévorer des yeux". Maintenant, je le sais !

— Parvaneh ! Comment peux-tu dire des choses pareilles ?

— Pourquoi ? Je mens, peut-être ? »

Le matin, je me coiffais avec soin et nouais mon foulard de telle façon que ma frange soit parfaitement droite et que, de dos, on aperçoive mes longs cheveux. J'essayais désespérément de me faire quelques anglaises, mais mes cheveux refusaient obstinément de boucler. Jusqu'au jour où Parvaneh s'est exclamée : « Que tu es bête ! Tu as des cheveux superbes. Les cheveux raides sont très à la mode. Tu n'as pas entendu toutes ces filles, à l'école, qui lissent leurs cheveux au fer ? »

Je lavais et repassais régulièrement mon uniforme scolaire. J'ai supplié Mère d'acheter du tissu et de demander à une couturière de m'en confectionner un nouveau – les réalisations de Mère étaient toujours démodées et manquaient cruellement de chic. Tout ce que j'avais appris à mes cours de couture, c'était à remarquer les défauts des ouvrages de Mère. Mme Parvin m'a confectionné un uniforme très élégant et je lui ai demandé en secret de raccourcir légèrement la jupe. Ce qui ne l'empêchait pas d'être la plus longue de toute l'école. J'ai économisé et je suis allée faire des courses avec Parvaneh. J'ai acheté un foulard de soie vert forêt. « Il te va vraiment bien, a admiré Parvaneh. Il est assorti à la couleur de tes yeux. »

L'hiver a été froid cette année-là. La neige qui recouvrait les rues n'avait même pas fondu qu'il reneigeait déjà. Le matin, il y avait du verglas et il fallait faire très attention en traversant la rue. Tous les jours, quelqu'un glissait et tombait, et je n'y ai pas échappé. J'étais tout près de la maison de Parvaneh quand j'ai dérapé sur une plaque de glace. J'ai fait une mauvaise chute et, quand j'ai essayé de me relever, ma cheville m'a fait terriblement mal. À l'instant où j'ai posé le pied au sol, la douleur a irradié jusqu'à ma taille et je suis retombée. Parvaneh sortait précisément de chez elle, et Ali, qui se rendait en classe, est arrivé au même moment. Ils m'ont aidée à me relever et m'ont raccompagnée à la maison. Mère m'a bandé la cheville, mais en fin d'après-midi la douleur et l'enflure n'avaient fait qu'empirer. Quand les hommes sont rentrés à la maison, chacun y est allé de son avis. Ahmad a bougonné : « Laissez tomber… elle n'a rien du tout. Si elle était restée à la maison comme une jeune fille convenable au lieu de sortir par ce froid glacial, ça ne serait pas arrivé. » Et il est sorti boire.

« Il faut la conduire à l'hôpital, a dit Père.

— Attends, a riposté Mahmoud. M. Esmaiil est très fort pour ce qui est des fractures. Il habite juste au coin du quartier de Shemiran. Je vais aller le chercher. S'il dit qu'elle a la jambe cassée, nous irons à l'hôpital. »

M. Esmaiil avait à peu près l'âge de Père et était connu pour savoir mettre des attelles en cas de fracture. Cet hiver-là, ses affaires étaient florissantes. Il a examiné mon pied et a annoncé que ce n'était qu'une entorse. Il a plongé mon pied dans de l'eau chaude et s'est mis à le masser. Il parlait sans interruption et, à l'instant où je m'apprêtais à lui répondre, il m'a soudain tordu le pied. J'ai poussé un cri de douleur et je me suis évanouie. Quand j'ai repris connaissance, il frictionnait ma cheville avec un mélange de jaune d'œuf, de curcuma et de je ne sais combien d'huiles différentes. Puis il l'a bandée et m'a donné pour consigne d'éviter de marcher pendant deux semaines.

Quelle catastrophe ! « Mais je dois aller en classe ! ai-je expliqué en sanglotant. Les examens du deuxième trimestre commencent bientôt. » En réalité, ils n'avaient lieu qu'un mois et demi plus tard et mes larmes coulaient pour une tout autre raison.

Pendant quelques jours, je n'ai vraiment pas pu bouger. Affalée sous le *korsi*, je pensais à Saiid. Le matin, quand tout le monde était en classe ou au travail, je croisais les mains sous ma tête et, le faible soleil hivernal caressant mon visage, je lâchais la bride à mon imagination et voyageais vers la ville de mes rêves, vers les jours radieux de l'avenir et de mon existence aux côtés de Saiid...

Le seul obstacle à ma quiétude matinale était Mme Parvin, qui venait rendre visite à Mère sous n'importe quel prétexte. Je n'appréciais pas beaucoup cette femme et faisais semblant de dormir dès que j'entendais sa voix. Je ne comprenais pas pourquoi Mère, si attachée à la foi et la bienséance, s'était liée avec cette personne dont tout le quartier savait qu'elle s'était écartée de l'étroit sentier de la vertu. Ne devinait-elle pas que par ses amabilités Mme Parvin n'avait d'autre but que de se rapprocher d'Ahmad ?

L'après-midi, quand Faati et Ali rentraient de l'école, c'en était fini du calme et du silence. Ali était capable à lui seul de semer la pagaille dans un quartier entier. Il était devenu désobéissant et insolent, il cherchait à imiter Ahmad et se montrait presque aussi méchant que lui avec moi, surtout maintenant que je n'allais plus en classe. Mère me soignait et Père s'inquiétait pour moi, du coup, la jalousie d'Ali ne connaissait plus de bornes. On aurait pu croire que je l'avais spolié de ses droits. Il sautait au-dessus du *korsi*, asticotait Faati et la faisait crier, il donnait des coups de pied dans mes livres et, intentionnellement ou accidentellement, heurtait mon pied blessé. Je hurlais de douleur. J'ai fini par convaincre Mère, à force de la supplier et de pleurer, de transporter mon couchage à l'étage, au salon, pour me mettre à l'abri d'Ali et pour que je puisse faire mes devoirs tranquillement.

« Pourquoi veux-tu monter et descendre ces escaliers ? a-t-elle protesté. En plus il fait froid là-haut, le gros poêle ne marche plus.

— Le petit me suffira. »

Elle a finalement cédé et je me suis installée au premier. J'étais enfin tranquille. Je relisais mes cours, je rêvassais, je recopiais des vers dans mon album de poésie, je partais pour de longs voyages imaginaires, j'écrivais le nom de Saiid ici et là sur les pages de mon cahier, dans une écriture que j'avais inventée. J'ai découvert la racine de son nom en arabe et ai dressé la liste de ses paradigmes flexionnels – Sa'ad, Saiid, Sa'adat – les utilisant dans tous les exemples qu'on me demandait pour mes devoirs.

Un jour, Parvaneh est venue me rendre visite. En présence de Mère, nous avons parlé de l'école et des examens qui commençaient le 5 mars, mais dès qu'elle est sortie Parvaneh s'est penchée vers moi. « Tu n'imagineras jamais ce qui s'est passé », m'a-t-elle chuchoté.

J'ai failli sauter en l'air, certaine qu'il s'agissait de Saiid. « Je t'en prie, dis-moi comment il va, l'ai-je suppliée. Vite, avant que quelqu'un arrive.

— Ces derniers temps, il a vraiment mérité son surnom d'Haji l'Anxieux. Tous les jours, je le voyais sur les marches de la pharmacie à regarder autour de lui, et dès qu'il s'apercevait que j'étais seule, il se rembrunissait et rentrait dans la boutique, l'air accablé. Aujourd'hui, il a pris son courage à deux mains et il s'est avancé vers moi. Il est passé plusieurs fois du blanc au rouge, il a bégayé un vague bonjour et a fini par lâcher : "Voici plusieurs jours que votre amie n'est pas allée en classe. Je suis très inquiet. Que lui est-il arrivé ?" J'ai été peste. J'ai fait l'idiote et je lui ai demandé : "De quelle amie parlez-vous ?" Il m'a regardée avec étonnement et a répondu : "De la jeune demoiselle qui est toujours avec vous. Celle qui habite rue Gorgan." Tu vois ça ? Il sait même où tu habites ! C'est un malin. Il a dû nous suivre. Alors je lui ai dit : "Ah ! Vous voulez parler de Massoumeh Sadeghi. La pauvre ! Elle est tombée et s'est tordu la cheville. Elle ne pourra pas aller en classe pendant deux semaines." Il est devenu tout pâle, il a dit que c'était affreux, puis il m'a tourné le dos, comme ça, et s'est éloigné. J'ai failli le rappeler pour lui reprocher sa grossièreté, mais il avait à peine fait deux pas qu'il s'est rendu compte de lui-même qu'il avait été vraiment impoli. Il a aussitôt fait demi-tour. "Pourriez-vous lui transmettre le bonjour de ma part ?" Puis il m'a dit au revoir comme un être humain normal et il est reparti. »

J'avais le cœur qui battait à tout rompre. « Oh mon Dieu ! me suis-je écriée, affolée, la voix tremblante. Tu lui as dit mon nom ?

— Quelle nunuche tu fais ! Et alors ? De toute façon, il le savait déjà, ton nom de famille en tout cas. Tu peux être sûre qu'il a même entrepris des recherches sur tes ancêtres. Il est tellement amoureux ! Si tu veux mon avis, il va venir demander ta main un de ces jours. »

J'étais aux anges. J'étais tellement ivre de bonheur que, quand Mère est entrée avec un plateau de thé, elle m'a regardée avec étonnement. « Qu'est-ce qui t'arrive ? Te voilà bien gaie ! »

« — Non, non, ai-je bégayé. Ce n'est rien. »

Parvaneh s'est hâtée d'intervenir : « C'est qu'on nous a rendu nos copies aujourd'hui, et que Massoumeh a eu la meilleure note de la classe. » Et elle m'a fait un clin d'œil.

« Et alors, ma fille ? Ces choses-là ne lui seront d'aucune utilité, s'est lamentée Mère. Elle perd son temps. Bientôt il faudra qu'elle parte pour la maison de son mari et elle passera ses journées à laver des couches.

— Non, Mère. Il n'en est pas question pour le moment. Je dois d'abord passer mon diplôme de fin d'études. »

Parvaneh a ajouté malicieusement : « Bien sûr, et ensuite elle pourra devenir Mme le docteur. »

Je lui ai jeté un regard noir.

« Ah oui, vraiment ? s'est esclaffée Mère. Parce que tu t'imagines qu'elle va continuer ses études ? Plus elle va à l'école, plus elle est insolente. C'est la faute de son père, qui en est fou. Je ne vois pourtant pas ce qu'elle a de spécial. »

Mère est sortie en grommelant et nous avons éclaté de rire, Parvaneh et moi.

« Dieu merci, Mère n'y connaît rien, autrement tu peux être sûre qu'elle t'aurait demandé depuis quand on devient docteur avec un diplôme de littérature ! »

Tout en essuyant les larmes de rire qui ruisselaient sur ses joues, Parvaneh a lancé : « Que tu es bête, je ne voulais pas dire que tu serais docteur. Je voulais dire que tu serais l'épouse de M. le docteur. »

*

En ce temps radieux et divin, nous riions pour un oui ou pour un non. J'étais tellement heureuse que j'en oubliais ma cheville douloureuse. Après le départ de Parvaneh, je me suis laissée retomber sur mon oreiller en songeant : il s'inquiète, je lui manque ! Oh, que je suis contente ! Ce jour-là, les cris d'Ahmad réprimandant Mère d'avoir laissé Parvaneh entrer chez nous m'ont laissée indifférente. Je savais qu'Ali, ce sale espion, lui avait fait un rapport complet, mais ça m'était bien égal.

Tous les matins, je me réveillais et je rangeais la pièce à cloche-pied. Puis, une main sur la rampe et l'autre cramponnée à la canne de Grand-Mère, je descendais lentement l'escalier, je me lavais les mains et me débarbouillais avant de prendre mon petit déjeuner. Ensuite je remontais laborieusement à l'étage. Mère avait beau gémir que j'allais attraper une pneumonie ou tomber dans l'escalier la tête la première, je ne l'écoutais pas. Le petit poêle à mazout me suffisait largement. Je n'aurais échangé mon intimité contre rien au monde, et une telle chaleur brûlait en moi que je ne sentais pas le froid.

Parvaneh est revenue me voir deux jours plus tard. En l'entendant se présenter à la porte d'entrée, je me suis précipitée à la fenêtre tant bien que mal. Mère l'a accueillie fraîchement, mais Parvaneh a fait comme si elle ne remarquait pas son ton revêche. « Je suis venue apporter l'emploi du temps des examens à Massoumeh », a-t-elle expliqué. Puis elle a filé dans l'escalier, est entrée en trombe, a refermé la porte derrière elle et s'est adossée au montant, tout essoufflée. Elle était rouge comme une tomate. De froid ou d'excitation, je n'en savais rien. Sans la quitter des yeux, je suis retournée m'allonger. Je n'avais pas le courage de l'interroger.

« Tu es une maligne, toi, a-t-elle fini par dire. Tu restes tranquillement au lit et tous les ennuis sont pour moi, malheureuse que je suis.

— Que s'est-il passé ?

— Attends, laisse-moi respirer. J'ai couru comme une folle depuis la pharmacie.

— Pourquoi ? Que se passe-t-il ? Raconte !

— J'étais avec Maryam. Quand on est arrivées devant la pharmacie, Saiid se tenait sur le seuil. Il a commencé à hocher la tête, à me faire signe. Tu connais Maryam, elle ne s'en laisse pas conter. Elle a dit : "Monsieur le Joli Garçon t'appelle." J'ai répondu : "Pas du tout, voyons. Que vas-tu imaginer ?" Je l'ai ignoré et j'ai continué à marcher. Figure-toi qu'il nous a couru après. "Excusez-moi, mademoiselle Ahmadi, pourriez-vous entrer un instant ? Il faut que je vous parle." Ton Haji l'Anxieux était rouge comme une pivoine. J'étais très nerveuse et je ne savais pas comment me débarrasser de cette indiscrète de Maryam. Alors j'ai dit : "Ah, oui, bien sûr, j'ai oublié de passer prendre les médicaments de mon père. Ils sont prêts ?" Et voilà que cet idiot reste planté là à me regarder fixement. Je ne lui ai pas laissé le temps de répondre. J'ai prié Maryam de m'excuser. Je lui ai dit au revoir et à demain. Mais cette petite fouineuse n'avait pas l'intention de me lâcher comme ça. Elle a répondu qu'elle n'était pas pressée et qu'elle pouvait très bien m'accompagner.

« Plus je protestais en lui disant que c'était inutile, plus ses soupçons se renforçaient. Elle a même prétendu qu'elle avait, elle aussi, des choses à prendre à la pharmacie, et elle est entrée avec moi. Heureusement, Haji l'Anxieux a compris la situation. Il a fourré une boîte de médicaments et une enveloppe dans un sachet, m'a dit qu'il avait mis l'ordonnance avec et que, surtout, je n'oublie pas de remettre tout ça à mon père. J'ai rangé le sachet dans mon cartable le plus vite possible, craignant que Maryam ne me l'arrache des mains. Je te jure, ça ne m'aurait pas étonnée d'elle. Il faut toujours qu'elle fourre son nez partout. En plus, c'est une sale rapporteuse. Surtout maintenant que tout le monde parle de Saiid à l'école. La moitié des filles qui prennent ce chemin sont persuadées qu'il sort de la pharmacie pour elles. Attends un peu de voir ce qu'elles vont raconter sur mon compte demain. Quoi qu'il en soit, Maryam n'avait pas encore fini de payer son dentifrice quand je suis sortie à toutes jambes. J'ai couru jusqu'ici sans m'arrêter.

— C'est horrible ! Elle va se douter de quelque chose, c'est sûr !

— Allons ! Elle sait très bien qu'il y a anguille sous roche. Cet idiot de Saiid qui glisse sa prétendue ordonnance dans une enveloppe fermée ! Tu as déjà vu un pharmacien faire ça ? Maryam n'est pas une imbécile. Elle dévorait l'enveloppe des yeux. Voilà pourquoi j'ai eu la trouille. Alors, j'ai préféré filer. »

Je suis restée allongée pendant quelques secondes, immobile comme un cadavre. Les pensées se bousculaient dans mon esprit. Me souvenant soudain de l'enveloppe, j'ai bondi sur mes pieds.

« Donne-moi la lettre ! Mais d'abord, vérifie qu'il n'y a personne derrière la porte. Et puis referme-la soigneusement. »

Mes mains tremblaient en prenant l'enveloppe que Parvaneh me tendait. Elle était vierge. Je n'osais pas l'ouvrir. Qu'est-ce que Saiid avait bien pu m'écrire ? À part un bonjour à mi-voix, nous ne nous étions jamais adressé la parole. Parvaneh était aussi émue que moi. Et voilà qu'à cet instant précis Mère est entrée. J'ai prestement glissé l'enveloppe sous la courtepointe et nous nous sommes assises, raides comme des piquets, la dévisageant en silence.

« Qu'est-ce qui se passe ici ? a demandé Mère, méfiante.

— Rien du tout », ai-je bredouillé.

Le regard de Mère était sceptique et, une fois de plus, Parvaneh m'a tirée de ce mauvais pas.

« Ce n'est rien. Votre fille est tellement susceptible. Elle se fait une montagne de tout. » Puis elle s'est tournée vers moi. « Quelle importance si tu n'as pas eu une bonne note en anglais ? Au diable ! Ta mère n'est pas comme la mienne. Elle n'en fera pas toute une histoire. » Et se tournant vers Mère, elle a ajouté : « N'est-ce pas, madame Sadeghi ? Vous ne la gronderez pas pour si peu ? »

Mère a regardé Parvaneh avec étonnement, les commissures de ses lèvres se sont retroussées et elle m'a lancé : « Tant pis si tu n'as pas de bonnes notes. En réalité, il vaudrait mieux que tu échoues pour de bon. Comme ça, tu reprendrais tes cours de couture, qui sont bien plus importants. » Elle a posé le plateau de thé devant Parvaneh avant de ressortir.

Nous nous sommes dévisagées pendant quelques minutes en silence, puis nous avons éclaté de rire. « Massoumeh, tu es vraiment une gourde ! m'a dit Parvaneh. À te voir, n'importe qui se rendrait compte que tu as quelque chose derrière la tête. Fais un peu attention, on finira par se faire prendre. »

J'étais tellement excitée, tellement angoissée que j'en avais la nausée. J'ai décacheté l'enveloppe blanche précautionneusement, pour ne pas l'abîmer. J'avais l'impression que mon cœur battait comme un marteau sur une enclume.

« Allons ! s'est impatientée Parvaneh. Dépêche-toi ! »

J'ai déplié la feuille qui se trouvait à l'intérieur. Les lignes, écrites dans une superbe calligraphie, dansaient devant mes yeux. J'avais la tête qui tournait. Nous avons rapidement déchiffré la lettre, qui ne comprenait que quelques phrases. Puis nous nous sommes regardées et avons demandé d'une même voix : « Tu as lu ? Qu'est-ce qu'il dit ? » Nous l'avons relue, plus calmement. Elle commençait par ce vers :

Puisse ton corps ne jamais avoir besoin de médecin,
Puisse ton être délicat ne jamais souffrir du besoin.

Suivaient des salutations, des questions sur ma santé et des vœux de prompt rétablissement.

Quelle courtoisie, quelle élégance ! Son écriture et son style révélaient un jeune homme remarquablement instruit. Parvaneh n'est pas restée longtemps parce qu'elle n'avait pas prévenu sa mère qu'elle passait chez moi. De toute façon, je ne la voyais presque plus. J'étais dans un autre monde. Je ne sentais plus mon corps. J'étais un pur esprit planant dans les cieux. Je me voyais allongée sur mon lit, les yeux ouverts, un grand sourire aux lèvres, pressant la lettre contre mon sein. Pour la toute première fois, j'ai eu des remords d'avoir si souvent regretté de n'être pas morte à la place de Zari. Que la vie était douce ! J'aurais voulu étreindre l'univers entier et le couvrir de baisers.

Le reste de la journée s'est déroulé dans une brume d'extase et de rêveries, et je n'ai même pas remarqué que la nuit était tombée. Qu'ai-je mangé au dîner ? Qui est venu chez nous ? De quoi avons-nous parlé ? En pleine nuit, j'ai allumé la lampe et j'ai relu la lettre, encore et encore. Je l'ai posée sur ma poitrine et j'ai rêvé jusqu'au matin. L'instinct me disait qu'une telle expérience ne vous est offerte qu'une fois dans la vie, à seize ans.

Le lendemain, j'ai attendu avec impatience la venue de Parvaneh. Je me suis assise à la fenêtre, les yeux rivés sur la cour. Mère, qui s'affairait à la cuisine, m'a aperçue et m'a fait signe : « Qu'est-ce que tu veux ? »

J'ai ouvert le battant : « Rien… je m'ennuie. Alors, je regarde la rue, c'est tout. » Quelques minutes plus tard, j'ai entendu tinter la cloche de la porte d'entrée. Mère a ouvert en grommelant. Quand elle a reconnu Parvaneh, elle s'est tournée vers moi avec un air lourd de sous-entendus : c'était donc ça que tu attendais !

Parvaneh a gravi les marches quatre à quatre et a jeté son cartable au milieu de la pièce tout en essayant de retirer une de ses chaussures à l'aide de l'autre pied.

« Allez, entre vite… mais qu'est-ce que tu fabriques ?

— Ces fichues chaussures à lacets ! »

Elle a enfin réussi à se déchausser, elle est entrée et s'est assise. « Relis-moi la lettre, m'a-t-elle demandé, j'en ai oublié certains passages. »

Je lui ai tendu le livre dans lequel je l'avais dissimulée et je lui ai dit : « Raconte-moi ce qui s'est passé aujourd'hui… Tu l'as vu ? »

Elle a ri. « C'est lui qui m'a aperçue le premier. Il était sur les marches, devant la pharmacie et, aux regards qu'il jetait autour de lui, toute la ville a dû comprendre qu'il guettait l'arrivée de quelqu'un. Quand je suis passée devant lui, il m'a saluée sans rougir. "Comment va-t-elle ? Avez-vous pu lui remettre ma lettre ?" a-t-il demandé. J'ai dit : "Oui. Elle va bien. Elle vous passe le bonjour." Il a poussé un soupir de soulagement et m'a expliqué qu'il avait eu peur que tu sois fâchée contre lui. Puis il s'est tortillé dans tous les sens avant de me demander : "Elle n'a pas répondu ?" J'ai dit que je n'en savais rien, que je t'avais simplement remis la lettre et que j'étais repartie. Qu'est-ce que tu vas faire, maintenant ? Il attend ta réponse.

— Tu crois que je devrais lui écrire ? ai-je questionné avec nervosité. Non, non, ce ne serait pas convenable. Si je le fais, il va me prendre pour une fille terriblement effrontée. »

À cet instant, Mère est entrée et a lancé : « Pour être effrontée, tu es effrontée, c'est sûr. »

Mon cœur s'est arrêté de battre. Avait-elle surpris toute notre conversation ? J'ai jeté un coup d'œil en direction de Parvaneh. Elle avait l'air terrifiée, elle

48

aussi. Mère a posé la jatte de fruits qu'elle nous avait apportée et s'est assise.

« Je suis contente de voir que tu as fini par en prendre conscience. »

Parvaneh, qui avait rapidement retrouvé son sang-froid, est intervenue : « Mais non, elle n'a rien fait d'effronté.

— Comment ça ?

— En fait, j'ai expliqué à ma mère que Massoumeh voulait que je passe la voir tous les jours pour que nous révisions nos leçons ensemble. Et Massoumeh était en train de me dire que ma mère doit la trouver terriblement effrontée. »

Mère a secoué la tête d'un air méfiant. Puis elle s'est levée lentement et est sortie en refermant la porte derrière elle. J'ai fait signe à Parvaneh de se taire. Je savais que Mère était restée là, aux aguets. Nous avons commencé à parler tout haut de l'école, des cours et du retard que j'avais pris. Parvaneh s'est mise à lire des extraits de notre manuel d'arabe. Mère aimait beaucoup l'arabe et supposait que nous lisions le Coran. Quelques minutes plus tard, nous l'avons entendue descendre l'escalier.

« C'est bon, elle est partie, a chuchoté Parvaneh. Décide ce que tu veux faire, et vite.

— Je n'en sais rien, moi !

— Il faudra bien que tu finisses par lui écrire ou par lui parler. Vous ne pouvez pas passer votre vie à communiquer par signes et par gestes. Il faudrait au moins que nous connaissions ses intentions. Va-t-il demander ta main, oui ou non ? Peut-être cherche-t-il simplement à nous abuser et à nous détourner du droit chemin. »

J'ai constaté avec intérêt que Parvaneh et moi ne faisions plus qu'une et parlions désormais au pluriel.

« Je ne peux pas, ai-je riposté, très agitée. Je ne sais pas quoi écrire. Et si tu rédigeais à ma place ?

— Moi ? Comment veux-tu que je fasse ? Tu es bien meilleure que moi en rédaction et tu connais un tas de jolis poèmes.

— On va écrire ce qui nous passe par la tête. Ensuite, on rassemblera ce qu'on a fait. Ça devrait donner une vraie lettre. »

Tard dans l'après-midi, j'ai été tirée de mes pensées par Ahmad qui braillait dans la cour. « Il paraît que cette fille vulgaire vient ici tous les jours. Qu'est-ce que ça signifie ? Je t'ai répété je ne sais combien de fois qu'elle ne me plaît pas, avec ses grands airs et ses prétentions ! Pourquoi est-ce qu'elle est tout le temps fourrée ici ? Qu'est-ce qu'elle veut ?

— Rien, mon fils, a répondu Mère. Ne te mets pas dans des états pareils ! Elle vient simplement donner ses devoirs à Massoumeh et elle repart aussitôt.

— Elle a intérêt ! Si je la revois ici, je la fiche dehors à coups de pied. »

Si seulement j'avais pu coincer Ali et le rosser proprement ! Ce petit imbécile nous espionnait et allait tout raconter à Ahmad. Je me suis rassurée en me disant qu'Ahmad ne pouvait rien faire. Il fallait tout de même que je conseille à Parvaneh d'être prudente et de ne venir que quand Ali n'était pas là.

J'ai passé la journée et la nuit à écrire et à raturer. J'avais déjà écrit à Saiid, mais en utilisant mon écriture secrète et en me permettant des phrases beaucoup trop sentimentales et trop familières pour une vraie lettre. C'était la nécessité qui m'avait poussée à inventer ce code. Chez nous, je n'avais aucune intimité, aucun espace à moi. Je ne disposais même pas d'un tiroir personnel. En même temps, il fallait que j'écrive, j'étais incapable de m'en empêcher, j'éprouvais le besoin irrésistible de confier au papier mes sentiments et mes rêves. C'était le seul moyen de mettre un peu d'ordre dans mes pensées et de mieux comprendre ce que je voulais.

Pourtant, je ne savais pas quoi écrire à Saiid. Je ne savais même pas comment m'adresser à lui. Cher Monsieur ? Non, c'était trop formel. Cher ami ? Impossible, cela n'aurait pas été convenable. Devais-je l'appeler par son prénom ? En aucun cas, ce serait bien trop familier. Le jeudi après-midi, quand Parvaneh est passée après les cours, je n'avais toujours pas écrit un seul mot. Elle était plus excitée que jamais et, quand Faati lui a ouvert la porte, elle ne lui a même pas tapoté la tête. Elle a monté l'escalier comme une flèche, a jeté son sac par terre, s'est assise sur le seuil et a commencé à parler tout en retirant ses chaussures.

« Je rentrais de l'école quand il m'a hélée : "Mademoiselle Ahmadi, l'ordonnance de votre père est prête." Mon pauvre père, qui sait de quelle terrible maladie il souffre pour avoir besoin de tous ces médicaments ! Heureusement, cette fouineuse de Maryam n'était pas avec moi aujourd'hui. Je suis entrée et il m'a tendu un paquet. Dépêche-toi, ouvre mon sac. Il est juste là, sur le dessus. »

Mon cœur battait si fort que j'avais l'impression que ma poitrine allait exploser. J'ai trouvé un petit paquet enveloppé de papier blanc. J'ai déchiré l'emballage et découvert un recueil de poèmes en format de poche. Une enveloppe en dépassait. J'étais en nage. J'ai pris la lettre et me suis adossée au mur, me sentant défaillir. Parvaneh, qui s'était enfin débarrassée de ses chaussures, a rampé jusqu'à moi. « Ce n'est pas le moment de tomber dans les pommes ! Lis d'abord, tu t'évanouiras ensuite. »

Malheureusement, Faati est arrivée à cet instant précis. Elle s'est serrée contre moi en me disant : « Mère demande si Mlle Parvaneh veut du thé.

— Non, non ! a répondu Parvaneh. Merci beaucoup. Je ne peux pas rester. »

Puis elle a écarté Faati et l'a embrassée sur les joues. « Va remercier ta mère de ma part, tu veux bien ? Voilà une bonne fille. »

Mais Faati est revenue se cramponner à moi. J'ai compris qu'elle avait reçu l'ordre de ne pas nous laisser seules. Parvaneh a sorti un bonbon de sa poche et le lui a donné : « Sois gentille et va dire à ta mère que je ne veux pas de thé. Sinon, elle va monter l'escalier pour rien, et ce n'est pas bon pour ses jambes. »

Dès que Faati s'est éloignée, Parvaneh m'a arraché la lettre des mains et, tout en chuchotant : « Vite, avant que quelqu'un d'autre arrive », elle a décacheté l'enveloppe et s'est mise à lire à voix haute.

« "Jeune dame respectable". »

Nous avons échangé un coup d'œil et avons éclaté de rire. « Ça, c'est trop drôle ! s'est exclamée Parvaneh. Comment peut-on écrire une chose pareille ! "Jeune dame respectable" ?

— Il craint sans doute que "Mademoiselle" ne soit trop familier pour une première lettre. Pour tout t'avouer, j'ai le même problème. Je ne sais pas comment commencer ma lettre.

— On verra ça plus tard. Lis la suite. »

Je n'ose pas encore écrire votre nom sur le papier, pourtant je le crie dans mon cœur mille fois par jour. Jamais nom n'a été aussi seyant, jamais nom ne s'est aussi bien accordé à un visage. L'innocence de vos yeux et de vos traits est si plaisante au regard ! Je ne respire plus si je ne vous vois pas chaque jour. Au point que, privé de ce bonheur, je suis perdu et ne sais que faire de ma vie.

Mon cœur
Est un miroir embué de chagrin
Auquel seul ton sourire
Saura rendre son éclat.

*Ne vous ayant pas vue ces derniers jours, je me sens
désemparé, je suis à la dérive. Dans cette solitude,
un mot, un message de vous me permettrait de
retrouver le chemin de moi-même. De tout mon être,
je prie pour votre rétablissement. Pour l'amour de
Dieu, prenez soin de vous.*

Saiid.

Grisées, enivrées par la beauté de cette lettre, nous
étions tellement plongées dans nos rêves, Parvaneh et
moi, que nous n'avons pas entendu Ali arriver. Je me suis
dépêchée de glisser le livre et la lettre sous mes jambes.
D'un regard belliqueux et d'un ton revêche, mon frère a
lancé : « Mère voudrait savoir si Mlle Parvaneh désire
partager notre repas.

— Oh non, merci beaucoup, a répondu Parvaneh.
J'étais sur le point de partir.

— Eh bien tant mieux, a grommelé Ali. Parce que
nous allons passer à table, nous. » Et il est sorti.

J'étais furieuse et gênée. Je ne savais pas quoi dire à
Parvaneh. La froideur de ma famille à son égard n'avait
pas pu lui échapper… « Je suis venue trop souvent, a-
t-elle remarqué. Je crois qu'ils m'ont assez vue. Quand
retournes-tu en classe ? Ça fait dix jours que tu ne
bouges pas. Ça ne suffit pas ?

— Je deviens folle à ne pas sortir comme ça. Je suis
fatiguée et je m'ennuie. J'espère bien revenir samedi.

— Vraiment ? Tu crois que ça ira ?

— Je me sens beaucoup mieux. D'ici là, je vais
m'exercer à prendre appui sur ma cheville.

— On sera enfin tranquilles. Je te jure, je n'arrive
plus à regarder ta mère dans les yeux. Je viendrai te
chercher samedi matin à sept heures et demie tapantes,
d'accord ? »

53

Après m'avoir embrassée sur les deux joues, elle a dévalé l'escalier sans prendre la peine de nouer ses lacets. Dans la cour, je l'ai entendue dire à Mère : « Excusez-moi, mais il fallait absolument que je passe aujourd'hui. Nous avons un devoir sur table samedi et je tenais à prévenir Massoumeh pour qu'elle se prépare. Dieu merci, sa cheville va beaucoup mieux. Je viendrai la chercher samedi et nous irons tout doucement à l'école ensemble.

— Inutile, a riposté Mère. Sa cheville n'est pas encore guérie.

— C'est que nous avons un devoir sur table ! a insisté Parvaneh.

— Je veux bien te croire, mais ça n'a tout de même pas une telle importance. Ali me dit que les examens ne commencent que dans un mois. »

J'ai ouvert la fenêtre et j'ai crié : « Non, Mère. Il faut absolument que j'y aille. C'est un examen préparatoire. Sa note s'ajoute à celle que nous obtiendrons au véritable examen. »

Mère s'est retournée vers moi, furieuse, avant de s'éloigner vers la cuisine. Parvaneh a relevé la tête, m'a fait un clin d'œil et est partie.

J'ai immédiatement commencé mes exercices de gymnastique. Dès que j'avais mal, je m'allongeais et posais le pied sur un coussin. Au lieu de masser ma cheville avec un seul jaune d'œuf, j'en ai pris deux, et j'ai aussi doublé la quantité d'huile. Et, au milieu de tout cela, je profitais de la moindre occasion pour lire et relire la lettre qui était devenue mon bien le plus cher et le plus précieux.

Pourquoi son cœur est-il un miroir embué de chagrin ? me demandais-je inlassablement. Il a dû avoir une vie difficile. Il est obligé de travailler et d'entretenir sa mère et ses trois sœurs. En plus, il étudie en même temps. Cela représente sûrement un fardeau très lourd.

Peut-être que, s'il n'avait pas toutes ces responsabilités et si son père était encore en vie, il serait déjà venu demander ma main. Le docteur Ataii dit que sa famille a bonne réputation. J'accepterais même de vivre avec lui dans une chambre froide et humide. Pourquoi a-t-il écrit que mon nom s'accorde bien à mon visage et à mon caractère ? Le fait que j'accepte ses lettres ne prouve-t-il pas que je ne suis pas aussi innocente que ça ? Et d'ailleurs, serais-je tombée amoureuse si j'étais vraiment innocente ? Tout de même, je n'y suis pour rien. J'ai essayé de ne pas penser à lui, j'aurais bien voulu que mon cœur ne batte pas aussi vite quand je le voyais et que je ne rougisse pas, mais c'était plus fort que moi.

Le samedi matin, je me suis réveillée plus tôt que d'habitude. En réalité, je n'avais pour ainsi dire pas fermé l'œil de la nuit. Je me suis habillée et j'ai fait mon lit pour prouver à tous que j'étais parfaitement rétablie. J'ai rangé la canne de Grand-Mère, qui m'avait été fort utile, j'ai pris appui sur la rampe, suis descendue au rez-de-chaussée et je me suis assise devant la nappe du petit déjeuner.

« Tu es sûre que tu peux retourner en classe ? m'a demandé Père. Est-ce qu'il ne vaudrait pas mieux que Mahmoud t'y conduise à moto ? »

Mahmoud a jeté à Père un regard noir. « Que dis-tu, Père ? Il ne manquerait plus que ça : qu'elle circule derrière un homme à moto sans hijab.

— Voyons, mon fils, elle portera un foulard. N'est-ce pas, Massoum ?

— Bien sûr. M'est-il arrivé une seule fois d'aller à l'école sans foulard ?

— Et puis tu es son frère, tu n'es pas un étranger », a ajouté Père.

« Que Dieu ait pitié de nous ! Père, c'est à croire que Téhéran t'a dévoyé, toi aussi. »

J'ai interrompu Mahmoud : « Ne t'inquiète pas, Père. Parvaneh vient me chercher. Nous irons à l'école ensemble. Elle m'aidera si j'en ai besoin. »

Mère a marmonné quelque chose tout bas. Et Ahmad, les yeux bouffis par ses beuveries de la veille au soir, a lancé avec sa grossièreté habituelle : « Ha ! Parvaneh ! Encore elle ! Je t'ai interdit de traîner avec elle, et toi, tu en fais ta béquille ?

— Quoi ? Qu'est-ce qu'elle a qui ne te plaît pas ?

— Tu veux le savoir ? a-t-il ricané. Elle est vulgaire, elle passe son temps à rire et à glousser, elle porte une jupe trop courte et elle balance les hanches en marchant. »

Rouge comme une pivoine, j'ai rétorqué : « Sa jupe n'est absolument pas trop courte. Elle est plus longue que celle de presque toutes les autres filles de l'école. C'est une sportive, elle n'est pas comme toutes celles qui se pavanent et minaudent. Et puis, d'ailleurs, comment sais-tu qu'elle tortille des hanches en marchant ? Qui t'a permis de regarder la fille d'un autre homme ?

— Ferme-la ou je vais te claquer la bouche si fort que toutes tes dents tomberont ! Mère, tu as vu comme elle est devenue insolente ?

— Ça suffit ! a rugi Père. Je connais M. Ahmadi. C'est un homme très respectable et très instruit. Oncle Abbas l'a sollicité pour jouer les médiateurs quand il a eu un différend avec Abol-Ghassem Solati à propos de la boutique voisine. Personne ne contredit M. Ahmadi. Tout le monde a confiance en sa parole. »

Ahmad, qui était devenu rouge vif, s'est tourné vers Mère. « Et voilà ! Et tu t'étonnes qu'elle soit devenue aussi insolente. Elle aurait tort de se priver puisqu'on prend toujours son parti ! » Il s'est tourné vers moi et a grommelé : « Va, va avec elle, ma sœur. Cette fille est la bienséance personnifiée. Va lui demander de t'apprendre la respectabilité. »

Comme par hasard, le timbre de la porte d'entrée a retenti à ce moment-là. Je me suis tournée vers Faati : « Dis-lui que j'arrive tout de suite. » Et, pour mettre fin à la discussion, j'ai noué mon foulard aussi vite que possible, j'ai dit au revoir à la hâte et suis sortie en boitillant.

Dans la rue, le vent froid m'a frappée au visage et je me suis arrêtée quelques secondes pour savourer l'air frais. Il sentait la jeunesse, l'amour et le bonheur. Je me suis appuyée sur Parvaneh. J'avais encore mal à la cheville, mais ça m'était bien égal. J'essayais de contenir mon impatience et nous sommes parties lentement, tranquillement pour l'école. De loin, j'ai aperçu Saiid sur la deuxième marche de la pharmacie. Il regardait vers le bas de la rue. Dès qu'il nous a vues, il est descendu d'un bond pour venir nous saluer. Je me suis mordu la lèvre et, comprenant que son attitude était déplacée, il a rebroussé chemin et a regagné l'escalier. Ses yeux pleins de passion se sont assombris quand il a remarqué que j'avais toujours le pied bandé et que je boitais. Mon cœur aurait voulu s'envoler de ma poitrine pour le rejoindre à tire-d'aile. J'avais l'impression de ne pas l'avoir vu depuis des années, pourtant je me sentais plus proche de lui que lors de notre dernière rencontre. Je le connaissais, à présent, je savais quels sentiments il éprouvait pour moi, et je l'aimais plus que jamais.

Quand nous sommes arrivées devant la pharmacie, Parvaneh s'est tournée vers moi. « Tu dois être fatiguée, a-t-elle remarqué. Arrêtons-nous une seconde. »

J'ai posé la main sur le mur et ai discrètement répondu au bonjour de Saiid. « Votre cheville vous fait-elle très mal ? a-t-il murmuré. Voulez-vous un antalgique ?

— Merci. Ça va beaucoup mieux.

« — Attention, a chuchoté Parvaneh nerveusement. Ton frère Ali arrive. »

Nous lui avons dit au revoir à la hâte, avant de poursuivre notre chemin.

Ce jour-là, nous avions une heure d'éducation physique que nous avons séchée, Parvaneh et moi. Nous avons également séché le cours suivant : nous avions tant de choses à nous raconter ! Quand l'adjointe du proviseur est sortie dans la cour, nous avons couru nous cacher dans les toilettes, avant d'aller nous asseoir derrière la cafétéria. Sous le faible soleil de février, nous avons relu deux ou trois fois la lettre de Saiid. Nous avons admiré sa douceur, sa compassion, sa courtoisie, sa calligraphie, la qualité de sa prose et son érudition.

« Parvaneh, ai-je dit, je me demande si je ne souffre pas d'une maladie cardiaque.

— Qu'est-ce qui te fait penser une chose pareille ?

— Mon cœur ne bat pas normalement. J'ai tout le temps des palpitations.

— Quand tu le vois, ou quand tu ne le vois pas ?

— Quand je le vois, c'est pire. J'ai le cœur qui bat si vite que je n'arrive plus à respirer.

— Ce n'est pas une maladie cardiaque, rassure-toi, s'est-elle esclaffée. C'est le mal d'amour. Si moi, qui n'ai rien à voir là-dedans, je sens mon cœur se serrer et battre violemment quand j'aperçois Saiid, je ne peux qu'imaginer ce que tu ressens.

— Crois-tu que j'éprouverai toujours la même chose quand nous serons mariés ?

— Que tu es bête ! Si c'est le cas, tu feras bien de consulter un cardiologue, parce que tu pourras être sûre que, ce coup-ci, c'est vraiment une maladie cardiaque.

— Oh là là ! Quand je pense qu'il va falloir que nous attendions au moins deux ans avant qu'il ait terminé ses études. Bon, après tout, ce n'est pas si terrible. Et puis, à ce moment-là, j'aurai mon diplôme de fin d'études.

— Je te rappelle qu'il a aussi deux ans de service militaire à faire, a remarqué Parvaneh. À moins qu'il ne l'ait déjà fait.

— Ça m'étonnerait. Quel âge crois-tu qu'il a ? Il en sera peut-être dispensé. Il est fils unique, son père est mort et, du coup, il est soutien de famille.

— Peut-être. Mais il va tout de même falloir qu'il trouve un emploi. Tu crois qu'il parviendra à subvenir aux besoins de deux ménages ? Combien peut gagner un pharmacien ?

— Je n'en sais rien. Au besoin, j'irai vivre avec sa mère et ses sœurs.

— Tu serais prête à partir pour la province et à habiter avec ta belle-mère et tes belles-sœurs ?

— Bien sûr. Je vivrais en enfer avec lui s'il le fallait. Et puis Rezaiyeh est une ville agréable. Il paraît que c'est très propre et très joli.

— Plus que Téhéran ?

— En tout cas, le climat y est plus doux qu'à Qum. Aurais-tu oublié que c'est là-bas que j'ai grandi ? »

Quels rêves délicieux ! On est si romantique à seize ans ! Pour vivre avec Saiid, je serais allée n'importe où, j'aurais fait n'importe quoi.

Nous avons passé une grande partie de la journée, Parvaneh et moi, à lire et relire les projets de réponse que nous avions rédigés. Nous avons repris tous nos brouillons et essayé de mettre au point une lettre parfaite. Mais mon écriture était épouvantable parce que j'avais les doigts gelés et que j'avais dû poser ma feuille de papier sur mon cartable. Nous nous sommes dit qu'il valait mieux que je recopie tranquillement tout ça chez moi pendant la nuit. Nous remettrions ma lettre à Saiid le lendemain.

Ce jour d'hiver a été l'un des plus plaisants de ma vie. J'avais l'impression de tenir le monde dans la paume de ma main. Je possédais tout ce que je pouvais désirer : une excellente amie, un amour véritable, la jeunesse, la beauté et un avenir radieux. J'étais si heureuse que la douleur de ma cheville elle-même m'était chère. Après tout, sans cette entorse, jamais je n'aurais reçu ces magnifiques lettres.

En fin d'après-midi, le ciel s'est couvert et il s'est mis à neiger. Comme nous avions passé plusieurs heures assises dehors dans le froid, des élancements me déchiraient la cheville et j'avais du mal à marcher. Pendant le trajet du retour, j'ai dû m'appuyer de tout mon poids sur l'épaule de Parvaneh et, même ainsi, nous étions obligées de nous arrêter très fréquemment pour reprendre notre souffle. Nous sommes enfin arrivées devant la pharmacie. Voyant que je souffrais le martyre, Saiid s'est précipité dans la rue, m'a prise par le coude et m'a conduite à l'intérieur, où il nous a invitées à nous asseoir sur le canapé installé dans un angle. Il faisait chaud et clair dans la pharmacie, et à travers les hautes vitres embuées la rue paraissait triste et glaciale. Le docteur Ataii était occupé à servir les clients qui faisaient la queue devant le comptoir. Il les appelait un par un et leur expliquait leur traitement. Comme tous les regards étaient rivés sur lui, personne ne prêtait attention à nous.

Saiid s'est accroupi devant moi, il a soulevé mon pied et l'a posé sur la table basse, devant le canapé. Il a tâté précautionneusement ma cheville bandée. Malgré l'épaisseur de bandages, le contact de sa main m'a fait frémir comme si j'avais touché un fil électrique. Quelle sensation bizarre ! Il tremblait, lui aussi. Avec un regard plein de douceur, il m'a dit : « C'est encore très enflé. Vous n'auriez pas dû prendre appui dessus. Je vais aller vous chercher de la pommade et un antalgique. »

Il s'est levé et est passé derrière le comptoir tandis que je le suivais des yeux. Il est revenu avec un verre d'eau et un comprimé. J'ai avalé le comprimé et, quand je lui ai rendu le verre, il m'a tendu une nouvelle enveloppe. Nos regards se sont croisés. Tout ce que nous aurions voulu nous dire s'y reflétait. Les mots étaient inutiles. Ma douleur avait disparu, je ne voyais plus que lui. Ceux qui nous entouraient s'étaient évanouis dans une sorte de brouillard ; leurs voix étaient assourdies, incompréhensibles. Je flottais, grisée, dans un autre monde, quand Parvaneh m'a soudain donné un coup de coude.

« Quoi ? Qu'y a-t-il ? ai-je demandé, confuse.

— Regarde ! Là ! »

Haussant les sourcils, elle a pointé le menton vers la vitrine de la pharmacie. Je me suis redressée instinctivement, et mon cœur s'est mis à battre la chamade. Debout sur le trottoir, Ali regardait à l'intérieur, le visage collé à la vitre, les mains en visière au-dessus des yeux.

Parvaneh s'est tournée vers moi : « Que t'arrive-t-il ? Tu es jaune comme du curcuma ! » Elle s'est levée et a ouvert la porte en criant : « Ali, Ali, viens, viens vite m'aider. Massoumeh a des problèmes avec sa cheville, elle a atrocement mal. Je n'arrive pas à la ramener chez vous toute seule. » Mon frère lui a jeté un coup d'œil mauvais et s'est éloigné en courant. Parvaneh est rentrée et m'a dit : « Tu as vu comment il m'a regardée ? S'il avait pu m'arracher la tête, il n'aurait pas hésité un instant ! »

*

Quand nous sommes arrivées chez moi, le soleil se couchait et il faisait déjà presque nuit. Je n'ai même pas eu le temps de sonner que la porte s'est ouverte toute grande. Une main m'a happée et m'a tirée à l'intérieur.

61

Ne comprenant pas ce qui se passait, Parvaneh a fait mine de me suivre. Mère s'est alors ruée sur elle et l'a repoussée brutalement dans la rue en criant : « Je ne veux plus jamais te voir ici. Tout ça, c'est ta faute ! » Et elle lui a claqué la porte au nez.

J'ai dévalé les marches en titubant et me suis affalée au milieu de la cour. Ali m'a attrapée par les cheveux et m'a traînée à l'intérieur de la maison. Je ne pensais qu'à Parvaneh. Quelle humiliation ! Je hurlais : « Tu vas me lâcher, espèce d'idiot ! »

Mère est entrée et, sans cesser de me maudire et de m'injurier, elle m'a pincé le bras cruellement.

« Mais qu'est-ce que vous avez ? ai-je crié. Que s'est-il passé ? Vous êtes devenus fous, ou quoi ?

— Tu sais très bien ce qui s'est passé, espèce de dévergondée ! a répliqué Mère. Voilà que tu fais les yeux doux à un étranger, et en public qui plus est !

— Un étranger ? Quel étranger ? J'avais mal à la cheville ; le docteur l'a examinée et m'a donné un médicament. C'est tout ! Je mourais de douleur. En plus, dans l'islam, un docteur n'est pas considéré comme un étranger.

— Un docteur ! Un docteur ! Depuis quand le larbin d'une boutique est-il docteur ? Tu me prends pour une idiote ? Tu crois que je ne me suis pas rendu compte que tu as quelque chose derrière la tête depuis un certain temps ?

— Pour l'amour de Dieu, Mère, tu te trompes. »

Ali m'a donné un coup de pied et les veines de son cou se sont gonflées pendant qu'il grondait d'une voix rauque : « Mais oui, c'est ça ! Je t'ai suivie tous les jours. Ce benêt reste planté à la porte et n'arrête pas de regarder dans la rue, en attendant que ces charmantes demoiselles se pointent. Mes copains sont au courant. "Ta sœur et son amie sont avec ce type", voilà ce qu'ils disent. »

Mère s'est frappé la tête du plat de la main et a gémi :
« Que Dieu me fasse la grâce de te voir à la morgue, sur
la table d'autopsie. Quelle honte ! Quel déshonneur !
Qu'est-ce que je vais dire à ton père et à tes frères ? » Et
elle m'a encore pincé le bras.

À cet instant, la porte s'est ouverte violemment et
Ahmad est entré, les poings serrés, me jetant un regard
noir de ses yeux injectés de sang. Il avait tout entendu.

« Alors comme ça, tu as fini par le faire ? a-t-il jeté
d'un ton hargneux. Et voilà, Mère ! Débrouille-toi avec
elle, maintenant. J'ai toujours su que, si elle mettait les
pieds à Téhéran, elle ne nous apporterait que de la honte.
Tu as vu comment elle se pomponne pour traîner dans
les rues avec cette fille ? Comment comptes-tu garder la
tête haute devant nos amis et nos voisins, maintenant ?

— Qu'est-ce que j'ai fait de mal ? ai-je riposté. Je le
jure sur la vie de Père, j'allais tomber dans la rue, alors
l'assistant du pharmacien m'a fait entrer pour me donner un antidouleur. »

Mère a examiné mon pied. Il était tellement enflé
qu'on aurait dit un oreiller. Elle l'a à peine effleuré que
j'ai hurlé tant j'avais mal.

« Ne t'occupe pas d'elle, a lancé Ahmad sèchement.
Après le scandale qu'elle a causé, tu la dorlotes encore ?

— Un scandale ? Qui est un objet de scandale ? Moi,
ou bien toi, qui rentres soûl tous les soirs et qui as une
liaison avec une femme mariée ? »

Ahmad s'est jeté sur moi et m'a frappé les lèvres du
dos de la main avec une telle violence que ma bouche
s'est remplie de sang. J'ai perdu la tête. « Parce que je
mens, peut-être ? ai-je crié. Je t'ai vu, de mes propres
yeux. Son mari n'était pas là et tu t'es glissé furtivement
dans leur maison. En plus, ce n'était pas la première
fois. » Un autre coup a atterri sous mon œil. Prise de
vertige, j'ai cru un instant que j'étais devenue aveugle.

« Vas-tu te taire, ma fille ! a crié Mère. Tu n'as donc aucune pudeur ?

— Attends un peu que je raconte tout à son mari », ai-je repris sur le même ton.

Mère s'est précipitée vers moi et m'a couvert la bouche de la main. « Qu'est-ce que je t'ai dit ? Tais-toi ! »

Je me suis écartée d'elle et, folle de rage, j'ai poursuivi de plus belle : « Parce que tu ne sais pas que ton fils rentre soûl tous les soirs ? La police l'a déjà emmené deux fois au poste parce qu'il a menacé quelqu'un avec un couteau. Mais ça, ce n'est pas un scandale, bien sûr, alors que si j'entre à la pharmacie pour qu'on me donne un comprimé, je vous couvre de honte ! »

Malgré deux gifles consécutives qui m'ont fait tinter les oreilles, j'étais incapable de me maîtriser, incapable de me calmer.

« Tais-toi, te dis-je. Que Dieu t'envoie la diphtérie ! La différence entre ton frère et toi, c'est que toi, tu es une fille ! » Mère a fondu en larmes, a levé les bras au ciel et a imploré Dieu : « Ô Dieu, sauve-moi ! Qui m'entendra ? Fille, je prie pour que tu souffres ! Je prie pour que tu sois mise en pièces ! »

J'étais effondrée par terre, dans le coin de la pièce. Complètement abattue, j'avais les yeux gonflés de pleurs. Ali et Ahmad étaient dans la cour en train de chuchoter entre eux. La voix de Mère, brisée de larmes, les a interrompus : « Ali, ça suffit. Tais-toi. »

Mais Ali n'avait pas terminé de faire son rapport à Ahmad. Je me demandais d'où il tenait ces informations.

Une fois de plus, Mère a lancé : « Ali, ça suffit, j'ai dit ! Va vite acheter du pain. » Et finalement, avec une taloche, elle l'a poussé dehors.

J'ai entendu Père dire bonjour en arrivant dans la cour et Mère lui répondre comme d'habitude.

« Oh ! Tu rentres de bonne heure, Mostafa Agha…

— Il fait tellement froid qu'il n'y a personne dans les boutiques, alors j'ai décidé de fermer un peu plus tôt, a expliqué Père. Que se passe-t-il, ici ? Tu as l'air énervée. Je vois qu'Ahmad est rentré, lui aussi. Et Mahmoud ?

— Non. Mahmoud n'est pas encore là. C'est pour ça que je suis inquiète. En général, il rentre toujours avant toi.

— Il n'a pas pris sa moto, aujourd'hui, a fait remarquer Père. La circulation est difficile et il doit avoir du mal à trouver un taxi. Il y a de la neige et du verglas partout. Décidément, l'hiver n'en finit pas, cette année… Ah ! Je vois que l'Arménien a fermé de bonne heure lui aussi et que quelqu'un en a profité pour rentrer à la maison. »

Père adressait rarement la parole à Ahmad et ne parlait de lui que par des allusions détournées et ironiques.

Assis au bord du bassin, Ahmad a répliqué : « En fait, il n'a pas fermé plus tôt que d'habitude. Mais je ne partirai pas d'ici avant de savoir ce que vous comptez faire. »

Tout en se tenant au chambranle de la porte, Père a commencé à retirer ses chaussures. La lumière de l'entrée n'éclairait qu'en partie la pièce et comme j'étais par terre, près du *korsi*, il ne pouvait pas me voir. Il a lancé d'un ton railleur : « Ah oui ? Alors comme ça, ce n'est pas à nous de savoir ce que ce monsieur compte faire, c'est à ce monsieur de savoir ce que nous comptons faire.

— Oui, avec votre scélérate de fille. »

Le visage de Père est devenu blanc comme la craie.

« Attention à ce que tu dis ! L'honneur de ta sœur et le tien ne font qu'un. Tu devrais avoir honte de toi.

— Ah oui ? Alors qu'elle fait son possible pour nous déshonorer ? Sors la tête de la neige, Père, et cesse de t'en prendre à moi. Ton grand baquet de honte s'est renversé par terre. Tout le quartier l'a entendu tomber, sauf toi, parce que tu as du coton dans les oreilles et que tu refuses d'entendre. »

Père tremblait de tous ses membres. « Ahmad, mon chéri. Ahmad ! a supplié Mère, terrifiée. Que Dieu m'accorde de donner ma vie pour toi, que ce qui t'afflige et te trouble retombe sur ma tête, mais ne dis pas des choses pareilles. Tu veux faire mourir ton père ? Il ne s'est rien passé, voyons. Elle avait mal à la cheville et on lui a donné un comprimé. »

Ayant repris son sang-froid, Père l'a interrompue : « Laisse-le parler. Je veux entendre ce qu'il a à dire.

— Tu n'as qu'à interroger ta fille chérie ! » a rétorqué Ahmad en tendant le doigt vers l'intérieur de la pièce. Père a tourné la tête et m'a cherchée des yeux. Comme il n'y voyait pas grand-chose, il a tendu le bras pour allumer la lampe. Je ne sais pas quel spectacle j'offrais, mais il a eu l'air terrifié.

« Grand Dieu ! Que t'ont-ils fait ? » a-t-il demandé, le souffle court. Il s'est précipité vers moi et m'a aidée à m'asseoir. Puis il a sorti son mouchoir de sa poche pour essuyer le sang qui ruisselait du coin de ma bouche. Son mouchoir sentait bon l'eau de rose.

« Qui t'a fait ça ? » a-t-il répété.

Mes larmes ont redoublé.

« Espèce de vaurien, tu as osé lever la main sur une femme ? a-t-il crié à Ahmad.

— Nous y voilà, a répliqué mon frère. C'est ma faute, maintenant ! Ne parlons plus de pudeur ni de vertu. Nous n'en avons pas. Qu'importe si cette fille passe entre les mains de tous et de n'importe qui ! En plus, je me fais insulter. »

Je n'avais pas entendu Mahmoud rentrer. Je l'ai aperçu alors, arrêté à mi-chemin entre la cour et la maison, l'air effaré. Mère s'est interposée et, tout en drapant son tchador autour de ses épaules, elle a dit : « Ça suffit, maintenant. Louez le Prophète et ses descendants. Le dîner est prêt. Toi, reste où tu es. Et toi, prends cette nappe et étale-la par terre, ici. Faati ? Faati ? Où es-tu passée, petit diable ? »

Faati avait assisté à la scène sans que personne la voie. Elle a surgi alors de l'ombre de la literie empilée dans l'angle de la pièce et s'est précipitée à la cuisine. Quelques minutes plus tard, elle est revenue chargée de la vaisselle du dîner, qu'elle a posée doucement sur le *korsi*.

Père a fini d'examiner l'entaille que j'avais à la commissure des lèvres, mon œil au beurre noir et mon nez ensanglanté, et m'a demandé : « Qui t'a fait ça ? Ahmad ? Qu'il soit maudit ! » Puis il s'est tourné vers la cour en criant : « Espèce de brute, suis-je mort à tes yeux pour que tu te permettes de traiter ainsi mon épouse et mon enfant ? Même Shemr qui a tué l'imam Hossein à Kerbela n'a pas maltraité de la sorte ses épouses et ses filles.

— Très bien ! Très bien ! Cette demoiselle est pure et sainte et je suis pire que Shemr. Père, ta fille t'a dépouillé de ton honneur. Peut-être y es-tu indifférent, mais pas moi. Je jouis encore d'une certaine considération dans le monde, figure-toi. Attends un peu qu'Ali revienne. Tu le questionneras sur ce qu'il a vu. Cette demoiselle flirte avec le larbin de la pharmacie au vu et au su de tous.

— Père ! Père, je te jure devant Dieu qu'il ment ! me suis-je écriée d'une voix implorante. Je le jure sur ta vie, je le jure sur la tombe de Grand-Mère, j'avais affreusement mal à la cheville, aussi mal que le premier jour, j'ai failli m'effondrer dans la rue, alors Parvaneh m'a traînée jusqu'à la pharmacie. Ils m'ont fait poser le pied en hauteur et m'ont donné un antidouleur. D'ailleurs, Ali était là, lui aussi, mais quand Parvaneh lui a demandé de venir l'aider, il est parti en courant. Et ensuite, j'étais à peine arrivée à la maison qu'ils me sont tous tombés dessus. »

Je me suis mise à sangloter. Mère était en train de mettre le couvert pour le dîner. Mahmoud, adossé à l'étagère à côté de moi, observait toute cette agitation avec un calme qui ne lui ressemblait pas. Ahmad s'est précipité vers la maison, il s'est arrêté sur le seuil, s'est accroché à l'encadrement de la porte et a hurlé comme un fou : « Dis-le, dis-le donc. Ce type a posé ta jambe sur la table, il t'a touchée, il t'a caressée. Et toi, tu riais. Tu lui faisais les yeux doux. Dis-le. Dis-le qu'il t'attend dans la rue tous les jours, qu'il te dit bonjour, qu'il te fait du charme… »

L'humeur de Mahmoud a changé. Son visage s'est empourpré et il a marmonné quelque chose. Tout ce que j'ai entendu était : « Que Dieu ait pitié. » Père s'est tourné vers moi d'un air interrogateur.

« Père, Père, je le jure sur cette bénédiction – Ali venait de rentrer avec du pain frais dont le parfum emplissait la pièce – il ment, il dit du mal de moi parce que j'ai découvert qu'il va voir Mme Parvin en cachette. »

Une fois de plus, Ahmad s'est jeté sur moi, mais Père m'a fait un rempart de son bras et l'a mis en garde : « Je ne te conseille pas de lever la main sur elle ! Ce que tu dis ne peut pas être vrai. Sa directrice m'a dit qu'il n'y a pas dans toute l'école de jeune fille plus correcte et plus innocente que Massoumeh.

— Ha ! a ricané Ahmad. C'est à se demander ce qu'on leur apprend dans cette école.

— Tais-toi. Surveille tes propos.

— Père, il a raison, a renchéri Ali. Je l'ai vu de mes propres yeux. Ce type a mis sa jambe sur la table et l'a massée.

— Ce n'est pas vrai, Père, je te le jure. Il tenait ma chaussure, c'est tout, et ma cheville est si bien bandée qu'aucune main ne pourrait la toucher. En plus, un docteur n'est pas considéré comme un étranger. N'est-ce pas, Père ? Il m'a simplement demandé : "Où avez-vous mal ?"

— C'est ça ! a raillé Ahmad. Et tu voudrais qu'on te croie ! Regardez-moi cette chiure d'oiseau, cette maigrichonne de quarante kilos qui prétend nous faire tourner autour de son petit doigt. Tu peux duper Père, mais je suis plus malin que tu ne crois.

— Tais-toi, Ahmad, ou c'est moi qui vais t'obliger à te taire, a rugi Père.

— Vas-y ! Qu'est-ce que tu attends ? Tu ne sais faire que ça, nous taper dessus. Ali ! Raconte-leur ce que tu m'as dit.

— Le larbin de la pharmacie les attend dehors tous les jours, a rapporté Ali. Dès qu'elles arrivent, il leur dit bonjour et elles lui répondent. Et ensuite, elles chuchotent entre elles et gloussent.

— Il ment. Ça fait dix jours que je ne suis pas allée en classe. Pourquoi inventes-tu des histoires pareilles ? Oui, c'est vrai, chaque fois qu'il voit Parvaneh, il lui dit bonjour. Il connaît son père, il prépare ses médicaments et les lui donne.

— Que la tombe de cette fille brûle dans les flammes, s'est écriée Mère en se frappant la poitrine. Tout est sa faute.

Alors pourquoi la laisses-tu entrer chez nous ? a lancé Ahmad sèchement. Je t'avais bien dit que je ne voulais pas la voir ici.

— Que veux-tu que je fasse ? s'est défendue Mère. Elle vient, et elles restent assises à lire leurs livres de classe ensemble. »

Ali a tiré Ahmad par le bras et lui a chuchoté quelque chose à l'oreille.

« Qu'est-ce que vous mijotez encore ? a demandé Père. Dites ce que vous avez à dire à voix haute, que chacun en profite.

— Elles ne lisent pas leurs livres, Mère, a repris Ali. Elles lisent autre chose. Un jour, je suis entré et elles se sont dépêchées de cacher des papiers sous leurs jambes. Elles me prennent pour un enfant !

— Va, va regarder dans ses livres, voir si tu trouves ces papiers, a crié Ahmad.

— Je les ai cherchés avant qu'elle rentre. Ils n'y sont pas. »

J'avais le cœur qui battait à tout rompre. Et s'ils trouvaient mon cartable ? Tout serait perdu. J'ai discrètement parcouru la pièce du regard. Mon cartable était par terre derrière moi. Lentement, précautionneusement, je l'ai poussé sous la couverture qui recouvrait le *korsi*. La voix glaciale de Mahmoud a rompu les quelques secondes de silence qui s'étaient établies.

« Je ne sais pas de quoi vous parlez, mais c'est sûrement dans son cartable. Elle vient de le glisser sous la couverture. »

J'ai eu l'impression qu'un seau d'eau glacée s'était vidé sur ma tête. J'étais muette. Ali s'est précipité en avant, il a attrapé mon sac et l'a vidé sur le *korsi*. J'étais impuissante. J'avais le vertige, j'étais paralysée. Il a secoué mes livres énergiquement et les lettres sont tombées. Ahmad les a ramassées d'un bond et en a immédiatement déplié une, manifestement ravi. On aurait pu croire qu'il venait de recevoir la plus belle récompense du monde.

La voix vibrante d'excitation, il a lancé : « Nous y voilà, nous y voilà, Père. Écoute bien, ça va te plaire. »

Et il s'est mis à déclamer, persifleur.

« "Jeune dame respectable, je n'ose pas encore…" »

Je frémissais d'humiliation, de crainte et de colère. Le monde tournait autour de moi. Ahmad n'arrivait pas à

70

lire certains passages et en avait laborieusement déchiffré la moitié quand Mère lui a demandé : « Mais qu'est-ce que ça veut dire, mon fils ?

— Ça veut dire qu'il la regarde dans les yeux avec amour… mais elle est pure et innocente, bien sûr. À d'autres !

— Que Dieu me prenne la vie ! a haleté Mère.

— Écoutez tous ça. "Mon cœur est je-ne-sais-pas-quoi de chagrin, blablabla, ton sourire…" Espèce de dévergondée, d'impudique ! Je vais lui montrer un sourire qu'il n'est pas près d'oublier, moi.

— Regarde, regarde, il y en a une autre ! a dit Ali. C'est sûrement sa réponse. »

Ahmad lui a arraché le feuillet des mains.

« Magnifique ! Cette jeune dame respectable lui a répondu. »

Le visage empourpré, les veines du cou gonflées, Mahmoud s'est mis à hurler : « Je vous l'avais bien dit ! Je vous l'avais bien dit ! Une fille qui s'attife comme ça et qui traîne dans les rues d'une ville où rôdent des loups ne peut pas rester pure et intacte. Je vous avais bien dit de la marier, mais vous, vous avez voulu qu'elle aille à l'école. Quelle bonne idée ! Qu'elle aille à l'école pour apprendre à écrire des lettres d'amour ! »

Je ne pouvais pas me défendre. J'étais désarmée. J'ai capitulé, jetant à Père un regard plein d'appréhension et d'angoisse. Ses lèvres tremblaient et il était si pâle que j'ai eu peur qu'il s'évanouisse. Il a tourné vers moi ses yeux sombres. Contrairement à ce que je pensais, ils n'exprimaient aucune colère. J'y ai lu en revanche de l'incompréhension et un chagrin insondable qui se reflétait dans l'éclat d'une larme retenue. « Est-ce ainsi que tu me témoignes ta gratitude ? a-t-il murmuré. Tu as vraiment tenu parole. Tu t'es vraiment attachée à préserver mon honneur. »

Ce regard et ces mots étaient bien plus douloureux que tous les coups que j'avais reçus, et ils m'ont percé le cœur comme un poignard. Les larmes ruisselaient sur mes joues tandis que je cherchais à me justifier d'une voix tremblante : « Je te jure que je n'ai rien fait de mal. »

Père m'a tourné le dos en disant : « Ça suffit, tais-toi ! »

Il a quitté la maison sans prendre son manteau. J'ai compris ce que son départ signifiait. Il me privait de son soutien et me livrait à mes frères.

Ahmad parcourait toujours les lettres. Je savais que la lecture n'était pas son fort ; de plus, Saiid avait écrit en cursive, ce qui lui compliquait encore la tâche. Il faisait pourtant semblant de tout comprendre et cherchait à dissimuler sa jubilation sous un masque de colère. « Eh bien, quel scandale, n'est-ce pas ? a-t-il lancé quelques minutes plus tard en s'adressant à Mahmoud. Ce bâtard nous prend pour des lâches, des chiffes molles. Attends un peu, je vais lui donner une leçon qu'il n'est pas près d'oublier. Je n'arrêterai pas avant d'avoir fait couler son sang. Cours, Ali. Va vite chercher mon couteau. J'ai droit à son sang, n'est-ce pas, Mahmoud ? Il a des vues sur notre sœur. En voici la preuve. De sa propre main. Dépêche-toi, Ali. Il est dans le placard, à l'étage…

— Non, laisse-le ! ai-je crié, horrifiée. Il n'a rien fait de mal. »

Ahmad a éclaté de rire et, avec un calme que je ne lui avais pas vu depuis longtemps, il s'est tourné vers Mère : « Mère, tu vois ? Tu l'entends défendre son amant ? J'ai droit à son sang à elle aussi. N'est-ce pas, Mahmoud ? »

Les yeux noyés de larmes, Mère s'est frappé la poitrine en s'écriant : « Mon Dieu, quel sort funeste ! Ma fille, puisse Dieu te faire souffrir. Quelle impudeur !

Pourquoi n'es-tu pas morte à la place de Zari ? Vois ce que tu m'infliges ! »

Ali a dévalé l'escalier avec le couteau. Ahmad s'est levé nonchalamment, comme s'il s'apprêtait à sortir pour une simple course. Il a resserré la ceinture de son pantalon, pris le couteau et l'a agité devant moi avec un rire hideux.

« Quelle partie de lui veux-tu que je te rapporte ?

— Non ! Non ! » ai-je hurlé. Je me suis jetée à ses pieds, j'ai entouré ses jambes de mes bras et l'ai supplié : « Pour l'amour de Dieu, jure sur la vie de Mère que tu ne lui feras pas de mal. »

Me traînant derrière lui, il s'est dirigé vers la porte.

« Je t'en supplie, non. J'ai mal agi. Je me repens… »

Ahmad me contemplait avec un plaisir cruel. Arrivé à la porte d'entrée, il a sifflé une obscénité entre ses dents avant de tirer sa jambe d'un coup sec pour me faire lâcher prise. Ali, qui nous avait suivis, m'a donné un violent coup de pied et m'a jetée au bas de l'escalier qui menait à la porte d'entée.

En s'éloignant, Ahmad a hurlé : « Je t'apporterai son foie ! » Et il a claqué la porte derrière lui.

J'avais les côtes brisées. Je ne parvenais plus à respirer. Mais c'était mon cœur qui me faisait le plus souffrir. J'étais terrifiée à l'idée qu'Ahmad provoque Saiid et n'osais imaginer ce qu'il lui ferait. Assise dans la neige et la glace à côté du bassin, je sanglotais et tremblais de la tête aux pieds, mais le froid n'y était pour rien. Mère a demandé à Mahmoud de m'obliger à rentrer, pour éviter une disgrâce plus terrible encore. Mahmoud a d'abord refusé de me toucher : j'étais désormais souillée et impure à ses yeux. Il m'a finalement attrapée par mes vêtements et, avec une rage surprenante, m'a arrachée du bassin, m'a traînée jusque dans la maison et m'a projetée au milieu de la pièce. Ma tête a heurté l'arête de la porte et la chaleur du sang a inondé mon visage.

« Mahmoud, rejoins vite Ahmad, a dit Mère, veille à ce qu'il ne s'attire pas d'ennuis.

— Ne t'inquiète pas. Ce type mérite tout ce qu'Ahmad pourra lui faire. En fait, nous devrions la tuer, elle aussi. »

Il a tout de même fini par sortir, et le calme est retombé sur la maison. Mère marmonnait toute seule et pleurait. Dans un coin, Faati se rongeait les ongles sans me quitter du regard. Quant à moi, je ne pouvais pas m'arrêter de sangloter. J'étais plongée dans un étrange état de stupeur et avais perdu la notion du temps. Le bruit de la porte d'entrée m'a enfin ramenée sur terre et j'ai sursauté, épouvantée. Jacassant vulgairement, Ahmad est arrivé et a brandi son couteau ensanglanté devant mes yeux. « Voilà, regarde bien. C'est le sang de ton amant. »

La pièce s'est mise à tourner autour de moi. Le visage d'Ahmad s'est déformé et un rideau noir est tombé devant mes yeux. Je m'enfonçais dans un puits sans fond. Les bruits qui m'entouraient se sont mués en une vague et interminable cacophonie. Je sombrais de plus en plus profondément, sans espoir que ma chute prenne fin un jour.

Zari était mourante. Son visage présentait une étrange couleur. Elle respirait difficilement ; sa poitrine et son ventre se soulevaient rapidement avec un bruit de râles. Terrifiée, je l'observais, cachée derrière la pile de literie. Le bruit de voix en provenance de la cour ne faisait qu'ajouter à mon angoisse.

« Mostafa Agha, je te jure qu'elle est au plus mal. Va vite chercher le médecin.

— Ça suffit ! Ça suffit ! Quelle hystérie ! Tu inquiètes mon fils. Ce n'est rien, voyons. J'attends que la décoction soit prête. Si je la lui fais avaler maintenant, elle sera rétablie avant ton retour. Allez, va, ne reste pas planté comme ça… va, mon fils. Rassure-toi, ta fille ne mourra pas. »

Zari me tenait par la main. Nous courions dans un long tunnel noir. Ahmad nous poursuivait, un couteau à la main. À chaque pas, il se rapprochait de quelques mètres. On aurait pu croire qu'il volait. Nous hurlions, mais c'était le rire et la voix d'Ahmad que nous renvoyait l'écho du tunnel.

« Du sang ! Du sang ! Regarde, c'est du sang ! »

Grand-Mère essayait de faire boire sa décoction à Zari. Mère tenait sa tête sur ses genoux et pressait sur les côtés de sa bouche pour l'obliger à entrouvrir les lèvres. Zari était si faible qu'elle ne se débattait même pas. Grand-Mère versait le liquide à la cuiller dans sa bouche, mais il ne descendait pas jusque dans sa gorge. Mère lui souffla sur le visage. Zari cessa de respirer, battit des bras et des jambes, puis se remit à respirer avec un bruit bizarre.

Mère cria : « Mme Azra dit qu'il faut l'emmener chez le médecin, celui qui s'est installé près du sanctuaire.

— Laisse-la dire ce qu'elle veut ! rétorqua Grand-Mère. Lève-toi et va préparer le dîner. Ton mari et tes fils vont rentrer d'un moment à l'autre. »

Grand-Mère était penchée sur Zari et récitait des prières. Le visage de Zari était devenu très foncé et des sons étranges sortaient de sa gorge. Soudain, Grand-Mère se précipita dans la cour en hurlant : « Tayebeh, Tayebeh, vite ! Cours chercher le médecin ! »

Je pris la main de Zari et lui caressai les cheveux. Elle avait la figure presque noire. Elle ouvrit les yeux. Ils étaient si grands, si effrayants. Le blanc était injecté de sang. Elle me serra la main. Puis elle souleva la tête de son oreiller et retomba en arrière. Je dégageai ma main de la sienne et courus me cacher derrière le tas de courtepointes et d'oreillers. Ses bras et ses jambes s'agitaient. Je me couvris les oreilles de mes mains et enfonçai mon visage dans un coussin.

Dans la cour, Grand-Mère faisait tournoyer en l'air la cheminée d'allumage du charbon de bois. Elle grandissait de plus en plus, et finissait par remplir toute la cour. La voix de Grand-Mère résonnait à mes oreilles : « Les filles ne meurent pas. Les filles ne meurent pas. »

Zari dormait. Je lui caressai les cheveux et les écartai de son visage, mais c'était Saiid. Sa tête roula de l'oreiller et tomba par terre. Je hurlai, mais aucun son ne sortit de ma gorge.

Mes cauchemars étaient sans fin. De temps en temps, mes propres cris me réveillaient, puis, baignée de sueur, je replongeais dans l'abîme. Je ne sais pas combien de temps je suis restée inconsciente.

Je me suis réveillée un jour avec une sensation de brûlure au pied. C'était le matin. Une odeur d'alcool régnait dans la pièce. Quelqu'un m'a obligée à tourner la tête et a dit : « Elle est réveillée, madame. Je vous jure qu'elle est réveillée. Elle me regarde. »

Les visages étaient flous, mais les voix distinctes.

« Ô imam Moussa bin-Jafar, toi qui satisfais les besoins de tous, accorde-nous le salut !

— Madame, elle reprend conscience. Préparez du bouillon et essayez de lui en faire avaler un peu. Voilà presque une semaine qu'elle n'a rien mangé. Son estomac est affaibli. Il faudra la nourrir très lentement. »

J'ai refermé les yeux. Je ne voulais voir personne.

« Le bouillon de poulet sera prêt dans une minute. Que Dieu soit loué une centaine de milliers de fois. Ces derniers temps, elle a vomi tout ce que j'ai réussi à lui faire absorber.

— Hier, quand sa fièvre est tombée, j'ai su qu'elle ne tarderait pas à reprendre connaissance. Pauvre petite, elle a tellement souffert ! Comment une fièvre aussi forte et un délire aussi violent ont-ils pu s'emparer de son corps ? C'est à n'y pas croire !

— Oh, madame Parvin, je souffre le martyre. Je crois bien que, ces derniers jours, je suis morte et revenue à la vie une bonne centaine de fois. D'un côté, je suis condamnée à voir ma chère enfant entre la vie et la mort, de l'autre, je suis obligée d'endurer la honte et de tolérer les sarcasmes de ses frères sur l'impudeur de ma propre fille ! C'est un feu qui me dévore de l'intérieur. »

Je ne souffrais pas. J'étais simplement allongée dans mon lit, faible et fragile. Le simple fait de dégager ma main de la couverture représentait une tâche herculéenne. J'aurais voulu continuer à dépérir peu à peu jusqu'à ce que la mort me délivre. Pourquoi m'étais-je réveillée ? Ce monde ne présentait aucun attrait pour moi.

Quand j'ai repris une nouvelle fois conscience, Mère avait posé ma tête sur ses genoux et cherchait à me faire boire un peu de bouillon. Je secouais la tête et résistais à la pression de ses doigts sur mes joues.

« Que Dieu me permette de sacrifier ma vie pour toi, prends-en une cuillerée, une seule... Vois dans quel état tu es. Avale ça. Que toute ta peine et ta douleur retombent sur moi. »

C'était la première fois de ma vie que Mère me parlait avec une telle tendresse. Quand elle n'était pas occupée avec les plus petits, elle veillait sur mes grands frères, qu'elle aimait plus que sa propre vie. Me trouvant au milieu, j'avais toujours été délaissée. Je n'étais ni son premier ni son dernier enfant ; de plus, je n'étais pas un garçon. Si Zari n'était pas morte, j'aurais sans doute été complètement oubliée ; exactement comme Faati, qui restait le plus souvent cachée dans un coin et à qui personne ne prêtait attention. Je n'oublierai jamais le jour de sa naissance. Grand-Mère s'était évanouie en apprenant que le bébé était une fille. Pire encore, on avait ensuite accusé Faati de porter malchance, parce que, après sa naissance, Mère avait fait deux fausses couches et que, chaque fois, le bébé qu'elle avait perdu était un garçon. Je me demandais bien comment elle l'avait su.

Le bouillon s'est renversé sur le drap. Mère a grommelé et a quitté la chambre.

J'ai ouvert les yeux. C'était la fin de l'après-midi. Assise à côté de moi, Faati écartait mes cheveux de mon visage de ses petites mains. Elle avait l'air tellement innocente, et tellement seule. Je l'ai regardée et j'ai cru me voir, à côté de Zari. J'ai senti la chaleur des larmes sur mes joues.

« J'étais sûre que tu te réveillerais, a murmuré Faati. Pour l'amour de Dieu, ne meurs pas. »

Mère est entrée dans la chambre et j'ai refermé les yeux.

C'était la nuit. J'entendais tout le monde parler. Mère disait : « Ce matin, elle a ouvert les yeux. Elle était consciente, mais j'ai eu beau essayer de lui verser un peu de bouillon dans la bouche, je n'y suis pas arrivée. Elle est si faible qu'elle ne peut pas bouger. C'est à se demander comment elle trouve l'énergie de me résister. Ce matin, Mme Parvin m'a dit qu'on ne pouvait pas continuer à ne la nourrir que de pilules et de médicaments. Si elle ne mange pas, elle mourra.

— Ma mère avait raison, je l'ai toujours su. » C'était la voix de Père. « Nous ne pouvons avoir de filles, c'est ainsi. Même si elle se rétablit, elle sera comme morte… toute cette honte et tout ce déshonneur. »

Je n'en ai pas entendu davantage. J'avais l'étrange impression de pouvoir décider des moments et du contenu de ce qui parvenait à mes oreilles et de n'avoir qu'à couper le son à ma guise, comme si j'écoutais la radio. Malheureusement, j'étais incapable de contrôler mes cauchemars. Les images dansaient derrière mes paupières closes.

Brandissant un couteau ensanglanté et traînant Faati par les cheveux, Ahmad se précipitait vers moi en courant. Faati n'était pas plus grande qu'une poupée. J'étais au bord d'une falaise. Ahmad poussait brutalement Faati dans ma direction. J'essayais de l'attraper, mais elle me glissait entre les mains et basculait par-dessus bord. Les corps mutilés et ensanglantés de Zari et de Saiid gisaient déjà au pied des rochers. Mon propre hurlement m'a réveillée. Mon oreiller était trempé et j'avais la bouche affreusement sèche.

« Que se passe-t-il, encore ? Décidément, tu ne peux pas nous accorder une seule nuit de sommeil ? »

J'avalais l'eau à grandes lampées.

Le vacarme coutumier du matin m'a réveillée. C'était l'heure du petit déjeuner.

« La nuit dernière, elle a de nouveau eu un pic de fièvre. Elle a déliré un bon moment. Vous l'avez entendue hurler ?

— Non ! a répondu Mahmoud.

— Mère, je voudrais bien pouvoir manger en paix, pour une fois », a protesté Ahmad.

Sa voix était comme un poignard qui me transperçait le cœur. Si seulement j'avais eu la force de me lever et de le mettre en pièces ! Je le haïssais. Je les haïssais tous. Je me suis retournée et j'ai enfoncé mon visage dans mon oreiller. Je n'avais qu'une envie : mourir le plus vite possible pour être débarrassée de ces êtres égoïstes et cruels.

Mes yeux se sont ouverts involontairement sous la piqûre de la seringue.

« Ah, tu te réveilles enfin. Inutile de faire semblant de dormir. Veux-tu que je t'apporte un miroir pour que tu voies à quoi tu ressembles ? On dirait un squelette. Regarde. Je suis passée à la pâtisserie Caravan et je t'ai acheté des biscuits. Ils sont absolument délicieux avec du thé… Madame Sadeghi !… Massoumeh est réveillée. Elle voudrait du thé. Apportez-lui vite un grand verre. »

J'ai dévisagé Mme Parvin, abasourdie. Décidément, je ne comprenais pas cette femme. On échangeait des ragots derrière son dos et on racontait qu'elle trompait son mari avec d'autres hommes. Je l'avais toujours considérée comme une personne méprisable. Pourtant, en la voyant, je ne l'ai pas détestée comme elle le méritait sans doute. Je ne voyais aucune laideur en elle. Je ne savais qu'une chose : je ne voulais avoir aucun contact avec elle.

Mère est entrée avec un grand verre de thé rempli à ras bord.

« Dieu merci ! s'est-elle écriée. Elle a envie de thé ?

— Oui, a acquiescé Mme Parvin. Elle va prendre un peu de thé avec des biscuits. Allons, redresse-toi, ma fille… redresse-toi. »

Elle a glissé une main sous mon dos et m'a soulevée. Mère a calé quelques oreillers derrière moi et a approché le verre de ma bouche. Je me suis détournée et j'ai serré les lèvres, comme si j'avais réservé toute mon énergie à cette fin.

« Je n'y arrive pas, a gémi Mère. Elle ne me laisse pas faire. Je vais tout renverser.

— Ne vous inquiétez pas. Je vais le lui faire boire. Je ne partirai pas avant qu'elle ait vidé ce verre. Allez vous occuper de votre ménage. Je me charge d'elle. »

Mère est sortie, l'air revêche et irrité.

« Écoute, ma fille, sois gentille, ouvre la bouche et avale une gorgée, juste pour m'éviter de perdre la face. Une seule. Pour l'amour de Dieu, quand je vois ton teint cireux, toi qui avais une si belle peau ! Quelle honte ! Tu es si maigre que tu ne pèses certainement pas plus que Faati. Une jolie fille comme toi doit vivre, et si tu ne manges pas... »

Je ne sais pas ce que Mme Parvin a lu dans mes yeux ou dans ma moue, mais elle s'est interrompue subitement et m'a scrutée. Puis elle s'est écriée, comme si elle venait de faire une découverte capitale : « Bien sûr ! C'est exactement ce que tu veux... tu veux mourir. Tu as décidé de te suicider en refusant de manger. Quelle sotte je suis ! Comment n'ai-je pas compris plus tôt ? Oui, oui, tu veux mourir. Mais pourquoi ? Je croyais que tu étais amoureuse ! Qui sait, peut-être arriveras-tu à tes fins, tôt ou tard. Pourquoi veux-tu te tuer ? Saiid sera tellement malheureux... »

En entendant le nom de Saiid, j'ai frémi et mes yeux se sont ouverts.

Mme Parvin m'a observée et a dit : « Qu'est-ce qui te prend ? Tu crois qu'il ne t'aime pas ? Ne t'inquiète pas, c'est ce qui fait la douceur de l'amour. »

Elle a approché le verre de thé de mes lèvres. J'ai attrapé sa main avec toute la vigueur qui me restait et je me suis légèrement redressée.

« Dites-moi la vérité, Saiid est vivant ?

— Comment ? Bien sûr que oui. Qu'est-ce qui a bien pu te fait croire qu'il était mort ?

— C'est parce que Ahmad...

— Comment ça, Ahmad ?

— Ahmad l'a frappé avec son couteau.

— C'est vrai, mais il n'a rien... Oh... que je suis bête, j'avais oublié que tu t'es évanouie en voyant le couteau ensanglanté et que tu es restée inconsciente depuis... Alors, c'est pour ça que tu fais ces cauchemars et que tu pousses des cris en pleine nuit ? Pauvre de moi, j'ai ma chambre juste de l'autre côté du mur. Je t'entends toutes les nuits. Tu hurles : "Non, non." C'est à cause de Saïid que tu cries, bien sûr. Tu crois sans doute qu'Ahmad l'a tué. C'est ça ? Voyons, ma fille ! Ahmad n'en est pas capable. Tu t'imagines vraiment qu'on peut sortir dans la rue, tuer quelqu'un et rentrer tranquillement chez soi ensuite ? Il y a des lois, dans ce pays. Ce n'est pas aussi simple que ça. Non, non, ma chère petite, rassure-toi, Saïid n'a qu'une égratignure au bras et une petite estafilade sur la joue. Le pharmacien et les autres commerçants sont intervenus immédiatement. Saïid n'a même pas prévenu la police. Il va bien. Je l'ai aperçu moi-même devant la pharmacie dès le lendemain. »

Je respirais enfin, après une longue semaine de torture. J'ai fermé les yeux et du fond du cœur, j'ai dit : « Merci, mon Dieu. » Puis je me suis laissée retomber sur mon lit, j'ai enfoncé mon visage dans mon oreiller et j'ai pleuré.

Il m'a fallu jusqu'aux fêtes du nouvel an, au printemps, pour être à peu près rétablie. Ma cheville était complètement guérie, mais j'étais encore très maigre. Je n'avais aucune nouvelle du lycée et ne savais comment aborder le sujet. Je traînais à la maison comme une âme en peine. On ne me laissait même pas sortir pour me rendre aux bains publics. Mère faisait chauffer de l'eau pour que je puisse prendre des bains chez nous. J'étais engluée dans une atmosphère glaciale et amère. Je n'avais pas envie de parler. La plupart du temps, j'étais tellement affligée et si profondément absorbée dans mes pensées que j'ignorais entièrement ce qui se passait autour de moi. Mère veillait soigneusement à ne pas évoquer ce qui s'était passé. Il lui arrivait pourtant de laisser échapper des propos qui me brisaient le cœur.

Père faisait comme si je n'existais pas et adressait rarement la parole aux autres membres de la famille. Il était triste, nerveux et semblait avoir vieilli de plusieurs années d'un coup. Ahmad et Mahmoud m'évitaient soigneusement. Le matin, ils prenaient leur petit déjeuner en quatrième vitesse et sortaient immédiatement. Le soir, Ahmad rentrait plus tard et plus ivre encore qu'auparavant, et allait se coucher directement. Mahmoud mangeait avec un lance-pierre et, quand il ne repartait pas immédiatement pour la mosquée, il montait dans sa chambre et passait une grande partie de la nuit en prière. J'étais ravie de ne pas les voir. En revanche, Ali me harcelait et n'hésitait pas à me lancer des grossièretés. Mère le grondait fréquemment, mais moi, j'essayais de l'ignorer.

Faati était la seule dont j'attendais le retour avec impatience, la seule dont j'appréciais la présence. En rentrant de l'école, elle venait m'embrasser et me jetais des regards chargés d'une étrange compassion. Dès qu'elle avait quelque chose à manger, elle m'en apportait un morceau et insistait pour que je le prenne. Elle a même dépensé ses économies pour m'acheter du chocolat. Elle continuait à avoir peur que je meure.

J'avais beau en rêver, je savais que je ne retournerais jamais au lycée. J'espérais malgré tout qu'après le nouvel an ma famille me permettrait de reprendre des cours de couture. Je détestais ça, pourtant c'était le seul moyen d'obtenir un minimum de liberté et de sortir de ces quatre murs pendant quelques heures. Parvaneh me manquait tellement que je ne savais pas qui j'avais le plus envie de voir, elle ou Saiid. C'était curieux : en dépit de ce que j'avais subi, des souffrances et des humiliations, je ne regrettais pas ce qui s'était passé entre nous. Non seulement je ne me sentais absolument pas coupable, mais l'amour que j'éprouvais pour Saiid restait l'émotion la plus pure et la plus honnête qu'abritait mon cœur.

Mme Parvin m'a confié plus tard que cette histoire avait dépassé mon sort personnel pour affecter la famille de Parvaneh. La nuit où je m'étais effondrée, ou peut-être était-ce le soir suivant, Ahmad s'était rendu chez eux complètement ivre et s'était répandu en jurons et en insultes. Il avait lancé au père de Parvaneh : « Portez votre chapeau un peu plus haut sur votre tête. Vous avez une fille dissolue et immorale qui a tout fait pour détourner la nôtre du droit chemin. » Il avait ajouté mille autres horreurs, dont la simple pensée me mettait en transe. Comment pourrais-je à nouveau regarder Parvaneh et ses parents en face ? Comment Ahmad avait-il pu tenir des propos aussi odieux à un homme respectable ?

Je n'avais par ailleurs aucune nouvelle de Saiid, ce qui me rendait folle. J'ai fini par supplier Mme Parvin de s'arrêter à la pharmacie et d'essayer d'obtenir quelques renseignements. Ahmad avait beau l'intimider, le parfum de l'aventure exerçait un attrait irrésistible sur cette femme. Si l'on m'avait dit, quelques semaines plus tôt, qu'un jour elle deviendrait ma confidente ! Je ne l'appréciais toujours pas beaucoup, mais je n'avais pas le choix : elle représentait mon seul lien avec le monde extérieur et, à ma grande surprise, personne dans ma famille ne s'opposait à ce qu'elle me tienne compagnie.

Le lendemain, Mme Parvin a profité de ce que Mère était à la cuisine pour me rendre visite. Folle d'impatience, je lui ai demandé : « Quelles sont les nouvelles ? Avez-vous eu le temps d'y passer ?

— Oui, oui. J'ai acheté quelques bricoles et j'ai demandé au pharmacien pourquoi Saiid n'était pas là. Il m'a répondu : "Saiid est retourné dans sa ville natale. Il lui était impossible de rester ici. Ce pauvre garçon est perdu de réputation, plus personne ne le respecte. Et surtout, il n'est pas en sécurité. Je lui ai expliqué que quelqu'un pouvait très bien l'attendre dans le noir et le tuer à coups de couteau. Une jeunesse gâchée… De toute façon, la famille de la fille n'aurait jamais accepté qu'il l'épouse… Son frère est complètement fou ! Pour le moment, Saiid a interrompu ses études et est retourné dans sa famille, à Rezaiyeh. »

J'avais le visage inondé de larmes.

« Cesse donc ! m'a grondée Mme Parvin. Ne recommence pas. Rappelle-toi que tu l'as cru mort. Rends grâce à Dieu qu'il soit encore en vie. Attends un peu. Dès que l'émotion sera retombée, il reprendra certainement contact avec toi. Tout de même, si tu veux mon avis, il vaudrait mieux que tu l'oublies. Ta famille n'acceptera sûrement pas de te donner à lui. Jamais Ahmad ne sera d'accord, tu sais… à moins que tu n'arrives à convaincre ton père. Quoi qu'il en soit, nous verrons bien si ton cher Saiid se manifeste. »

Les festivités du Nouvel An ne m'ont apporté qu'une joie : ma famille m'a laissée sortir de la maison à deux reprises. Une fois pour le bain traditionnel de la veille du Nouvel An ; je n'ai vu strictement personne parce qu'ils avaient pris un rendez-vous aux bains publics très tôt le matin, exprès. Je suis sortie une seconde fois pour rendre visite à l'Oncle Abbas et lui souhaiter une bonne année. Il faisait encore froid. Cette année-là, le printemps a été tardif, mais l'atmosphère était si plaisante, si pure, et j'étais si heureuse de ne plus être enfermée ! L'air me paraissait plus propre, plus vif. Je respirais plus librement.

La femme de mon oncle n'entretenait pas de très bons rapports avec Mère, et nous ne nous entendions pas bien avec ses filles. « Tu as drôlement grandi, Massoumeh, m'a dit Soraya, l'aînée de mon oncle.

— Mais elle a beaucoup maigri aussi, a ajouté sa mère. Pour être franche, je me suis demandé si elle n'était pas malade.

— Bien sûr que non ! a protesté Soraya. C'est parce qu'elle travaille trop. Massoumeh, Papa dit que tu étudies beaucoup et que tu es la première de ta classe. »

J'ai baissé la tête. Voyant que je ne savais pas quoi répondre, Mère s'est portée à mon secours. « Elle s'est cassé la jambe. C'est pour ça qu'elle a perdu du poids. Il faut bien reconnaître qu'aucun de vous ne prend jamais de nouvelles de notre santé.

— En réalité, nous avions l'intention de venir vous voir, Père et moi, a répondu Soraya. Mais Oncle nous a dit qu'il ne se sentait pas bien et ne souhaitait pas de visite. Massoumeh, comment t'es-tu cassé la jambe ?

— J'ai glissé sur une plaque de verglas », ai-je murmuré.

Impatiente de changer de sujet, Mère s'est tournée vers l'épouse de mon oncle : « Mlle Soraya a passé son diplôme, maintenant. Pourquoi ne lui cherchez-vous pas un mari ?

— C'est trop tôt. Il faut qu'elle continue ses études, qu'elle aille à l'université.

— Trop tôt ! Quelle idée ! Il est déjà presque trop tard, en réalité. Vous aurez du mal à lui trouver un mari correct, j'en ai peur.

— Les bons candidats ne manquent pas, au contraire, a répliqué l'épouse de mon oncle avec hauteur. Mais une fille comme Soraya ne s'entiche pas de n'importe qui. Dans ma famille, on est instruits : les femmes comme les hommes. Nous ne sommes pas des provinciaux. Soraya a l'intention d'étudier pour devenir médecin, comme les filles de ma sœur. »

Nos visites chez mon oncle ne s'achevaient jamais sans tensions ni persiflages. Avec son caractère acariâtre et sa langue acérée, Mère avait l'art de se mettre tout le monde à dos. Ce n'était pas pour rien que la sœur de Père disait que Mère avait un rasoir à la place de la langue. J'avais toujours eu envie de me rapprocher de cette branche de ma famille, malheureusement ces animosités invétérées m'en empêchaient.

Les fêtes du Nouvel An sont passées et j'étais toujours cloîtrée à la maison. Mes allusions discrètes aux cours de couture n'avaient rencontré aucun écho. Ahmad et Mahmoud refusaient de me laisser sortir. Quant à Père, il ne réagissait pas. Je n'existais plus à ses yeux.

Je m'ennuyais à périr. Quand j'avais terminé mes corvées ménagères quotidiennes, je montais au salon pour observer la partie de la rue que l'on apercevait depuis la fenêtre. Cette vue partielle était ma seule ouverture sur le monde extérieur et je ne pouvais en profiter qu'en cachette. Si mes frères l'avaient su, ils auraient sans doute fait murer la fenêtre. Je ne rêvais que d'une chose : que Parvaneh ou Saiid passent dans la rue.

J'avais compris désormais que je ne quitterais cette demeure que le jour de mon mariage. C'était la solution à laquelle tous avaient souscrit, qu'ils avaient tous approuvée. Je haïssais cette maison de toute mon âme, mais en même temps je me refusais à trahir mon Saiid adoré en quittant une prison pour me laisser enfermer dans une autre. J'étais décidée à l'attendre jusqu'à la fin de mes jours, dussent-ils me traîner au gibet.

Une famille a manifesté son intérêt pour moi, envisageant de me demander en mariage. Trois femmes et un homme devaient venir nous voir. Mère ne tenait plus en place : elle a fait un grand ménage, rangé la maison de fond en comble. Mahmoud est allé acheter un ensemble de canapés recouverts de tissu rouge. Ahmad a apporté des fruits et des pâtisseries. Cette coopération sans précédent était insolite. Tels des noyés qui s'accrochent au premier morceau de bois qui passe à leur portée, ils étaient prêts à tout pour harponner un prétendant. Dès que j'ai vu ce mari potentiel, j'ai compris qu'effectivement ce n'était qu'une planche de salut pour ma famille. C'était un type râblé d'une trentaine d'années, chauve comme un œuf, qui faisait du bruit en mangeant ses fruits. Il travaillait au bazar avec Mahmoud. Heureusement, les trois femmes qui l'accompagnaient cherchaient, comme lui-même, une épouse dodue et bien en chair, et je ne leur convenais pas. Ce soir-là, je me suis couchée heureuse et apaisée. Le lendemain matin, Mère a raconté à Mme Parvin ce qui s'était produit, sans omettre le moindre détail ni lésiner sur les enjolivements. La profonde déception que lui avait inspirée cette entrevue me faisait rire sous cape.

« Quel dommage ! Cette pauvre fille n'a pas de chance. Non content d'être riche, il est issu d'une bonne famille. Qui plus est, il est jeune et n'a pas encore été marié. » (C'était quand même bizarre, cet homme avait deux fois mon âge, mais aux yeux de Mère, il était jeune… à croire qu'elle n'avait pas vu son crâne chauve et son gros ventre !) « Bien sûr, entre nous soit dit, nous ne pouvons pas lui en vouloir d'avoir pris cette décision. Cette petite est beaucoup trop maigre. La mère de ce monsieur m'a dit : "Madame, vous devriez faire soigner votre fille." Je me demande si cette petite chipie n'a pas fait exprès de prendre l'air encore plus souffreteux.

— Oh, ma chère, vous en parlez comme d'un jeune homme de vingt ans, a protesté Mme Parvin. Je les ai vus dans la rue. Félicitez-vous qu'ils n'en aient pas voulu. Massoumeh mérite mieux que ce nabot ventripotent.

— Que voulez-vous que je vous dise ? Nous avions placé de si grands espoirs en elle. Je ne parle pas de moi, bien sûr, mais de son père. Il était persuadé que

Massoumeh épouserait quelqu'un d'important. Et voilà où nous en sommes ! Après une telle disgrâce, qui voudra d'elle ? Elle va être obligée de se marier au-dessous de sa condition, ou alors se contenter d'être une seconde épouse.

— Ne dites pas cela, voyons. Laissez le temps agir. Tout le monde finira par oublier.

— Oublier ? N'y comptez pas ! Les gens prennent des renseignements, ils interrogent leur entourage. La sœur et la mère d'un homme correct et comme il faut ne voudront jamais qu'il épouse ma malheureuse fille, dont tout le quartier connaît l'infortune.

— Vous ne devriez pas être aussi pressés, a insisté Mme Parvin. Les gens oublieront, je vous assure. Pourquoi autant de hâte ?

— Ce sont ses frères. Ils assurent que tant qu'elle vivra sous le même toit qu'eux, ils n'auront pas l'esprit en paix et ne pourront plus marcher la tête haute. Que les gens n'oublieront jamais… même dans cent ans. En plus, Mahmoud aimerait bien se marier, mais c'est impossible, selon lui, tant que sa sœur est là. Il dit qu'il n'a pas confiance en elle. Il craint qu'elle ne dévoie sa femme.

Quelles bêtises ! a répliqué Mme Parvin dédaigneusement. Cette pauvre petite est innocente comme un agneau. Et ce qui s'est passé n'était pas bien méchant, franchement. Les garçons tombent amoureux des jolies filles, il n'y a rien de plus normal. On ne peut quand même pas les brûler toutes sur le bûcher parce qu'un jeune homme s'est amouraché d'elles… Et puis, elle n'y était pour rien.

— Vous avez raison, je connais ma fille. Elle n'est peut-être pas très assidue dans ses prières, mais son cœur est avec Dieu. Figurez-vous qu'elle m'a dit avant-hier : "Je rêve d'aller en pèlerinage au sanctuaire de l'imam Abdolazim à Qum." Autrefois, elle se recueillait chaque semaine sur le tombeau de sainte Massoumeh. Vous ne croiriez pas avec quelle ferveur elle priait. C'est cette maudite fille, cette Parvaneh, qui est responsable de tout. Sans elle, ma fille n'aurait jamais agi de façon aussi impudique ! Jamais !

— Je vous l'ai dit, ne vous précipitez pas. Peut-être ce jeune homme reviendra-t-il l'épouser, et tout sera pour le mieux dans le meilleur des mondes. Ce n'était pas un mauvais garçon, et ils sont épris l'un de l'autre. On dit beaucoup de bien de lui. En plus, il sera bientôt docteur en pharmacie.

— Que racontez-vous, madame Parvin ? répliqua ma mère, courroucée. Ses frères préféreraient encore la donner à Azraël, l'ange de la mort, plutôt qu'à ce voyou. Et on ne peut pas dire qu'il soit venu faire le siège de notre maison pour nous demander sa main. Qu'il en soit fait selon la volonté de Dieu. Le sort et le destin de chacun sont écrits sur son front dès le jour de sa naissance, et notre lot nous a été réservé.

— Prenez votre temps, au moins. Laissez le destin suivre son cours.

— Mais ses frères disent qu'ils porteront les stigmates de sa honte jusqu'à ce qu'elle soit mariée et échappe à leur responsabilité. Combien de temps pensez-vous qu'ils puissent la tenir enfermée dans cette maison ? Ils craignent que leur père ne s'apitoie et ne finisse par céder.

— Franchement, cette pauvre petite mérite un peu de pitié. Elle est vraiment jolie, vous savez. Attendez qu'elle soit complètement rétablie. Vous verrez quel genre d'hommes viendront la demander.

— Je le jure devant Dieu, je lui fais cuire du riz et du poulet tous les jours. De la soupe de jarret de mouton, de la bouillie de blé, avec de la viande. J'envoie Ali acheter de la soupe à la tête et aux pieds de mouton pour son petit déjeuner. Cela dans l'espoir qu'elle prenne un peu de poids et ait l'air un peu moins maladif. J'aimerais tant qu'un homme décent la trouve enfin à son goût. »

Cela me rappelait un conte de fées de mon enfance, dans lequel un monstre enlevait une petite fille. Mais elle était trop maigre pour qu'il la dévore. Alors il l'enfermait et lui apportait un tas de bonnes choses à manger pour qu'elle engraisse rapidement et qu'il puisse faire un bon repas. Maintenant, c'était ma famille qui cherchait à m'engraisser avant de me livrer à un monstre.

J'avais l'impression d'être exposée sur un étal du marché. Les visites de ceux qui venaient voir si je pouvais faire une épouse acceptable étaient devenues les seuls événements marquants de notre vie quotidienne. Mes frères et ma mère ayant fait savoir qu'ils me cherchaient un mari, des gens de toute sorte se présentaient. Certains étaient vraiment impossibles, au point qu'Ahmad et Mahmoud eux-mêmes les refusaient. La nuit, je priais pour que Saiid se manifeste, et au moins une fois par semaine je suppliais Mme Parvin de passer à la pharmacie prendre de ses nouvelles. Le pharmacien lui a dit que Saiid ne lui avait écrit qu'une fois et que, quand il lui avait répondu, sa lettre lui était revenue. L'adresse qu'il avait n'était manifestement pas la bonne. Saiid avait disparu, englouti dans les entrailles de la terre. La nuit, il m'arrivait d'aller au salon pour prier et parler à Dieu, puis je m'approchais des carreaux et observais les ombres qui se déplaçaient dans la rue. Plusieurs fois, il m'a semblé apercevoir une silhouette familière sous le porche de la maison d'en face, mais elle s'évanouissait dès que j'ouvrais la fenêtre.

Au cours de cette période douloureuse, le seul rêve qui me persuadait d'aller me coucher, qui me faisait oublier mon chagrin et mon ennui, était celui de la vie que je mènerais un jour aux côtés de Saiid. J'imaginais notre maison, petite et jolie ; en pensée, je disposais le mobilier, j'aménageais chaque pièce. C'était mon petit paradis. Je rêvais de nos enfants, beaux, heureux et en bonne santé. Dans mes songes, je vivais dans un amour et une félicité éternels. Saiid était un mari modèle. Un homme doux, aux bonnes manières, gentil, raisonnable et intelligent, il ne me cherchait jamais querelle, il ne me rabaissait jamais. Oh, comme je l'aimais ! Femme a-t-elle jamais aimé un homme autant que j'aimais Saiid ? Si seulement nous pouvions vivre dans nos rêves !

Au début du mois de juin, dès la fin des derniers examens scolaires, la famille de Parvaneh a quitté le quartier. Je savais qu'ils avaient l'intention de déménager, néanmoins je n'avais pas pensé que leur projet se réaliserait aussi vite. J'ai appris par la suite qu'ils auraient même voulu partir plus tôt, mais avaient préféré attendre la fin de l'année scolaire. Le père de Parvaneh ne se plaisait plus dans cet environnement. Je le comprenais. Il ne convenait qu'à mes frères et à leurs semblables.

Il faisait chaud ce matin-là. Je balayais la pièce et n'avais pas encore baissé les stores d'osier quand j'ai entendu la voix de Parvaneh. Je me suis précipitée dans la cour. Faati se tenait à la porte d'entrée. Parvaneh était venue me dire au revoir. Mère est arrivée avant moi et a maintenu le battant à peine entrouvert. Puis elle a arraché des mains de Faati l'enveloppe que Parvaneh lui avait remise et a dit : « Pars vite. Pars avant que ses frères te voient et fassent un nouveau scandale. Et n'apporte plus rien ici. »

La gorge serrée, Parvaneh a répondu : « Madame, je lui ai simplement écrit pour lui dire au revoir et lui donner notre nouvelle adresse. Vous pouvez lire ma lettre.

— Ça ne sera pas nécessaire », a lancé Mère d'un ton sec.

J'ai attrapé le battant à deux mains, cherchant à l'écarter. Mais Mère tenait bon et me bourrait de coups de pied pour m'éloigner. « Parvaneh ! ai-je crié. Parvaneh !

— Pour l'amour de Dieu, ne la traitez pas comme ça ! a supplié Parvaneh. Je vous jure qu'elle n'a rien fait de mal. »

Mère a claqué la porte. Je me suis assise par terre et j'ai pleuré amèrement. J'avais perdu ma gardienne, mon amie et ma confidente.

Le dernier prétendant était un ami d'Ahmad. Je me suis souvent demandé comment mes frères dénichaient tous ces hommes. Comment Ahmad, par exemple, avait-il appris à son ami qu'il avait une sœur en âge de se marier ? Passaient-ils des annonces ? Leur faisaient-ils je ne sais quelles promesses ? Ou marchandaient-ils à mon propos comme des boutiquiers du bazar ? Quelle qu'ait été leur méthode, elle n'était pas respectable, et j'en avais pleinement conscience.

Asghar Agha, le boucher, était exactement comme Ahmad, tant par l'âge que par la personnalité et par la grossièreté de ses manières. Il n'avait rien d'un intellectuel, lui non plus. « Un homme doit gagner son pain à la force de ses biceps, pas rester assis dans un coin à gribouiller comme un gratte papier avachi », voilà le genre de propos qu'il tenait.

« Il a de l'argent et saura remettre cette fille à sa place », plaidait Ahmad.

Quant à ma maigreur, elle inspirait le commentaire suivant à Asghar Agha : « Aucune importance. Je lui donnerai tellement de viande et de gras à manger que, dans un mois, elle sera grosse comme une barrique. Mais tout de même, elle a un petit regard impertinent. »

Sa mère était une vieille femme atroce qui passait son temps à manger et acquiesçait au moindre propos de son fils. Asghar Agha faisait pourtant l'unanimité dans ma famille. Mère était satisfaite parce qu'il était jeune et n'avait pas encore été marié. Ahmad était son ami et le soutenait parce que, après une bagarre au Café Jamshid, Asghar Agha s'était porté garant de lui, lui évitant ainsi la prison. Père avait donné son consentement parce que la boucherie réalisait un chiffre d'affaires correct, et Mahmoud avait dit : « C'est bien, c'est un commerçant. Et puis il saura mater cette fille et l'empêcher de quitter le droit chemin. Plus vite nous réglerons l'affaire, mieux cela vaudra. »

Personne ne s'est inquiété de mon avis, et je n'ai confié à personne combien me répugnait l'idée de vivre avec cette brute sale, ignorante et illettrée qui puait la viande crue et le suif même le jour où il venait demander une jeune fille en mariage.

Le lendemain matin, Mme Parvin s'est précipitée chez nous, affolée.

« Il paraît que vous voulez donner Massoumeh à Asghar Agha le boucher ? Pour l'amour de Dieu, ne faites pas ça ! Cet homme est une crapule qui n'hésite pas à jouer du couteau. C'est un ivrogne, un coureur. Je le connais. Au moins, prenez des renseignements à son sujet.

— Cessez donc de colporter des ragots, madame Parvin, a rétorqué Mère. Qui le connaît le mieux, vous ou Ahmad ? De plus, il ne nous a rien caché. Comme l'a fait remarquer Ahmad, les hommes font un tas de choses avant de se marier, mais ils renoncent à ces débordements dès qu'ils ont une femme et des enfants à nourrir. Il a juré sur la vie de son père et a même mis en gage une mèche de sa moustache qu'il ne commettrait plus la moindre incartade après son mariage. Par ailleurs, nous ne trouverons pas mieux pour Massoumeh. Il est jeune, elle sera sa première épouse, il est riche, il est propriétaire de deux boucheries et il a du caractère. Que souhaiter de mieux ? »

Mme Parvin m'a regardée avec un tel air de commisération qu'on aurait pu croire qu'on venait de prononcer ma condamnation à mort. Elle est revenue me parler le lendemain. « J'ai demandé à Ahmad de renoncer à ce projet, m'a-t-elle avoué, mais il ne veut rien savoir. » (C'était la première fois qu'elle reconnaissait sa liaison clandestine avec mon frère.) « Il m'a répondu : "Il n'est pas prudent de la garder plus longtemps à la maison." Mais pourquoi ne réagis-tu pas, Massoumeh ? Tu ne comprends donc pas le sort qui t'attend ? Tu es vraiment prête à épouser cette brute ?

— Quelle importance ? ai-je soupiré d'un air las. Qu'ils fassent ce qu'ils veulent. Ils peuvent me marier à n'importe qui. Ils ignorent que tout autre que Saiid ne touchera que mon cadavre.

— Que Dieu ait pitié de toi ! a-t-elle murmuré. Ne répète jamais une chose pareille. C'est un péché. Tu dois te sortir ces idées de la tête. Aucun homme ne sera jamais ton Saiid, mais tous les hommes ne sont pas aussi mauvais que ce rustre. Attends, peut-être un prétendant plus acceptable se présentera-t-il encore. »

J'ai haussé les épaules : « Ça ne changera rien. »

Elle est repartie, l'air inquiet. En sortant, elle s'est arrêtée devant la cuisine et a échangé quelques mots avec Mère. Celle-ci s'est giflé le visage, et dès cet instant j'ai été soumise à une surveillance encore plus stricte. Ils ont retiré tous les flacons de médicaments et ont mis les rasoirs et les couteaux hors de ma portée. Chaque fois que je montais à l'étage, quelqu'un se précipitait derrière moi. Ça me faisait rire. Ils me croyaient vraiment assez bête pour me jeter d'une fenêtre du premier étage ? J'étais plus astucieuse que ça.

L'absence de la sœur du prétendant a fait traîner les négociations à propos des noces. Mariée, elle vivait à Kermanshah et il lui était impossible de se rendre à Téhéran avant une dizaine de jours. « Je ne peux rien entreprendre sans l'approbation et le consentement de ma sœur, a expliqué Asghar Agha. Je lui dois autant qu'à ma propre mère. »

Il était onze heures du matin et j'étais dans la cour quand j'ai entendu quelqu'un frapper énergiquement à la porte d'entrée. Comme je n'avais pas le droit d'ouvrir, j'ai appelé Faati. Mère m'a crié depuis la cuisine : « Pour une fois, c'est bon. Va voir qui s'impatiente comme ça. » J'avais à peine ouvert la porte que Mme Parvin est entrée en trombe.

« Ma fille, quelle chance, quelle bénédiction ! s'est-elle écriée. Si tu savais quel merveilleux prétendant je t'ai trouvé. Aussi parfait que la lune, qu'un bouquet de fleurs… »

Je suis restée plantée là, bouche bée. Mère est sortie de la cuisine. « Que se passe-t-il, madame Parvin ?

— Ma chère voisine, j'ai d'excellentes nouvelles pour vous. J'ai trouvé le prétendant idéal pour votre fille. Un vrai monsieur, très instruit, issu d'une famille qui jouit d'une excellente réputation… Je vous le jure, une seule mèche de ses cheveux est plus précieuse qu'une centaine de ces voyous et de ces brutes. Dois-je leur demander de venir vous voir cet après-midi ?

— Une seconde ! Doucement. Qui sont ces gens ? Où les avez-vous rencontrés ?

— Ils sont vraiment très bien. Cela fait dix ans que je les connais. La mère et les filles m'ont déjà commandé de nombreuses robes. L'aînée, Monir, a épousé il y a déjà longtemps un propriétaire foncier de Tabriz, et elle vit là-bas. Mansoureh, la deuxième, a suivi des études universitaires. Elle s'est mariée il y a deux ans et a un adorable petit garçon tout potelé. La troisième fille va encore à l'école. Ce sont des gens très pieux. Le père est à la retraite. Il est propriétaire d'un… d'une usine, enfin, vous savez, ces endroits où on fabrique les livres. Comment les appelle-t-on ?

— Et le jeune homme ?

— Attendez, vous serez ravie. Il est parfait. Il est allé à l'université. Je ne sais pas ce qu'il a étudié, mais il travaille maintenant dans cet endroit qui appartient à son père et où on fait des livres. Il doit avoir une petite trentaine d'années, peut-être un peu moins, et il est très bel homme. J'ai eu l'occasion de l'apercevoir quand je suis allée voir la mère pour un essayage. Que Dieu le protège, il a une jolie silhouette, des yeux noirs et des sourcils sombres, le teint légèrement bistre…

— C'est bien beau, tout ça, mais où ont-ils vu Massoumeh ? a demandé Mère.

— Ils ne l'ont pas vue. Je la leur ai décrite. Je leur ai expliqué que c'était une jeune fille remarquable. Jolie, bonne ménagère. La mère tient absolument à ce que son fils se marie. Elle m'avait demandé un jour si je ne connaissais pas de jeunes filles susceptibles de lui convenir. Alors, dois-je leur dire de venir cet après-midi ?

— Non ! Nous nous sommes engagés fermement avec Asghar Agha. Sa sœur arrive de Kermanshah la semaine prochaine.

— Allons ! a protesté Mme Parvin. Rien n'est encore réglé. Vous n'avez même pas organisé la cérémonie du consentement de la future mariée. Il y a des gens qui changent d'avis en plein mariage.

— Et Ahmad ? Vous imaginez le tapage qu'il ferait ? Il aurait bien raison, d'ailleurs. Quelle humiliation pour lui ! Après tout, il a fait des promesses à Asghar Agha et il ne peut pas se dédire du jour au lendemain.

— Ne vous inquiétez pas. Je me charge d'Ahmad.

— Vous devriez avoir honte de vous ! s'est indignée Mère. Comment avez-vous l'audace de tenir des propos pareils ? Que Dieu vous pardonne !

— Ne vous méprenez pas. Ahmad est un excellent ami d'Haji et il l'écoute. Je demanderai à Haji d'intervenir. Pensez à cette pauvre innocente ! Je sais que ce voyou d'Asghar Agha n'hésiterait pas à frapper son épouse. Quand il boit, il perd la tête. En plus, il entretient une autre femme. Vous croyez qu'elle acceptera de le lâcher aussi facilement ? Jamais de la vie !

— Comment ? s'est exclamé Mère, interloquée. Qu'avez-vous dit ?

— Peu importe. Ce que je sais, c'est qu'il a une liaison avec une autre femme.

— Dans ce cas, pourquoi veut-il notre fille ?

— Il la veut comme épouse, pour qu'elle lui donne des enfants. L'autre ne peut pas en avoir.

— Comment savez-vous cela ?

— Madame, je connais ce genre de gens.

— Comment ? Qui êtes-vous pour tenir de tels propos ? N'avez-vous donc aucune pudeur ?

— Décidément, vous voyez le mal partout ! Mon propre frère était comme ça. J'ai grandi avec ce genre d'hommes. Pour l'amour de Dieu, ne laissez pas cette pauvre fille se hisser hors d'un trou pour tomber dans un puits. Acceptez de recevoir cette famille, rencontrez-la, et vous constaterez que les gens ne sont pas tous pareils, loin de là.

— Il faut d'abord que j'en parle à son père. Nous verrons bien ce qu'il dit. Mais si ces gens sont tellement bien, pourquoi ne choisissent-ils pas une jeune fille dans leur propre famille ?

— Franchement, je n'en sais rien. C'est peut-être la chance de Massoumeh. Dieu l'aime. »

Surprise et dubitative, j'admirais l'enthousiasme et l'obstination de Mme Parvin. Décidément, je ne parvenais pas à cerner cette femme. Son attitude était telle-ment contradictoire ! Pourquoi se souciait-elle autant de mon avenir ? Sans doute avait-elle autre chose derrière la tête.

Père et Mère ont passé l'après-midi à discuter. Mahmoud les a rejoints un moment avant de repartir en lançant : « Au diable ! Faites ce que vous voulez. Mais débarrassez-vous d'elle rapidement. Qu'elle s'en aille d'ici au plus vite pour que nous ayons enfin l'esprit tranquille. »

La réaction d'Ahmad a été encore plus étrange. Il est rentré tard ce soir-là et, le lendemain matin, quand Mère a abordé le sujet avec lui, il n'a soulevé aucune objec-tion. Il s'est contenté de grommeler en haussant les épaules : « Qu'est-ce que tu veux que je te dise ? Faites ce qui vous arrange. »

Quelle curieuse influence Mme Parvin exerçait sur lui !

La famille de ce nouveau prétendant nous a rendu visite dès le lendemain. Ahmad n'a pas jugé bon d'être là pour les recevoir et, quand Mahmoud a découvert qu'il n'y avait que des femmes et qu'elles ne portaient pas le hijab complet, il a refusé de mettre les pieds au salon. Mère et Père ont inspecté nos visiteuses de la tête aux pieds, les jaugeant avec attention. Le prétendant lui-même n'était pas venu. Sa mère portait un tchador noir, mais ses sœurs n'avaient pas de hijab. Elles étaient si différentes de tous ceux qui étaient venus jusqu'à présent !

Mme Parvin avait pris les choses en main et plaidait ma cause avec fougue. Quand je suis entrée avec le plateau de thé, elle a déclaré : « Vous voyez comme elle est jolie ? Imaginez un peu la beauté que ce sera quand elle aura les sourcils épilés. Elle a perdu un peu de poids parce qu'elle a pris froid et a eu de la fièvre la semaine dernière. » J'ai fait la grimace et lui ai jeté un regard étonné.

« La minceur est très à la mode en ce moment, a observé la sœur aînée. Il y a des femmes qui se tueraient pour maigrir. De toute façon, mon frère déteste les grosses femmes. »

Les yeux de Mère étincelaient de joie. Mme Parvin a souri fièrement et s'est tournée vers Mère. On aurait pu croire que ce n'était pas à moi mais à elle que s'adressaient ces compliments. Sur l'ordre de Mère, j'ai servi le thé avant d'aller m'asseoir dans la pièce voisine. Nous avions monté le samovar et le service à thé pour que je ne sois pas obligée de passer mon temps dans l'escalier, ce qui aurait pu gêner nos invitées. Elles parlaient toutes très vite. Elles nous ont expliqué que le jeune homme venait de finir sa dernière année de droit, mais n'avait pas encore obtenu son diplôme.

« Pour le moment, a dit sa mère, il travaille dans une imprimerie. En fait, son père est propriétaire de la moitié de cette entreprise. Il touche un salaire correct, largement suffisant pour subvenir aux besoins d'une épouse et d'une famille. En plus, il a une maison. Elle n'est pas à lui, bien sûr. C'est celle de sa grand-mère. Celle-ci occupe le rez-de-chaussée et nous avons aménagé l'étage supérieur pour Hamid. Les jeunes gens aiment être chez eux, et comme il est notre seul fils, son père lui passe tout.

— Et où est ce jeune homme ? a demandé Père. Aurons-nous l'honneur de faire sa connaissance ?

— Pour tout vous avouer, mon fils s'en est entièrement remis à ses sœurs et à moi. Il nous a dit : "Si elle vous plaît et si elle reçoit votre approbation, vous avez mon accord." De toute façon, il est en voyage d'affaires en ce moment.

— Par la grâce de Dieu, quand reviendra-t-il ? »

La plus jeune des sœurs est intervenue. « À temps pour la cérémonie de mariage et pour la noce, s'il plaît à Dieu.

— Comment ? a rétorqué Mère, surprise. Vous voulez dire que nous ne rencontrerons pas le fiancé avant la cérémonie de mariage ? N'est-ce pas un peu étrange ? Ne souhaite-t-il pas au moins voir sa future épouse ? La religion ne trouve rien à redire à un rapide coup d'œil. »

S'efforçant de parler lentement pour être sûre d'être parfaitement comprise, la sœur aînée a expliqué : « À vrai dire, il ne s'agit pas de ce que la religion approuve ou n'approuve pas. Comme nous vous l'avons dit, Hamid est en voyage. Nous avons vu la jeune demoiselle, et Hamid se rangera à notre décision. Nous avons apporté sa photo pour pouvoir la montrer à la jeune demoiselle.

— Comment… ? s'est encore exclamée Mère. Comment est-ce possible ? Et si le jeune homme a un problème, un défaut ?

— Madame, tenez votre langue ! Mon fils est aussi parfait et robuste qu'on peut le souhaiter. Dieu veuille qu'il n'ait jamais de problème ! Il est en excellente santé, n'est-ce pas, madame Parvin ? Après tout, Mme Parvin l'a vu, elle.

— Oui, oui. Je l'ai vu. Que Dieu le bénisse, il n'a aucun défaut et est très bel homme. Je l'ai regardé avec les yeux d'une sœur, cela va de soi. »

Sortant une photo de son sac, la sœur aînée l'a tendue à Mme Parvin qui, à son tour, l'a mise sous les yeux de Mère en disant : « Vous voyez comme il est élégant ? Un vrai monsieur. Que Dieu le bénisse !

— Maintenant, je vous en prie, montrez ce portrait à la jeune demoiselle, a dit la sœur aînée. Si, par la grâce de Dieu, il lui convient, l'affaire pourra être réglée avant la fin de la semaine prochaine.

— Excusez-moi, madame, est intervenu Père. Je ne comprends toujours pas le motif de cette précipitation. Pourquoi ne pas attendre le retour du jeune homme ?

— Eh bien, pour ne rien vous cacher, monsieur Sadeghi, nous n'avons pas le temps. Son père et moi partons en pèlerinage à La Mecque la semaine prochaine et nous tenons à avoir accompli tous nos devoirs et à avoir satisfait à toutes nos obligations avant notre départ. Hamid ne fait pas attention à lui et, s'il n'est pas marié, je serai dévorée d'inquiétude pendant notre séjour là-bas. Je n'aurai pas l'esprit tranquille une seule minute. On dit toujours que ceux qui partent pour le hajj ne doivent rien laisser en suspens. Ils doivent régler toutes leurs affaires, s'être acquitté de toutes leurs responsabilités. Quand nous avons entendu parler de votre fille, j'ai recouru à la divination, et le résultat a été favorable. Je n'en ai jamais obtenu d'aussi propice, pour aucune jeune fille. Alors j'ai compris qu'il fallait que je règle cette affaire avant mon départ, dans l'éventualité où je ne reviendrais pas.

— Plaise à Dieu que vous reveniez heureuse et en bonne santé. »

Mère s'est levée sans lâcher la photo. « Quelle chance vous avez, a-t-elle poursuivi. J'espère que notre destinée nous conduira, nous aussi, à visiter la maison de Dieu. » Puis elle est passée dans la pièce voisine et m'a montré le portrait. « Tiens, regarde. Ces gens-là ne sont pas notre genre, mais je sais que tu les préfères à nous. »

J'ai repoussé sa main.

Les négociations se sont poursuivies à un rythme soutenu. Père semblait s'être laissé convaincre qu'en définitive la présence du futur marié n'était pas indispensable. Cette histoire me paraissait vraiment bizarre, mais la famille de ce jeune homme tenait absolument à ce que le mariage ait lieu dès la semaine suivante. Le seul souci de Mère était d'arriver à tout organiser en aussi peu de temps. Mais Mme Parvin a volé à son secours et a proposé de s'en occuper.

« Ne vous en faites pas. Nous irons en ville demain acheter ce qu'il faut. Je n'ai pas besoin de plus de deux jours pour confectionner sa robe. Je peux aussi me charger de vos autres travaux de couture.

— Et son trousseau ? Et sa dot ? Bien sûr, j'ai commencé à acheter le nécessaire dès la naissance de mes filles et j'ai tout mis soigneusement de côté, pourtant il me manque encore beaucoup de choses. De plus, une grande partie des affaires que j'avais préparées pour Massoumeh sont restées à Qum. Il va falloir aller les chercher là-bas. »

La mère du futur marié l'a rassurée : « Ne vous inquiétez pas, Madame, je vous en prie. Laissons le jeune couple s'installer tranquillement chez lui. Nous célébrerons la consommation du mariage après notre retour du hajj. D'ici là, nous aurons le temps de pourvoir à tous ses besoins. D'ailleurs, Hamid possède déjà un certain nombre de meubles et d'ustensiles de ménage. »

Il a été convenu que nous irions acheter mon alliance le lendemain, et ces dames ont invité ma famille à leur rendre visite dès que nous aurions une soirée libre afin que nous puissions voir leur maison, découvrir la manière dont ils vivaient et faire plus ample connaissance. Tout cela était si précipité que j'avais peine à y croire. Je répétais tout bas : « Saiid, sauve-moi ! Comment mettre fin à ce cauchemar ? » J'étais furieuse contre Mme Parvin et lui aurais volontiers arraché la tête.

Dès que la famille du futur marié fut partie, les discussions et les disputes sont allées bon train. « Pas question que j'aille acheter la bague, puisque sa mère à lui n'y va pas non plus, a décrété Mère. Et Massoumeh ne peut pas y aller seule avec les sœurs de ce jeune homme. Madame Parvin, accompagnez-la.

« — Oui, très volontiers. Nous prendrons aussi du tissu pour sa robe. À propos, n'oubliez pas, c'est à vous d'acheter la bague du marié.

— Je ne comprends toujours pas pourquoi il n'est pas venu se présenter.

— Ne laissez pas les mauvais sentiments vous ronger le cœur. Je connais bien cette famille. Ce sont des gens vraiment charmants, croyez-moi. Ils vous ont donné leur adresse pour apaiser votre esprit. Vous pouvez aller prendre sur eux tous les renseignements que vous voudrez.

— Mostafa, comment allons-nous faire pour son trousseau ? a gémi Mère. Il faut que vous vous rendiez à Qum, les garçons et toi, pour rapporter le service en porcelaine et toute la literie que j'ai mis de côté pour elle. Ils sont à la cave, chez ta sœur. Et toutes les autres choses dont elle a besoin ? Comment allons-nous nous les procurer ?

— Ne vous en faites pas, l'a rassurée Mme Parvin. Ces dames vous ont bien dit que ça n'avait aucune importance. De toute façon, c'est leur faute si ce mariage est précipité. Tant mieux pour vous. S'il vous manque des affaires, vous pourrez toujours le leur reprocher.

— Je ne vais sûrement pas envoyer ma fille toute nue dans la maison de son mari ! a protesté Père. Nous avons déjà une partie du nécessaire, et nous achèterons le reste cette semaine. S'il manque d'autres choses, nous les apporterons plus tard. »

La seule personne à ne jouer aucun rôle dans ces discussions, à ne pas faire la moindre suggestion, à ne pas poser la moindre question, la seule dont l'opinion ne comptait pas, c'était moi. Je suis restée assise toute la nuit, accablée de tristesse et d'angoisse. J'ai supplié Dieu de prendre ma vie et de m'épargner ce mariage forcé.

Le lendemain matin, j'étais au trente-sixième dessous. J'ai fait semblant de dormir, attendant que mon père et mes frères soient partis. J'ai entendu Père discuter avec Mère. Il voulait contacter ses relations pour enquêter sur la famille du jeune homme et avait décidé de ne pas travailler ce jour-là. « J'ai laissé de l'argent pour la bague sur la cheminée, a-t-il dit ensuite. Regarde si ça suffit. »

Mère a compté l'argent et a répondu : « Oui. Ça ne devrait pas coûter plus cher que ça. »

Père est sorti avec Ali. Heureusement, depuis le début de l'été, il emmenait mon jeune frère au travail avec lui. La maison était calme et silencieuse. Autrement, Dieu seul sait ce que je serais devenue.

Mère est entrée dans ma chambre. « Réveille-toi. Et prépare-toi. Je t'ai laissée dormir plus tard que d'habitude parce qu'il faut que tu sois en forme aujourd'hui. »

Je me suis assise, j'ai serré mes genoux entre mes bras et j'ai répondu d'un ton déterminé : « Je n'irai pas ! » En l'absence des hommes, j'étais toujours pleine d'audace.

« Lève-toi et cesse tes caprices.

— Il n'en est pas question.

— C'est ce qu'on va voir ! Je ne vais pas te laisser gâcher cette chance. Surtout dans ta situation.

— Une chance ? Tu ne connais pas ces gens. Qui est cet homme ? Il n'ose même pas se montrer. »

À cet instant, la sonnette a tinté et Mme Parvin est entrée, toute pimpante, portant un tchador noir.

« J'ai pensé que vous auriez peut-être besoin d'aide, alors je suis venue de bonne heure. À propos, j'ai trouvé un très joli patron de robe de mariée. Nous allons acheter le tissu. Voulez-vous le voir ?

— Mme Parvin, aidez-moi, l'a suppliée Mère. Cette fille fait l'entêtée, une fois de plus. Peut-être arriverez-vous à la convaincre de se lever. »

Mme Parvin a retiré ses chaussures à hauts talons et est entrée dans la chambre. « Bonjour, mademoiselle la fiancée, a-t-elle lancé en riant. Allons, lève-toi et débarbouille-toi. Elles vont arriver d'un instant à l'autre et nous ne voudrions tout de même pas qu'elles s'imaginent que la fiancée est une petite paresseuse ! »

En la voyant, j'ai explosé. « Pour qui vous prenez-vous ? ai-je hurlé, folle de colère. Combien vous payent-ils pour jouer les entremetteuses ? »

Mère s'est frappé le visage en s'écriant : « Que Dieu te punisse ! Tais-toi ! Cette fille a avalé la honte et vomi la pudeur ! » Et elle s'est précipitée sur moi.

Mme Parvin a tendu le bras pour l'arrêter. « Tout va bien, je vous assure. Elle est seulement fâchée. Laissez-moi lui parler. Vous feriez mieux de sortir. Nous serons prêtes dans une demi-heure. »

Mère a quitté la pièce. Mme Parvin a refermé la porte et s'est adossée contre le battant, laissant glisser son tchador qui s'est répandu sur le sol. Elle avait les yeux fixés sur moi, mais ne me voyait pas. Elle regardait ailleurs, elle semblait très loin de cette chambre. Plusieurs minutes se sont écoulées en silence. Je l'observais avec curiosité. Quand elle a enfin pris la parole, je n'ai pas reconnu sa voix. Elle n'avait pas le même timbre que d'habitude : elle était amère, éteinte.

« J'avais douze ans quand mon père a chassé ma mère de la maison. J'étais alors en sixième et, du jour au lendemain, j'ai dû servir de mère à mon petit frère et à mes trois sœurs. Ils attendaient de moi tout ce que leur avait apporté notre mère. Je tenais la maison, je faisais la cuisine, la lessive, le ménage et je m'occupais des petits. Mon père s'est remarié, mais cela n'a pas allégé mon fardeau, crois-moi. Ma belle-mère était comme toutes les belles-mères. Elle ne nous maltraitait pas, elle ne nous affamait pas, mais elle aimait ses propres enfants plus que nous. Je ne peux pas vraiment lui donner tort.

Depuis que j'étais toute petite, on m'avait dit que le nom de mon cousin Amir-Hossein avait été prononcé au moment où l'on avait coupé mon cordon ombilical. Je devais devenir sa femme. Voilà pourquoi mon oncle m'appelait toujours sa jolie fiancée. Je ne sais pas quand cela a commencé, mais aussi loin que remontent mes souvenirs, j'ai été amoureuse d'Amir. Après le départ de ma mère, il a été mon seul réconfort. Amir m'aimait, lui aussi. Il trouvait toujours une excuse pour venir chez nous, s'asseoir au bord du bassin et me regarder travailler. Il me disait : "Tes mains sont si petites. Comment te débrouilles-tu pour laver tous ces vêtements ?" Je gardais toujours les tâches les plus difficiles pour ses visites. J'aimais les regards remplis d'inquiétude et de compassion qu'il me jetait. Il faisait part à mon oncle et à ma tante de la vie difficile que je menais. Chaque fois que mon oncle venait nous voir, il disait à mon père : "Mon ami, cette pauvre enfant mérite la pitié. Tu es cruel. Pourquoi est-elle condamnée à souffrir pour la seule raison que tu ne t'entendais pas avec ta femme ? Cesse d'être aussi obstiné. Va chercher ta femme par la main et ramène-la chez vous.

— Non, frère. Pas question. Ne prononce plus jamais le nom de cette dévergondée en ma présence. J'ai pris mes précautions et j'ai divorcé d'elle trois fois afin qu'il ne soit pas possible de revenir en arrière.

— Alors trouve une solution. Cette petite dépérit."

Quand ils nous disaient au revoir, l'épouse de mon oncle me prenait toujours dans ses bras et me tenait étroitement serrée contre elle. Mes larmes se mettaient alors à couler. Elle avait la même odeur que ma mère. Je ne sais pas, je me conduisais peut-être en enfant gâtée. Quoi qu'il en soit, mon père a finalement trouvé une solution en épousant une femme qui avait deux enfants d'un précédent mariage. Notre maison s'est mise à ressembler à un jardin d'enfants – sept enfants de tous âges et de toutes tailles. J'étais l'aînée. Je ne dis pas que c'est moi qui me chargeais de tout, mais je courais du matin au soir sans venir à bout de ce qu'il y avait à faire ; d'autant plus que ma belle-mère était très à cheval sur le respect des codes et des principes de pureté et d'impureté. Elle éprouvait une vive antipathie pour mon oncle et pour sa femme, qu'elle accusait d'avoir toujours plaidé la cause de ma mère. La première décision qu'elle a prise a été de mettre fin aux visites d'Amir. Elle a dit à mon père : "Je ne vois pas pourquoi cet imbécile vient sans arrêt chez nous. Il reste là à nous reluquer, c'est tout ce qu'il fait. De plus, ta fille est assez âgée pour devoir se couvrir, désormais."

Un an plus tard, elle s'est servie de nous comme prétexte pour rompre les relations avec la famille de mon oncle. Ils me manquaient terriblement. Je ne pouvais plus les voir que lorsque nous allions tous chez ma tante. Je suppliais mes cousins de demander à mes parents la permission que je passe la nuit chez eux. Pour éviter les récriminations de ma belle-mère, il fallait que mes frères et sœurs m'accompagnent. Un an s'est écoulé. Chaque fois que je voyais Amir, il avait encore grandi. Tu ne peux pas imaginer quel beau garçon c'était. Ses cils étaient si longs qu'ils projetaient une ombre sur ses yeux, exactement comme un parasol. Il m'écrivait des poèmes et m'achetait le texte imprimé des chansons que j'aimais. Il disait : "Tu as une si belle voix. Apprends cette chanson." À vrai dire, je ne lisais et n'écrivais pas très bien, et j'avais oublié le peu que j'avais appris à l'école. Il me promettait toujours qu'il m'apprendrait. Quelle période merveilleuse ! Mais, peu à peu, ma tante s'est lassée de nous avoir tout le temps chez elle. Son mari ne cessait de se plaindre. Nous avons donc dû nous résoudre à nous voir moins souvent. Au Nouvel An suivant, j'ai supplié mon père de rendre visite à mon oncle. Il était sur le point de céder quand ma belle-mère est intervenue : "Pas question que je mette les pieds chez cette sorcière."

Je ne sais pas pourquoi ma belle-mère et la femme de mon oncle se détestaient à ce point. Malheureuse que j'étais, prise en étau entre ces deux femmes ! Je n'ai plus revu la famille de mon oncle après ce Nouvel An là. Nous l'avons fêté chez ma tante. Elle espérait que cela permettrait à mon père et à mon oncle de reconnaître leurs torts et de se réconcilier. Tout le monde était installé dans le salon du haut. Ils ont demandé aux enfants de sortir. Avec Amir, je suis allée m'asseoir dans une pièce du rez-de-chaussée pendant que les plus petits jouaient dans le jardin. Les filles de ma tante étaient à la cuisine, où elles préparaient le plateau de thé. Nous étions seuls. Amir m'a pris la main. Une étrange chaleur m'a envahie de la tête aux pieds. Ses mains étaient tièdes et ses paumes moites. Il m'a dit : "Parvin, j'ai parlé avec mon père. Cette année, dès que j'aurai mon diplôme, nous demanderons ta main. Père a dit que nous pourrions nous fiancer avant que je fasse mon service militaire." J'aurais pu lui sauter dans les bras et pleurer de joie. C'est à peine si je respirais encore.

"Tu veux dire cet été ?

— Oui, si je ne suis recalé dans aucune matière, j'aurai mon diplôme.

— Pour l'amour de Dieu, débrouille-toi pour réussir.

— Je te le promets. Pour toi, je suis prêt à travailler d'arrache-pied."

Il m'a serré la main et j'ai eu l'impression que c'était mon cœur qu'il tenait. Il m'a dit : "Je ne supporte plus de vivre sans toi."

Oh ! Que te dire ? J'ai revécu cette scène, j'ai réentendu ces paroles tant de fois que chaque seconde de cette rencontre est restée gravée dans ma mémoire, comme un film qui se déroulerait sous mes yeux. Assis dans cette pièce, nous étions tellement absorbés l'un par l'autre que nous n'avons pas remarqué qu'une querelle avait éclaté. Quand nous sommes arrivés dans l'entrée, mon père et ma belle-mère descendaient l'escalier en lançant des imprécations, tandis que, penchée au-dessus de la rampe, l'épouse de mon oncle répliquait sur le même ton. Ma tante a couru derrière mon père et l'a supplié de ne pas se conduire aussi mal, elle lui a dit que c'était inconvenant, que son frère et lui devaient oublier leurs différends et se réconcilier. Elle les a adjurés, pour l'amour de l'esprit de leur mère, pour l'amour de l'esprit de leur père, de se rappeler qu'ils étaient frères et qu'ils devaient se soutenir. Elle leur a rappelé le vieux dicton qui affirme que, même si des frères dévorent mutuellement leur chair, jamais ils ne pourront jeter les os. Alors que mon père commençait à se calmer, ma belle-mère a hurlé : "Tu ne l'as pas entendu ? Et il se prétend ton frère ?"

Ma tante a répliqué : "Madame Aghdass, je vous en prie, arrêtez. Ce n'est pas bien. Ils n'ont rien dit d'insultant. Il est le frère aîné. S'il a tenu certains propos par bonté et par sollicitude, vous ne devez pas vous en offenser.

— Il est l'aîné ? Et alors ? Ça ne lui donne pas le droit de raconter n'importe quoi. Mon mari est son frère, pas son larbin. De quel droit se mêlent-ils de notre vie ? Cette femme qu'il a épousée, cette créature aux yeux ronds, ne supporte pas de voir quelqu'un qui vaut mieux qu'elle. Nous ne voulons pas de parents de ce genre."

Puis elle a attrapé un de ses enfants par le bras et s'est précipitée dehors. La femme de mon oncle lui a crié : "Regardez-vous bien ! Si vous étiez une femme correcte, votre premier mari ne vous aurait pas mise à la porte avec deux enfants."

Mes doux rêves n'avaient pas duré une heure. Ils ont éclaté comme une bulle de savon et se sont évanouis. Ma belle-mère était une femme déterminée. Elle a juré que la famille de mon oncle porterait à jamais dans son cœur le chagrin de m'avoir perdue. Elle a fait savoir à mon père qu'à mon âge elle était déjà mère et qu'elle ne tolérerait plus une rivale telle que moi sous son toit. C'est à peu près à ce moment qu'Haji Agha est venu demander ma main. C'était un parent éloigné de ma belle-mère et il avait déjà été marié deux fois. Il a expliqué : "J'ai divorcé d'elles parce qu'elles ne pouvaient pas me donner de fils." Il tenait à épouser une jeune fille en bonne santé pour être sûr d'avoir des enfants. Quel imbécile ! Il n'était pas prêt à envisager, fût-ce une seconde, que le problème vienne de lui. Évidemment, les hommes n'ont jamais aucun défaut, aucune défaillance ; surtout quand ils sont riches. Il avait quarante ans, vingt-cinq de plus que moi. "Il a des masses d'argent, plusieurs boutiques au bazar, a dit mon père, et beaucoup de terres et de propriétés autour de Qazvin." Bref, mon père en bavait d'envie. "Si elle me donne un fils, a ajouté Haji Agha, je lui offrirai un océan d'argent." Quand ils m'ont conduite à la cérémonie de mariage, je me sentais encore plus mal que toi aujourd'hui. »

Le regard de Mme Parvin était fixé au loin et deux larmes ont roulé sur ses joues.

« Pourquoi est-ce que vous ne vous êtes pas tuée ? lui ai-je demandé.

— Tu crois que c'est facile ? Je n'en ai pas eu le courage. Tu ferais mieux de te sortir ces idées stupides de la tête. Chacun de nous a son destin, et tu ne peux pas t'opposer au tien. Se suicider est un grave péché.

Et puis comment peux-tu savoir si cette situation ne tournera pas finalement à ton avantage ? »

Mère a tambouriné à la porte en criant : « Madame Parvin ! Qu'est-ce vous fabriquez là-dedans ? Nous allons être en retard. Il est déjà neuf heures et demie. »

Mme Parvin a promptement séché ses larmes. « Ne vous inquiétez pas, a-t-elle répondu. Nous serons prêtes. » Elle est venue s'asseoir près de moi. « Si je t'ai raconté ça, c'est pour que tu saches que je comprends très bien ce que tu éprouves.

— Alors pourquoi voulez-vous me rendre malheureuse, moi aussi ?

— Ils te marieront de toute façon. Tu n'imagines pas les projets qu'Ahmad a faits pour toi. » Elle poursuivi : « D'ailleurs, pourquoi te déteste-t-il à ce point ?

— Parce que Père m'aime plus que lui. »

D'un coup, j'ai saisi la réalité que contenaient ces paroles lâchées impulsivement. Je ne l'avais jamais compris aussi clairement. Oui, Père m'aimait plus que mes frères.

Mon premier souvenir de sa bonté à mon égard remontait au jour de la mort de Zari. Il venait de rentrer du travail et était resté, pétrifié, sur le seuil en découvrant Mère qui gémissait et Grand-Mère qui lisait le Coran. Le médecin avait secoué la tête et était sorti de la pièce avec, sur le visage, une expression de haine et de dégoût. En passant devant Père, il avait explosé : « Cela fait au moins trois jours que cette enfant est entre la vie et la mort, et vous avez attendu tout ce temps pour faire venir un médecin ? Auriez-vous agi ainsi si c'était un de vos fils qui avait été malade, et non cette pauvre innocente ? »

Le visage de Père était blanc comme la craie. J'ai cru qu'il allait s'effondrer. J'ai couru vers lui et ai enroulé mes petits bras autour de ses jambes en appelant Grand-Mère. Il s'est assis par terre, m'a serrée contre lui, a enfoui son visage dans mes cheveux et a sangloté. « Lève-toi, mon fils, lui a dit Grand-Mère d'un ton sévère. Tu es un homme. Tu ne devrais pas pleurer comme une femme. Ce que Dieu a donné, Dieu l'a repris. Tu ne dois pas t'opposer à sa volonté.

— Tu disais que ce n'était pas grave ! a hurlé Père. Tu disais qu'elle serait vite rétablie. Tu ne m'as pas laissé appeler le médecin.

— Ça n'aurait rien changé. Si elle avait été destinée à vivre, elle aurait vécu. Même le plus grand sage, le meilleur médecin du monde n'aurait rien pu faire. C'est le sort qui l'a voulu. Nous ne sommes pas destinés à avoir des filles.

— Tu racontes n'importe quoi ! s'est écrié Père. Tout est ta faute ! »

C'était la première fois que je le voyais s'opposer à sa mère, et je dois avouer que ça m'a fait plaisir. À dater de ce jour, il est souvent arrivé à Père de me prendre dans ses bras et de pleurer tout bas. Je le remarquais à la façon dont ses épaules tremblaient. Dès cet instant, il m'a prodigué l'amour et l'attention qu'il avait refusés à Zari. Ce favoritisme contrariait Ahmad, qui ne me l'a jamais pardonné. Il me poursuivait de ses regards furieux et profitait des absences de Père pour me frapper. Maintenant, il était arrivé à ses fins. J'avais perdu les bonnes grâces de Père, j'avais trahi sa confiance, et Père, déçu et affligé, m'avait abandonnée. Ahmad y voyait évidemment l'occasion rêvée de se venger.

La voix de Mme Parvin m'a arrachée à mes pensées. « Tu n'imagineras pas ce qu'il mijotait. C'est vraiment un être exécrable et abject, tu ne peux pas savoir… Et personne ne serait venu à ton secours. Si tu savais le cinéma que j'ai dû faire pour le convaincre de te refuser à cette brute et d'accepter que la famille de cet autre prétendant vienne vous rendre visite ! Mon cœur saignait pour toi. Je me revoyais il y a quinze ou vingt ans. J'ai bien compris que ta famille ne désirait qu'une chose, te marier. Et puisque cet incapable de Saiid n'a pas donné le moindre signe de vie, j'ai pensé qu'il fallait au moins que tu épouses un homme qui ne t'assommerait pas à coups de poing et ne te couvrirait pas de bleus dès le lendemain de votre mariage. Un homme correct et, s'il plaît à Dieu, que tu finiras peut-être par apprécier un jour. Et si ce n'est pas le cas, un homme qui te laissera au moins vivre ta vie.

— Comme vous ? » ai-je demandé d'un ton cinglant et amer.

Elle m'a jeté un regard lourd de reproches. « Je ne sais pas. Tu feras ce que tu voudras. À chacun de trouver le moyen de prendre sa revanche sur la vie et de rendre son existence supportable. »

*

Je ne les ai pas accompagnées pour acheter la bague. Mme Parvin a expliqué à la famille du futur époux que j'avais pris froid, et elle a emporté mon anneau d'argent pour pouvoir choisir la taille de l'alliance.

Deux jours plus tard, Père, Ahmad et Mahmoud sont partis pour Qum, d'où ils sont revenus avec une voiture bourrée de mobilier. « Attendez, attendez, a dit Mère. Ne déchargez pas tout ça ici. Emportez-les directement là où elle habitera. Mme Parvin vous accompagnera pour vous montrer le chemin. » Elle s'est tournée vers moi : « Allons, ma fille. Lève-toi et va jeter un coup d'œil à ta maison, note ce qui manque et indique-leur où tu veux qu'ils déposent tes affaires. Sois une bonne fille, lève-toi, voyons.

— Inutile, ai-je répliqué en haussant les épaules. Tu peux dire à Mme Parvin de partir. Je n'ai aucune intention de me marier. C'est elle qui est tout excitée à cette idée, pas moi. »

Le lendemain, Mme Parvin a apporté la robe de mariée pour un essayage. J'ai refusé de l'enfiler. « Peu importe, a-t-elle dit. J'ai tes mensurations. Je prendrai modèle sur tes autres robes. Ça ira très bien, tu peux en être sûre. »

Je ne savais pas quoi faire. J'étais nerveuse, agitée. Je ne mangeais plus, je ne dormais plus. Et même quand je réussissais à m'assoupir pendant quelques heures, je faisais de tels cauchemars qu'à mon réveil j'étais encore plus fatiguée qu'avant. J'étais comme un condamné à mort qui voit approcher l'heure de son exécution. J'ai finalement décidé de prendre mon courage à deux mains et d'essayer de fléchir Père. Je voulais me jeter à ses pieds et pleurer jusqu'à ce qu'il ait pitié de moi. Mais tous les autres veillaient à ne pas nous laisser seuls une minute et, de toute évidence, Père faisait lui aussi tout son possible pour m'éviter. J'espérais inconsciemment un miracle. Je m'imaginais qu'une main allait surgir du ciel et m'enlever au dernier moment. Mais ce n'étaient que chimères.

Tout s'est déroulé comme prévu, et le jour fixé pour le mariage a fini par arriver. Dès l'aube, notre porte d'entrée est restée grande ouverte, tandis que Mahmoud, Ahmad et Ali allaient et venaient. Ils ont disposé une rangée de chaises autour de la cour et préparé des plateaux de pâtisseries. Ils n'attendaient pas beaucoup d'invités, bien sûr, car Mère leur avait demandé de ne prévenir personne à Qum. Elle ne voulait surtout pas que des membres de notre famille viennent constater notre fâcheuse situation. Mes frères et elle ont raconté à la sœur de Père que le mariage aurait lieu quelques semaines plus tard, mais ils ont été bien obligés d'inviter Oncle Abbas. En fait, il était notre seul parent présent à la cérémonie. À l'exception de quelques-uns de nos voisins, tous les autres invités appartenaient à la famille du marié.

Tout le monde a eu beau insister pour que je prenne rendez-vous chez l'esthéticienne, j'ai refusé obstinément, ce qui a obligé Mme Parvin a improviser, une fois de plus. Elle m'a épilé le visage et les sourcils et a enroulé mes cheveux sur des bigoudis. Pendant ce temps, les larmes ruisselaient sur mes joues. La femme d'Oncle Abbas était venue le matin pour proposer son aide ou plus exactement, prétendait Mère, pour nous espionner. « Oh ! Quelle chochotte tu fais ! s'est-elle écriée. Tu n'as presque pas de poils sur le visage ! Pourquoi pleures-tu comme ça ?

— Ma fille est encore tellement faible qu'elle ne supporte rien », a expliqué Mère.

Mme Parvin avait la larme à l'œil, elle aussi. De temps en temps, elle prétendait avoir besoin d'un nouveau morceau de fil et se détournait pour s'essuyer les yeux.

La cérémonie de mariage était prévue à cinq heures, car on espérait qu'il ferait un peu plus frais en fin d'après-midi. La famille du marié est arrivée à quatre heures. Il faisait encore très chaud, mais les hommes sont restés dehors, à l'ombre du grand mûrier. Les femmes sont montées au salon, où avait été étalé le *sofreh** nuptial. Je me trouvais dans la pièce voisine.

Mère y a fait irruption et m'a grondée : « Comment, tu n'es pas encore habillée ? Dépêche-toi donc ! Le monsieur sera là dans une heure. »

Je tremblais de la tête aux pieds. Je me suis jetée à ses pieds et l'ai suppliée de ne pas me forcer à me marier. « Je ne veux pas de mari, ai-je pleuré. Je ne sais même pas qui est ce rustre. Pour l'amour de Dieu, ne me force pas. Je jure sur le Coran que je me tuerai. Va les prévenir que le mariage est annulé. Laisse-moi parler à mon père. Attends un peu, je refuserai de dire oui. Tu vas voir ! Si tu n'y renonces pas, je dirai devant tout le monde que je ne consens pas à me marier.

« — Que Dieu me prenne la vie ! a-t-elle lancé. Tais-toi ! Comment peux-tu dire des choses pareilles ? Tu veux nous faire honte ? Cette fois, c'est sûr, Ahmad te mettra en pièces. Son couteau n'a pas quitté sa poche de la journée. "À la moindre entourloupe de sa part, je la tue", voilà ce qu'il a dit. Songe à la réputation de ton pauvre père. Il en fera une crise cardiaque et tombera raide mort.

— Je ne veux pas me marier ! Tu ne peux pas m'y obliger.

— Ferme ton clapet et cesse d'élever la voix. On pourrait t'entendre. »

Elle s'est jetée sur moi, mais je me suis glissée sous le lit et me suis blottie le plus loin possible. Tous mes bigoudis s'étaient détachés et étaient éparpillés à travers la pièce.

« Que la mort t'emporte ! a sifflé Mère. Sors de là tout de suite. Que Dieu m'accorde de te voir à la morgue sur une table d'autopsie. Sors immédiatement ! »

Quelqu'un a frappé à la porte. C'était Père. « Qu'est-ce que vous fabriquez ? Le monsieur va arriver d'un instant à l'autre.

— Rien, rien. Elle s'habille. Demande simplement à Mme Parvin de venir ici sans tarder. »

Et elle s'est remise à gronder : « Sors, misérable ! Sors avant que je te tue. Cesse immédiatement ce scandale.

— Je ne sortirai pas. Je ne me marierai pas. Pour l'amour de frère Mahmoud, pour l'amour de frère Ahmad que tu aimes tant, ne me force pas à me marier. Dis-leur que nous avons changé d'avis. »

Mère ne pouvait pas ramper sous le lit. Mais, en tendant le bras, elle a réussi à m'agripper par les cheveux et a entrepris de me tirer hors de ma cachette. C'est à cet instant que Mme Parvin est arrivée.

117

« Que Dieu ait pitié ! Que faites-vous ? Vous lui arrachez tous ses cheveux ! »

— Voyez un peu dans quel état elle est ! a lancé Mère d'une voix rauque. Elle veut nous faire honte au dernier moment. »

Toujours roulée en boule par terre, je lui ai jeté un regard haineux. Elle tenait encore une grosse mèche de mes cheveux dans son poing serré.

Je ne me rappelle pas avoir prononcé le mot « oui » au cours de la cérémonie de mariage. Mère me pinçait le bras en chuchotant : « Dis oui. Dis oui. » Finalement, quelqu'un a dit oui et tout le monde a poussé des cris d'allégresse. Mahmoud et plusieurs autres hommes étaient assis dans la pièce voisine à chanter les louanges du Prophète et de ses descendants. Quelques objets ont été échangés, sans que j'aie conscience de ce qui se passait. J'avais un voile sur les yeux. Tout flottait dans une sorte de brouillard. Les voix se mêlaient, formant une clameur déconcertante et incompréhensible. Comme clouée au sol, j'avais le regard perdu au loin. Peu m'importait que l'homme assis à côté de moi soit désormais mon mari. Qui était-il ? À quoi ressemblait-il ? Tout était fini. Saiid n'était pas venu. Tous mes espoirs et tous mes rêves connaissaient une fin amère. Saiid, pourquoi m'as-tu abandonnée ?

Quand j'ai repris mes esprits, je me trouvais chez cet homme, dans la chambre à coucher. Assis au bord du lit, il me tournait le dos et dénouait sa cravate. Elle devait le gêner : sans doute n'était-il pas habitué à en porter. Debout dans un coin de la pièce, je serrais étroitement contre moi le tchador blanc dont on m'avait affublée avant de me conduire dans cette maison. Je tremblais comme une feuille d'automne. J'avais le cœur qui battait à tout rompre. J'essayais de ne faire aucun bruit, espérant qu'il ne remarquerait pas ma présence. Dans ce silence absolu, les larmes coulaient jusque sur ma poitrine. Mon Dieu, comment comprendre ces mœurs ? Un jour, ma famille voulait me tuer sous prétexte que j'avais échangé quelques mots avec un homme que je connaissais depuis deux ans, sur lequel je savais beaucoup de choses, que j'aimais et que j'étais prête à suivre au bout du monde, et le lendemain elle prétendait m'obliger à coucher dans le même lit qu'un étranger dont j'ignorais tout et qui ne m'inspirait que de la terreur.

J'avais la chair de poule à l'idée que sa main puisse se poser sur moi. J'avais l'impression qu'il allait me violer, et je savais que personne ne me porterait secours. La pièce était plongée dans la pénombre. Comme si mon regard lui avait brûlé la nuque, il s'est retourné et m'a dévisagée avant de murmurer d'un air surpris : « Que se passe-t-il ? De quoi as-tu peur… ? De moi ? » Et il ajouté avec un sourire ironique : « Je t'en prie, ne me regarde pas comme ça. On croirait un agneau qu'on mène à l'abattoir. »

J'aurais aimé dire quelque chose, mais les mots restaient coincés dans ma gorge.

« Calme-toi, a-t-il repris. N'aie pas peur. Je ne voudrais surtout pas que tu fasses une crise cardiaque. Je ne te toucherai pas, c'est promis. Je ne suis pas une bête, tu sais. »

Mes muscles crispés se sont un peu détendus. Ma respiration, comprimée dans ma poitrine depuis des heures, s'est enfin libérée. C'est alors qu'il s'est levé. Tétanisée, je me suis recroquevillée dans l'angle de la pièce.

« Écoute-moi, ma chère petite, j'ai des choses à faire ce soir. Je dois voir mes amis. Je vais sortir. Mets-toi à l'aise et dors un peu. Je te promets que, si je rentre cette nuit, je ne te rejoindrai pas dans cette chambre. Je te le jure, sur mon honneur. » Puis il a ramassé ses chaussures, a levé les bras dans un geste de capitulation et a ajouté : « Tu vois ? Je m'en vais. »

En entendant la porte d'entrée se refermer, je me suis effondrée par terre comme un chiffon. J'étais tellement épuisée que mes jambes ne me portaient plus. J'avais l'impression d'avoir transporté une montagne sur mon dos. Je suis restée affalée ainsi jusqu'à ce que ma respiration ait repris un rythme normal. J'apercevais mon reflet dans le miroir de la coiffeuse, mais mon image ne cessait de se déformer. Était-ce vraiment moi ? Un voile ridicule était posé de travers sur mes cheveux ébouriffés et, malgré les vestiges répugnants de maquillage, j'étais d'une pâleur effrayante. J'ai arraché le tchador de ma tête et essayé de défaire les boutons qui fermaient ma robe dans le dos. Comme je n'y arrivais pas, j'ai tiré sur le col jusqu'à ce qu'ils s'arrachent. J'aurais volontiers déchiré cette robe tout entière pour me débarrasser de ce qui symbolisait cet absurde mariage.

J'ai regardé autour de moi, à la recherche d'une tenue plus confortable. Une chemise de nuit rouge vif avec une profusion de plis et de dentelles était étalée sur le lit. Un achat de Mme Parvin, sans aucun doute. J'ai aperçu ma valise posée dans un coin. Elle était si grande et si lourde que j'ai eu du mal à la déplacer. Après l'avoir ouverte, j'en ai tiré une de mes robes d'intérieur, que j'ai enfilée. Je suis sortie de la chambre. Je ne savais pas où était la salle de bains. J'ai allumé toutes les lampes et ouvert toutes les portes jusqu'à ce que je la trouve. Devant le lavabo, j'ai mis ma tête sous le robinet et me suis longuement savonné le visage. Les ustensiles de rasage alignés sur le côté du lavabo paraissaient d'origine étrangère. Mes yeux se sont posés sur le rasoir. Oui, c'était la seule issue, mon unique chance d'évasion. Je les imaginais, découvrant mon corps sans vie sur le sol. L'étranger serait évidemment le premier à le trouver. Il serait épouvanté, sans doute, mais certainement pas affligé. En revanche, quand Mère apprendrait ma mort, elle gémirait et pleurerait, elle se rappellerait qu'elle m'avait tirée par les cheveux pour m'obliger à sortir de ma cachette, elle se rappellerait que je l'avais implorée et suppliée, et sa conscience la ferait cruellement souffrir. Cette idée m'inspirait un léger frémissement de plaisir. J'ai continué à imaginer les réactions de ma famille.

Et Père ? Il poserait la main sur le mur, il appuierait la tête sur son bras et pleurerait. Il se rappellerait que je l'avais tendrement aimé, que j'aurais tant voulu faire des études, il se souviendrait de l'énergie avec laquelle j'avais refusé de me marier, de la cruauté qu'il m'avait témoignée, il en serait torturé et peut-être même tomberait-il malade. Je souriais dans le miroir. Quelle douce vengeance !

Et les autres ?

Saiid. Oh, Saiid serait bouleversé. Il se lamenterait, pleurerait et se maudirait. Pourquoi n'avait-il pas demandé ma main à temps ? Pourquoi n'était-il pas venu m'enlever une nuit et m'aider à m'enfuir ? Il vivrait dans la peine et les regrets jusqu'à la fin de ses jours. Je ne lui souhaitais pas un chagrin pareil, mais après tout, c'était sa faute. Pourquoi avait-il disparu ? Pourquoi n'avait-il pas cherché à me porter secours ?

Ahmad !… Ahmad ne serait pas triste, je le savais. Il se sentirait peut-être tout de même un peu coupable. La nouvelle de ma mort le laisserait hébété un moment. Il aurait honte. Puis il se précipiterait chez Mme Parvin et boirait du matin au soir pendant une semaine. Dorénavant, mon regard sévère serait posé sur lui durant ses nuits de beuverie. Mon esprit ne le laisserait jamais au repos.

Quant à mon frère Mahmoud, il secouerait la tête en disant : « Cette misérable a commis péché après péché. Dans quelles flammes elle doit être en train de brûler à présent ! » Il ne se ferait aucun reproche, mais lirait tout de même quelques sourates du Coran, prierait pour moi plusieurs vendredis soir et serait fier d'être un frère aussi compatissant et aussi indulgent. Un frère qui, malgré mes turpitudes, avait demandé à Dieu de me pardonner et avait allégé le poids de mes péchés par ses prières.

Et Ali ? Comment réagirait-il ? Il serait sans doute triste et se replierait un moment sur lui-même, mais dès que ses copains du quartier viendraient le chercher, il partirait en courant et oublierait tout. Pauvre petite Faati, elle serait la seule à me pleurer sans le moindre sentiment de culpabilité. Elle éprouverait exactement les mêmes sentiments que moi à la mort de Zari, et connaîtrait un sort comparable au mien. Malheureusement, je ne serais plus là pour l'aider. Elle serait condamnée à vivre, elle aussi, seule et sans amie. Mme Parvin m'approuverait d'avoir préféré la mort à une vie indigne. Elle regretterait de n'avoir pas eu le courage d'en faire autant et d'avoir trahi son grand amour. Parvaneh n'apprendrait ma mort que beaucoup plus tard. Elle pleurerait, repenserait à tout ce que nous avions partagé, et une ombre de tristesse planerait à jamais sur sa vie. Hélas ! Parvaneh, comme tu me manques, j'ai tellement besoin de toi !

J'ai fondu en larmes, et ces images douces-amères se sont évanouies. J'ai attrapé le rasoir et ai approché la lame de mon poignet. Elle n'était pas très aiguisée. J'ai dû appuyer fort. Je manquais de courage, j'avais peur. J'ai essayé de mobiliser ma rage, ma colère et mon désespoir. Je me suis rappelé les blessures qu'Ahmad avait infligées à Saiid. J'ai compté « Un, deux, trois », et j'ai pressé. La sensation de brûlure a été si vive que j'ai lâché le rasoir. Le sang a jailli. Satisfaite, j'ai murmuré : « Parfait. Et d'un. Mais comment vais-je faire maintenant pour me taillader l'autre poignet ? » La coupure était si douloureuse qu'il ne fallait pas envisager de tenir le rasoir de cette main-là. « Tant pis, ai-je pensé. Ça mettra plus longtemps, mais tout mon sang finira bien par s'écouler. »

Je me suis replongée dans mes songes. La douleur refluait. J'ai baissé les yeux vers mon poignet : il ne saignait plus. J'ai appuyé sur les lèvres de la plaie, et un gémissement m'a échappé. La douleur était atroce. Quelques gouttes de sang sont tombées dans le lavabo, pas plus. J'avais manqué mon coup : l'entaille n'était pas assez profonde. Je n'avais pas atteint la veine. J'ai ramassé le rasoir. L'incision de mon poignet palpitait ; comment arriverais-je à passer la lame une deuxième fois au même endroit ? Si seulement j'avais disposé d'une méthode plus efficace, qui m'aurait épargné cette souffrance et ce sang !

Instinctivement, mon esprit a commencé à chercher des échappatoires. J'ai repensé à une dame qui avait pris la parole lors d'une séance de lecture féminine du Coran. Elle avait rappelé que le suicide était un acte répréhensible, un péché, même, elle avait dit que Dieu ne pardonnait jamais qu'on attente à ses jours, et qu'en agissant ainsi on se condamnait à brûler pour l'éternité dans les flammes de l'enfer en compagnie de serpents aux crochets venimeux et de bourreaux qui flagellaient les corps calcinés des pécheurs. Ceux-ci étaient contraints de boire de l'eau croupie, tandis que des lances brûlantes leur transperçaient le corps. J'en avais fait des cauchemars pendant huit jours et avais hurlé dans mon sommeil. Non, je ne voulais pas finir en enfer. Mais ma vengeance ? Comment les faire souffrir ? Comment leur faire prendre toute la mesure de leur cruauté ?

Il le faut, me suis-je encouragée ; si je ne le fais pas, je vais devenir folle. Il faut que je les tourmente autant qu'ils m'ont tourmentée. Je veux les obliger à s'habiller en noir, à regretter ma mort pour le restant de leur vie. Mais pleureraient-ils vraiment jusqu'à la fin de leurs jours ? Combien de temps leur avait-il fallu pour oublier Zari ? Elle n'avait pas commis le moindre péché, pourtant plus personne ne prononçait son nom. Une semaine à peine après sa mort, ils étaient déjà tous d'accord pour affirmer que c'était la volonté de Dieu et qu'il ne fallait pas s'y opposer, que c'était un décret de la divine providence et qu'ils ne devaient pas se montrer ingrats. Ils prétendaient que Dieu les mettait à l'épreuve et que eux, ses fidèles serviteurs, devaient surmonter cette épreuve dans l'honneur. Dieu avait donné, Dieu avait repris. Pour finir, ils s'étaient tous persuadés qu'ils n'avaient pas mal agi et qu'ils n'étaient pour rien dans la mort de Zari. Ce sera pareil pour moi, ai-je pensé. Au bout de quelques semaines leur chagrin s'apaisera et, après deux ans, au grand maximum, ils ne penseront plus à moi. Alors que moi, je continuerai à endurer les tourments éternels et ne serai pas là pour leur rappeler ce qu'ils m'ont infligé. Quant à ceux qui m'aiment vraiment, ceux qui ont besoin de moi, ils resteront seuls avec leur désespoir.

J'ai jeté le rasoir. Je n'y arriverais pas. Exactement comme Mme Parvin, il ne me restait qu'à me résigner.

Mon poignet ne saignait plus. Je l'ai bandé avec un mouchoir et suis retournée dans la chambre. Je me suis couchée, j'ai enfoncé ma tête sous les draps et j'ai pleuré. Il me fallait accepter d'avoir perdu Saiid, reconnaître qu'il ne voulait pas de moi. Exactement comme quelqu'un qui enterre un être cher, j'ai enterré

Saiid tout au fond de mon cœur. Debout devant sa tombe, j'ai sangloté pendant des heures. Il fallait désormais que je l'abandonne, que je laisse le temps m'apporter l'indifférence et l'oubli, que j'efface son image de mon esprit. Y parviendrais-je un jour ?

2.

Le soleil était déjà haut dans le ciel quand je me suis éveillée d'un profond sommeil sans rêves. J'ai regardé autour de moi, confuse et désorientée. Je ne reconnaissais rien. Où étais-je ? Il m'a fallu quelques secondes pour me rappeler ce qui s'était passé. J'étais dans la maison de cet étranger. Je me suis redressée d'un bond. La porte de la chambre était ouverte et l'appartement était plongé dans un profond silence. J'étais apparemment seule. Quel soulagement ! J'ai constaté avec étonnement qu'une indifférence et une sécheresse étranges s'étaient emparées de mon être. La colère et la révolte qui s'étaient agitées en moi au cours des derniers mois semblaient s'être apaisées. Je n'éprouvais aucun chagrin, aucune nostalgie de la demeure où j'avais vécu, ni de la famille dont j'avais été séparée. Je n'avais plus l'impression d'être des leurs. Je ne ressentais même plus de haine à leur égard. Bien que froid comme la glace, mon cœur battait lentement et régulièrement. Je me suis demandé s'il y avait une chose au monde capable de me faire retrouver un jour le bonheur.

Je me suis levée. La chambre était plus vaste que dans mon souvenir de la veille. Le lit et la coiffeuse étaient neufs, ils sentaient encore le vernis. Sans doute étaient-ce les meubles que Père avait achetés. Ma valise, béante, était en désordre. Apercevant un carton dans un coin de la pièce, je l'ai ouvert. Il contenait des draps, des taies d'oreiller, des maniques, du linge d'office, des serviettes de toilette et d'autres bricoles que ma famille n'avait pas eu le temps de déballer.

Je suis sortie de la chambre qui donnait sur un grand vestibule carré. J'ai aperçu une autre pièce au fond, qui avait l'air d'un débarras. À gauche du vestibule s'ouvrait une large porte vitrée avec des panneaux à motifs en nid-d'abeilles. La cuisine et la salle de bains se trouvaient à droite. Un tapis rouge recouvrait le sol de la grande pièce tandis que des coussins et des dossiers recouverts de tapis étaient disposés de part et d'autre. Sur un mur, quelques rayonnages de livres. À côté de la porte vitrée, une autre étagère supportait un sucrier ancien, le buste d'un homme qui m'était inconnu et encore des livres.

Je suis allée jeter un coup d'œil à la cuisine, que j'ai trouvée relativement petite. Une lampe en vannerie bleu marine se trouvait sur un côté du plan de travail en briques, l'autre étant occupé par une cuisinière à gaz flambant neuve avec deux brûleurs, juste au-dessus de la bonbonne de gaz. Un service en porcelaine ornée d'un motif floral rouge était empilé sur une petite table de bois. Je m'en souvenais très bien : Mère l'avait acheté quand j'étais petite à l'occasion d'un voyage à Téhéran en prévision du trousseau dont nous aurions besoin, Zari et moi. Un gros carton posé au milieu de la cuisine était rempli de casseroles en cuivre de différentes dimensions soigneusement astiquées, accompagnées de plusieurs spatules et d'une grande et lourde bassine en cuivre. Manifestement, ma famille n'avait pas su où les ranger.

Ce qui était neuf m'appartenait, le reste était à l'étranger. J'étais entourée de la dot qui avait été constituée pour moi dès le jour de ma naissance. Ma destinée entière se reflétait dans ces ustensiles de cuisine, dans ce linge de lit. Chaque objet révélait que tout ce qu'on attendait de moi était que je m'acquitte de mes fonctions à la cuisine et dans la chambre à coucher. Quelle vie fastidieuse s'offrait à moi ! Serais-je capable de préparer à manger dans une cuisine aussi malcommode, et comment supporterais-je de satisfaire aux devoirs déplaisants qui m'attendaient dans le lit d'un étranger ?

Tout me répugnait, et pourtant je n'avais même plus la force de m'en inquiéter.

Poursuivant mon exploration, j'ai poussé la porte vitrée. Un de nos tapis était étalé sur le sol et deux chandeliers de cristal à pendeloques rouges étaient disposés sur la cheminée, de part et d'autre d'un miroir entouré d'un cadre transparent. Sans doute ces objets provenaient-ils de ma cérémonie de mariage, mais je ne me rappelais pas les avoir vus. Dans un angle se dressait une table rectangulaire recouverte d'une vieille nappe aux tons fanés, sur laquelle trônait un volumineux poste de radio brun avec deux gros boutons couleur d'os, qui m'ont fait l'effet d'yeux exorbités fixés sur moi.

À côté de la radio, j'ai aperçu une curieuse boîte carrée. Je me suis dirigée vers la table, sur laquelle étaient posées plusieurs enveloppes, petites et grandes, ornées d'images d'orchestres. J'ai reconnu cette boîte. C'était un électrophone, absolument identique à celui que possédait la famille de Parvanch. J'ai soulevé le couvercle et promené mes doigts sur les anneaux noirs concentriques. Malheureusement, je ne savais pas faire fonctionner cet appareil. J'ai regardé les enveloppes. C'était une découverte fascinante : l'homme chez qui je vivais écoutait de la musique étrangère. Ah, si Mahmoud savait ça !… Les livres et l'électrophone étaient les seuls objets intéressants de cette maison. J'aurais bien voulu rester seule avec eux…

Ne découvrant rien d'autre de passionnant dans cet appartement, j'ai ouvert la porte d'entrée et me suis retrouvée sur une petite terrasse. Un escalier menait d'un côté vers la cour, de l'autre sur le toit de la maison. Je suis descendue. Le centre de la cour pavée de briques était occupé par un bassin rond rempli d'eau propre et claire, mais sa peinture bleue s'écaillait. Deux massifs de fleurs longs et étroits le flanquaient de part et d'autre avec, au milieu du premier, un cerisier de belle taille et, au milieu du deuxième, un autre arbre. Plus tard, l'automne venu, je découvrirais qu'il s'agissait d'un plaqueminier. Quelques rosiers de Damas aux feuilles poussiéreuses, visiblement assoiffés, avaient été plantés autour des arbres. À côté du mur, une vieille vigne flétrie s'accrochait à un treillage usé.

La façade de la maison et les murs entourant la cour étaient en briques rouges. D'en bas, je distinguais les fenêtres de la chambre à coucher et du salon de l'appartement de l'étage. Il y avait des toilettes au fond de la cour, du genre de celles que nous avions à Qum et où j'avais toujours eu peur de me rendre. Quelques marches séparaient la cour de la terrasse entourant l'ensemble du rez-de-chaussée, dont les hautes vitres étaient munies de stores en osier relevés. Le rideau d'une des fenêtres étant ouvert, je me suis approchée, j'ai mis mes mains en visière au-dessus de mes yeux et j'ai regardé à l'intérieur. Le mobilier se limitait à un tapis rouge foncé, à plusieurs coussins de sol et à une literie pliée et entassée près du mur. Un samovar et un service à thé étaient posés près d'un des coussins de sol.

La porte d'entrée de l'appartement du rez-de-chaussée paraissait plus ancienne que celle de l'appartement du premier et était fermée par un gros cadenas. J'ai supposé que c'était le logement de la grand-mère de l'étranger. Sans doute était-elle sortie pour aller voir de la famille ou des amies. Je me suis rappelé avoir aperçu lors de la cérémonie de mariage une vieille dame légèrement voûtée, portant un tchador blanc parsemé de minuscules fleurs noires. Elle m'avait glissé quelque

chose dans la main ; peut-être une pièce d'or. La famille
de l'étranger avait dû la conduire ailleurs pour laisser
les jeunes mariés en tête à tête pendant quelques jours.
Les jeunes mariés !... Un petit rire amer m'a échappé,
et je suis retournée dans la cour.

Un escalier descendait à la cave, dont la porte était
fermée à clé. D'étroites fenêtres situées sous la véranda
du rez-de-chaussée projetaient un peu de lumière dans
le sous-sol. Je me suis approchée pour mieux voir. Je
n'ai distingué qu'un fouillis recouvert de poussière. De
toute évidence, personne ne s'y était rendu depuis longtemps. Je me suis retournée, m'apprêtant à regagner
l'étage, quand mes yeux se sont posés sur les rosiers de
Damas poussiéreux. Ils m'ont fait pitié. Apercevant un
arrosoir près du bassin, je l'ai rempli et je les ai arrosés.

Il n'était pas loin d'une heure et je commençais à
avoir faim. À la cuisine j'ai trouvé un carton de pâtisseries qui restaient du mariage. J'en ai grignoté une. Elle
était toute desséchée. Comme j'avais envie de quelque
chose de froid, je me suis dirigée vers le petit réfrigérateur blanc situé dans l'angle et j'y ai trouvé du fromage,
du beurre, des fruits et d'autres aliments. J'ai choisi une
bouteille d'eau et une pêche, et me suis assise sur le
bord de la fenêtre pour manger. J'ai regardé autour de
moi : quelle cuisine désordonnée et encombrée !

J'ai pris un livre sur les étagères du vestibule, suis
retournée jusqu'au lit défait et me suis allongée. J'ai lu
quelques lignes, sans retenir un mot de ce que j'avais
lu. J'étais incapable de me concentrer. J'ai reposé le
livre et essayé de dormir, en vain. Les idées se bousculaient dans ma tête : et maintenant, qu'allais-je faire ?
Allais-je passer le reste de ma vie avec cet étranger ? Où
était-il parti en pleine nuit ? Il avait dû rentrer chez ses
parents. Peut-être s'était-il même plaint à eux de mon

attitude. Que devrais-je dire si sa mère me réprimandait pour avoir poussé leur fils hors de sa propre maison ?

Je me suis tournée et retournée sur le lit un long moment jusqu'à ce que l'image de Saiid efface toutes les autres de mon esprit. Je me suis efforcée de la chasser. J'ai cherché à me convaincre que je devais le bannir définitivement de mes pensées. Puisque j'avais été incapable de me tuer, je devais veiller à avoir une conduite irréprochable. Tout avait commencé de la même manière pour Mme Parvin qui, maintenant, trompait son mari sans vergogne. Si je ne voulais pas suivre son exemple, il fallait que je cesse de penser à Saiid. Pourtant, je n'arrivais pas à l'oublier. La seule solution, me suis-je dit, était de commencer à faire une provision de comprimés. Ainsi, le jour où la vie me paraîtrait insupportable, ou si je me laissais entraîner sur les chemins de l'immoralité, je disposerais d'un moyen facile et indolore de mettre fin à mes jours. Dieu comprendrait certainement que je m'étais tuée pour échapper au péché et il ne me condamnerait pas à un châtiment effroyable.

J'avais l'impression d'être restée des heures au lit et de m'être même assoupie, mais quand j'ai consulté la grande horloge ronde qui occupait un pan de mur, j'ai constaté qu'il n'était que trois heures et demie. Comment m'occuper ? Je m'ennuyais à périr. Où avait bien pu aller l'étranger ? Que comptait-il faire de moi ? Si seulement j'avais pu vivre dans cet appartement sans avoir le moindre contact avec lui ! Il y avait de la musique, une radio, quantité de livres, et, surtout, la paix, la solitude et l'indépendance. Je n'avais aucune envie de revoir ma famille. Je m'occuperais de son ménage et nous vivrions chacun de notre côté, l'étranger et moi. Oh, si seulement il acceptait cette solution !

Je me suis rappelé alors les propos de Mme Parvin : « Un homme correct, que tu finiras peut-être par appré-

cier un jour. Un homme qui te laissera vivre ta vie. »
J'ai frissonné. Je savais très bien ce qu'elle voulait dire.
Mais était-elle vraiment coupable, vraiment fautive ?
Serais-je une femme infidèle si j'agissais comme elle ?
Infidèle à qui ? Infidèle à quoi ? Quelle est la plus grave
déloyauté ? Coucher avec un étranger que je n'aime pas,
dont le contact me répugne, à qui je me suis trouvée
mariée parce que quelqu'un a prononcé quelques mots
et que j'ai été obligée de dire oui, à moins que ce ne soit
une autre qui l'ait dit à ma place ? Ou faire l'amour avec
l'homme que j'aime, l'homme qui est tout pour moi et
avec lequel je rêve de vivre, même si personne n'a prononcé ces quelques mots pour nous ?

Quelles étranges pensées se pressaient dans ma tête !
Il fallait que je fasse quelque chose. Que je m'occupe,
autrement j'allais devenir folle. J'ai allumé la radio et
monté le son. Je voulais entendre d'autres voix que la
mienne. Je suis retournée dans la chambre à coucher,
j'ai fait le lit, j'ai roulé la chemise de nuit rouge en boule
et l'ai fourrée au fond du carton. J'ai ouvert la penderie ;
elle était en pagaille et des vêtements étaient tombés de
leurs cintres. J'ai tout sorti, puis j'ai suspendu mes
habits d'un côté et ceux de l'étranger de l'autre. J'ai mis
de l'ordre dans les tiroirs de la coiffeuse et disposé joliment les objets qui étaient dessus. J'ai traîné le gros
carton à l'autre bout du vestibule, jusqu'au débarras qui
ne contenait que quelques caisses de livres. J'ai rangé le
débarras avant d'aller chercher les objets inutiles qui
encombraient la chambre à coucher afin de les y entre-
poser. Quand j'ai eu fini de réaménager ces deux pièces,
il faisait nuit. Maintenant, je savais où tout se trouvait.

La faim me tenaillait à nouveau. Je me suis lavé les
mains et suis allée à la cuisine. Dans quel état elle était !
Mais je n'avais plus le courage de me mettre au
ménage. J'ai fait bouillir de l'eau pour le thé. Comme il
n'y avait pas de pain, j'ai étalé du beurre et du fromage

133

sur les pâtisseries rassies et je les ai dévorées avec une tasse de thé. Puis je me suis approchée des rayonnages de livres du vestibule. Certains avaient de drôles de titres que je ne comprenais pas très bien ; il y avait plusieurs ouvrages de droit, sans doute les manuels universitaires de l'étranger, mais aussi un certain nombre de romans et de recueils de poésie – les œuvres d'Akhavan-Sales, de Forough Farrokhzad et de quelques autres auteurs que j'aimais beaucoup. J'ai repensé au volume de poèmes que Saiid m'avait donné. Mon petit livre, dont la couverture était ornée d'un dessin à l'encre d'une belle-de-jour dans un vase. Il fallait que je pense à l'apporter ici. J'ai feuilleté *La Captive* de Forough. Quel courage elle avait eu, et avec quelle audace elle avait osé exprimer ses émotions ! Certains de ses vers résonnaient dans tout mon être, comme si je les avais composés moi-même. J'ai mis des marques à plusieurs poèmes afin de les recopier plus tard dans mon album de poésie. Et j'ai lu à voix haute :

Je voudrais profiter d'un instant d'inattention
Pour m'envoler de cette obscure prison,
Rire au visage du geôlier et commencer
Une vie nouvelle à tes côtés.

Et, une fois de plus, je me suis fait des reproches et je me suis dit que je devrais avoir honte.

Il était plus de dix heures du soir quand j'ai pris un roman et suis allée me coucher. J'étais épuisée. Le livre s'appelait *Le Taon* et décrivait des événements terribles et effrayants, mais je n'ai pas pu le reposer. Il m'aidait à ne pas penser, à ne pas avoir peur, seule dans la maison de l'étranger. Je ne sais pas quelle heure il était quand j'ai fini par m'endormir. Le livre m'est tombé des mains et la lampe est restée allumée.

Il était presque midi quand je me suis réveillée. Le silence et la solitude régnaient toujours dans l'appartement. Quelle bénédiction de vivre sans personne pour vous embêter ! Je peux dormir aussi longtemps que j'en ai envie. Je me suis levée, j'ai fait ma toilette, me suis préparé du thé et ai grignoté quelques pâtisseries. J'ai pensé : aujourd'hui c'est samedi, les magasins seront ouverts. Si l'étranger ne revient pas, il faudra que je sorte faire quelques courses. Mais avec quel argent ? Et d'ailleurs, que ferai-je s'il ne rentre pas ? Il a dû aller travailler aujourd'hui et, s'il plaît à Dieu, il sera de retour en fin d'après-midi. Cette idée a failli me faire rire ; j'avais pensé : s'il plaît à Dieu, ce qui voulait dire que j'aurais été heureuse qu'il rentre. Je me suis demandé si, finalement, je ne l'appréciais pas, ne fût-ce qu'un tout petit peu.

Je me suis rappelé une histoire que j'avais lue dans *Jour de femme*. Une jeune femme est obligée de se marier, exactement comme moi. Juste avant la nuit de noces, elle annonce à son mari qu'elle en aime un autre et ne peut pas partager son lit. Le mari promet de ne pas la toucher. Au bout de quelques mois, la femme découvre les qualités de l'homme qu'elle a épousé, elle oublie peu à peu son amour passé et commence à éprouver des sentiments pour lui. Mais son mari reste fidèle à sa promesse et refuse toujours de la toucher. Était-il possible que l'étranger ait fait une promesse de ce genre ? Dans ce cas, tant mieux ! Je n'éprouvais aucun sentiment pour lui ; tout ce que je voulais, c'était qu'il rentre. Primo, je devais mettre les points sur les i avec lui au sujet de notre relation ; secundo, j'avais besoin d'argent ; et tertio, je voulais lui faire clairement comprendre que je n'accepterais en aucun cas de retourner dans ma famille. La vérité était que j'avais trouvé un refuge et que j'appréciais de vivre sans qu'on me casse les pieds à longueur de journée.

J'ai allumé la radio à plein volume et me suis mise au travail. J'ai passé de longues heures à la cuisine. J'ai vidé et nettoyé les placards, recouvert les étagères de papier journal avant d'y ranger la vaisselle et tout le bric-à-brac. J'ai glissé les grosses casseroles de cuivre sous le plan de travail, à côté de la cuisinière. Ayant découvert des lés de tissu dans le carton de torchons et de linge de maison, je les ai coupés pour en faire des nappes de différentes tailles et, comme je n'avais pas de machine à coudre, j'ai cousu les ourlets à la main. J'ai posé une nappe sur la table de la cuisine, et j'ai étalé les autres sur le plan de travail et sur les placards. J'ai hissé le nouveau samovar, qui devait faire partie de ma dot, au-dessus d'un des placards et rangé le plateau à thé à côté. J'ai nettoyé le réfrigérateur, affreusement sale, et j'ai passé un long moment à récurer le sol de la cuisine jusqu'à ce qu'il ait enfin l'air propre. Il y avait quelques nappes brodées parmi mes affaires. Je les ai apportées au salon et les ai disposées sur la cheminée, sur la table où se trouvaient la radio et l'électrophone, avant de ranger les disques et les livres sur les étagères par ordre de taille. J'ai un peu tripoté l'électrophone, sans parvenir pourtant à le faire fonctionner.

J'ai regardé autour de moi. L'appartement avait vraiment changé d'allure. Il commençait à me plaire. Un bruit en provenance de la cour m'a attirée vers la fenêtre, mais je n'ai vu personne. Les massifs de fleurs avaient l'air d'avoir terriblement soif. Je suis sortie et je les ai arrosés. La nuit était tombée quand, fatiguée et en nage, j'ai estimé en avoir suffisamment fait pour la journée. Je me suis rappelé que nous avions une baignoire dans notre appartement. L'eau était froide et je ne savais pas allumer le gros chauffe-eau à pétrole dans l'angle de la salle de bains. J'étais contente tout de même. Après avoir soigneusement nettoyé la baignoire et le lavabo, j'ai pris une douche froide. Je me suis rapidement lavé les cheveux, je me suis savonné tout le corps, me suis rincée et suis sortie de la baignoire. J'ai enfilé la robe d'intérieur à fleurs que Mme Parvin m'avait cousue, j'ai rassemblé mes cheveux en queue-de-cheval et me suis regardée dans la glace. Je me suis à peine reconnue. Je n'étais plus une enfant. J'avais l'impression d'avoir vieilli de plusieurs années en quelques jours.

Mon cœur a bondi lorsque j'ai entendu du bruit à la porte donnant sur la rue. J'ai couru à la fenêtre. Les parents de l'étranger, sa petite sœur Manijeh et sa grand-mère Bibi étaient déjà dans la cour. Sa sœur soutenait sa grand-mère par le bras et l'aidait à gravir les marches conduisant à la véranda du rez-de-chaussée. Son père les précédait pour déverrouiller la porte. J'ai entendu sa mère haleter dans l'escalier menant au premier étage. Les mains et les jambes tremblantes, j'ai ouvert la porte et, après avoir pris une profonde inspiration, je l'ai saluée.

« Eh bien, eh bien ! Bonjour, madame la mariée. Comment vas-tu ? Où est l'heureux époux ? » Sans me laisser le temps de répondre, sa mère est entrée en criant : « Hamid ? Mon fils, où es-tu ? »

J'ai poussé un soupir de soulagement ; ils ne savaient donc pas qu'il était sorti le soir de nos noces et n'était pas revenu depuis. « Il n'est pas là, ai-je dit doucement.

— Où est-il allé ? a demandé sa mère.

— Il a dit qu'il allait chez des amis. »

Sa mère a secoué la tête et s'est mise à passer l'appartement en revue. Elle a fourré son nez dans tous les coins. Elle ne cessait de hocher la tête et je ne savais qu'en penser. J'avais l'impression qu'un professeur sévère corrigeait ma copie d'examen, et j'attendais son jugement avec inquiétude. Passant la main sur la nappe brodée que j'avais étalée sur la cheminée du salon, elle m'a demandé : « C'est toi qui l'as brodée ?

— Non. »

Elle est entrée dans la chambre à coucher et a ouvert la porte de la penderie. Heureusement que j'avais tout bien rangé ! Elle continuait à secouer la tête. À la cuisine, elle a vérifié tous les placards, elle a inspecté la vaisselle. Elle a soulevé un plat et l'a retourné. « C'est une céramique de Massoud ?

— Oui. »

L'examen a pris fin et elle a regagné le vestibule. Elle s'est assise sur un coussin de sol et s'est appuyée contre un dossier. Je suis allée préparer du thé. J'ai posé quelques pâtisseries sur un plat que j'ai apporté dans la salle.

« Assieds-toi, ma fille, a-t-elle dit. Je suis très contente de toi. Mme Parvin avait raison : tu es jolie, soigneuse, tu as très bon goût et, en deux jours, tu es arrivée à remettre cet appartement en ordre. Ta mère nous avait demandé de venir un ou deux jours après le mariage pour t'aider à faire le ménage, mais je vois que c'est inutile. Tu es une excellente femme d'intérieur et j'ai désormais l'esprit en paix. Bien. Où as-tu dit qu'était Hamid, ma fille ?

— Avec ses amis.

— Écoute-moi bien, ma fille. Une épouse ne doit jamais oublier qu'elle est une femme. Elle doit tenir son mari de près et ne pas le laisser agir à sa guise. Mon Hamid a des épines, et ses épines sont ses amis. Tu dois obtenir qu'il cesse de les fréquenter. Et, crois-moi, ce ne sont pas des gens doux et dociles. Tout le monde disait que si Hamid était obligé de se consacrer à sa femme et à ses enfants, il oublierait ses amis. À toi de le distraire suffisamment pour qu'il ne voie pas le temps passer. Comme ça, dans neuf mois, il prendra son premier enfant dans ses bras, et neuf mois plus tard le deuxième. Autrement dit, il faut qu'il soit tellement occupé qu'il ne s'intéresse plus à rien d'autre. J'ai fait ce que je

138

pouvais ; à force de pleurer, de m'évanouir et de prier, je suis enfin arrivée à le marier. Maintenant, c'est à toi d'agir. »

C'était comme si un voile tombait de mes yeux. Ha ha ! Ainsi ce pauvre étranger était comme moi, il avait été forcé de se marier. Son épouse et la vie conjugale le laissaient parfaitement froid. Peut-être était-il, lui aussi, amoureux d'une autre. Mais si tel était le cas, pourquoi sa famille n'avait-elle pas demandé la main de cette jeune fille ? Après tout, ils faisaient grand cas de leur fils et de ses désirs. Sa situation n'avait rien à voir avec la mienne, obligée d'attendre passivement que des prétendants se manifestent ; il pouvait choisir qui il voulait, lui. Ses parents étaient tellement impatients de le voir marié qu'ils ne se seraient certainement pas opposés à sa volonté. Peut-être était-il hostile au mariage par principe et ne désirait-il pas s'encombrer d'un tel fardeau. Mais pourquoi ? Après tout, il avait déjà un certain âge. Ses fameux amis y étaient-ils pour quelque chose ? La voix de sa mère m'a tirée de mes réflexions.

« J'ai préparé du ragoût d'agneau aux herbes. Hamid adore ça. Comme je n'ai pas eu le cœur de l'en priver, je t'en ai apporté une marmite. Tu n'auras évidemment pas le temps pendant un bon moment de laver et de nettoyer des herbes… À propos, as-tu du riz ici ? »

J'ai haussé les épaules dans un geste d'ignorance.

« Il y en a à la cave. Tous les ans, son père achète du riz pour nous et il en prend toujours quelques sacs de plus pour Bibi et Hamid. Prépare du riz à l'étuvée ce soir ; c'est très bon avec le ragoût et Hamid n'aime pas le riz à la vapeur. Comme nous partons demain, nous avons été obligés de raccompagner Bibi chez elle ; autrement, je l'aurais gardée quelques jours de plus. C'est une vieille dame qui n'est pas méchante pour un sou. Ce serait gentil d'aller lui rendre une petite visite de temps en temps. En général, elle fait elle-même sa cuisine, mais peut-être pourrais-tu lui apporter quelque chose à manger une fois ou l'autre. Ce geste serait agréable à Dieu. »

Manijeh et son père nous ont rejointes à cet instant. Je me suis levée pour les accueillir. Le père d'Hamid m'a souri. « Bonjour, ma fille, m'a-t-il dit. Comment vas-tu ? » Puis il s'est tourné vers sa femme : « Tu avais raison. Elle est beaucoup plus jolie qu'à la cérémonie de mariage.

— Viens voir comme elle a bien arrangé leur appartement en un seul jour. Elle a fait un grand ménage et a mis de l'ordre partout. Nous verrons bien quelle excuse notre fils trouvera, cette fois. »

Manijeh a jeté un regard furtif autour d'elle et m'a demandé : « Comment as-tu trouvé le temps de faire tout ça ? J'imagine qu'hier, vous avez dormi toute la journée, et en plus vous avez dû aller à la salutation de la belle-mère.

— Où ça ?

— À la salutation de la belle-mère. C'est bien ça, Maman, non ? Le couple marié ne doit-il pas rendre visite à la mère de la mariée le lendemain du mariage ?

— Si, en effet. Vous auriez dû y aller. Vous ne l'avez pas fait ?

— Non. Je ne savais pas. »

Ils ont éclaté de rire.

« Évidemment, Hamid ignore tout de ces coutumes et de ces traditions, et comment cette pauvre petite les connaîtrait-elle ? a déclaré sa mère. Maintenant que tu le sais, il faudra que vous alliez voir ta mère tous les deux. Ta famille t'attend certainement.

— En plus, ils vous donneront des cadeaux, a renchéri Manijeh. Mère, tu te souviens du beau pendentif d'Allah que tu as donné à Bahman *Khan** quand il est venu avec Mansoureh pour la salutation de la belle-mère ?

140

— Oui, je m'en souviens. À propos, ma fille, que veux-tu que je te rapporte de La Mecque ? Dis-le-moi sans faire de manières.

— Rien du tout, je vous remercie.

— Nous avons décidé d'organiser la cérémonie de chevet à notre retour. Bien, tu as jusqu'à demain pour y réfléchir. Tu me diras alors si tu as envie que je te rapporte quelque chose de La Mecque.

— Allons-y, a décidé son père en se tournant vers son épouse. Ça m'étonnerait que ce garçon rentre bientôt et je suis fatigué. S'il plaît à Dieu, il nous rendra visite demain ou nous accompagnera à l'aéroport. Eh bien, ma fille, nous nous dirons au revoir demain. »

Sa mère m'a prise dans ses bras et m'a dit, la gorge serrée : « Jure sur ta vie et sur la sienne de bien t'occuper de lui et de veiller à ce qu'il ne lui arrive rien. Et va voir Manijeh de temps en temps pendant notre absence. Mansoureh s'occupera d'elle, mais ce serait gentil de ta part. »

Lorsqu'ils sont repartis, j'ai poussé un soupir de soulagement. J'ai rassemblé les verres à thé et les assiettes à dessert, puis je suis descendue chercher du riz. J'ai entendu Bibi me héler depuis son appartement, alors je suis entrée chez elle et je l'ai saluée. Elle m'a inspectée de la tête aux pieds et a dit : « Je salue ton beau visage. Plaise à Dieu que ton mariage soit heureux, ma fille, et que tu saches remettre ce garçon sur le droit chemin.

— Excusez-moi, mais auriez-vous la clé de la cave ?

— Elle est posée là, au-dessus du chambranle de la porte, ma fille.

— Merci. Je vais préparer le dîner tout de suite.

— Tu es une bonne fille. Cuisine bien.

— Je vous en descendrai une assiette. Ce n'est pas la peine que vous vous prépariez à manger.

— Non, non, ma fille. Je ne dîne jamais. Mais si tu vas acheter du pain demain, prends-en un pour moi, tu veux bien ?

— Avec plaisir ! »

En même temps, je songeais : et si l'étranger ne rentre pas, avec quel argent achèterai-je le pain ?

Le parfum du riz à l'étuvée et du ragoût aux fines herbes m'a mise en appétit. Je ne savais plus à quand remontait mon dernier vrai repas. Le dîner a été prêt vers dix heures. L'étranger n'était toujours pas là. Je ne pouvais plus l'attendre, et d'ailleurs je n'en avais aucune envie. J'ai mangé voracement, j'ai fait la vaisselle et j'ai rangé les restes, si copieux qu'ils auraient encore suffi pour quatre repas, au réfrigérateur. Puis j'ai pris mon livre et suis allée me coucher. Contrairement à la nuit précédente, je me suis endormie rapidement.

Je me suis réveillée à huit heures. Mon rythme de sommeil redevenait un peu plus normal et je commençais à m'habituer à cette chambre. J'éprouvais dans cet appartement où j'avais passé si peu de temps une plus grande paix que je n'en avais jamais ressenti dans notre maison surpeuplée, où j'étais à la merci de mes frères. Je suis restée un moment allongée à me prélasser, puis je me suis levée et j'ai fait le lit. Alors que je sortais tranquillement de la chambre à coucher, je me suis figée sur place. L'étranger dormait par terre sur une couverture, à côté des coussins de sol. Il était rentré dans la nuit sans que je l'entende.

Je suis restée immobile un instant, profitant de ce qu'il était profondément endormi pour l'observer plus attentivement. Je l'avais cru plus solidement charpenté. Son avant-bras était posé sur ses yeux et sur son front. Il avait une moustache broussailleuse qui lui couvrait entièrement la lèvre supérieure et même une partie de la lèvre inférieure. Ses cheveux étaient bouclés et ébouriffés. Il avait le teint légèrement bistre et paraissait grand. Cet homme était mon mari, et je ne l'aurais même pas reconnu si je l'avais croisé dans la rue. Quelle situation ridicule ! J'ai fait ma toilette et j'ai allumé le samovar. Comment allais-je me débrouiller pour le pain ? Finalement, j'ai eu une idée. J'ai mis mon tchador et suis sortie de l'appartement sur la pointe des pieds. Bibi était près du bassin, en train de remplir l'arrosoir.

« Bonjour, madame la mariée. Ce paresseux d'Hamid n'est pas encore réveillé ?

— Non. Je vais aller chercher du pain. Vous n'avez pas encore pris votre petit déjeuner ?

— Non, ma fille, mais je ne suis pas pressée.

— Où est la boulangerie ?

— Après avoir franchi la porte, tourne à droite et quand tu seras au bout de la rue, prends à gauche. La boulangerie est à une centaine de pas. »

J'ai hésité un moment, puis j'ai repris : « Excusez-moi, est-ce que vous auriez un peu de monnaie ? Je ne veux pas réveiller Hamid et j'ai peur que la boulangerie n'en ait pas.

— Oui, ma chérie. Prends ce dont tu as besoin sur la cheminée. »

À mon retour, Hamid dormait toujours. Je suis allée à la cuisine et j'ai commencé à préparer le petit déjeuner. À l'instant où je me retournais pour sortir le fromage du réfrigérateur, je me suis trouvée face à l'étranger, debout sur le seuil. J'ai poussé un cri involontaire. Il a immédiatement reculé, a levé les bras en l'air en protestant : « Non ! Non ! Pour l'amour de Dieu, n'aie pas peur ! Est-ce que j'ai vraiment l'air d'un croquemitaine ? Je suis aussi effrayant que ça ? »

J'ai failli rire. Voyant que je me déridais, il s'est détendu lui aussi et a levé les bras encore plus haut pour se tenir à la partie supérieure du chambranle de la porte.

« On dirait que tu vas mieux, aujourd'hui, a-t-il remarqué.

— Oui, merci. Le petit déjeuner sera prêt dans quelques minutes.

— Quoi ! Un petit déjeuner ? Magnifique ! Et tu as fait un ménage du tonnerre. Je crois que ma mère avait raison de dire qu'avec une femme dans la maison, tout serait enfin propre et rangé. J'espère simplement que j'arriverai à retrouver mes affaires. Je ne suis pas habitué à tout cet ordre. »

Il s'est dirigé vers la salle de bains. Quelques instants plus tard, je l'ai entendu crier : « Hé… il y avait un drap de bain, ici. Où l'as-tu fourré ? »

J'ai apporté une serviette pliée jusqu'à la porte de la salle de bains. Il a sorti la tête et m'a demandé : « À propos, comment t'appelles-tu ? »

J'étais abasourdie. Il ignorait mon nom ! Tout de même, il avait été prononcé à plusieurs reprises au cours de la cérémonie de mariage. Une telle indifférence, c'était à n'y pas croire ! Ou peut-être avait-il été tellement plongé dans ses pensées qu'il ne l'avait pas entendu.

J'ai répondu froidement : « Massoum.

— Ah, Massoum. C'est Massoum ou Massoumeh ?

— Peu importe. La plupart des gens m'appellent Massoum. »

Il m'a dévisagée plus attentivement et a murmuré : « C'est bien… c'est un nom qui te va bien. »

Mon cœur s'est serré. Saiid m'avait fait la même réflexion. Quelle différence pourtant entre son amour et son affection et l'insensibilité de cet homme-ci ! Saiid m'avait avoué une fois qu'il répétait mon nom mille fois par jour. Les larmes me sont montées aux yeux. Je me suis détournée et j'ai regagné la cuisine, j'ai apporté le plateau du petit déjeuner dans le vestibule et j'ai étalé la nappe par terre. L'étranger s'est approché, ses cheveux bouclés encore mouillés, une serviette de bain nouée autour des reins. Ses yeux sombres étaient pleins de bonté et de gaieté. Il ne m'intimidait plus du tout.

« Parfait ! Quel magnifique petit déjeuner ! Il y a même du pain frais ! Encore un avantage du mariage. »

J'ai pensé qu'il ne disait ça que pour m'amadouer. Il voulait sans doute se faire pardonner d'ignorer mon nom. Il s'est assis en tailleur et j'ai posé un verre de thé devant lui. Tout en étalant du fromage sur un morceau de pain, il s'est adressé à moi. « Bon, explique-moi maintenant pourquoi tu as eu tellement peur de moi. Est-ce moi qui suis terrifiant ou aurais-tu eu la même réaction avec n'importe quel homme qui serait entré dans ta chambre cette nuit-là sous prétexte qu'il était ton mari ?

— J'aurais eu peur avec n'importe qui. »

Et au fond de moi-même, j'ai complété : sauf avec Saiid. Si c'était lui qui était entré, je me serais jetée dans ses bras de tout mon cœur et de toute mon âme.

« Alors pourquoi t'es-tu mariée ?

— J'étais obligée.

— Pourquoi ?

— Ma famille estimait qu'il était temps que je me marie.

— Pourtant tu es encore très jeune. Et toi, tu étais du même avis que ta famille ?

— Non. Moi, je voulais continuer à aller à l'école.

— Et pourquoi ne l'as-tu pas fait ?

— Ma famille pense qu'un certificat de fin d'études primaires est largement suffisant pour une fille, lui ai-je expliqué. Je les ai tellement suppliés que je suis quand même arrivée à faire quelques années de plus.

— Ils t'ont donc forcée à subir cette cérémonie de mariage et t'ont interdit d'aller à l'école, alors que c'est ton droit légitime.

— Oui.

— Pourquoi n'as-tu pas résisté ? Pourquoi ne leur as-tu pas tenu tête ? Pourquoi ne t'es-tu pas révoltée ? »

Son visage s'était empourpré.

« Tu aurais dû faire valoir tes droits, de force au besoin. Si les gens refusaient de se soumettre à la contrainte, il n'y aurait pas autant d'oppresseurs dans le monde. Cette sempiternelle obéissance ne fait que consolider la tyrannie. »

J'étais éberluée ; il n'avait aucune notion de la réalité. J'ai réprimé le rire qui me montait aux lèvres et, avec un sourire qui était probablement sarcastique, je lui ai demandé : « Parce que toi, tu as refusé de te soumettre à la contrainte ? »

Il m'a regardée bouche bée : « Qui ? Moi ?

— Oui, toi. On t'a obligé, toi aussi, à subir cette cérémonie de mariage, non ?

— D'où est-ce que tu tiens ça ?

— C'est évident. Ne me dis pas que tu étais impatient de te marier. Ta pauvre mère s'est donné beaucoup de mal, elle s'est évanouie et t'a supplié avec tant de conviction que tu as fini par te laisser fléchir.

— C'est elle qui t'a raconté ça, évidemment. Eh bien, c'est vrai. Et tu as raison, j'ai été forcé de me marier. Les coups et la torture ne sont pas les seules méthodes d'oppression qui existent ; l'amour et l'affection peuvent vous réduire à la soumission, eux aussi. Mais j'avoue que, quand j'ai accepté de me marier, je n'imaginais pas qu'il existerait une seule fille au monde qui accepte de m'épouser dans des conditions pareilles. »

Pendant un moment, nous avons mangé en silence. Puis il a repris sa tasse de thé et s'est adossé contre un coussin de sol. « Tu es drôlement forte pour moucher les gens, dis-moi… Ça me plaît. Il ne t'a pas fallu une minute pour me remettre à ma place. » Il a éclaté de rire et j'en ai fait autant.

« Tu sais pourquoi je ne voulais pas me marier ? a-t-il repris.

— Non. Pourquoi ?

— Parce que quand un homme se marie, sa vie ne lui appartient plus. Il se retrouve pieds et poings liés, privé de liberté au point qu'il n'arrive plus à penser à ses idéaux ni à chercher à les atteindre. Je ne sais plus qui a dit : "Quand un homme se marie, il s'immobilise. À la naissance de son premier enfant, il tombe à genoux. À la naissance du deuxième, il gît, prostré. Et le troisième le détruit." Ou quelque chose de ce genre… Bien sûr, ça ne me dérange pas qu'on me prépare mon petit déjeuner et qu'on nettoie ma maison, qu'on lave mon linge et qu'on s'occupe de moi. Mais c'est une attitude égoïste, qui trouve sa source dans la mauvaise éducation que nous donne une société dominée par le sexe masculin. Je ne suis pas d'accord pour qu'on traite les femmes de cette façon-là. Les femmes sont le peuple le plus opprimé de l'Histoire. Elles ont été le premier groupe d'êtres humains à se faire exploiter par un autre groupe. Elles ont toujours été instrumentalisées et n'ont jamais cessé de l'être. »

Ce qu'il disait avait un peu l'air de sortir d'un livre et je ne comprenais pas tous les mots qu'il employait, « instrumentalisées », par exemple, mais ses propos me séduisaient tout de même. La phrase « Les femmes sont le peuple le plus opprimé de l'Histoire » s'est immédiatement gravée dans mon esprit.

« C'est pour ça que tu ne voulais pas te marier ? lui ai-je demandé.

— Oui. Je n'avais pas envie d'être étouffé ni enfermé, or il me semble que c'est inévitable dans un mariage traditionnel. Peut-être que si nous étions amis, si nous partagions les mêmes idées et les mêmes objectifs, la situation serait différente.

— Mais pourquoi n'as-tu pas épousé une fille de ce genre ?

— Celles de notre mouvement n'ont pas tellement envie de se marier, elles non plus. Elles se sont vouées à la cause, comme les hommes. En plus, ma mère déteste tous les membres de notre groupe. Elle m'a toujours dit : "Si tu épouses une de ces filles, je me tue."

— Tu étais amoureux d'elle ?

— Amoureux de qui ?... Oh, non ! Tu m'as mal compris. Je ne dis pas que j'étais amoureux d'une fille en particulier et que ma mère a refusé que je l'épouse. Absolument pas ! Mes parents insistaient pour que je me marie et j'avais décidé de les contenter en épousant quelqu'un de notre groupe. Comme ça, ma femme n'aurait pas fait obstacle à mes activités, mais ma mère a vu clair dans mon jeu.

— De ton groupe ? Qu'est-ce que c'est que ce groupe ?

— Rien d'officiel, juste une bande de camarades qui se réunissent pour mener des actions au profit des défavorisés. En réalité, tout le monde a des buts et des idéaux et tout le monde s'efforce de les réaliser. Quels sont les tiens ? Qu'est-ce que tu as envie de faire de ta vie ?

— Ce que j'aurais voulu, c'est continuer à étudier. Mais maintenant… je ne sais pas.

— Ne me dis pas que tu as l'intention de passer le reste de tes jours à récurer cet appartement !

— Non.

— Alors quoi ? Si tu as envie de t'instruire, fais-le ! Pourquoi y renoncerais-tu ?

— Parce que les gens mariés ne sont pas autorisés à aller au lycée, ai-je dit.

— Mais il y a d'autres moyens de s'instruire ! Tu ne sais pas ça ?

— Comment ?

— Tu peux suivre des cours du soir et passer les mêmes examens que les autres. On n'est pas obligé de fréquenter les établissements scolaires ordinaires.

— Je sais, mais tu ne t'y opposerais pas ?

— M'y opposer ? Pour quelle raison ? D'un côté, il me serait plus agréable de vivre avec une personne instruite et intelligente. De l'autre, étudier est ton droit le plus strict. Qui suis-je pour t'en empêcher ? Je ne suis pas ton geôlier. »

J'étais effarée. Je n'en croyais pas mes oreilles. Quel genre d'homme était-ce ? Il était tellement différent de ceux que je connaissais. J'avais l'impression qu'une lumière aussi éclatante que le soleil venait éclairer ma vie. J'étais si heureuse que j'avais du mal à trouver mes mots. « C'est vrai ? ai-je bredouillé. Oh, si seulement tu acceptais de me laisser retourner en classe… »

Il a réprimé un éclat de rire et m'a répondu gentiment : « Bien sûr, c'est vrai. C'est ton droit, et tu n'as pas à en remercier qui que ce soit. Chacun devrait pouvoir réaliser ses ambitions et suivre la voie qui lui convient. Être marié, ce n'est pas empêcher son conjoint de faire ce qui l'intéresse. Au contraire, il faut le soutenir. Tu ne crois pas ? »

J'ai hoché la tête énergiquement. Je comprenais parfaitement qu'en contrepartie je ne devrais pas non plus entraver sa liberté. À dater de ce jour, cet accord est devenu la règle tacite de notre vie commune ; et bien qu'elle m'ait assuré la jouissance de certains de mes droits fondamentaux, en définitive, cette règle ne m'a pas été aussi favorable que j'aurais pu le penser.

Ce jour-là, il n'est pas allé travailler, et, bien sûr, je ne lui ai pas demandé pourquoi. Il m'a annoncé que nous irions déjeuner chez ses parents, qui partaient en voyage le soir même. Il m'a fallu un moment pour me préparer : je ne savais pas comment m'habiller. J'ai décidé de mettre un foulard, comme d'habitude. À la moindre manifestation de désapprobation, je l'échangerais contre mon tchador. Quand je suis sortie de notre

chambre, il a désigné mon foulard et m'a demandé :
« Qu'est-ce que c'est ? Tu tiens vraiment à garder ça ?

— C'est que, depuis que mon père m'y a autorisée,
je n'ai plus porté que le foulard. Mais si tu préfères, je
mettrai un tchador.

— Non ! Non ! s'est-il écrié. Même le foulard est
encore trop ! Enfin, bon, fais comme tu veux. Habille-
toi comme tu en as envie. C'est un droit humain, ça
aussi. »

Après tant de journées moroses, j'étais tout heureuse.
J'avais l'impression de pouvoir enfin compter sur quelqu'un, il me semblait que les rêves qui me paraissaient
encore irréalisables quelques heures plus tôt seulement
étaient à ma portée. Je marchais à ses côtés, sereine.
Nous bavardions. Il parlait plus que moi. Par moments,
il se montrait un peu pédant et on aurait dit un professeur s'adressant à une élève particulièrement bornée.
Pourtant ça ne me vexait pas. Il était vraiment très instruit, et je ne lui arrivais évidemment pas à la cheville
tant par l'expérience que par l'éducation. Il m'impres-
sionnait beaucoup.

Chez ses parents, tout le monde s'est rassemblé
autour de nous. Sa sœur aînée, Monir, était venue de
Tabriz avec ses fils. Les deux garçons étaient un peu
distants et ne se mêlaient pas beaucoup au reste de la
famille. Ils discutaient surtout entre eux et ne parlaient
que turc. Monir ne ressemblait pas beaucoup à ses
sœurs. Elle avait l'air bien plus âgée et aurait facilement
pu passer pour leur tante, selon moi. Mais chacun était
heureux de constater la bonne entente qui régnait entre
Hamid et moi. Il ne cessait de plaisanter avec sa mère et
ses sœurs. Il les taquinait constamment et, chose encore
plus bizarre, les embrassait sur la joue. C'était tellement
drôle, tellement surprenant ! Dans la maison où j'avais
grandi, les hommes adressaient rarement la parole aux

femmes et n'auraient jamais eu l'idée de plaisanter et de rire avec elles. J'aimais bien l'atmosphère qui régnait chez eux. Ardeshir, le fils de Mansoureh, commençait à marcher à quatre pattes. Il était adorable et ne cessait de se jeter dans mes bras. Je me sentais très à l'aise et riais de bon cœur.

« Ah, Dieu merci, la jeune épouse sait rire, a remarqué gaiement la mère d'Hamid. Nous commencions à nous poser la question.

— Elle est encore bien plus jolie quand elle rit ! Vous avez vu comme ses fossettes sont mignonnes ? a ajouté Mansoureh. Je t'assure que si j'étais toi, je rirais tout le temps. » J'ai rougi et baissé les yeux. Mansoureh a poursuivi : « Tu vois, mon frère ? Tu vois la jolie fille que nous t'avons trouvée ? Tu peux nous dire merci. »

Hamid a éclaté de rire. « Je vous remercie infiniment.

— Qu'est-ce qui vous prend ? a demandé Manijeh, boudeuse. On dirait que c'est le premier être humain que vous voyez ! » Et elle est sortie du salon.

« Laissez-la, a dit sa mère. Après tout, elle a toujours été la préférée de son frère. Oh ! Que je suis contente ! Quel soulagement de vous voir ensemble ! Je remercie Dieu un millier de fois. Je peux maintenant accomplir ma promesse et me rendre à la maison de Dieu l'esprit tranquille. »

Le père d'Hamid est entré et nous nous sommes levés pour le saluer. Après m'avoir embrassée sur le front, il s'est adressée à moi gentiment : « Alors, mademoiselle la mariée. Comment vas-tu ? J'espère que mon fils ne t'a pas embêtée. »

J'ai rougi à nouveau, baissé les yeux et j'ai murmuré : « Non, pas du tout.

— S'il le fait, viens me le dire. Je lui tirerai les oreilles si fort qu'il n'osera plus jamais te tracasser.

— Cher Papa, je t'en prie, ne fais pas ça, a répliqué Hamid en riant. Tu nous as déjà tellement tiré les

151

oreilles que nous avons tous les lobes qui pendent jusqu'aux épaules. »

Alors que nous nous apprêtions à prendre congé, sa
mère m'a prise à l'écart. « Écoute, ma chérie, m'a-t-elle
chuchoté à l'oreille, depuis la nuit des temps, chacun
sait que les règles du mariage se fixent dès la première
nuit. Sois ferme. Je ne dis pas qu'il faut le reprendre à
tout bout de champ ; au contraire, utilise la bonne
humeur et la gentillesse. Tu trouveras bien comment t'y
prendre. Tu es une femme, après tout. Séduis-le, fais la
coquette, boude, charme-le. Bref, débrouille-toi pour
qu'il ne traîne pas dehors le soir et pour qu'il parte à
l'heure au travail le matin. Il faut que tu parviennes à
bannir ses amis de votre vie. Et Dieu fasse que tu
tombes rapidement enceinte. Ne lui accorde aucun répit.
Dès qu'il aura plusieurs mioches, il oubliera toutes ces
bêtises. Prouve-moi que tu as du caractère. »

Sur le chemin du retour, Hamid m'a demandé :
« Alors, qu'est-ce que ma mère avait à te confier de si
important ?

— Rien. Elle m'a juste demandé de bien m'occuper
de toi.

— Oui, je vois. De bien t'occuper de moi pour que
j'arrête de fréquenter mes amis. C'est ça ?

— Ce genre de choses, oui…

— Et qu'est-ce que tu as répondu ?

— Que voulais-tu que je réponde ?

— Tu aurais dû lui dire que tu n'étais pas un gardien de l'enfer chargé de faire mon malheur.

— Comment aurais-je pu dire une chose pareille à
ma belle-mère, le tout premier jour ?

— Que Dieu nous délivre de ces femmes traditionnelles ! a-t-il gémi. Elles ne comprennent rien au concept
du mariage. Elles s'imaginent qu'une femme est un bou-
let qu'on attache à la cheville d'un malheureux, alors
qu'en réalité le mariage devrait être synonyme de cama-

raderie, de collaboration, de compréhension, d'acceptation des désirs de l'autre et de l'égalité de ses droits. Ne penses-tu pas que c'est une bonne définition du mariage ?

— Si, si, tu as absolument raison. » Et, dans mon cœur, je me réjouissais de cette sagesse et de cette abnégation.

« Je ne supporte pas les femmes qui passent leur temps à espionner leur mari : Où étais-tu ? Avec qui ? Pourquoi rentres-tu si tard ? Dans notre groupe, les hommes et les femmes ont des droits égaux et clairement définis, et ni les uns ni les autres ne se permettraient jamais d'entraver leur conjoint ni de l'obliger à faire des choses qu'il n'a pas envie de faire. Pas plus que de lui infliger des interrogatoires en règle.

— C'est merveilleux ! »

J'avais parfaitement compris le message : ne jamais lui demander pourquoi, ni où, ni avec qui... La vérité est qu'à ce moment-là, ça m'était égal. Il était beaucoup plus âgé que moi, beaucoup plus instruit et beaucoup plus expérimenté. Il savait sûrement mieux que moi comment il fallait vivre. Et puis, que m'importait ce qu'il faisait et où il allait ? Il était convaincu que les femmes avaient des droits, il acceptait que je reprenne mes études et que je fasse ce qui m'intéressait ; je n'en espérais pas davantage.

Nous sommes rentrés tard, ce soir-là. Sans un mot, il a pris un oreiller et un drap et a commencé à se préparer un endroit où dormir. J'étais mal à l'aise. J'étais gênée d'occuper son lit et d'obliger un homme aussi gentil que lui à coucher par terre. J'ai hésité un moment, puis j'ai fini par le lui dire. « Ce n'est pas juste, vraiment. Va, installe-toi dans le lit, je dormirai par terre.

— Non, ça m'est égal. Je peux dormir n'importe où.

— Je suis habituée à dormir par terre.

— Moi aussi. »

Je suis retournée dans la chambre et me suis demandé combien de temps nous pourrions continuer à vivre ainsi. Je n'éprouvais pour lui ni sentiments amoureux ni désir charnel, mais je me sentais redevable à son égard. Il m'avait permis de m'évader de la maison de mes parents, et il se montrait d'une extrême gentillesse en m'autorisant à retourner à l'école. De plus, je n'éprouvais plus le sentiment de répulsion du premier jour à l'idée qu'il me touche. Je suis retournée dans le vestibule, je me suis plantée devant lui et lui ai dit : « S'il te plaît, viens dormir à ta place. »

Il m'a jeté un regard curieux, interrogateur. Avec un léger sourire, il m'a tendu la main et je l'ai aidé à se remettre debout ; et il a pris sa place de mari.

Cette nuit-là, lorsqu'il a été plongé dans un profond sommeil, je me suis relevée et j'ai pleuré des heures durant en faisant les cent pas dans l'appartement. Je ne savais pas ce que j'avais. Je n'avais pas les idées claires. J'étais triste, c'est tout.

Quelques jours plus tard, Mme Parvin est venue me rendre visite, très excitée. « J'ai attendu, pensant que tu viendrais me voir, mais comme tu n'es pas venue, j'ai décidé de prendre de tes nouvelles moi-même.

— Je vais très bien, merci.

— Alors, comment est-il ? Il ne t'a pas embêtée, si ? Raconte-moi ! Comment s'est passée votre première nuit ? Dans l'état où tu étais, j'ai eu peur que tu fasses une attaque.

— C'est vrai, je me sentais affreusement mal. Mais il a très bien compris. Quand il a vu que j'étais terrifiée, il est parti et m'a laissée dormir tranquillement.

— Vraiment ! Quel homme prévenant ! s'est-elle étonnée. Dieu merci ! Si tu savais le mauvais sang que je me suis fait ! Tu vois ce que je te disais à son sujet ! C'est quelqu'un de vraiment raisonnable. Si tu as avais

154

épousé ce boucher, Asghar, Dieu seul sait ce qu'il t'aurait infligé. Alors, tout bien considéré, tu es plutôt satisfaite de lui ?

— Oui, il est très gentil. Et sa famille aussi.

— Dieu soit loué ! Ces gens-là n'ont rien à voir avec tes autres prétendants, tu as dû t'en rendre compte, maintenant.

— Oui, et c'est à vous que je le dois. Je commence seulement à prendre toute la mesure du service que vous m'avez rendu.

— Allons, voyons... ce n'est rien... Tu es une si bonne fille que sa famille ne pouvait que t'apprécier et, Dieu merci, tu vis agréablement à présent. Le destin t'a été favorable. Malheureuse que je suis, je n'ai pas eu autant de chance que toi.

— Mais vous n'avez pas de problèmes avec Haji Agha, ai-je fait remarquer. Le pauvre homme vous laisse en paix.

— Ouh ! Tu l'as toujours connu vieux et malade, sans ressort. Si tu savais le loup que c'était ! Il m'a agressée sauvagement la première nuit, je tremblais de tous mes membres, je pleurais, et lui, il me battait. Il était riche à l'époque, et il croyait encore que si une femme ne tombe pas enceinte, c'est elle qui en est responsable. C'était un gros bonnet, terriblement imbu de lui-même. Il m'a fait subir des choses innommables. À l'instant où j'entendais la porte d'entrée se refermer et où je savais qu'il était rentré, je me mettais à frissonner de la tête aux pieds. Je n'étais qu'une enfant et il me terrorisait. Mais quand, par la grâce de Dieu, il a fait faillite, qu'il a tout perdu et que les médecins lui ont appris qu'il avait un problème et ne pourrait jamais avoir d'enfant, il s'est dégonflé comme un ballon crevé, il a expulsé tout son air. Il a pris vingt ans du jour au lendemain, et tout le monde l'a lâché. À ce moment-là, j'étais plus âgée, plus forte et plus courageuse. J'étais capable de lui tenir tête et j'aurais même pu décider de m'en aller. Et comme il a peur que je l'abandonne, moi aussi, il me fiche la paix. À mon tour de vivre ma vie ! Mais ça ne me rendra jamais la jeunesse et la santé qu'il m'a volées. Jamais… »

Nous sommes restées muettes un moment. Elle a secoué la tête comme pour se débarrasser de ses mauvais souvenirs. Puis elle a dit : « À propos, pourquoi n'es-tu pas allée voir tes parents ?

— Pourquoi irais-je ? Je ne leur dois rien !

— Comment ? Enfin, tout de même, ce sont tes parents.

— Ils m'ont mise à la porte de chez eux. Je n'y retournerai jamais.

— Ne dis pas ça ; c'est un péché. Ils attendent ta visite.

— Non, Mme Parvin. Je ne peux pas. N'en parlons plus. »

Cela faisait trois semaines que j'étais mariée quand, un matin, la sonnette de la porte d'entrée m'a surprise. Je n'attendais pas de visite. J'ai couru jusqu'au seuil où j'ai découvert Mère flanquée de Mme Parvin. Interloquée, je les ai saluées froidement.

« Bonjour, madame, m'a dit Mme Parvin. On dirait que tu t'amuses bien, pour être partie comme ça sans même te retourner. Ta mère en dépérit de chagrin. Je lui ai dit : "Venez, comme ça, vous constaterez par vous-même que votre fille est en parfaite santé."

— Où étais-tu, ma fille ? a demandé Mère, fâchée. J'étais folle d'inquiétude. Voici trois semaines que nous t'attendons sans quitter la porte des yeux. Aurais-tu oublié que tu as une mère et un père ? Qu'il existe des coutumes et des traditions ?

— Ah oui ? ai-je lancé. De quelles coutumes et de quelles traditions parles-tu ? »

D'un geste de la tête, Mme Parvin m'a sommée de me taire avant d'ajouter : « Tu pourrais au moins nous inviter à entrer. Cette pauvre femme a beaucoup marché et il fait une de ces chaleurs.

— Très bien, ai-je dit. Entrez, je vous en prie. »

En montant l'escalier, Mère a grommelé : « Le lendemain de la cérémonie de mariage, nous sommes restés debout toute la nuit à attendre la visite de ton époux. Personne n'est venu. Alors nous nous sommes dit que vous viendriez sans doute le lendemain, puis le vendredi, puis le vendredi suivant. J'ai fini par penser que tu étais morte, qu'il t'était arrivé quelque chose. Comment peut-on quitter la maison de son père sans le moindre regret ? On croirait que cette ingrate n'a jamais eu de père ni de mère et qu'elle n'est l'obligée de personne. »

Nous étions au milieu du vestibule quand, soudain, je n'ai plus supporté ses jérémiades.

« L'obligée ? ai-je lancé. En quoi suis-je ton obligée ? Dois-je te remercier de m'avoir mise au monde ? Ai-je demandé à être conçue ? Tu n'as jamais pensé qu'à toi, et quand tu as su que j'étais une fille tu as pleuré, tu t'es lamentée et tu as regretté ma naissance. Qu'as-tu fait pour moi ? Je t'ai suppliée de me laisser aller en classe. As-tu accepté ? Je t'ai suppliée de ne pas me forcer à me marier, de me laisser vivre dans cette misérable maison pendant encore un ou deux ans. As-tu accepté ? Combien de fois m'as-tu battue ? Combien de fois ai-je été au seuil de la mort par ta faute ? Pendant combien de mois m'as-tu gardée enfermée à double tour entre quatre murs ? »

Mère sanglotait et Mme Parvin me jetait des regards horrifiés. Mais la colère et la frustration débordaient de mon cœur et j'étais incapable d'en endiguer le flot.

« D'aussi loin que je me souvienne, tu m'as toujours répété qu'une femme appartient à d'autres et tu t'es

dépêchée de me livrer à des étrangers. Tu étais tellement impatiente de te débarrasser de moi que peu
t'importait chez qui je vivrais. N'est-ce pas toi qui m'as
tirée de sous le lit pour pouvoir te défaire de moi au
plus vite ? N'est-ce pas toi qui as dit qu'il fallait que je
quitte la maison pour que Mahmoud puisse enfin se
marier ? Très bien, tu m'as jetée dehors. Maintenant,
j'appartiens à d'autres. Et tu voudrais que je te baise la
main ? Et puis quoi encore !

— Ça suffit, Massoumeh ! m'a réprimandée
Mme Parvin. Tu devrais avoir honte de toi. Vois-tu ce
que tu infliges à cette pauvre femme ? Quoi qu'ils aient
fait, ce sont tes parents, et ils t'ont élevée. Ton père ne
t'aime-t-il pas de tout son cœur ? Il a toujours souhaité
ce qu'il y avait de mieux pour toi. Ne s'est-il pas suffisamment inquiété à ton sujet ? J'ai vu le souci qui rongeait ta pauvre mère quand tu as été malade. Elle t'a
veillée chaque nuit jusqu'à l'aube, elle pleurait et priait
pour toi. Tu n'as jamais été une ingrate. Tous les
parents, même les pires, méritent la gratitude de leurs
enfants. Que cela te plaise ou non, tu es leur obligée et
il est de ton devoir d'admettre cette règle et de l'observer ; autrement, tu offenseras Dieu et sa colère retom-
bera sur toi. »

Je me sentais plus calme, j'avais l'impression d'avoir
enfin vidé un abcès de haine et de rancune qui m'avait
empoisonné l'esprit. Les larmes de ma mère apaisaient
ma douleur, tel un baume.

« C'est mon devoir filial ? ai-je repris. Très bien ; je
le respecterai. Je ne veux pas qu'on finisse par me charger de tous les torts. » J'ai ajouté en me tournant vers
Mère : « Si tu as besoin un jour que je fasse quelque
chose pour toi, je le ferai, mais ne t'attends pas à ce que
j'oublie ce que tu m'as infligé. »

Sanglotant de plus belle, Mère a lancé : « Va chercher un couteau et tranche cette main qui t'a attrapée

par les cheveux pour te tirer de sous le lit. Je le jure devant Dieu, je me sentirai mieux, je souffrirai moins. Cent fois par jour, je me dis : Que Dieu te brise le bras, femme ; comment as-tu pu battre ainsi cette pauvre innocente ? Mais, ma fille, si je ne l'avais pas fait, qui sait ce qui serait advenu ? Tes frères t'auraient hachée menu. J'avais Ahmad d'un côté, qui répétait depuis l'aube : "À la moindre incartade, je la brûlerai vive." Et de l'autre, je m'inquiétais pour ton père, dont le cœur avait fait des siennes toute la semaine. Ce n'est que grâce à ses médicaments qu'il a pu arriver jusqu'au terme de cette terrible journée. J'étais morte de peur à l'idée qu'une crise cardiaque ne le terrasse. Que voulais-tu que je fasse ? Je te le jure, j'avais le cœur brisé, mais je ne voyais pas comment j'aurais pu agir autrement.

— Tu veux dire que tu n'avais pas l'intention de me marier ?

— Si, bien sûr. J'ai prié mille fois pour qu'un homme convenable se présente, qu'il te prenne par la main et t'emmène loin de cette maison qui était devenue une prison pour toi. Crois-tu que j'ignorais combien tu étais triste et malheureuse ? Tu maigrissais et tu jaunissais à vue d'œil. Mon cœur saignait chaque fois que je te regardais. J'ai prié, j'ai fait des promesses à Dieu pour qu'il te trouve un bon mari et te permette de t'évader. J'étais dévorée de chagrin pour toi. »

La bonté de ses paroles a fait fondre la glace de ma colère et de mon obstination. « Allons, arrête de pleurer », ai-je dit, et je suis allée chercher trois verres de sorbet.

Cherchant à détendre l'atmosphère, Mme Parvin a changé de sujet. « Bien, bien. Comme ta maison est propre et bien rangée ! À propos, que penses-tu de ton lit et de ta coiffeuse ? C'est moi qui les ai choisis pour toi.

— C'est vrai. Mme Parvin s'est donné beaucoup de mal, a renchéri Mère. Nous lui sommes tous très reconnaissants.

— Moi aussi.

— Allons, arrêtez ! Vous me gênez. Du mal ? Mais non, c'était un plaisir. J'ai pu choisir tout ce que je voulais pour toi, ton père payait sans hésiter. Je n'avais jamais fait des achats dans de telles conditions. Si je lui avais demandé de t'acheter le mobilier du Shah, il aurait accepté. De toute évidence, ce cher homme t'aime tendrement. Ahmad n'arrêtait pas de hurler et de me reprocher de faire des folles dépenses, mais ton père y tenait. Il ne cessait de dire : "Je veux que tout soit fait selon les règles. Je veux qu'elle puisse se présenter la tête haute devant la famille de son mari. Je ne veux pas qu'ils puissent raconter que nous ne lui avons pas constitué une dot respectable." »

Reniflant toujours, Mère a ajouté : « Les canapés qu'il a commandés pour toi sont prêts. Il voudrait savoir quand tu veux qu'ils te soient livrés. »

J'ai soupiré : « Bien, et comment va-t-il à présent ?

— Que veux-tu que je te dise ? Il est très malade. »

Elle s'est frotté les yeux avec le pan de son foulard et a poursuivi : « Voilà ce dont je voulais te parler. Si tu n'as pas envie de me voir, fort bien, mais sache que ton père se meurt de chagrin. Il ne parle à personne à la maison, il a recommencé à fumer, une cigarette à la suite de l'autre, et il tousse sans discontinuer. J'ai peur pour lui, j'ai peur qu'il lui arrive quelque chose de grave. Si tu éprouves un peu d'amour pour lui, viens faire un saut à la maison. Je ne voudrais pas que tu regrettes de ne pas l'avoir revu.

— Que Dieu nous en préserve ! Ne parle pas de malheur ! Je viendrai. Je viendrai cette semaine. Je vais voir quand Hamid est libre ; et s'il n'a pas le temps, je viendrai seule.

— Non, mon enfant, ce n'est pas convenable. Tu dois faire ce que veut ton mari. Je ne veux pas qu'il soit contrarié.

— Il ne le sera pas. Ne t'inquiète pas, je vais arranger ça. »

Hamid m'avait clairement fait comprendre qu'il ne tenait pas du tout aux visites familiales, et même qu'il les supportait difficilement. Il m'avait encouragée à sortir sans lui. Il était allé jusqu'à me tracer le plan des lignes de bus et les différents trajets que je pouvais avoir à emprunter, et m'avait expliqué à quels moments il valait mieux prendre un taxi. Quelques jours plus tard, un après-midi de la mi-août où je savais qu'Hamid ne serait pas là, je me suis habillée pour me rendre chez mes parents. C'était bizarre ; cette maison était rapidement devenue « leur » maison, je ne la considérais plus comme la « mienne ». Toutes les jeunes filles se coupent-elles aussi vite de la demeure de leur enfance ?

C'était la première fois que je sortais seule et que je faisais un long trajet en bus. J'étais un peu anxieuse, mais je savourais cette indépendance nouvelle. Je me sentais adulte. En arrivant dans mon ancien quartier, j'ai été envahie par d'autres émotions. Le souvenir de Saiid m'a étreint le cœur et passer devant la maison de Parvaneh a rendu son absence plus douloureuse encore. Craignant de fondre en larmes en pleine rue, j'ai pressé le pas, mais plus j'approchais de la maison de Père, plus je sentais mes jambes se dérober sous moi. Je n'avais pas envie de croiser nos voisins. J'étais gênée.

J'avais les larmes aux yeux quand Faati m'a accueillie à la porte. Elle m'a sauté dans les bras et s'est mise à pleurer. Elle m'a suppliée de revenir à la maison ou de l'emmener chez moi. En me voyant, Ali n'a pas bougé. Il s'est contenté de crier à Faati : « Arrête de pleurnicher.

Je ne t'avais pas dit d'aller me chercher des chaussettes ?»

La nuit approchait quand Ahmad est rentré. Il était
déjà ivre et complètement hébété. Cela faisait presque
un mois qu'il ne m'avait pas vue, mais ça n'a pas paru
l'émouvoir : il a attrapé ce qu'il était venu chercher et
est ressorti. Quant à Mahmoud, il a pris l'air renfrogné,
a marmonné quelque chose en réponse à mon bonjour
et est immédiatement monté à l'étage.

« Tu vois, Maman, je n'aurais pas dû venir. Même si
je ne vous rends visite qu'une fois par an, ma présence
les contrariera toujours.

— Non, ma fille, tu n'y es pour rien. Mahmoud a
une autre raison d'être fâché. Depuis une semaine, il ne
parle à personne.

— Pourquoi ? Qu'est-ce qu'il a ?

— Tu ne sais pas ? La semaine dernière, nous nous
sommes tous mis sur notre trente et un, nous avons
acheté des pâtisseries, des fruits et plusieurs lés de
tissu, et nous sommes allés à Qum voir la sœur de ton
père pour demander la main de Mahboubeh pour notre
Mahmoud.

— Et alors ?

— Nous avons fait le voyage pour rien. Le destin en
avait décidé autrement. Une semaine plus tôt, elle avait
donné son consentement à un autre. Ils ne nous en
avaient rien dit par pur dépit, parce que nous ne les
avions pas invités à ta cérémonie de mariage. Tant
mieux, en un sens. Je n'étais pas tellement enchantée à
l'idée qu'ils se marient, tous les deux… avec cette sorcière de mère. C'est Mahmoud qui parlait constamment
de sa cousine – Mahboubeh par-ci, Mahboubeh par-là. »

J'ai senti une étrange joie inonder tout mon être et
j'ai compris dans toutes les fibres de mon corps le sens
de l'expression «une douce vengeance». Je me suis
reproché d'être trop rancunière, mais une petite voix en

moi a rétorqué : « Bien fait pour lui. À son tour de souffrir. »

« Si tu avais entendu ta tante faire l'éloge du marié ! Il paraît que c'est le fils d'un ayatollah, mais qu'il est allé à l'université et qu'il a des idées modernes. Puis elle s'est répandue en long et en large sur sa richesse et sur ses biens. Le pauvre Mahmoud, il était tellement furieux qu'il n'aurait pas saigné si on lui avait donné un coup de couteau. Il était rouge au point que j'ai bien cru qu'il allait avoir une attaque. Et ils ont ajouté quelques remarques perfides sur les lumières dont ils allaient décorer la maison, sur les sept jours et sept nuits que durerait la cérémonie, sur le fait qu'on devrait être fier de marier sa fille et ne pas faire ça en catimini dans la précipitation, que si une tante n'est pas invitée aux noces de sa nièce, alors qui… »

Quand Père est rentré du travail, je me suis collée contre le mur de la salle ; comme il faisait plus sombre à l'intérieur de la maison que dehors, j'étais complètement invisible. Il s'est appuyé d'une main au montant de la porte, a posé sa cheville gauche sur son genou droit et a commencé à défaire son lacet.

« Bonjour », ai-je dit très doucement.

Il a laissé retomber son pied par terre et a scruté l'obscurité. Pendant quelques secondes, il m'a regardée avec un sourire affectueux, puis il a reposé son pied sur son genou et, tout en continuant à retirer ses chaussures, il a lancé : « Alors ça, quelle surprise ! Tu ne nous as donc pas complètement oubliés ?

— Je ne vous ai jamais oubliés. »

Il a secoué la tête, a enfilé ses pantoufles et, comme autrefois, je lui ai tendu une serviette de toilette. Avec un regard plein de reproche, il a repris : « Je n'aurais jamais imaginé que tu puisses être aussi infidèle. »

J'avais une boule dans la gorge. C'étaient les paroles les plus gentilles qui aient réussi à franchir ses lèvres.

Pendant le dîner, il n'a cessé de me passer les plats et il a parlé sans discontinuer. Je ne l'avais jamais vu aussi loquace. Mahmoud n'est pas descendu manger.

« Alors, raconte, a dit Père en riant. Qu'est-ce que tu donnes à manger à ton mari au déjeuner et au dîner ? Je me demande même si tu sais cuisiner. J'ai entendu dire qu'il a l'intention de venir se plaindre de toi !

— Qui ? Hamid ? Le pauvre ne se plaint jamais de la nourriture. Il mange tout ce que je lui sers. Il dit même qu'il ne veut pas que je perde mon temps à faire la cuisine.

— Ah bon ? Et qu'est-ce que tu es censée faire, dans ce cas ?

— Poursuivre mes études, voilà ce qu'il dit. »

Le silence est tombé. J'ai aperçu une lueur dans les yeux de Père tandis que tous les autres me dévisageaient, bouche bée.

« Et le ménage ? a dit Mère.

— Ce n'est pas un problème. Je peux très bien combiner les deux. Hamid m'a dit : "Tant pis pour le déjeuner, le dîner et les tâches ménagères. Ça m'est bien égal. Ce qui compte, c'est que tu fasses ce qui t'intéresse ; aller en classe surtout, parce que ça, c'est ce qu'il y a de plus important."

— Tu parles ! a grommelé Ali. De toute façon, tu n'as plus le droit d'y aller.

— Bien sûr que si. Je me suis renseignée. Je suivrai les cours du soir et je passerai mes examens comme tout le monde. À propos, il ne faut pas que j'oublie d'emporter mes affaires de classe.

— Dieu soit loué ! » s'est exclamé Père sous le regard ébahi de Mère.

« Et mes livres, où sont-ils ?

— J'ai tout mis dans le sac de toile bleu ; il est à la cave, a répondu Mère. Ali, mon fils, va chercher le sac.

— Pourquoi moi ? Elle n'a donc ni jambes ni bras ? »

Père s'est tourné vers lui avec une colère inhabituelle et, levant la main, prêt à frapper Ali sur les lèvres, il a crié : « Silence ! Je ne veux plus jamais t'entendre parler à ta sœur sur ce ton… Si tu recommences, je te ferai sauter toutes les dents de la bouche. »

Nous avions les yeux rivés sur Père. Ali, l'air contrarié et intimidé, s'est levé et est sorti. Faati s'est serrée contre moi, en gloussant tout bas. Je voyais bien qu'elle était ravie.

Quand je me suis levée pour rentrer chez moi, Père m'a accompagnée jusqu'à la porte et m'a chuchoté : « Tu reviendras ? »

Les inscriptions aux cours du soir étaient déjà closes pour le trimestre d'été. Je me suis donc résignée à n'y aller qu'à l'automne et j'ai attendu avec impatience la rentrée des classes. Comme j'avais beaucoup de temps libre, je me suis intéressée au contenu de la bibliothèque d'Hamid. J'ai commencé par les romans, puis je suis passée aux recueils de poésie, que j'ai lus avec attention. Ensuite je me suis tournée vers les livres de philosophie, qui m'ont semblé très ennuyeux et très compliqués. Pour finir, ne sachant comment m'occuper, je me suis plongée dans ses anciens manuels de cours. Cependant, malgré ses charmes, la lecture ne suffisait pas à rendre ma vie captivante.

Hamid rentrait presque toujours très tard et il lui arrivait même de s'absenter pendant plusieurs jours. Au début, je préparais à dîner, j'étalais la nappe, je dressais le couvert, je m'asseyais et je l'attendais. À plusieurs reprises je me suis assoupie avant son retour, mais je restais fidèle à cette routine. Je détestais manger seule.

Une fois, il est rentré vers minuit et m'a découverte endormie par terre, à côté du dîner servi. Il m'a réveillée et m'a lancé sèchement : «Tu n'as donc rien de mieux à faire qu'à perdre ton temps à préparer à manger?» Interloquée par ce réveil brutal et blessée par sa réaction, je suis allée me coucher et j'ai pleuré tout bas jusqu'à ce que je me rendorme. Le lendemain matin, comme un conférencier s'adressant à un public de demeurés, il m'a infligé un long discours sur le rôle des femmes dans la société, puis a ajouté, avec une colère rentrée : «Je te préviens, je ne veux pas que tu te conduises comme les femmes traditionnelles illettrées ou comme les femmes exploitées, enchaînées, et que tu cherches à me prendre au piège d'un amour et d'une gentillesse bornés.»

Fâchée et vexée, j'ai répliqué : «Je ne cherche rien. C'est simplement que j'en ai assez de ne jamais voir personne et que je n'aime pas manger seule. Je m'étais dit que, comme tu ne rentres pas pour le déjeuner et que tu dois manger n'importe quoi, tu serais peut-être content d'avoir un dîner correct.

— Tu n'avais peut-être pas consciemment l'intention de me prendre au piège, mais inconsciemment, c'est bien ton objectif. C'est une ruse féminine ancestrale. Les femmes ont toujours cherché à s'attacher les hommes par le ventre.

— N'importe quoi ! Qui cherche à te prendre au piège ? Nous sommes mari et femme. Bien sûr, nous ne nous aimons pas, mais nous ne sommes pas non plus des ennemis. J'aurais plaisir à bavarder avec toi, à ce que tu m'apprennes des choses, à entendre une autre voix que la mienne dans cette maison. Et toi, tu ferais au moins un repas correct par jour. En plus, ta mère a insisté sur ce point. Elle se fait beaucoup de soucis parce que tu ne te nourris pas correctement.

— Ha ! J'aurais dû me douter que ma mère était derrière tout ça. Je sais bien que ce n'est pas ta faute ; tu suis seulement ses instructions. Dès le premier jour, tu as été assez intelligente et assez raisonnable pour accepter de ne pas faire obstacle à ma vie, à mes devoirs et à mes idéaux. Alors, je t'en prie, dis à Mère de ma part qu'elle n'a pas à s'inquiéter pour mes repas. Nous avons des réunions tous les soirs. Certains membres du groupe sont responsables de la nourriture et je peux te dire que ce sont de fameux cuisiniers. »

À partir de ce jour-là, je ne l'ai plus jamais attendu le soir. Il passait sa vie avec ses amis invisibles, dans un milieu dont j'ignorais tout. Je ne savais pas qui ils étaient, d'où ils venaient ni quels étaient ces idéaux dont ils faisaient si grand cas. La seule chose que je savais, c'est qu'ils exerçaient sur Hamid une influence cent fois plus puissante que la mienne ou que celle de sa famille.

Lorsque les cours du soir ont commencé, mon emploi du temps quotidien est devenu plus régulier. Je consacrais de longues heures à mes études, mais la solitude de cette maison déserte, surtout dans la pénombre précoce des nuits d'automne froides et silencieuses, continuait à me peser. Notre vie reposait toujours sur le respect mutuel et se poursuivait sans querelles ni disputes, sans passion non plus. J'attendais avec impatience le vendredi, car Hamid rentrait de bonne heure pour que nous puissions nous rendre chez ses parents. C'étaient les seules occasions où je pouvais profiter de sa présence, et je m'en contentais.

Je savais qu'il n'aimait pas que je porte le foulard, surtout quand nous sortions ensemble. Dans l'espoir qu'il m'emmènerait plus souvent avec lui, je les ai tous remisés. Mais ses amis monopolisaient tout son temps, et son étrange susceptibilité à cet égard m'interdisait de me plaindre, et même d'en parler.

J'avais pour seule compagnie celle de Bibi, la grand-mère d'Hamid qui vivait dans l'appartement situé au-dessous du nôtre. Je veillais sur elle et lui préparais ses repas. Cette femme, bonne et paisible par ailleurs, était bien plus dure d'oreille que je ne l'avais cru initialement. Pour communiquer avec elle, j'étais obligée de crier si fort que je finissais par être épuisée et par renoncer. Elle me questionnait tous les jours : « Ma chérie, est-ce qu'Hamid est rentré de bonne heure hier soir ? »

Et je répondais invariablement : « Oui. »

À mon grand étonnement, elle ne mettait jamais ma parole en doute et ne me demandait pas pourquoi elle ne le voyait jamais. Elle était sourde, mais on aurait pu croire qu'en plus elle était aveugle. De temps en temps, quand elle était particulièrement en verve, elle me parlait du passé, de son mari, un homme bon et pieux, dont la mort lui avait laissé le cœur glacé jusqu'en plein été. Elle évoquait ses enfants, toujours très occupés, qui venaient rarement la voir. Elle me racontait parfois les bêtises que faisait mon beau-père quand il était petit. C'était son premier-né, et son préféré. Il lui arrivait aussi de mentionner des gens que je ne connaissais pas et dont la plupart étaient morts. Après avoir été une femme heureuse, favorisée par le destin, Bibi semblait ne plus attendre que la mort, alors qu'au fond elle n'était pas tellement âgée. Le plus triste était que les membres de sa famille étaient visiblement dans les mêmes dispositions. Ils n'en disaient rien, bien sûr, et ne la négligeaient pas le moins du monde, cependant leur attitude ne laissait aucun doute à ce sujet.

Accablée de solitude, j'ai renoué avec ma vieille habitude de me parler devant la glace. Je restais assise des heures durant à bavarder avec mon reflet. C'était une chose que j'avais souvent faite quand j'étais petite.

Comme mes frères se moquaient de moi et me traitaient de folle, j'avais fait de gros efforts pour renoncer à cette manie. En réalité, cette envie ne m'avait jamais quittée, je l'avais seulement refoulée, et comme je n'avais personne à qui parler et aucune raison de me cacher, elle avait refait surface. Parler à mon reflet, me parler à moi-même en fait, m'aidait à voir plus clair dans mes pensées. Parcourant en esprit nos souvenirs du passé, nous pleurions ensemble, mon image et moi. Je lui confiais combien Parvaneh me manquait. Si seulement j'avais pu la retrouver… Nous aurions eu tant de choses à nous raconter.

J'ai finalement décidé de me mettre à sa recherche. Mais comment procéder ? Une fois encore, j'ai dû faire appel à Mme Parvin. J'ai profité d'une de mes visites chez mes parents pour faire un saut chez elle et lui demander de bien vouloir se renseigner dans le quartier. Peut-être quelqu'un savait-il où la famille Ahmadi s'était installée ? J'étais trop gênée pour m'adresser directement aux gens du coin. J'avais toujours l'impression qu'ils me regardaient bizarrement. Mme Parvin a interrogé ses voisins, mais personne n'était au courant, ou peut-être que, connaissant ses liens avec Ahmad, ils préféraient ne pas lui donner l'adresse des Ahmadi. Quelqu'un lui a même demandé si elle les cherchait pour qu'un voyou armé d'un couteau puisse rendre une nouvelle visite à la famille. Je suis allée à notre ancienne école, mais le dossier de Parvaneh n'avait pas été conservé. Elle avait changé d'établissement. Mon professeur de littérature a été content de me voir. Quand je lui ai dit que je reprenais mes études, elle m'a vivement encouragée.

Par un soir d'hiver sombre et froid, alors que je m'ennuyais à périr, Hamid est rentré de bonne heure et m'a fait l'honneur de dîner avec moi. J'étais folle de joie. Par bonheur, le matin même, Mère était passée m'apporter du poisson blanc en me disant : « Ton père a acheté du poisson, mais il est incapable d'en avaler une bouchée s'il ne le partage pas avec toi. Je t'en ai mis de côté pour qu'il ait l'esprit tranquille. »

J'avais rangé le poisson au réfrigérateur mais n'avais pas envie de le préparer pour moi seule. Quand j'ai compris qu'Hamid dînerait à la maison, j'ai préparé du riz aux herbes pour l'accompagner. Je n'en avais encore jamais cuisiné, mais le résultat était très correct. En vérité, j'avais mobilisé toutes mes compétences de cuisinière. L'odeur du poisson frit avait aiguisé l'appétit d'Hamid, qui traînait à la cuisine à chaparder des morceaux de nourriture tandis que je le grondais en riant. Quand tout a été prêt, je lui ai demandé d'en porter une part à Bibi. Pendant ce temps, j'ai étalé la nappe et je l'ai décorée de mon mieux. Quelle fête dans la maison et dans mon cœur ! Qu'il était facile de me rendre heureuse ! Pourtant, tous me refusaient ce bonheur.

Quand Hamid est revenu, il s'est rapidement lavé les mains et nous nous sommes assis pour dîner. Tandis qu'il retirait les arêtes pour nous deux, il m'a dit : « Il faut manger le riz aux herbes et le poisson avec les doigts. »

Et j'ai répondu spontanément : « Oh, quelle merveilleuse soirée ! Par cette nuit froide et sombre, je serais devenue folle de solitude si tu n'étais pas rentré… »

Il s'est tu un moment, avant de reprendre : « Il ne faut pas que cela te pèse à ce point. Profite de ton temps. Tu as tes cours à étudier et il y a beaucoup de livres, ici. Lis-les. Si seulement j'avais plus de temps à consacrer moi-même à la lecture !

— Je n'ai plus rien à lire. Il y a même certains livres que j'ai lus deux fois.

— Tu parles sérieusement ? Lesquels as-tu lus ?

— Tous. Même tes manuels de cours.

— Tu plaisantes ! Et tu as compris quelque chose ?

— Pas tout. En fait, il y a quelques questions que j'aimerais te poser quand tu seras plus disponible.

— Alors ça ! Et les recueils de nouvelles ?

— Oh, je les adore. Je pleure chaque fois que je les lis. Ces histoires sont si tristes. Elles contiennent tant de souffrance, tant de chagrin et de tragédies.

— Elles ne révèlent pourtant qu'un pan infime des réalités de la vie. Pour acquérir plus de pouvoir et plus de richesse, les gouvernements ont toujours contraint les masses défavorisées et désarmées à travailler comme des forçats pendant qu'eux-mêmes empochaient le fruit de leur labeur. Le résultat est invariablement le même pour le peuple : l'injustice, la misère et la pauvreté.

— Quel malheur ! Cette situation navrante ne prendra-t-elle jamais fin ? Comment y remédier ?

— En résistant ! Tous ceux qui ont conscience de ce qui se produit doivent se dresser contre la tyrannie. Si tous les hommes libres luttent contre l'injustice, le système s'effondrera. C'est inéluctable. Et, pour finir, les opprimés du monde entier s'uniront et éradiqueront l'injustice et la trahison. C'est à nous de frayer la voie à cette unité et à ce soulèvement. »

Il donnait l'impression de lire un texte rédigé, mais je n'en étais pas moins captivée. Je trouvais ses paroles admirables, et spontanément j'ai récité un poème :

Si tu te lèves, si je me lève,
tout le monde se lèvera.
Si tu restes assis, si je reste assis, qui se lèvera ?
Qui combattra l'ennemi ?

« Eh bien dis donc ! Bravo ! s'est-il exclamé, tout étonné. J'ai l'impression qu'il y a quand même deux ou trois trucs que tu comprends. Il t'arrive de dire des choses qu'on ne s'attend pas à entendre dans la bouche de quelqu'un de ton âge et de ton milieu. Peut-être arriverons-nous un jour à te mettre sur la bonne voie. »

Je ne savais pas si je devais y voir un compliment ou une insulte. Mais, ne voulant pas laisser une ombre peser sur cette agréable soirée, j'ai préféré ignorer ses propos.

Après le dîner, il s'est calé contre son dossier. « C'était vraiment délicieux, a-t-il soupiré, et j'ai trop mangé. Il avait bien longtemps que je n'avais pas fait un aussi bon repas. Les pauvres camarades, qui sait ce qu'ils auront eu ce soir ! Sans doute du pain et du fromage, comme d'habitude. »

Profitant de sa bonne humeur et de son dernier commentaire, j'ai proposé : « Et si tu invitais tes amis à dîner un jour ? » Il m'a dévisagée pensivement. Il pesait le pour et le contre en esprit, mais n'avait pas l'air fâché. Je me suis enhardie : « Tu disais l'autre jour que les membres de votre groupe se chargent de préparer à manger à tour de rôle. Je pourrais m'en occuper un soir, moi aussi, tu ne crois pas ? Comme ça, pour une fois, tes pauvres amis auraient un vrai dîner.

— En fait, ça fait un moment que Shahrzad a envie de faire ta connaissance.

— Shahrzad ?

— Oui. C'est une excellente amie. Une femme intelligente, courageuse, aux convictions solides, capable d'analyser et de résumer certaines questions avec beaucoup plus de perspicacité que nous tous.

— C'est une fille ?

— Comment ça ? Je t'ai dit qu'elle s'appelle Shahrzad. Tu connais beaucoup de garçons qui portent ce nom ?

— Non. Je voulais dire, est-ce qu'elle est mariée ou célibataire ?

— Oh, tu as une façon de t'exprimer... oui, elle est mariée. C'est-à-dire qu'elle n'a pas eu le choix ; il fallait qu'elle échappe à l'autorité de sa famille pour pouvoir consacrer tout son temps et toute son énergie à la cause. Malheureusement, dans ce pays, quelle que soit la position qu'occupent les femmes dans la société, elles n'arrivent jamais à s'affranchir des traditions, ni des restrictions et obligations que celles-ci leur imposent.

— Et son mari ? Il est d'accord pour qu'elle passe tout son temps avec toi et tes amis ?

— Qui ? Mehdi ? Évidemment ! Il est des nôtres. Ce mariage s'est fait au sein du groupe. Nous avons pris cette décision parce que, par bien des aspects, cela ne pouvait que servir notre cause. »

C'était la première fois qu'il me parlait de ses amis et de leur groupe, et j'étais consciente que toute réaction brutale ou inconsidérée de ma part le replongerait dans son mutisme. La seule chose à faire était de l'écouter attentivement et en silence, même si ses propos me semblaient très étranges.

« Moi aussi, j'aimerais bien connaître Shahrzad, ai-je dit. C'est sûrement quelqu'un d'intéressant. Promets-moi de les inviter chez nous un jour.

— J'y réfléchirai. J'en discuterai avec eux. Nous verrons. »

Deux semaines plus tard, Hamid m'a annoncé que ses amis me feraient l'honneur de venir déjeuner le samedi suivant, un jour férié. Je me suis affairée toute la semaine. J'ai lavé les rideaux, j'ai nettoyé les vitres, j'ai déplacé plusieurs fois les meubles. Nous n'avions pas de table de salle à manger. « Quelle importance ? a observé Hamid. Que veux-tu qu'ils fassent d'une table ? Mets la nappe par terre. C'est beaucoup mieux. Ils seront plus à l'aise et il y aura plus de place. »

Il n'avait invité que douze personnes, ses plus proches amis. Je ne savais pas quoi leur préparer. J'étais tellement nerveuse que je lui ai posé la question plusieurs fois. « Fais ce que tu as envie de faire, a-t-il dit. Ça n'a aucune importance.

— Comment peux-tu dire ça ? Je veux leur servir ce qu'ils aiment. Dis-moi ce que chacun préfère.

— Comment veux-tu que je le sache ? Ils ont tous des goûts différents. Tu ne vas quand même pas préparer trente-six plats.

— Non, bien sûr. Mais dis-moi quand même. Shahrzad, par exemple, qu'est-ce qu'elle préfère ?

— Le ragoût aux herbes. En revanche, Mehdi aime le ragoût aux pois cassés et Akbar meurt d'envie de goûter à ton fameux poisson avec du riz aux herbes dont je lui ai parlé. Et en fin d'après-midi, quand il fait froid, tout le monde ne rêve que d'une soupe aux nouilles. Bref, ils aiment tout… Ne te tracasse pas pour ça. Prépare ce qui te donnera le moins de mal. »

J'ai commencé à faire mes achats le mardi. La chaleur était retombée et une douce brise soufflait. J'ai accumulé tant de provisions, j'ai monté tant de cabas affreusement lourds dans l'escalier que Bibi elle-même s'en est lassée. « Ma fille, a-t-elle protesté, même un festin destiné à sept rois n'exigerait pas autant de préparatifs et de tracas ! »

Je me suis mise à la cuisine le jeudi. Le vendredi, nous sommes rentrés un peu plus tôt que d'habitude de chez les parents d'Hamid, et j'ai continué à tout préparer. Il y avait une telle quantité de nourriture que je me suis demandé si j'aurais assez d'une matinée pour tout réchauffer. Heureusement, il faisait froid, ce qui m'a permis d'aligner les casseroles et les jattes sur la terrasse. En fin d'après-midi, alors qu'Hamid s'apprêtait à sortir, il m'a dit : « Ne t'inquiète pas si je ne rentre pas cette nuit. Je serai là demain vers midi avec les camarades. »

Je me suis levée de bonne heure et j'ai épousseté une fois de plus tout l'appartement, j'ai fait bouillir et j'ai rincé le riz et, quand tout a été prêt, j'ai pris une douche rapide. J'ai enfilé ma robe jaune, la plus belle que j'avais, mis une touche de rouge à lèvres, retiré mes bigoudis et laissé mes jolies boucles cascader dans mon dos. Je tenais à être irréprochable pour ne pas faire honte à Hamid. Je désirais être si parfaite qu'il renoncerait à me cacher chez lui comme une enfant arriérée ou illégitime. J'espérais tant que ses amis me jugeraient digne de rejoindre leur groupe !

Vers midi, mon cœur a bondi lorsque la sonnette a tinté. C'était un signal, car Hamid avait la clé. Retirant précipitamment mon tablier, j'ai couru sur le palier extérieur pour les accueillir, malgré le vent glacé. C'est là, en haut de l'escalier, qu'Hamid m'a présentée à ses amis. Il y avait quatre femmes – les autres étaient des hommes, et ils avaient tous à peu près le même âge. À l'intérieur de l'appartement, je les ai débarrassés de leurs manteaux et j'ai dévisagé les femmes avec curiosité. Elles n'étaient pas tellement différentes des hommes. Elles portaient des pantalons et de vieux pulls trop grands, qui n'étaient pas assortis au reste de leur tenue. Elles se coiffaient comme si leurs cheveux les gênaient : certaines les avaient coupés si court que, de dos, on aurait pu les prendre pour des hommes, d'autres les attachaient en arrière avec un élastique. Aucune ne portait la moindre trace de maquillage.

Ils se sont tous montrés aimables et courtois, mais personne ne m'a vraiment prêté attention, à part Shahrzad. C'est la seule qui m'ait embrassée sur les joues et examinée de la tête aux pieds avant de s'écrier : « Quelle beauté ! Hamid, tu as une femme superbe ! Tu ne nous avais jamais dit qu'elle était aussi charmante et aussi élégante. »

À cet instant, ils se sont tous retournés pour m'observer de plus près. J'ai cru apercevoir l'ombre d'un sourire sarcastique sur certains de leurs visages. Personne n'a rien dit d'impoli, mais quelque chose dans leur attitude m'a fait rougir et m'a embarrassée. Hamid lui-même semblait mal à l'aise. Impatient de changer de sujet, il a lancé : « Ça va comme ça. Passez au salon, on va vous apporter du thé. » Quelques-uns d'entre eux se sont assis sur les canapés, les autres par terre. Presque la moitié d'entre eux fumaient. Hamid m'a chuchoté d'une voix pressante : « Des cendriers. Apporte-moi tous les cendriers que nous avons. » Je suis allée à la cuisine, j'ai pris les cendriers et les lui ai donnés. Puis je suis retournée à la cuisine pour préparer le thé. Hamid m'y a suivie et a grommelé : « Qu'est-ce que c'est que ce déguisement ?

— Comment ça ? ai-je répondu, confuse.

— D'où sors-tu cette robe ? On dirait une poupée occidentale. Va te changer, enfile quelque chose de plus simple ; un chemisier avec un pantalon ou une jupe. Et puis débarbouille-toi et attache tes cheveux.

— Mais je ne suis pas maquillée ! J'ai juste mis un peu de rouge à lèvres et il n'est pas foncé du tout.

— Je ne sais pas ce que tu t'es fait ; mais débrouille-toi pour ne pas te faire remarquer comme ça.

— Tu veux que je me passe la figure au charbon, c'est ça ?

— Oui, c'est ça ! » a-t-il répondu d'un ton sec.

J'avais les larmes aux yeux. Décidément, ai-je pensé, je ne saurai jamais comment lui plaire. J'étais épuisée, comme si la fatigue accumulée pendant la semaine me rattrapait d'un coup. Le rhume que j'avais contracté quelques jours plus tôt et que j'avais préféré ignorer s'était manifestement aggravé et j'ai été prise de vertige. J'ai entendu un des membres du groupe dire : « Le thé s'est perdu en route, ou quoi ? » Me ressaisissant, j'ai fini de le préparer. Hamid est venu chercher le plateau pour l'apporter au salon.

Je me suis réfugiée dans notre chambre, j'ai retiré ma robe et me suis assise sur le lit, la tête vide, accablée d'une grande tristesse. J'ai enfilé la longue jupe plissée que je mettais d'ordinaire pour traîner à la maison et attrapé le premier chemisier qui m'est tombé sous la main. Après avoir attaché mes cheveux avec une barrette, j'ai pris un morceau de coton pour essuyer mon rouge à lèvres. J'avais une boule dans la gorge, je n'arrivais pas à avaler. J'évitais mon reflet dans la glace, craignant de fondre en larmes. J'ai essayé de penser à autre chose. Je me suis rappelé alors que j'avais oublié de verser le beurre clarifié sur le riz. En quittant la chambre, j'ai failli me heurter à une des filles qui sortait du salon. Dès qu'elle m'a vue, elle m'a demandé : « Oh, pourquoi ce changement de décor ? »

Ils ont tous tendu le cou pour me regarder. J'étais rouge jusqu'aux oreilles. Hamid a passé la tête par la porte de la cuisine et a expliqué : « Elle est plus à l'aise comme ça. »

Je me suis affairée à la cuisine sans que personne se préoccupe de moi. Quand tout a été prêt, il était presque deux heures et j'ai étalé la nappe dans le vestibule. J'avais fermé la porte du salon pour pouvoir apporter tranquillement les plats, mais cela ne m'empêchait pas d'entendre nos invités parler tout haut. Je ne comprenais pas la moitié de ce qu'ils disaient. Pendant un moment, ils ont discuté de quelque chose qu'ils appelaient la « dialectique », répétant inlassablement les mots de « peuple » et de « masses ». Pourquoi ne disaient-ils pas simplement « les gens » ? Quand le déjeuner a enfin été prêt, j'avais affreusement mal au dos et ma gorge était en feu. Après avoir inspecté tout ce que j'avais disposé sur la nappe, Hamid a convié nos invités à venir manger. Ils ont été surpris par la variété, la couleur et le parfum des mets, et ne cessaient de se recommander réciproquement de goûter tel ou tel plat.

« J'espère que tu n'es pas trop fatiguée, m'a dit Shahrzad. Tu t'es mise en quatre pour nous. Nous nous serions contentés de pain et de fromage, tu sais. Ce n'était pas la peine de te donner tant de mal.

— Ne dis pas ça ! a répliqué un des hommes. Du pain et du fromage, nous en mangeons tous les jours. Pour une fois que nous sommes dans une demeure bourgeoise, autant se nourrir comme ces gens-là. »

Bien que tout le monde ait ri, j'ai eu l'impression qu'Hamid n'appréciait pas ce commentaire. Après le déjeuner, ils ont tous regagné le salon. Hamid m'a rejointe à la cuisine, chargé d'une pile d'assiettes, et m'a lancé d'un ton furieux : « Il fallait vraiment que tu prépares tout ça ?

— Pourquoi ? Ce n'était pas bon ?

— Si, bien sûr, mais maintenant, ils vont se moquer de moi jusqu'à la fin des temps. »

Hamid leur a servi du thé plusieurs fois. J'ai fini de débarrasser, j'ai fait la vaisselle, rangé les restes et remis la cuisine en ordre. Il était quatre heures et demie passées. J'avais toujours mal au dos et je me sentais fiévreuse. Personne ne se souciait de moi, on m'avait oubliée. Je n'étais pas à ma place parmi eux, je m'en rendais parfaitement compte. Je me faisais l'effet d'une écolière égarée dans une fête de professeurs. J'étais beaucoup plus jeune qu'eux, je n'avais ni leur éducation, ni leur expérience, je ne pouvais pas discuter comme eux et n'avais même pas le courage de les interrompre pour leur demander ce qu'ils désiraient boire ou manger.

J'ai rempli de nouvelles tasses de thé, j'ai préparé une assiette de choux à la crème et j'ai apporté le plateau au salon. Tout le monde s'est répandu en remerciements et Shahrzad s'est tournée vers moi : « Tu dois être fatiguée. Je suis navrée que personne ne t'ait aidée à débarrasser. Il faut avouer que nous ne sommes pas très forts pour ce genre de choses.

— Aucune importance. Ce n'était rien.

— Rien ? Nous serions bien incapables de faire la moitié de ce que tu as fait aujourd'hui. Allons, viens t'asseoir près de moi.

— Avec plaisir, je reviens tout de suite. Juste le temps de dire mes prières avant qu'il soit trop tard et je vous rejoins. »

Ils m'ont jeté de nouveaux regards interloqués et Hamid a froncé les sourcils ; une fois de plus, je me suis demandé ce que j'avais bien pu dire de tellement étrange, de tellement extraordinaire. Akbar, celui qui avait traité un peu plus tôt Hamid de bourgeois et chez qui je sentais une certaine animosité ou une certaine rivalité à son égard, a lancé : « Formidable ! Il se trouve donc encore des gens pour dire leurs prières. Quel soulagement ! Madame, puisque vous avez conservé la foi de vos ancêtres, pourriez-vous m'expliquer pourquoi vous priez ? »

Troublée et mortifiée, j'ai répondu : « Pourquoi ? Parce que je suis musulmane et que tous les musulmans doivent prier. C'est un commandement de Dieu.

— Ah oui ? Et comment Dieu vous a-t-il transmis ce commandement ?

— Ce n'est pas seulement à moi qu'il l'a transmis, mais à tout le monde. Il l'a fait par l'intermédiaire de son messager et du Coran qui lui a été révélé.

— Vous voulez dire qu'il y a quelqu'un là-haut qui a écrit les commandements de Dieu et les a jetés dans les bras du Prophète ? »

Ma colère et mon désarroi augmentaient de minute en minute. Je me suis tournée vers Hamid et lui ai adressé un regard implorant, mais ses yeux n'exprimaient ni bonté ni compassion : je n'y ai lu que de la colère.

Une des filles est intervenue : « Et que se passerait-il si tu ne disais pas tes prières ?

— Eh bien, dans ce cas, je commettrais un péché.

— Et qu'arrive-t-il à quelqu'un qui commet un péché ? Par exemple, nous ne prions pas, nous. Donc, selon toi, nous sommes des pécheurs. Que va-t-il nous arriver ? »

J'ai serré les dents et j'ai répondu : « Après votre mort, vous souffrirez, vous irez en enfer.

— Ah ! En enfer ! Dis-moi, quel genre d'endroit est-ce ? »

Je tremblais de tout mon corps. Ils se moquaient de mes convictions.

« L'enfer est fait de feu, ai-je balbutié.

— J'imagine qu'on y trouve aussi des serpents et des scorpions, non ?

— Oui. »

Ils ont éclaté de rire. Je me suis tournée vers Hamid d'un air suppliant. J'avais besoin de son aide, mais il avait la tête baissée et, bien qu'il n'ait pas ri avec les autres, il restait muet. Akbar s'est adressé à lui : « Hamid, puisque tu n'as même pas réussi à éclairer ta propre femme, comment comptes-tu affranchir les masses de leurs superstitions ?

— Je ne suis pas superstitieuse, ai-je lancé, très en colère.

— Bien sûr que si. Mais vous n'y êtes pour rien. On vous a farci la tête de ces idées si efficacement que vous êtes convaincue qu'elles sont vraies. Les croyances dont vous parlez et avec lesquelles vous perdez votre temps ne sont que des superstitions. Elles vous rendent dépendante de quelqu'un d'autre que vous-même. Et tout cela n'a qu'un but : vous faire peur pour que vous vous contentiez de ce que vous avez et renonciez à vous battre pour obtenir ce que vous n'avez pas. Et vous faire espérer que tout ce que vous souhaitez vous sera accordé dans l'autre monde. Tout cela n'est qu'inventions créées pour vous exploiter. C'est la définition même de la superstition. »

J'avais la tête qui tournait, j'étais prise de nausée. « N'insultez pas Dieu ! ai-je rétorqué, furieuse.

— Voyez tous ! Voyez comment ils lavent le cerveau des masses ! Ce n'est pas sa faute. Ces idées leur sont inculquées dès leur plus jeune âge. Vous voyez le chemin difficile qui nous attend si nous voulons nous débarrasser de l'"opium du peuple" ? Vous comprenez maintenant pourquoi je tiens à inclure la lutte contre la religion dans notre mission ! »

Je ne voulais plus les entendre. La pièce tournait autour de moi. Si je restais une minute de plus, je risquais d'être malade là, devant eux. Je me suis précipitée aux toilettes et j'ai rendu tout mon déjeuner. Une crampe épouvantable m'a déchiré les entrailles tandis qu'une douleur fulgurante me lacérait le dos et le bas de l'abdomen. Soudain, j'ai senti mes jambes se mouiller. J'ai baissé les yeux. Il y avait une mare de sang par terre.

Je me consumais. Les flammes m'aspiraient. J'essayais de fuir, mais mes jambes se dérobaient sous moi. Des sorcières horribles, terrifiantes, m'enfonçaient des fourches dans le ventre et me poussaient vers le brasier. Des serpents à tête humaine me riaient au nez. Une créature abjecte cherchait à me verser de l'eau putride dans la gorge.

Un enfant dans les bras, j'étais enfermée dans une chambre où l'incendie faisait rage. Je courais vers toutes les portes, mais celles que j'ouvrais donnaient sur d'autres fournaises. Je regardais mon enfant. Il était couvert de sang.

Quand j'ai ouvert les yeux, je me trouvais dans une chambre blanche que je n'ai pas reconnue. Secouée de frissons, j'ai refermé les paupières et je me suis recroquevillée, transie. Quelqu'un a remonté une couverture sur moi et une main chaude s'est posée sur mon front. Une voix a dit : « Le danger est passé et l'hémorragie est presque endiguée. Mais elle est encore très faible. Il faut qu'elle reprenne des forces. »

J'ai entendu Mère parler : « Vous voyez, Hamid Khan. Il vaudrait mieux qu'elle reste chez nous au moins une semaine, le temps qu'elle retrouve un peu de vigueur. »

J'ai passé cinq jours au lit chez mes parents. Faati voltigeait autour de moi comme un papillon. Père ne cessait d'acheter des mets insolites qu'il prétendait nutritifs et roboratifs, et chaque fois que j'ouvrais les yeux, Mère m'obligeait à avaler quelque chose. Assise à mon chevet, Mme Parvin parlait sans discontinuer, mais ses bavardages m'exaspéraient. Hamid venait me voir tous les après-midi. Il avait l'air déprimé et gêné. Je refusais de le regarder. Accablée d'une profonde tristesse, j'avais de nouveau le plus grand mal à parler à ceux qui m'entouraient.

« Ma fille, ne cessait de seriner Mère, pourquoi ne nous as-tu pas prévenus que tu étais enceinte ? Pourquoi as-tu travaillé aussi dur ? Pourquoi ne m'as-tu pas demandé de venir t'aider ? Comment as-tu fait pour attraper un aussi mauvais rhume ? Ne sais-tu donc pas qu'il faut être prudente pendant les premiers mois ? Enfin, bon, tout va s'arranger, tu verras. Tu ne dois pas t'affliger comme ça pour un enfant qui n'est pas né. Sais-tu combien de fausses couches j'ai faites ? Ça aussi, c'est la volonté de Dieu, et sa sagesse. Il paraît que les bébés que l'on perd pendant la grossesse ne sont généralement pas tout à fait normaux ; un enfant en bonne santé ne meurt pas comme ça. Tu devrais en être reconnaissante à Dieu. S'il le veut, tes prochains bébés seront en excellente santé. »

Le jour de mon retour, Hamid est venu me chercher dans la voiture de Mansoureh. Avant mon départ, Père m'a attaché autour du cou un pendentif portant la prière de Van Yakad. C'était sa façon d'exprimer son amour. Je le comprenais bien, pourtant je n'étais pas d'humeur à parler ni à le remercier ; je passais mon temps à essuyer mes larmes. Hamid est resté deux jours à la maison à prendre soin de moi. Il estimait sans doute faire un immense sacrifice, mais je n'en éprouvais aucune reconnaissance.

Sa mère et ses sœurs sont venues me rendre visite. « J'ai fait une fausse couche pour mon deuxième enfant, celui qui aurait dû naître après Monir, m'a confié sa mère. Mais ensuite, j'ai donné naissance à trois enfants robustes. Ne pleure pas sans raison ; vous avez le temps, vous êtes jeunes tous les deux. »

En réalité, je ne savais pas pourquoi j'étais aussi déprimée. Ce n'était certainement pas à cause de cette fausse couche. Bien sûr, j'avais remarqué certains changements au cours des quelques semaines précédentes et, quelque part au fond de moi, j'avais su ce qui se produisait, sans vraiment admettre que j'allais être mère. Avoir un enfant à soi ! Je n'imaginais même pas ce que cela représentait. Je me considérais toujours comme une lycéenne dont les études devaient passer avant tout le reste. Pourtant, mon chagrin se teintait d'un douloureux sentiment de culpabilité. Le fondement de mes convictions avait été ébranlé, et ceux qui en étaient responsables me dégoûtaient. Terrifiée par le doute qu'on avait instillé dans mon esprit, j'étais persuadée que Dieu m'avait punie en me prenant mon enfant.

« Pourquoi ne m'as-tu pas dit que tu étais enceinte ? m'a demandé Hamid.

— Je n'en étais pas certaine, et je n'étais pas sûre que la nouvelle te fasse très plaisir.

— C'est vraiment important pour toi, d'avoir un enfant ?

— Je ne sais pas.

— Je vois bien que ce n'est pas seulement cette histoire de bébé qui te tracasse ; il y a autre chose, les paroles que tu as prononcées dans ton délire étaient suffisamment éloquentes. Nous en avons beaucoup discuté, Shahrzad, Mehdi et moi. Ce jour-là, tu as été soumise à une pression constante. Tu étais épuisée physiquement, tu avais un mauvais rhume et les propos qu'ont tenus mes camarades t'ont achevée.

— Et toi, tu ne m'as pas défendue, ai-je répliqué, les larmes aux yeux. Ils se sont moqués de moi, ils ont ri de moi, ils m'ont traitée comme une idiote, et toi, tu t'es rangé dans leur camp.

— Absolument pas ! Crois-moi, personne n'avait l'intention de te blesser ni de t'insulter. Shahrzad nous a accablés de reproches tous les jours. Akbar, surtout, a passé un mauvais quart d'heure. Alors nous avons décidé d'ajouter à notre programme la définition d'une méthode judicieuse pour présenter et promouvoir nos principes. Shahrzad nous a dit : "Vous avez une façon de parler qui heurte les gens et les rend méfiants ; vous les faites fuir." Ce jour-là, Shahrzad est restée tout le temps avec moi à ton chevet. Elle s'en voulait. "C'est à cause de nous que cette pauvre fille se retrouve dans cet état." Ils se font du souci pour toi. Akbar veut venir te présenter ses excuses. »

Le lendemain, Shahrzad et Mehdi m'ont rendu visite et m'ont apporté un carton de pâtisseries. Shahrzad s'est assise près de mon lit. « Je suis si heureuse que tu ailles mieux, m'a-t-elle dit. Tu nous as vraiment effrayés.

— Je suis désolée. Je ne l'ai pas fait exprès.

— C'est à nous d'être navrés. C'est notre faute. Nous discutons avec tant de fougue et de véhémence et nous sommes tellement imprégnés de nos convictions que nous avons tendance à oublier que les autres ne sont pas habitués à ce genre de débats et que ça peut les choquer. Akbar a le chic pour dire des bêtises, mais il ne pensait pas à mal. Il est vraiment embêté. Il voulait nous accompagner aujourd'hui. Je l'en ai dissuadé, je lui ai dit que tu retomberais malade en le voyant.

— Non, il n'y est pour rien. Je m'en veux d'être faible au point que quelques mots suffisent à ébranler ma foi et mes convictions. Si seulement j'étais capable de riposter et de discuter comme je le devrais !

— Tu es encore si jeune ! Quand j'avais ton âge, je n'avais même pas assez d'aplomb pour discuter avec mon père. Tu vas mûrir, acquérir de l'expérience, et tes convictions seront plus solides parce qu'elles reposeront sur ta propre perception de la vie, sur tes recherches et tes connaissances personnelles et pas sur ce que d'autres apprennent par cœur et répètent comme des perroquets. Mais je vais te dire une chose. N'accorde pas trop de crédit à tous ces discours d'intellos. Ne prends pas ces types trop au sérieux. Au fond d'eux-mêmes, ils n'ont pas perdu la foi et, quand ça va mal, ils continuent à se tourner instinctivement vers Dieu et à chercher sa protection. »

Hamid, qui était sur le seuil, chargé du plateau à thé, a éclaté de rire. Shahrzad s'est retournée vers lui : « Ce n'est pas vrai, Hamid ? Soyons honnêtes. As-tu été capable de tout oublier de tes croyances religieuses ? D'éradiquer Dieu de tes pensées ? De n'invoquer son nom en aucune circonstance ?

— Non, et ça ne me paraît pas indispensable. Nous en avions débattu la veille du jour où vous êtes venus déjeuner ici, et c'est pour ça qu'Akbar a embrayé sur ce thème. Je ne comprends pas pourquoi certains camarades insistent avec une telle véhémence sur ce point. Il me semble que les gens qui ont des convictions religieuses sont plus pacifiques, plus optimistes que les autres, et qu'ils ont moins tendance à se sentir abandonnés et seuls.

— Alors tu ne te moques pas de mes prières et de ma foi et tu ne les considères pas comme de la superstition ? lui ai-je demandé.

— Bien sûr que non ! Quand je te vois prier avec autant de sérénité et de ferveur, il m'arrive même de t'envier. »

Avec un sourire approbateur, Shahrzad a ajouté : « N'oublie pas de prier pour nous aussi. » Spontanément, je me suis jetée dans ses bras et l'ai embrassée sur les deux joues.

Par la suite, j'ai très peu vu les amis d'Hamid, et ces contacts limités obéissaient à des règles bien définies. Ils me respectaient, mais ne me considéraient pas comme une des leurs et s'efforçaient de ne pas parler de Dieu ni de religion en ma présence. Ils n'étaient manifestement pas à l'aise en ma compagnie. De toute façon, je ne tenais plus vraiment à les voir.

De temps en temps, Shahrzad et Mehdi faisaient un saut chez nous. Ils avaient beau se montrer très amicaux, j'avais encore du mal à me sentir vraiment proche d'eux. Shahrzad m'inspirait un mélange d'admiration, de sympathie et d'envie. C'était une femme accomplie, respectée de tous, même des hommes. Elle était instruite, intelligente, éloquente. Elle n'avait peur de personne, ne dépendait de personne. Qui plus est, tout leur groupe s'appuyait sur elle. Pourtant, malgré sa force de caractère, elle était capable d'éprouver des émotions pleines de douceur et de tendresse. Face à certaines tragédies humaines, les larmes perlaient rapidement dans ses yeux sombres.

Ses relations avec Mehdi me laissaient perplexe. Hamid m'avait expliqué qu'ils s'étaient mariés pour le bien de l'organisation, mais je sentais entre eux un lien beaucoup plus profond et plus humain. Mehdi était un homme taciturne et intelligent. Il participait rarement aux débats et n'étalait presque jamais son savoir ou ses compétences. Tel un professeur qui écoute ses élèves réciter leurs leçons, il gardait le silence, se contentant d'observer et de suivre la conversation. Je n'ai pas mis longtemps à me rendre compte que Shahrzad lui servait de porte-parole. Pendant les discussions, elle ne cessait de lui jeter des coups d'œil discrets. Un hochement de tête de Mehdi était un signe d'approbation qui l'incitait à poursuivre sur sa lancée, un sourcil légèrement haussé l'interrompait, songeuse, en pleine argumentation. Non, il est impossible d'être aussi proches sans amour, me disais-je. Je savais bien que, pour Hamid, la femme idéale ressemblait à Shahrzad plus qu'à moi. Mais cette constatation ne m'inspirait aucun ressentiment. Je l'avais hissée sur un piédestal si élevé que j'estimais ne même pas mériter d'être jalouse d'elle. J'aurais simplement et désespérément voulu lui ressembler.

Vers la fin du printemps, au moment de mes examens de fin d'année, une sensation de faiblesse et de fatigue accompagnée de nausées m'a fait comprendre que j'étais enceinte. J'ai tout de même réussi les épreuves et, cette fois, j'ai attendu la naissance de mon enfant en pleine conscience et avec enthousiasme ; cet enfant qui viendrait enfin rompre ma solitude infinie était un vrai cadeau à mes yeux.

L'annonce de ma grossesse a fait le bonheur de la famille d'Hamid, persuadée qu'il avait enfin changé de vie et s'était rangé. Je me suis bien gardée de les détromper ; je savais que si je me plaignais de ses longues absences, je ne trahirais pas seulement Hamid, au risque de le perdre pour toujours ; sa famille me ferait des reproches et m'en tiendrait pour responsable. Sa mère était sincèrement convaincue, et ne manquait pas une occasion de me le répéter, qu'une bonne épouse doit être capable de garder son mari sur le droit chemin et de l'aider à prendre conscience de ses devoirs à l'égard de son foyer et de sa famille ; elle m'en donnait pour preuve qu'elle avait su, dans leur jeunesse, sauver son mari des pièges du Toudeh, le Parti communiste iranien.

Cet été-là, Mahmoud a épousé ma cousine du côté maternel, Ehteram-Sadat. Je n'avais aucune envie de participer aux préparatifs et ma grossesse m'offrait une excuse idéale. La vérité était que je n'appréciais aucun des deux mariés. Mère, en revanche, était folle de joie et n'avait de cesse de dresser la liste des mérites de la nouvelle fiancée, tellement supérieurs à ceux de Mahboubeh. Mère s'est occupée de tout avec l'aide de ma tante, laquelle hésitait à renoncer à son hijab strict afin de pouvoir travailler plus à son aise.

Le jour des noces, on aurait cru que Mahmoud assistait à un enterrement. Renfrogné, la mine revêche, il a gardé la tête baissée et n'a échangé de plaisanteries avec personne. Les festivités avaient lieu tout à la fois chez mes parents et chez Mme Parvin. Les hommes se sont rassemblés dans la demeure de Père tandis que les femmes se rendaient dans la maison voisine. Contrairement à ce qui avait été décidé, Mahmoud n'est pas resté un jour de plus chez Père. Il avait loué une maison proche du bazar où il a conduit sa jeune épouse dès la nuit de noces.

Des guirlandes d'ampoules multicolores étaient suspendues aux murs et entre les arbres, et on avait installé des lampes à pied à côté des portes. La cuisine se préparait dans la cour de Mme Parvin, plus vaste que la nôtre. Il n'y avait ni musique, ni chansons. Mahmoud et le père d'Ehteram-Sadat avaient fait savoir que personne ne serait autorisé à se livrer à la moindre activité impie.

Assise avec les femmes dans la cour de Mme Parvin, je m'éventais tandis que les autres bavardaient avec animation en grignotant des fruits et des pâtisseries. Je me demandais ce que faisaient les hommes. On n'entendait aucun bruit de leur côté, sinon, occasionnellement, une exhortation à louer le Prophète et ses descendants. On aurait dit qu'ils attendaient tous que le dîner soit servi pour mettre fin à leurs obligations et se libérer de cette effroyable corvée.

« Quel drôle de mariage ! maugréait Mme Parvin. On se croirait à l'enterrement de mon défunt père. »

Ma tante la faisait alors taire d'un froncement de sourcils en marmonnant : « Que Dieu ait pitié ! »

Ma tante était convaincue que le monde grouillait de pécheurs et que personne ne pratiquait sa religion comme il l'aurait fallu. Son aversion pour Mme Parvin était toutefois d'une autre nature. Elle a passé la soirée à grommeler : « Qu'est-ce cette dévergondée fabrique ici ? » Si nous n'avions pas été chez Mme Parvin elle-même, ma tante l'aurait certainement jetée dehors.

Ahmad n'est pas venu au mariage. Mère ne cessait d'interroger Ali, en faction à côté de la porte d'entrée : « Ton frère Ahmad est il arrivé ? » Puis elle se donnait une claque sur le dos de la main en disant : « Tu vois ! C'est le mariage de son frère, tout de même, et ton pauvre père n'a personne pour l'aider. Ahmad ne pense qu'à ses amis. Ils ne sont pourtant vraiment pas recommandables. Mais il est persuadé que le monde s'arrêtera de tourner s'il renonce à sortir avec eux un seul soir. »

Les jérémiades de Mère ont incité Mme Parvin à donner, elle aussi, libre cours à ses griefs. « Ta mère a raison. Depuis que tu es partie, Ahmad est encore pire qu'avant. Il traîne avec une bande de types franchement louches. Que Dieu lui épargne une fin malheureuse.

— Il est tellement stupide qu'il mérite ce qui lui arrivera, ai-je répliqué.

— Ne dis pas ça, Massoumeh ! Tu n'as pas honte ? Peut-être ne serait-il pas comme ça si vous lui manifestiez un peu plus d'attention, vous tous.

— Comment ça ?

— Je ne sais pas. Mais vous l'avez vraiment laissé tomber, et ce n'est pas juste. Ton père ne le regarde même plus. »

Ce soir-là, la sœur de Père est arrivée à la noce très en retard, seule de surcroît. Mère avait passé son temps à répéter : « Tu vois à quel point ta tante est insensible ? Elle ne daigne même pas venir au mariage de l'aîné de ses neveux. » Quand elle a vu ma tante entrer, elle a pincé les lèvres et a murmuré : « Madame nous fait un grand honneur. » Elle s'est empressée d'aller s'activer ailleurs pour pouvoir faire comme si elle n'avait pas remarqué son arrivée.

Ma tante est entrée et s'est laissée tomber à côté de moi en s'écriant : « Oh là là, j'ai failli mourir ! J'ai eu une panne de voiture qui m'a retardée de deux heures. Si seulement vous aviez organisé le mariage à Qum pour que toute la famille puisse y assister et pour m'épargner cet épouvantable aller-retour !

— Oh, ma chère Tantine, tu n'aurais pas dû te donner tant de mal !

— Du mal ? C'est le moins qu'on puisse faire quand l'aîné de ses neveux se marie ! »

Puis elle s'est tournée vers Mère : « Bonjour, madame. Tu vois que je suis enfin là ; c'est ainsi que tu m'accueilles ?

— Est-ce une heure pour arriver ? a grommelé Mère. Comme une étrangère ? »

Désireuse de changer de sujet, j'ai demandé : « À propos, chère Tantine, comment va Mahboubeh ? Elle me manque tellement ! Quel dommage qu'elle ne soit pas venue ! »

Mère m'a lancé un coup d'œil meurtrier.

« Pour tout te dire, mon petit, Mahboubeh est en voyage. Elle vous prie de l'excuser. Son mari et elle sont partis pour la Syrie et pour Beyrouth pas plus tard qu'hier. Que Dieu le bénisse, quel époux charmant ! Il adore Mahboubeh.

— Tant mieux ! Mais pourquoi la Syrie et Beyrouth ?

— Où veux-tu qu'ils aillent ? Il paraît que c'est très beau. On dit de Beyrouth que c'est le Paris du Levant. »

Mère l'a interrompue avec humeur : « Évidemment, ma chère, tout le monde ne peut pas partir pour l'Ouest comme mon frère.

— En réalité, ils auraient très bien pu y aller, a répliqué ma tante. Mais Mahboubeh voulait absolument se rendre sur un lieu de pèlerinage. Vous voyez, elle tient à faire le hajj, mais comme elle attend un enfant, son mari a jugé préférable qu'ils se contentent pour le moment du sanctuaire de Sa Sainteté Zeynab. Ils pourront toujours faire le pèlerinage de La Mecque plus tard, s'il plaît à Dieu.

— Ah oui ? Je croyais qu'on devait s'être acquitté de toutes ses obligations et avoir parfaitement organisé sa vie avant de faire le hajj, a ergoté Mère.

— Non, ma chère Tayebeh, ce ne sont que des excuses avancées par ceux qui ne peuvent pas faire le hajj, a rétorqué ma tante. En fait, le beau-père de Mahboubeh, un érudit et un savant qui a embauché dix séminaristes, assure que, quand quelqu'un en a les moyens financiers, il a l'obligation de le faire. »

Mère frémissait comme un bouquet de rue sur le feu. Elle se mettait immanquablement dans tous ses états quand elle était à court de repartie pertinente. Par

191

bonheur, elle a fini par en trouver une : « Pas du tout !
Le frère de mon beau-frère, l'oncle paternel de notre
jeune épouse, est un érudit bien plus accompli encore,
et il affirme que le pèlerinage à La Mecque est assorti
de nombreuses conditions et exigences. Ce n'est pas
aussi simple que tu le crois. Pour que tu sois dans
l'obligation de faire le hajj, non seulement les membres
de ta propre famille ne doivent pas être dans le besoin,
mais il faut que tes sept voisins de droite et tes sept
voisins de gauche ne le soient pas non plus. Or dans
votre cas, votre fils n'ayant pas d'emploi…

— Comment ça, pas d'emploi ? Tu découvrirais
facilement mille personnes qui sont ses obligées. Son
père souhaitait lui ouvrir une boutique, mais mon fils
n'a pas voulu. "Je n'aime pas le bazar, a-t-il dit, et je
n'ai pas envie d'être boutiquier. Je veux étudier pour
être médecin." Le mari de Mahboubeh, un homme instruit, reconnaît que mon fils est très doué et nous a fait
promettre de le laisser tranquille jusqu'à ce qu'il ait
passé les examens d'entrée à l'université. »

Voyant Mère ouvrir la bouche pour répliquer, je me
suis interposée. Je craignais que ce mariage ne se transforme en pugilat si elles continuaient à se chamailler
comme ça.

« À propos, Tantine, où en est Mahboubeh ? Est-ce
qu'elle a eu des envies ?

— Seulement les deux premiers mois. Maintenant,
elle est en pleine forme et n'a pas le moindre problème.
Le médecin l'a même autorisée à voyager.

— Le mien me conseille de ne pas trop marcher et
de ne pas me pencher en avant trop souvent.

— Dans ce cas, obéis, ma fille. Sois très prudente,
d'autant que tu n'es pas bien robuste. Que Dieu me permette de donner ma vie pour toi, on ne s'occupe probablement pas de toi comme il le faudrait. Au début, je
n'autorisais pas Mahboubeh à lever le petit doigt. Tous

les jours, je préparais les plats dont elle avait envie et je les faisais porter chez elle. C'est le devoir d'une mère. Dis-moi, t'ont-ils préparé de la soupe aux céréales et aux légumes ? »

Ma tante n'était manifestement pas disposée à accepter une trêve.

« Oui, Tantine, me suis-je empressée de répondre. Ils m'apportent à manger continuellement, mais c'est moi qui manque d'appétit.

— Ce n'est sans doute pas préparé comme il faut. Tu verras, je te ferai quelque chose de si délicieux pour tes envies que tu auras du mal à ne pas te manger les doigts. »

Mère était si furieuse qu'elle était cramoisie. Elle s'apprêtait à poursuivre les hostilités quand Mme Parvin l'a appelée pour lui annoncer qu'il était temps de servir le dîner des hommes. En voyant Mère s'éloigner, j'ai poussé un soupir de soulagement. Ma tante s'est calmée comme un volcan dont l'éruption a pris fin et s'est mise à regarder autour d'elle, à échanger des salutations avec quelques invités en leur adressant des signes de tête. Puis elle a reporté son attention sur moi.

« Que Dieu te bénisse, ma chérie, tu es superbe. C'est un garçon, j'en suis sûre ! Maintenant, dis-moi, es-tu satisfaite de ton mari ? Nous n'avons jamais vu le prince, ton mariage a été tellement précipité… comme si la soupe était chaude et qu'ils avaient peur qu'elle refroidisse. Alors, la soupe est-elle à ton goût ?

— Que veux-tu que je te dise, Tantine ? Il n'est pas mal. Ses parents partaient pour La Mecque et nous étions à court de temps. Ils voulaient s'occuper de tout et faire le hajj l'esprit en paix. Voilà pourquoi nous avons un peu hâté les choses.

— Sans enquête, sans avoir pris de renseignements sur lui ? Il paraît que tu n'avais même pas vu ton futur époux avant la cérémonie de mariage. C'est vrai ?

— Oui, mais je l'avais vu en photo.

— Quoi ? Enfin, ma chérie, on n'épouse pas une photo ! Tu veux me faire croire que tu as commencé à éprouver des sentiments pour lui et que tu as compris que c'était l'homme de ta vie simplement en voyant son portrait ? Même à Qum, on ne marie pas les filles comme ça. Le beau-père de Mahboubeh est un mollah, pas un de ces faux mollahs, tu sais, c'est un lettré très respecté, plus pieux que tous ceux de Qum. Quand il est venu demander la main de Mahboubeh pour son fils, il a dit qu'un jeune homme et une jeune fille devaient se parler et être sûrs d'avoir envie de vivre ensemble avant de se décider pour de bon. Mahboubeh a parlé à Mohsen Khan en tête à tête en cinq occasions au moins. Sa famille nous a invités à dîner plusieurs fois et nous lui avons rendu la pareille. Et bien que toute la ville les connaisse et qu'aucune enquête n'ait été nécessaire, cela ne nous pas empêchés de prendre nos renseignements. On ne peut tout de même pas livrer sa fille à un étranger comme si on l'avait trouvée au bord du trottoir.

— Je ne sais pas, Tantine. Pour tout te dire, moi, je n'en avais pas envie, mais mes frères étaient tellement pressés.

— Quel culot ! Ta présence les empêchait-elle de respirer ? Ta mère a trop gâté ces deux garçons dès le début. La piété de Mahmoud est pure façade. Quant à cet Ahmad, Dieu sait où il traîne encore.

— Tu sais, Tantine, je ne suis pas malheureuse. C'était mon destin, que veux-tu ! Hamid est un homme bon et sa famille s'occupe bien de moi.

— Et financièrement, comment s'en sort-il ?

— Pas mal. Je ne manque de rien.

— Que fait-il, d'ailleurs ?

— Il travaille dans une imprimerie. Son père est propriétaire de la moitié de l'entreprise.

— Est-ce qu'il t'aime ? Est-ce que vous prenez du plaisir ensemble ? Tu comprends ce que je veux dire ? »

Ses paroles m'ont fait réfléchir. Je ne m'étais jamais demandé si j'aimais Hamid, ni s'il m'aimait. Évidemment, il ne me laissait pas indifférente. C'était en général un homme agréable et aimable. Même Père, qui l'avait très peu vu, l'appréciait. Cependant, il n'y avait pas entre nous le genre d'amour que j'avais éprouvé pour Saiid. Nos relations conjugales elles-mêmes étaient plus un devoir et l'effet d'un besoin physique que l'expression d'un véritable sentiment.

« Qu'as-tu, ma chérie ? Te voilà bien pensive. Alors, tu l'aimes, oui ou non ?

— Tu sais, Tantine, c'est un homme bon. Il me permet d'aller en classe et de faire ce dont j'ai envie. Je peux aller au cinéma, à des fêtes, je peux sortir comme je veux ; il ne proteste jamais.

— Si tu passes ton temps à traîner dans les rues, quand fais-tu le ménage et la cuisine ?

— Oh, Tantine, j'ai largement le temps ! En plus, Hamid n'est pas très exigeant. Je pourrais le nourrir de pain et de fromage pendant toute une semaine sans qu'il se plaigne. Il est vraiment facile à vivre.

— Alors ça… Un homme facile à vivre ! Tu m'inquiètes. Franchement, tu dis de drôles de choses !

— Pourquoi, Tantine ?

— Écoute-moi bien, ma fille. Le jour où Dieu créera un homme facile à vivre n'est pas encore arrivé. Soit ce sont des bons à rien qui préfèrent que tu sois occupée pour éviter que tu te mêles de leur vie, soit ils sont tellement amoureux de toi qu'ils sont incapables de te dire non, ce qui me paraît fort improbable. En plus, même si c'était le cas, ça ne durerait pas. Attendons un peu de voir de quel bois il est fait.

— Vraiment, je ne sais pas quoi te répondre.

— Mon petit, je connais les hommes. Le mari de notre Mahboubeh n'est pas seulement pieux, il est aussi instruit et moderne. Pourtant, crois-moi, il a beau adorer Mahboubeh, il ne la quitte pas des yeux. Depuis qu'il sait qu'elle est enceinte, il la dorlote comme une enfant, ce qui ne l'empêche pas de la surveiller d'un œil d'aigle. Il tient à savoir où elle va, ce qu'elle fait et quand elle rentre. Entre nous, il lui arrive même de se montrer un peu jaloux. Après tout, c'est ça, l'amour. Il y entre toujours une certaine jalousie. Ton mari doit être un peu jaloux, lui aussi. Qu'en penses-tu ? »

Hamid, jaloux ? À mon propos ? J'étais certaine qu'il n'y avait pas en lui une once de jalousie. Si je lui avais annoncé que je souhaitais le quitter, il aurait probablement été fou de joie. Je le laissais libre d'aller et venir à sa guise et n'osais jamais me plaindre de ma solitude, si pesante pourtant. Ce qui ne l'empêchait pas de considérer le mariage comme un fardeau et une entrave et de ronchonner contre les contraintes de la vie de famille. Peut-être avais-je pris le pouvoir sur une infime partie de son esprit qu'il aurait, sans moi, consacrée à ses nobles objectifs. Mais, franchement, Hamid ne manifestait jamais la moindre jalousie à mon égard.

Toutes ces pensées m'ont traversé l'esprit avec la rapidité de l'éclair ; j'ai aperçu Faati et me suis empressée de la héler : « Faati, ma petite chérie, viens débarrasser ces assiettes, tu veux ? Est-ce que Maman a commencé à servir le dîner ? Dis-lui que j'arrive tout de suite pour verser la vinaigrette sur la salade. » Grâce à cette excuse, j'ai planté là Tantine et le miroir impitoyable qu'elle m'avait tendu. J'étais curieusement abattue.

Au début de l'automne, je me sentais beaucoup mieux et mon ventre grossissait visiblement. Je me suis inscrite aux cours du soir en classe de première. J'allais à l'école tous les jours en fin d'après-midi et, tous les matins, j'ouvrais les rideaux, je m'asseyais dans les rayons de soleil qui illuminaient la pièce, je m'étirais les jambes et faisais mes devoirs en mangeant des petits pains aux fruits confectionnés par ma tante. Je savais que bientôt j'aurais du mal à trouver le temps d'étudier.

Un beau jour, Hamid est rentré à la maison à dix heures du matin. Je n'en croyais pas mes yeux. Cela faisait quarante-huit heures que je ne l'avais pas vu. Je me suis demandé s'il était malade. Ou était-il possible qu'il se fasse du souci pour moi ?

« Que fais-tu ici à une heure pareille ?

— Si je te dérange, je peux repartir, a-t-il répliqué en riant.

— Non… je m'inquiète, c'est tout. Tu vas bien ?

— Oui, bien sûr. La compagnie de téléphone vient de me prévenir que les installateurs passeront ce matin. Comme je ne pouvais pas te joindre et que je savais que tu n'avais pas d'argent à la maison, il fallait bien que je sois là.

— Les installateurs de téléphone ? Pour de vrai ? On va avoir le téléphone ? Oh, quelle bonne nouvelle !

— Tu n'étais pas au courant ? Ça fait longtemps que j'ai payé pour avoir une ligne.

— Comment l'aurais-je su ? Tu me dis si peu de choses. Mais je suis ravie ; je vais pouvoir appeler tout le monde et je me sentirai moins seule.

— Non, non, Massoumeh ! Pas question. Le téléphone est réservé aux urgences ; je ne veux pas que tu t'en serves pour de stupides bavardages de bonnes femmes. J'en ai besoin pour certaines communications de toute première importance, et il faut que la ligne soit libre. Nous recevrons plus d'appels que nous n'en passerons. Et, surtout, ne donne notre numéro à personne.

— Comment ça ? Même pas à mes parents ? Et moi qui me disais que mon gentil mari faisait installer le téléphone parce qu'il s'inquiétait pour moi, puisqu'il lui arrive de ne pas rentrer pendant plusieurs jours d'affilée. J'ai cru que tu voulais pouvoir prendre de mes nouvelles ou me permettre d'appeler quelqu'un si j'ai l'impression que je suis sur le point d'accoucher.

— Allons, ne te fâche pas. Tu peux évidemment t'en servir quand tu en as besoin. Mais je ne veux pas que tu sois pendue au téléphone vingt-quatre heures sur vingt-quatre et que la ligne soit sans cesse occupée.

— Qui veux-tu que j'appelle, de toute façon ? Je n'ai pas d'amis, et mes parents n'ont pas le téléphone. Ils sont obligés d'aller chez Mme Parvin. Ça ne laisse que ta mère et tes sœurs.

— Non ! Non ! Ne leur donne surtout pas le numéro. Autrement, elles ne me lâcheront plus. »

Le téléphone a été installé, ce qui m'a permis d'avoir un lien avec le monde extérieur, chose que ma grossesse avancée et le froid de l'hiver rendaient difficile. Je bavardais quotidiennement avec Mme Parvin. Elle invitait souvent Mère à passer chez elle pour pouvoir me parler. Et si Mère était occupée, c'était Faati qui venait à l'appareil. La mère d'Hamid a finalement appris que nous avions le téléphone et m'a demandé notre numéro, vexée et fâchée. Elle pensait que c'était moi qui n'avais pas voulu le lui donner, et il m'était difficile de lui expliquer que je n'avais fait qu'obéir aux ordres de son fils. À partir de ce moment-là, elle a téléphoné au moins deux fois par jour. J'ai fini par connaître ses horaires et, quand j'étais sûre que c'était elle, je ne décrochais pas. J'en avais assez d'être constamment obligée de lui mentir en prétendant qu'Hamid dormait, qu'il venait de sortir faire une course ou était à la salle de bains.

Au milieu d'une froide nuit d'hiver, j'ai ressenti les premières douleurs lancinantes annonçant que mon enfant n'allait pas tarder à naître. Terrassée de peur et

d'angoisse, je ne savais pas comment prévenir Hamid.
J'étais incapable de réfléchir. J'ai dû faire un effort pour
me ressaisir et me rappeler les instructions que m'avait
données le médecin. J'avais deux priorités : relever soigneusement la fréquence des contractions et trouver
Hamid. Le numéro de téléphone de l'imprimerie était le
seul dont je disposais et, tout en sachant qu'il n'y avait
certainement personne à cette heure de la nuit, j'ai
composé le numéro. Pas de réponse, évidemment. Je
n'avais les coordonnées d'aucun de ses amis. Curieusement, Hamid veillait toujours soigneusement à ne noter
aucun numéro de téléphone, aucune adresse par écrit,
préférant les apprendre par cœur.

Il ne me restait qu'un recours : Mme Parvin. J'ai
d'abord hésité à les réveiller, elle et son mari, à une
heure pareille, mais la souffrance a bientôt eu raison de
mes scrupules. L'écouteur me renvoyait inlassablement
l'écho des sonneries. Personne ne répondait. Elle avait
un sommeil de plomb, je le savais, et son mari était dur
d'oreille. J'ai fini par raccrocher.

Il était deux heures du matin et je ne quittais pas des
yeux la petite aiguille de la pendule. Les contractions
survenaient désormais à intervalles réguliers. Je ne
m'attendais pas à ce qu'elles soient aussi douloureuses.
Mon angoisse grandissait de minute en minute. J'ai
envisagé de joindre la mère d'Hamid. Mais que lui
dirais-je ? Comment lui expliquer qu'Hamid n'était pas
là ? Un peu plus tôt dans la soirée, j'avais prétendu qu'il
était rentré et qu'il était passé voir Bibi. Plus tard,
Hamid m'avait téléphoné de je ne sais où et je lui avais
demandé d'appeler sa mère et de confirmer sa visite
chez Bibi. Si je téléphonais maintenant pour lui avouer
qu'il n'était pas rentré du tout, elle serait furieuse contre
moi et folle d'inquiétude pour son fils. Elle ferait le tour
des hôpitaux et était capable de courir dans les rues à sa

recherche. Elle s'inquiétait toujours tellement pour Hamid qu'elle en perdait toute raison et toute logique.

Les pensées les plus folles se bousculaient dans mon esprit. Les deux mains sous mon ventre, j'arpentais ma chambre de long en large. J'étais dans un tel état d'affolement que j'avais peur de m'évanouir. À chaque nouvelle série de contractions, je me figeais et me mordais les lèvres pour ne pas crier, avant de me rappeler que j'aurais beau hurler, personne ne m'entendrait. Bibi était quasiment sourde et devait dormir comme une bûche. Même si je réussissais à la réveiller, elle ne me serait d'aucun secours. Je me suis rappelé que ma tante m'avait raconté qu'au moment où les contractions de Mahboubeh avaient commencé son mari était si nerveux qu'il s'était mis à tourner en rond, ne cessant de lui dire combien il l'aimait et l'adorait. J'ai été prise d'un élan de haine et de dégoût. La vie de notre enfant et la mienne n'avaient aucune valeur aux yeux d'Hamid ?

J'ai regardé la pendule : trois heures et demie. J'ai recomposé le numéro de Mme Parvin. J'ai laissé le téléphone sonner longtemps, en vain. Le mieux était sans doute de m'habiller, me suis-je dit, et de descendre dans la rue ; si une voiture passait, je pourrais toujours l'arrêter et demander au conducteur de me conduire à l'hôpital. Cela faisait déjà dix jours que j'avais préparé une valise avec mes affaires et celles du bébé. Je l'ai ouverte, je l'ai vidée et j'ai cherché la liste que le médecin et Mansoureh m'avaient préparée. J'ai tout replié et rangé dans la valise. J'ai eu quelques nouvelles contractions, mais les intervalles me paraissaient plus irréguliers. Je me suis allongée sur mon lit en pensant que j'avais dû me tromper. Je devais me concentrer. J'ai jeté un coup d'œil à la pendule : quatre heures vingt.

À six heures et demie, une terrible douleur m'a déchiré le ventre. Les contractions s'étaient interrompues un moment et je m'étais endormie. Inquiète, je me suis dirigée vers le téléphone et j'ai composé le numéro de Mme Parvin. Cette fois, j'étais bien décidée à le laisser sonner jusqu'à ce que quelqu'un décroche. Au bout d'une bonne dizaine de sonneries, j'ai enfin entendu la voix ensommeillée de Mme Parvin bredouiller allô. J'ai fondu en larmes en criant : « Mme Parvin, au secours ! Mon bébé est en train de naître !

— Oh mon Dieu ! Va vite à l'hôpital ! Dépêche-toi ! Nous arrivons !

— Mais comment ? Je ne peux pas m'y rendre toute seule !

— Hamid n'est pas là ?

— Non. Il n'est pas rentré hier soir. J'ai essayé de vous appeler une bonne centaine de fois pendant la nuit. Grâce à Dieu, l'enfant n'est pas encore né.

— Habille-toi. Nous serons là dans quelques instants. Je vais chercher ta mère et nous arrivons tout de suite. »

Une demi-heure plus tard, Mme Parvin et Mère sont arrivées et m'ont aussitôt accompagnée à l'hôpital en taxi. J'étais un peu plus calme, malgré la douleur de plus en plus vive. À l'hôpital, le médecin nous a assuré qu'il était encore trop tôt, que je n'allais pas accoucher immédiatement. Mère m'a pris la main et m'a dit : « Quand une femme en travail prie au moment d'une contraction, sa prière se réalise. Prie Dieu de te pardonner tes péchés. »

Mes péchés ? Quels péchés avais-je commis ? Mon seul péché était d'avoir aimé quelqu'un un jour ; or c'était le souvenir le plus doux de ma vie, et je n'avais aucune envie qu'il s'efface.

Il était midi passé et le bébé ne se décidait toujours pas à venir. On m'a fait des piqûres qui n'ont servi à rien. Chaque fois que Mme Parvin entrait dans la chambre, elle me scrutait avec appréhension et demandait, simplement pour dire quelque chose : « Mais où est Hamid Agha ? Laisse-moi téléphoner à sa mère. Ils savent peut-être où il est. »

Je gémissais et lui répondais d'une voix entrecoupée : « Non, surtout ne faites pas ça. Il appellera l'hôpital dès qu'il rentrera. »

Bouillant de colère, Mère n'arrêtait pas de grommeler : « Mais enfin, qu'est-ce que ça signifie ? Après tout, sa mère ne devrait-elle pas s'inquiéter de sa bru et de l'enfant de son fils ? Quelle insensibilité ! » Ses constantes récriminations ne faisaient qu'aggraver ma nervosité.

À quatre heures de l'après-midi, le visage de Mère était creusé d'inquiétude et j'ai entendu la voix de Père de l'autre côté de la porte. « Où est ce médecin ? Il se tient informé de l'état de sa patiente par téléphone ? C'est insensé ! Il devrait être à son chevet !

— Et nos précieuses sages-femmes ? a renchéri Mère. Où sont-elles ? Ma fille est en travail depuis la nuit dernière. Faites quelque chose ! »

De temps en temps, je m'évanouissais de douleur. Je n'avais même plus la force de gémir.

Tout en essuyant la sueur qui couvrait mon visage, Mme Parvin a tenté de calmer Mère : « Ne vous mettez pas dans un état pareil, voyons. Les accouchements sont toujours douloureux.

— Vous ne pouvez pas comprendre. J'ai assisté à l'accouchement de plusieurs membres de ma famille. Il est arrivé exactement la même chose à mon autre sœur, que Dieu accorde le repos à son âme, et elle est morte en couches. Quand je vois Massoumeh allongée là à souffrir le martyre, j'ai l'impression de revoir Marzieh. »

Curieusement, malgré la douleur, j'étais consciente de ce qui se passait autour de moi. Mère a continué, encore et encore, à se répandre sur les similitudes entre ma situation et celle de Marzieh, tandis que je m'affaiblissais de seconde en seconde et perdais peu à peu espoir. J'étais convaincue que j'allais mourir, moi aussi.

Il était plus de cinq heures de l'après-midi quand Hamid est enfin arrivé. Dès que je l'ai vu, je me suis sentie plus confiante, plus forte. Comment expliquer que, dans les moments difficiles, le soutien le plus proche et le plus efficace d'une femme soit son mari, aussi indifférent soit-il ? Je n'ai pas remarqué l'arrivée de sa mère et de ses sœurs, mais j'ai entendu du remue-ménage : sa mère se querellait avec l'infirmière.

« Où est le médecin ? Nous sommes en train de perdre cet enfant ! » Ce n'était pas mon sort qui l'inquiétait, mais celui du bébé.

L'infirmière qui m'examinait lui a répondu : « Voyons, ne vous énervez pas comme ça, madame ! Le médecin a promis d'être là le moment venu. »

Il était onze heures du soir. Je n'avais plus aucune énergie. On m'a transférée dans une autre chambre. D'après les conversations que je surprenais autour de moi, j'ai cru comprendre que le bébé souffrait d'un problème respiratoire. Le médecin enfilait ses gants et réprimandait l'infirmière, incapable de trouver ma veine. Puis tout est devenu noir.

Je me suis réveillée dans une chambre propre et claire. Mère somnolait, assise à côté de mon lit. Je ne souffrais pas, mais j'étais dans un état de faiblesse et d'épuisement absolu.

« Le bébé est mort ? ai-je demandé.

— Tiens ta langue ! Tu as le plus beau petit garçon du monde. Tu ne peux pas imaginer mon bonheur quand j'ai vu que c'était un garçon, et quelle fierté j'ai éprouvée devant ta belle-mère.

— Il est en bonne santé ?

— Oui. »

Quand j'ai rouvert les yeux un peu plus tard, Hamid était là. « Félicitations ! Il paraît que ça n'a pas été facile », m'a-t-il dit en riant.

J'ai fondu en larmes. « Le plus dur, c'était d'être seule. »

Il a pris ma tête contre son épaule et m'a caressé les cheveux, me faisant immédiatement oublier mes ressentiments.

« Est-ce que le bébé va bien ? ai-je demandé.

— Oui, mais il est tout petit.

— Combien pèse-t-il ?

— Deux kilos sept cents.

— As-tu compté ses doigts et ses orteils ? Ils y sont tous ?

— Évidemment ! s'est-il esclaffé.

— Mais alors, pourquoi est-ce qu'on ne me l'amène pas ?

— Parce qu'il est en couveuse. L'accouchement a été long et épuisant pour lui comme pour toi. Ils vont le maintenir en couveuse jusqu'à ce qu'il respire normalement. Mais je peux déjà te dire qu'il est très turbulent. Il n'arrête pas de gigoter les bras et les jambes et de brailler. »

Le lendemain, je me sentais beaucoup mieux et on m'a amené le bébé. Le pauvre petit avait le visage couvert d'égratignures. C'était à cause du forceps, m'a-t-on expliqué. J'ai remercié Dieu qu'il soit sain et sauf, mais il pleurait sans discontinuer et refusait le sein. J'ai cru défaillir d'épuisement.

Cet après-midi-là, ma chambre était noire de monde. Ils se disputaient pour savoir à qui le bébé ressemblait. Ma belle-mère prétendait que c'était le portrait craché d'Hamid alors que Mère était convaincue qu'il tenait de ses oncles.

« Comment allez-vous l'appeler ? » a demandé Mère à Hamid.

Il a répondu du tac au tac : « Siamak, bien sûr. » Et il a jeté un regard complice à son père, qui a ri et hoché la tête en signe d'approbation. J'étais stupéfaite. Nous n'avions pas abordé le sujet ensemble. Siamak était un nom que je n'avais jamais envisagé et qui ne figurait pas sur la longue liste de ceux auxquels j'avais pensé.

« Que dis-tu ? Siamak ? Pourquoi Siamak ? »

Mère a renchéri : « Qu'est-ce que c'est que ce nom-là ? Il faut donner à un enfant un nom de prophète afin que sa vie soit bénie. »

Père lui a fait signe de se taire et de ne pas se mêler de cette discussion.

L'air résolu, Hamid a repris d'une voix ferme : « Siamak est un excellent nom. Il est bon qu'un enfant porte le nom d'un grand homme. »

Mère m'a jeté un regard interrogateur et j'ai haussé les épaules : je ne savais absolument pas de qui il parlait. J'ai découvert plus tard que, dans son groupe, la plupart des hommes portaient des noms de ce genre, prétendant que c'étaient ceux de fervents communistes.

À ma sortie de l'hôpital, je suis allée passer dix jours chez mes parents, le temps de reprendre des forces et d'apprendre à m'occuper de mon bébé.

Puis je suis rentrée chez nous. Siamak avait beau être en bonne santé, il pleurait sans discontinuer. Je le prenais dans mes bras et marchais de long en large toute la nuit, jusqu'à l'aube. Le matin, il dormait quelques heures de façon entrecoupée, tandis que je devais m'occuper de mille choses qui m'empêchaient de prendre un peu de repos. Mme Parvin venait me voir presque chaque jour, parfois accompagnée de Mère. Elle m'était d'un immense secours. Comme je ne pouvais pas sortir de l'appartement, elle faisait les courses à ma place.

Hamid refusait d'assumer la moindre responsabilité. L'unique changement qu'avait apporté notre enfant à son existence était que, les nuits où il rentrait à la maison, il prenait un oreiller et une couverture et s'installait au salon pour dormir. Le matin, il se plaignait de n'avoir pas pu se reposer convenablement et de ne trouver chez lui ni paix ni silence. J'ai conduit mon fils chez le médecin plusieurs fois. Selon lui, les enfants nés au forceps et dont la naissance avait été difficile étaient souvent nerveux et grognons, sans souffrir pour autant d'un problème particulier. Siamak était, me rassurait-il, en parfaite santé. Un autre docteur m'a dit que mon enfant avait peut-être faim et que mon lait ne lui suffisait pas. Il m'a conseillé de lui donner des compléments alimentaires et du lait maternisé.

La fatigue, la faiblesse, le manque de sommeil, les pleurs incessants de Siamak et surtout la solitude m'enfonçaient dans une dépression de plus en plus profonde. Je n'avais personne à qui me confier. Je me répétais que c'était ma faute si Hamid n'avait pas envie de rester chez lui. J'avais perdu toute confiance en moi, je ne désirais voir personne et ne cessais de ressasser les déceptions et les échecs qui avaient jalonné ma brève existence. J'avais l'impression que la vie n'avait plus aucune joie à m'offrir et que je ne serais jamais déchargée du fardeau de cette écrasante responsabilité. Il suffisait souvent que mon fils se mette à pleurer pour que mes larmes ruissellent.

Hamid était parfaitement indifférent à notre enfant aussi bien qu'à moi. Il vaquait à ses affaires comme si de rien n'était. Cela faisait quatre mois que je n'avais pas mis le nez dehors, sauf pour conduire Siamak chez le médecin. Mère n'arrêtait pas de me répéter : « Toutes les femmes ont des enfants, mais aucune ne reste cloîtrée chez elle comme toi. »

Avec le retour des beaux jours et mon bébé commençant à grandir, je me suis un peu ressaisie. J'en avais assez d'être fatiguée et déprimée. Et finalement, par un beau matin de mai, je me suis sentie capable de reprendre mon existence en main. J'étais mère et j'avais des responsabilités, me suis-je dit, il fallait que je sois forte et solide et que j'élève mon fils dans un environnement sain et heureux.

Tout a changé et j'ai retrouvé ma joie de vivre. On aurait cru que Siamak avait senti ma transformation, lui aussi. Il pleurait moins et il lui arrivait même de rire et de me tendre les bras, de sorte que j'en oubliais mes chagrins. Il y avait encore bien des nuits où il me tenait éveillée, mais je m'y étais habituée. Je pouvais rester des heures assise à côté de son berceau à le contempler. Chacun de ses mouvements prenait une signification particulière à mes yeux. J'avais l'impression de découvrir un monde nouveau. Chaque jour, j'étais plus forte et je l'aimais davantage que la veille. L'instinct maternel prenait progressivement possession de toutes les cellules de mon corps. Je l'aime aujourd'hui tellement plus qu'hier ! me disais-je sans cesse. Comment pourrait-on éprouver un amour plus fort ? Et, le lendemain, j'étais prête à jurer qu'il m'était encore plus cher que la veille. Je n'avais plus besoin de parler toute seule. Je lui parlais, je chantais pour lui. De ses grands yeux brillants d'intelligence, il me faisait comprendre quelle chanson il préférait et, quand j'entonnais une mélodie rythmée, il frappait des mains en cadence. Tous les après-midi, je le sortais dans sa poussette et nous nous promenions sous les vieux arbres dans les rues et les ruelles du quartier. Il adorait ces sorties.

Faati usait de tous les prétextes pour venir à la maison et prendre Siamak dans ses bras. Une fois l'année scolaire terminée, il lui est arrivé de rester chez moi pour la nuit. Sa présence m'était d'un immense réconfort. Nous avons également renoué avec notre routine des repas du vendredi chez ma belle-famille. Siamak avait beau être un enfant peu sociable qui ne passait pas volontiers de bras en bras, la famille d'Hamid l'aimait beaucoup et n'acceptait aucune excuse qui aurait pu nous empêcher de venir déjeuner chaque semaine.

La relation la plus tendre et la plus belle était celle qui unissait Père et Siamak. Alors qu'au cours des deux années précédentes Père n'était pas venu nous voir plus de trois fois, il s'arrêtait désormais chez nous une ou deux fois par semaine après avoir fermé la boutique. Les premiers temps, il trouvait une raison ou une autre pour justifier ses visites : il apportait du lait, des aliments pour bébé. Puis, au bout d'un moment, il a estimé que ce n'était plus nécessaire. Il venait, jouait un moment avec Siamak, puis repartait.

Oui, Siamak avait donné à ma vie une couleur et un parfum nouveaux. Grâce à lui, je souffrais moins des absences d'Hamid. Mes journées étaient bien occupées : je lui donnais à manger, je lui faisais prendre son bain, je lui chantais des chansons. Et ce petit coquin savait fort bien exiger toute mon attention et tout mon amour. L'école, les cours et les examens me paraissaient bien loin. De plus, le père d'Hamid nous avait acheté un téléviseur – un cadeau pour Siamak –, qui nous a beaucoup distraits, mon fils et moi, pendant cette période.

Vers la fin de l'été, nous sommes partis en voyage avec les parents d'Hamid. Quelle merveille ! Quelle semaine enchanteresse ! Hamid était complètement désarmé en présence de sa mère. Il avait imaginé mille excuses pour ne pas avoir à les accompagner, mais elles ont été inflexiblement repoussées. C'était mon premier séjour sur le littoral de la mer Caspienne et j'étais excitée comme une petite fille. Bouche bée d'admiration devant tant de beauté et de luxuriance, je ne me lassais pas du spectacle qu'offraient les vagues mugissantes. Je pouvais rester assise sur la plage pendant des heures à m'en délecter. Siamak semblait apprécier, lui aussi, ce nouvel environnement et la vie de famille. Il ne cessait de sauter dans les bras d'Hamid et ne revenait vers moi que lorsqu'il était fatigué ou qu'il avait faim. Il prenait les mains d'Hamid dans ses menottes et, en les voyant ensemble, ses grands-parents étaient fous de joie. Un jour, la mère d'Hamid m'a chuchoté, ravie : « Tu vois ! Hamid n'arrivera plus à quitter son fils et il cessera de sortir pour faire je ne sais quoi. Mets-lui le deuxième dans les bras le plus vite possible. Dieu soit loué ! »

Hamid a acheté un chapeau de paille pour protéger du soleil la peau claire de Siamak ; j'avais pris, pour ma part, une jolie teinte cuivrée. Un jour, j'ai remarqué qu'Hamid et sa mère se parlaient tout bas en se retournant pour me regarder. Je me suis redressée immédiatement. Je ne portais plus de foulards ni de tchadors depuis longtemps, mais faisais toujours attention à ma tenue. Ce jour-là, j'étrennais une robe plutôt légère à manches courtes et à col ouvert. Elle était extrêmement conventionnelle par rapport aux maillots de bain de certaines femmes, ce qui ne m'empêchait pas de la juger un peu hardie. Ils ont raison de me critiquer, ai-je pensé, je suis devenue trop audacieuse.

Plus tard, quand Hamid m'a rejointe, je lui ai demandé avec anxiété : « Qu'est-ce que ta mère te disait ?

— Rien !

— Comment ça, rien ? J'ai bien vu que vous parliez de moi. Qu'a-t-elle à me reprocher ?

— Allons ! Je vois que le mythe des querelles entre brus et belles-mères a la vie dure ! Elle ne te reproche rien du tout. Pourquoi es-tu aussi susceptible ?

— Alors dis-moi de quoi vous avez parlé.

— De rien. Elle m'a seulement fait remarquer que tu es beaucoup plus jolie maintenant que tu es bronzée.

— C'est vrai ? Et toi, qu'est-ce que tu lui as répondu ?

— Moi ? Qu'est-ce que tu voulais que je dise ?

— Enfin, qu'est-ce que tu en penses ? »

Il m'a inspectée de la tête aux pieds d'un air curieux et approbateur avant de répondre d'une voix enjouée : « Elle a raison. Tu es très belle, et tu embellis de jour en jour. »

Une immense joie a envahi mon cœur et j'ai souri involontairement. Son compliment me faisait tellement plaisir ! C'était la première fois qu'il m'admirait ouvertement. Avec un soupçon de modestie, j'ai protesté : « Non ! C'est seulement le soleil. Autrement, je suis toujours tellement pâle. Tu ne te rappelles pas que, l'an dernier, tu me disais toujours que j'avais l'air malade ?

— Non, non, pas malade ; tu avais l'air d'une enfant, c'est tout. Tu es un peu plus âgée, maintenant, tu as pris quelques kilos, et avec ce soleil tu as un teint superbe. Tes yeux paraissent plus clairs et plus brillants. Bref, tu es en train de te transformer en une jeune femme superbe et accomplie… »

Cette semaine a été l'une des plus belles de ma vie. Le souvenir de ces journées chaudes et ensoleillées m'a aidée plus tard à supporter bien des nuits froides et sombres.

Le petit Siamak était un enfant intelligent, espiègle, remuant et de toute beauté – à mes yeux, du moins. Hamid me taquinait en riant : « Connais-tu ce proverbe étranger : "Il n'existe qu'un seul bel enfant au monde, c'est celui de chaque mère" ? »

Siamak a appris à marcher et à parler de très bonne heure et réussissait déjà à prononcer quelques mots pour se faire comprendre. À partir du jour où il a fait ses premiers pas, il n'est plus jamais resté assis tranquillement. Dès qu'il voulait quelque chose, il essayait de parvenir à ses fins et, si on ne lui donnait pas satisfaction, il se mettait à hurler et à pleurer jusqu'à ce qu'on cède. Malheureusement, contrairement aux prédictions de ma belle-mère, l'amour d'un enfant et la nécessité de pourvoir à ses besoins n'ont pas suffi à attacher durablement Hamid à son foyer et à sa famille.

Un an plus tard, j'ai envisagé de reprendre mes études, mais Siamak ne me laissait guère de temps libre. Il avait déjà deux ans quand j'ai réussi à passer les examens de mon avant-dernière année de lycée. Il ne me restait qu'un an à faire pour obtenir mon diplôme de fin d'études secondaires et réaliser ainsi mon rêve. Et voilà que, quelques mois plus tard, j'ai constaté que j'étais à nouveau enceinte. J'étais ennuyée car j'étais certaine que la nouvelle ne plairait pas à Hamid, mais je ne m'attendais pas à une colère et à une répulsion pareilles. Il m'a demandé, furieux, pourquoi je n'avais pris ma pilule contraceptive plus consciencieusement. Plus je lui expliquais que je la supportais mal, qu'elle me rendait malade, plus il était contrarié.

« Le vrai problème, c'est ton esprit borné ! a-t-il crié. Tout le monde prend la pilule ! Comment se fait-il que tu sois la seule qu'elle rende malade ? Pourquoi ne pas avouer que tu adores être une machine à fabriquer des bébés ? En définitive, vous vous figurez toutes que c'est votre unique mission dans la vie. Tu t'imagines que, si tu as un bébé par an, tu m'obligeras à renoncer à ma lutte ?

— Je comprendrais que tu craignes qu'un nouvel enfant ne te prenne davantage de temps si tu m'avais aidée à élever notre fils et si tu lui avais consacré de longues heures, ai-je rétorqué. Mais quand t'es-tu soucié de ton épouse et de ton fils ? Qu'est-ce qui te permet de penser qu'un deuxième enfant te donnera plus de travail ?

— Votre existence même est une entrave pour moi. Vous m'étouffez. Je n'aurai pas la patience de supporter une nouvelle fois ces pleurnicheries et ces cris. Il faut que tu arranges ça avant qu'il ne soit trop tard.

— Arranger quoi ?

— Il faut te faire avorter. Je connais un médecin.

— Tu voudrais que je tue mon enfant ? Un enfant comme Siamak ?

— Ça suffit ! s'est-il emporté. J'en ai plus qu'assez de ces niaiseries. Un enfant ? Quel enfant ? Pour le moment, ce ne sont que quelques cellules, un fœtus. Tu dis "mon enfant" comme si tu le voyais marcher à quatre pattes devant toi.

— Bien sûr que c'est un enfant ! C'est un être humain avec une âme humaine.

— Qui t'a raconté des sornettes pareilles ? Les matrones de Qum, ces vieilles biques ? »

J'ai balbutié, en larmes et furieuse : « Je ne tuerai jamais mon enfant. D'ailleurs, c'est le tien, aussi. Comment peux-tu envisager une chose pareille ?

— Tu as raison. C'est ma faute. Je n'aurais jamais dû te toucher. Même si je ne couche avec toi qu'une fois par an, tu te débrouilleras pour tomber enceinte, j'en suis sûr. Crois-moi, je ne commettrai plus cette erreur. Quant à toi, tu es libre d'agir à ta guise. Mais que les choses soient bien claires, ne compte pas sur moi et n'attends rien de moi.

— Parce que tu crois qu'il m'est arrivé d'attendre quelque chose de toi ? Qu'as-tu fait pour moi, depuis le début ? Quelle responsabilité as-tu prise qui pourrait m'inciter à compter sur toi ?

— Quoi qu'il en soit, fais comme si je n'existais pas. »

Cette fois, je ne me berçais plus d'illusions et j'ai tout préparé à l'avance. Mme Parvin a fait tirer un câble téléphonique jusque chez mes parents pour que je puisse les joindre plus facilement, sans risquer de m'affoler comme lors de mon précédent accouchement. Le bébé devant naître à la fin de l'été, pendant les vacances scolaires, nous avons décidé que Faati viendrait s'installer chez moi pendant les dernières semaines pour s'occuper de Siamak si je devais partir précipitamment pour l'hôpital. J'ai mis de côté tout ce dont j'aurais besoin pour le bébé. Les vieux vêtements de Siamak étaient encore utilisables et je n'ai pas eu besoin d'acheter grand-chose.

« Hamid Agha n'est pas là ? me répétait Mère constamment.

— Il faut que tu comprennes qu'Hamid n'a pas un emploi du temps régulier, lui répondais-je. Certains soirs, il est obligé de rester tard à l'imprimerie et il doit souvent entreprendre des voyages d'affaires décidés à la dernière minute. »

À la différence de ma première grossesse, tout s'est bien passé, sans le moindre imprévu. Consciente de ne pouvoir compter que sur moi-même, j'ai tout planifié soigneusement. Je n'étais ni anxieuse ni soucieuse. Évidemment, Hamid n'était pas là lorsque les contractions ont commencé et il n'a appris que j'avais accouché que deux jours plus tard.

Mère était exaspérée. « C'est invraisemblable, disait-elle. De mon temps, il n'était pas dans les mœurs que les maris assistent aux accouchements mais ils ne manquaient jamais de venir rendre visite à leur épouse après et de lui manifester affection et attention. Ton mari exagère vraiment.

— Arrête, Maman. Ne t'en fais pas. Je préfère qu'il ne soit pas là. Il a déjà bien assez de soucis et de responsabilités. »

J'étais plus forte et plus expérimentée qu'au moment de la naissance de Siamak. Malgré de longues heures de travail et de terribles douleurs, l'accouchement s'est déroulé normalement et j'ai été consciente du début à la fin. J'ai éprouvé un curieux sentiment en entendant le bébé pleurer. « Félicitations ! s'est exclamé le médecin. C'est un joli petit garçon tout potelé. »

Cette fois, l'amour maternel s'est éveillé immédiatement et a envahi toutes les fibres de mon être. Rien chez ce bébé ne me paraissait étrange ou inhabituel. Je ne m'inquiétais pas quand il pleurait, je ne paniquais pas dès qu'il toussait ou éternuait, et je n'étais même pas agacée quand il me réveillait la nuit. Il se montrait aussi plus calme et plus facile que Siamak. J'avais l'impression que le tempérament de mes enfants était le reflet précis de mon état d'esprit au moment de leur naissance.

À ma sortie de l'hôpital, je suis rentrée directement chez moi ; c'était plus commode pour les enfants. C'est ainsi que j'ai commencé à m'occuper de deux petits garçons aux besoins très différents. Je me suis consacrée sans tarder aux tâches ménagères. Je savais qu'il était inutile de compter sur Hamid. Il avait enfin trouvé l'alibi qu'il cherchait. En me jugeant coupable, il s'était affranchi de toute responsabilité à l'égard de ses enfants et semblait même penser que c'était moi qui lui devais quelque chose. Il rentrait rarement la nuit et, lorsque cela lui arrivait, il dormait dans une autre chambre et nous ignorait complètement, les enfants et moi. J'étais trop orgueilleuse pour demander quoi que ce soit. De plus, je me doutais que cela ne servirait à rien.

Siamak m'a donné du fil à retordre pendant cette période : il ne me pardonnait pas d'avoir introduit un rival sous notre toit. Quand je suis arrivée à la maison avec le bébé dans les bras, il s'est conduit comme si j'avais commis la plus effroyable des trahisons. Non content de ne pas courir vers moi pour s'accrocher à ma jupe comme il le faisait d'ordinaire, il s'est enfui et est allé se cacher derrière son lit. J'ai tendu le bébé à Faati pour aller chercher Siamak. À force de cajoleries et de promesses, j'ai réussi à le prendre dans mes bras, à l'embrasser et à lui murmurer combien je l'aimais. Je lui ai donné la petite voiture que j'avais achetée pour lui un peu plus tôt en lui disant que c'était un cadeau de son petit frère. Il l'a regardée d'un air soupçonneux et a accepté à contrecœur de venir voir le bébé.

Tous mes efforts ne servaient malheureusement à rien et je ne pouvais que constater que Siamak devenait de jour en jour plus irascible et plus nerveux. Il parlait déjà presque parfaitement à deux ans et n'avait désormais aucun mal à s'exprimer. Et voilà que, du jour au lendemain, il est devenu beaucoup plus taciturne et a eu tendance à confondre les mots ou à les utiliser à mauvais escient. Il lui arrivait même de refaire pipi dans sa culotte. Cela faisait presque un an qu'il ne portait plus de couches, et j'ai dû lui en remettre.

La tristesse et l'abattement de Siamak me brisaient le cœur. Les épaules de ce petit bonhomme de trois ans paraissaient encore plus frêles sous le poids de son chagrin. Je ne savais plus que faire. Le pédiatre m'avait conseillé de faire participer Siamak à l'éducation de son petit frère et d'essayer de ne pas prendre le petit dans mes bras en sa présence. Mais comment ? Je n'avais personne à qui confier Siamak pendant que j'allaitais le bébé, et chaque fois qu'il s'approchait de celui-ci, il se montrait violent à son égard. J'étais incapable de combler à moi seule le vide qu'il ressentait. Il avait désespérément besoin de son père.

Un mois s'est écoulé, et nous n'avions toujours pas choisi le nom du bébé. Un jour où Mère était venue me voir, elle a déclaré : « Ce mauvais père ne veut donc pas donner de nom à son fils ? Il faut que tu réagisses ! Ce pauvre petit… La plupart des gens organisent des fêtes le jour où ils donnent son nom à leur enfant, ils demandent conseil et font appel à la divination pour être sûrs de faire un bon choix. On dirait que ça vous est bien égal, à vous deux !

— Il n'est pas trop tard.

— Ah oui ? Ce petit a déjà presque quarante jours !
Il va bien falloir que vous finissiez par lui donner un
nom. Combien de temps as-tu l'intention de continuer
à l'appeler Bébé ?

— Je ne l'appelle pas Bébé.

— Alors, comment l'appelles-tu ?

— Saiid ! » ai-je lancé impulsivement.

Mme Parvin m'a jeté un regard perçant. L'inquiétude a assombri ses yeux, dans lesquels j'ai vu briller
une larme. Inconsciente de ce qui se passait, Mère a
acquiescé : « C'est un joli nom, qui va bien avec
Siamak. »

Une heure plus tard, alors que j'étais dans ma
chambre en train d'allaiter le bébé, Mme Parvin est
entrée, elle s'est assise à côté de moi et m'a dit : « Ne
fais pas ça.

— Quoi donc ?

— N'appelle pas ton fils Saiid.

— Pourquoi ? Vous n'aimez pas ce nom ?

— Ne me prends pas pour une idiote. Tu sais très
bien ce que je veux dire. Pourquoi te complais-tu dans
ces tristes souvenirs ?

— Je ne sais pas. J'ai peut-être envie d'entendre
résonner un nom familier dans cette demeure glaciale.
Si vous saviez combien je souffre de la solitude et du
manque d'affection ! Si la moindre étincelle d'amour
brillait sous ce toit, j'aurais déjà oublié jusqu'au nom de
Saiid.

— Si tu fais ça, tu penseras à Saiid chaque fois que
tu appelleras ton fils et ta vie n'en sera que plus pénible,
crois-moi.

— Je sais.

— Dans ce cas, choisis un autre nom. »

Quelques jours plus tard, j'ai profité de la présence
d'Hamid pour aborder le sujet avec lui : « Tu n'as pas
l'intention de faire établir un certificat de naissance pour

ce petit ? Nous devons lui donner un nom. Tu y as déjà réfléchi ?

— Oui, bien sûr. Il s'appelle Roozbeh. »

Je savais qui était Roozbeh, Khosro Roozbeh, un communiste iranien exécuté en 1958. On pouvait bien le considérer comme un héros ou comme un traître, je n'avais pas la moindre intention de me laisser forcer la main par Hamid et de donner un nom pareil à mon enfant. Mon fils avait droit à un prénom bien à lui, auquel il imprimerait sa propre personnalité.

« Pas question ! Cette fois, je t'empêcherai d'affubler mon enfant du nom d'une de tes idoles. Je veux qu'il ait un nom qui m'inspire de la joie chaque fois que je l'appellerai, pas un nom qui rappelle quelqu'un qui est mort, et d'une mort atroce, qui plus est.

— Quelqu'un qui est mort ? C'est la seule chose que tu trouves à en dire ? C'était un être admirable, plein d'abnégation et prêt à tous les sacrifices !

— Tant mieux pour lui. Je ne tiens pas à ce que mon fils soit un héros plein d'abnégation, prêt à tous les sacrifices. Je veux qu'il mène une vie normale et heureuse.

— Ce que tu peux être ordinaire ! Tu ne comprends rien au sens de la révolution, ni aux vrais héros qui se sont engagés sur la voie de la liberté. Tu ne penses qu'à toi.

— Arrête, pour l'amour de Dieu ! Je ne supporte plus tes sermons. Oui, je suis ordinaire et égocentrique. Je ne pense qu'à moi et à mes enfants, parce qu'il n'y a personne qui pense à nous. Permets-moi de te rappeler que tu as refusé d'assumer la moindre responsabilité à l'égard de cet enfant. Alors comment expliques-tu qu'au moment de lui donner un nom tu te rappelles soudain que tu es son père ? Non, non, cette fois, c'est moi qui choisirai. Il s'appellera Massoud. »

Siamak avait trois ans et quatre mois et Massoud huit mois quand Hamid a disparu. Évidemment, je n'ai pas tout de suite considéré son absence sous cet angle.

« Je pars passer quelques semaines à Rezaiyeh avec les camarades, m'a-t-il annoncé.

— À Rezaiyeh ? Pour y faire quoi ? J'imagine que tu feras un saut à Tabriz pour voir Monir.

— Non. Je veux que personne ne sache où je suis.

— Ton père va bien s'apercevoir que tu ne viens pas travailler.

— Je sais. Je lui ai dit que je quittais la ville pour aller rendre visite au propriétaire d'une collection de livres anciens qui souhaite en vendre quelques-uns et en réimprimer d'autres. J'ai pris dix jours de congé. Je trouverai bien une autre excuse ensuite.

— Tu veux dire que tu ignores combien de temps tu seras parti ?

— En effet. Et je t'en prie, pas de simagrées. Si tout se déroule comme nous l'espérons, nous resterons plus longtemps. Sinon, nous serons peut-être de retour dans moins d'une semaine.

— Que se passe-t-il ? Avec qui pars-tu ?

— Arrête de me poser des questions !

— Excuse-moi. Tu n'as évidemment pas à me dire où tu vas. Comment puis-je avoir l'audace de prétendre savoir ce que tu fais ?

— Allons, ne te fâche pas. Et surtout, pas d'embrouilles, c'est compris ? Si quelqu'un t'interroge, réponds que je suis en voyage d'affaires. Et puis tranquillise ma mère, évite de l'inquiéter sans raison. »

Les deux ou trois premières semaines se sont écoulées paisiblement. Nous étions habitués aux absences d'Hamid et avions appris à nous débrouiller sans lui. Il m'avait laissé suffisamment d'argent pour couvrir les dépenses du mois et j'avais une petite somme de côté, moi aussi. Au bout d'un mois, voyant que ses parents commençaient à s'inquiéter, j'ai cherché à les rassurer en prétendant avoir reçu de ses nouvelles. Je leur racontais qu'il venait de m'appeler, qu'il allait bien, que son travail prenait plus de temps que prévu, et d'autres mensonges du même tonneau.

Début juin, la chaleur s'est abattue d'un coup sur Téhéran et une maladie voisine du choléra a sévi parmi les enfants. Malgré mes efforts pour éviter la contagion, mes deux fils ont été atteints. Dès que j'ai remarqué que Massoud avait mal au ventre et que sa température montait, je n'ai pas attendu l'arrivée de Mme Parvin, qui devait venir garder Siamak. J'ai couru chez le médecin avec les deux petits. J'ai acheté les médicaments qu'il m'a prescrits et suis rentrée à la maison. Tard dans la nuit, l'état de mes fils s'est malheureusement aggravé. Ils vomissaient tous les remèdes que je leur donnais, et la fièvre ne cessait de grimper. Massoud, le plus atteint, haletait comme un moineau affolé, son petit ventre et son petit torse avaient du mal à se soulever. Le visage de Siamak était écarlate et il ne cessait de se plaindre d'avoir besoin d'aller aux toilettes. Je tournais en rond. Je plongeais leurs pieds dans de l'eau glacée, je posais des serviettes froides sur leur front, sans grand résultat. Remarquant que Massoud avait les lèvres blanches et sèches, je me suis rappelé la dernière chose que le médecin m'avait dite : « Les enfants se déshydratent bien plus vite qu'on ne le pense, et il arrive que ce soit mortel. »

Tout au fond de moi, une petite voix me soufflait que si j'attendais une minute de plus, je risquais de perdre mes enfants. J'ai regardé la pendule : il était presque deux heures et demie du matin. Que faire ? J'étais incapable d'aligner deux idées sensées. Je me rongeais les ongles et les larmes coulaient sur ma main. Mes enfants, mes enfants adorés, ce que j'avais de plus cher au monde ! Je devais les sauver, faire quelque chose, être forte. À qui m'adresser ? Même si j'arrivais à joindre quelqu'un, il mettrait un moment à arriver. Or il n'y avait manifestement pas de temps à perdre.

Je connaissais l'existence d'un hôpital pour enfants sur l'avenue Takht-e Jamschid. Il fallait faire vite. J'ai mis des couches aux deux garçons, préparé un sac avec quelques affaires, empoché tout l'argent que j'avais à la maison, pris Massoud dans un bras et Siamak par la main, et je suis sortie. Il n'y avait personne dans la rue. Le malheureux Siamak, faible et brûlant de fièvre, peinait à marcher. J'ai essayé de les porter tous les deux, mais mon sac était trop lourd et j'étais obligée de m'arrêter tous les trois pas pour reposer Siamak. Mes pauvres petits n'avaient même plus la force de pleurer. J'ai cru que je n'atteindrais jamais le coin de la rue. Siamak était au bord de l'évanouissement. Je le tirais par le bras et ses pieds traînaient par terre. Une pensée tournait en boucle dans ma tête : s'il arrive malheur à mes enfants, je me tuerai. J'étais incapable de penser à autre chose.

Une voiture s'est arrêtée à côté de moi. Sans prononcer un mot, j'ai ouvert brusquement la portière arrière et suis montée. J'ai balbutié : « L'hôpital pour enfants. Takht-e Jamshid. Pour l'amour de Dieu, faites vite ! »

Le conducteur, un homme d'allure très respectable, a jeté un coup d'œil dans son rétroviseur et m'a demandé : « Que vous arrive-t-il ?

— Mes fils ont été un peu malades cet après-midi. Ils avaient la diarrhée. Mais leur état s'est considérablement aggravé. Ils ont une forte fièvre. Je vous en supplie, dépêchez-vous. »

J'avais le cœur qui battait à tout rompre et j'avais du mal à respirer. La voiture sillonnait les rues désertes. « Pourquoi êtes-vous seule ? a repris l'homme. Où est leur père ? Vous ne pourrez pas faire admettre les enfants à l'hôpital sans votre mari.

— Si, bien sûr. Il le faudra bien. Autrement, je vais les perdre.

— Ils n'ont donc pas de père ?

— Non, ils n'en ont pas », ai-je lancé sèchement.

Et j'ai détourné le regard, furieuse.

Devant l'hôpital, l'homme a bondi de la voiture et a pris Siamak dans ses bras. J'en ai fait autant avec Massoud, et nous nous sommes rués à l'intérieur. Dès que le médecin des urgences a vu les enfants, il a froncé les sourcils et m'a demandé : « Pourquoi avez-vous attendu aussi longtemps ? » Il a pris Massoud, qui gisait, inconscient, dans mes bras.

« Docteur, ai-je supplié, pour l'amour de Dieu, faites quelque chose !

— Nous ferons tout notre possible. Pendant ce temps, allez à l'accueil vous occuper du dossier d'admission. Le reste est entre les mains de Dieu. »

L'homme qui nous avait conduits jusqu'à l'hôpital m'observait avec une telle compassion que je n'ai pas pu retenir mes larmes. Je me suis assise sur un banc, j'ai pris ma tête entre mes mains et j'ai sangloté éperdument. C'est alors que j'ai aperçu mes pieds. Mon Dieu ! J'étais en pantoufles. Pas étonnant que j'aie failli tomber cent fois dans la rue.

Pour admettre les petits, l'hôpital a exigé que je paye immédiatement. L'homme qui m'avait accompagnée m'a proposé l'argent qu'il avait sur lui, mais j'ai refusé. J'ai donné à l'employé tout le liquide que j'avais emporté en lui promettant qu'il aurait le reste le lendemain matin sans faute. Ensommeillé, il a un peu grommelé avant de finir par accepter. J'ai remercié l'homme qui m'avait aidé et lui ai dit que j'allais arriver à me débrouiller, maintenant, qu'il pouvait partir. Puis je suis retournée en hâte aux urgences.

Allongés sur leurs lits d'hôpital, mes enfants m'ont paru tout petits et fragiles. Siamak avait été mis sous perfusion, mais l'équipe médicale n'arrivait pas à trouver la veine de Massoud. Mon fils était inconscient et ne protestait pas quand on enfonçait des aiguilles dans tout son petit corps. J'ai posé la main sur ma bouche pour ne pas déranger le médecin et les infirmières par mes pleurs. Derrière un voile de larmes, je voyais mourir mon enfant chéri. J'ai dû cependant avoir un geste qui a attiré l'attention du médecin. En tout cas, il a fait signe à une infirmière de me faire quitter la chambre. Elle m'a posé la main sur l'épaule et m'a poussée, gentiment mais fermement, vers la porte.

« Que se passe-t-il ? Ai-je perdu mon fils ?

— Non, madame. S'il plaît à Dieu, il se remettra.

— Pour l'amour de Dieu, dites-moi la vérité. Est-il dans un état critique ?

— Je ne vous cacherai pas qu'il est dans un état grave, mais si nous arrivons à trouver une veine et à le mettre sous perfusion, tout espoir ne sera pas perdu.

— Vous voulez dire que tous ces médecins et toutes ces infirmières sont incapables de trouver une veine chez cet enfant ?

— Madame, les veines des enfants sont très délicates et il est encore plus difficile de les trouver quand ils ont de la fièvre et ont perdu beaucoup d'eau.

— Que puis-je faire ?

— Rien. Attendre et prier. »

Depuis que nous étions arrivés, je n'avais cessé d'implorer Dieu au fond de mon cœur, mais avant cet instant je n'avais pas été capable de prononcer une phrase complète ni de réciter une seule prière. J'avais besoin d'air frais, je voulais voir le ciel. Je ne pouvais pas parler à Dieu sans regarder le firmament. J'avais l'impression que c'était le seul moyen d'entrer en contact avec lui.

Dès que je suis sortie, j'ai senti la brise fraîche de l'aube sur mon visage. J'ai levé les yeux vers le ciel.

L'obscurité l'emportait encore sur la lumière et je distinguais à peine quelques étoiles. Je me suis adossée à un mur, les genoux tremblants. Fixant l'horizon, j'ai murmuré : « Dieu, j'ignore pourquoi vous nous avez mis au monde. J'ai toujours essayé d'agir comme il vous plaît et de m'en satisfaire ; il faut que vous compreniez que, si vous m'enlevez mes enfants, il ne me restera rien dont je puisse vous rendre grâce. Loin de moi l'idée de blasphémer, mais ce serait une injustice. Je vous supplie de ne pas me les prendre. Épargnez-les. » Sans savoir vraiment ce que je disais, j'étais convaincue qu'il pouvait m'entendre et me comprendre.

Regagnant l'intérieur du bâtiment, j'ai poussé la porte de la chambre pour découvrir que Massoud avait une perfusion au pied et la jambe dans le plâtre.

« Que s'est-il passé ? Il a une jambe cassée ?

— Non, madame, m'a rassurée le médecin en riant. Nous lui avons mis un plâtre parce qu'il ne faut surtout pas qu'il bouge la jambe.

— Comment va-t-il ? Pensez-vous arriver à le sauver ?

— Il faut attendre, madame. »

Je faisais les cent pas entre leurs lits. Voir Massoud remuer la tête et entendre Siamak gémir tout bas m'ont redonné un peu d'espoir. À huit heures et demie du matin, les enfants ont été transférés dans un service ordinaire.

« Dieu soit loué, ils sont hors de danger, m'a annoncé le médecin. Mais la plus grande prudence est toujours de mise et ils doivent rester sous perfusion. »

Le plus difficile était d'éviter que Siamak n'arrache le cathéter enfoncé dans son bras.

Soudain, Mère, Mme Parvin et Faati ont fait irruption, affolées, dans la chambre. En apercevant les enfants, Mère a éclaté en sanglots. Siamak était grincheux et il fallait que quelqu'un lui tienne constamment le bras.

Quant à Massoud, il était encore très faible. Père est arrivé une heure plus tard. Il a posé sur Siamak un regard chargé d'une telle tristesse que j'en ai eu le cœur serré. Dès que Siamak a aperçu Père, il a tendu les bras vers lui et s'est mis à pleurer. Quelques minutes plus tard, il s'est calmé sous les caresses de Père et a fini par s'endormir.

Les parents d'Hamid sont arrivés ensemble, accompagnés de Mansoureh et de Manijeh. Mère les a accueillis par des regards noirs et des remarques acerbes. Je me suis tournée vers elle en fronçant les sourcils pour la faire taire ; ils étaient déjà suffisamment inquiets et ennuyés. Mansoureh, Faati, Mme Parvin et Manijeh se sont toutes proposées pour rester avec moi, mais j'ai préféré ne garder que Mme Parvin à mon côté. Faati était trop jeune, Mansoureh devait s'occuper de son propre fils et mes relations avec Manijeh n'étaient pas cordiales à ce point.

Nous sommes restées éveillées toute la nuit, Mme Parvin et moi. Elle tenait la main de Siamak pendant que j'étais assise sur le lit de Massoud, mes bras autour de lui et la tête posée sur ses jambes. Il avait commencé à s'agiter, lui aussi, depuis l'après-midi.

Après trois journées pénibles et épuisantes, nous avons enfin pu rentrer chez nous. Nous avions beaucoup maigri tous les trois et cela faisait quatre nuits que je n'avais pas dormi. Je me suis regardée dans la glace : j'avais les joues creuses et des cernes noirs sous les yeux, au point que Mme Parvin a trouvé que j'avais l'air d'une opiomane. Faati et elle sont restées avec moi. J'ai fait prendre un bain aux garçons et je me suis douchée longuement. Je voulais me débarrasser de cette douleur, tout en sachant que son souvenir m'accompagnerait éternellement et que je ne pardonnerais jamais à Hamid de n'avoir pas été près de moi en cette heure de détresse.

Deux semaines plus tard, notre vie avait presque repris son cours normal. Siamak était redevenu insupportable, coléreux et obstiné. Il avait fini par accepter la présence de Massoud et m'autorisait à le serrer contre moi sans protester. Mais je sentais qu'au fond de son cœur il était toujours furieux contre moi. Massoud était gentil et gai ; il se laissait dorloter par tout le monde, ne fuyait personne et devenait plus adorable et plus délicieux de jour en jour. Il passait ses petits bras autour de mon cou, m'embrassait sur la joue et, de ses dents minuscules, il me mordillait le visage comme pour me dévorer. Ses manifestations d'amour me faisaient fondre. Siamak ne s'était jamais montré aussi affectueux avec moi, même tout petit, et était toujours un peu emprunté dans ses démonstrations de tendresse. Comment deux enfants nés des mêmes parents pouvaient-ils être aussi différents ?

Cela faisait deux mois qu'Hamid était parti et j'étais toujours sans nouvelles de lui. Je n'étais pas inquiète, bien sûr, parce qu'il m'avait prévenue que son absence risquait de se prolonger. Mais ses parents recommençaient à se faire du souci, ce qui m'obligeait à leur dire, une fois de plus, qu'il m'avait appelée, qu'il allait bien et ne savait pas combien de temps ce projet le retiendrait encore.

« Qu'est-ce que c'est que ce mystérieux travail ? » m'a demandé sa mère, profondément contrariée. Puis elle s'est tournée vers son mari et a dit : « Tu devrais faire un tour à l'imprimerie pour essayer d'apprendre où ils l'ont envoyé et pourquoi ça dure aussi longtemps. »

Deux nouvelles semaines s'étaient écoulées lorsqu'un beau jour un homme a téléphoné : « Excusez-moi de vous déranger, j'aurais voulu savoir si vous aviez des nouvelles de Shahrzad et Mehdi.

— Shahrzad ? Non. Qui êtes-vous ?

— Son frère. Nous sommes très inquiets. Ils nous ont dit qu'ils allaient passer deux semaines à Mashhad. Or cela fait maintenant deux mois et demi que nous n'avons plus aucune nouvelle d'eux. Ma mère est dans tous ses états.

— Mashhad ?

— Oui. Ce n'est pas là qu'ils sont ?

— Je ne sais pas. J'avais cru comprendre qu'ils partaient pour Rezaiyeh.

— Vraiment ? Mais c'est à plus de trois cents kilomètres de Mashhad ! »

J'ai immédiatement regretté mes paroles et j'ai repris, embarrassée : « J'ai dû me tromper. À propos, qui vous a donné ce numéro de téléphone ?

— N'ayez pas peur. C'est Shahrzad. Elle m'a assuré qu'en cas d'urgence, c'était le seul où quelqu'un pourrait me répondre. Je suis bien chez Hamid Soltani ?

— Oui. Mais je n'en sais pas plus long que vous.

— Je vous en prie, si vous apprenez quelque chose, appelez-moi. Ma mère est folle d'inquiétude. Je ne vous aurais pas dérangée si la situation n'était pas aussi préoccupante. »

Je commençais à m'angoisser, moi aussi. Où étaient-ils partis ? Où se trouvaient-ils pour ne même pas être en mesure de passer un coup de fil pour rassurer leurs familles ? C'était peut-être le cadet des soucis d'Hamid, mais Shahrzad ne m'avait pas paru aussi inconsidérée ni aussi insensible.

Je commençais à être à court d'argent. J'avais dépensé ce qu'Hamid m'avait laissé et toutes mes économies. J'avais déjà emprunté à Père de quoi payer l'hospitalisation des enfants et ne pouvais m'adresser au père d'Hamid sans risquer d'aggraver son inquiétude.

Mme Parvin m'avait, elle aussi, prêté de l'argent, mais cette somme était épuisée.

Hamid ne se demandait-il donc pas de quoi nous étions censés vivre ? Et s'il lui était vraiment arrivé quelque chose ?

Trois mois se sont écoulés, et mon angoisse grandissait de jour en jour. Il ne m'étais plus possible de bercer sa mère de nouveaux mensonges. Elle ne cessait de pleurer. « Je sais qu'il est arrivé quelque chose de terrible à mon fils, se lamentait-elle, autrement, il m'aurait appelée ou m'aurait écrit. »

Elle ne me reprochait rien ouvertement, pourtant j'étais sûre qu'au fond d'elle-même elle me tenait pour responsable de la situation. Aucun de nous n'osait suggérer qu'Hamid aurait pu se faire arrêter.

« Appelons la police », a proposé un jour Manijeh innocemment.

Terrifiés, le père d'Hamid et moi avons rétorqué d'une même voix : « Non, non, ça ne fera qu'aggraver les choses ! » Nos regards se sont croisés. Quant à sa mère, elle continuait à maudire et à insulter les mauvaises fréquentations d'Hamid.

« Ma chère Massoum, m'a finalement dit son père. Aurais-tu l'adresse ou le numéro de téléphone de l'un ou l'autre de ses amis ?

— Non. Je pense qu'ils sont tous ensemble. Il y a quelque temps, un monsieur a appelé en se présentant comme le frère de Shahrzad. Il était inquiet, lui aussi, et voulait savoir si j'avais des nouvelles. Mais il y a une chose que j'ai trouvée bizarre. Selon lui, Shahrzad et Mehdi sont partis pour Mashhad, alors qu'Hamid a prétendu qu'ils allaient à Rezaiyeh.

— Dans ce cas, ils ne sont peut-être pas ensemble. Ils ont pu être chargés de missions différentes.

— Des missions ?

— Oh, j'ai dit ça comme ça. »

Puis son père a trouvé une excuse pour m'entraîner à l'écart. « Ne parle d'Hamid à personne, m'a-t-il chuchoté à l'oreille.

— Tout le monde pense qu'il est en voyage.

— Oui, bien sûr, mais ne dis pas qu'il a disparu. Dis simplement qu'il est toujours à Rezaiyeh, que son travail dure plus longtemps que prévu et qu'il t'appelle régulièrement. Il ne faut surtout pas qu'on sache que tu es sans nouvelles de lui. Cela pourrait éveiller les soupçons. Je vais me rendre à Rezaiyeh. Peut-être y apprendrai-je quelque chose. À propos, as-tu assez d'argent ? Hamid t'en a-t-il laissé suffisamment pour pourvoir à vos besoins ? »

J'ai baissé les yeux. « En fait, non. Les factures d'hôpital des enfants ont épuisé toutes mes réserves.

— Pourquoi ne m'as-tu pas prévenu ?

— Je ne voulais pas vous ennuyer. J'ai emprunté de l'argent à mes parents.

— Tu n'aurais pas dû faire ça. Tu aurais dû m'en parler d'abord. »

Il m'a donné de l'argent. « Rembourse immédiatement ta famille et fais comme si c'était Hamid qui t'avait envoyé ça. »

Une semaine plus tard, le père d'Hamid est revenu, épuisé et déprimé. Son voyage avait été inutile. Avec le concours du mari de Monir, il avait passé au peigne fin toutes les villes de la province d'Azerbaïdjan jusqu'à la frontière avec l'Union soviétique sans découvrir la moindre trace d'Hamid. Cette fois, j'étais vraiment folle d'inquiétude. Je n'aurais jamais pensé pouvoir me faire autant de souci pour Hamid. Il m'avait ordonné de renoncer à cette habitude dès le début de notre mariage, mais la situation était différente. Il était absent depuis trop longtemps, et toute cette affaire était suspecte.

Vers la fin du mois d'août, un bruit étrange m'a réveillée en pleine nuit. Comme il faisait encore chaud, j'avais laissé les fenêtres ouvertes. J'ai tendu l'oreille. Quelque chose bougeait dans la cour. J'ai jeté un coup d'œil à la pendule. Trois heures dix. Bibi ne pouvait pas être dehors à une heure pareille. Terrifiée, j'ai cru qu'un cambrioleur s'était introduit chez nous.

J'ai pris plusieurs profondes inspirations, rassemblé mon courage et me suis approchée de la fenêtre sur la pointe des pieds. À la lueur de la lune, j'ai distingué l'ombre d'une voiture et trois hommes dans la cour. Ils faisaient des allées et venues, chargés de colis. J'ai voulu crier, mais aucun son n'est sorti de ma gorge et je suis restée là, les yeux rivés sur eux. Au bout de quelques minutes, je me suis rendu compte qu'ils ne sortaient rien de la maison. Au contraire, ils transportaient des objets de la voiture à la cave. Ce n'étaient donc pas des voleurs. Je me suis exhortée à rester calme et à ne faire aucun bruit.

Dix minutes plus tard, les trois hommes avaient fini leur déménagement et j'ai aperçu une quatrième silhouette qui émergeait de la cave. Malgré l'obscurité, j'ai reconnu Hamid. Dans un silence total, ils ont poussé la voiture hors de la cour, Hamid a refermé la porte donnant sur la rue et a gravi l'escalier menant à notre appartement. Des sentiments contradictoires s'agitaient en moi, la fureur et la colère se mêlant à la joie et au soulagement. J'étais comme une mère qui, venant de retrouver son enfant disparu, commence par le gifler avant de le serrer très fort dans ses bras en pleurant. Hamid essayait de déverrouiller la porte de l'appartement en silence. J'avais envie de me venger de la peur qu'il m'avait faite. Dès qu'il a franchi le seuil, j'ai appuyé sur l'interrupteur. La lumière a jailli, il a bondi en arrière et m'a jeté un regard terrifié. Il lui a fallu quelques secondes pour se reprendre : « Tu es réveillée ?

« — Eh bien ! Quelle surprise de te revoir ! Te serais-tu trompé de chemin ?

— Merci, a-t-il rétorqué. Voilà ce que j'appelle un accueil chaleureux !

— Parce que tu t'attendais à autre chose ? Tu ne manques pas de culot ! Où étais-tu passé ? Tu n'as même pas pris la peine de téléphoner. Ça t'aurait tué d'envoyer un message, un mot, je ne sais pas, moi ? Tu ne t'es pas douté un instant que nous étions tous morts d'inquiétude ?

— Je constate qu'en effet tu étais dévorée d'angoisse !

— Eh oui, imbécile que je suis, je me suis inquiétée pour toi. Mais il ne s'agit pas de moi ; tu as pensé à tes parents ? Ils se sont fait un sang d'encre !

— Je t'avais prévenue que notre travail risquait de prendre plus longtemps que prévu et je t'avais demandé de ne pas faire d'histoires.

— Oui, oui, tu m'avais bien dit, en effet, que tes quinze jours d'absence étaient susceptibles de se transformer en un mois, mais pas en quatre ! Ton pauvre père t'a cherché partout. J'ai eu peur qu'il lui arrive malheur.

— Il m'a cherché ? Où ça ?

— Partout ! Dans les hôpitaux, les morgues, les commissariats de police. »

Il a répété avec effroi : « Les commissariats ? »

Hors de moi, j'ai eu envie de le blesser. « Oui, avec le frère de Shahrzad et des parents d'autres de tes amis, ils ont envoyé vos photos à tous les journaux. »

Il est devenu blanc comme un linge.

« Tu es complètement folle ou quoi ? Tu ne pouvais pas te tenir tranquille, pour une fois, et faire ce que je t'avais dit ? »

Il a enfilé précipitamment les chaussures poussiéreuses qu'il venait de retirer.

« Tu as l'intention de repartir tout de suite ? Tu sais, rien ne m'empêche d'appeler la police et de lui annoncer que tu es revenu, et qu'en plus tu n'avais pas les mains vides. »

Il me regardait, le souffle court, avec une telle terreur dans les yeux que j'ai failli éclater de rire.

« Tu veux notre mort à tous ? Je ne suis plus en sécurité ici. Il faut que j'avertisse les camarades. Nous avons des décisions à prendre. »

Il avait déjà ouvert la porte et était sur le point de sortir quand je l'ai arrêté. « Ce n'est pas la peine. Je t'ai menti. Personne n'a prévenu la police. Ton père est allé à Rezaiyeh, c'est tout, et il est revenu sans avoir trouvé ta trace. »

Il a poussé un soupir de soulagement. « Tu es complètement malade ! a-t-il lancé. J'aurais pu faire une crise cardiaque.

— Tu l'as bien mérité… Je ne vois pas pourquoi nous devrions être les seuls à nous ronger les sangs. »

J'ai installé sa literie au salon. « Je vais dormir dans ma chambre, a-t-il dit. La chambre du fond.

— Je l'ai transformée en chambre d'enfants. »

J'avais à peine fini ma phrase et sa tête venait de se poser sur l'oreiller qu'il dormait déjà profondément, sans même avoir pris la peine de retirer ses habits gris de poussière.

3.

Je ne voyais pas passer les mois. Les enfants grandissaient, leurs personnalités se forgeaient et s'affirmaient. Siamak était un petit garçon fier, belliqueux et souvent difficile, plutôt réservé dans ses manifestations d'affection. La moindre contrariété le mettait hors de lui et il s'efforçait de renverser tous les obstacles à la force de ses poings. Massoud au contraire était doux, gentil et accommodant. Il exprimait facilement son attachement pour les personnes de son entourage et sa tendresse s'étendait même à la nature et aux objets. Ses câlineries m'aidaient à supporter la froideur d'Hamid.

Dans leurs relations mutuelles, mes deux fils se complétaient étrangement. Siamak donnait les ordres, Massoud les exécutait. Siamak rêvait et inventait des histoires, Massoud les croyait. Siamak racontait des blagues, Massoud riait. Siamak frappait, Massoud encaissait. Je craignais souvent que Massoud, au naturel doux et affectueux, ne soit écrasé par la personnalité agressive et puissante de Siamak, mais je ne pouvais pas prendre ouvertement la défense du plus jeune. La moindre tentative en ce sens suffisait à provoquer une explosion de rage et de jalousie de Siamak qui s'exprimait par une nouvelle volée de coups. Le seul moyen d'éviter ces affrontements était de le distraire en lui proposant une activité plus intéressante.

En même temps, Siamak était un bouclier invincible qui protégeait Massoud du monde extérieur. Il s'en prenait avec une telle violence et une telle brutalité à tous ceux qui osaient menacer son petit frère que Massoud lui-même finissait par plaider la cause de son adversaire et par essayer de le tirer des griffes de Siamak. L'adversaire en question était bien souvent le fils de mon frère Mahmoud, Gholam-Ali, situé exactement entre Siamak et Massoud par l'âge. Il n'y avait rien à faire : dès que les trois garçons étaient ensemble, ils se disputaient. Hamid prétendait que c'était normal, que tous les petits garçons avaient besoin de se mesurer aux autres. Pour ma part, je ne comprenais ni n'admettais ce raisonnement.

Mahmoud, qui s'était marié trois ans après moi, avait déjà trois enfants. Le premier était Gholam-Ali, puis venaient une fille Zahra, née un an après Massoud, et un deuxième garçon, Gholam-Hossein, qui n'avait encore qu'un an. Le mariage n'avait pas adouci le mauvais caractère de mon frère. C'était un homme terriblement renfermé, dont la nature obsessionnelle s'accentuait de jour en jour. Ehteram-Sadat s'en plaignait régulièrement à Mère. « Il devient de plus en plus cinglé, disait-elle. Il répète ses prières je ne sais combien de fois et se demande ensuite s'il les a dites correctement. »

Personnellement, je n'avais pas l'impression que Mahmoud était malade. Son esprit était toujours aussi vif ; il était remarquablement calé en finances et réussissait très bien. Il tenait sa propre boutique au bazar et passait pour un excellent expert en matière de tapis. Il ne se montrait jamais hésitant ni obsessionnel dans son travail, et la place de la religion dans sa vie professionnelle se limitait au respect de l'obligation faite aux musulmans de verser le cinquième de leurs revenus à des œuvres de bienfaisance. À la fin du mois, il envoyait donc l'intégralité de ses gains à Qum, au père d'Ehteram, lequel en prélevait une petite fraction pour ses aumônes avant de restituer le reste à Mahmoud. Grâce à ce « changement de mains », comme on l'appelait, tout l'argent que gagnait Mahmoud devenait halal et il n'avait aucun souci à se faire.

Ahmad avait quitté la famille depuis longtemps. Personne ne s'inquiétait autant pour lui que Mme Parvin, qui ne cessait de nous lancer des mises en garde : « Il faut faire quelque chose. S'il continue comme ça, il va y laisser sa peau. »

Son problème ne se limitait plus aux beuveries nocturnes et aux bagarres d'ivrogne : selon Mme Parvin, il s'était mis à la drogue. Mère refusait cependant de la croire et cherchait à le sauver du démon et de ses mauvaises fréquentations en priant et en se répandant en litanies superstitieuses. Père, lui, avait définitivement abandonné tout espoir de le voir s'amender.

Ali, pour sa part, n'avait pas réussi à décrocher son diplôme de fin d'études secondaires. Il avait travaillé un moment dans l'atelier de charpenterie d'Ahmad, mais Père avait préféré user de tout son pouvoir et de toute son influence pour l'éloigner au plus vite de son aîné. « Si nous n'y mettons pas bon ordre immédiatement, il finira mal, comme son frère », craignait-il.

Ali lui-même avait peu à peu perdu ses illusions au sujet d'Ahmad. Plus jeune, il le vénérait, il le considérait comme un homme fort et capable, et il souffrait de le voir perpétuellement ivre et hébété. Apparemment, l'idole était définitivement tombée de son piédestal le jour où un des voyous qui fréquentaient le Café Jamshid avait copieusement rossé Ahmad avant de le jeter dans la rue ; Ahmad était tellement soûl qu'il avait été incapable de lever le petit doigt pour se défendre. Et à l'atelier, les collègues d'Ali qui, peu de temps auparavant, se battaient pour avoir le privilège d'être l'apprenti d'Ahmad, se moquaient désormais de lui et ne cessaient de le houspiller. C'est ainsi qu'Ali avait quitté Ahmad, théoriquement sous la pression de Père mais en réalité de son plein gré, pour aller travailler avec Mahmoud, dans l'espoir de devenir, lui aussi, un marchand pieux et prospère.

Faati était sage, timide et douce. Elle avait poursuivi sa scolarité jusqu'à la fin du primaire puis, comme il sied aux jeunes filles convenables, avait commencé à suivre des cours de couture. Du reste, elle ne tenait pas vraiment à continuer ses études.

Je me suis donné beaucoup de mal pour inscrire Siamak à l'école un an plus tôt que ne le prévoyait la loi. Je savais qu'il était assez mûr et j'espérais que l'école lui inculquerait un peu de discipline et lui permettrait de dépenser son énergie indomptable en compagnie d'autres enfants de son âge, ce qui le rendrait peut-être moins difficile à la maison. En réalité, cette expérience n'a été qu'une épreuve de plus. J'ai d'abord été obligée de l'accompagner jusque dans la salle de classe, et ce n'est que quand il a été parfaitement à l'aise qu'il m'a laissée repartir ; j'ai tout de même dû rester dans la cour pendant des heures parce qu'il tenait à me voir par la fenêtre. Il était intimidé et exprimait sa peur par la violence. Le premier jour d'école, quand la directrice a voulu le conduire à sa place, il lui a mordu la main.

Lorsque la rage de Siamak explosait, je ne réussissais à l'apaiser qu'en détournant sa colère contre moi. Je le prenais dans mes bras et le laissais me bourrer de coups de pied et de poing jusqu'à ce qu'il se calme et fonde en larmes. C'étaient les seules occasions où il acceptait que je le serre contre moi, que je le câline et que je l'embrasse. Le reste du temps, on aurait pu croire qu'il n'avait pas besoin d'affection. Sachant cependant à quel point il était avide de tendresse et d'attention, j'avais pitié de lui. J'avais conscience qu'il souffrait mais j'ignorais pourquoi. Il aimait son père, bien sûr, et son absence l'affligeait. Pourtant, pourquoi n'arrivait-il pas à s'habituer à cette situation ? L'absence de père pouvait-elle avoir des conséquences aussi désastreuses sur un enfant ?

Je lisais tous les ouvrages de psychologie qui me tombaient sous la main et observais attentivement le comportement de Siamak. Il changeait du tout au tout dès qu'Hamid était là. Il n'écoutait plus que son père. Ce petit garçon incapable de rester tranquille un moment s'asseyait sur les genoux d'Hamid et pouvait rester pendant des heures à l'écouter parler. J'ai aussi compris un peu tard que, s'il refusait obstinément d'aller se coucher, c'était parce qu'il attendait le retour de son père. Quand Hamid était à la maison le soir, il s'asseyait au bord du lit de Siamak, lui caressait les cheveux, et le petit s'endormait paisiblement, sans protester. D'où le surnom de « somnifère » que j'ai donné à Hamid.

Heureusement, la présence de Père et la profonde affection qui le liait à Siamak compensaient un peu l'absence d'Hamid. Si distant avec les autres, Siamak se collait à Père chaque fois que celui-ci nous rendait visite et s'asseyait même parfois sur ses genoux. Père était toujours d'un calme olympien avec Siamak et le traitait en adulte. En échange, Siamak l'écoutait et acceptait sans réserve tout ce qu'il disait. Néanmoins, il ne supportait pas de voir Hamid ou Père manifester la moindre affection à l'égard de Massoud. Il avait fini par accepter que les autres, moi comprise, partagent leur attention entre son frère et lui et puissent même manifester davantage de tendresse à l'égard de Massoud, mais il réclamait l'exclusivité de l'amour de son père et de son grand-père et n'était pas prêt à tolérer la présence d'un rival. S'agissant d'Hamid, ce n'était pas un problème : il ne s'intéressait pas à Massoud. Mais Père, qui comprenait très bien Siamak, devait faire de gros efforts pour ne pas câliner Massoud devant son aîné. Ce dernier n'en était que plus attaché à son grand-père, auquel il vouait un amour infini.

Si Siamak a fini par s'habituer à l'école, il ne se passait pas un mois sans que je sois convoquée par la directrice parce qu'il s'était battu. Cependant, grâce à son nouvel emploi du temps, j'ai pu commencer à repenser à mes propres études. Je m'en voulais de n'avoir pas encore passé mon diplôme et de n'avoir pas mené à bien un projet si important à mes yeux. J'ai décidé de me lever dorénavant de très bonne heure le matin pour me débarrasser de toutes les tâches ménagères. Lorsque Siamak était en classe, Massoud jouait seul, passait des heures à dessiner avec ses crayons de couleur ou, quand le temps le permettait, à faire du tricycle dans la cour. Je pouvais alors m'installer tranquillement pour étudier. Je n'éprouvais pas le besoin d'assister à des cours.

Tous les après-midi, dès que Siamak revenait de l'école, on aurait pu croire qu'un séisme ébranlait la maison. Le peu de travail qu'il avait à faire en rentrant était devenu un motif de conflit et il me poussait au désespoir avant d'avoir achevé ses devoirs. J'ai enfin compris que plus j'insistais, plus il s'obstinait. Je me suis donc résolue à me montrer patiente et à ne pas le bousculer. Il finissait par se mettre tout seul au travail tard le soir, ou même le lendemain avant de repartir pour l'école.

Un matin où j'étais à la maison avec Massoud, Mme Parvin est venue me voir, très agitée. Elle avait visiblement quelque chose à m'annoncer : elle ne résistait jamais au plaisir de me transmettre personnellement les nouvelles les plus passionnantes. Elle les embellissait, se répandait en détails, attendant ma réaction avec impatience. Lorsqu'il s'agissait d'informations banales, elle se contentait de me téléphoner.

« Eh bien, que se passe-t-il ? lui ai-je demandé.

— Comment ça ? Qui te dit qu'il se passe quelque chose ?

— Votre expression, votre attitude, votre visage, tout me révèle que vous avez quelque chose d'important à m'apprendre. »

Elle s'est assise, très excitée : « Oui, c'est vrai. Tu ne vas pas le croire ! Si tu savais… Mais d'abord apporte-moi un peu de thé, veux-tu ? J'ai la gorge tellement sèche. »

C'était une autre de ses manies. Elle se délectait à me torturer avant de me raconter ce qui s'était passé, et plus la nouvelle était captivante, plus elle faisait durer le plaisir. Je me suis hâtée de mettre la bouilloire à chauffer et suis immédiatement retournée près d'elle.

« Bon, alors, dites-moi tout. Nous en avons pour un moment avant que le thé soit prêt.

— Oh, je suis morte de soif, c'est à peine si je peux parler. »

Agacée, je suis retournée à la cuisine et lui ai rapporté un verre d'eau. « Alors ? Racontez !

— Prenons d'abord le thé.

— Hmmm… en fait, non, ne me dites rien. Ça ne m'intéresse pas, après tout », ai-je répondu en faisant la moue et en me retournant pour regagner la cuisine.

Elle m'a suivie. « Allons, ne boude pas. Tu ne devineras jamais qui j'ai rencontré ce matin. »

Mon cœur a bondi dans ma poitrine, mes yeux se sont écarquillés et je me suis écriée : « Saiid ?

— Quoi, tu penses encore à lui ? J'aurais cru qu'avec deux enfants, tu aurais oublié jusqu'à son nom. »

Je l'avais cru, moi aussi, et j'étais affreusement embarrassée. Le nom de Saiid avait jailli de ma bouche sans réflexion de ma part. Fallait-il en conclure qu'il occupait toujours mes pensées ?

« Ça ne fait rien, ai-je dit. Alors, qui avez-vous vu ?

— La mère de Parvaneh !

— Vraiment ? Et où l'avez-vous rencontrée, pour l'amour de Dieu ?

— Chaque chose en son temps. L'eau bout. Prépare le thé et je te dirai tout. Ce matin, je suis allée m'acheter des chaussures dans la rue qui longe le parc Sepahsalar. À travers la vitrine d'un magasin, j'ai aperçu une femme qui ressemblait à Mme Ahmadi. Je n'étais pas sûre pourtant que ce soit elle. C'est qu'elle a beaucoup vieilli, tu sais. À propos, tu te rappelles, toi, quand nous avons vu les Ahmadi pour la dernière fois ?

— Ça doit faire sept ans.

— Oh là là, déjà ! Je suis entrée dans la boutique pour mieux la voir. C'était bien Mme Ahmadi. Elle ne m'a pas reconnue immédiatement, mais j'ai pensé que tu m'en voudrais si je ne lui parlais pas. Je l'ai donc saluée, et elle a fini par se souvenir de moi. Nous avons bavardé un bon moment. Elle a pris des nouvelles de tous les habitants du quartier.

— Et moi ? Vous a-t-elle demandé ce que je devenais ? ai-je questionné, très émue.

— En fait, non. C'est moi qui ai abordé le sujet. Je lui ai appris que je te voyais régulièrement, que tu étais mariée et que tu avais des enfants. Elle a répondu : "C'était la seule personne fréquentable dans cette maison. Bien sûr, mon mari soutient que leur père est un homme bon et honorable, mais je n'oublierai jamais ce que leur frère nous a fait. Il nous a déshonorés aux yeux de tout le quartier. Personne n'avait jamais eu l'audace de parler à mon mari sur ce ton. Si vous saviez de quoi il a accusé cette malheureuse Parvaneh ! Mon pauvre mari a failli s'évanouir. Nous n'aurions plus pu marcher la tête haute par ici. Voilà pourquoi nous avons déménagé aussi rapidement. Mais Parvaneh aurait donné sa vie pour cette petite. Si vous saviez comme elle a pleuré ! Elle n'arrêtait pas de répéter : "Ils vont tuer Massoum".

Parvaneh s'est rendue chez eux plusieurs fois, mais la mère de Massoumeh lui a interdit de voir sa fille. Ma pauvre enfant ; ça lui a porté un coup terrible !

— Je me souviens d'un jour où elle a frappé à notre porte. Mère n'a pas voulu que je la voie, c'est vrai. Mais je ne savais pas qu'elle était passée plusieurs fois.

— Il paraît qu'elle est même venue t'inviter à son mariage. Elle avait apporté un carton d'invitation pour toi.

— Vraiment ? Personne ne me l'a donné. Mon Dieu, j'en ai plus qu'assez de cette famille ! Pourquoi est-ce qu'ils ne m'en ont pas informé ?

— Ta mère devait avoir peur que ça te rappelle le béguin que tu as eu pour ce garçon.

— Un béguin ? Avec deux gosses ? ai-je rétorqué, exaspérée. Je vais leur apprendre à me traiter comme une gamine, moi.

— Calme-toi ! Tu n'avais pas encore Massoud, à l'époque. C'était il y a longtemps, tu sais ; quatre ans, peut-être.

— Vous voulez dire que ça fait quatre ans que Parvaneh est mariée ?

— Évidemment ! Tu aurais voulu qu'ils la mettent en conserve ?

— Arrêtez ! Quel âge avait-elle ?

— Vous avez à peu près le même âge, toutes les deux, et je te rappelle que tu es mariée depuis sept ans.

— Malheureuse que je suis, je n'ai pas eu le choix ! Ils m'ont jetée au fond d'un puits. Mais tout le monde n'est pas condamné à vivre le même enfer. Bon, qui a-t-elle épousé ?

— Le petit-fils de la tante de son père. Sa mère m'a expliqué qu'elle avait eu plusieurs prétendants après avoir réussi son diplôme, mais elle a fini par épouser celui-là. Il est médecin et vit en Allemagne.

— Alors elle habite en Allemagne, elle aussi ?

241

— Oui. Elle s'est installée là-bas après leur mariage, mais elle revient presque chaque été pour voir sa famille.

— Elle a des enfants ?

— Oui, une fille de trois ans, m'a dit sa mère. J'ai raconté à Mme Ahmadi que tu avais longuement cherché Parvaneh, qu'elle t'avait terriblement manqué, que ton frère était tombé bien bas et ne faisait plus courir aucun danger à personne, sinon à lui-même. J'ai réussi à lui extorquer son numéro de téléphone. Ça l'ennuyait, mais elle me l'a tout de même donné. »

Mon esprit s'est reporté sept ans en arrière. Je n'avais jamais retrouvé la complicité et la profonde amitié qui m'avaient liée à Parvaneh. Je savais que plus jamais je n'aurais d'amie comme elle.

J'hésitais à appeler sa mère. J'étais affreusement gênée et ne savais pas quoi lui dire. Je me suis pourtant décidée à le faire. En entendant sa voix, ma gorge s'est nouée. Je me suis présentée avant d'ajouter que j'avais parfaitement conscience qu'il était sans doute audacieux de ma part de lui téléphoner, mais que Parvaneh avait été mon amie la plus chère, mon unique amie. Je lui ai expliqué que j'avais honte de ce qui s'était produit et lui ai demandé de pardonner à ma famille. Je lui ai également confié que j'avais très envie de revoir Parvaneh, que je passais encore des heures à lui parler en esprit, qu'il ne s'écoulait pas un jour sans que je pense à elle. J'ai donné à Mme Ahmadi mon numéro de téléphone pour que Parvaneh puisse m'appeler la prochaine fois qu'elle viendrait voir sa famille en Iran.

Avec deux enfants turbulents à la maison, mille tâches et responsabilités ménagères, préparer mes derniers examens n'a pas été une mince affaire. Je me plongeais dans mes livres le soir, une fois les petits couchés. Quand l'aube approchait et que, rentrant enfin à la maison, Hamid me trouvait encore en train d'étudier, il avait l'air surpris et faisait des commentaires sur ma ténacité et ma détermination. Peu de temps après le premier examen de Siamak, j'ai enfin obtenu mon diplôme de fin d'études secondaires, réalisant ainsi le rêve que j'avais caressé pendant tant d'années ; un rêve tout simple, un droit fondamental que la plupart des filles de mon âge avaient pu exercer sans avoir à se battre.

*

Les activités d'Hamid devenaient manifestement plus sérieuses, plus dangereuses, aussi. Il avait même établi des règles de sécurité et mis au point des stratégies de fuite pour pouvoir quitter la maison sans se faire prendre. J'ignorais ce que préparait son mouvement, mais je sentais le danger rôder autour de moi. Après son étrange voyage et sa longue absence, leur organisation paraissait plus soudée, ses objectifs mieux définis et son travail plus structuré. Vers la même période, les bulletins d'information se sont mis à faire état d'incidents qui se produisaient un peu partout dans la ville, et je me suis demandé si Hamid et ses camarades n'y étaient pas pour quelque chose. En réalité, je ne savais rien et ne voulais rien savoir. Cette ignorance seule rendait ma vie supportable et allégeait mes craintes, surtout pour nos enfants.

Un matin d'été, le téléphone a sonné à six heures. Hamid a décroché avant moi. Il n'a prononcé que deux mots avant de reposer le combiné, mais il a pâli, visiblement inquiet. Il lui a fallu presque une minute pour se ressaisir. Je l'observais avec effroi, sans oser l'interroger ce qui se passait. Il a fourré hâtivement quelques affaires dans un sac de toile et a pris la totalité de l'argent que nous avions à la maison. Tout en faisant un gros effort pour rester calme, j'ai murmuré : « Hamid, quelqu'un t'a trahi ?

— Probablement. Je ne sais pas exactement ce qui est arrivé. Un de nos camarades a été arrêté. Tout le monde doit bouger.

— Qui est-ce ? Qui a été arrêté ?

— Tu ne le connais pas. Un nouveau membre.

— Et lui, il te connaît ?

— Pas par mon vrai nom.

— Il sait où nous habitons ?

— Non, heureusement. Aucune réunion n'a eu lieu ici. Mais il n'est pas impossible qu'il y ait eu d'autres arrestations. Ne panique pas. Tu ne sais rien. Va chez tes parents si tu crois que c'est mieux. »

La sonnerie du téléphone avait réveillé Siamak qui, visiblement apeuré, ne lâchait plus son père d'une semelle. Il avait senti notre inquiétude.

« Où vas-tu ? ai-je demandé à Hamid.

— Je ne sais pas. Pour le moment, il faut absolument que je parte, c'est tout. Je vais trouver un point de chute, mais je ne sais pas encore où. Ne t'inquiète pas si tu restes sans nouvelles de moi pendant une semaine. »

Entourant les jambes d'Hamid de ses bras, Siamak l'a supplié : « Je veux partir avec toi ! »

Hamid l'a repoussé. « S'ils viennent ici, a-t-il repris, quoi qu'ils découvrent, dis-leur simplement que ce n'est pas à nous. Heureusement, tu ne sais rien qui risquerait de nous compromettre davantage. »

Siamak a recommencé à se cramponner à lui en pleurnichant : « Je vais avec toi ! »

Hamid l'a détaché avec colère et m'a lancé : « Prends tes gosses et faites attention à vous. Va voir mon père si tu as besoin d'argent et ne raconte à personne ce qui s'est passé. »

Après son départ, je suis restée hébétée un long moment. Terrifiée, je me demandais ce que le destin nous réservait. Siamak était très en colère. Il se jetait contre les murs et les portes, puis je l'ai vu se précipiter vers Massoud qui venait de se réveiller. J'ai couru et je l'ai pris dans mes bras. Il a cherché à se dégager en me bourrant de coups de pied et de poing. Il était évidemment inutile de se comporter comme si tout allait bien et de feindre qu'il ne s'était rien passé. Cet enfant perspicace et sensible percevait mon angoisse à travers mon souffle même.

« Écoute-moi bien, Siamak, lui ai-je chuchoté à l'oreille. Nous devons garder notre sang-froid et, surtout, il faut que tu saches que c'est un secret dont tu ne dois parler à personne. Autrement, il pourrait arriver quelque chose de grave à Papa. »

Il s'est calmé d'un coup et m'a demandé : « Ne pas parler de quoi ?

— Ne pas dire que Papa a dû partir très vite aujourd'hui. Et se débrouiller pour que Massoud ne l'apprenne pas non plus. »

Il m'a dévisagée d'un air soucieux et dubitatif.

« Et il ne faut pas avoir peur. Il faut être courageux et fort. Papa est très fort, lui, et il sait ce qu'il a à faire. Ne t'inquiète pas, personne ne le trouvera. Nous sommes ses soldats. Nous devons rester calmes et garder son secret. Il a besoin de nous. Tu veux bien faire ça pour lui ?

— Oui.

— Alors, nous allons nous promettre tous les deux de ne rien dire à personne et de ne pas faire d'histoires. Tu veux bien ?

— Oui, je veux bien. »

Je savais qu'il ne pouvait pas vraiment comprendre le poids de mes paroles, mais ça n'avait pas d'importance. Son esprit jeune et fertile ajoutait des détails épiques et parait cet événement d'une aura d'héroïsme et d'aventure.

Nous n'en avons plus jamais reparlé. Parfois, quand il me voyait perdue dans mes pensées, il me prenait la main en silence et cherchait mon regard. J'essayais de chasser mes soucis, je lui adressais un sourire confiant et lui murmurais : « Ne t'inquiète pas. Il est en lieu sûr. » Alors il repartait, recommençait à chahuter et reprenait son jeu là où il l'avait laissé. Rapide comme l'éclair, il bondissait derrière le canapé et faisait des bruits bizarres en tirant dans tous les sens avec son pistolet à eau. Je ne connaissais personne qui fût capable de changer d'humeur et de comportement de façon aussi spectaculaire.

Ces journées d'angoisse me paraissaient interminables. Je m'efforçais de ne commettre aucune imprudence et n'ai confié à personne ce qui s'était passé. J'avais un peu d'argent dans mon portefeuille et je me suis débrouillée de mon mieux pour qu'il dure. Je me demandais constamment : Que lui arrivera-t-il s'il se fait prendre ? Dans quelles affaires son groupe a-t-il trempé ? Sont-ils responsables de l'attentat dont parlait le journal ? Je n'avais jamais éprouvé de crainte aussi présente, aussi taraudante. Au début, j'avais pris leurs réunions pour une sorte de jeu intellectuel, un passe-temps, un moyen un peu puéril de se donner de l'importance, mais la situation avait changé. Le souvenir de la nuit d'été où ses camarades et lui avaient transporté de mystérieux colis dans notre cave aggravait mes craintes. Depuis cette nuit, la porte de la petite pièce du sous-sol avait été munie d'un cadenas.

Je m'en étais déjà plainte à Hamid, qui rétorquait : « Tu ne peux donc pas cesser de m'asticoter ? En quoi ça t'intéresse ? Tu ne descends jamais à la cave. Ne prétends pas que ça te prive d'un espace dont tu as besoin.

— Non, simplement ça me fait peur. Qu'est-ce qu'il y a, là en bas ? Et si ça nous mettait en danger ? »

Hamid cherchait à me rassurer, soutenant qu'il n'y avait pas lieu de s'inquiéter et que ce qu'il avait rangé à la cave ne nous faisait courir aucun risque. Pourtant, avant de filer, il m'avait prévenue que, si la police découvrait quelque chose chez nous, je devais jurer que ça ne nous appartenait pas et que je n'étais au courant de rien. Il y avait donc à la cave des choses qu'il ne voulait pas que l'on découvre.

Une semaine plus tard, en pleine nuit, le bruit de la porte d'entrée m'a tirée d'un sommeil léger et agité. J'ai couru dans le vestibule et j'ai allumé. « Éteins, éteins ! » a chuchoté Hamid d'une voix pressante.

Il n'était pas seul. Deux femmes à l'allure étrange, étroitement enveloppées dans leurs tchadors, se tenaient derrière lui. J'ai aperçu leurs pieds, chaussés de godillots d'hommes usés. Ils se sont rendus ensemble au salon. Puis Hamid est ressorti en refermant la porte derrière lui. « Maintenant, m'a-t-il déclaré, tu peux allumer la petite lampe et me donner des nouvelles.

— Il n'y en a pas. Il ne s'est rien passé ici.

— Je sais. Mais as-tu repéré quelque chose de suspect ?

— Non…

— Tu es sortie ?

— Oui, presque tous les jours.

— Tu n'as pas eu l'impression d'être suivie ? Nous n'avons pas de nouveaux voisins ?

— Non, je n'ai rien remarqué.

— Tu en es sûre ?

— Je ne sais pas, moi. En tout cas, je n'ai rien remarqué de bizarre.

— Tant mieux. Maintenant, si tu veux bien, va nous chercher quelque chose à manger. Du thé, du pain et du fromage, les restes d'hier soir, ce que tu as. »

J'ai posé la bouilloire sur la cuisinière. Malgré l'atmosphère de danger qui l'entourait, j'étais heureuse : quel soulagement de le savoir sain et sauf ! Dès que le thé a été prêt, j'ai disposé sur un plateau du fromage, du beurre, des fines herbes, des conserves que j'avais faites récemment et tout le pain que nous avions à la maison, et je l'ai apporté jusqu'à la porte du salon. J'ai appelé Hamid tout bas. J'étais sûre qu'il ne voudrait pas que j'entre. Il m'a ouvert, m'a pris le plateau des mains et m'a dit : « Merci. Retourne te coucher maintenant. »

J'ai eu l'impression qu'il avait maigri et que sa barbe était parsemée de poils blancs. J'avais follement envie de l'embrasser.

Je suis retournée dans ma chambre, dont j'ai fermé la porte. Je voulais qu'ils se sentent libres d'utiliser la salle de bains à leur guise. Une fois encore, j'ai rendu grâce à Dieu de m'avoir permis de le revoir vivant et en bonne santé. Pourtant, un pressentiment funeste me tourmentait. Plongée dans de vagues rêveries, j'ai fini par me rendormir.

Le soleil venait de se lever quand je me suis réveillée. Je me suis rappelé que nous n'avions plus de pain. Je me suis habillée, j'ai fait ma toilette, suis allée à la cuisine allumer le samovar et me suis rendue dans le vestibule. Les enfants s'étaient réveillés, mais la porte du salon était toujours fermée.

Quand je suis retournée à la cuisine, Siamak m'a suivie et m'a demandé tout bas : « Papa est rentré ? »

Interloquée, j'ai rétorqué : « Comment le sais-tu ?

— C'est que tout est bizarre, ce matin. La porte du salon est fermée et j'ai vu des ombres derrière la vitre. »

La porte du salon était en verre dépoli, avec un motif en nid-d'abeilles.

« Tu as raison, mon chéri. Mais Papa veut que personne ne le sache, alors il ne faut rien dire.

« — Il n'est pas seul, hein ?

— Non. Il est avec deux amies.

— Je me débrouillerai pour que Massoud ne remarque rien.

— C'est bien, mon fils. Tu es un homme, maintenant, mais Massoud est encore petit et il risquerait d'en parler à l'extérieur.

— Je sais, Je l'empêcherai de s'approcher de la porte du salon. »

Siamak montait la garde à la porte du salon avec une telle détermination que Massoud était dévoré de curiosité. Il voulait absolument savoir ce qui se tramait. Ils étaient sur le point d'en venir aux mains quand Hamid est sorti. Massoud est resté planté là, abasourdi, tandis que Siamak courait vers lui et se jetait dans ses jambes. Hamid les a pris dans ses bras tous les deux et les a embrassés.

« Reste avec tes fils le temps que je prépare le petit déjeuner, lui ai-je proposé.

— D'accord, mais d'abord, je veux faire ma toilette. Et prépare aussi quelque chose pour nos amies. »

Quand nous nous sommes retrouvés tous les quatre devant le petit déjeuner, j'en ai eu les larmes aux yeux.

« Dieu soit loué, ai-je soupiré, j'ai eu peur que nous ne soyons plus jamais réunis. »

Hamid m'a regardée tendrement. « Pour le moment, m'a-t-il rassurée, tout va bien. Tu n'as rien dit à personne, j'espère ?

— Non, pas même à tes parents. Pourtant ça n'a pas été facile. Ils ne cessent de demander de tes nouvelles. N'oublie pas de les appeler ; autrement, comme tu le dis souvent, ça va faire des histoires.

— Papa, a lancé Siamak. Je n'ai rien dit non plus, moi. Et j'ai fait bien attention que Massoud ne sache rien. »

Hamid m'a regardée, étonné. Je lui ai fait comprendre d'un geste qu'il n'avait pas à s'inquiéter et j'ai renchéri : «C'est vrai, Siamak m'a beaucoup aidée. Il sait très bien garder les secrets.»

De sa douce petite voix d'enfant, Massoud est intervenu : «J'ai un secret, moi aussi. J'ai un secret, moi aussi.

— Tais-toi, l'a coupé Siamak. Tu n'es qu'un bébé, tu ne comprends rien du tout.

— Je ne suis pas un bébé. Je comprends.

— Ça suffit, les garçons», a grondé Hamid. Puis il s'est tourné vers moi : «Écoute, Massoum, prépare-nous à déjeuner, puis va chez tes parents. Je t'appellerai quand tu pourras revenir.

— Ça va durer longtemps ?

— Il faudra que tu passes la nuit là-bas, c'est sûr.

— Mais qu'est-ce que je vais leur dire ? Ils vont croire qu'on s'est disputés.

— Aucune importance. Ils n'ont qu'à penser que tu boudes. Surtout, ne reviens pas avant que je te fasse signe. C'est compris ?

— Oui. Mais cette histoire finira mal, j'en suis sûre. J'ai passé la semaine à me ronger les sangs. Pour l'amour de Dieu, remporte ce que tu as caché à la cave ! J'ai peur.

— Pars d'ici et nous nous en occuperons.»

Contrarié et attristé, Siamak a protesté : «Papa, je veux rester avec toi.»

J'ai fait signe à Hamid de lui parler et j'ai emmené Massoud à la cuisine, les laissant tous les deux assis l'un en face de l'autre. Hamid parlait d'une voix grave et Siamak l'écoutait attentivement. Ce jour-là, mon fils de six ans et demi s'est conduit en adulte responsable, conscient d'avoir une mission à accomplir.

Nous avons dit au revoir à Hamid et sommes partis pour la maison de mon père. Calme et muet, Siamak essayait de porter le lourd sac de toile que j'avais préparé. Je me suis demandé quelles idées agitaient son jeune esprit. Lorsque nous sommes arrivés chez mes parents, Siamak a refusé de jouer et est resté étonnamment silencieux. Il s'est assis au bord du bassin pour observer le poisson rouge. Il ne s'est même pas énervé quand Ehteram-Sadat est venue dans l'après-midi avec Gholam-Ali ; il ne s'est pas disputé avec son cousin et n'a pas fait de bêtises.

« Qu'est-ce qu'il a ? s'est étonné Père.

— Rien. C'est un vrai petit homme, maintenant. »

J'ai regardé Siamak en souriant. Il a levé les yeux vers moi et m'a rendu mon sourire. Son visage était empreint de sérénité. Il savait que nous partagions un secret avec Hamid, lui et moi, un secret très important. Nous formions une famille unie, et Massoud était notre enfant à tous les trois.

Comme je l'avais prévu, Mère a été surprise de notre visite inopinée. Pendant tout le chemin, je m'étais interrogée sur ce que j'allais bien pouvoir lui raconter et quelle excuse trouver pour justifier le fait que je veuille dormir chez eux. Dès l'instant où nous sommes entrés, elle a dit : « Par la grâce de Dieu, j'espère que vous êtes porteurs d'une bonne nouvelle. Qu'est-ce qui vous amène ? Et avec des bagages, en plus ?

— Hamid a une réunion d'hommes, lui ai-je expliqué. Plusieurs de ses amis et les employés de l'imprimerie viennent à la maison. Il pense qu'ils seront plus à l'aise si je ne suis pas là. En plus, quelques-uns d'entre eux arrivent de province et vont rester quelques jours. Hamid préfère que je m'installe chez vous aussi longtemps qu'ils seront là. Il viendra nous chercher après leur départ.

— Ah oui ? a observé Mère. J'ignorais qu'Hamid Agha faisait si grand cas des questions d'honneur qu'il ne veuille pas que sa femme soit à la maison quand il reçoit des étrangers sous son toit !

— C'est plutôt que, quand les hommes sont ensemble, ils ont envie d'être libres d'aborder des sujets dont ils ne peuvent pas discuter en présence de femmes. En plus, j'ai quelques lés de tissu et je voulais voir si Faati pourrait me faire une robe ; c'était l'occasion ou jamais. »

J'ai passé trois jours et deux nuits chez mes parents. Malgré l'inquiétude qui me tenaillait, j'ai bien profité de ce séjour. Mme Parvin m'a confectionné un chemisier et une jupe très élégants et Faati m'a cousu deux robes d'intérieur fleuries. Nous avons bavardé et beaucoup ri. Mère, qui était rentrée de Qum la semaine précédente, avait de nombreuses nouvelles de la famille, de nos anciens voisins et connaissances à me donner. C'est ainsi que j'ai appris que Mahboubeh avait une fille et attendait son deuxième enfant.

« C'est sûrement encore une fille, a persiflé Mère. Je le vois à son attitude et à sa manière d'agir. Si tu savais comme ils ont été jaloux quand je leur ai appris que vous aviez des fils, Mahmoud et toi. En plus, la fille de Mahboubeh ressemble trait pour trait à sa mère au même âge, elle est terriblement pâle et n'a vraiment rien d'une beauté.

— Oh, Mère ! ai-je protesté. Mahboubeh était adorable quand elle était petite. Rappelle-toi ces frisettes blondes ! Et puis, aujourd'hui, on ne fait plus de différence entre les fils et les filles ; ils n'ont aucune raison de nous envier parce que nous avons des garçons, Mahmoud et moi.

— Comment ça, on ne fait plus de différence ! C'est bien toi, ça ; incapable d'apprécier ton bonheur. En tout cas, ils ont été d'une arrogance incroyable. Maintenant qu'ils sont riches, ils prennent de si grands airs que je ne serais pas étonnée qu'ils donnent des petits noms aux poux qui grouillent sur eux ! C'est tout juste s'ils n'ont pas crevé de dépit quand je leur ai parlé de la réussite de Mahmoud Agha et de l'argent qu'il gagne.

— Allons, Mère ! Pourquoi seraient-ils jaloux ? Tu viens de dire qu'ils sont très riches !

— C'est vrai. Il n'empêche qu'ils ne supportent pas de nous voir à l'aise ; ils préféreraient que nous soyons dans la misère. À propos, ta tante prétend que le mari de Mahboubeh voulait l'emmener en voyage à l'Ouest cette année, mais que Mahboubeh a refusé.

— Alors ça ! Quelle idiote !

— Pas du tout ! Pourquoi devrait-elle y aller ? Là-bas, tout est impur. Comment dirait-elle ses prières ? Ah, et il faut que tu saches que l'oncle d'Ehteram-Sadat a été arrêté. Mahmoud est très ennuyé. Il a peur que cela nuise à son commerce.

— Comment ? Par qui a-t-il été arrêté ?

— Quelle question ! Par la police secrète… il semblerait qu'il ait prononcé un discours à la mosquée.

— C'est vrai ? Bravo ! Je ne le savais pas aussi courageux. Quand l'ont-ils emmené ?

— Ça fait quinze jours. Il paraît qu'ils lui arrachent la chair par petits morceaux avec des tenailles. »

Un frisson m'a parcouru l'échine. Que Dieu ait pitié d'Hamid ! ai-je pensé.

*

Tard dans l'après-midi du troisième jour, Hamid est venu nous chercher dans une deux-chevaux jaune. Les garçons étaient tout heureux de le voir et ils ont beaucoup admiré la voiture. Contrairement à ses habitudes, Hamid n'était pas pressé de repartir. Il s'est assis avec Père sur le lit de bois de la cour, ils ont bu du thé et ont bavardé.

« Dieu merci, j'ai l'esprit apaisé, nous a dit Père au moment où nous prenions congé. Je m'étais demandé si vous ne vous étiez pas disputés. J'étais inquiet. Mais je dois avouer que j'ai vraiment apprécié ces trois jours. Vous avoir sous mon toit m'a guéri l'âme. »

Père n'était pas du genre à s'épancher et ces paroles m'ont profondément émue. Pendant le trajet du retour, j'ai donné à Hamid les nouvelles de mes proches et lui ai appris l'arrestation de l'oncle d'Ehteram-Sadat.

« Cette foutue Savak* a pris un tel pouvoir, a-t-il maugréé. Elle s'attaque à toutes les organisations. »

Ne souhaitant pas poursuivre cette conversation devant Siamak, je lui ai demandé : « D'où vient cette voiture ?

— Elle est à ma disposition pour le moment. Nous avons un certain nombre de planques à vider.

— Dans ce cas, commence par ta propre maison.

— C'est fait. Je ne me fais plus de souci pour nous, maintenant. J'étais vraiment inquiet… En cas de perquisition, nous risquions tous notre peau.

— Pour l'amour de Dieu, Hamid ! Aie pitié de ces enfants innocents !

— J'ai pris les précautions nécessaires. Pour l'instant, notre maison est le seul lieu parfaitement sûr. »

Le moteur de la voiture était bruyant et nous chuchotions, mais j'ai remarqué que Siamak tendait l'oreille, cherchant à nous entendre.

« Chut ! Les enfants… »

Hamid s'est retourné et a jeté un coup d'œil à Siamak. Puis il a souri : « Ce n'est plus un enfant. C'est un homme, maintenant. C'est lui qui veillera sur vous quand je serai parti. »

Les yeux de Siamak se sont illuminés ; il était rouge d'orgueil.

Dès que nous sommes arrivés à la maison, je suis descendue à la cave. Il n'y avait plus de cadenas à la porte et la pièce du fond ne contenait que du bric-à-brac ordinaire. Demain matin, ai-je songé, j'inspecterai tout à fond pour vérifier qu'ils n'ont rien oublié.

Siamak suivait Hamid comme un petit chien. Il n'a même pas accepté que je lui donne son bain.

« Je suis un homme ! a-t-il protesté. Je prendrai mon bain avec Papa. »

Nous avons échangé un regard, Hamid et moi, et avons éclaté de rire. Ils ont pris un bain tous les deux, après Massoud et moi. Leurs voix résonnaient dans la salle de bains et quelques-uns de leurs propos parvenaient jusqu'à mes oreilles. Quelle joie ! Malgré le peu de temps qu'Hamid avait passé avec nous, il avait su nouer une relation d'une grande proximité avec son fils aîné.

Après quelques jours durant lesquels il a été très occupé, Hamid s'est mis à passer davantage de temps à la maison. Apparemment, il n'avait pas d'autre endroit où aller et ses amis s'étaient évanouis dans la nature. Il vivait enfin comme tous les hommes, au travail dans la journée, chez lui le soir. Il commençait pourtant à s'ennuyer. J'en ai profité pour lui demander plusieurs fois d'emmener les garçons au parc ou en promenade – ce qu'il n'avait jamais fait. Je crois que cette période a été pour mes fils la plus heureuse de leur enfance. Avoir un père et une mère près d'eux, mener une existence normale – une expérience qui n'avait rien d'extraordinaire pour d'autres enfants et ne leur inspirait certainement pas une reconnaissance particulière –, était pour eux, et pour moi, une agréable nouveauté. Peu à peu, je me suis enhardie au point de suggérer que nous partions en vacances pour quelques jours.

« Allons au bord de la Caspienne, ai-je proposé, comme l'année de la naissance de Siamak. »

Hamid m'a regardée gravement et m'a répondu : « Non, c'est impossible. J'attends des nouvelles. Il faut que je sois à la maison ou à l'imprimerie.

— Rien que deux jours, ai-je insisté. Deux mois sont passés et tu n'as reçu aucun message. L'école reprend déjà la semaine prochaine. Que les petits aient quelques bons souvenirs. Qu'ils aient au moins fait un voyage avec leurs parents. »

Les garçons se sont cramponnés à lui. Massoud a supplié Hamid de nous emmener en voyage, alors qu'il ne savait même pas ce que signifiait ce mot. Siamak est resté muet, mais il a pris son père par la main et a levé vers lui des yeux brillants d'espoir. Je devinais que ce regard aurait raison des hésitations d'Hamid.

« Tu savais que le mari de Mansoureh a acheté une villa au bord de la Caspienne ? ai-je poursuivi. Mansoureh ne cesse de me rappeler que tout le monde y est déjà allé sauf nous. Tes parents peuvent nous accompagner, si tu veux. Après tout, ils méritent bien des vacances, eux aussi. Ils rêvent sûrement d'un petit voyage avec leur fils. En plus, nous pourrions nous y rendre en voiture.

— Non, elle n'est pas assez solide pour la route de Chalous.

— Dans ce cas, prenons la route d'Haraz. C'est une voiture neuve ; pourquoi ne serait-elle pas assez solide ? Nous n'avons pas besoin de rouler vite. »

Les enfants ont continué à le supplier, et l'affaire a été entendue quand Siamak a embrassé la main d'Hamid. Nous avions gagné.

Les parents d'Hamid ne nous ont pas accompagnés, mais ont été heureux d'apprendre qu'après toutes ces années nous prenions enfin des vacances en famille. Mansoureh était déjà dans le Nord. Elle a discuté avec Hamid au téléphone et lui a donné l'adresse avec grand plaisir. Et, un beau matin, nous sommes tous montés en voiture.

Dès que nous avons quitté la ville, nous avons eu l'impression de pénétrer dans un autre monde. Les enfants étaient tellement hypnotisés par les montagnes, les vallées et les prairies qu'ils sont longtemps restés collés chacun à sa vitre de la voiture sans piper mot. Hamid fredonnait une chanson et je chantais avec lui. Mon cœur débordait de joie. J'ai dit la prière que l'on récite traditionnellement avant de partir en voyage, et j'ai prié Dieu de ne pas nous priver du bonheur d'être ensemble. La voiture peinait dans les fortes côtes, mais ça n'avait aucune importance. J'aurais voulu que le trajet dure éternellement.

J'avais préparé des croquettes de viande pour le déjeuner. Nous nous sommes arrêtés dans un endroit pittoresque pour pique-niquer. Les enfants ont joué à chat et le bruit de leurs rires m'a réjoui l'âme.

« C'est curieux, ai-je fait remarquer. Le comportement de Siamak a radicalement changé. Il est tellement plus calme, tu ne trouves pas ? Il est devenu obéissant et franchement agréable. Je ne me rappelle pas quand je l'ai grondé pour la dernière fois, alors qu'avant il ne s'écoulait pas une journée sans crise.

— Je ne comprends pas quels problèmes tu as avec cet enfant, a rétorqué Hamid. C'est un gamin adorable. J'ai l'impression de mieux le comprendre que toi.

— Mais non, mon chéri. Tu ne connais que celui qu'il est quand tu es à la maison. Il est très différent quand tu n'es pas là. C'est un enfant qui n'a rien de commun avec celui que tu vois tous les jours depuis deux mois. Tu agis sur lui comme un sédatif, un tranquillisant.

— Hou… ne dis pas des choses pareilles ! Je m'en voudrais que quelqu'un soit aussi dépendant de moi.

— Que tu le veuilles ou non, beaucoup de personnes dépendent effectivement de toi, tu sais.

— Ne me dis pas ça. C'est une idée qui m'angoisse.

— Très bien, je n'insiste pas. N'en parlons plus et profitons des belles journées qui nous attendent. »

Mansoureh nous avait préparé une chambre claire et spacieuse avec vue sur la mer. Comme elle était là, Hamid ne pouvait pas dormir ailleurs et a été bien obligé de partager mon lit. Le soleil et la mer nous faisaient un bien fou. J'avais hâte de bronzer. Je laissais mes cheveux dénoués et portais des robes de couleurs vives très échancrées que je m'étais cousues récemment. J'avais envie d'attirer, comme autrefois, les regards admiratifs d'Hamid. J'avais soif de son affection, de son attention. La troisième nuit, il a fini par céder, il a oublié la promesse qu'il s'était faite de longues années auparavant et m'a prise dans ses bras.

Ce voyage mémorable nous a rapprochés comme jamais encore. Sachant qu'Hamid était incapable de se satisfaire d'une épouse qui ne serait qu'une ménagère et une mère, je lisais le plus possible et discutais avec lui de ce que m'avaient appris ses livres au fil des ans. J'essayais de remplir le vide créé par l'absence de ses amis en lui faisant part de mes idées, en lui demandant son avis sur toutes sortes de sujets. J'ai compris peu à peu que j'avais, moi aussi, une conscience politique et sociale, et Hamid en est venu à apprécier mon intelligence et ma mémoire. Il ne me considérait plus comme une enfant arriérée ni comme une femme sans instruction.

Un jour où je lui récitais un passage d'un livre qu'il avait oublié, il m'a dit : « Tu es vraiment douée, tu sais. Quel dommage que tu n'aies pas poursuivi ta scolarité. Pourquoi ne t'inscrirais-tu pas aux examens d'entrée à l'université ? Je suis certain que si tu continues à étudier, tu feras d'immenses progrès.

— Ça m'étonnerait que je les réussisse. J'ai de très grosses lacunes en anglais. Et, d'ailleurs, qu'est-ce que je ferais des enfants si j'allais à la fac ?

— Tu te débrouillerais comme quand tu as préparé ton diplôme de fin d'études secondaires. Et puis les garçons ont grandi, ils te laissent plus de temps. Prends des cours d'anglais ou, mieux encore, inscris-toi aux cours de préparation aux examens d'entrée à la fac. À toi de voir ce qui peut t'être le plus profitable. »

Au bout de huit ans de mariage, je découvrais enfin la vie de famille et j'en savourais chaque instant. Cet automne-là, j'ai profité de ce qu'Hamid était à la maison l'après-midi pour m'inscrire aux cours de préparation dont il m'avait parlé. Je ne savais pas combien de temps cette situation durerait, mais je voulais tirer le maximum de ces précieuses journées. Je me disais que leur mouvement avait dû être démantelé et j'espérais que nous pourrions vivre ainsi définitivement. Hamid avait beau être toujours sur le qui-vive, dans l'attente d'un coup de téléphone, je pensais que le temps finirait par avoir raison de son impatience.

En fait, j'ignorais tout de leur organisation. Un jour, alors que nous bavardions, je l'ai interrogé à ce sujet. « Non, ne me pose aucune question sur mes camarades ni sur nos activités, s'est-il rebiffé. Ne crois pas que je ne te fasse pas confiance ou que je pense que tu ne comprendrais pas. C'est une simple question de sécurité. Moins tu en sais, mieux ça vaut pour toi. »

Je n'ai plus jamais manifesté la moindre curiosité à propos de leur groupe.

L'automne et l'hiver se sont écoulés paisiblement. Peu à peu, l'emploi du temps d'Hamid a pris un nouveau rythme. Une fois par semaine, ou un peu moins souvent, il recevait un coup de fil et disparaissait pendant un ou deux jours. Au printemps, il m'a annoncé que le danger était écarté, qu'aucun des membres de son organisation n'avait été repéré et que la plupart d'entre eux avaient déménagé et se trouvaient désormais en lieu sûr.

« Tu veux dire que, pendant tout ce temps, ils n'ont pas eu de logement à eux ?

— En effet. Ils étaient en cavale. À la suite des premières arrestations, la police a mis la main sur de nombreuses adresses, et beaucoup de nos camarades ont été obligés de quitter leur logement.

— Et Shahrzad et Mehdi ? Ils ont dû abandonner leur maison, eux aussi ?

— Ils ont été parmi les premiers à partir, oui. Ils ont perdu tout ce qu'ils avaient. Ils ont à peine eu le temps de sauver leurs notes et leurs documents.

— Ils avaient beaucoup de biens ?

— Oh là là ! Shahrzad aurait pu meubler deux maisons entières avec la dot que sa famille lui avait constituée. Bien sûr, elle avait déjà donné un certain nombre de choses au fil des ans, mais il en restait encore beaucoup.

— Où sont-ils allés quand ils sont partis de chez eux ? Qu'est-ce qu'ils ont fait ?

— Eh, doucement ! Pas de détails, pas de sujets de conversation sérieux, tu connais la consigne. »

Dans le courant du printemps et de l'été, Hamid a entrepris quelques voyages prolongés. Il était de bonne humeur et je veillais à dissimuler ses absences à tout le monde. Quant à moi, je travaillais dur pour les examens d'entrée à l'université. Ma réussite nous a autant réjouis, Hamid et moi, qu'elle a étonné nos deux familles. Les réactions ont cependant été pour le moins diverses.

« Qu'est-ce que tu vas faire à l'université ? m'a demandé Mère. Tu n'as quand même pas l'intention de devenir médecin, si ? »

Elle n'imaginait pas qu'on puisse suivre d'autres études supérieures que celles de médecine.

Pour sa part, Père était surpris, certes, mais surtout très heureux et très fier.

« Ta directrice de collège m'avait bien prévenu que tu étais vraiment douée. En fait, je le savais déjà ! s'est-il écrié. Si seulement tes frères te ressemblaient un peu plus ! »

Ali et Mahmoud estimaient que ce n'était, une fois de plus, que du temps perdu, et que mon mari était incapable de me tenir la bride serrée parce qu'il n'était pas assez ferme, pas assez viril et que son sens de l'honneur laissait à désirer.

Quant à moi, j'exultais. J'étais ravie de mon succès, et pleine d'assurance. Tout me souriait.

J'ai donné une grande fête pour Manijeh qui s'était mariée peu de temps auparavant. Je n'avais pas encore eu le loisir de célébrer dignement son mariage. Nos familles, distantes pendant de longues années, se sont réunies pour l'occasion. Évidemment, Mahmoud et Ali ne sont pas venus, alléguant la présence de femmes sans hijab, mais Ehteram-Sadat nous a rejoints avec ses enfants bruyants et turbulents.

J'étais si heureuse que rien n'aurait pu me contrarier ni effacer mon sourire.

*

Ma vie a changé. J'ai inscrit Massoud à l'école maternelle la plus proche de chez nous et je me suis débrouillée pour effectuer l'essentiel de mes tâches ménagères le soir. Je pouvais ainsi partir à la fac le matin la conscience tranquille, sachant qu'Hamid et les enfants ne manqueraient de rien.

Le froid était venu. Le vent d'automne agitait les branches qui heurtaient les carreaux. La bruine qui avait commencé à tomber dans l'après-midi se mêlait à présent de neige fondue et devenait plus drue. Hamid venait de s'endormir. L'hiver est arrivé si vite, me disais-je. Heureusement que j'ai déjà sorti mes vêtements chauds.

Il était presque une heure du matin et je m'apprêtais à aller me coucher quand le bruit de la sonnette m'a figée. Mon cœur s'est mis à battre à tout rompre. J'ai attendu quelques secondes, essayant de me convaincre que je m'étais trompée, mais j'ai vu Hamid debout au milieu du vestibule, l'air égaré. Nous nous sommes regardés fixement.

D'une voix rauque, je lui ai demandé : « Tu as entendu, toi aussi ?

— Oui !

— Qu'est-ce qu'il faut faire ? »

Tout en enfilant son pantalon par-dessus son pyjama, il m'a répondu : « Retiens-les aussi longtemps que tu pourras. Je vais monter sur le toit et filer par le chemin que j'avais prévu ; attends un peu avant d'ouvrir. En cas de danger, allume toutes les lampes. »

Il a hâtivement attrapé une chemise et une veste et s'est précipité vers l'escalier.

« Attends ! Prends un manteau, un pull, quelque chose… »

La sonnette se faisait de plus en plus insistante.

« Pas le temps ! »

Il avait presque atteint la porte qui menait au toit quand j'ai attrapé un pull qui traînait à ma portée. Je le lui ai lancé. J'ai essayé de me calmer et de prendre l'air de quelqu'un qu'on vient de tirer de son sommeil. Je me suis enveloppée dans un manteau et ai descendu l'escalier menant à la cour. Je tremblais de tous mes membres.

La sonnette s'était tue, mais on tambourinait maintenant contre la porte. Après avoir allumé dans la cour pour qu'Hamid nous voie mieux depuis le toit, j'ai ouvert précautionneusement. La personne qui se trouvait à l'extérieur a repoussé le battant violemment, s'est précipitée dans la cour et a refermé la porte. C'était une femme. Elle portait un tchador à fleurs qui n'était visiblement pas à elle car il ne lui arrivait même pas aux chevilles. Je l'ai regardée, terrifiée. Son foulard mouillé a glissé sur ses épaules et j'ai lâché, le souffle court : « Shahrzad ! »

Elle a immédiatement posé l'index sur ses lèvres pour m'intimer le silence et a chuchoté : « Éteins vite ! Pourquoi est-ce que vous commencez toujours par allumer toutes les lampes, vous deux ? »

Levant les yeux vers le toit, j'ai éteint.

Elle était trempée jusqu'aux os.

« Entrez vite, vous allez prendre froid, ai-je murmuré.

— Chut ! Tais-toi ! »

Nous sommes restées là, derrière la porte, aux aguets. Un silence absolu régnait dans la rue. Au bout de quelques minutes, comme si toute son énergie l'abandonnait d'un coup, Shahrzad s'est adossée contre le battant et s'est laissée glisser à terre. Son tchador s'est répandu autour d'elle. Elle a entouré ses genoux de ses bras et a posé la tête dessus. Ses cheveux ruisselaient de pluie. J'ai essayé de l'aider à se relever en la tenant sous les aisselles. Elle était incapable de marcher seule. Ramassant son tchador, je l'ai prise par la main ; elle était brûlante. Désarmée et sans forces, elle m'a péniblement suivie jusqu'en haut de l'escalier.

« Il faut vous sécher, lui ai-je dit. Vous êtes très malade, n'est-ce pas ? »

Elle a acquiescé d'un signe de tête.

« Il y a toute l'eau chaude qu'il faut. Allez prendre une douche. Je vais vous apporter des vêtements secs. »

Sans un mot, elle s'est dirigée vers la salle de bains et est restée un long moment sous la douche. J'ai rassemblé quelques affaires qui m'ont paru à sa taille, j'ai pris un matelas, des draps et des couvertures, et lui ai aménagé un endroit où dormir au salon. Elle est sortie de la salle de bains et s'est habillée. Elle était muette et son regard était celui d'un enfant désespéré.

« Vous devez avoir faim. »

Elle a secoué la tête.

« Je vous ai fait chauffer du lait. Il faut le boire. »

Elle a vidé docilement sa tasse, toujours silencieuse. Je l'ai conduite au salon et elle s'est endormie avant même de s'être confortablement installée sous les couvertures. Je les ai remontées sur elle et suis sortie en refermant la porte derrière moi.

Ce n'est qu'à cet instant que j'ai pensé à Hamid. Était-il toujours sur le toit ? J'ai gravi sans bruit les marches qui y menaient et l'ai découvert blotti sous l'auvent de la petite niche située au sommet de l'escalier.

« Tu as vu qui c'était ? ai-je chuchoté.

— Oui, Shahrzad !

— Alors, pourquoi n'es-tu pas redescendu ? Elle ne te fait courir aucun danger !

— Bien sûr que si, un immense danger, même. Je dois vérifier que personne ne l'a suivie. Ça fait combien de temps qu'elle est arrivée ?

— Une demi-heure… non, trois quarts d'heure. Si elle avait été suivie, nous le saurions déjà, tu ne crois pas ?

— Pas forcément. Il leur arrive d'attendre que tout le groupe soit réuni. Leurs descentes sont toujours soigneusement préparées et planifiées. »

Je m'étais remise à trembler. « Et s'ils font une descente ici ? Est-ce qu'ils vont nous arrêter, nous aussi ?

— N'aie pas peur, tu es complètement hors du coup. Même s'ils t'arrêtent, tu ne sais rien. Ils te relâcheront.

— Mais comment s'assureront-ils que je ne sais rien ? Ils vont me torturer, c'est sûr.

— Sors-toi ces bêtises de la tête. C'est plus compliqué que ça. Tu dois être forte. Tu vas t'affoler si tu te mets à penser des choses pareilles. Mais comment va-t-elle ? Qu'a-t-elle dit ?

— Rien. Elle ne pouvait presque pas parler. J'ai l'impression qu'elle est gravement malade. Une grosse grippe, sans doute. Qu'est-ce qui lui est arrivé, à ton avis ?

— Je ne sais pas, mais Shahrzad et Mehdi étaient devenus trop visibles. Ils se sont fait repérer et leur maison a été la première perquisitionnée, il y a un an et demi. Ils ont passé tout ce temps dans la clandestinité. Ils sont restés longtemps en province et nous avons fini par leur procurer un logement qui paraissait sûr. Il faut croire que la police secrète a retrouvé leur trace.

— Ces malheureux n'ont pas eu d'endroit à eux pendant un an et demi ?

— En effet.

— Où est Mehdi ?

— Je ne sais pas. Normalement, ils étaient ensemble. Il a dû se passer quelque chose qui les aura obligés à se séparer… Il a peut-être été arrêté. »

Mon cœur a cessé de battre. La première idée qui m'est venue à l'esprit était que Mehdi connaissait notre adresse.

Cette nuit-là, Hamid a monté la garde sur le toit jusqu'à l'aube. Je lui ai apporté des vêtements chauds et du thé. Le matin, j'ai réveillé les garçons un peu plus tôt que d'habitude, je leur ai donné leur petit déjeuner et les ai conduits à l'école. En chemin, j'ai regardé soigneusement autour de moi, vérifiant qu'il n'y avait rien de suspect ni d'inhabituel. Après avoir déposé les enfants, j'ai fait quelques courses et suis rentrée. Hamid était redescendu.

« Je ne sais pas quoi faire, m'a-t-il avoué. Je me demande si je dois aller à l'imprimerie ou non.

— Il vaudrait mieux se comporter comme d'habitude, tu ne crois pas ? Ça attirerait moins l'attention.

— Tu n'as rien remarqué de bizarre dans la rue ?

— Non, tout m'a paru parfaitement normal. C'est peut-être justement ce qui est anormal. Et s'ils voulaient éviter de nous alerter ?

— Arrête d'imaginer le pire. La meilleure solution est sans doute que j'attende de pouvoir parler à Shahrzad. C'est le seul moyen de savoir ce qui s'est passé. Elle a peut-être besoin que je fasse quelque chose pour elle. Tu ne veux pas la réveiller ?

— Non. La pauvre est complètement épuisée et, en plus, elle est malade. Veux-tu que j'appelle l'imprimerie pour prévenir que tu n'iras pas travailler aujourd'hui ? Tu te reposerais un peu en attendant qu'elle se lève.

— Non, non, ce n'est pas la peine. Ils ont l'habitude que je manque de temps en temps et je ne les avertis jamais. »

Shahrzad est restée au lit, plus ou moins inconsciente, jusqu'à une heure de l'après-midi. J'ai préparé une grande marmite de soupe aux navets et j'ai mis de la viande à mariner pour faire des kebabs. Elle était deux fois plus maigre que la dernière fois que je l'avais vue et avait de toute évidence grand besoin de reprendre des forces. Avant que les enfants rentrent de l'école, je suis sortie acheter des calmants, du sirop pour la toux et un médicament pour faire baisser la fièvre. Puis je suis retournée à son chevet et j'ai doucement posé la main sur son front. Il était encore brûlant. Elle s'est réveillée en sursaut et s'est assise, terrifiée. Pendant quelques instants, elle a regardé autour d'elle, effarée, sans me reconnaître. Elle ne savait ni où elle se trouvait, ni l'heure qu'il était.

« N'ayez pas peur, ai-je chuchoté. Calmez-vous. C'est moi, Massoumeh. Vous êtes en sécurité. »

D'un coup, tout lui est revenu. Elle a pris une profonde inspiration et s'est laissée retomber sur son oreiller.

« Vous êtes tellement faible, ai-je repris. Asseyez-vous. Je vous ai préparé de la soupe. Mangez un peu, prenez vos médicaments et rendormez-vous. Vous avez une mauvaise grippe. »

Ses grands yeux se sont remplis de larmes et ses lèvres ont tremblé. Feignant de n'avoir rien vu, je suis sortie. Hamid faisait les cent pas dans le vestibule.

« Elle est réveillée ? Il faut que je lui parle.

— Attends. Laisse-lui le temps de se ressaisir et de manger quelque chose… »

J'ai apporté la soupe et les médicaments au salon. Shahrzad s'était assise. J'ai retiré la serviette que j'avais enroulée autour de ses cheveux la nuit précédente. Ils étaient encore un peu humides.

« Commencez à manger, je vais aller chercher un peigne ou une brosse. »

Elle a porté une cuillerée de soupe à sa bouche, a fermé les yeux et l'a savourée.

« De la soupe ! Si tu savais depuis combien de temps je n'ai rien mangé de chaud ! »

Je suis sortie sans rien dire, le cœur serré. Hamid arpentait toujours le vestibule avec une impatience croissante.

« Qu'est-ce que tu as ? lui ai-je demandé sèchement. Pourquoi es-tu tellement pressé ? Attends un peu. Il n'est pas question que tu lui parles avant qu'elle ait mangé. »

J'ai pris un peigne et suis retournée au salon. J'ai eu du mal à lui démêler les cheveux.

« J'ai eu envie cent fois de les couper pour me débarrasser de cette corvée, m'a-t-elle dit. Mais je n'ai jamais trouvé le temps de le faire.

— Quoi ? Vous voudriez vous couper les cheveux ? Quel crime ! Ils sont tellement épais ! Vous trouvez ça joli, vous, une femme chauve ?

— Une femme ? a-t-elle répété, pensive. Oui, tu as raison. J'avais oublié que je suis une femme. »

Avec un petit rire amer, elle a terminé sa soupe.

« J'ai aussi fait du kebab. Vous avez besoin de viande pour reprendre des forces.

— Pas maintenant, merci. Ça fait quarante-huit heures que je n'ai rien avalé, tu sais. Je dois me réalimenter lentement et par petites quantités. Redonne-moi un peu de soupe tout à l'heure si tu veux bien… Est-ce qu'Hamid est là ?

— Oui. Il attend de pouvoir vous parler. Il bout d'impatience.

— Dis-lui de venir. Je me sens beaucoup mieux. Ressuscitée, même. »

J'ai rassemblé la vaisselle, j'ai ouvert la porte et demandé à Hamid d'entrer. Il a salué Shahrzad chaleureusement et en même temps aussi courtoisement et cérémonieusement que s'il s'agissait de son patron. Je suis sortie en refermant la porte derrière moi.

Ils ont discuté tout bas pendant plus d'une heure.

Quand les enfants sont revenus de l'école, Siamak est entré et, comme un chien flairant la présence d'un étranger dans la maison, il m'a demandé : « Maman, qui est là ?

— Une amie de ton père. N'en parle à personne, c'est compris ?

— Je sais ! »

Et il a commencé à observer attentivement ce qui se passait. Il faisait semblant de jouer dans le vestibule, juste devant la porte du salon, l'oreille tendue, espérant surprendre quelques mots. Je l'ai appelé : « Va vite m'acheter deux bouteilles de lait.

— Non, pas maintenant. »

Et il a immédiatement repris son petit jeu devant la porte close.

Hamid est sorti du salon, il a fourré quelques feuilles de papier dans la poche de sa veste et, en enfilant ses chaussures, il m'a dit : « Shahrzad va rester ici pour le moment. Il faut absolument que je sorte. Ne t'inquiète pas si je suis en retard ou si je ne rentre pas de la nuit. Je serai là demain en fin d'après-midi au plus tard. »

Je suis retournée au salon. Shahrzad était allongée.

« Vous avez pris vos médicaments ? » lui ai-je demandé.

Elle s'est redressée, l'air gêné : « Je te demande pardon. Je sais que je m'impose. Je vais faire mon possible pour repartir au plus vite.

— Je vous en prie ! Vous avez besoin de repos. Considérez-vous comme chez vous. Je ne vous laisserai pas sortir d'ici tant que vous ne serez pas complètement rétablie.

— Je ne voudrais surtout pas vous causer d'ennuis. Pendant toutes ces années, nous avons fait en sorte que cette maison reste sûre et que vous ne courriez aucun danger, tes enfants et toi. Or, la nuit dernière, j'ai mis votre sécurité en péril. Cela faisait deux jours que j'errais d'une planque à l'autre et, pour comble de malchance, le temps s'est mis au froid. Il a commencé à pleuvoir et à neiger. En plus, je ne me sentais pas bien. J'avais de la fièvre et elle montait d'heure en heure. J'avais peur de m'évanouir dans la rue. Je n'avais pas le choix. Autrement, je ne serais jamais venue ici.

— Vous avez eu raison de le faire. Pour le moment, je vous en prie, oubliez tous vos soucis. Dormez et reposez-vous. Il ne se produira rien, soyez tranquille.

— Je t'en prie, ne fais pas tant de cérémonies. Tu peux me tutoyer, tu sais. »

J'avais pourtant du mal à être naturelle. Je ne parvenais pas à me situer par rapport à elle ni à définir la nature de nos relations. Les enfants jetaient des coups d'œil furtifs par la porte et dévisageaient Shahrzad avec curiosité. Elle a ri, a agité la main et leur a dit bonjour.

« Que Dieu les bénisse, a-t-elle murmuré. Tes fils ont tellement grandi !

— C'est vrai ! Siamak est déjà en deuxième année de cours élémentaire, et Massoud a cinq ans. »

Je lui ai tendu ses comprimés et un verre d'eau.

« Je croyais que leur différence d'âge était moins importante, a-t-elle remarqué.

— C'est parce que nous avons inscrit Siamak à l'école avec un an d'avance. Venez les garçons, venez dire bonjour à Sha... » L'expression alarmée de Shahrzad m'a arrêtée, et j'ai compris que je ne devais pas prononcer son nom. Après un instant d'hésitation, j'ai repris : « Venez dire bonjour à Tante Sheri. »

Shahrzad a haussé les sourcils et a éclaté de rire, comme si elle trouvait ce nom ridicule.

Les enfants sont entrés et l'ont saluée. Siamak la dévisageait avec une telle curiosité que Shahrzad s'en est inquiétée. Elle a même baissé les yeux pour vérifier que son chemisier n'était pas déboutonné.

« Bien, bien, ça suffit, ai-je dit. Tout le monde dehors. Tantine a besoin de repos. »

Devant la porte, j'ai prévenu les garçons : « Ne faites pas de bruit et ne dites à personne que Tantine est chez nous.

— Je sais ! a répondu Siamak d'un ton brusque.

— Oui, mon fils. Mais maintenant, il faut que Massoud aussi le sache. Tu comprends, mon chéri ? C'est notre secret. Personne ne doit le savoir.

— D'accord », a acquiescé Massoud gaiement.

Quelques jours plus tard, Shahrzad était presque remise, malgré une toux sèche qui l'empêchait de dormir. J'essayais de stimuler son appétit en lui préparant de bons petits plats, espérant qu'elle reprendrait un peu de poids. Hamid passait son temps en allées et venues, faisant son rapport à Shahrzad derrière des portes closes et repartant avec de nouvelles instructions.

Une semaine s'est écoulée. Shahrzad marchait en long et en large dans l'appartement en évitant soigneusement les fenêtres. J'avais cessé de suivre mes cours et nous avions décidé de ne pas envoyer Massoud à l'école maternelle de crainte que, par inadvertance, il ne laisse échapper quelque information sur notre invitée. Il occupait ses journées à jouer paisiblement ; il construisait des maisons avec les nouveaux Lego qu'Hamid lui avait achetés et faisait de beaux dessins, très en avance pour son âge et qui témoignaient d'un don particulier. Sur le plan affectif également, il avait manifestement l'esprit créatif d'un artiste. Il observait attentivement les objets et y découvrait des détails qu'aucun de nous n'avait remarqués. Quand il faisait beau, il s'affairait pendant des heures autour des plantes et des fleurs de la cour. Il plantait même des graines qui, chose surprenante, germaient invariablement. Il vivait dans un autre monde. On aurait pu croire que les affaires terrestres n'avaient pas de sens pour lui. Contrairement à Siamak, il était prompt à pardonner et s'adaptait à n'importe quelle situation. Le moindre geste de bonté le touchait profondément. Aucune de mes émotions ne lui échappait et, s'il se rendait compte que j'étais triste, il essayait de me réconforter par un doux baiser.

Une tendre affection réciproque n'a pas tardé à se nouer entre Massoud et Shahrzad. Ils prenaient visiblement plaisir à être ensemble. Massoud veillait sur elle comme un garde du corps, lui faisait des dessins et lui construisait des maisons. Il restait longuement assis sur ses genoux et, dans son doux babil enfantin, inventait d'étranges histoires sur ce qu'il avait fabriqué. Shahrzad riait de bon cœur et Massoud, se sentant encouragé, poursuivait ses bavardages.

Siamak, quant à lui, traitait Shahrzad avec respect et réserve, imitant notre comportement, à Hamid et à moi. Pour ma part, je l'appréciais énormément et cherchais à me montrer détendue et amicale avec elle, mais je ne sais pourquoi, en sa présence, j'avais toujours l'impression de n'être qu'une gamine. Elle était pour moi l'incarnation même de la compétence, de la subtilité politique, du courage et de l'indépendance, autant de traits de caractère qui la plaçaient à mes yeux au-dessus du commun des mortels. Elle était toujours gentille et décontractée avec moi, pourtant je n'arrivais pas à oublier qu'elle était deux fois plus perspicace et plus intelligente que mon mari, lequel obéissait docilement à ses ordres.

Hamid et Shahrzad discutaient pendant de longues heures, et je m'efforçais de ne pas les déranger et de ne manifester aucune curiosité. Un soir, après avoir couché les enfants, je suis allée dans notre chambre et me suis assise pour lire. Me croyant endormie, ils se sont installés dans le vestibule et ont parlé sans retenue.

« Heureusement qu'Abbas n'est jamais venu ici, a fait remarquer Hamid. Cette chiffe molle n'a pas tenu quarante-huit heures.

— J'ai toujours su qu'il était faible, a répondu Shahrzad. Tu te rappelles sûrement qu'il passait son temps à râler pendant la formation. De toute évidence, ses convictions n'étaient pas assez solides.

— Pourquoi n'en as-tu pas parlé à Mehdi ?

— Je l'ai fait, mais il m'a répondu qu'il était trop tard pour l'écarter. Abbas était déjà au courant de tout. Mehdi jugeait qu'il avait de bonnes bases et qu'il ne restait qu'à approfondir le travail que nous faisions avec lui. Pourtant, au fond de moi, j'ai toujours été inquiète.

— Oui, je me rappelle. Même quand nous sommes allés jusqu'à la frontière, tu as refusé qu'il nous accompagne.

— Mehdi ne lui a jamais confié la moindre information sensible. Quant à moi, j'ai essayé de lui présenter le moins de monde possible. Il ne sait rien sur toi, pas même ton vrai nom, ni où tu vis et où tu travailles. C'est une chance pour nous tous.

— Oui, mais le vrai coup de chance a été qu'il n'habite pas Téhéran. Autrement, il aurait bien fini par se procurer ces informations.

— S'il avait tenu ne serait-ce que quarante-huit heures, nous aurions pu tout sauver. Grâce à Dieu, le noyau central et les camarades de Téhéran ne se sont pas fait prendre. Il devrait aussi nous rester suffisamment de munitions. Si l'opération se déroule conformément au plan, les armes de l'ennemi seront à nous. »

J'ai senti un frisson me parcourir l'échine et une sueur froide me couvrir le front. Une foule de questions se bousculaient dans ma tête. Qu'avaient-ils l'intention de faire ? Où s'étaient-ils rendus ? Mon Dieu ! Où et avec qui avais-je vécu ? Je savais évidemment qu'ils étaient hostiles au régime du Shah, mais j'ignorais que la portée de leurs activités s'était élargie à ce point. J'avais toujours imaginé que leurs fameuses missions se limitaient pour l'essentiel à des débats intellectuels, à la publication de tracts, à la rédaction d'articles, de bulletins d'information et de livres, et à l'organisation de conférences.

Cette nuit-là, quand Hamid a regagné notre chambre, je lui ai avoué que j'avais surpris leur conversation. J'ai fondu en larmes, le suppliant de tout laisser tomber, de songer à sa vie et à celle de ses enfants.

« Il est trop tard, m'a-t-il répondu. Je n'aurais jamais dû avoir de famille. J'ai essayé de te le faire comprendre je ne sais combien de fois, mais tu ne l'as jamais admis. Je vis pour mes idéaux et il n'est pas question que j'y renonce. Je ne peux pas me permettre de ne penser qu'à mes fils et oublier les milliers d'enfants infortunés qui vivent sous le joug de ce tyran. Nous avons fait le serment de sauver le peuple, de le libérer.

— Mais c'est tellement dangereux ! Tu crois vraiment que vous pouvez, à vous seuls, tenir tête à l'armée, à la police et à la Savak ? Les anéantir et sauver le peuple ?

— Nous devons tout faire pour que le monde cesse de considérer notre pays comme un havre de paix et de stabilité. Nous devons ébranler cet État jusqu'à ses fondations pour que les masses se réveillent, qu'elles cessent d'avoir peur et commencent à se convaincre que, malgré sa puissance, le régime peut s'effondrer. Elles nous rejoindront alors peu à peu.

— Vous êtes trop idéalistes. Vos rêves sont irréalisables. Je n'y crois pas, moi. Vous serez tous écrasés. Hamid, j'ai peur.

— C'est parce que tu n'as pas la foi. Maintenant, arrête de faire des histoires. La conversation que tu as entendue n'était que des discours en l'air. Si tu savais le nombre de plans de ce genre que nous avons déjà élaborés sans en réaliser un seul ! Inutile de te tracasser et de tracasser les enfants pour rien. Va dormir ; et pas un mot à Shahrzad à ce sujet, c'est compris ? »

Au bout de dix jours, qu'Hamid a passés en allées et venues, transmettant messages et directives à des inconnus dans des lieux tout aussi inconnus, il a été décidé que Shahrzad resterait chez nous jusqu'à nouvel ordre. Nous devions recommencer à vivre le plus normalement possible, en évitant les visites.

En temps habituel, nous ne recevions pas beaucoup de monde, mais il arrivait que nos parents respectifs, Mme Parvin et Faati passent nous voir, ce qui pouvait être une source d'embarras. Nous avons décidé de conduire régulièrement Bibi et les garçons chez les parents d'Hamid pour éviter à ces derniers de devoir venir chez nous. Par ailleurs, j'ai raconté à ma famille

274

que j'allais à la fac chaque jour et que j'étais donc rarement à la maison. J'ai demandé à mes parents si je pouvais leur confier de temps en temps les enfants l'après-midi, quand j'avais cours. Malgré ces précautions, il nous est arrivé de recevoir des visites inopinées. Le cas échéant, Shahrzad se cloîtrait au salon en fermant la porte de l'intérieur et nous disions à nos visiteurs que nous avions égaré la clé et n'avions momentanément pas accès à cette pièce.

Shahrzad est donc restée. Elle aurait bien voulu m'aider dans mes tâches ménagères, mais elle n'y connaissait rien et riait de sa propre incompétence. Elle s'était beaucoup attachée aux enfants et s'occupait de Massoud avec une grande tendresse. L'après-midi, quand Siamak rentrait de l'école, elle l'aidait pour ses devoirs, lui faisait réciter ses leçons et faire des dictées. Cela me permettait d'aller tranquillement à l'université et même de commencer à apprendre à conduire. Nous avions pensé, en effet, qu'il ne serait pas inutile que je sois capable de conduire en cas d'urgence ; cela pouvait même être vital pour la sécurité des enfants. La Citroën était toujours dans la cour, sous une housse. D'après Shahrzad et Hamid, elle n'avait pas été repérée et je pouvais donc m'en servir sans risque.

Massoud ne lâchait pas Shahrzad d'une semelle et se mettait en quatre pour lui faire plaisir. Un jour, il lui a dessiné une maison et lui a expliqué que c'était leur maison à tous les deux, que quand il serait grand il en construirait une toute pareille pour qu'ils puissent se marier et y habiter ensemble. Shahrzad a punaisé le dessin au mur. Chaque fois que Massoud m'accompagnait pour faire les courses, il me demandait d'acheter les aliments préférés de Shahrzad pour qu'il puisse les lui offrir. Quand le temps le permettait, il fouillait la cour à la recherche de petits cadeaux susceptibles de lui plaire. Comme il n'y avait pas beaucoup de fleurs en cette période de l'année, il cueillait parfois quelques branches de chimonanthe et les tendait de ses petits doigts ensanglantés à Tantine Sheri, qui les conservait comme le plus précieux des trésors.

Le temps passant, j'ai appris à mieux la connaître. C'était en réalité une femme très simple. Sans être d'une beauté exceptionnelle, elle était indéniablement séduisante et charmante. Un jour, après sa douche, elle m'a demandé de lui couper les cheveux.

« Non, laisse-moi plutôt te faire un brushing, ai-je proposé. Ils sécheront plus vite et tu seras tellement jolie. »

Elle n'a pas protesté. Massoud m'a regardée coiffer Shahrzad sans bouger. Très sensible à la beauté, il aimait bien observer les femmes en train de s'apprêter. Quand je mettais du rouge à lèvres, aussi discret fût-il, il le remarquait toujours et me faisait un petit compliment. Sa préférence allait au rouge vif. Quand j'ai eu fini de coiffer Shahrzad, il a pris un bâton de rouge et a dit : « Tantine Sheri, mets ça. »

Shahrzad s'est tournée vers moi.

« Tu peux bien en mettre un peu, l'ai-je encouragée, quelle importance ?

— Non, non, ça me gêne.

— Comment ça ? À cause de moi ? À cause de Massoud ? Ce n'est quand même pas un crime de mettre un peu de rouge à lèvres !

— Je ne sais pas. Bien sûr, ce n'est pas un crime, mais ce n'est pas mon genre, voilà tout. C'est trop frivole.

— Quelles bêtises ! Tu veux me faire croire que tu ne t'es jamais maquillée ?

— Si, quand j'étais plus jeune. Ça ne me déplaisait pas, mais ça remonte à si loin… »

Massoud a encore insisté : « Tantine, mets-le, mets-le. Je vais te montrer comment on fait, si tu ne sais pas. » Il a pris le bâton de rouge et l'a passé légèrement sur les lèvres de Shahrzad. Puis il s'est reculé et l'a regardée, les yeux débordants d'admiration et de joie. Il a applaudi et a lancé en riant : « Elle est si jolie ! Regarde comme tu es jolie ! », et il a sauté dans ses bras pour poser un gros baiser sur sa joue.

Nous avons éclaté de rire toutes les deux, puis, soudain, Shahrzad est devenue silencieuse, a reposé Massoud par terre et, avec une simplicité et une franchise désarmantes, elle m'a dit : « Je suis jalouse de toi. Tu es une femme heureuse.

— Jalouse de moi ? ai-je répondu, surprise. Tu es jalouse de moi ?

— Oui ! Je crois bien que c'est la première fois que j'éprouve un sentiment pareil.

— Tu veux rire. C'est moi qui devrais être jalouse de toi. J'ai toujours rêvé d'être comme toi. Tu es une femme admirable : instruite, courageuse, capable de prendre des décisions… Je pense souvent qu'Hamid regrette de ne pas avoir une épouse dans ton genre. Et toi, tu viens me dire que… Non ! Tu plaisantes. En fait, je crois que je ne mérite même pas de t'envier. Ce serait un peu comme si un roturier était jaloux de la reine d'Angleterre.

— Arrête ! Je ne suis rien du tout. Tu es bien mieux, bien plus épanouie que moi. Tu es une dame, une bonne épouse aimante, une mère attentionnée et sage, avide de lire et d'apprendre et prête à faire des sacrifices pour sa famille. »

Elle a poussé un soupir d'une infinie tristesse et s'est levée. J'ai eu l'intuition que son mari lui manquait.

« Comment va Mehdi ? ai-je demandé. Ça fait long-temps que vous ne vous êtes pas vus ?

— Oui, presque deux mois. La dernière fois, c'était deux semaines avant d'arriver chez vous. La situation était si tendue que nous avons dû prendre la fuite par deux itinéraires différents.

— Tu as eu de ses nouvelles ?

— Oui, le pauvre Hamid fait la navette entre nous.

— Et s'il venait ici un soir, ou plutôt au milieu de la nuit, pour que vous puissiez vous voir ? Ça devrait être possible, non ?

— C'est trop dangereux. Votre maison risquerait de ne plus être sûre s'il y venait. Il faut être prudents. »

Faisant fi de toute retenue, j'ai poursuivi : « Hamid prétend que votre mariage a été arrangé par l'organisation, mais je n'arrive pas à le croire.

— Et pourquoi ?

— Vous vous aimez comme mari et femme, pas comme des camarades.

— Qu'est-ce que tu en sais ?

— Je suis une femme. Je sais reconnaître l'amour, je sais le sentir. Et puis, tu n'es pas du genre à partager ton lit avec un homme que tu n'aimes pas.

— C'est vrai, a-t-elle reconnu. Je l'ai toujours aimé.

— Vous vous êtes rencontrés grâce à l'organisation ?... Oh, pardon, je suis indiscrète. Je retire ce que j'ai dit.

— Non... ça n'a pas d'importance. Au contraire. Voilà des années que je n'ai pas eu d'amie avec qui parler. Bien sûr, j'ai été proche de beaucoup de gens, mais c'était toujours moi qui les écoutais. Apparemment, ça ne m'a pas fait perdre toute envie de m'épancher. Tu es sans doute la seule amie que j'aie eue ces dernières années avec laquelle je puisse parler de moi.

— Moi, tu sais, je n'ai eu qu'une véritable amie dans ma vie et je l'ai perdue depuis de longues années.

— Dans ce cas, nous avons besoin l'une de l'autre, tu ne crois pas ? Et moi encore plus que toi. Toi, au moins, tu as ta famille. Pas moi. Si tu savais combien ça me manque ! Échanger des ragots, des nouvelles des uns et des autres, bavarder de tout et de rien, de questions de tous les jours. Crois-tu que l'on puisse parler éternellement politique et philosophie ? Il m'arrive de me demander ce qui se passe chez nous, et je me rends compte que j'ai oublié jusqu'au nom de certains enfants de mes proches. Ils ont dû m'oublier, eux aussi. Je n'appartiens plus à aucune famille.

— Je croyais que vous étiez convaincus d'appartenir aux masses et à la grande famille internationale de la classe ouvrière. Ce n'est pas vrai ? »

Elle a ri. « Tu as bien appris tes leçons, dis-moi ! Il n'empêche que ma propre famille me manque. Mais qu'est-ce que tu m'as demandé, tout à l'heure ?

— Où vous vous étiez rencontrés, Mehdi et toi.

— À l'université. Mehdi avait deux années d'avance sur moi. Il possédait de vrais talents de leader et une intelligence subtile, analytique. Quand j'ai découvert que c'était lui qui était responsable des tracts qui étaient distribués et des slogans qui apparaissaient sur les murs de la cité universitaire, il est devenu mon héros.

— Tu ne t'intéressais pas à la politique à l'époque ?

— Si, bien sûr. Comment un étudiant peut-il prétendre être un intellectuel s'il ne s'intéresse pas à la politique ? Être de gauche et s'opposer au régime, ça allait presque de soi pour les étudiants. Même les plus tièdes se servaient de la politique pour se poser en intellos. Les vrais passionnés comme Mehdi étaient rares. Pour ma part, je n'avais pas encore suffisamment lu, je n'avais pas encore appris grand-chose. Je ne savais pas vraiment à quoi je croyais. Mehdi a façonné mes pensées et mes convictions. Il appartenait à une famille religieuse, mais ça ne l'avait pas empêché de lire les œuvres de Marx, d'Engels et d'autres, et il les analysait très bien.

— C'est donc lui qui t'a donné envie de rejoindre l'organisation ?

— Il n'y avait pas d'organisation à l'époque. Nous l'avons montée ensemble, bien plus tard. Peut-être que, sans Mehdi, j'aurais suivi une autre voie. Mais je suis sûre que la politique serait restée au centre de ma vie.

— Comment avez-vous fini par vous marier ?

— Le groupe commençait à prendre forme. Je venais d'une famille traditionnelle et, comme la plupart des jeunes Iraniennes, je n'avais pas le droit de sortir quand j'en avais envie, ni de rentrer tard le soir. Un des membres a suggéré que j'épouse quelqu'un du groupe pour pouvoir consacrer tout mon temps à la cause. Mehdi a accepté. Il est venu chez nous avec sa famille, comme un vrai prétendant, et a demandé ma main.

— Tu as été heureuse en ménage ?

— Que veux-tu que je te dise ? J'avais envie de l'épouser, c'est sûr, mais pas que ça se fasse à l'initiative de l'organisation. Et puis l'idée qu'on me demande en mariage de cette façon-là ne me plaisait pas… J'étais jeune et romantique, et je n'avais pas encore échappé à l'influence de la littérature bourgeoise à l'eau de rose. »

Par une nuit brumeuse et glaciale du mois de février, à une heure du matin, Mehdi s'est introduit furtivement chez nous malgré tous les risques qu'ils avaient évoqués. Je venais de m'endormir quand le bruit de la porte d'entrée m'a réveillée en sursaut. Hamid lisait paisiblement à mes côtés.

« Hamid ! Tu as entendu ? C'était la porte d'entrée, non ? Quelqu'un l'a ouverte ?

— Dors, ça ne te concerne pas.

— Comment ça ? Tu attends de la visite ?

— Oui, c'est Mehdi. Je lui ai donné la clé.

— Mais je croyais que c'était trop dangereux !

— Ça fait un bon moment qu'ils ont perdu sa trace. Et nous avons pris les précautions nécessaires. Il faut qu'il parle à Shahrzad ; ils ne sont pas d'accord sur certains points et doivent impérativement prendre des décisions. Je ne pouvais pas continuer à leur servir d'intermédiaire et nous avons été obligés d'organiser une entrevue. »

J'ai dû me retenir pour ne pas pouffer. Quel couple étrange ! Un mari et une femme qui, pour se retrouver, inventaient n'importe quel prétexte au lieu de reconnaître qu'ils s'aimaient et avaient envie de se voir !

Mehdi était censé repartir aux petites heures du jour, mais il ne l'a pas fait. Hamid m'a annoncé qu'ils ne s'étaient pas encore mis d'accord. J'ai souri et vaqué tranquillement à mes occupations. Tard dans l'après-midi, quand Hamid est rentré, ils ont passé tous les trois plusieurs heures enfermés au salon. Les joues de Shahrzad étaient très roses et elle paraissait plus animée que d'habitude, mais elle évitait mon regard et, comme une écolière timide dont le secret a été éventé, elle faisait comme s'il ne s'était rien produit.

Mehdi est resté trois nuits et est reparti au milieu de la quatrième aussi discrètement qu'il était venu. Je ne sais pas si Shahrzad et lui se sont revus, mais je suis convaincue que ces quelques journées ont été les plus douces de leur vie. Massoud partageait leur solitude et passait des bras de Mehdi à ceux de Shahrzad, les faisant rire avec son babillage, leur montrant les jeux et les tours qu'il connaissait. À travers la vitre dépolie, je voyais l'ombre de Mehdi traverser le salon à quatre pattes, Massoud à cheval sur son dos. Je n'en revenais pas ! Je n'aurais jamais imaginé qu'un homme si sérieux, que je n'avais jamais vu sourire, soit capable de développer un lien aussi fort avec un enfant. Derrière cette porte, Mehdi et Shahrzad pouvaient enfin être eux-mêmes et exprimer librement leur vraie personnalité.

Après le départ de Mehdi, Shahrzad a été déprimée et irascible pendant quelques jours. Elle demeurait plongée dans les livres. Elle avait déjà lu presque tous ceux que nous avions et dormait avec un volume de poèmes de Forough sous son oreiller.

Vers la fin du mois de février, elle m'a demandé de lui acheter quelques chemisiers, des pantalons, ainsi qu'un grand sac à main avec une solide bandoulière. Je lui ai rapporté plusieurs sacs, tous trop petits à son goût. À bout de ressources, j'ai fini par lui dire : « C'est un sac de voyage que tu veux, pas un sac à main !

— Exactement ! Mais il ne doit pas être trop volumineux, ni trop voyant, il doit être facile à porter et être juste assez grand pour contenir mes affaires. »

Ton pistolet aussi ? ai-je failli lui rétorquer. Dès le jour de son arrivée, j'avais su qu'elle avait une arme et j'avais toujours redouté que les enfants ne mettent la main dessus.

Shahrzad s'apprêtait à nous quitter. Elle n'attendait qu'un ordre ou une information, qui arriva à la mi-mars, avant le Nouvel An. Elle a mis de côté les vêtements et le sac qu'elle avait à son arrivée et m'a demandé de bien vouloir m'en débarrasser. Elle a rangé ses nouveaux habits et quelques autres affaires dans son nouveau sac de voyage, mettant soigneusement les dessins de Massoud tout au fond, à côté de son pistolet. Elle était d'humeur étrange. Elle en avait assez de vivre dans la clandestinité, de ne pas pouvoir bouger ni mettre le nez dehors ; elle avait envie de grand air, envie de marcher dans la rue, au milieu des gens, mais maintenant que l'heure du départ approchait, elle était triste et abattue. Elle ne cessait de prendre Massoud dans ses bras en disant : « Comment est-ce que je vais réussir à me séparer de lui ? » Elle le serrait contre elle et enfonçait ses yeux baignés de larmes dans ses cheveux.

Massoud avait senti que Shahrzad allait bientôt nous quitter. Tous les soirs avant de se coucher et tous les jours avant de sortir avec moi, il lui faisait promettre de ne pas partir pendant son absence, et lui demandait à tout moment : « Tu veux t'en aller ? Pourquoi ? J'ai été vilain ? Je te promets de ne plus te réveiller en venant dans ton lit le matin… Si tu pars, emmène-moi, autrement tu vas te perdre ; tu ne connais pas les rues du quartier. » Cela ne faisait qu'ajouter au chagrin et aux hésitations de Shahrzad ; et nous avions le cœur serré, l'une et l'autre.

Pour sa dernière nuit chez nous, Shahrzad a dormi à côté de Massoud et lui a raconté des histoires, mais elle n'arrivait pas à retenir ses larmes. Massoud, qui comme tous les enfants voyait et comprenait les choses avec son cœur, a pris le visage de Shahrzad dans ses petites mains et lui a dit : « Je sais que quand je me réveillerai demain matin, tu seras partie. »

À minuit et demi, Shahrzad a quitté la maison comme prévu. Dès cet instant, elle m'a manqué cruellement et j'ai ressenti avec douleur le vide qu'elle laissait derrière elle.

Avant de partir, elle m'a serrée contre elle. « Merci pour tout, m'a-t-elle dit. Je te confie Massoud. Veille bien sur lui. Il est très sensible. Je m'inquiète pour son avenir. » Puis elle s'est tournée vers Hamid. « Tu es un homme heureux, Hamid. Tu devrais mieux apprécier la vie que tu mènes. Tu as une famille merveilleuse. Je voudrais que rien ne trouble jamais la paix et la sérénité de cette demeure. »

Hamid l'a regardée avec étonnement. « Que dis-tu ? Voyons ! Viens, il se fait tard. »

Le lendemain, quand j'ai fait le ménage au salon, j'ai trouvé le livre de Forough sous l'oreiller de Shahrzad. Un crayon était glissé à l'intérieur. J'ai ouvert le livre à cette page, et j'ai vu qu'elle avait souligné ces quelques vers :

Quel sommet, quelle cime ?
Donnez-moi asile, ô lumières vacillantes,
foyers lumineux et méfiants
sur les toits ensoleillés desquels la lessive
se balance dans les bras de la suie parfumée.
Donnez-moi asile, ô vous, femmes simples et saines
dont le bout des doigts si doux suit
les mouvements grisants d'un fœtus sous votre peau,
tandis que dans vos cols ouverts,
l'air se mêle à jamais à l'odeur du lait frais.

Une larme a roulé sur ma joue. Massoud se tenait sur le seuil. Les yeux pleins de chagrin, il m'a demandé : « Elle est partie ?

— Oui, mon chéri. Tu sais, il fallait qu'elle rentre chez elle un jour ou l'autre. »

Il a couru dans mes bras, a posé la tête sur mon épaule et a pleuré. Il n'a jamais oublié sa tantine Sheri. Bien des années plus tard, devenu un jeune homme vigoureux, il me dirait : « Je rêve encore de la maison que j'avais construite pour elle et je rêve que nous y vivons ensemble. »

Après le départ de Shahrzad, je me suis lancée à corps perdu dans les préparatifs du Nouvel An – grand nettoyage de printemps, vêtements neufs pour les enfants, confection de nouveaux draps de lit, changement des rideaux du salon. Je voulais que cette fête soit divertissante et excitante pour mes fils. J'ai essayé de respecter toutes les coutumes et tous les rituels traditionnels en espérant que cette expérience resterait gravée dans leur cœur comme un doux souvenir d'enfance. Siamak était responsable de l'arrosage des graines que nous avions mises à germer sur des assiettes, Massoud peignait des œufs et Hamid nous observait en riant : « Je n'arrive pas à y croire, disait-il. À quoi bon dépenser une énergie pareille ? »

Mais je savais qu'au fond de lui-même il attendait lui aussi le Nouvel An avec joie et impatience. Depuis qu'il avait commencé à passer la plus grande partie de son temps avec nous, il ne pouvait éviter de participer à notre vie quotidienne et exprimait à son insu le plaisir qu'il en tirait.

J'ai engagé quelqu'un pour m'aider à nettoyer la maison de fond en comble. Le parfum d'une année nouvelle flottait dans l'air.

Pour la première fois, c'est en famille que nous avons rendu nos visites de Nouvel An. Nous avons pris part à des fêtes et avons même célébré le treizième jour en faisant un pique-nique à l'extérieur de la ville avec les parents et les sœurs d'Hamid. Après ces jours de fête pleins de bonheur et d'entrain, je me suis remise au travail pour préparer les examens de fin d'année, tout en aidant régulièrement Siamak pour ses devoirs.

Hamid passait de plus en plus de temps chez nous, dans l'attente d'un coup de téléphone qui ne venait jamais. Il était agité et impatient, mais ne pouvait remédier à la situation. Ça m'était égal ; j'étais enchantée qu'il soit à la maison. J'avais prévu un tas de choses à faire avec les enfants dès que j'aurais terminé mes examens et que l'été serait venu. J'avais envie que nous passions cette période de vacances ensemble. Maintenant que j'avais mon permis de conduire, je leur avais promis que, l'après-midi, je les emmènerais au cinéma, ou bien au jardin public, à une fête ou dans un parc d'attractions. Ils étaient heureux et de bonne humeur. Quant à moi, j'étais totalement épanouie.

Un après-midi, alors que nous revenions du jardin public, j'ai acheté le journal, du pain et quelques autres provisions. Hamid n'était pas encore rentré. J'ai rangé les courses et commencé à couper le pain que j'avais posé sur le journal. Le titre est apparu au fur et à mesure que les tranches tombaient. J'ai repoussé la miche. Les mots se sont enfoncés dans mes yeux comme des poignards. Leur sens m'échappait. Comme foudroyée, j'étais figée, tremblant de tous mes membres, incapable de détacher les yeux de la page. Une tempête faisait rage dans mon esprit et j'avais des crampes au ventre. Remarquant que je n'étais pas comme d'habitude, les enfants se sont approchés de moi. Je ne comprenais pas ce qu'ils me disaient. À cet instant précis, la porte s'est ouverte et Hamid est entré précipitamment, l'air affolé. Nos regards se sont croisés ; c'était donc vrai, il n'avait pas besoin de me le confirmer.

Hamid est tombé à genoux, en se donnant des coups de poing sur les cuisses et en hurlant : « Non ! » Puis il s'est laissé basculer en avant, le front par terre.

Il était dans un tel état que j'en ai oublié ma propre épouvante. Les enfants nous regardaient, effrayés et décontenancés. Je me suis reprise, leur ai fait signe de s'éloigner et leur ai enjoint d'aller jouer dans la cour. Sans cesser de se retourner vers nous, ils sont sortis sans protester, et je me suis précipitée vers Hamid. Il a posé la tête contre ma poitrine et a sangloté comme un enfant. Je ne sais pas combien de temps nous sommes restés là à pleurer. Hamid ne cessait de répéter : « Pourquoi ? Pourquoi ne m'ont-ils rien dit ? Pourquoi m'ont-ils laissé à l'écart ? »

Au bout d'un moment, sa colère et son chagrin l'ont poussé à réagir. Il s'est passé le visage sous l'eau et est sorti de la maison en courant comme un dératé. Impuissante à le retenir, je n'ai pu que lui dire : « Sois prudent, tu es peut-être surveillé. Reste sur tes gardes. »

J'ai enfin lu l'article en entier. Shahrzad et plusieurs autres membres de leur groupe étaient tombés dans une embuscade au cours d'une tentative d'attentat. Pour éviter d'être arrêtés par la Savak, ils s'étaient suicidés en faisant exploser des grenades. J'ai lu et relu ces quelques lignes, espérant découvrir la vérité en l'abordant sous différents angles, mais le reste du texte ne contenait que les diatribes habituelles et des réquisitoires accablants contre les traîtres et les saboteurs. J'ai caché le journal pour que Siamak ne le voie pas. Hamid est rentré en pleine nuit, épuisé et désespéré. Il s'est jeté sur le lit tout habillé. « C'est la pagaille la plus noire, a-t-il haleté. Toutes nos lignes de communication sont coupées.

— Tes camarades ont ton numéro de téléphone. Si c'est nécessaire, ils t'appelleront.

— Mais alors, pourquoi ne l'ont-ils pas fait avant ? Voilà plus d'un mois que plus personne ne m'a contacté. J'étais au courant de cette opération. Je devais y participer, j'avais été entraîné pour ça. Je ne comprends pas pourquoi ils m'ont tenu à l'écart. Les choses ne se seraient pas passées comme ça si j'avais été là.

— Parce que tu t'imagines que tu aurais pu, à toi tout seul, t'opposer à une puissante force armée et sauver tous tes camarades ? Si tu avais été là, tu serais mort, toi aussi. »

Je ne pouvais cependant m'empêcher de m'interroger : Pourquoi l'ont-ils exclu de cette opération ? Pourquoi n'ont-ils pas pris contact avec lui ? Était-ce une décision de Shahrzad ? Cherchait-elle à protéger la famille d'Hamid en le tenant à l'écart ?

Deux ou trois semaines se sont écoulées. Hamid était à bout de nerfs, il fumait cigarette sur cigarette. Espérant avoir enfin des nouvelles, il sursautait chaque fois que le téléphone sonnait. Il a fait des pieds et des mains pour retrouver la trace de Mehdi et des autres responsables de son mouvement, en vain. Chaque jour apportait son lot de nouvelles arrestations. Hamid a recommencé à élaborer des stratégies de fuite. Les autorités se sont livrées à une purge à l'imprimerie et plusieurs employés ont été licenciés. Les événements et les incidents s'enchaînaient et nous vivions dans une atmosphère de menace constante. Nous nous attendions à chaque instant à une tragédie ou à l'annonce d'un drame.

« Tout le monde se cache, ai-je dit à Hamid. Ils se sont peut-être tous envolés. Tu devrais partir en voyage, toi aussi. Tu reviendras quand les choses se seront tassées. On ne t'a pas encore identifié ; rien ne t'empêche de quitter le pays.

— Il n'en est pas question.

— Tu devrais au moins te retirer dans un petit village de province, loin d'ici, et y rester jusqu'à ce que l'agitation soit retombée.

— Il faut qu'on puisse me joindre par téléphone, à la maison ou au travail. Ils peuvent avoir besoin de moi à tout moment. »

J'ai fait mon possible pour reprendre notre train-train quotidien, mais la situation était loin d'être normale. J'avais le cœur gros et je craignais pour la vie d'Hamid. Le visage de Shahrzad et les souvenirs des quelques mois que nous avions passés ensemble me hantaient.

Le lendemain du jour où nous avons appris l'échec de l'opération lancée par le groupe d'Hamid, Siamak a trouvé le journal que j'avais caché. Il l'a emporté sur le toit et a lu l'article. J'étais à la cuisine quand il est revenu, très pâle, serrant les feuilles de papier contre lui.

« Tu as lu ? » lui ai-je demandé.

Il a posé la tête sur mes genoux et a pleuré.

« Débrouille-toi pour que Massoud n'en sache rien », ai-je dit.

Mais Massoud avait tout deviné. Triste et silencieux, il restait longuement assis dans son coin. Il avait cessé de fabriquer des objets et de dessiner pour Tantine Sheri. Il ne demandait plus de ses nouvelles et veillait à ne jamais prononcer son nom. Je n'ai pas tardé à remarquer que ses dessins avaient pris des teintes sombres et représentaient des scènes étranges ; des couleurs et des images que je n'y avais jamais vues. Je l'ai interrogé à ce sujet, mais il se refusait à tout commentaire, à toute explication. Je craignais que sa tristesse muette et insondable n'affecte durablement son âme si douce et si gaie. C'était un petit garçon fait pour rire, pour aimer et réconforter les autres, pas pour pleurer et souffrir.

Malheureusement, j'étais impuissante à préserver mes enfants des douloureuses expériences de la vie et des réalités amères qu'ils auraient à affronter. Cela faisait partie de leur apprentissage.

Hamid était encore plus perturbé que nos fils. Il errait comme une âme en peine, disparaissait parfois pendant plusieurs jours d'affilée et revenait plus désemparé encore. Je savais alors que sa quête avait été vaine. Lors de sa dernière absence, nous sommes restés sans nouvelles de lui pendant plus d'une semaine. Il ne m'a même pas appelée pour savoir si quelqu'un avait cherché à le joindre.

Je vivais dans un état d'angoisse permanent. Depuis la mort de Shahrzad, je tremblais à l'idée d'acheter le journal, ce qui ne m'empêchait pas de courir tous les jours jusqu'au kiosque plus tôt que la veille, attendant la livraison des quotidiens. Debout dans la rue, je parcourais les titres avec anxiété, et ce n'est que lorsque j'étais certaine qu'ils n'annonçaient pas de mauvaises nouvelles que je me calmais et rentrais à la maison. En réalité, je ne lisais pas les journaux pour y trouver des

informations, mais pour m'assurer qu'ils n'en contenaient pas.

Vers la fin du mois de juillet, ce que je redoutais est
arrivé. La ficelle qui maintenait la liasse de journaux
n'avait pas encore été coupée quand un titre en grosses
lettres noires m'a tétanisée. Mes genoux se sont mis à
trembler, je ne parvenais plus à respirer. Je ne me souviens pas d'avoir payé le journal ni d'être rentrée chez
nous.

Les garçons jouaient dans la cour. Je suis montée
rapidement à l'appartement et j'ai refermé la porte derrière moi. Je me suis assise dans le vestibule où j'ai étalé
le journal par terre. J'avais l'impression que mon cœur
allait éclater. L'article annonçait qu'on avait démantelé
la direction d'une organisation terroriste et nettoyé notre
patrie bien-aimée d'une bande de traîtres. La liste des
noms a défilé sous mes yeux. Ils étaient dix, dont celui
de Mehdi. J'ai poursuivi ma lecture. Non, Hamid n'y
figurait pas.

Je défaillais, assaillie par des émotions contradictoires. Je pleurais les morts, tandis qu'une étincelle
d'espoir continuait de briller en moi. Le nom d'Hamid
n'était pas sur la liste. Ça signifie qu'il est encore en
vie, me disais-je, peut-être est-il en fuite, peut-être n'a-
t-il même pas été repéré. Dans ce cas, il va sûrement
rentrer à la maison. Dieu soit loué. Et s'il a tout de
même été arrêté ? J'étais complètement désemparée.
Sans grand espoir, j'ai téléphoné à l'imprimerie ; la
journée de travail n'était pas terminée, pourtant on n'a
pas décroché. J'avais l'impression de devenir folle. Je
regrettais de n'avoir personne à qui parler, personne
pour me conseiller, me consoler. Je me sermonnais, me
rappelant qu'il fallait que je sois forte, qu'un seul mot
sur la raison de mon angoisse risquait de causer notre
perte.

J'ai passé les deux journées suivantes dans les ténèbres et la peur. Je me suis plongée à corps perdu dans le travail, espérant me distraire de mes soucis. C'est dans le courant de la deuxième nuit que ce que j'avais inconsciemment redouté s'est produit.

Il était minuit passé et j'étais sur le point de m'endormir. Je ne sais pas comment ils sont entrés, mais ils ont soudain surgi au milieu de notre appartement. Siamak a couru vers moi, quelqu'un m'a jeté Massoud hurlant dans les bras, et nous nous sommes blottis tous les trois sur mon lit tandis qu'un soldat pointait un fusil sur nous. Je ne saurais dire combien ils étaient : ils avaient envahi la maison et faisaient le tour des pièces en attrapant tout ce qui leur tombait sous la main et en le jetant par terre. J'ai entendu la voix terrifiée de Bibi au rez-de-chaussée, ce qui n'a fait qu'ajouter à ma panique. Les soldats ont entrepris de vider les buffets, les placards, les armoires, les étagères, les valises et de mettre leur contenu en tas ; ils ont éventré les matelas et les oreillers avec des couteaux. J'ignorais ce qu'ils cherchaient. J'essayais de me convaincre que cette perquisition était bon signe. Hamid est forcément en vie, me répétais-je, il n'a pas été arrêté, autrement, ils ne seraient pas là... Attends ! Il peut très bien s'être fait prendre. Peut-être rassemblent-ils tous ces livres, ces documents et ces lettres en guise de preuves... Et d'ailleurs, qui leur a donné notre adresse ?

Ces réflexions et mille autres hypothèses plus incohérentes les unes que les autres se bousculaient dans mon esprit. Massoud se cramponnait à moi, sans quitter les soldats des yeux, tandis que Siamak était assis sur le lit, muet. Je lui ai pris la main ; elle était glacée et tremblante. J'ai observé son visage, dans lequel on ne voyait plus que ses yeux ; aux aguets, il enregistrait le moindre mouvement des soldats. Mais au-delà de la peur, j'ai déchiffré sur ses traits un autre sentiment qui m'a fait frémir. Je me rappellerai toute ma vie les flammes de colère et de haine qui brûlaient dans les yeux de ce petit garçon de neuf ans. J'ai soudain pensé à Bibi : cela faisait un moment que je n'avais plus entendu sa voix. Que lui avaient-ils fait ? Était-elle morte ? Les soldats nous ont alors donné l'ordre de nous lever. Ils ont éventré le matelas, avant de nous dire de remonter sur le lit et de ne pas en bouger.

Le soleil était déjà levé quand ils sont enfin repartis, emportant des documents, des papiers et des livres. Massoud dormait depuis une demi-heure, mais Siamak était toujours assis, pâle et silencieux. Il m'a fallu un moment pour trouver le courage de descendre du lit. Je ne pouvais pas m'empêcher de penser qu'ils avaient dû laisser l'un des leurs caché quelque part pour nous surveiller. J'ai fait le tour de l'appartement, Siamak sur mes talons. Puis j'ai ouvert la porte d'entrée et suis sortie sur le palier. Il n'y avait personne. J'ai dévalé l'escalier. La porte de la chambre de Bibi était grande ouverte et elle gisait, allongée en travers de son lit. Mon Dieu, elle est morte, ai-je songé. Mais, en m'approchant d'elle, je l'ai entendue respirer difficilement. Je l'ai relevée et lui ai mis deux oreillers dans le dos pour la soutenir, j'ai rempli un verre d'eau et essayé de lui en faire avaler quelques gouttes. Il ne servait plus à rien désormais de dissimuler quoi que ce soit, il n'y avait plus de secret à ne divulguer sous aucun prétexte. J'ai décroché le téléphone et appelé le père d'Hamid. Il a essayé de rester calme et j'ai bien senti que mes propos ne le prenaient pas vraiment au dépourvu ; j'ai même supposé qu'il s'y attendait.

J'ai refait le tour de la maison. La pagaille était telle que je ne croyais pas réussir un jour à tout ranger. Notre appartement était sens dessus dessous. On se serait cru dans un pays ravagé par une armée d'invasion. Ne me restait-il plus qu'à attendre la liste des morts et des disparus ?

Je suis ensuite descendue chez Bibi. Son petit logement était terriblement encombré ; pourquoi gardait-elle autant de choses inutiles ? De vieux rideaux, des nappes brodées à la main et maculées de taches qui n'étaient pas parties malgré de multiples lessives, de vieilles étoffes décoratives, des restes de tissus de toutes dimensions provenant de vêtements qu'elle avait cousus, portés et mis au rebut bien des années auparavant, des fourchettes tordues et oxydées, des assiettes et des bols ébréchés et fêlés qui attendaient un réparateur de porcelaine qui n'était jamais venu... Vraiment, pourquoi Bibi conservait-elle tout cela ? Quelle part de sa vie recherchait-elle à travers ces objets ?

Quant à la cave, c'était un fouillis sans nom – des chaises et des tables cassées, des bouteilles de lait et de soda vides éparpillées dans la poussière, des tas de riz tombés de sacs de jute éventrés...

À leur arrivée, les parents d'Hamid ont regardé autour d'eux, incrédules. En constatant l'état de notre logement, sa mère a poussé de grands cris et s'est mise à sangloter. Elle ne cessait de se lamenter : « Qu'est devenu mon enfant ? Où est mon Hamid ? »

Je l'ai observée avec étonnement. Oui, sans doute, on pouvait pleurer. Quant à moi, j'étais froide et dure comme la glace. Mon cerveau avait cessé de fonctionner, refusant d'appréhender l'étendue du désastre.

Le père d'Hamid a immédiatement fait monter Bibi dans sa voiture et a obligé la mère d'Hamid à en faire autant. Je n'avais ni la volonté ni le ressort nécessaires pour les aider ou les consoler, ni pour répondre à leurs questions. Je me sentais complètement vide. La seule chose que je savais, c'est que j'étais incapable de rester immobile : je ne cessais de passer de chambre en chambre. Je ne sais combien de temps le père d'Hamid a été absent. À son retour, il a pris Siamak dans ses bras et a fondu en larmes. Je le regardais avec indifférence. J'avais l'impression de me trouver à des kilomètres de lui.

Les cris incessants et terrifiés de Massoud m'ont finalement ramenée sur terre. J'ai couru vers l'escalier et l'ai serré contre moi. Couvert de sueur, il tremblait de tous ses membres.

« Ça va aller, mon fils, ai-je murmuré. N'aie pas peur. Ça va s'arranger.

— Tu devrais aller préparer quelques affaires, m'a conseillé le père d'Hamid. Venez vivre quelques jours à la maison, tous les trois.

— Non, merci, ai-je répondu. Je préfère rester ici.

— Tu ne peux pas. Ce n'est pas raisonnable.

— Si, si, il le faut. Hamid cherchera peut-être à me joindre. Il pourrait avoir besoin de moi. »

Il a secoué la tête et a repris d'une voix ferme : « Non, mon petit. Ça ne sert à rien. Prépare tes bagages. Si tu préfères aller chez ton père, je t'y conduirai. Il est possible que notre maison ne soit pas parfaitement sûre elle non plus. »

J'ai compris qu'il en savait plus long qu'il n'en avait l'air, mais je n'ai pas eu le courage de lui poser de questions. Je préférais ne pas savoir. Au milieu de ce chaos et de ce désordre, j'ai réussi à dénicher un grand sac de voyage. J'ai attrapé tous les vêtements des garçons que j'ai pu et je les ai fourrés dedans, puis j'ai ajouté quelques affaires pour moi. Je n'avais pas la force de m'habiller. Je me suis contentée de jeter un tchador sur ma chemise de nuit avant de descendre l'escalier avec les garçons. Le père d'Hamid a fermé les portes à clé derrière nous.

Je n'ai pas prononcé un mot de tout le trajet. Mon beau-père parlait aux garçons, cherchant à les distraire. Dès que nous sommes arrivés chez mon père, ils ont sauté de la voiture et se sont précipités à l'intérieur. Je les ai regardés. Ils étaient encore en pyjama. Ils paraissaient si petits, si fragiles.

Le père d'Hamid s'est tourné vers moi. « Écoute, mon petit, je sais que tu as peur, que tu es choquée et que tu as subi une terrible épreuve. Mais il faut que tu sois forte et que tu acceptes de voir la vérité en face. Combien de temps vas-tu rester assommée et muette, perdue dans tes pensées ? Tes enfants ont besoin de toi. Tu dois t'occuper d'eux. »

Quelque chose s'est brusquement dénoué en moi et mes larmes ont enfin commencé à couler. D'une voix entrecoupée de sanglots, je lui ai demandé : « Où est Hamid ? Que lui est-il arrivé ? »

Sans répondre, il a posé le front sur son volant.

« Il est mort ! C'est ça ? Il s'est fait tuer comme les autres ? Oui ?

— Non, mon petit. Il est vivant. C'est au moins une chose dont nous sommes sûrs.

— Vous avez eu de ses nouvelles ? Dites-le-moi. Je jure de n'en parler à personne. Il se cache à l'imprimerie ?

— Non. Il y a eu une descente à l'imprimerie il y a deux jours. Ils ont tout mis sens dessus dessous et l'imprimerie est fermée.

— Pourquoi ne m'avez-vous pas prévenue ? Hamid était là ?

— Non… il était juste à côté.

— Et alors ?

— Il a été arrêté.

— Non ! Ce n'est pas vrai ! »

Pendant un moment, j'ai été incapable de prononcer un mot. Puis j'ai repris, sous le coup de l'émotion : « En fait, c'est comme s'il était mort, lui aussi. Il redoutait plus de se faire arrêter que de se faire tuer.

— Ne dis pas ça. Il faut garder espoir. Je ferai tout ce qui est en mon pouvoir pour le sortir de là. J'ai dû passer un millier de coups de téléphone depuis hier. J'ai rencontré plusieurs fonctionnaires haut placés et contacté je ne sais combien de relations. J'ai rendez-vous aujourd'hui avec un avocat. On me conseille de ne pas désespérer. Je suis optimiste. Et toi, il faut que tu m'aides en restant constamment en relation avec nous. Pour le moment, rendons grâce à Dieu qu'il soit en vie. »

Je suis restée les trois jours suivants au lit. Je n'étais pas malade mais j'étais vidée, épuisée au point d'être incapable de réagir. J'avais l'impression que, venant s'ajouter aux peurs et aux angoisses des derniers mois, ce dernier coup m'avait privée de toute énergie, de toute force. Massoud restait assis près de moi à me caresser les cheveux. Il essayait de me forcer à manger et veillait sur moi comme une infirmière. Pendant ce temps, Siamak déambulait autour du bassin, les dents serrées. Il ne parlait à personne, ne se battait pas, ne cassait rien et ne jouait pas. La lueur inquiétante qui brillait dans son regard sombre et profond m'alarmait davantage que ses crises de colère ou ses comportements agressifs. Il semblait avoir vieilli de quinze ans en vingt-quatre heures et s'être transformé en homme nerveux et amer.

Le troisième jour, je me suis enfin décidée à me lever. Je n'avais pas vraiment le choix. Ma vie devait reprendre son cours. Mahmoud, qui venait d'apprendre l'arrestation d'Hamid, est passé chez Père avec sa femme et ses enfants. Ehteram-Sadat jacassait sans répit et j'avais du mal à la supporter. Mahmoud s'était enfermé à la cuisine avec Mère ; il était évidemment venu dans l'espoir de lui soutirer quelques informations. Faati m'a rejointe dans la pièce où je m'étais réfugiée, elle a posé le plateau de thé par terre et s'est assise à côté de moi. C'est alors que j'ai entendu Siamak pousser des cris perçants et hystériques depuis la cour. J'ai couru à la fenêtre. Il hurlait des insultes à Mahmoud d'une voix haineuse, tout en lui jetant des pierres. Puis il a fait volte-face et, avec une force étonnante, a poussé le pauvre Gholam-Ali dans le bassin avant de ramasser un pot de fleurs et de le projeter violemment contre le sol, où il s'est fracassé. J'ignorais évidemment ce qui avait pu le pousser à bout, mais j'étais sûre qu'il ne s'était pas emporté sans raison. En réalité, j'étais presque soulagée. Après être resté enfermé en lui-même pendant trois jours, il explosait enfin.

Ali s'est précipité sur Siamak en lui criant de se taire. Comme il levait la main pour le frapper sur la bouche, j'ai vu rouge. « Arrête immédiatement ! » ai-je hurlé. J'ai sauté dans la cour par la fenêtre et me suis jetée contre Ali comme une lionne protégeant ses petits. « Tu n'as pas intérêt à toucher à mon fils, sinon tu auras affaire à moi ! » ai-je crié.

J'ai pris Siamak dans mes bras. Il tremblait de colère. Pétrifiés, tous me regardaient en silence. Ali a fini par reculer d'un pas en essayant de se justifier : « Je voulais simplement l'obliger à se taire. Regarde les dégâts qu'il a causés ! Vois ce qu'il a fait à ce pauvre garçon ! » Et il a désigné Gholam-Ali qui se tenait à côté de sa mère comme une souris trempée, en reniflant.

« Tu as entendu les horreurs qu'il a dites à son oncle ?

— Il a bien fallu que son oncle lui fasse quelque chose pour qu'il se mette dans un état pareil, ai-je rétorqué. Voilà trois jours qu'il n'a pas prononcé un mot.

— Ce voyou n'est pas digne que je lui adresse la parole, a grommelé Mahmoud. Tu devrais avoir honte de toi ! Trahir ton propre frère pour un démon pareil ! Tu ne changeras donc jamais ? »

Quand Père est rentré ce soir-là, la maison avait retrouvé sa tranquillité – le calme qui suit la tempête et permet à tous d'évaluer l'ampleur des dégâts. Mahmoud, sa femme et leurs enfants étaient partis, Ali était dans sa chambre à l'étage, Mère pleurait, ne sachant si elle devait prendre mon parti ou celui de ses fils, Faati me suivait comme mon ombre et m'aidait à préparer les bagages des enfants.

« Que fais-tu ? m'a demandé Père.

— Il faut que je parte. Je ne supporterai pas que mes enfants se fassent maltraiter et insulter, surtout par des membres de leur propre famille.

— Que s'est-il passé ?

— Que veux-tu que je te dise ? s'est lamentée Mère. Ce pauvre Mahmoud est très inquiet, voilà tout. Il est venu discuter avec moi à la cuisine et le petit a surpris notre conversation. Si tu avais vu la colère qu'il a piquée ! Et ensuite, évidemment, la sœur et les frères se sont disputés. »

Père s'est tourné vers moi : « Peu importe. Il n'est pas question que tu rentres chez toi ce soir.

— Si, Père, il le faut. Je n'ai pas inscrit les enfants à l'école et les cours reprennent la semaine prochaine. Je ne me suis encore occupée de rien.

— Je comprends, mais il n'est pas raisonnable que tu passes la nuit chez toi toute seule.

— Faati a accepté de m'accompagner.

— Quelle bonne idée ! Quel garde du corps efficace ! Sérieusement, tu as besoin d'un homme chez toi. La police pourrait revenir. On ne peut pas laisser deux femmes seules avec deux enfants. Je vous y accompagnerai demain. »

Il avait raison ; mieux valait attendre le lendemain. Après le dîner, Père a proposé à Siamak de venir s'asseoir près de lui et il s'est mis à lui parler comme il le faisait quand il était plus petit.

« Eh bien, mon fils, et si tu me racontais ce qui t'a fâché à ce point », lui a-t-il dit d'une voix paisible.

Siamak a répondu comme une bande magnétique, sans se rendre compte qu'il imitait jusqu'aux intonations de Mahmoud : « Je l'ai entendu dire à Grand-Mère : "Ce salaud est un esprit subversif, un opposant. Ils l'exécuteront tôt ou tard. Je ne l'ai jamais apprécié, pas plus que les autres membres de sa famille. J'ai toujours su qu'ils ne valaient rien. Évidemment, il ne fallait pas s'attendre à mieux de la part d'un prétendant que nous a présenté Mme Parvin. Combien de fois t'ai-je dit de la marier à Haji Agha…" » Siamak s'est interrompu quelques secondes. « Haji Agha je ne sais pas quoi.

— Probablement Haji Agha Abouzari, a suggéré Père.

— Oui, je crois que c'est ça. Et puis Oncle Mahmoud a dit : "Mais toi, tu lui reprochais d'être trop vieux et d'avoir déjà été marié au lieu de prendre en compte que c'est un homme pieux, qui a une boutique bourrée de marchandises au bazar. Tu as préféré la donner à un communiste de rien du tout, sans foi ni loi. Cette racaille, il mérite bien ce qui lui arrive. Il faut l'exécuter. »

Père a serré la tête de Siamak contre sa poitrine et l'a embrassé sur les cheveux.

« Ne les écoute pas, lui a-t-il dit doucement. Ils ne sont pas assez intelligents pour comprendre. Ton père est un homme bien. Rassure-toi, il ne sera pas exécuté. J'ai parlé avec ton autre grand-père aujourd'hui. Il a engagé un avocat. Avec la grâce de Dieu, tout finira par s'arranger. »

J'ai passé toute la nuit à réfléchir à la manière dont nous pourrions vivre sans Hamid. Que devais-je faire des enfants ? Quelles étaient mes responsabilités ? Comment les protéger des propos malveillants ?

Le lendemain matin, Père, Mme Parvin et Faati nous ont raccompagnés chez nous. Père a été atterré par l'état de notre logement. « Je vais t'envoyer les garçons de la boutique pour t'aider, m'a-t-il proposé avant de partir.

Il y a trop à faire ici, même pour trois femmes. » Puis il a sorti de l'argent de sa poche : « Prends ça pour le moment et préviens-moi dès que tu n'en auras plus.

— Non merci, ai-je répondu. Pour le moment, je n'en ai pas besoin. »

Son offre m'a tout de même conduite à m'interroger sur notre situation financière. Comment allais-je faire face à nos dépenses ? Dépendrais-je éternellement de mon père, de celui d'Hamid ou d'autrui ? Je recommençais à me ronger les sangs. J'ai cherché à me rassurer en me disant que l'imprimerie reprendrait certainement ses activités et qu'Hamid en étant actionnaire, cela devrait nous assurer un petit revenu.

Faati, Mme Parvin, Siamak, Massoud et les employés de Père, auxquels se joignait de temps en temps Mère, m'ont aidée à remettre la maison en ordre. Il nous a fallu trois journées entières. Pendant ce temps, la mère d'Hamid et ses sœurs rangeaient l'appartement de Bibi au rez-de-chaussée. Bibi avait quitté l'hôpital et se remettait de ses émotions chez eux.

J'en ai profité pour descendre à la cave et jeter le bric-à-brac qui y était accumulé.

« Que Dieu bénisse la Savak, a lancé Faati en riant. Elle t'a obligée à te débarrasser de tout le fatras qui traînait dans cette maison et à faire un grand ménage de printemps ! »

Le lendemain, je suis allée inscrire les garçons à l'école. Le pauvre Massoud a commencé son cours préparatoire avec le moral au plus bas. Pourtant, contrairement à Siamak, il a fait de gros efforts pour m'épargner le moindre souci. Le premier jour de classe, j'ai bien vu à son regard que ce nouvel environnement l'effrayait, mais il n'a pas pipé mot. Au moment de repartir, je lui ai lancé : « Tu es un bon garçon, et tu te feras vite des amis. Je suis sûr que ton maître t'aimera beaucoup.

— Tu viendras me chercher ?

— Bien sûr ! Tu crois vraiment que je pourrais oublier mon petit garçon chéri ?

— Non. J'ai seulement peur que tu te perdes.

— Moi ? Me perdre ? Mais non, mon chéri, les grandes personnes ne se perdent pas.

— Bien sûr que si. Et ensuite, on ne peut plus jamais les retrouver ; comme Papa et Shahrzad. »

C'était la première fois qu'il parlait de Shahrzad depuis sa mort ; de plus, il avait employé son vrai nom au lieu de Tantine Sheri, comme il avait l'habitude de l'appeler. Je ne savais pas quoi répondre. Comment son jeune esprit avait-il interprété sa disparition ? Je l'ai pris dans mes bras et lui ai murmuré à l'oreille : « Non, mon fils. Les mamans ne se perdent pas. Elles reconnaissent l'odeur de leurs petits garçons, elles la suivent et les retrouvent toujours, où qu'ils soient.

— Et tu ne pleureras pas pendant que je ne serai pas là ?

— Non, je ne pleurerai pas. Tu m'as déjà vue pleurer ?

— Oui. Tu pleures tout le temps quand tu es seule à la cuisine. »

Décidément, je ne pouvais rien lui cacher. La gorge nouée, je lui ai dit : « Ce n'est pas mal de pleurer, tu sais. On en a besoin parfois. Ça soulage un peu. Mais je ne pleurerai plus, c'est promis. »

Au fil des jours, Massoud a prouvé qu'il était un petit garçon aussi facile à l'école qu'à la maison. Il terminait ses devoirs à l'avance, et s'efforçait de ne jamais me contrarier. Le seul effet manifeste et durable de cette affreuse nuit était ses cris de terreur qui nous réveillaient en pleine nuit.

Deux mois ont passé. Les universités ont rouvert, mais il n'était évidemment pas question que je retourne en cours. Chaque jour, j'accompagnais le père d'Hamid pour rencontrer des gens susceptibles de nous aider, déposer des requêtes, plaider et exhorter, mobiliser toutes les relations que nous avions ; nous avons même écrit au bureau de la reine Farah pour la supplier d'éviter à Hamid la torture et l'exécution et pour lui demander qu'il soit transféré dans une prison ordinaire. Malgré les promesses de nombreuses personnes influentes, nous ne savions pas si nos efforts étaient efficaces ni quelle était réellement la situation d'Hamid.

À l'issue du procès qui s'est tenu un peu plus tard, le tribunal a reconnu qu'Hamid n'avait participé à aucune opération armée. Il a ainsi échappé à l'exécution et a été condamné à quinze ans de prison. Les autorités ont fini par nous permettre de lui apporter du linge, de la nourriture et des lettres. Tous les lundis, je me présentais donc à la porte de la prison avec un gros sac de provisions, d'habits, de livres et de matériel d'écriture. Une grande partie de ces objets était refusée immédiatement, et j'ignorais si ceux que les gardiens acceptaient étaient réellement remis à Hamid.

La première fois qu'on m'a donné un sac de linge sale à laver, l'odeur m'a fait frémir. Ses vêtements sentaient le sang séché, l'infection, le malheur. Terrifiée, je les ai inspectés sous toutes les coutures. J'ai cru devenir folle en voyant des taches de sang et de pus. J'ai fermé la porte de la salle de bains, j'ai ouvert les robinets en grand et j'ai pleuré, espérant que le bruit de l'eau couvrirait mes sanglots. Que lui faisait-on subir dans cette prison ? N'aurait-il pas été préférable qu'il meure comme Shahrzad et Mehdi ? Passait-il chaque seconde à prier que la mort le délivre ? Peu à peu, en inspectant soigneusement ses vêtements, j'ai pu établir la nature de ses blessures et leur gravité. Certaines étaient sérieuses, d'autres en voie de guérison.

Le temps passait et l'imprimerie n'était toujours pas autorisée à reprendre ses activités. Tous les mois, le père d'Hamid me donnait de l'argent pour couvrir nos dépenses, mais j'étais consciente que cette situation ne pouvait pas durer éternellement. Il fallait que je prenne une décision. Que je trouve du travail. Je n'étais ni une enfant, ni une invalide. J'étais une jeune femme responsable de deux petits garçons et je ne voulais pas qu'ils soient élevés grâce à la charité d'autrui. Ne rien faire, rester là à me morfondre et à demander l'aumône était indigne de moi, indigne de mes enfants, et surtout d'Hamid. Nous devions vivre dans l'honneur et la fierté ; nous devions être capables de voler de nos propres ailes. Mais comment ? Quel genre d'emploi étais-je en mesure d'exercer ?

La première idée que j'ai eue a été de me lancer dans la couture et de travailler pour Mme Parvin, avec l'aide de Faati. Je m'y suis mise sur-le-champ, mais je détestais ça, d'autant que cela m'obligeait à aller tous les jours chez Mère en plus de chez Mme Parvin, à affronter Ali et parfois Mahmoud, et à supporter les sermons de Mère.

« Je t'avais bien dit que savoir coudre était ce qu'il y a de plus utile pour une fille, non ? Mais tu as toujours refusé de m'écouter et tu as perdu ton temps à aller à l'école. »

Tous les soirs, j'épluchais les offres d'emploi des journaux et, tous les jours, je me présentais dans des sociétés et des entreprises pour demander s'il n'y avait pas un poste vacant. La plupart des sociétés privées cherchaient des secrétaires. Le père d'Hamid m'a mise en garde contre le monde du travail et contre les humiliations qui attendaient souvent les salariées. Ses avertissements n'ont pas été inutiles. Dans certains bureaux, je sentais des regards lubriques se poser sur moi et on m'inspectait de la tête aux pieds, comme si les employeurs étaient à la recherche d'une maîtresse et non d'une employée. C'est au cours de ces entrevues que j'ai compris qu'un diplôme de fin d'études secondaires ne suffisait pas. Il me fallait acquérir d'autres compétences. J'ai suivi deux cours de dactylographie et, après avoir assimilé les règles de base, j'ai cessé d'y aller faute de temps, et aussi d'argent, car cette formation était payante. Mon beau-père m'a donné une vieille machine à écrire et j'ai passé mes nuits à m'exercer. Il m'a ensuite présentée à une de ses connaissances qui travaillait dans un service du gouvernement. Le jour où j'ai passé l'entretien d'embauche, je me suis trouvée en présence d'un homme d'une petite trentaine d'années au regard perçant et intelligent qui m'a dévisagée avec curiosité. Au cours de l'entrevue, il a cherché à m'arracher certaines informations que je ne lui avais pas livrées spontanément.

« Vous avez indiqué que vous étiez mariée. Que fait votre mari ? »

J'ai hésité. Je me suis dit que le père d'Hamid ayant servi d'intermédiaire, mon interlocuteur était peut-être au courant de ma situation. J'ai répondu de façon évasive que mon mari était travailleur indépendant et n'était pas salarié dans une entreprise. J'ai bien vu à son expression et à son sourire narquois qu'il ne me croyait pas.

Fatiguée et énervée, j'ai fini par lâcher : « C'est moi qui cherche un emploi. En quoi les activités de mon mari vous concernent-elles ?

— Il paraît que vous n'avez aucune autre source de revenus que votre salaire.

— Qui vous a raconté ça ?

— M. Motamedi, le vice-président qui vous a recommandée.

— Vous ne m'embaucheriez pas si j'avais d'autres ressources ? Je croyais avoir compris que vous cherchiez une secrétaire.

— En effet, madame. Mais nous avons reçu de nombreuses candidates mieux formées et plus qualifiées que vous. En réalité, j'ai du mal à comprendre pourquoi M. Motamedi vous a recommandée, et aussi chaleureusement qui plus est ! »

Je ne savais pas quoi répondre. Le père d'Hamid m'avait recommandé de ne jamais révéler lors d'entretiens d'embauche que mon mari était en prison. D'un autre côté, il m'était impossible de mentir ; la vérité finirait bien par éclater, tôt ou tard. Et puis j'avais absolument besoin d'un emploi, et ce poste me convenait parfaitement. J'étais désespérée. En larmes et d'une voix à peine audible, j'ai murmuré : « Mon mari est en prison.

— Pour quelle raison ? a-t-il demandé en fronçant les sourcils.

— Il est prisonnier politique. »

Il s'est tu. Je n'ai pas osé ajouter un mot et il ne m'a plus posé de questions. Il s'est mis à écrire et, au bout de quelques secondes, il a relevé la tête. Il avait l'air bouleversé. Il m'a tendu un papier en me disant : « Ne parlez de votre mari à personne. Apportez ce billet à Mme Tabrizi, dans le bureau juste à côté. Elle vous expliquera ce que vous aurez à faire. Vous commencez demain. »

La nouvelle de mon embauche a fait l'effet d'une bombe.

Les yeux jaillissant de leurs orbites, Mère m'a demandé : « Tu dis bien dans un bureau ? Comme les hommes ?

— Oui. Il n'y a plus de différence entre les hommes et les femmes, tu sais.

— Que Dieu me prenne la vie ! Comment peux-tu dire des choses pareilles ! C'est la fin du monde ! De toute façon, ça m'étonnerait que ton père et tes frères te laissent faire.

— Ça ne les regarde pas, ai-je rétorqué d'une voix cinglante. Personne n'a le droit de se mêler de ma vie ni de celle de mes enfants. Ils m'ont assez maltraitée autrefois. Je suis une femme mariée, maintenant. Je ne suis pas veuve. Il n'y a que mon mari et moi qui ayons notre mot à dire sur la manière dont je mène ma vie. Ils feraient mieux de ne pas se déconsidérer en cherchant à intervenir. »

Cet ultimatum a suffi à leur clouer le bec. Je me doutais qu'en tout état de cause Père n'était pas hostile à ce que je travaille, car il m'avait déjà fait comprendre à plusieurs reprises qu'il était heureux de constater que je me débrouillais seule, sans avoir besoin du soutien de mes frères.

Cet emploi a largement contribué à me remonter le moral. J'ai commencé à reprendre confiance en moi et à me sentir plus en sécurité. J'étais souvent épuisée, mais j'étais fière de ne dépendre de personne.

J'avais été embauchée comme secrétaire et chef de bureau. Je m'occupais de tout : je tapais à la machine, je répondais au téléphone, je classais les dossiers, vérifiais certains comptes, et il m'arrivait même de traduire des lettres et d'autres textes. Au début, tout me paraissait affreusement difficile. J'étais déroutée, et chacune des tâches qui m'étaient confiées m'accablait. Mais, au bout de deux semaines, j'étais déjà plus à l'aise. M. Zargar, mon supérieur, vérifiait mon travail et m'expliquait avec une grande patience ce qu'il attendait de moi. Il ne m'a plus jamais interrogée sur ma vie personnelle et n'a jamais manifesté la moindre curiosité à l'égard d'Hamid. Peu à peu, j'ai commencé à corriger les fautes de grammaire et de syntaxe des textes qu'on me donnait à taper. Après tout, j'avais étudié la littérature persane à l'université et, au cours des dix années précédentes, j'avais passé une bonne moitié de mon temps le nez dans les livres. La bienveillance et les encouragements de mon supérieur m'ont permis de prendre de l'assurance. Au bout d'un moment, il s'est contenté d'ébaucher les grandes lignes de ses lettres et de ses rapports, me laissant le soin de les rédiger à sa place.

J'aimais mon travail, mais cet emploi me posait un problème auquel je n'avais pas pensé quand je l'avais accepté : je ne pouvais plus me rendre à la prison tous les lundis et cela faisait trois semaines que j'étais sans nouvelles d'Hamid. J'étais inquiète. Il faut absolument que je trouve le moyen d'y aller cette semaine, me suis-je dit.

J'ai tout préparé la veille. J'ai confectionné quelques plats, j'ai emballé des fruits, des pâtisseries, des cigarettes, et je me suis rendue à la prison de très bonne heure le lendemain matin. Le gardien de faction à l'entrée m'a demandé d'un ton brutal et sarcastique : « Qu'est-ce que vous voulez ? Vous n'êtes pas arrivée à dormir la nuit dernière ? C'est pour ça que vous vous pointez aussi tôt ? Vous n'imaginez tout de même pas que je vais accepter un colis à une heure pareille.

— Je vous en prie, ai-je imploré. Je commence à travailler à huit heures. »

Il s'est mis à se moquer de moi et à m'insulter.

« Vous devriez avoir honte, ai-je répliqué. Comment osez-vous me parler sur ce ton ? »

On aurait cru qu'il n'attendait qu'une protestation de ma part pour se répandre en commentaires grossiers sur mon mari et sur moi. J'avais déjà été en butte à bien des insultes et à bien des comportements irrespectueux, mais c'était la première fois que quelqu'un se permettait de jurer ainsi en ma présence et de me hurler des obscénités. Je tremblais de colère. Je lui aurais volontiers arraché la tête, mais je n'ai pas osé protester. Je craignais qu'Hamid ne reçoive plus mes lettres ni même une petite fraction, au moins, des provisions que je lui apportais.

Les lèvres frémissantes, ravalant mes larmes, insultée et brisée, je suis allée travailler, remportant mon sac plein. Ma détresse n'a pas échappé au regard pénétrant de M. Zargar, qui m'a appelée dans son bureau. En me tendant une lettre à taper, il m'a demandé : « Que vous arrive-t-il, madame Sadeghi ? Vous n'avez pas l'air très en forme aujourd'hui. » Essuyant mes larmes du revers de la main, je lui ai expliqué ce qui s'était passé. Il a secoué la tête avec contrariété et, après un bref silence, il a repris : « Vous auriez dû m'en parler plus tôt. Imaginez-vous dans quel état sera votre mari s'il n'a pas de nouvelles de vous cette semaine non plus ! Retournez sur-le-champ à la prison et ne revenez pas avant de lui avoir remis ce que vous avez préparé. Désormais, vous viendrez travailler un peu plus tard le lundi. Comme ça, vous pourrez passer déposer votre colis avant. C'est compris ?

— Oui, mais certaines semaines, je suis obligée d'attendre jusqu'à midi. Comment justifier cet absentéisme ? Je ne peux pas me permettre de perdre cet emploi.

— Ne vous inquiétez pas pour ça. Je noterai que vous êtes absente pour affaire de service. C'est le moins que je puisse faire pour tous ces hommes et ces femmes qui se sacrifient ainsi. »

Quelle bonté et quelle compréhension ! Je relevais certains points communs entre Massoud et cet homme généreux, et espérais qu'en grandissant mon fils lui ressemblerait.

Peu à peu, nous nous sommes habitués, les enfants et moi, à notre nouvelle vie. Les garçons faisaient de gros efforts pour ne pas me tracasser inutilement. Nous prenions le petit déjeuner ensemble et nous nous préparions pour la journée. Leur école avait beau n'être pas très éloignée, je les y conduisais dans la deux-chevaux qui nous servait fidèlement depuis tant d'années. À midi, ils rentraient à la maison à pied, achetaient du pain en chemin, réchauffaient le déjeuner que je leur avais préparé à l'avance, mangeaient et en descendaient une assiette à Bibi. La pauvre femme était très souffrante depuis son hospitalisation, mais elle tenait absolument à rester chez elle, ce qui nous obligeait à nous occuper d'elle. Tous les jours après le bureau, je faisais quelques courses et je passais la voir. Je lavais sa vaisselle, terminais son ménage et bavardais quelques instants avec elle avant de monter chez nous. Venait ensuite l'heure des tâches ménagères. La lessive, le ménage, la cuisine pour le lendemain, servir à dîner aux garçons, les aider à finir leurs devoirs et mille autres tâches qui m'obligeaient souvent à rester debout jusqu'à onze heures ou minuit. Je m'effondrais alors sur mon lit et dormais comme une bûche. Je ne voyais pas comment j'aurais pu poursuivre mes études dans de telles conditions. J'avais déjà perdu une année et je devais me rendre à l'évidence : ce ne serait pas la dernière.

Cette année-là, un autre événement est venu nous distraire provisoirement de nos soucis : Faati s'est mariée après bien des discussions et des querelles familiales. Décidé à tirer toutes les leçons de mon mariage, Mahmoud tenait absolument à ce qu'elle épouse un marchand du bazar aussi pieux que lui. Faati, qui était beaucoup plus docile que moi et se laissait facilement intimider, n'a pas osé s'opposer au prétendant recommandé par Mahmoud, malgré le profond mépris qu'il lui inspirait. La brutalité avec laquelle mes frères m'avaient traitée l'avait, semble-t-il, tellement effarouchée qu'elle avait définitivement perdu confiance en elle et n'avait pas le courage d'exprimer ce qu'elle pensait. Je me suis donc chargée d'affirmer ses droits à sa place, couronnant ainsi définitivement ma réputation familiale d'empêcheuse de tourner en rond.

Cette fois, cependant, j'ai fait preuve de plus de sagesse. Je me suis soigneusement abstenue de croiser le fer avec Mahmoud et avec Mère, et suis allée parler en privé à Père. Je lui ai exposé le point de vue de Faati et lui ai demandé de ne pas faire le malheur de sa deuxième fille en l'obligeant à contracter cette union. Bien que tout le monde ait compris quel rôle j'avais joué dans la décision de Père et que Mahmoud ne m'en ait détestée que davantage, ce mariage n'a pas eu lieu. Faati a épousé un prétendant présenté par Oncle Abbas, pour qui elle s'était prise d'affection.

Sadegh Agha, le mari de Faati, était un beau jeune homme, charmant et éduqué, issu d'une famille cultivée de la classe moyenne. Il travaillait comme comptable dans un service gouvernemental. Il n'était pas riche, ce qui permettait à Mahmoud de le traiter dédaigneusement de salarié, mais Faati était heureuse et nous l'aimions beaucoup, les garçons et moi. Conscient que mes fils avaient besoin d'un père, Sadegh Agha s'est rapproché d'eux et les invitait fréquemment à des sorties ou à des excursions.

Notre vie avait repris un rythme relativement régulier. J'aimais mon travail, où je m'étais fait de bonnes amies avec qui je déjeunais et échangeais des blagues, des rires et des commérages. Nos conversations portaient fréquemment sur M. Shirzadi, un des directeurs du service, qui ne m'aimait pas et trouvait toujours à redire à ce que je faisais. Tous m'affirmaient que c'était un homme sensible, excellent poète de surcroît, mais je ne voyais en lui qu'un individu hostile et revêche. Je m'efforçais donc de ne pas le croiser et de ne donner prise à aucune critique. Ce qui ne l'empêchait pas d'ironiser constamment à mon sujet et de lancer des remarques désobligeantes, insinuant que j'avais été engagée par piston et que je n'étais pas qualifiée pour cet emploi. Mes amies me conseillaient de ne pas m'inquiéter. Il fallait le prendre comme il était, me disaient-elles, mais je ne pouvais que constater qu'il était bien plus désagréable avec moi qu'avec les autres. Je savais que, dans mon dos, il me surnommait « la chérie de M. Zargar », et j'ai fini par me prendre d'une profonde aversion à son égard.

« Franchement, il ressemble à tout sauf à un poète, confiais-je à mes amies. En fait, on dirait plutôt un mafioso. La poésie exige une âme délicate, elle ne s'accommode pas de cette arrogance, de cette agressivité et de cette malveillance. Ce n'est même pas lui qui a écrit ses poèmes, j'en mettrais ma main au feu. Il a dû faire jeter en prison un malheureux poète, et maintenant il lui met le couteau sous la gorge pour l'obliger à composer des textes qu'il fait passer pour les siens. » Et tout le monde riait.

Je pense que ces papotages lui sont revenus aux oreilles. Un jour, il a pris prétexte de quelques fautes de frappe insignifiantes pour déchirer un rapport de dix pages que je venais de rédiger et de dactylographier en me donnant beaucoup de mal, et il a jeté les morceaux de papier sur mon bureau. J'ai perdu mon sang-froid. « Qu'est-ce que vous avez après moi ? ai-je crié. Vous n'arrêtez pas de me chercher des poux dans la tête. Mais qu'est-ce que je vous ai fait, à la fin ?

— Hé, madame, vous ne m'embobinerez pas comme ça, a-t-il grommelé. Je vois clair dans votre jeu. Vous vous imaginez sans doute que je suis comme Zargar et Motamedi, et que vous pouvez me mener par le bout du nez. Mais je vous connais, vous et vos semblables. »

Je tremblais de colère et m'apprêtais à répliquer quand M. Zargar est entré dans mon bureau : « Qu'y a-t-il ? a-t-il demandé. M. Shirzadi, que se passe-t-il ?

— Ce qui se passe ? a-t-il lancé d'un ton hargneux. C'est une incapable, voilà ce qui se passe. Elle me rend un rapport avec deux jours de retard et, en plus, il est bourré de fautes. Voilà ce qui arrive quand on engage une illettrée simplement parce qu'elle est jolie et qu'elle a des relations. Et maintenant, c'est à nous d'en assumer les conséquences.

— Surveillez vos propos, a répliqué M. Zargar d'un ton sec. Reprenez-vous. Et venez dans mon bureau, je voudrais vous parler. » Il a posé la main dans le dos de M. Shirzadi et l'a littéralement poussé dehors.

La tête entre les mains, j'ai dû prendre sur moi pour retenir mes larmes. Mes amies se sont rassemblées autour de moi pour me réconforter. Abbas-Ali, le gardien de notre étage, qui était toujours d'une grande gentillesse avec moi, m'a apporté un verre d'eau chaude et du sucre candi, et je me suis remise au travail.

Une heure plus tard, M. Shirzadi est entré dans mon bureau. Il s'est arrêté devant moi et, en évitant mon regard, il a murmuré à contrecœur : « Je suis désolé. Je vous prie de m'excuser. » Et il est ressorti immédiatement.

Étonnée, j'ai tourné les yeux vers M. Zargar qui se tenait sur le seuil. « Que s'est-il passé ?

— Rien. Oubliez cette histoire. Il est comme ça. C'est un homme charmant qui a le cœur sur la main, mais il est très nerveux et très chatouilleux sur certains sujets.

— Le mien, par exemple.

— Il ne s'agit pas de vous, personnellement, mais de tous ceux qu'il soupçonne d'avoir usurpé les droits d'autrui.

— Et de qui suis-je censée avoir usurpé les droits ?

— Ne le prenez pas mal, mais avant que nous vous embauchions, il avait suggéré que nous accordions de l'avancement à l'un de ses assistants qui venait d'obtenir son diplôme universitaire. La procédure d'embauche était presque terminée quand vous m'avez été recommandée pour ce poste. Avant de vous recevoir, j'avais promis à Shirzadi de ne pas me laisser influencer par l'intervention de Motamedi, mais je vous ai engagée et il a estimé que cette décision était inique et préjudiciable aux intérêts du service. Il est d'une telle sensibilité qu'il lui est impossible de supporter ce qu'il considère comme une "injustice". Dès ce jour, il est devenu mon adversaire et le vôtre. Il n'aimait déjà pas beaucoup Motamedi parce que tous les patrons et tous les supérieurs lui inspirent une aversion innée.

— Je ne peux pas lui donner tort, ai-je répondu. J'ai effectivement usurpé les droits d'une autre personne. Mais puisque vous saviez tout cela, pourquoi m'avez-vous embauchée ?

— Allons bon ! Maintenant, c'est à moi de me justifier à vos yeux ? J'ai pensé qu'avec toutes ses qualifications l'autre candidat obtiendrait facilement un autre emploi. En effet, il a été embauché une semaine plus tard. Alors que, dans votre situation, vous auriez eu du mal à trouver du travail. Quoi qu'il en soit, je vous prie de m'en excuser, mais j'ai été obligé de parler de votre mari à Shirzadi. Ne vous en faites pas, c'est un homme de confiance. Entre vous et moi, il s'est occupé de politique toute sa vie. »

M. Shirzadi est revenu me voir le lendemain. Très pâle, il avait l'air triste et ses yeux étaient rouges et gonflés. Il est resté debout un moment, visiblement mal à l'aise, avant de se décider à parler : « Vous savez, je n'y peux rien. Ma colère est trop profonde. » Et il s'est mis à réciter un de ses poèmes dans lequel il expliquait que la fureur s'était enracinée dans son âme et l'avait transformé en loup enragé. « Je vous ai traitée injustement, a-t-il ajouté. Pour être honnête, votre travail est excellent. J'ai eu du mal à y trouver des erreurs, alors que les lettres de deux phrases que rédigent tous ces patrons et tous ces cadres sont bourrées de fautes. »

C'est ainsi que M. Shirzadi est devenu l'un de mes plus fidèles soutiens en même temps qu'un de mes meilleurs amis. Contrairement à M. Zargar, toujours si discret, il ne tarissait pas de questions sur les activités politiques d'Hamid, sur le mouvement auquel il appartenait et sur les circonstances de son arrestation. La passion et l'exaltation avec lesquelles il écoutait ce que j'étais en mesure de lui apprendre m'ont incitée à me confier à lui, alors que la raison m'aurait sans doute commandé de me taire. En même temps, sa compassion était empreinte d'une telle colère et d'une telle haine contre le régime qu'il m'arrivait de m'en effrayer. Un jour où nous discutions ainsi, j'ai remarqué que son visage virait au bleu.

« Ça va ? ai-je demandé, inquiète.

— Non, ça ne va pas. Mais soyez sans inquiétude, ça m'arrive souvent. Vous ne pouvez pas imaginer ce qui se passe en moi.

— Vous croyez ? Je ressens peut-être la même chose que vous, seulement, moi, je suis incapable de l'exprimer par des mots. »

Comme si souvent, il s'est mis à réciter un poème. Celui-ci parlait d'une ville qui pleurait le massacre de son peuple, alors que lui-même aspirait à la vengeance comme un homme assoiffé par une journée torride.

Non ! Moi à qui le sort avait réservé ses coups les plus cruels, je n'avais jamais éprouvé une colère et un chagrin aussi dévastateurs. Un jour, il m'a interrogée sur la nuit où la police secrète était venue chez nous. Alors que je lui racontais brièvement ce qui s'était passé, il a soudain perdu son sang-froid et s'est mis à hurler en vers que la tribu des agresseurs avait transformé la ville en une cité de chiens sauvages et que tous les lions s'étaient réfugiés dans les pâturages.

Terrifiée, j'ai bondi sur mes pieds pour fermer la porte. « Pour l'amour de Dieu, on pourrait vous entendre ! Vous savez bien qu'il y a un agent de la Savak à l'étage. » À l'époque, nous étions tous persuadés que la moitié de nos collègues appartenaient à la Savak, ce qui nous incitait à les traiter avec crainte et respect.

Par la suite, M. Shirzadi est venu régulièrement me lire ses poèmes, dont un seul aurait suffi à faire exécuter son auteur ou son interprète. Leur signification se répandait dans toute ma chair et tout mon sang, et je les gardais précieusement en mémoire. Shirzadi était un rescapé des luttes politiques des années 1950, dont les défaites avaient brisé son jeune esprit sensible et l'avaient condamné à une existence pleine d'amertume. En l'observant, je me demandais si les expériences impitoyables de l'enfance et de la jeunesse laissaient toujours des traces aussi indélébiles. J'ai trouvé la réponse dans un de ses poèmes sur le coup d'État manqué de 1953 ; il y écrivait que, dès cet instant, ses yeux n'avaient cessé de voir le ciel flotter dans une mer de sang et que le soleil et la lune avaient à jamais rayonné de l'éclat d'un poignard.

Plus je découvrais M. Shirzadi, plus je m'inquiétais pour Siamak. Je repensais souvent à la rage et à la haine que j'avais lues dans ses yeux la nuit où notre maison avait été mise à sac, et je me demandais s'il deviendrait comme M. Shirzadi. Se réfugierait-il, lui aussi, dans une solitude pleine de ressentiment au lieu de garder espoir et de profiter de la joie et des beautés de la vie ? Les désillusions sociales et politiques laissent-elles toujours des cicatrices inguérissables sur des âmes sensibles ? Mon fils ! Je ne savais comment l'aider.

L'été s'achevait. Cela faisait presque un an qu'Hamid avait été arrêté et il nous en restait donc quatorze à vivre sans lui. Il allait falloir nous y habituer, nous n'avions pas le choix. Attendre était devenu notre principale activité.

La date d'inscription à l'université approchait. L'alternative était simple : renoncer pour toujours à mes études et emporter cette vieille ambition dans ma tombe, ou les reprendre, retourner sur les bancs de la fac et faire face aux difficultés d'organisation que cela nous imposerait, à mes enfants et moi-même. Je n'ignorais pas que, chaque trimestre, les cours seraient plus difficiles. Je savais aussi que, ne disposant que d'un temps limité, il me serait impossible d'aménager mon emploi du temps de façon à concilier mes obligations universitaires et mes contraintes professionnelles. Même si mes supérieurs se montraient conciliants, je n'avais pas le droit, me semblait-il, d'abuser de leur compréhension et de leur sollicitude.

En même temps, l'emploi que j'exerçais m'avait prouvé la valeur des diplômes. Chaque fois que d'autres me donnaient des ordres et estimaient pouvoir me reprocher leurs propres erreurs pour la seule raison qu'ils étaient mieux formés que moi, je déplorais ma situation, et le désir de retourner à l'université se ranimait en moi, plus ardent que jamais. Par ailleurs, j'allais être obligée pendant de longues années encore d'assurer seule notre subsistance, et un salaire plus confortable m'aurait permis de faire face plus aisément aux besoins futurs de mes enfants. De toute évidence, un diplôme universitaire serait pour moi un précieux atout.

Comme je m'y attendais, tout le monde dans ma famille a cherché à me détourner de ce projet. Et, à mon grand étonnement, la famille d'Hamid en a fait autant.

«Tu subis déjà une telle pression, m'a dit son père avec compassion. N'as-tu pas peur qu'ajouter des études à ton emploi ne représente un trop lourd fardeau pour toi ? »

Toujours angoissée, la mère d'Hamid a renchéri : « Tu arrives au bureau le matin et tu n'en sors qu'en fin d'après-midi. Je suppose que tu as l'intention d'aller en cours après ta journée de travail. Et tes fils ? As-tu pensé à ces pauvres innocents condamnés à rester tout seuls ? »

Manijeh, qui était dans les dernières semaines de sa grossesse et avait raté, année après année, les examens d'entrée à l'université avant d'y renoncer définitivement et de se marier, s'est tournée vers ses parents et a lancé avec sa hargne coutumière : « Vous ne comprenez donc pas ? Tout ça, c'est pure jalousie de sa part ! Après tout, notre Mansoureh est allée à l'université, elle. »

J'ai essayé de garder mon calme, mais j'étais devenue moins tolérante. Je n'étais plus la petite provinciale gauche et maladroite d'autrefois qui supportait sans répliquer les remarques désobligeantes et acceptait docilement de voir bafouer ses droits et ses désirs. La colère qui bouillonnait en moi a emporté mes doutes et mes appréhensions.

« Maintenant que je suis obligée d'être à la fois la mère et le père de mes enfants et d'assurer leur subsistance, il faut que je me débrouille pour toucher un meilleur salaire. Ce que je gagne actuellement ne suffira pas à financer leurs futurs besoins, et leurs dépenses ne cessent d'augmenter. Je vous en prie, ne vous inquiétez pas ; vos petits-fils auront tout l'amour et toute l'attention nécessaire. J'ai tout prévu. »

En vérité, je n'avais absolument rien prévu. Ce soir-là, j'ai fait venir les garçons près de moi et j'ai essayé de leur présenter le pour et le contre de mon éventuel retour à l'université. Ils m'ont écoutée attentivement. Quand je leur ai expliqué que le problème majeur était que je rentrerais encore plus tard que d'ordinaire, Siamak a feint de ne plus s'intéresser à ce que je disais et s'est mis à jouer avec sa petite voiture en faisant un bruit épouvantable. Le message était clair : il n'avait pas la moindre envie de rester seul plus longtemps. J'ai interrompu mon discours pour me tourner vers Massoud. Il m'observait avec de grands yeux innocents. Puis il s'est levé, s'est approché de moi, m'a caressé les cheveux et m'a demandé : « Maman, tu veux vraiment retourner à l'université ?

— Mon chéri, si j'y retourne, nous en bénéficierons tous un jour. Ce sera un peu pénible, c'est vrai, mais ça ne durera pas longtemps. En contrepartie, je gagnerai ensuite plus d'argent et notre vie sera plus facile.

— Non, ce n'est pas de ça que je veux parler... Est-ce que tu aimes vraiment aller à l'université ?

— Franchement, oui. J'ai travaillé dur pour pouvoir étudier.

— Alors vas-y. Si tu as envie d'y aller, vas-y. Nous ferons nos devoirs tranquillement et quand il fera nuit, nous descendrons chez Bibi pour ne pas avoir peur. Et peut-être que Papa reviendra et que nous ne serons pas obligés de rester seuls très longtemps. »

Siamak a balancé sa petite voiture à l'autre bout de la pièce en criant : « Que tu es bête ! Tu t'imagines que Papa peut revenir quand il veut ? Eh bien non, il ne peut pas !

— Écoute, mon chéri, ai-je répliqué d'une voix douce. Soyons optimistes et gardons espoir. Estimons-nous heureux que Papa soit en vie. Il finira bien par rentrer à la maison.

— Qu'est-ce que tu racontes ? a lancé Siamak sèchement. Tu crois que je suis trop petit pour comprendre ? Grand-Père a dit que Papa resterait quinze ans en prison.

— Il peut se passer beaucoup de choses en quinze ans. En fait, chaque année, la durée de peine des détenus est réduite pour bonne conduite.

— Ah oui ? Alors ce sera dix ans. À quoi ça sert ? J'aurai vingt ans quand il sortira ! Tu crois que j'aurai encore besoin d'un père à ce moment-là ? C'est maintenant que je veux mon papa, maintenant ! »

Une fois de plus, j'étais rongée de doutes. Au bureau, mes amies m'encourageaient à ne pas renoncer à la possibilité de terminer mes études et de passer mon diplôme. M. Zargar me soutenait, lui aussi, et était prêt à s'arranger pour que je puisse suivre les cours dans la journée et rattraper mes heures après la fermeture du bureau.

Le hasard a voulu qu'à ce moment-là les autorités répondent enfin favorablement à mes requêtes réitérées et nous autorisent à rendre visite à Hamid. J'étais aussi heureuse qu'inquiète. J'ai appelé le père d'Hamid, qui est immédiatement venu me voir. « Je ne dirai rien à sa mère, et il me semble qu'il vaudrait mieux ne pas en parler aux enfants, m'a-t-il conseillé. Nous ne savons pas comment nous allons le trouver. S'il n'est pas en trop mauvais état, nous les emmènerons la prochaine fois. »

Ses paroles n'ont fait qu'ajouter à mon angoisse. Toute la nuit, j'ai rêvé qu'on m'amenait Hamid, brisé et ensanglanté, pour qu'il puisse rendre l'âme dans mes bras. Fatigués et nerveux, nous sommes partis de bonne heure le lendemain matin, mon beau-père et moi. Je ne sais pas si le parloir et ses vitres étaient couverts de poussière ou si c'était moi qui voyais tout derrière un voile de larmes. Enfin, les gardiens ont fait entrer Hamid. Contrairement à ce que nous avions redouté, il était propre et soigné, coiffé, rasé. Mais il était d'une maigreur et d'une pâleur effrayantes. Sa voix elle-même paraissait changée. Pendant quelques instants, aucun de nous n'a pu prononcer un mot. Son père a été le premier à se ressaisir et il l'a interrogé sur ses conditions de détention. D'un regard éloquent, Hamid lui a fait comprendre que la question était déplacée avant de répondre : « Qu'est-ce que tu veux que je te dise ? C'est la prison. J'ai vécu de sales moments. Mais parlez-moi plutôt de vous. Comment vont les enfants ? Comment va Mère ? »

De toute évidence, il n'avait pas reçu la plupart de mes lettres. Je lui ai dit que les enfants se portaient bien, qu'ils avaient beaucoup grandi, qu'ils étaient en tête de leur classe et que Siamak était entré au cours moyen deux et Massoud au cours préparatoire. Il m'a interrogée sur mon travail. Je lui ai raconté qu'à la suite de ce qui lui était arrivé, tout le monde était très gentil et plein d'égards pour moi. J'ai soudain vu une lueur dans ses yeux et j'ai compris qu'il ne fallait pas aborder ce genre de sujet. Il m'a ensuite posé des questions sur l'université, et je lui ai fait part de mes hésitations. Il a ri. « Tu te rappelles combien tu as rêvé d'obtenir ton diplôme de fin d'études secondaires ? m'a-t-il dit. Tu ne devrais même pas te contenter d'une licence. Tu es douée et travailleuse. Je suis sûr que tu pourrais aller jusqu'au doctorat. »

Je n'avais pas le temps de lui expliquer que la poursuite de mes études représenterait une lourde charge et mobiliserait une grande partie de mon temps. Je me suis contentée de remarquer : « Je vais avoir du mal à concilier mes études et mon travail, tout en m'occupant des enfants.

— Tu y arriveras, j'en suis sûr. Tu n'es plus la petite bécasse que tu étais il y a une dizaine d'années. Tu es une femme compétente, capable d'accomplir des prouesses. Si tu savais comme je suis fier de toi.

— C'est vrai ? ai-je demandé, les larmes aux yeux. Tu n'as plus honte d'avoir une femme comme moi ?

— Parce que tu crois qu'il m'est arrivé d'avoir honte de toi ? Tu as toujours été une femme adorable et tu as beaucoup mûri. Tu n'as cessé de progresser. Aujourd'hui, tout homme rêverait d'avoir une épouse comme toi. La seule chose que je regrette, c'est que les enfants et moi t'ayons privée de ta liberté.

— Ne dis pas ça ! Vous êtes ce que j'ai de plus cher au monde tous les trois. »

J'aurais tellement voulu le serrer dans mes bras, poser la tête sur son épaule et pleurer. Mais ses compliments m'avaient redonné du courage et convaincue que rien ne m'était impossible.

Je me suis inscrite aux quelques cours qui avaient lieu à des heures compatibles avec mon travail. J'ai discuté avec Mme Parvin et avec Faati, qui ont accepté de me donner un coup de main avec les garçons. Le mari de Mme Parvin était malade, mais elle pouvait, m'a-t-elle dit, passer un ou deux après-midi avec les enfants ; quant à Faati et Sadegh Agha, ils ont proposé de les prendre chez eux trois nuits par semaine. Faati était dans les dernières semaines de sa grossesse et, comme les allées et venues lui étaient pénibles, j'ai prêté notre voiture à Sadegh Agha pour qu'il puisse conduire Faati chez nous ou les garçons chez eux, et emmener de temps en temps tout le monde au cinéma ou en excursion. De mon côté, je profitais de chaque minute disponible pour étudier : mes pauses au bureau, tôt le matin et le soir, avant d'aller me coucher. Il m'arrivait souvent de m'endormir sur mes livres. Les maux de tête dont je souffrais régulièrement depuis ma jeunesse se sont aggravés et sont devenus plus fréquents, mais je refusais d'en tenir compte. Je me bourrais d'antalgiques et me remettais au travail.

Mes responsabilités s'étaient diversifiées : à celles de mère et de ménagère, j'avais ajouté celles d'employée de bureau, d'étudiante et d'épouse de prisonnier. Je me consacrais à cette dernière tâche avec le plus grand soin. Tous les membres de la famille participaient en grande cérémonie, presque comme à un rituel religieux, à la préparation des provisions et des autres produits de première nécessité que j'apportais à la prison à l'intention d'Hamid.

Avec le temps, j'ai appris à assumer cette charge de travail et je m'y suis habituée. J'ai compris alors que nous sommes beaucoup plus résistants que nous le croyons. Nous nous adaptons peu à peu à l'existence que nous sommes obligés de mener, et notre rythme de vie finit par être en phase avec le volume de tâches à accomplir. Je me sentais comme un coureur sur la piste, et la voix d'Hamid me disant : « Je suis fier de toi » résonnait à mes oreilles tels les applaudissements des spectateurs d'un stade immense, décuplant ma force et mon agilité.

Un jour, alors que je parcourais les journaux de la veille, mon regard s'est posé sur les notices nécrologiques. Je m'y intéressais rarement, mais un nom a retenu mon attention. C'était un entrefilet annonçant les obsèques de M. Ebrahim Ahmadi, le père de Parvaneh. J'ai eu le cœur serré au souvenir de sa gentillesse et de son visage plein de douceur. Les larmes me sont montées aux yeux et les souvenirs de Parvaneh ont envahi mon esprit. Le temps et la distance n'avaient pu effacer mon amitié pour elle ni mon désir de la revoir. Je n'avais plus eu de ses nouvelles depuis la conversation téléphonique que j'avais eue avec sa mère, quelques années auparavant, et j'avais été tellement occupée par ma propre vie que je n'avais pas cherché à joindre sa famille.

Il fallait absolument que j'assiste à l'enterrement. C'était peut-être ma seule chance de retrouver Parvaneh.

Où qu'elle fût, elle serait certainement présente aux funérailles de son père.

En entrant dans la mosquée, j'étais nerveuse et j'avais les mains moites. J'ai vainement cherché Parvaneh sur le banc de la famille. Se pouvait-il qu'elle ne soit pas venue ? À cet instant, une dame un peu ronde dont les cheveux blonds s'étaient échappés de son foulard en dentelle noire a relevé la tête et nos regards se sont croisés. C'était Parvaneh. Je n'aurais jamais cru qu'elle ait pu changer à ce point en douze ou treize ans. Elle s'est jetée dans mes bras et nous avons passé presque toute la cérémonie à sangloter, sans dire un mot. Elle pleurait la mort de son père tandis que je versais des larmes sur les épreuves que j'avais subies au cours de toutes ces années. À l'issue de la cérémonie, elle a insisté pour que je vienne chez eux et, après le départ de la plupart des visiteurs, nous sommes restées en tête à tête. Nous ne savions pas par où commencer. En l'observant plus attentivement, j'ai retrouvé la Parvaneh d'autrefois, malgré ses kilos en trop et ses cheveux teints. Les cernes qui lui creusaient les yeux et son visage bouffi étaient dus à toutes les larmes qu'elle avait versées au cours des derniers jours.

« Massoum, a-t-elle fini par me demander, es-tu heureuse ? »

Prise au dépourvu, je n'ai pas pu lui répondre. Ce genre de questions me décontenançait toujours. Comme mon silence se prolongeait, elle a secoué la tête en soupirant : « Oh là là ! On dirait que tes ennuis n'ont fait que continuer.

— Je ne suis pas une ingrate, ai-je essayé d'expliquer. Le problème, c'est que je ne sais pas ce que signifie le mot "bonheur". Pourtant la vie m'a apporté de nombreuses joies. J'ai mes enfants : deux fils en bonne santé. Et mon mari est un homme généreux, bien qu'il ne vive pas actuellement avec nous. Je travaille, j'étudie… tu te rappelles mon rêve de toujours ?

— Je vois que tu n'as pas renoncé, a-t-elle observé en riant. Ce diplôme n'a pas une telle valeur, tu sais. À quoi penses-tu que le mien m'ait servi ?

— Ah, mais ça fait longtemps que j'ai obtenu mon diplôme de fin d'études secondaires ! Je suis maintenant en fac de littérature persane à l'université de Téhéran.

— Sérieusement ? C'est génial ! On peut dire que tu as de la suite dans les idées. Tu as toujours été bonne élève, c'est sûr, mais je ne pensais pas que tu poursuivrais tes études après ton mariage et la naissance de tes enfants. Tu as de la chance que ton mari ne s'y oppose pas.

— En réalité, il m'a toujours poussée à le faire.

— C'est merveilleux ! Ça doit être un homme remarquable. Je suis impatiente de le rencontrer.

— Avec la grâce de Dieu, dans un peu moins de dix ans.

— Comment ça ? Pourquoi ? Où est-il ?

— En prison.

— Que Dieu me prenne la vie ! Qu'a-t-il fait ?

— Il est prisonnier politique.

— Oh mon Dieu ! En Allemagne, il m'arrive souvent d'entendre des Iraniens, des membres de la Confédération et d'autres opposants au régime, parler des prisonniers politiques. Ton mari est donc l'un d'entre eux ! Il paraît qu'on les torture en prison. C'est vrai ?

— Il ne m'a rien dit, mais j'ai souvent vu du sang sur les vêtements que j'ai eu à laver. Récemment, notre autorisation de lui rendre visite a été révoquée, alors je ne sais pas dans quel état il est aujourd'hui.

— Mais qui vous fait vivre, alors ?

— Je travaille.

— Tu subviens seule à vos besoins ?

— Ce n'est pas si difficile que ça, le plus dur, c'est la solitude. Oh Parvaneh ! Si tu savais combien j'en souffre. J'ai beau être occupée toute la journée et n'avoir pas un moment de répit, je me sens très seule. Je suis si heureuse de t'avoir retrouvée. J'ai tellement besoin de toi… Mais toi, raconte-moi. Tu es heureuse ? Combien d'enfants as-tu ?

— Ça va. J'ai deux filles. Lili a huit ans et Laleh quatre. Mon mari n'est pas un mauvais homme. Il est comme les autres, ni meilleur ni pire. Je me suis habituée à la vie là-bas. Mais maintenant que Père n'est plus là, je ne peux pas laisser ma mère toute seule ; d'autant plus que ma sœur Farzaneh a deux jeunes enfants et n'a pas beaucoup de temps. Quant à mes frères, inutile de compter sur eux. Je me demande si nous n'allons pas être obligés de revenir vivre ici. De toute façon, mon mari, Khosrow, commençait déjà à y penser. »

Nous avions tant de choses à nous dire, Parvaneh et moi, que ces quelques heures n'y pouvaient suffire. Il allait nous falloir de longues journées et de longues nuits. Aussi avons-nous projeté de passer le vendredi suivant ensemble, avec les garçons. Quels moments merveilleux ! Je crois que j'ai plus parlé que je ne l'avais jamais fait de ma vie. Par bonheur, le temps et l'éloignement n'avaient pas desserré les liens qui nous unissaient. Nous étions encore capables de bavarder toutes les deux avec plus de franchise et d'abandon qu'avec n'importe quelle autre personne. J'avais toujours été plutôt réservée, et la nécessité de garder le silence sur les activités d'Hamid m'avait rendue moins expansive encore. Je pouvais enfin révéler les recoins les plus secrets de mon cœur. J'avais retrouvé mon amie et étais bien décidée à ne plus jamais la perdre.

Par bonheur, le retour de Parvaneh en Iran s'est rapidement concrétisé. Elle a regagné l'Allemagne pour un bref séjour avant que sa famille vienne s'installer à

Téhéran. Son mari a trouvé du travail et elle a pris un emploi à temps partiel à la Société germano-iranienne. J'avais ainsi un autre appui dans la vie. Parvaneh avait raconté mon histoire à son mari, qui en avait été ému et se sentait un peu responsable de nous, mes fils et moi. Nos enfants s'entendaient bien et jouaient volontiers ensemble. Parvaneh ne cessait d'organiser des sorties pour eux, elle les emmenait au cinéma, à la piscine ou au parc. La présence de sa famille a apporté un souffle d'air frais dans notre existence. La joie et l'entrain ont commencé à dissiper le chagrin de mes fils, dont les journées étaient devenues encore plus solitaires et déstructurées depuis que Faati avait accouché et n'avait plus autant de temps à leur consacrer.

Une autre année s'est écoulée. Notre droit de visite à la prison avait été rétabli et les garçons m'accompagnaient une fois par mois. Mais ces entrevues avec leur père avaient tendance à les bouleverser et il leur fallait une bonne semaine pour retomber sur leurs pieds. Massoud était plus silencieux et plus triste, tandis que Siamak devenait irritable et nerveux. Chaque fois que nous le voyions, j'avais l'impression qu'Hamid avait encore vieilli.

Je continuais à aller à l'université et à valider quelques modules par trimestre. J'étais désormais titulaire de mon poste et, sans avoir encore décroché ma licence, j'accomplissais des tâches plus difficiles, qui exigeaient davantage de compétences. Toujours plein de sollicitude à mon égard, M. Zargar n'hésitait pas à me charger de missions de confiance. Nous étions restés bons amis, M. Shirzadi et moi. Il était toujours ombrageux et coléreux, et il lui arrivait de se laisser entraîner dans des querelles et des discussions qui le rendaient plus malheureux encore que les autres. J'essayais de tempérer son incurable pessimisme, lui jurant qu'il n'avait pas d'ennemis et qu'il ne devait pas chercher de motif secret derrière les paroles et les actions de tout le monde. Il répondait invariablement : « De mon esprit la peur a banni la confiance, et j'ai épousé la méfiance. »

Mal à l'aise en société, il ne se mêlait à aucun groupe, croyait distinguer partout l'empreinte de politicards et de traîtres et était convaincu que le monde entier était vénal et à la solde du régime. Ses collègues ne refusaient pas sa compagnie, mais il préférait se tenir à l'écart de tous.

« Vous n'en avez pas assez d'être seul ? » lui ai-je demandé un jour.

En guise de réponse, il m'a récité un de ses poèmes sur le chagrin qui était son ami et la solitude sa bien-aimée, sur son désespoir immuable comme le soleil et vaste comme l'océan.

Un jour, M. Zargar lui a lancé d'un ton badin : « Allons ! Pourquoi prenez-vous les choses tellement à cœur ? La vie n'est pas aussi affreuse que ça ! Toutes les sociétés connaissent les mêmes problèmes. Nous ne sommes pas satisfaits non plus, vous savez, mais nous n'en faisons pas une montagne et ne passons pas notre temps à nous lamenter. »

M. Shirzadi a répliqué par un de ses poèmes caractéristiques sur l'incompréhension générale dont il faisait l'objet.

Une autre fois, il s'est engagé dans une discussion animée avec le directeur général du service avant de sortir en trombe du bureau de celui-ci en claquant la porte. On s'est rassemblé autour de lui pour essayer d'arranger les choses. « Mettez donc un peu d'eau dans votre vin, lui a conseillé quelqu'un. Après tout, vous êtes dans un service gouvernemental, pas chez votre vieille tante. Il y a certaines choses qu'on est bien obligés d'accepter. »

M. Shirzadi a hurlé en vers qu'il ne céderait jamais, ne plierait jamais l'échine et préférait encore démissionner.

Je suis intervenue. « M. Shirzadi, je vous en prie, calmez-vous. Vous ne pouvez pas quitter votre poste comme ça. Vous avez besoin de cet emploi. Accrochez-vous.

— C'est au-dessus de mes forces, a-t-il murmuré.

— Mais alors, qu'allez-vous faire ?

— Je vais partir. Il faut que je parte d'ici… »

Il n'a pas seulement quitté le service, mais aussi le pays, peu de temps après. Le jour où il est venu chercher ses dernières affaires, il m'a dit au revoir et a ajouté : « Transmettez mes salutations à votre héros de mari. » Et il m'a priée de réciter un poème à Hamid : « On conduit toujours au gibet ceux qui disent la vérité. »

Après le départ de M. Shirzadi, le calme est revenu dans le service. M. Zargar lui-même, qui n'avait apparemment aucun grief contre M. Shirzadi, avait fini par le supporter difficilement. Néanmoins, le souvenir de son chagrin insondable et des tourments qu'il subissait ne m'ont jamais quittée et m'ont persuadée de faire mon possible pour éviter que mes enfants ne sombrent, comme lui, dans l'amertume et le découragement.

À la maison, j'essayais de créer un climat qui les empêcherait de désapprendre à rire. J'organisais des concours de blagues. Celui qui inventait la plus drôle recevait un prix. Nous faisions des mimes, nous nous imitions réciproquement ; je voulais qu'ils apprennent à se moquer d'eux-mêmes, de leurs problèmes et de leurs défauts. Nous nous efforcions de parler avec des accents différents. Je les encourageais à chanter, à pousser le volume à fond quand ils écoutaient de la musique sur la chaîne stéréo ou à la radio, à écouter des mélodies rythmées sur lesquelles nous dansions ensemble. Le soir, j'avais beau être éreintée au point d'être presque incapable de bouger, je jouais avec eux, je les chatouillais jusqu'à ce qu'ils s'écroulent de rire, et nous faisions des batailles de polochon jusqu'à ce qu'ils acceptent enfin d'aller au lit.

C'était épuisant, mais indispensable. Il fallait que j'égaye cette atmosphère déprimante, que je compense mes longues heures d'absence, que je mette de la joie dans leur existence pour que jamais, jamais, ils ne voient le monde à travers les yeux de M. Shirzadi.

La vie suivait son cours, avec ses bonheurs et ses malheurs. Faati avait donné naissance un peu plus d'un an auparavant à une ravissante petite fille aux yeux bleu ciel, qu'elle avait appelée Firouzch, « turquoise ». Les garçons l'adoraient, surtout Massoud, qui était toujours ravi de jouer avec elle.

Le mari de Mme Parvin a rendu l'âme et elle a retrouvé la paix et la liberté, d'autant qu'elle avait pris la précaution de faire transférer les droits de propriété de leur maison à son nom avant la mort de son époux. Pourtant, elle ne disait jamais un mot aimable à son sujet et ne lui a jamais pardonné ce qu'il lui avait infligé. Après sa mort, elle a passé le plus clair de ses journées avec nous. Elle s'occupait des enfants quand je devais travailler tard le soir et se chargeait du plus gros du ménage, ce qui me laissait plus de temps pour me reposer et jouer avec les garçons. Elle se sentait plus ou moins responsable de mon sort et de ma solitude et essayait de se racheter.

Sur les conseils de Mahmoud, Ali a demandé la main de la fille d'un marchand du bazar de bonne réputation. Ils se sont fiancés officiellement, et toute la famille s'est plongée dans les préparatifs d'un somptueux mariage qui devait avoir lieu à l'automne, dans une salle où hommes et femmes seraient servis séparément. Ce mariage convenait parfaitement à Mahmoud, qui a promis d'apporter sa coopération et son assistance. Les yeux fermés, il a accepté les conditions extravagantes imposées par la famille de la fiancée, qui relevaient davantage de pratiques commerciales désuètes que de dispositions nuptiales.

Lorsque Père a protesté : « Nous ne pouvons pas dépenser des sommes pareilles… ça n'a pas de sens ! », Mahmoud s'est contenté de répondre : « L'investissement sera vite rentabilisé. Attends un peu de voir la dot qu'elle apportera et les affaires que nous ferons en travaillant avec son père. »

Ahmad avait complètement disparu du cercle familial. Personne n'avait envie de parler de lui, et on évitait même de prononcer son nom. Cela faisait un certain temps que Père l'avait mis à la porte de la maison. « Dieu merci, il ne sait pas où tu habites, me disait-il quelquefois. Autrement, il provoquerait je ne sais quel nouveau scandale et n'hésiterait pas à venir te réclamer de l'argent. »

Ahmad était tombé si bas que plus personne n'entretenait d'illusions à son sujet. Mme Parvin était la seule, avec Mère, à le voir encore de temps en temps, et elle me donnait secrètement de ses nouvelles.

« Je n'ai jamais vu personne mettre une telle obstination à se détruire, se lamentait-elle. Quel gâchis ! C'était un si bel homme. Si tu le voyais maintenant, tu ne le reconnaîtrais pas. Un de ces jours, on va ramasser son cadavre dans le caniveau d'un quartier sud de la ville. S'il est encore en vie, c'est grâce à ta mère. Ne le raconte à personne ; si ton père le savait, il lui en ferait voir de toutes les couleurs. Mais la pauvre femme est une mère, et Ahmad est son fils chéri. Le matin, quand ton père est sorti, Ahmad vient et ta mère lui donne à manger, elle lui prépare du kebab, lui lave son linge et, quand elle le peut, lui glisse quelques pièces dans la poche. Aujourd'hui encore, si quelqu'un a le malheur de lui dire qu'Ahmad est héroïnomane, elle n'hésitera pas à lui arracher les yeux. La malheureuse ne peut s'empêcher d'espérer qu'il va se ressaisir. »

La prédiction de Mme Parvin n'a pas tardé à se réaliser. Mais en se détruisant, Ahmad a détruit mon père. Au cours des dernières phases de sa déchéance, mon frère aurait fait n'importe quoi pour se procurer un peu d'argent. Dans un moment de besoin et de misère sans fond, il s'est introduit subrepticement chez nos parents et était en train de rouler un tapis qu'il voulait emporter pour le vendre quand Père est arrivé. Ils en sont venus aux mains. C'était plus que le cœur fatigué de Père n'en pouvait supporter. Il a fallu l'hospitaliser, et nous avons passé plusieurs jours devant la porte de l'unité de soins intensifs. L'état de Père s'est peu à peu amélioré et il a été transféré dans un service ordinaire.

Je conduisais les enfants à l'hôpital tous les jours. Siamak avait beaucoup grandi et pouvait se faire passer pour plus âgé qu'il n'était, ce qui lui a permis d'obtenir un laissez-passer, mais, malgré toutes sortes de subterfuges et d'incessantes supplications, Massoud n'a été autorisé à voir Père que deux fois. Pendant ses visites, Siamak tenait simplement la main de son grand-père et s'asseyait à côté de lui sans parler.

Nous espérions que Père se rétablirait ; malheureusement, un nouvel infarctus massif l'a terrassé. Il est retourné dans l'unité de soins intensifs où, vingt-quatre heures plus tard, il a remis sa vie entre les mains de son créateur. J'avais perdu mon seul soutien, mon unique refuge. Après l'incarcération d'Hamid, j'avais souffert de la solitude et de l'isolement. Après la mort de Père, j'ai compris que sa présence, bien que distante, m'avait toujours inspiré un précieux sentiment de sécurité, et qu'aux heures les plus sombres son rayonnement avait illuminé mon cœur. Après la disparition de Père, les liens qui m'avaient attachée à cette demeure se sont encore distendus.

Pendant une semaine, mes larmes ont coulé sans répit. Mais le sens du devoir m'a rapidement poussée à penser aux êtres qui m'entouraient et j'ai compris que mon chagrin n'était rien face à la tristesse infinie de Siamak et à son profond silence. Il n'avait pas versé une larme et était sur le point d'exploser comme un ballon trop gonflé. Ce qui n'empêchait pas Mère de grommeler : « Quelle honte ! Malgré tout l'amour que Mostafa Agha a donné à cet enfant, il n'a même pas pleuré quand ce pauvre homme a été mis au tombeau. Comment peut-on se montrer aussi indifférent ! »

Je savais que Siamak était bien plus affecté qu'il ne le laissait paraître. Un jour, j'ai laissé Massoud chez Parvaneh pour accompagner Siamak sur la tombe de son grand-père. Je me suis agenouillée à côté de la sépulture. Siamak est resté debout près de moi, tel un nuage noir et sinistre. Il s'efforçait de détourner les yeux et d'oublier où il était. J'ai commencé à lui parler de Père, des souvenirs que j'avais de lui, de sa bonté et du vide que sa mort avait laissé dans nos vies. Lentement, Siamak est venu s'asseoir à côté de moi et j'ai continué à parler jusqu'à ce qu'il se mette à pleurer et verse enfin toutes les larmes retenues si longtemps. Il a pleuré jusqu'à la tombée de la nuit. Quand Massoud est rentré et a vu Siamak pleurer, il a fondu en larmes, lui aussi. Je les ai laissés donner libre cours à leur peine. Il fallait qu'ils évacuent toute la souffrance accumulée dans leurs petits cœurs. Puis je me suis assise près d'eux et je leur ai demandé : « À votre avis, que devons-nous faire pour honorer la mémoire de Grand-Père ? Qu'attend-il de nous, comment devrions-nous vivre pour qu'il soit content de nous ? » En disant cela, j'ai compris que, moi aussi, je devais continuer à vivre normalement, sans jamais cesser de chérir mes souvenirs de lui.

Trois mois après la mort de Père, Ahmad a rejoint l'au-delà à son tour dans les circonstances pitoyables qu'avait prédites Mme Parvin. Un balayeur a découvert son corps dans une rue des quartiers sud de la ville. Ali a identifié la dépouille. Il n'y a pas eu de funérailles et, à part Mère, dont le dos était encore un peu plus voûté de chagrin, personne n'a pleuré. J'avais beau essayer d'évoquer des images plaisantes d'Ahmad, j'en étais incapable. Je m'en voulais de ne pas regretter sa mort. Pourtant, pendant longtemps, chaque fois que je pensais à lui, une vague tristesse m'étreignait le cœur.

Dans ces circonstances, il a fallu renoncer à organiser une grande célébration de mariage pour Ali. Celui-ci s'est donc contenté de conduire son épouse dans la maison familiale que Père avait légalement transférée à Mère quelques années auparavant. Déprimée et seule, Mère s'est en quelque sorte retirée de la vie, laissant son ménage entre les mains de la nouvelle épouse. C'est ainsi que la porte de la demeure qui était restée mon seul refuge aux heures difficiles s'est définitivement fermée devant moi.

4.

Le milieu de l'année 1977 était arrivé et le pays était en proie à une agitation politique sensible. Les propos et l'attitude de la population avaient changé de manière palpable. Dans les bureaux, dans la rue et surtout à l'université, la parole se libérait. Les conditions de vie des détenus s'étaient améliorées et on leur avait promis des installations plus modernes. Les règles concernant les colis de nourriture et de vêtements s'étaient également assouplies. Il ne restait pourtant plus la moindre lueur d'espoir dans mon cœur brisé et j'étais incapable d'imaginer l'ampleur des événements qui se préparaient.

À quelques jours du Nouvel An, l'air embaumait déjà le printemps. Perdue dans mes pensées, je suis rentrée chez moi pour y découvrir une scène pour le moins singulière. Le centre du vestibule était occupé par plusieurs sacs de riz, de grosses boîtes de graisse de cuisson, des sacs de thé et de légumes et d'autres denrées alimentaires. Je n'en croyais pas mes yeux. Il arrivait de temps en temps au père d'Hamid de nous apporter du riz, mais rien de plus. Depuis que l'imprimerie était fermée, ils avaient bien du mal, eux aussi, à joindre les deux bouts.

Voyant mon expression ahurie, Siamak a éclaté de rire : « Attends, tu n'as encore rien vu ! » Et il m'a tendu une enveloppe. Elle n'était pas collée et j'ai distingué à l'intérieur une liasse de billets de cent tomans.

« Qu'est-ce que c'est que ça ? ai-je demandé. D'où est-ce que ça vient ?

— Devine !

— Oui, Maman, c'est un concours, a renchéri Massoud joyeusement. Tu dois deviner.

— C'est votre grand-père qui s'est donné tout ce mal ?

— Non ! » s'est écrié Siamak.

Et ils ont éclaté de rire.

« C'est Parvaneh qui nous a apporté ça ?

— Non. »

Nouveaux éclats de rire.

« Mme Parvin ? Faati ?

— Pas du tout ! a répondu Siamak. Tu ne devineras jamais… Tu veux que je te dise ?

— Oui ! Dis-moi !

— C'est Oncle Ali ! Mais il te fait dire que c'est de la part d'Oncle Mahmoud. »

Je n'en revenais pas.

« Mais pourquoi ? Qu'est-ce qui lui prend ? Lui aurait-on fait une prophétie en rêve ? »

J'ai décroché le téléphone et j'ai appelé Mère. Elle ne savait rien.

« Alors passe-moi Ali, ai-je dit. Je veux comprendre ce qui se passe. »

Dès qu'Ali a pris le combiné, je lui ai lancé : « Que se passe-t-il, Ali Agha ? Tu nourris les pauvres, maintenant, c'est ça ?

— Je t'en prie, ma sœur. C'est mon devoir.

— Comment ça, ton devoir ? Je ne t'ai jamais rien demandé.

— C'est évidemment parce que tu as l'esprit noble et raffiné, mais je dois m'acquitter de mes obligations.

— Je te remercie, mon cher Ali. Nous n'avons besoin de rien, mes enfants et moi. Je te prie de venir immédiatement rechercher tout ce que tu as apporté.

— Que veux-tu que j'en fasse ?

— Je n'en sais rien. Ce que tu veux. Donne-le aux nécessiteux.

— Tu sais, ma sœur, je n'y suis pour rien. C'est frère Mahmoud qui t'envoie tout ça. Tu n'as qu'à lui demander, si tu veux. Tu n'es pas la seule, d'ailleurs ; il a agi de même avec beaucoup de gens. Je me suis seulement chargé de la livraison.

— Ah oui, vraiment ? Ce monsieur nous fait donc la charité ? Si j'avais pu imaginer une chose pareille... ! Il a perdu la tête ?

— Tu n'as pas honte de parler comme ça, ma sœur ? Et nous qui pensions faire une bonne action !

— Vos bonnes actions, j'en ai eu plus qu'assez, merci. Venez reprendre tout ça le plus vite possible.

— Bon, d'accord, mais seulement si frère Mahmoud m'y autorise. Tu devrais vraiment lui parler, tu sais.

— Mais certainement ! Et pas plus tard que tout de suite ! »

J'ai téléphoné chez Mahmoud. J'avais composé ce numéro moins de fois que je n'avais de doigts à une main. C'est Gholam-Ali qui a décroché et, après m'avoir saluée chaleureusement, il m'a passé son père.

« Bonjour, ma sœur ! Quelle surprise ! Qu'est-ce qui t'amène enfin à penser à nous ?

— C'est exactement la question que je voulais te poser. Qu'est-ce qui t'amène à penser à nous ? Tu nous fais l'aumône, maintenant ?

— Je t'en prie, ma sœur. Il ne s'agit pas d'aumône, je ne fais que mon devoir. Ton mari est en prison parce qu'il a lutté contre ce régime impie et s'est battu pour la liberté. Nous qui n'avons pas la force de nous révolter et de supporter la prison et la torture, nous avons l'obligation de veiller à ce que les familles des braves ne manquent de rien.

— Mon cher frère, ça fait quatre ans qu'Hamid est en prison. Je me suis très bien débrouillée toute seule jusqu'à présent et, avec la grâce de Dieu, je continuerai.

— Tu as raison, ma sœur. Honte à nous, nous étions assoupis et ignorants, nous étions aveugles. Pardonne-nous.

— Je t'en prie, mon frère. J'ai une seule chose à te dire : je peux gérer ma vie sans l'aide de personne. Je ne veux pas que mes enfants dépendent de la charité d'autrui. Alors, s'il te plaît, envoie-moi immédiatement quelqu'un récupérer tous ces machins...

— Ma sœur, je te répète que c'est mon devoir. Tu es notre sœur bien-aimée et Hamid fait notre fierté.

— Arrête ! Hamid n'a pas changé, tu sais. J'avais cru comprendre que c'était un insurgé qui méritait d'être exécuté.

— Épargne-moi tes sarcasmes, ma sœur. Que tu es rancunière !... J'ai déjà reconnu mes erreurs. Pour moi, tout homme qui combat ce régime tyrannique est digne d'éloges, qu'il soit musulman ou infidèle.

— Je te remercie infiniment, mon frère, ai-je poursuivi d'un ton sec. Mais je n'ai pas besoin de cette nourriture. S'il te plaît, envoie quelqu'un la reprendre.

— Tu n'as qu'à la donner à tes voisins, a-t-il rétorqué, furieux. Je n'ai personne de disponible. »

Et il a raccroché.

Au cours des mois suivants, les changements sont devenus plus tangibles. Au bureau, personne n'était censé savoir que mon mari était prisonnier politique, mais presque tout le monde était au courant depuis longtemps et la plupart des employés m'avaient toujours traitée avec circonspection, veillant à de ne pas me fréquenter trop ouvertement. Désormais, toute réserve et toute contrainte avaient disparu. Plus personne ne craignait d'être vu en ma compagnie, et mon cercle de relations ne cessait de s'élargir. Mes collègues ne se plaignaient plus de mes absences excessives ni des heures que je consacrais à mes études.

Bientôt, l'évolution s'est encore accentuée. Qu'il s'agît de membres de ma famille, d'autres étudiants ou de mes collègues de travail, tous se sont mis à évoquer sans détours ma situation personnelle. Ils prenaient des nouvelles d'Hamid, en faisaient l'éloge et me manifestaient sympathie et sollicitude. Quand j'étais invitée à des soirées, on m'accordait souvent la place d'honneur et je me retrouvais au centre de l'attention générale. Autant ce comportement me mettait mal à l'aise, autant Siamak s'en réjouissait. Radieux et plein d'orgueil, il parlait sans se faire prier de son père et répondait aux questions qu'on lui posait sur l'arrestation d'Hamid et sur la perquisition qui avait eu lieu chez nous. Inutile de préciser que son jeune esprit fertile avait tendance à enjoliver ses souvenirs.

Deux semaines à peine après le début de l'année scolaire, j'ai été convoquée à l'école de Siamak. J'étais inquiète, pensant qu'il avait une nouvelle fois provoqué une bagarre et frappé un camarade de classe. Mais quand je suis entrée dans la salle des professeurs, j'ai compris qu'on m'avait fait venir pour tout autre chose. Un groupe d'enseignants et de surveillants m'a accueillie et a promptement refermé la porte derrière moi pour éviter que le directeur et d'autres membres de l'administration ne soient informés de ma présence. Ils ne leur faisaient visiblement pas confiance. Ils ont alors commencé à m'interroger sur Hamid, sur la situation politique du pays, sur les changements en cours, sur la révolution. J'étais abasourdie. Ils semblaient convaincus que j'étais dépositaire de plans secrets d'insurrection. J'ai répondu à leurs questions sur Hamid et son arrestation, mais à propos du reste je ne pouvais que répéter : « Je ne sais pas. Je n'ai rien à voir avec tout ça. » J'ai fini par comprendre que Siamak leur avait parlé de son père et de la révolution en exagérant le rôle que nous y jouions, au point que des adeptes et sympathisants de la cause avaient tenu non seulement à vérifier ses propos, mais surtout à prendre directement contact avec les responsables du mouvement.

« Bien sûr, un père pareil ne pouvait avoir qu'un fils comme Siamak, a déclaré un professeur, le regard humide. Il parle avec tant de passion et dit de si belles choses !

— Que vous a-t-il raconté ? ai-je questionné, curieuse de savoir ce que Siamak disait de son père à des étrangers.

— Vous auriez dû voir avec quel aplomb il a pris la parole ! On aurait cru un adulte, un orateur expérimenté. "Mon père se bat pour la liberté des opprimés, nous a-t-il déclaré. Beaucoup de ses amis sont morts pour la cause et il a passé lui-même de longues années en prison. Il est resté muet sous la torture. »

Je suis rentrée chez moi en proie à des émotions conflictuelles. J'étais heureuse que Siamak s'affirme, qu'il attire une attention bienveillante et soit fier de son père. Pourtant, sa tendance à héroïser et à idolâtrer Hamid m'inquiétait. Siamak, qui avait toujours été un enfant difficile, abordait à présent les années délicates et déconcertantes de l'adolescence. Il avait déjà essuyé beaucoup d'insultes et d'humiliations. Comment allait-il réagir maintenant aux louanges et aux marques d'approbation ? Sa personnalité encore en formation saurait-elle résister à tous ces revirements ? Et pourquoi était-il aussi avide d'attention, d'approbation et d'amour ? J'avais pourtant fait mon possible pour qu'il n'en manque pas.

Le respect et l'admiration de notre entourage grandissaient de jour en jour. Cette cordialité nouvelle me paraissait excessive et ridicule, et j'avais tendance à ne voir dans ces manifestations d'intérêt qu'une curiosité indécente. La situation devenait difficile et gênante pour moi. Il m'arrivait de me reprocher mon imposture, mon hypocrisie. Ne suis-je pas en train de tromper tout le monde en profitant des circonstances ? me demandais-je. J'avais beau expliquer que je connaissais mal les convictions et les idéaux de mon mari et que je n'avais jamais collaboré avec lui, les gens ne voulaient rien entendre. Au bureau et à l'université, pendant les débats politiques, ils ne cessaient de se tourner vers moi et, à chaque élection, ils me choisissaient pour les représenter. Quand je protestais de mon ignorance et affirmais que je n'avais pas de relations influentes, on n'y voyait que l'expression de ma modestie foncière. Le seul dont l'attitude à mon égard n'avait pas changé était M. Zargar, qui observait cette évolution avec attention.

Le jour où les employés ont décidé d'élire un Comité révolutionnaire et ont proclamé leur soutien au mouvement des masses, un des membres du personnel qui, récemment encore, me saluait d'un air méfiant a prononcé un discours éloquent pour vanter mon esprit révolutionnaire, mes préoccupations humanitaires et mon amour de la liberté. Il a proposé ma candidature. Je me suis levée et, avec l'assurance que m'avaient donnée les épreuves que j'avais traversées, j'ai remercié l'orateur tout en contredisant ses propos. « Je n'ai jamais été une révolutionnaire, ai-je expliqué avec sincérité. La vie m'a placée sur le chemin d'un homme qui avait une vision très particulière de la politique, et je dois vous avouer que j'ai bien failli m'évanouir en découvrant une infime partie de ce qui faisait le fondement de ses convictions. »

Tout le monde a ri, et quelques-uns ont applaudi.

« Croyez-moi, ai-je poursuivi, c'est la vérité. Et c'est la raison pour laquelle mon mari m'a toujours tenue à l'écart de ses activités. Je prie de tout mon être pour sa libération, mais pour ce qui est de l'idéologie et de l'influence politique, je ne peux être d'aucune utilité à qui que ce soit. »

Celui qui avait proposé ma candidature s'est récrié : « Mais vous avez souffert, votre mari a passé des années en prison et vous avez tenu bon, vous vous êtes assumée et vous avez élevé vos enfants seule. Cela ne prouve-t-il pas que vous partagez son idéologie et ses convictions ?

— Non ! Je n'aurais pas agi autrement si mon mari avait été incarcéré pour vol. En tant que femme et mère, j'avais le devoir de prendre ma vie et celle de mes enfants en charge, c'est tout. »

Mes propos ont déclenché un véritable tollé, mais le regard approbateur de M. Zargar m'a convaincue que j'avais eu raison. Ce qui n'a pas empêché les autres employés de faire l'éloge de mon humilité et de ma franchise, et de m'élire tout de même.

*

La fièvre révolutionnaire grandissait et se propageait, faisant naître dans mon cœur une lueur d'espoir plus ardente chaque jour. Était-il possible que la cause pour laquelle Shahrzad et les autres avaient sacrifié leur vie, la cause pour laquelle Hamid avait subi des années de détention et de torture triomphe enfin ?

Pour la première fois, nous étions dans le même camp, mes frères et moi, nous avions le même but, nous nous comprenions et nous nous sentions proches. Ils se conduisaient en frères et nous soutenaient, mes fils et moi. La bonté de Mahmoud avait pris une telle ampleur que, dès qu'il achetait quelque chose pour ses fils, il achetait la même chose pour les miens.

Les larmes aux yeux, Mère en rendait grâce à Dieu. « Quel dommage que votre père ne soit pas là pour contempler tout cet amour, s'extasiait-elle. Quand je pense au souci qu'il se faisait pour vous ! Je l'entends encore me dire : "Quand je ne serai plus là, ces enfants ne se verront sans doute même pas une fois par an, et la plus isolée d'entre eux sera ma fille à qui jamais ses frères ne tendront une main secourable." Si seulement il pouvait constater que ses fils seraient prêts aujourd'hui à sacrifier leur vie pour leur sœur. »

Les relations de Mahmoud lui donnaient accès aux informations et aux communiqués les plus récents. Il rapportait chez lui des tracts et des cassettes, qu'Ali dupliquait et que je distribuais au bureau et à l'université. Pendant ce temps, Siamak et ses amis passaient leur temps dans la rue à crier des slogans, tandis que Massoud faisait des dessins des manifestations en écrivant « Liberté » en travers. Depuis l'été, nous participions à des meetings, à des conférences et à des manifestations contre le régime du Shah. Pas une fois je ne me suis demandé quel groupe ou quel parti organisait ces événements. Quelle importance ? Nous étions unis et défendions le même objectif.

Je me sentais plus proche d'Hamid de jour en jour. Je commençais à croire que mon plus cher désir – avoir une vraie famille et un père pour mes enfants – n'était plus inaccessible. J'étais si heureuse qu'il soit encore en vie. L'image de son visage martyrisé ne m'incitait plus à me demander s'il n'aurait pas été préférable qu'il meure avec ses camarades au lieu de subir des années de torture. Je me disais que toutes les souffrances qu'il avait endurées n'avaient pas été vaines et qu'il recueille-rait bientôt les fruits de son courage. C'était son rêve et celui de ses camarades qui était en passe de se réaliser ; le peuple s'était levé et criait dans la rue : "À bas la tyrannie." Autrefois, quand Hamid et ses amis évo-quaient ces jours de révolte, leurs propos me parais-saient chimériques, idéalistes et utopiques.

Mon autorité sur mes fils faiblissait au fur et à mesure que la révolution se renforçait. Ils s'étaient considéra-blement rapprochés de leur oncle. Avec un dévouement que je ne pouvais m'empêcher de trouver insolite et suspect, Mahmoud venait chercher les garçons pour assister à des discours et à des débats. Siamak adorait ça et suivait son oncle avec joie. Massoud, quant à lui, n'a pas tardé à prendre ses distances et à trouver toutes sortes de prétextes pour ne pas les accompagner. Quand je l'interrogeais, il me répondait simplement : « Je n'aime pas ça. » Et si j'insistais pour obtenir une expli-cation plus convaincante, il précisait : « Ça me gêne. » Je ne comprenais pas ce qui le gênait, mais je n'ai pas voulu le pousser dans ses retranchements.

En revanche, l'enthousiasme de Siamak grandissait de jour en jour. Il était d'excellente humeur et avait cessé d'être pénible à la maison. Comme si sa colère et ses frustrations trouvaient un exutoire dans les slogans qu'il hurlait. Peu à peu, il s'est mis à observer les pra-tiques religieuses avec une discipline admirable. Lui qui avait toujours eu du mal à se lever de bonne heure veillait désormais à ne jamais manquer ses prières mati-nales. J'ignorais si je devais me réjouir ou m'inquiéter de cette évolution. Certains de ses comportements, éteindre la radio quand elle diffusait de la musique, par exemple, ou refuser de regarder la télévision, me repor-taient bien des années en arrière et me rappelaient désa-gréablement le fanatisme de Mahmoud.

Vers la mi-septembre, ce dernier a annoncé son intention d'organiser une grande cérémonie à la mémoire de notre père. L'anniversaire de sa mort avait beau être déjà passé d'un mois, personne n'a soulevé d'objection. Tout le monde ne pouvait qu'être heureux d'honorer la mémoire de cet homme tant aimé et de faire l'aumône en hommage à son âme si pure. La loi martiale étant encore en vigueur et le couvre-feu très strict, il nous a paru préférable de choisir le vendredi à midi pour cette commémoration, et nous nous sommes tous mis au travail pour faire la cuisine et tout préparer. Le nombre d'invités grandissait de minute en minute et, dans mon for intérieur, je louais Mahmoud d'avoir le courage d'organiser cette fête en des temps aussi troublés.

Le jour J, nous nous sommes affairés chez Mahmoud dès le point du jour. Ehteram-Sadat, qui avait encore engraissé, haletait à courir dans tous les sens. J'épluchais des pommes de terre quand elle s'est laissée tomber sur une chaise à côté de moi. « Vous vous êtes donné beaucoup de mal, ai-je déclaré. Merci. Nous vous en sommes tous reconnaissants.

— Oh, ce n'est rien. Il était grand temps d'organiser des prières correctes pour Père, que Dieu accorde le repos à son âme. De plus, vu les circonstances, c'était un bon prétexte pour rassembler les gens.

— À propos, chère Ehteram, comment va mon frère ces derniers temps ? Je touche du bois, mais j'ai l'impression que vous vous entendez mieux.

— Je t'en prie ! C'est du passé ! Je vois si peu Mahmoud que j'aurais du mal à me disputer avec lui. Quand il rentre à la maison, il est tellement fatigué et tellement soucieux qu'il nous laisse tranquilles, les enfants et moi, et ne se plaint plus jamais de rien.

— Est-ce qu'il est toujours aussi maniaque ? ai-je demandé. Quand il fait ses ablutions, est-ce qu'il répète toujours : "Ce n'est pas assez bien, ce n'est pas assez bien, il faut que je recommence" ?

— Puisse le diable être sourd, mais il a fait beaucoup de progrès. Il est tellement occupé qu'il n'a pas le temps de se laver trente-six fois les mains et les pieds et de recommencer ses ablutions. Tu sais, cette révolution l'a complètement métamorphosé. On pourrait croire qu'elle a été le remède à tous ses maux. Il dit : "Selon l'ayatollah, je suis à l'avant-garde de la révolution, qui est l'équivalent d'un jihad au nom de Dieu, et je mériterais les plus grandes bénédictions de Dieu." En fait, s'il a encore une idée fixe aujourd'hui, c'est la révolution. »

Les discours ont commencé après le déjeuner. Nous étions dans la pièce du fond et n'entendions pas très bien. Personne n'utilisait de micro, pour éviter que les voix ne portent jusqu'à la rue. Le salon et la salle à manger étaient bondés, et il y avait même du monde dans la cour, devant les fenêtres. Après quelques harangues sur la révolution, le despotisme du gouvernement actuel et la nécessité de renverser le régime en place, l'oncle d'Ehteram-Sadat a pris la parole. C'était désormais un mollah réputé, considéré comme un héros parce qu'il avait passé plusieurs mois en prison pour s'être exprimé trop librement. Il a brièvement évoqué les vertus de Père avant d'enchaîner : « Voici de longues années que cette famille honorable se bat pour sa foi et pour sa patrie, et elle en a subi les conséquences. En 1963, après les événements du 5 juin et l'arrestation de l'ayatollah Khomeiny, ses membres ont été obligés d'abandonner leur foyer et de quitter Qum, où leurs vies étaient en danger. Ils ont subi des pertes, un de leurs fils a été tué, leur gendre est encore en prison, et Dieu seul sait quelles tortures il a subies… »

Pendant quelques secondes, je suis restée hébétée. Je ne comprenais pas ce qu'il disait. J'ai donné un petit

346

coup de coude à Ehteram-Sadat et lui ai demandé : « De qui s'agit-il ?

— De ton mari, bien sûr !

— Non, je veux parler du jeune homme qui s'est fait tuer…

— Eh bien, c'est Ahmad, évidemment !

— Notre Ahmad ? me suis-je écriée.

— Bien sûr ! Tu ne t'es jamais interrogée sur les mystérieuses circonstances de sa mort ? En pleine rue… et nous n'en avons été informés que trois jours plus tard ! Quand Ali est allé identifier le corps à la morgue, il a bien vu qu'il portait des marques d'agression et de coups.

— Il a dû se battre avec un autre toxicomane pour obtenir de la drogue !

— Comment peux-tu dire des choses pareilles d'un mort ! Tu devrais avoir honte de toi !

— Et qui a raconté à ton oncle toutes ces bêtises à propos de notre départ de Qum ?

— Tu n'es pas au courant ? C'est après les événements du 5 juin que ta famille a quitté Qum. Père et Mahmoud couraient un grave danger. Tu étais probablement trop petite pour t'en souvenir.

— Détrompe-toi, je m'en souviens très bien, ai-je rétorqué, furieuse. Nous sommes venus nous installer à Téhéran en 1961. Comment Mahmoud a-t-il pu se permettre de raconter de tels bobards à ton oncle et exploiter ainsi la passion et l'exaltation du peuple ? »

Son oncle parlait à présent de Mahmoud, expliquant qu'un père pareil ne pouvait que donner naissance à un fils comme lui : un fils qui avait voué sa vie et sa fortune à la révolution, qui n'avait reculé devant aucune épreuve, aucun sacrifice… Il avait aidé financièrement les familles de plusieurs dizaines de prisonniers politiques, il avait veillé sur elles comme un père, et avait notamment accordé un soutien indéfectible à sa propre sœur et à sa famille, assurant leur subsistance et ne les laissant à aucun moment dans le besoin ni dans la solitude.

À cet instant, l'oncle d'Ehteram-Sadat a fait signe à Siamak, assis au milieu de la foule. Mon fils s'est levé aussitôt et s'est dirigé vers lui. J'ai eu l'impression qu'il avait été bien préparé et que son entrée en scène avait été méticuleusement réglée. Le mollah lui a caressé la tête. « Cet innocent est le fils d'un des croisés de l'islam qui est en prison depuis des années, a-t-il poursuivi. La main criminelle du régime a rendu cet enfant orphelin, à l'image de centaines d'autres. Grâce à Dieu, cet enfant a un oncle bon et compatissant, M. Mahmoud Sadeghi, qui a occupé dignement la place laissée vacante par son père. Autrement, Dieu seul sait ce que serait devenue cette famille aux abois… »

J'en avais la nausée. Le col de mon chemisier m'étranglait. Je l'ai tiré d'un geste brusque, arrachant le bouton du haut, qui est tombé par terre. J'ai bondi sur mes pieds, le visage empreint d'une telle colère que Mère et Ehteram-Sadat se sont alarmées. Ehteram m'a retenue par mon tchador. « Massoum, assieds-toi, a-t-elle chuchoté d'une voix pressante. Pour l'amour de l'esprit de ton père, assieds-toi. Ce n'est pas convenable. »

Assis derrière le mollah, face à la foule, Mahmoud m'a lancé un coup d'œil anxieux. J'avais envie de hurler, mais ma gorge refusait d'émettre le moindre son. Effrayé et surpris, Siamak s'est écarté du mollah près duquel il se tenait pour se diriger vers moi. Je l'ai attrapé par le bras et lui ai lancé sèchement : « Tu n'as pas honte ? »

Mère se giflait les joues en se lamentant : « Que Dieu me prenne la vie ! Ma fille, je t'en supplie, ne nous humilie pas ! »

J'ai jeté un regard écœuré à Mahmoud. J'avais un certain nombre de choses à lui dire, mais soudain la récitation des élégies a commencé et tous se sont levés, se frappant la poitrine. J'ai traversé la foule et, sans lâcher le bras de Siamak, je suis sortie de la maison. Massoud courait derrière nous, cramponné à l'ourlet de mon tchador. Je mourais d'envie de frapper Siamak jusqu'à ce qu'il soit couvert de bleus. J'ai ouvert la portière de la voiture et l'ai poussé brutalement à l'intérieur. «Mais qu'est-ce que tu as? Qu'est-ce qui t'arrive? répétait-il.

— Tais-toi!»

J'avais l'air si sévère et si fâchée que les garçons n'ont pas osé desserrer les lèvres de tout le trajet. Leur silence m'a permis de réfléchir tranquillement. Je m'interrogeais: Qu'a fait ce pauvre garçon? En quoi est-il responsable de ce qui s'est passé?

Quand nous sommes arrivés à la maison, j'ai maudit le ciel et la terre, Mahmoud, Ali et Ehteram, puis je me suis assise et j'ai fondu en larmes. Siamak était assis en face de moi, honteux. Massoud est allé me chercher un verre d'eau et, les yeux embués, il m'a prié de le boire en espérant que je me sentirais mieux après. Lentement, je me suis calmée.

«Je ne comprends pas pourquoi tu t'énerves comme ça, a enfin déclaré Siamak. Mais quoi que j'aie pu faire, je le regrette.

— Tu veux dire que tu ne sais pas? Et tu voudrais que je te croie? Tu fais ce numéro partout où Mahmoud t'emmène? Est-ce qu'ils t'exhibent comme ça devant tout le monde?

— Oui! a-t-il répondu fièrement. Et tout le monde dit un tas de choses gentilles sur Papa.»

J'ai poussé un soupir affligé. Comment expliquer cela à mon fils? J'ai essayé de garder mon sang-froid et de ne pas le heurter.

« Écoute, Siamak, nous avons vécu sans ton père pendant quatre ans, sans avoir besoin de personne, et encore moins de ton oncle Mahmoud. Je me suis battue pour que vous puissiez grandir la tête haute, sans dépendre de la pitié et de la charité d'autrui, pour que personne ne vous considère jamais comme des orphelins dans le besoin. Jusqu'à présent, nous nous sommes toujours très bien débrouillés. Nous avons connu des moments difficiles, c'est sûr, mais nous avons toujours conservé notre fierté et notre honneur, et nous avons préservé ceux de votre père. Et voilà que ce cinglé de Mahmoud t'exploite en t'exhibant comme une marionnette pour se faire mousser ! Il veut qu'on ait pitié de toi, qu'on l'admire et dise : "Bravo, quel oncle merveilleux !" Tu ne t'es jamais demandé pourquoi ça ne fait que sept ou huit mois que Mahmoud s'intéresse à nous alors qu'il n'a jamais pris de nos nouvelles ces dernières années ? Mon fils, tâche d'être un peu plus malin que ça et ne laisse personne abuser de toi et de tes sentiments. Si ton père apprend que Mahmoud vous exploite comme ça, lui et toi, il sera très fâché, crois-moi. Il n'y a pas un sujet sur lequel il soit d'accord avec Mahmoud, et il n'accepterait jamais que sa famille et lui soient des instruments entre les mains de ton oncle et d'autres hommes de son espèce. »

J'ignorais alors les motifs réels de Mahmoud, mais je n'ai plus autorisé les garçons à l'accompagner où que ce soit et n'ai plus répondu à ses appels téléphoniques.

La mi-octobre était arrivée. Les écoles et l'université étaient souvent fermées. Je n'avais plus qu'un trimestre à faire pour obtenir ma licence et achever ainsi mes études décidément interminables, mais les grèves et les manifestations n'en finissaient pas et les cours étaient systématiquement annulés.

J'ai assisté à un certain nombre de réunions politiques. J'écoutais attentivement les orateurs, cherchant à déceler dans leurs propos un éventuel espoir de salut pour Hamid. Tantôt j'étais optimiste et je voyais la vie en rose, tantôt j'étais tellement démoralisée que j'avais l'impression de tomber dans un puits sans fond.

Dès qu'une voix s'élevait pour défendre les prisonniers politiques, j'étais en première ligne, les poings de mes fils s'agitant comme deux petits drapeaux à mes côtés. Je criais « Libérez les prisonniers politiques ! » en y mettant toute ma douleur, toute ma colère, toute la misère que j'avais vécues. Les larmes me montaient aux yeux, mais j'avais le cœur léger. Comment ne pas être grisée par la présence de cette foule ? J'avais envie de serrer les manifestants dans mes bras. Jamais encore mes compatriotes ne m'avaient inspiré de tels sentiments. J'avais l'impression qu'ils étaient mes enfants, mon père, ma mère, mes frères et mes sœurs.

La rumeur d'une prochaine libération des prisonniers politiques s'est bientôt répandue. On racontait que certains seraient relâchés le 26 octobre, jour de l'anniversaire du Shah. L'espoir faisait battre mon cœur ; en même temps, j'essayais de ne pas trop y croire. Je n'aurais pas supporté une nouvelle déception. Le père d'Hamid a multiplié ses efforts pour obtenir la grâce de son fils. Il a rassemblé d'innombrables lettres de recommandation, qu'il a adressées aux autorités. Nous travaillions main dans la main et nous tenions régulièrement informés de nos progrès respectifs. J'assumais avec passion et dévouement les responsabilités qu'il me confiait.

Grâce à nos contacts, nous avons fini par apprendre qu'un millier de prisonniers politiques seraient graciés. Restait à obtenir que le nom d'Hamid soit porté sur la liste.

« Et s'il s'agissait d'une nouvelle manœuvre politique pour endormir les masses ? ai-je demandé, toujours méfiante, au père d'Hamid.

— Je suis sûr que non ! La situation est tellement explosive que le gouvernement ne pourrait pas se le permettre. Il faut qu'il libère au moins un certain nombre de prisonniers connus pour que le peuple commence à voir le régime d'un autre œil et retrouve le calme. Faute de quoi, la situation ne peut que s'aggraver. Garde espoir, ma fille. Garde espoir. »

J'avais tellement peur d'une déconvenue ! Je savais que je serais anéantie si Hamid ne faisait pas partie des détenus libérés. Pourtant je m'inquiétais encore plus pour les enfants. Je craignais qu'après ces longues années d'attente et d'espoir ils ne soient incapables de supporter le choc d'un échec et d'une déception. Je faisais tout mon possible pour leur cacher les informations qui circulaient, mais les rumeurs jaillissaient à chaque coin de rue, comme un torrent en crue. Siamak rentrait à la maison, rouge d'excitation, pour m'annoncer les dernières nouvelles et je m'obligeais à lui répondre froidement : « Non, mon fils, tout cela n'est que de la propagande destinée à endormir le peuple. Pour le moment, il n'y a aucune chance que cela se réalise. Si Dieu le veut et que la révolution l'emporte, nous ouvrirons nous-mêmes les portes des prisons et ramènerons ton père à la maison. »

Le père d'Hamid approuvait mon attitude et n'agissait pas autrement avec sa femme.

Plus la date du 26 octobre approchait, plus mon impatience grandissait. Je n'ai pas pu m'empêcher de faire des achats en prévision du retour d'Hamid. Mon imagination s'enflammait et j'élaborais des plans pour la période qui suivrait sa libération. Quelques jours avant le 26 octobre, après s'être démené pour rencontrer toutes sortes de gens et avoir multiplié les entrevues, mon beau-père est arrivé chez nous épuisé, l'air abattu. Il a attendu que les garçons soient occupés pour me confier : « La liste est presque complète. Il semblerait que le nom d'Hamid n'y figure pas. On m'a assuré, bien sûr, que, si l'agitation se poursuit, il sera libéré lui aussi. Mais les chances pour que ce soit cette fois-ci sont bien minces ; la liste est presque intégralement composée de religieux.

— J'en étais sûre, ai-je murmuré, la gorge nouée. Si j'étais destinée à connaître le bonheur, ma vie n'aurait pas été ce qu'elle a été jusqu'à présent. »

En un clin d'œil, mes espoirs se sont évanouis et, les larmes aux yeux, j'ai refermé hermétiquement les fenêtres qui s'étaient ouvertes dans mon cœur. J'ai eu du mal à cacher aux enfants l'ampleur de mon chagrin et de ma désillusion.

Massoud ne me quittait pas d'une semelle et me questionnait inlassablement : « Qu'est-ce que tu as ? Tu as mal à la tête ? »

Et Siamak m'interrogeait : « Il y a du nouveau ? »

J'avais beau me répéter, sois forte, il faudra attendre encore un peu, je sentais les murs de notre maison se refermer sur moi et m'écraser. Ne supportant plus cet appartement triste et désert, j'ai pris les enfants par la main et nous sommes sortis. Une foule s'était massée devant la mosquée, hurlant des slogans. Nous avons été attirés vers elle comme par un aimant. La cour de la mosquée était bondée et nous nous sommes péniblement frayés un chemin parmi tous ces gens. J'ignorais ce qui se passait et ne parvenais pas à comprendre ce qu'ils criaient. Ça n'avait pas d'importance ; j'avais ma propre revendication. Déchaînée, au bord des larmes, je me suis mise à scander : « Libérez les prisonniers politiques. » J'ignore ce que véhiculait ma voix, mais, au bout de quelques instants, tout le monde avait repris mon slogan.

Les autorités avaient décrété que le jour de l'anniversaire du shah serait férié. Avant l'aube, je n'en pouvais déjà plus de me tourner et de me retourner dans mon lit. Je savais que les mesures de sécurité seraient strictes et qu'il ne fallait en aucun cas mettre le nez dehors. À bout de nerfs, je n'arrivais pas à retrouver un semblant de calme. Il fallait absolument que je m'occupe et, comme toujours, je me suis réfugiée dans le travail. J'espérais arriver à épuiser toute mon énergie, toute mon angoisse dans des tâches physiquement éreintantes et stupides. J'ai défait les lits, décroché les rideaux et les ai mis à la machine avec les draps. J'ai nettoyé les carreaux et balayé les pièces. Impatiente, j'ai envoyé les enfants jouer dans la cour. Mais je n'ai pas tardé à m'apercevoir que Siamak s'apprêtait à quitter la maison en catimini. Je les ai rappelés, les ai fait rentrer et leur ai ordonné d'aller prendre un bain. J'ai nettoyé la cuisine de fond en comble. Je n'avais pas envie de préparer un vrai repas ; nous nous contenterions des restes de la veille. Quant à Bibi, elle était devenue si faible et avait si peu d'appétit que je pouvais préparer ce que je voulais, elle n'arrivait à avaler qu'un bol de yaourt et un morceau de pain. De mauvaise humeur, j'ai donné à manger aux enfants, puis je me suis occupée de la vaisselle. Il ne me restait plus rien à faire. J'ai décidé alors de balayer et de laver la cour, mais j'ai failli m'écrouler de fatigue, ce qui était exactement le résultat recherché. Je me suis traînée sous la douche, j'ai ouvert les robinets en grand et me suis mise à pleurer. C'était le seul endroit où je pouvais sangloter tranquillement.

Il était presque quatre heures de l'après-midi quand je suis sortie de la salle de bains, les cheveux encore mouillés. J'ai posé un coussin par terre et je me suis allongée devant la télévision. Les garçons jouaient à côté de moi. J'étais sur le point de m'endormir quand j'ai vu la porte s'ouvrir et Hamid entrer. J'ai fermé les yeux pour empêcher ce doux rêve de s'évanouir, mais des voix résonnaient autour de moi. Doucement, j'ai entrouvert les paupières. Les garçons regardaient, bouche bée, un homme maigre aux cheveux et à la moustache blancs. Je me suis figée. Dormais-je encore ? La voix joyeuse mais cassée de mon beau-père nous a tirés tous les trois de notre stupeur.

« C'est nous ! a-t-il lancé. Dois-je te présenter ton mari, Massoumeh ? Et vous, les garçons, qu'est-ce qui vous arrive ? Venez par ici. Votre papa est rentré. »

En serrant Hamid dans mes bras, je me suis rendu compte qu'il était à peine plus grand que Siamak. Bien sûr, je l'avais vu à plusieurs reprises au cours de ces dernières années, mais je ne l'avais jamais trouvé aussi hâve, aussi émacié. Peut-être étaient-ce les vêtements trop larges pour son corps décharné qui le faisaient paraître aussi frêle. On aurait dit un jeune garçon qui aurait enfilé les habits de son père ; tout était trop grand d'au moins deux tailles. Son pantalon, maintenu par une ceinture, faisait des plis autour de sa taille. Les épaules de sa veste tombaient au point que les manches lui couvraient les mains. Il s'est agenouillé et a pris les garçons dans ses bras. Je me suis penchée vers eux, essayant d'enlacer les trois êtres qui m'étaient les plus chers au monde. Nous sanglotions tous, partageant enfin notre chagrin si longtemps réprimé.

Le père d'Hamid a été le premier à se reprendre : « Ça suffit, relevez-vous. Hamid est très fatigué et très malade. Il était à l'infirmerie de la prison. Il a besoin de repos. Et puis il faut que j'aille chercher sa mère. »

Je me suis dirigée vers lui, je l'ai enlacé et je l'ai embrassé, avant de laisser ma tête reposer sur son épaule. Tout en pleurant, je n'arrêtais pas de murmurer : « Merci, merci... »

J'éprouvais une admiration infinie pour ce vieil homme qui, dans sa bonté, sa sagesse et sa délicatesse, avait supporté seul les efforts et les angoisses de ces derniers jours.

Hamid était brûlant de fièvre.

« Tu devrais aller te coucher, lui ai-je dit. Je vais t'aider.

— Non. Je veux d'abord prendre un bain.

— Oui, tu as raison. Débarrasse-toi de toute la crasse et de toute la misère de la prison. Tu dormiras mieux après. Heureusement, nous avons du fioul aujourd'hui et le chauffe-eau fonctionne depuis ce matin. »

Je l'ai aidé à se déshabiller. Il était extrêmement faible et tenait à peine debout. À chaque vêtement que je lui retirais, il me paraissait plus petit. Il était maigre à faire peur ; il n'avait littéralement que la peau sur les os et son corps était couvert de cicatrices. Je l'ai invité à s'asseoir sur une chaise pour lui ôter ses chaussettes. L'image de sa peau si fine et si sèche et de ses pieds déformés a eu raison de mon courage. Enlaçant ses jambes, j'ai posé la tête sur ses genoux et j'ai pleuré. Que lui avaient-ils fait ? Pourrait-il redevenir un jour un être humain en bonne santé, un homme comme les autres ?

Après son bain, je l'ai aidé à enfiler le nouveau maillot de corps, le caleçon et le pyjama que j'avais achetés dans un jour d'optimisme. Ils étaient trop grands, mais, au moins, il flottait un peu moins dedans que dans son costume.

Il s'est allongé sur le lit lentement, comme s'il voulait savourer la moindre seconde de ce moment. J'ai tiré le drap et la couverture sur lui ; il a posé la tête sur l'oreiller, a fermé les yeux et a demandé en poussant un profond soupir : « Suis-je vraiment là ? Toutes ces années, je n'ai cessé de rêver de ce lit, de cette maison, de cet instant. Je n'arrive pas à croire que c'est arrivé. Quel délice ! »

Les garçons suivaient chacun de ses gestes avec amour et admiration, mais aussi avec un soupçon de réticence et de réserve. Il les a appelés près de lui. Ils se sont assis au bord du lit et ils ont commencé à bavarder tous les trois. J'ai préparé du thé et ai envoyé Siamak à la pâtisserie acheter des gâteaux et du pain grillé. J'ai pressé des oranges et réchauffé un restant de soupe. Je ne cessais d'apporter à manger à Hamid. Il a fini par me dire en riant : « Attends, ma chérie. Il ne faut pas que je mange trop. Je n'en ai plus l'habitude. Il faut que je me contente de petites quantités pour commencer. »

La mère et les sœurs d'Hamid sont arrivées une heure plus tard. Folle de joie, sa mère papillonnait autour de lui et lui parlait tendrement sans cesser de pleurer pour autant. Hamid n'avait même pas la force de sécher ses propres larmes et ne pouvait que répéter : « Mère, arrête. Pour l'amour de Dieu, calme-toi. » Mais elle continuait à l'embrasser de la tête aux pieds. Finalement, ses paroles incohérentes ont laissé place à de violents sanglots. Elle s'est appuyée au mur et s'est laissée tomber au sol. Ses yeux étaient vitreux, ses cheveux hirsutes ; elle était d'une pâleur affreuse et avait du mal à respirer.

Manijeh s'est soudain précipitée pour relever sa mère en criant : « De l'eau chaude et du sucre. Vite ! » J'ai couru à la cuisine chercher un verre d'eau chaude et du sucre candi que je lui ai versés dans la bouche à la cuiller, tandis que Mansoureh aspergeait son visage d'eau froide. La mère d'Hamid a frissonné avant de fondre en larmes. J'ai cherché les garçons du regard. Ils se tenaient derrière la porte, les yeux humides, allant et venant de leur père à leur grand-mère.

Peu à peu, l'excitation est retombée. La mère d'Hamid refusait de quitter notre chambre, mais elle a promis de ne plus pleurer. Elle a approché une chaise du pied du lit et s'est assise, sans quitter Hamid des yeux. De temps en temps, elle essuyait une larme qui roulait silencieusement sur sa joue.

Le père d'Hamid est retourné dans le vestibule, où il s'est assis en compagnie de Bibi qui récitait des prières tout bas. Il a étiré ses jambes et a appuyé sa tête fatiguée à un coussin de sol. J'étais sûre qu'il avait passé la journée à courir en tous sens. Je lui ai apporté du thé, ai posé la main sur la sienne et lui ai dit : « Merci. Vous en avez beaucoup fait aujourd'hui ; vous devez être épuisé.

— Si seulement les efforts et la fatigue produisaient toujours de tels résultats », a-t-il soupiré.

J'entendais Mansoureh réconforter sa mère. « Pour l'amour de Dieu, Mère, arrête. Tu devrais être heureuse. Pourquoi continues-tu à t'affliger et à pleurer comme ça !

— Je suis tellement heureuse, ma fille ! Tu ne peux pas imaginer. Je n'aurais jamais imaginé vivre assez longtemps pour assister au retour de mon fils unique chez lui.

— Mais alors, pourquoi pleures-tu ? Tu lui brises le cœur, voyons !

— Regarde ce que ces gens cruels ont fait à mon enfant, a gémi la mère d'Hamid. Vois combien il est faible et amaigri. Vois combien il a vieilli. » Puis elle s'est adressée à Hamid : « Que Dieu me laisse donner ma vie pour toi ! T'ont-ils fait beaucoup de mal ? T'ont-ils battu ?

— Non, mère, a répondu Hamid, visiblement gêné. Simplement, je n'aimais pas ce qu'on nous donnait à manger. Ensuite j'ai pris froid et je suis tombé malade. C'est tout. »

Et voilà qu'au milieu de cette agitation, Mère, à qui je n'avais pas donné de nouvelles depuis plusieurs jours, a appelé pour savoir comment nous allions. Elle a été bouleversée d'apprendre qu'Hamid était rentré. Moins d'une demi-heure plus tard, ma famille était là, elle aussi, les bras chargés de fleurs et de pâtisseries. Mère et Faati ont fondu en larmes en voyant Hamid. Et Mahmoud, feignant d'ignorer ce qui s'était passé entre nous, a embrassé son beau-frère sur les deux joues, a pris les garçons dans ses bras, a joyeusement félicité tout le monde et a commencé à donner des ordres autour de lui.

« Ehteram-Sadat, prépare un plateau et beaucoup de thé. Ils vont avoir de nombreux invités. Ali, ouvre la porte du salon et dispose les chaises et les petites tables autour de la pièce. Il faut aussi que quelqu'un mette les fruits et les gâteaux sur des plats.

— Mais nous n'attendons pas de visite, ai-je protesté. Nous n'avons encore prévenu personne.

— Inutile, a rétorqué Mahmoud. La liste des prisonniers libérés a été publiée. Dès que les gens sauront, ils viendront tous. »

Comprenant qu'il mijotait quelque chose, je me suis avancée vers lui, furieuse : « Écoute-moi bien, mon frère, Hamid est malade et a besoin de repos. Tu peux constater par toi-même qu'il a beaucoup de fièvre et respire difficilement. J'espère que tu n'as pas l'intention de faire venir qui que ce soit dans cette maison.

— Ils viendront, que je le veuille ou non.

— Je ne laisserai personne entrer ici, ai-je lancé. Je te préviens, et que les choses soient claires entre nous. »

Mahmoud a soudain ressemblé à un ballon dégonflé. Il est resté là, bouche bée. Puis, comme si une idée lui traversait subitement l'esprit, il a repris : « Tu veux dire que tu ne vas même pas demander à un médecin de venir voir ce malheureux ?

— Si, bien sûr. Mais je te rappelle que c'est un jour férié. Comment veux-tu que je trouve un médecin ?

359

— J'en connais un. Je vais l'appeler et lui demander de passer. »

Il s'est mis à donner des coups de téléphone à droite et à gauche et, une heure plus tard, un médecin, flanqué de deux hommes dont l'un brandissait un énorme appareil photo, est arrivé chez nous. J'ai fusillé mon frère du regard. Le médecin nous a demandé de sortir de la chambre et a entrepris d'examiner Hamid pendant que le photographe prenait des clichés de ses cicatrices.

Le médecin a finalement diagnostiqué une pneumonie chronique. Il a rédigé plusieurs ordonnances et a exhorté Hamid à prendre soigneusement ses médicaments et à faire faire ses injections régulièrement. Quant à son régime alimentaire, le médecin m'a conseillé d'augmenter très progressivement la quantité de nourriture qu'il absorbait. Avant son départ, il a fait deux piqûres à Hamid et lui a donné des comprimés à prendre le soir même, puisque nous devions attendre le lendemain pour que les pharmacies soient ouvertes. Mahmoud a confié les ordonnances à Ali en lui demandant d'y passer à la première heure et d'apporter immédiatement les médicaments chez nous.

Ce n'est qu'à cet instant que tout le monde a semblé se rappeler que la loi martiale et le couvre-feu étaient en vigueur. Ils ont tous promptement rassemblé leurs affaires et ont pris congé. La mère d'Hamid refusait de partir, mais son mari l'a emmenée de force en lui promettant qu'elle pourrait revenir le lendemain matin de bonne heure.

Après leur départ, j'ai convaincu Hamid, avec force prières et supplications, de boire un verre de lait, et j'ai servi un dîner léger aux garçons. J'étais tellement épuisée que je n'ai pas eu la force de débarrasser la vaisselle dispersée dans toute la maison. Je me suis traînée jusqu'à mon lit, où je me suis allongée à côté d'Hamid, déjà profondément endormi grâce au sédatif que lui avait administré le médecin. Je suis restée longtemps immobile à observer son visage amaigri, si heureuse qu'il soit enfin de retour. Puis je me suis retournée pour regarder le ciel par la fenêtre, remerciant Dieu de tout mon cœur et jurant de faire mon possible pour qu'Hamid redevienne lui-même. Je me suis endormie avant d'avoir fini ma prière.

5.

Une semaine plus tard, Hamid allait déjà un peu mieux. Il n'avait plus de fièvre et arrivait à se nourrir à peu près correctement, mais il était encore loin d'être rétabli. Il toussait toujours, surtout la nuit, et souffrait d'une faiblesse généralisée due à quatre années de malnutrition et de manque de soins. Je commençais cependant à m'apercevoir que toutes ces affections physiques n'étaient rien en regard de sa souffrance morale. Il s'enfonçait dans la dépression, refusait de parler, ne s'intéressait à rien, pas même à l'actualité, pourtant brûlante durant cette période, n'avait pas envie de voir ses anciens amis et se dérobait à toutes les questions.

« Pensez-vous que cette dépression et son indifférence à ce qui l'entoure soient normales ? ai-je demandé au médecin. Est-ce courant chez les hommes qui sortent de prison ?

— Dans une certaine mesure, oui, encore que son cas me paraisse particulièrement grave. Bien sûr, ils ont tous, à divers degrés, des difficultés à supporter la foule, ils éprouvent un sentiment d'aliénation et ont du mal à se réadapter à la vie de famille. Mais la libération inattendue d'Hamid, la concrétisation de la révolution qu'il a toujours appelée de ses vœux et son retour au sein d'une famille qui l'a accueillie avec tant de chaleur devraient le motiver et lui redonner goût à la vie. Ces derniers temps, le vrai problème que je rencontre avec d'anciens détenus comme Hamid est plutôt d'arriver à les calmer pour que leur état psychologique s'accorde mieux à leur état physique.

— Alors que moi, je suis obligée de secouer Hamid et de le harceler simplement pour qu'il accomplisse les tâches les plus ordinaires. »

Je ne comprenais pas la raison de cette léthargie et de ce mutisme. Je les avais d'abord attribués à sa maladie, mais Hamid allait nettement mieux physiquement. Peut-être, me disais-je, nos familles ne lui accordaient-elles pas le temps et l'espace nécessaires pour se réadapter à la vie normale. Nous étions constamment entourés et parvenions à peine à trouver une demi-heure pour nous parler en tête à tête. Notre maison avait tout du caravan-sérail, avec des allées et venues perpétuelles. Pire, le deuxième soir qui avait suivi le retour d'Hamid, sa mère avait apporté ses affaires et s'était installée à demeure. Monir, la sœur aînée d'Hamid, est ensuite arrivée de Tabriz avec ses enfants. Chacun donnait un coup de main, bien sûr, mais cette foule nous était insupportable, à Hamid comme à moi.

Je rendais Mahmoud largement responsable de cette agitation. Il passait quotidiennement chez nous avec un nouveau groupe de spectateurs, comme s'il tenait à leur montrer un phénomène de foire. Pour m'empêcher de protester, il avait pris les repas en charge et ne cessait de nous faire livrer des provisions, me disant que je n'avais qu'à donner le surplus aux pauvres. Sa prodigalité m'étonnait. Je ne savais pas exactement quels mensonges il était allé inventer, mais j'étais sûre qu'il racontait partout que c'était grâce à ses efforts qu'Hamid avait été libéré. S'il avait osé, je pense qu'il aurait déshabillé Hamid tous les jours pour exhiber ses cicatrices devant son public.

La politique restait d'une actualité brûlante chez nous. Finalement, quelques-uns des anciens compagnons d'Hamid ont commencé à venir frapper à notre porte. Ils étaient accompagnés de nouveaux adeptes de leur cause, de jeunes disciples impatients de voir le grand héros de près et de l'entendre raconter l'histoire de l'organisation et de tous ces camarades qui avaient fait le sacrifice de leur vie. Mais Hamid n'avait envie de voir personne et trouvait une excuse après l'autre pour les éviter. En leur présence, il me paraissait toujours plus silencieux, plus abattu. Je ne comprenais pas son attitude, car il se montrait très différent lorsque des amis de Mahmoud ou d'autres visiteurs étaient là.

Un jour où il était venu l'examiner, le médecin m'a demandé : « Pourquoi y a-t-il toujours tout ce monde chez vous ? Ne vous ai-je pas déjà expliqué que mon patient a besoin de repos ? », Et avant de partir, cherchant à s'assurer que son message avait été compris de tous, il a ajouté : « Je vous ai informés dès le début que mon malade a besoin de calme, d'air pur, de silence et de repos pour retrouver la santé et redevenir lui-même. On se croirait dans un stade, ici. Je ne m'étonne pas que son état psychologique soit pire que le jour de son arrivée. Si les choses ne s'arrangent pas, je refuse de continuer à être responsable de sa santé. »

Nous l'avons dévisagé, bouche bée.

« Que devons-nous faire, docteur ? a demandé la mère d'Hamid.

— Si vous n'êtes pas capables de fermer les portes de cette maison, je vous conseille de l'emmener ailleurs.

— Mais oui, cher docteur, j'ai proposé tout de suite qu'il vienne chez nous. Notre maison est plus grande et il y a beaucoup plus de place qu'ici.

— Non, madame, a répliqué le médecin. Ce qu'il lui faut, c'est un endroit calme où il puisse être seul avec sa femme et ses enfants. »

J'étais aux anges. Ses paroles faisaient écho à mes vœux les plus chers. Chacun y est allé de son conseil et s'est retiré plus tôt que d'habitude. Mansoureh a attendu que les autres soient partis pour me dire : « Le médecin a raison. Même moi, je deviens folle, ici, alors tu imagines, ce pauvre garçon qui a passé quatre ans dans l'isolement et le silence ! Tu sais, la meilleure solution serait que vous vous installiez sur la côte le temps de la convalescence d'Hamid. Notre villa est à votre disposition. Nous ne dirons à personne où vous êtes. »

J'étais folle de joie. C'était évidemment ce que nous pouvions faire de mieux. En plus, le littoral de la Caspienne était un vrai paradis à mes yeux. Comme les écoles étaient fermées sur ordre du gouvernement et que les cours universitaires étaient suspendus à cause des troubles, rien ne nous empêchait de partir pour le Nord.

Nous sommes arrivés sur la côte par un temps radieux. C'était un merveilleux automne, avec un ciel d'azur et une mer dont la couleur changeait à chaque instant. Une brise fraîche nous apportait un délicieux parfum d'iode et les doux rayons du soleil nous donnaient une excellente raison de rester paisiblement assis sur la plage.

Alors que nous étions tous les quatre sur la terrasse de la villa, j'ai demandé aux garçons de prendre une profonde inspiration, en souhaitant que cet air pur insuffle une vie nouvelle à chacun d'entre nous. Je me suis tournée vers Hamid. Il était aveugle à cette beauté, sourd à mes paroles, insensible à l'odeur de la mer et aux caresses de la brise sur son visage. Mélancolique et impassible, il a regagné l'intérieur de la maison. Ne renonce pas ! me suis-je dit. C'est un environnement idéal et tu as tout le temps nécessaire. Si tu es incapable

de l'aider, tu ne mérites pas le nom d'épouse ni les bien-
faits que Dieu t'a accordés.

J'ai établi un emploi du temps régulier pour toute la
famille. Les jours de soleil, et il n'en manquait pas
cette année-là, je trouvais toujours une bonne raison
d'emmener Hamid se promener sur la superbe plage de
sable ou dans les bois. Parfois, nous allions jusqu'à la
rue principale faire quelques courses et nous revenions
en flânant. Plongé dans ses pensées, il me suivait en
silence. Il n'entendait pas mes questions ou n'y répondait que par un signe de tête, par oui ou par non. Je
faisais comme si de rien n'était et parlais de ce qui
s'était passé en son absence, de notre vie, de beauté et
de nature. Je jouais avec les enfants, je chantais, je
riais. Il m'arrivait d'être littéralement hypnotisée par le
paysage qui, telle une toile de maître, semblait trop
beau pour être réel. Je me lançais alors dans un éloge
dithyrambique de toutes ces splendeurs auquel Hamid
réagissait par un regard hébété. Il était sombre et apa-
thique. J'ai cessé d'acheter le journal, j'ai interdit
qu'on allume radio et télévision, car les informations
semblaient le perturber encore davantage. Après avoir
vécu si longtemps dans le stress et l'angoisse, je trouvais reposant et agréable, moi aussi, de tout ignorer de
l'actualité.

Les garçons manquaient également de gaieté et
d'entrain. « Nous les avons privés trop tôt de leur
enfance, ai-je fait remarquer à Hamid. Ils ont terriblement souffert. Mais il n'est pas trop tard, ce n'est sûrement pas irréparable. » Hamid me répondait par un
haussement d'épaules et détournait les yeux.

Il portait sur ce qui l'entourait un regard d'une telle
indifférence que j'en suis arrivée à me demander s'il
n'était pas devenu daltonien. J'ai inventé un jeu de
couleurs avec les garçons. Chacun devait citer une
couleur absente du paysage. Il nous arrivait souvent de

ne pas être du même avis et nous attendions alors d'Hamid qu'il joue les arbitres. Il jetait un coup d'œil fugace et indifférent, avant de donner un avis laconique. J'essayais de me convaincre que j'étais plus têtue que lui et me demandais combien de temps il tiendrait et continuerait à repousser nos tentatives de rapprochement. Ayant allongé la durée de nos promenades quotidiennes, j'ai constaté qu'il n'était plus essoufflé, même après avoir longtemps marché. Il reprenait des forces et du poids. Je continuais à lui parler, dissimulant ma frustration et ma déception, jusqu'au jour où il a commencé à s'ouvrir un tout petit peu. Quand j'avais l'impression qu'il était sur le point de dire un mot, je lui consacrais une attention sans faille et veillais à ce que rien ne vienne le déranger.

Cela faisait une semaine que nous étions en vacances quand, par une belle journée ensoleillée du mois d'octobre, j'ai organisé un pique-nique. Après avoir un peu marché, nous avons étalé nos couvertures sur une colline d'où l'on avait une vue stupéfiante. D'un côté, la mer et le ciel déployaient toutes les nuances de bleu avant de se fondre sur la ligne d'horizon. De l'autre, une forêt luxuriante exhibait toutes les teintes dont peut se parer la nature. La brise d'automne faisait danser les branches aux feuilles bigarrées et effleurait nos visages d'une caresse douce et revigorante.

Les garçons jouaient. Hamid était assis sur une couverture, les yeux fixés au loin. Son visage avait repris un peu de couleurs. Je lui ai tendu une tasse de thé que je venais de préparer avant de détourner le regard.

« Quelque chose ne va pas ? m'a-t-il demandé.

— Non. Je réfléchis, c'est tout.

— À quoi ?

— Aucune importance. Rien de très agréable.

— Dis-moi.

— Tu promets de ne pas te fâcher ?

« — Oui. Pourquoi ? »

J'étais heureuse qu'il ait envie de savoir à quoi je pensais.

« Il y a eu des moments où j'ai pensé qu'il aurait mieux valu que tu sois mort, toi aussi », ai-je murmuré.

Ses yeux ont brillé.

« Vraiment ? Dans ce cas, nous sommes du même avis, toi et moi.

— Ne crois pas ça ! À l'époque, j'étais convaincue que tu ne retrouverais jamais ta vie d'avant et que tu étais condamné à croupir en prison, dans de terribles souffrances. Je me disais que si tu avais péri avec les autres, ta mort aurait été immédiate et tu aurais moins souffert.

— Je n'arrête pas d'y penser, moi aussi. L'idée que je n'aie pas été digne d'une mort aussi honorable me ronge.

— Mais maintenant, tu sais, je suis drôlement contente que tu ne sois pas mort. Ces derniers jours, j'ai souvent pensé à Shahrzad et je lui suis vraiment reconnaissante d'avoir épargné ta vie pour que tu puisses rester avec nous. »

Il s'est retourné et a recommencé à fixer l'horizon.

« Pendant quatre ans, je n'ai pas cessé de réfléchir à ce qu'ils m'ont fait, a-t-il murmuré pensivement. En quoi les avais-je trahis ? Pourquoi ne m'ont-ils pas informé ? Est-ce que je ne méritais pas au moins un message de leur part ? Vers la fin, ils sont allés jusqu'à couper toutes les lignes de communication entre eux et moi. J'avais pourtant été entraîné pour cette mission. Peut-être que s'ils n'avaient pas perdu confiance en moi… »

Les larmes l'ont forcé à s'interrompre.

Je craignais que le moindre geste de ma part ne referme la minuscule fenêtre qui s'était entrouverte. Je l'ai laissé pleurer un moment. Quand ses sanglots se sont apaisés, je lui ai dit tout bas : « Ils t'ont toujours considéré comme un des leurs. Tu as toujours été leur ami, tu leur as toujours été cher.

— Oui. C'étaient les seuls amis que j'aie jamais eus. Ils étaient tout pour moi. J'aurais tout sacrifié pour eux ; même ma famille. Je ne leur ai jamais rien refusé. Pourtant, ils m'ont rejeté. Ils m'ont écarté comme un traître, un moins que rien, et ils l'ont fait au moment où ils avaient le plus besoin de moi. Comment pourrais-je encore marcher la tête haute ? Certains se demandent forcément pourquoi je ne suis pas mort avec eux. Ils doivent me prendre pour un mouchard, croire que je les ai dénoncés. Depuis mon retour, on me jette des regards soupçonneux.

— Non ! Non, mon chéri, tu te trompes. Ils t'aimaient plus que personne, plus qu'eux-mêmes. Ils avaient besoin de toi, c'est vrai, mais ils ont préféré courir un danger plus grave encore pour t'épargner.

— Tu dis n'importe quoi ! Il n'y a jamais eu d'accord de ce genre entre nous. Les uns comme les autres, nous ne vivions que pour la cause. Nous avions été formés pour nous battre et pour mourir pour elle. Comment peux-tu imaginer des bêtises pareilles ? Les seuls à être rejetés étaient les traîtres et les membres qui n'étaient pas jugés dignes de confiance. Et c'est exactement ce qui s'est passé dans mon cas.

— Non, Hamid, ce n'est pas du tout ça, ai-je insisté. Mon chéri, je t'assure que tu te trompes. Je sais des choses que tu ignores. C'est Shahrzad qui a fait ça pour nous. C'était une femme avant tout, tu sais. Elle aurait tant voulu mener une vie de famille paisible, avoir un mari et des enfants, comme tout le monde. Tu te rappelles comme elle était proche de Massoud ? Elle l'a aimé comme son propre fils. En tant que femme, en tant que mère, elle s'est refusée à le priver de père, à le condamner à être orphelin. Bien sûr, elle était convaincue qu'il fallait se battre pour la liberté, bien sûr, son objectif était le bonheur de tous les enfants, mais à partir du moment où sa fibre maternelle s'est éveillée, elle a, comme toutes les mères, fait une exception pour son propre enfant. Comme toutes les mères, le bonheur de son enfant et les rêves qu'elle faisait pour lui sont devenus une priorité absolue à ses yeux. Une priorité tangible, qui n'avait rien à voir avec le slogan abstrait du bonheur de tous les enfants du monde. C'est un instinct qui touche même les êtres les plus purs quand ils deviennent parents. Jamais une femme n'éprouvera autant de compassion pour un enfant qui meurt de faim au Biafra que pour son enfant à elle. Shahrzad est devenue mère pendant les quatre ou cinq mois qu'elle a passés chez nous, et elle n'était pas prête à priver son fils de quoi que ce soit. »

Stupéfait, Hamid m'a dévisagée un moment. « Tu te trompes, a-t-il fini par murmurer. Shahrzad était forte, c'était une combattante. Elle avait de nobles idéaux. Tu ne peux pas la comparer à une femme ordinaire, ni même à toi.

— Mon chéri, être forte, être une combattante, n'empêche pas d'être une femme. »

Nous sommes restés silencieux un moment, puis il a repris : « Shahrzad avait des objectifs ambitieux. Elle…

— Oui, bien sûr, mais c'était une femme. Si tu savais avec quelle émotion elle m'a parlé des sentiments et des aspirations cachés d'une femme qui souffre d'avoir été privée de certains bonheurs de l'existence. Elle m'a confié des choses qu'elle n'avait encore confiées à personne. Écoute-moi bien, un jour elle a même avoué être jalouse de moi. Tu te rends compte ? Jalouse de moi ! J'ai cru qu'elle plaisantait. Je lui ai expliqué que c'était moi qui aurais dû être jalouse d'elle. Je lui ai dit qu'elle était une femme parfaite alors que moi, comme les femmes du siècle dernier, j'étais obligée de rester chez moi à travailler comme une esclave, et qu'en plus mon mari me reprochait d'être un symbole d'oppression. Tu sais ce qu'elle m'a répondu ? »

Hamid a secoué la tête.

« Elle m'a laissé un poème de Forough.

— Quel poème ? Tu t'en souviens ? »

Je lui ai récité :

Quel sommet, quelle cime ?

Que m'avez-vous donné,
mots simples et trompeurs,
vous qui renoncez aux corps et aux désirs ?
Si j'avais mis une fleur dans mes cheveux,
ne m'aurait-elle pas rendue plus séduisante
que cette farce,
que cette couronne de papier puante sur ma tête ?

Quel sommet, quelle cime ?
Donnez-moi asile, ô lumières vacillantes,
foyers lumineux et méfiants
sur les toits ensoleillés desquels la lessive
se balance dans les bras de la suie parfumée.
Donnez-moi asile, ô vous, femmes simples et saines
dont le bout des doigts si doux suit
les mouvements grisants d'un fœtus sous votre peau,
tandis que dans vos cols ouverts,
l'air se mêle à jamais à l'odeur du lait frais.

J'ai poursuivi : « Tu te rappelles la nuit de son départ ? Elle serrait Massoud contre elle, elle l'embrassait, elle le reniflait en pleurant. Et au moment de me faire ses adieux, elle m'a dit ceci : "Débrouille-toi pour protéger ta famille et pour élever tes fils dans un environnement sûr et heureux. Massoud est très sensible. Il a besoin d'une mère et d'un père. Il est fragile." Sur le moment, je n'ai pas saisi toute la portée de ses paroles. Ce n'est que plus tard que j'ai compris que cette insistance sur la nécessité de protéger ma famille n'était pas un conseil qu'elle me donnait ; en réalité, elle luttait contre elle-même.

— J'ai beaucoup de mal à te croire, s'est obstiné Hamid. La personne que tu me décris est si différente de la Shahrzad que j'ai connue. Tu prétends qu'elle a suivi cette voie contre sa volonté ? Qu'elle ne croyait pas en notre cause ? Mais personne ne l'a obligée à s'engager. Elle pouvait parfaitement renoncer, personne ne le lui aurait reproché.

— Hamid, tu ne comprends donc pas ? C'était une autre face de sa personnalité. Une face cachée dont elle-même a longtemps ignoré l'existence. La seule décision que cette partie d'elle-même, une partie qui ne s'est manifestée que fugitivement, lui ait dictée a été de te sauver la vie. T'empêcher de participer à cette mission, c'était assurer ta protection. Et ne pas t'en informer, c'était assurer la leur, dans l'éventualité où tu serais arrêté. Je ne sais pas comment elle a réussi à convaincre les autres, mais elle l'a fait. »

Le visage d'Hamid exprimait un mélange de doute, de surprise et d'espoir. Sans accepter encore pleinement ce que je lui avais dit, au bout de quatre ans il commençait à envisager que son exclusion ait pu répondre à d'autres motifs que ceux qu'il avait imaginés. Le plus grand changement que cette lueur d'espoir a provoqué en lui a été de rompre son silence. Dès ce jour, nous n'avons plus cessé de parler. Nous avons longuement discuté de notre relation, de notre situation, nous avons analysé nos personnalités et notre comportement, après toutes ces années de solitude. L'un après l'autre, les fils se dénouaient et, chaque fois, c'était une petite fenêtre qui s'ouvrait sur la liberté, le bonheur et la disparition de frustrations secrètes. L'assurance qu'il avait longtemps crue disparue à jamais commençait à lui revenir.

Parfois, en pleine conversation, il me jetait un regard étonné. « Tu as tellement changé ! s'exclamait-il. Tu parais si mûre, si cultivée. On croirait entendre une philosophe, une psychologue. Quelques années d'université ont-elles suffi à te transformer à ce point ?

— Non, répondais-je avec un orgueil que je ne cherchais pas à dissimuler. Ce sont les épreuves qui m'ont changée. Je n'ai pas eu le choix, tu sais. J'ai dû comprendre bien des choses pour pouvoir prendre les bonnes décisions. J'étais responsable de la vie de nos fils. Je ne pouvais pas me permettre de commettre des erreurs. Heureusement, tes livres, l'université et mon travail m'y ont aidée. »

Au bout de deux semaines, Hamid avait retrouvé un peu d'énergie et son moral était meilleur, lui aussi. Il commençait enfin à redevenir lui-même. Sa morosité s'atténuait en même temps que son corps reprenait de la vigueur. Toujours aussi sensibles, les garçons ont remarqué l'évolution de leur père et ont commencé à se rapprocher de lui. Fascinés et enthousiastes, ils observaient ses moindres gestes, obéissaient à ses ordres et riaient quand il riait ; ma vie en était tout illuminée. Le rétablissement physique d'Hamid et le retour de son appétit de vivre se sont accompagnés d'un réveil de ses besoins et de ses désirs et, après tant d'obscurité et de carence affective, nos nuits amoureuses ont été empreintes d'une intense passion.

Les parents d'Hamid et Mansoureh nous ont rejoints pour deux jours et ont été aussi surpris que ravis par la métamorphose d'Hamid.

« Je te l'avais bien dit ! J'étais sûre que c'était la solution ! » s'est réjouie Mansoureh.

La mère d'Hamid était aux anges. Elle ne quittait pas son fils un instant, lui prodiguait d'innombrables marques d'affection et me remerciait inlassablement de lui avoir rendu la santé. Son attitude était si touchante que, même au comble de la joie, j'avais les larmes aux yeux.

Il a fait froid et pluvieux pendant l'intégralité de ces deux jours, que nous avons passés à bavarder devant la cheminée. Bahman, le mari de Mansoureh, nous racontait les dernières blagues à propos du shah et du Premier ministre d'alors, Azhari, et Hamid riait de bon cœur. Tout le monde avait beau être convaincu qu'il était parfaitement rétabli, j'ai préféré prolonger notre séjour d'une ou deux semaines, ne fût-ce que parce que la mère d'Hamid m'avait confié que Bibi n'allait pas très bien et que certains des amis activistes d'Hamid le cherchaient partout. Bahman a proposé de nous laisser leur voiture et d'en louer une pour rentrer chez eux afin que nous puissions visiter plusieurs villes de la côte, malgré la pénurie d'essence qui régnait alors.

Nous sommes restés encore deux merveilleuses semaines dans le Nord. Nous avions acheté un ballon de volley ; Hamid et les garçons y jouaient ensemble tous les jours. Hamid courait avec eux, faisait du sport, et nos fils, qui n'avaient jamais connu pareille relation avec leur père, lui en étaient reconnaissants et en rendaient grâce à Dieu. Ils idolâtraient littéralement Hamid. Les dessins de Massoud représentaient souvent un père, une mère et deux enfants qui pique-niquaient, jouaient ou se promenaient au milieu de jardins en fleur, tandis que, dans le ciel, un soleil éclatant souriait à cette famille heureuse. Toute réserve, toute raideur entre les garçons et leur père avaient disparu. Ils lui parlaient librement de leurs amis, de leur école, de leurs maîtres. Siamak se vantait de ses activités prorévolutionnaires et racontait où son oncle Mahmoud l'avait emmené et ce qu'il avait entendu, laissant Hamid perplexe et pensif.

Un jour, épuisé de jouer avec les garçons, il s'est laissé tomber sur la couverture à côté de moi et m'a demandé une tasse de thé. « Ces gosses ont une telle énergie, a-t-il dit. Ils ne sont jamais fatigués.

— Comment tu les trouves ?

— Adorables. Je n'aurais jamais pensé éprouver autant d'amour pour eux. J'ai l'impression de retrouver mon enfance et ma jeunesse à travers eux.

— Tu te rappelles que tu détestais les enfants ? Tu te rappelles ce que tu as fait quand je t'ai annoncé que j'étais enceinte de Massoud ?

— Non. Quoi donc ? »

J'ai eu envie de rire. Il avait oublié qu'il m'avait littéralement abandonnée. Mais ce n'était pas le moment de ressasser des griefs et de ressusciter d'amers souvenirs.

« Ça n'a pas d'importance, ai-je répondu.

— Si, si, dis-moi, a insisté Hamid.

— Tu as refusé d'assumer la moindre responsabilité à son égard.

— Tu sais très bien que le problème n'était pas les enfants en tant que tels. Je ne savais absolument pas ce que seraient mon existence et mon avenir, voilà tout. J'étais convaincu de n'avoir pas plus d'un an à vivre. Dans ces conditions, avoir des enfants était vraiment déraisonnable pour nous deux. Franchement, tu ne crois pas que tu aurais moins souffert ces dernières années si tu n'avais pas eu les garçons et toutes ces responsabilités ?

— Sans eux, je n'aurais eu aucune raison de vivre et de me battre. Ce sont eux qui m'ont obligée à réagir et qui m'ont permis de supporter ces épreuves.

— Tu es une drôle de femme. Quoi qu'il en soit, je suis drôlement content de les avoir maintenant, et je t'en sais gré. Et puis la situation n'est plus la même aujourd'hui. Un avenir heureux les attend et je ne me fais plus de souci. »

Quel plaisir d'entendre Hamid prononcer ces paroles ! J'ai souri. « C'est vrai ? ai-je demandé. Si j'ai bien compris, avoir des enfants n'est plus un problème pour toi. Ça ne t'effraye plus ? »

Il a bondi sur ses pieds. « Oh, non ! Pour l'amour de Dieu, Massoum, qu'est-ce que tu cherches à me faire comprendre ?

— Ne t'inquiète pas, ai-je répondu en riant. Il est encore trop tôt pour le savoir. Mais ça n'a rien d'impossible. Je suis encore en âge d'avoir des bébés et, comme tu le sais, je n'ai pas de pilule ici. Blague à part, si nous devions avoir un troisième enfant, serais-tu aussi angoissé et aussi contrarié que pour les précédents ? »

Il a réfléchi un moment avant de répondre : « Non. Bien sûr, je ne veux pas d'autres enfants, mais je n'y suis plus aussi hostile qu'avant. »

Quand nous avons eu fini de discuter de nos problèmes personnels et de tout mettre au clair entre nous, nous avons commencé à aborder les questions politiques et sociales. Il ne comprenait toujours pas très bien ce qui s'était passé pendant ses années de détention, ce qui avait permis sa libération et pourquoi les gens avaient tellement changé. Je lui ai parlé de mes camarades de fac, de mes collègues de bureau et des événements auxquels j'avais assisté. Je lui ai parlé de mes expériences, de la réaction des autres à mon égard et de l'évolution de leur attitude depuis quelque temps. Je lui ai parlé de M. Zargar, qui ne m'avait embauchée que parce que mon époux était prisonnier politique, et de M. Shirzadi, un rebelle-né qui s'était transformé, sous l'effet de la répression politique et sociale, en un être rempli de haine et de méfiance. Et, enfin, je lui ai parlé de Mahmoud, qui prétendait être prêt à donner sa vie et tous ses biens terrestres pour la révolution.

« Ce Mahmoud, quel phénomène ! a commenté Hamid. Je n'aurais jamais pensé qu'il nous arriverait de faire un pas dans la même direction, lui et moi. »

Quand nous avons regagné Téhéran, la cérémonie du septième jour de la mort de Bibi avait déjà eu lieu. Les parents d'Hamid avaient préféré ne pas nous prévenir de son décès. Ils craignaient que la foule et le va-et-vient constant de membres de la famille et d'amis ne soient trop stressants et trop fatigants pour Hamid.

Pauvre Bibi, sa mort n'a troublé l'existence de personne et n'a fait frémir aucun cœur. Cela faisait des années qu'elle était comme morte. Sa disparition n'a même pas inspiré la tristesse qu'on éprouve au décès d'un étranger. Elle paraissait insignifiante face à la mort des dizaines de jeunes et de militants tués durant cette période.

Les portes et les fenêtres de l'appartement du rez-de-chaussée sont restées closes, et le livre de la vie de Bibi, qui avait certainement contenu des chapitres captivants et pleins de tendresse, s'est refermé.

Notre retour à Téhéran a reporté Hamid plusieurs années en arrière. Nous commencions à être envahis de livres et de brochures et, chaque jour, de plus en plus de gens se rassemblaient autour de lui. Ceux qui l'avaient connu autrefois le présentaient à la nouvelle génération comme un héros : ancien prisonnier politique, unique survivant du petit groupe des fondateurs de leur mouvement qui avaient sacrifié leur vie pour la cause. Ils scandaient des slogans en son honneur, louaient ses qualités et ne demandaient qu'à en faire leur chef. Hamid retrouvait peu à peu son assurance et sa fierté. Il prenait un ton de leader pour s'adresser à eux et leur tenait de grands discours sur les méthodes de résistance.

Une semaine après notre retour, il s'est rendu à l'imprimerie avec un groupe de ses fervents partisans. Ils ont brisé les scellés et les cadenas et ont remis en marche l'équipement encore sur place. Aussi rudimentaire fût-il, ce nouvel atelier leur permettait d'imprimer des communiqués, des brochures et des bulletins d'information.

Siamak suivait son père comme un chien fidèle et obéissait à toutes ses directives. Il était fier d'être le fils d'Hamid et tenait à l'accompagner à chaque réunion. En revanche, Massoud, qui détestait attirer l'attention, a commencé à s'éloigner d'eux. Il restait avec moi à dessiner des manifestations dépourvues de toute violence. Sur ses images, personne ne se faisait jamais blesser et il ne coulait jamais une goutte de sang.

Les neuvième et dixième jours du mois de mouharram durant lesquels on commémore le martyre de l'imam Hossein, une foule s'est rassemblée chez nous et nous sommes tous allés prendre part aux manifestations prévues. Entouré de ses amis, Hamid s'est trouvé séparé de nous, et ses parents sont rentrés chez eux de bonne heure. Les sœurs d'Hamid, Faati, son mari Sadegh Agha et moi avons fait très attention de ne pas nous perdre au milieu de ce monde et avons crié des slogans au point d'en être aphones. J'étais excitée et électrisée de voir ces gens exprimer librement leur colère et leur exaspération, pourtant je ne pouvais me défaire d'un sentiment tenace de peur et d'appréhension. C'était la première fois qu'Hamid assistait à ce déferlement populaire de ferveur révolutionnaire.

Comme je l'avais prévu, il en a été profondément ébranlé et s'est jeté à corps perdu dans la mêlée.

Quelques semaines plus tard, j'ai commencé à percevoir quelques changements en moi. J'étais plus fatiguée et je me sentais un peu nauséeuse le matin. Au fond de moi-même, j'étais ravie. Maintenant, nous formons une vraie famille, pensais-je. Cet enfant va naître dans de bien meilleures conditions. Une jolie petite fille nous apporterait encore plus de chaleur. Hamid n'a encore jamais connu la joie de s'occuper d'un bébé.

Je n'ai pourtant pas eu le courage de lui en parler tout de suite. Quand j'ai fini par le faire, il a ri et a dit : « J'aurais dû me douter qu'avec toi, les ennuis allaient recommencer. Ça n'a pas d'importance. Cet enfant est, lui aussi, le fruit de la révolution. Notre pays a besoin de main-d'œuvre. »

En ces jours grisants de la révolution, les événements se succédaient à un rythme trépidant. Nous n'avions pas un instant à nous. Notre maison était aussi bondée, aussi animée que celle de Mahmoud, et notre logement a commencé à servir de lieu de réunion d'activistes politiques. Cela restait dangereux car tout rassemblement était interdit, néanmoins Hamid n'en tenait aucun compte. « Ils n'oseront rien entreprendre contre nous, me rassurait-il. S'ils m'arrêtent une nouvelle fois, j'entrerai dans la légende. Ils ne peuvent pas prendre ce risque. »

Tous les soirs, nous montions sur le toit et, avec les autres habitants qui en faisaient autant d'un bout à l'autre de la ville, nous scandions : « Dieu est grand. » Nous utilisions les voies d'évasion qu'Hamid avait mises au point bien des années plus tôt pour nous rendre chez nos voisins, bavarder et échanger des idées jusqu'à une heure avancée de la nuit. Tous, jeunes et vieux, se considéraient comme des politologues avertis. Et, en janvier 1979, lorsque le Shah a quitté le pays, l'excitation n'a plus connu de bornes.

Mahmoud avait tout organisé pour qu'en cas de besoin nous puissions nous retrouver chez lui afin d'obtenir les nouvelles les plus récentes. La coopération entre Hamid et lui était amicale. Ils évitaient les débats politiques mais se tenaient informés de leurs activités respectives, échangeaient des suggestions, tandis qu'Hamid faisait bénéficier Mahmoud et ses amis de ses connaissances sur la résistance armée et la guérilla. Il arrivait que leurs discussions se prolongent jusqu'à l'aube.

À l'approche de la date du retour de l'ayatollah Khomeiny, la collaboration entre les différents groupes et factions politiques est devenue plus étroite et plus coordonnée. La population oubliait ses inimitiés de longue date et renouait des liens rompus. C'est ainsi que nous avons retrouvé notre oncle maternel établi à l'Ouest depuis vingt-cinq ans. Comme tous les Iraniens de l'étranger, il était très enthousiaste et suivait les événements en téléphonant régulièrement à Mahmoud. Ce dernier discutait maintenant avec le mari de ma cousine Mahboubeh, avec qui il échangeait des nouvelles sur ce qui se passait à Téhéran et à Qum. Je ne reconnaissais plus mon frère. Il faisait généreusement profiter les autres de sa richesse et ne reculait devant aucune dépense pour soutenir la révolution. Comment avait-il pu changer à ce point ?

Siamak, qui avait maintenant treize ans, grandissait à vue d'œil et assistait son père comme un vrai petit homme. Je ne le voyais plus beaucoup et j'aurais bien souvent été incapable de dire ce qu'il avait mangé au déjeuner et au dîner, mais je savais qu'il était plus heureux qu'il ne l'avait jamais été. Massoud, quant à lui, avait été chargé de couvrir les murs de slogans. Il les écrivait parfois de sa belle écriture sur de grandes bandes de papier qu'il décorait même de dessins quand il avait le temps. Tous les jours, il filait dans la rue avec un groupe d'autres enfants. Malgré le danger, je ne pouvais pas les en empêcher, et j'ai fini par les accompagner pour faire le guet. Je montais la garde au coin de la rue pour qu'ils puissent écrire leurs slogans en sécurité, puis je corrigeais leurs fautes d'orthographe. Cela me permettait de garder l'œil sur mon fils tout en partageant son soutien à la cause révolutionnaire. Massoud prenait en toute innocence un immense plaisir à accomplir un acte illégal avec la complicité de sa mère.

Mon unique chagrin était d'être à nouveau séparée de Parvaneh. Cette fois, cependant, ce n'était pas la distance géographique qui nous avait écartées l'une de l'autre, mais les divergences politiques. Alors qu'elle m'avait beaucoup aidée pendant la détention d'Hamid, s'occupant de mes fils et étant l'une des rares personnes à avoir le courage de fréquenter notre demeure, elle a rompu toute relation avec nous peu après la libération d'Hamid.

Partisans du Shah, Parvaneh et sa famille considéraient les révolutionnaires comme des voyous et des brutes. Chaque fois que nous nous voyions, nos discussions et nos débats accentuaient nos différends. Il nous arrivait de nous blesser réciproquement sans le vouloir et de nous quitter au bord d'une nouvelle querelle. Peu à peu, nous n'avons plus eu très envie de nous voir, au point qu'elle ne m'a même pas prévenue quand ils ont fait leurs bagages et repris le chemin de l'exil. En apprenant le départ de Parvaneh, j'ai été envahie d'un profond chagrin que mon ardent soutien de la révolution lui-même n'a pu dissiper.

Les journées grisantes de la révolution filaient comme le vent. La joie et l'exaltation ont connu leur apogée dans l'après-midi du 11 février avec l'effondrement du gouvernement provisoire. Les révolutionnaires se sont emparés des bâtiments officiels ainsi que des stations de télévision et de radio. L'hymne national était diffusé à la télévision et l'animatrice d'une émission pour enfants a récité le poème de Forough qui commence par ce vers :

J'ai rêvé que quelqu'un venait... J'étais aux anges. Tout en chantant l'hymne national, nous allions de maison en maison, nous embrassions tout le monde, nous échangions des friandises et des félicitations. Nous nous sentions libres. Nous nous sentions légers. Nous avions l'impression que nous venions de nous débarrasser d'un pesant fardeau.

Les écoles n'ont pas tardé à rouvrir leurs portes, les entreprises et les sociétés ont repris leurs activités, mais la vie était encore très désorganisée et la situation loin d'être normale. Je suis retournée travailler. Au bureau, nous passions notre temps à discuter. Certains estimaient que nous devions adhérer au parti de la République islamique qui venait d'être fondé afin de manifester notre soutien à la révolution, tandis que d'autres n'en voyaient pas la nécessité. Après tout, disaient-ils, le temps où nous étions obligés d'être membres du Rastakhiz, le parti du Shah, était révolu.

Du jour au lendemain, tout le monde s'est mis à s'intéresser à moi. On venait me féliciter comme si j'avais fait la révolution à moi seule, et tous voulaient rencontrer Hamid. Finalement, un jour où Hamid est venu me chercher au bureau en rentrant de l'imprimerie, mes collègues l'ont entraîné à l'intérieur et l'ont accueilli en héros. Hamid qui, malgré ses multiples activités, était un homme discret qui n'aimait pas être pris par surprise, n'a prononcé que quelques mots. Il a distribué la publication que son mouvement venait d'imprimer et a répondu à quelques questions.

Mes collègues et mes amies l'ont trouvé séduisant, attentionné et charmant. Ils ne tarissaient pas d'éloges et, moi, j'étais ivre d'orgueil.

6.

Nous savourions notre triomphe et notre liberté retrouvée. Les trottoirs étaient encombrés de vendeurs qui proposaient les livres et brochures dont la détention aurait pu, peu de temps auparavant encore, vous coûter la vie. Toutes sortes de revues et de journaux étaient désormais disponibles ; aucun sujet de discussion n'était plus tabou ; nous n'avions plus peur de la Savak ni de personne.

Malheureusement, le régime oppressif sous lequel nous avions vécu ne nous avait pas appris à faire bon usage de la liberté. Nous ignorions tout de l'art du débat, nous n'étions pas habitués à admettre différents points de vue, nous n'étions pas formés à accepter des idées et des opinions qui n'étaient pas les nôtres. Aussi la lune de miel de la révolution s'est-elle achevée bien plus rapidement que nous ne l'avions pensé, puisqu'elle n'a même pas duré un mois.

Les dissentiments et les antipathies personnelles qui avaient été masqués jusqu'alors par la lutte contre un ennemi commun se sont affirmés avec plus de force et d'âpreté au fil du temps. De terribles querelles d'idées ont provoqué des clivages, chaque camp accusant l'autre d'être l'ennemi du peuple, de la nation et de la religion. Chaque jour voyait la création d'un nouveau groupe politique hostile aux autres. Cette année-la, toutes les visites et les réunions habituelles des fêtes de Nouvel An ont été marquées par des débats passionnés, sinon par des disputes acharnées.

J'en ai fait personnellement l'expérience chez Mahmoud, quand nous sommes allés rendre visite à sa famille pour le Nouvel An. Une discussion entre Hamid et Mahmoud a rapidement dégénéré en prise de bec.

« Tout ce que veut le peuple, la raison pour laquelle il a fait la révolution, c'est l'islam, a déclaré Mahmoud. Il faut impérativement mettre en place un gouvernement islamique.

— Ah oui ? a rétorqué Hamid. Et ce gouvernement islamique, tu le vois comment, concrètement ?

— C'est un gouvernement qui appliquera tous les principes de l'islam.

— Autrement dit, qui retournera quatorze siècles en arrière, c'est ça ? s'est exclamé Hamid.

— Les règles de l'islam sont les règles de Dieu, a repris Mahmoud. Elles ne sont jamais dépassées, et leur pertinence est éternelle.

— Si tel est le cas, aurais-tu l'amabilité de m'expliquer ce que sont les lois de l'islam en matière d'économie nationale ? Et de droits civils ? Tu veux sans doute rétablir les harems, les voyages à dos de dromadaire et l'amputation des mains et des pieds !

— Ce sont des règles divines, en effet, a approuvé Mahmoud. Si on avait puni les voleurs en leur coupant la main, ils seraient moins nombreux et il n'y aurait pas autant de traîtres ni d'escrocs. Qu'est-ce qu'un impie comme toi peut comprendre aux règles de Dieu ? Elles sont pourtant pleines de sagesse. »

Leur querelle s'est envenimée, et ils ont fini par s'insulter. Leurs idées étaient totalement incompatibles. Hamid parlait de droits de l'homme, de liberté, de restitution des biens, de répartition des richesses et de gouvernement par des comités du peuple, tandis que Mahmoud le traitait d'homme sans foi, d'impie et d'infidèle qui méritait la mort. Il accusait même Hamid d'être un traître et un espion à la solde de l'étranger. Hamid rétorquait en reprochant à Mahmoud son dogmatisme, sa rigidité intellectuelle et son traditionalisme.

Ehteram-Sadat, ses enfants, ainsi qu'Ali et son épouse se sont rangés dans le camp de Mahmoud. Quant à moi, désolée de voir Hamid complètement isolé, je me suis sentie obligée de prendre fait et cause pour lui et de voler à son secours. Indécis, Faati et son mari ne savaient quel parti prendre. Et pendant ce temps, Mère, désespérée, ne comprenait rien à ce qui se disait et ne souhaitait qu'une chose, que la paix revienne dans la famille.

Quant au pauvre Siamak, il était pris en étau. Dérouté et confus, il ne savait à qui donner raison. Les enseignements religieux que Mahmoud lui avait serinés quelques mois auparavant occupaient encore son esprit, mais il baignait désormais dans l'environnement intellectuel et politique de son père. Jusqu'à ce jour, Siamak n'avait pas pris la mesure du différend qui opposait les deux hommes. À l'époque où son oncle et son père avaient coopéré, leurs points de vue n'avaient fait qu'un dans l'esprit de mon fils. Mais voilà qu'ils se disputaient, le laissant perdu et désemparé.

Incapable de donner raison à l'un contre l'autre, Siamak est redevenu tendu et agressif. Finalement, un jour, après une interminable empoignade entre son père et son oncle, il a posé la tête sur ma poitrine et a pleuré comme un petit garçon. Je l'ai consolé et questionné ce qui le préoccupait. « Tout ! a-t-il bégayé, cherchant à ravaler ses sanglots. Est-ce que c'est vrai que Papa ne croit pas en Dieu ? Qu'il est l'ennemi de M. Khomeiny ?

Est-ce qu'oncle Mahmoud croit vraiment qu'on devrait exécuter Papa et ses amis ? »

Je n'ai pas su quoi répondre.

Notre vie quotidienne a repris le visage qui avait été le sien plusieurs années auparavant. Une fois de plus, Hamid semblait avoir oublié qu'il avait un foyer et une famille. Il ne cessait de sillonner le pays et consacrait le reste de son temps à rédiger des articles et des discours, à publier des journaux, des revues, des bulletins d'information. Il ne se serait pas opposé à ce que Siamak soit à ses côtés, mais celui-ci en avait perdu l'envie.

Les écoles, les universités et les entreprises avaient rouvert leurs portes et les gens reprenaient leurs occupations plus ou moins normalement. Mais les discussions et les querelles d'idées étaient incessantes. À la fac, le premier groupe arrivé dans une salle l'occupait, affichait son nom sur la porte et se mettait à distribuer brochures et tracts. Ce comportement n'était pas l'apanage des étudiants ; les professeurs eux-mêmes étaient divisés en factions adverses. Les murs et les portes étaient couverts de slogans contradictoires, de révélations et de dénonciations, et notamment de photos d'étudiants ou de professeurs recevant des récompenses des mains du Shah ou de la reine Farah.

Je ne me rappelle pas comment nous avons réussi à étudier cette année-là, ni à passer nos examens. Les conflits idéologiques faisaient rage. Des amis de la veille étaient prêts à se battre à mort, et la défaite d'un adversaire, voire sa disparition, était saluée par les hurlements de joie de ceux qui y voyaient une immense victoire de leur camp.

Heureusement, il ne me restait qu'un trimestre à faire.

Hamid me taquinait : « Quelle étudiante acharnée ! Tu aimes tant ça que je me demande si tu t'arrêteras un jour ! »

— Quel culot ! protestais-je. J'aurais pu finir ma licence en trois ans et demi si je n'avais pas été obligée d'interrompre mes études à cause de toi. Quand je les ai reprises, je n'ai pu suivre que quelques modules par trimestre parce qu'il fallait que je travaille et que je m'occupe des gosses. Et malgré tous ces obstacles, je pense pouvoir obtenir ma licence avec mention. Tu peux être sûr qu'on m'acceptera sans difficulté en master. »

Par malheur, le désordre ambiant, la mise à pied d'un certain nombre d'enseignants et la fréquente annulation des cours m'ont empêchée de passer mon diplôme, et j'ai dû me résoudre à repousser la validation de plusieurs modules au trimestre suivant.

La situation n'était pas plus brillante au bureau. Les dénonciations contre de prétendus anciens agents de la Savak se succédaient, tandis que les accusations et les rumeurs troublantes allaient bon train. La purge des éléments antirévolutionnaires était désormais une des missions prioritaires de tous les groupes politiques, chaque faction accusant toutes les autres d'être hostiles à la révolution.

Chez nous, c'était encore une autre affaire : Siamak avait commencé à rapporter de l'école le journal des moudjahidins.

Ma fille est née au milieu du mois de septembre 1979. Cette fois, Hamid était présent. Après l'accouchement, alors qu'on me transférait dans une chambre de la maternité, il m'a dit avec un grand sourire : « Elle te ressemble plus que les autres !

— Ah oui ? Vraiment ? Je lui ai trouvé le teint un peu foncé.

— Pour le moment, elle est très rouge, mais elle a les mêmes fossettes que toi. Elle est toute mignonne. Appelons-la Shahrzad, tu veux bien ?

« — Ah non ! Il faut lui souhaiter une vie plus longue et plus heureuse que celle de cette pauvre Shahrzad ! Donnons-lui un nom qui soit bien à elle.

— Et quel nom voudrais-tu donner à cette petite fille ?

— Shirin. »

Shirin serait mon dernier bébé et je voulais profiter pleinement de sa petite enfance, une période bien trop courte, je le savais. Siamak ne s'est pas beaucoup intéressé à la nouvelle venue, mais Massoud, sans manifester le moindre signe de jalousie, contemplait cette merveille en s'extasiant : « Elle est vraiment minuscule, mais elle a tout ce qu'il faut ! Regarde la taille de ses doigts ! Ses narines ressemblent à deux zéros miniatures. » Les oreilles de Shirin et la fine touffe de cheveux qui se dressait sur sa tête le faisaient rire. Tous les jours, en rentrant de l'école, Massoud prenait un moment pour lui parler ou jouer avec elle. À l'évidence, Shirin l'adorait, elle aussi. Dès qu'elle l'apercevait, elle se mettait à glousser et à battre des bras et des jambes. Quand elle a été un peu plus grande, elle ne sautait que dans mes bras et dans ceux de Massoud.

Shirin était une enfant éclatante de santé. Par le caractère, c'était un mélange de Siamak et de Massoud. Elle était gentille et gaie comme Massoud, espiègle et remuante comme Siamak. Ses lèvres et la forme de son visage ressemblaient aux miennes, mais elle avait hérité le teint de froment d'Hamid et ses grands yeux noirs. Je lui consacrais tellement de temps que les longues absences d'Hamid m'étaient indifférentes ; de toute manière, je n'avais aucune envie de prendre part à ses activités. Je négligeais même Siamak. Comme toujours, il travaillait bien en classe et obtenait de bonnes notes, mais j'ignorais ce qu'il fabriquait après les cours.

Hors de notre famille, Shirin avait une fervente admiratrice en la personne de Mme Parvin, qui était sans

390

emploi et souffrait de la solitude. Plus personne, semblait-il, ne faisait faire de vêtements sur mesure et elle n'avait presque plus de clients. Elle avait loué les deux pièces situées au fond de la cour, ce qui lui assurait un petit revenu supplémentaire et compensait l'absence de clients. Mme Parvin passait une grande partie de son temps libre chez moi et, quand je me suis inscrite à l'université pour le trimestre d'hiver, elle a accepté avec joie de venir s'occuper de Shirin quand j'avais cours.

À la fac, l'agitation n'avait pas faibli. Un jour, à ma grande consternation, j'ai vu un groupe d'étudiants mettre brutalement à la porte un professeur vénérable et très respecté sous prétexte que le Shah avait fait l'éloge d'un de ses livres. Pire encore, plusieurs de ses collègues assistaient à la scène, un sourire goguenard aux lèvres, hochant la tête en signe d'approbation. Quand j'en ai parlé à Hamid, il a haussé les épaules. « Dans une révolution, m'a-t-il expliqué, il n'y a pas de place pour le sentimentalisme. Éradiquer les éléments douteux est un des piliers de toute révolte. Malheureusement, les gens dont tu parles ne respectent pas les procédures correctes et se conduisent en irresponsables. Les révolutions se sont toujours accompagnées de bains de sang, et les masses se sont toujours vengées de longs siècles de tyrannie. Mais ici, rien ne bouge.

— Comment ça, rien ne bouge ? Récemment encore, les journaux ont publié la photo d'anciens responsables du gouvernement qui ont été exécutés.

— Cette poignée d'hommes ? Si le nouveau pouvoir en place ne les avait pas liquidés, ses propres représentants auraient été soupçonnés de collusion avec l'ancien régime.

— Comment peux-tu dire des choses pareilles, Hamid ! Tu me fais peur. Je trouve qu'il y a déjà trop de morts.

— Tu es trop émotive. Le vrai problème, c'est que notre peuple n'a aucune culture révolutionnaire. »

Finalement, l'agitation et les conflits politiques et sociaux se sont tellement envenimés que les autorités ont décidé de fermer l'université. Le pays était loin d'avoir retrouvé la paix et la stabilité. Il y avait des rumeurs de guerre civile, de sécession de certaines provinces, notamment du Kurdistan.

Hamid était souvent en déplacement. Cette fois, cela faisait plus d'un mois qu'il était parti et que nous étions sans nouvelles de lui. J'ai recommencé à m'inquiéter, mais je n'avais plus la patience ni la tolérance d'autrefois. J'ai décidé d'avoir une discussion sérieuse avec lui dès son retour.

Il est rentré au bout de six semaines, sale et épuisé. Il est allé se coucher immédiatement et a dormi douze heures d'affilée. Le lendemain, le bruit des enfants a fini par le réveiller. Il a pris un bain, un repas correct et, une fois restauré et reposé, il s'est assis à la table de la cuisine et a commencé à plaisanter avec les garçons. Je lavais la vaisselle quand il s'est tourné vers moi, l'air surpris : « Tu as grossi, non ?

— Mais non ! J'ai même perdu plusieurs kilos ces derniers mois.

— Ah oui ? Alors ça, c'est bizarre ! »

J'ai failli lui jeter une assiette à la tête. Il avait oublié que j'avais accouché sept mois auparavant et que je n'avais pas encore retrouvé la ligne ; voilà pourquoi il n'avait pas demandé de nouvelles de notre fille. À cet instant, Shirin s'est mise à pleurer. Très en colère, j'ai crié à Hamid : « Ça y est ? Ça te revient, maintenant ? Eh oui, monsieur, vous avez un troisième enfant ! »

Il a refusé d'admettre que l'existence de Shirin lui était sortie de l'esprit. Il l'a prise dans ses bras en disant :

« Comme elle a grandi ! Elle est toute potelée. Qu'elle est mignonne ! »

Massoud a entrepris d'énumérer les talents et les qualités de sa sœur : elle lui souriait, elle lui serrait le doigt, elle reconnaissait chaque membre de la famille, elle avait deux dents et commençait à marcher à quatre pattes.

« Je n'ai tout de même pas été absent aussi long-temps, a protesté Hamid. Comment a-t-elle pu changer à ce point aussi rapidement ?

— En fait, ses dents avaient déjà percé avant ton départ et elle savait faire un tas de choses, mais tu n'as pas pu t'en rendre compte parce que tu n'es jamais là. »

Ce soir-là, Hamid n'est pas sorti. Vers vingt-deux heures, la sonnette a tinté. Il a bondi sur ses pieds, a attrapé sa veste et a couru vers le toit. J'ai été soudain reportée de dix ans en arrière. Rien ne changerait donc jamais ! J'en étais malade.

Je ne sais plus qui était à notre porte. Personne de dangereux, en tout cas, mais nous avions été durement ébranlés, Hamid et moi. Je lui ai jeté un coup d'œil plein de reproche. Shirin dormait. Très excités par la présence de leur père, les garçons refusaient d'aller se coucher, mais je leur ai ordonné de filer au lit. Hamid a sorti un petit livre de sa poche et s'est rendu dans notre chambre.

« Hamid, assieds-toi, lui ai-je dit gravement. Il faut que je te parle.

— Pff ! a-t-il soupiré, impatient. Ça ne peut vraiment pas attendre demain ?

— Non. Je ne sais même pas s'il y aura un demain.

— Oh là là ! Quel ton tragique ! C'est donc si grave que ça ?

— Ris autant que tu voudras, mais tu entendras ce que j'ai à te dire. Écoute-moi bien, Hamid. Pendant toutes ces années, j'ai supporté beaucoup d'épreuves et je ne t'ai jamais rien demandé. J'ai respecté tes idées et tes idéaux, même si ce ne sont pas les miens. J'ai accepté la solitude, la peur, l'angoisse et tes absences. J'ai toujours fait passer tes besoins avant les nôtres. J'ai connu une descente de police en pleine nuit, j'ai vu ma vie chamboulée, j'ai essuyé de longues années d'insultes et d'humiliations devant les grilles de la prison. J'ai assumé seule le fardeau de notre vie commune et j'ai élevé nos enfants.

— Oui, bon, d'accord, où veux-tu en venir ? Tu m'empêches de dormir pour que je te remercie, c'est ça ? Eh bien d'accord, merci, tu es une femme admirable.

— Arrête de faire l'enfant ! ai-je lancé. Je ne veux pas de tes remerciements. Ce que je veux te dire, c'est que je ne suis plus une adolescente de dix-sept ans prête à admirer aveuglément ton héroïsme et à s'en satisfaire. Et toi, tu n'es plus un homme de trente ans, fort et en bonne santé, capable de te battre et de lutter comme avant. Tu disais que si le régime du Shah tombait, si la révolution triomphait et si le peuple obtenait ce qu'il voulait, tu recommencerais à vivre normalement et que nous pourrions enfin élever nos enfants ensemble dans la paix et le bonheur. Pense à eux. Ils ont besoin de toi. Laisse tomber tout ça. Je n'ai plus la patience ni la force d'en supporter davantage. Tu as réalisé ton objectif majeur et tu as bien servi ta cause et ton pays ; c'est aux jeunes de prendre le relais, maintenant.

Pour une fois dans ta vie, accorde la priorité à tes enfants. Les garçons ont besoin d'un père. Je ne peux plus continuer à jouer ton rôle en plus du mien. Tu te rappelles le mois que nous avons passé au bord de la Caspienne ? Tu te rappelles comme ils étaient heureux, pleins d'entrain ? En ce moment, je ne sais rien de ce que fabrique Siamak, je ne connais pas ses amis. Il est en pleine adolescence ; c'est un âge difficile et dangereux. Il faut que tu lui consacres du temps, que tu veilles sur lui. Et puis nous devons faire des projets pour leur avenir. Leurs dépenses augmentent, et avec cette inflation je ne peux plus assumer seule cette responsabilité. T'es-tu déjà interrogé sur la manière dont nous avons réussi à vivre l'année dernière alors que je n'ai pas touché de salaire ? Crois-moi, il ne reste rien du peu d'argent que j'avais mis de côté en cas de coup dur. Combien de temps ton vieux père va-t-il être obligé de nous aider ?

— La mensualité qu'il nous verse correspond à mon salaire, a répliqué Hamid.

— Quel salaire ? Qui crois-tu abuser ? Toi-même ? T'imagines-tu que l'imprimerie dégage suffisamment de bénéfices pour pouvoir payer un type qui ne fait rien et ne vient même pas travailler ?

— Pourquoi te tracasses-tu comme ça ? Il te faut plus d'argent ? Très bien, je vais leur dire de m'augmenter. Tu seras contente, comme ça ?

— Tu ne comprends donc rien ? De tout ce que je t'ai dit, tu ne retiens que la question de l'argent !

— Le reste n'était que du blabla. Le problème, c'est que tu n'as aucun idéal dans la vie. Servir le peuple ne trouve donc aucune place dans ton esprit matérialiste ?

— Garde tes slogans pour toi, tu veux ? Si tu te soucies tant de la nation et du peuple nécessiteux, très bien, partons pour les régions les plus reculées du pays et devenons instituteurs, travaillons pour le peuple et apprenons-lui quelque chose ; ou bien achetons des terres, devenons fermiers et cultivons de quoi nourrir les autres. Choisis l'activité que tu jugeras la plus utile au peuple, ça m'est égal. Tout ce que je désire, c'est que nous soyons ensemble. Que mes enfants aient un père. Je te jure que je vivrai où tu voudras. Seulement, je ne supporte plus d'avoir constamment les nerfs à vif, je n'en peux plus de cette peur et de cette angoisse de chaque instant. Je t'en prie, pour une fois dans ta vie, pense à ta famille et à tes enfants avant de prendre une décision.

— Ça y est, c'est fini ? s'est-il exclamé, furieux. Comment peut-on être aussi sotte et aussi capricieuse ! Tu crois vraiment qu'après l'entraînement que j'ai suivi, après toutes ces souffrances, ces années de prison, maintenant que le but est en vue, je vais confier les destinées du pays à ces gens-là et me retirer dans un coin paumé pour planter des haricots avec quatre ou cinq paysans ? Ma mission est d'instaurer un gouvernement démocratique. Qui t'a dit que la révolution avait triomphé ? Le chemin à parcourir est encore long. Quand comprendras-tu enfin que mon devoir est de permettre à toutes les nations d'accéder à la liberté ?

— Et c'est quoi, un gouvernement démocratique ? ai-je répliqué. J'avais cru comprendre qu'il s'agissait d'un gouvernement élu par le peuple ! Eh bien, c'est exactement ce que le peuple vient de faire ; le problème, c'est que toi, tu n'es pas prêt à accepter que le peuple, le peuple dont tu fais si grand cas, ait voté pour un gouvernement islamique. Alors, dis-moi, contre qui, au juste, as-tu l'intention de mener une guerre ?

— Allons… des élections, ça ? Ils ont envoyé aux urnes des gens mal informés, grisés par la révolution, qui ignoraient dans quel traquenard ils tombaient.

— Que ce soit par ignorance ou non, ils ont élu ce gouvernement et ne lui ont retiré ni leurs voix ni leur soutien. Tu n'es pas leur avocat, tu n'es même pas leur représentant, et tu dois respecter leur choix, même s'il n'est pas conforme à tes idées.

— Autrement dit, je devrais me tourner les pouces en attendant qu'ils aient tout détruit ? Je suis un penseur politique, moi, je sais comment il faut gouverner et, maintenant que les fondements sont en place, nous devons achever ce que nous avons commencé. Pour y parvenir, je ne renoncerai à aucune lutte, à aucun combat.

— Une lutte ? Une lutte contre qui ? Il n'y a plus de Shah. Tu veux te battre contre le gouvernement républicain ? Très bien, vas-y. Prépare un programme et, dans quatre ans, présente-le aux électeurs. Si ta voie est la bonne, le peuple votera certainement pour toi.

— Tu te fais des illusions. Tu t'imagines que les islamistes me laisseront faire ? Et puis, quand tu parles du peuple, de qui parles-tu au juste ? De ce peuple majoritairement illettré qui, par crainte de Dieu et du Prophète, est prêt à donner tout ce qu'il possède aux fanatiques religieux ?

— Lettrés ou illettrés, ces gens-là sont le peuple et ils ont voté pour ce gouvernement. Alors que toi, tu veux leur imposer ton propre type de régime.

— Oui. Au besoin, je le ferai, en effet. Et quand le peuple aura compris où est son intérêt et qui défend véritablement sa cause, il se rangera de notre côté.

— Et ceux qui n'obéiront pas, ceux qui auront des idées différentes ? Aujourd'hui même, il y a dans ce pays plusieurs centaines de factions et de groupes politiques qui sont tous convaincus d'avoir raison. Ils ne sont absolument pas prêts à accepter le régime que tu veux mettre en place. Que feras-tu d'eux ?

— Seuls les esprits hostiles et les traîtres sont indifférents au bien du peuple et s'y opposent. Il est nécessaire de les écarter.

— Autrement dit, de les exécuter.

— S'il le faut, oui.

— Exactement ce que faisait le Shah. Pourquoi avez-vous crié à la tyrannie ? Quelle imbécile j'ai été d'avoir une aussi haute opinion de toi et de placer de tels espoirs en toi ! Comment aurais-je pu me douter qu'après toutes ces luttes pour la cause du peuple, tous ces grands discours patriotiques et tous ces sermons sur

les droits de l'homme, monsieur serait prêt à se transformer en bourreau ! Tu es tellement empêtré dans tes
propres chimères que tu t'imagines que les fanatiques
religieux vont attendre paisiblement que tu prennes les
armes et que tu provoques une nouvelle révolution
pour les massacrer tous autant qu'ils sont ! Quel songe-
creux ! Ils te tueront, voyons ! Ils ne vont certainement
pas reproduire les erreurs du Shah. Et, vu ce que tu as
en tête, je ne peux pas leur donner tort.

— Voilà qui illustre parfaitement leurs tendances
fascistes, a rétorqué Hamid. C'est pourquoi nous devons
être armés et forts.

— Tu leur reproches leurs tendances fascistes ? Et
les tiennes ? En admettant que l'impossible se réalise et
que ton organisation prenne le pouvoir, si vous ne mas-
sacrez pas plus de malheureux qu'eux, vous n'en mas-
sacrerez certainement pas moins.

— Ça suffit ! a-t-il crié. Tu n'as jamais eu l'intelligence nécessaire pour faire la révolution.

— Non, ni autrefois ni aujourd'hui. Ce que je veux,
c'est protéger ma famille.

— Tu ne penses qu'à toi ! Tu passes ton temps à te
regarder le nombril ! »

Il était inutile de chercher à discuter avec Hamid.
Depuis toutes ces années, nous n'avions fait que tourner
en rond. C'était toujours la même histoire, mais, cette
fois, j'étais fatiguée, j'en avais plus qu'assez, alors
qu'Hamid avait pris de l'assurance et de l'audace. J'ai
lutté contre moi-même pendant plusieurs jours. Quand
je réfléchissais à ma vie et à mon avenir, je me rendais
compte qu'il était ridicule et stupide de placer mes
espoirs en lui. Je ne pouvais décidément compter que
sur moi-même ; c'était la seule issue pour mes enfants et
pour moi.

J'ai décidé de renoncer à la fin de mon congé et de
reprendre immédiatement mon emploi. Mme Parvin a

accepté de venir chez nous chaque jour pour s'occuper de Shirin.

*

Mon retour a surpris M. Zargar.

« N'aurait-il pas été plus raisonnable de passer encore un peu de temps avec votre fille et d'attendre que la situation soit redevenue plus calme ?

— Vous n'avez plus besoin de moi, c'est ça ? Ou bien s'est-il produit quelque chose que j'ignore ?

— Non, il ne s'est rien produit de spécial et nous avons toujours besoin de vous. C'est simplement que les purges et l'obligation faite aux femmes de porter le foulard ont provoqué une certaine agitation.

— Ça m'est bien égal. J'ai porté un foulard ou un tchador pendant la plus grande partie de ma vie. »

Il ne m'a pourtant fallu que quelques heures pour mesurer la portée des paroles de M. Zargar. Le climat de liberté et d'ouverture qui avait régné dans les premiers jours de la révolution avait disparu. Comme partout, les employés de mon service avaient constitué différents groupes, et chacun était en conflit avec les autres. Certains de mes collègues m'évitaient. Chaque fois que j'entrais dans une pièce, les conversations s'interrompaient brusquement ou, sans raison apparente, quelqu'un lançait une réflexion insidieuse. Au contraire, d'autres profitaient de la moindre occasion pour venir discuter discrètement avec moi et me réclamer toutes sortes d'informations, comme si j'étais le chef suprême des factions de gauche. Le Comité révolutionnaire auquel j'avais été élue avait été dissous et remplacé par d'autres comités, dont le plus important était le Comité d'éradication qui semblait tenir la destinée de chacun entre ses mains.

« N'avaient-ils pas déjà identifié et renvoyé les agents de la Savak l'année dernière ? ai-je demandé à M. Zargar. Dans ce cas, pourquoi multiplient-ils les réunions et répandent-ils autant de rumeurs ? »

M. Zargar m'a répondu avec un petit rire amer : « Quand vous aurez passé quelques jours ici, vous comprendrez. Des gens que nous connaissions depuis des années sont devenus de fervents musulmans du jour au lendemain. Ils se sont fait pousser la barbe, ils ne quittent pas leur chapelet de la journée, passent leur temps à dire leurs prières et sont bien décidés à régler leurs comptes, à renvoyer un certain nombre de personnes et à s'emparer de tous les privilèges. Il est devenu impossible de distinguer ces opportunistes des révolutionnaires. À mon sens, ils sont bien plus dangereux pour la révolution que ceux qui protestent ouvertement et déclarent leur opposition. À propos, n'oubliez pas d'assister aux prières de midi, autrement, votre compte est bon.

— Vous savez que je suis attachée à la religion et que je n'ai jamais cessé de prier. Mais ne me demandez pas de prier ici, dans des locaux qui ont fait l'objet d'une expropriation illégale, ni de prier devant ces gens simplement pour leur prouver ma piété. Pas question ! Je n'ai jamais pu pratiquer ma religion devant les autres, et encore moins en présence d'une foule.

— Vous feriez mieux de renoncer à ces beaux discours, m'a avertie M. Zargar. Il faut impérativement que vous assistiez aux prières de midi. Ils sont nombreux à attendre de voir si vous y serez. »

Tous les jours, la liste des nouvelles victimes des purges était punaisée sur le tableau d'affichage. Et tous les jours, la peur au ventre, nous consultions le panneau qui allait décider de notre sort et poussions un soupir de soulagement en constatant que notre nom n'y figurait pas.

Le jour où la guerre a éclaté entre l'Iran et l'Irak, nous avons couru sur le toit en entendant le fracas des bombardements. Personne ne savait ce qui se passait. Certains parlaient d'une attaque des antirévolutionnaires, d'autres croyaient à un coup d'État. Inquiète pour les enfants, je suis rentrée chez moi en toute hâte.

À dater de ce jour, le conflit a encore aggravé nos difficultés quotidiennes. Le black-out, les pénuries de toutes sortes, dont celle de pétrole et d'autres combustibles au moment même où la saison froide arrivait et alors que j'avais un bébé d'un an à la maison et, pire encore, les images cauchemardesques de la guerre qui hantaient mon esprit, tout cela m'a mis le moral à zéro.

J'ai recouvert d'un tissu noir la fenêtre de la chambre des enfants et la nuit, quand les coupures d'électricité s'ajoutaient aux raids aériens sporadiques, nous restions assis à la lueur des bougies à écouter, horrifiés, les bruits venus de l'extérieur. La présence d'Hamid nous aurait été d'un grand réconfort, mais de même qu'il n'avait jamais été à nos côtés dans les moments difficiles, il était absent, cette fois encore. Je ne savais pas où il était et n'avais plus la force de m'en préoccuper.

La pénurie et le rationnement d'essence ont considérablement perturbé les transports publics. Mme Parvin avait souvent du mal à trouver un taxi ou un bus pour venir chez nous le matin et était obligée de faire une partie du trajet à pied.

Un jour, elle est arrivée en retard et j'ai dû l'attendre pour pouvoir partir au travail. Dès que je suis entrée dans le bâtiment, j'ai senti qu'il se passait quelque chose d'insolite. Le gardien qui se tenait à la porte s'est détourné en m'apercevant. Non content de ne pas me saluer, il n'a pas répondu à mon bonjour. Plusieurs chauffeurs du service qui se trouvaient dans la loge des gardiens ont tendu le cou et m'ont dévisagée avec insistance. Dans le couloir, tous ceux que je croisais s'empressaient de regarder ailleurs et de faire comme s'ils ne m'avaient pas vue. Je suis restée pétrifiée sur le seuil de mon bureau. La pièce avait été mise à sac. Mes tiroirs avaient été vidés et il y avait des papiers éparpillés partout. J'avais les jambes qui flageolaient. La peur, la colère et l'humiliation me dévoraient de l'intérieur.

La voix de M. Zargar m'a ramenée sur terre. « Excusez-moi, Mme Sadeghi. Veuillez m'accompagner dans mon bureau. »

Silencieuse et hébétée, je l'ai suivie comme un robot. Il m'a offert un siège, sur lequel je me suis laissée tomber. Il a parlé un long moment mais je n'ai pas entendu un mot de ce qu'il me disait. Puis il m'a tendu une lettre. Je l'ai prise en lui demandant de quoi il s'agissait.

« Elle vient du bureau central du Comité d'éradication, a-t-il dit. J'ai pensé… c'est un avis de licenciement… »

Je l'ai regardé fixement. Des larmes refoulées me brûlaient les yeux et mille pensées se bousculaient dans mon esprit.

« Mais pourquoi ? ai-je demandé d'une voix étranglée.

— On vous accuse d'avoir des tendances communistes, d'appartenir à des groupes antirévolutionnaires et de soutenir leurs activités.

— Je n'ai pas d'opinion politique et je n'ai jamais soutenu aucun groupe ! J'ai été en congé pendant presque un an.

— Je sais, mais votre mari…

— Qu'est-ce que ses activités ont à voir avec moi ? J'ai dit et répété mille fois que je ne partage pas ses idées ! S'il a fait quelque chose d'illégal, ce n'est pas à moi qu'il faut le reprocher !

— Vous avez raison, a acquiescé M. Zargar. Bien sûr, vous êtes libre de contester ces accusations. Malheureusement, ils prétendent avoir des preuves et avoir rassemblé un certain nombre de témoignages contre vous.

— Quelles preuves ? Quels témoignages ? de quoi m'accuse-t-on ?

— Il paraît qu'en février 1979 vous avez invité votre mari au bureau pour qu'il fasse de la propagande communiste, que vous avez organisé une séance de questions-réponses et distribué des journaux antirévolutionnaires.

— Il était venu me chercher après le travail, c'est tout ! Ce sont les autres qui l'ont obligé à entrer !

— Je sais, je sais. Je m'en souviens parfaitement. Je me contente de vous transmettre ce qu'on vous reproche et, comme je vous l'ai dit, vous êtes en droit de contester officiellement votre licenciement. Mais, pour être franc, je crains que vous ne soyez en danger, votre mari et vous. Où est-il, d'ailleurs ?

— Je n'en sais rien. Il est parti et je suis sans nouvelles de lui depuis une semaine. »

Épuisée, à bout de nerfs, j'ai regagné mon bureau pour rassembler mes affaires. J'avais les larmes aux yeux, pourtant je me refusais à pleurer. Il n'était pas question d'accorder cette satisfaction à mes adversaires. Abbas-Ali, le gardien de notre étage, s'est glissé furtivement dans mon bureau avec un plateau de thé. Il se comportait comme s'il était en territoire miné. Il m'a contemplée tristement pendant quelques secondes, a parcouru la pièce des yeux, puis a chuchoté : « Madame Sadeghi, vous ne pouvez pas savoir combien tout cela me bouleverse. Je vous jure sur la tête de mes enfants que je n'ai rien dit contre vous. Vous ne m'avez jamais manifesté que bonté et gentillesse. Tout le monde ici est vraiment désolé.

— Oui, certainement, leur attitude et leurs faux témoignages en sont la preuve, ai-je répondu avec un rire amer. Des gens avec qui j'ai travaillé pendant sept ans ont conspiré contre moi si efficacement que, maintenant, plus personne n'a le courage de me regarder en face.

— Non, madame Sadeghi, vous vous trompez. Ils sont tous terrifiés. Vous ne pouvez pas imaginer les accusations qu'on a portées contre vos amies, Mme Sadati et Mme Kanani. Des accusations forgées de toutes pièces ! Il paraît qu'elles vont être renvoyées, elles aussi.

— J'ai peine à croire que les choses en soient arrivées là. Vous exagérez sûrement. Et même si elles sont renvoyées, ce n'est certainement pas à cause de leur amitié avec moi. Tout ça, ce sont des vieilles rancunes, des jalousies. »

J'ai pris mon sac bourré de mes affaires, j'ai ramassé le classeur qui contenait mes papiers personnels et me suis apprêtée à partir.

« Madame, pour l'amour de Dieu, il ne faut pas m'en vouloir, a supplié Abbas-Ali. Pardonnez-moi. »

J'ai erré dans les rues jusqu'à midi. Peu à peu, l'humiliation et la colère ont laissé place à l'angoisse : je m'inquiétais pour Hamid, pour les enfants, pour notre avenir à tous. L'argent n'était pas le moindre de mes soucis. L'inflation ne cessait de s'aggraver. Comment allais-je me débrouiller sans salaire ? Cela faisait deux mois que l'imprimerie ne rapportait rien, et le père d'Hamid était incapable de nous verser quoi que ce soit.

Les tempes battantes, je suis rentrée péniblement chez moi.

« Tu rentres bien tôt, aujourd'hui, s'est étonnée Mme Parvin. En plus, tu es partie tard ce matin. Si tu continues comme ça, on va te virer.

— C'est déjà fait.

— Quoi ? Tu parles sérieusement ? Que Dieu me prenne la vie ! C'est ma faute ! C'est parce que j'étais en retard ce matin, c'est ça ?

— Non. Ce ne sont pas ceux qui sont en retard, qui ne travaillent pas, qui harcèlent les autres, qui sont incompétents, qui volent, qui se rendent coupables de luxure, de comportement indécent, de malhonnêteté ou de stupidité qu'on renvoie. Ce sont les gens comme moi ; ceux qui ont travaillé comme des mules, ceux qui connaissent leur boulot, qui doivent gagner leur vie pour nourrir leurs enfants. J'étais souillée, et ils ont été obligés de me virer pour que le service soit purgé et purifié. »

J'ai été souffrante pendant plusieurs jours. J'avais affreusement mal à la tête et n'arrivais à dormir que quelques heures par nuit, et encore, grâce aux comprimés de Novalgine que m'avait apportés Mme Parvin. Hamid était rentré d'un voyage au Kurdistan, mais il n'est passé à la maison qu'en coup de vent. Ils avaient, disait-il, beaucoup de travail, et il restait à l'imprimerie la nuit. Je n'ai même pas pu lui annoncer que j'avais été renvoyée.

Ce que j'apprenais sur Hamid et sur son organisation était de plus en plus inquiétant, et mon angoisse grandissait de jour en jour. Et voilà que le cauchemar que j'avais déjà vécu des années auparavant avait recommencé.

En pleine nuit, les forces gouvernementales sont entrées chez nous. D'après ce que hurlaient les soldats, j'ai compris qu'ils avaient déjà donné l'assaut à l'imprimerie. Hamid et tous ceux qui se trouvaient avec lui avaient apparemment été arrêtés.

Les mêmes insultes, la même horreur, la même haine ; j'avais l'impression d'être obligée de regarder un vieux film d'horreur pour la deuxième fois. Ces mains et ces yeux fureteurs, dont le souvenir me faisait encore frémir de dégoût, recommençaient à fouiller l'intimité de ma vie, et j'éprouvais la même impression de froid et de nudité que quelques années auparavant. Cette fois, cependant, la colère de Siamak ne se limitait pas à des regards haineux. C'était un adolescent de quinze ans au sang chaud. Je le voyais frémir de rage et j'étais terrifiée à l'idée qu'il n'exprime brutalement son dégoût, verbalement ou physiquement. Accrochée à sa main, je le suppliais tout bas de rester calme afin de ne pas aggraver encore la situation. Et pendant tout ce temps, pâle comme un linge, Massoud observait la scène en tenant Shirin dans ses bras et en s'efforçant de la tranquilliser.

C'était comme si l'histoire se répétait. Le lendemain matin de bonne heure, j'ai téléphoné à Mansoureh et lui ai demandé d'annoncer à son père avec ménagement ce qui s'était passé. Les parents d'Hamid auraient-ils la force de revivre un tel supplice ? Une heure plus tard, son père m'a appelée. Sa voix affligée m'a serré le cœur.

« Père, lui ai-je dit. Nous en sommes au même point que l'autre fois et je ne sais pas par où commencer. Connaissez-vous quelqu'un qui soit susceptible de savoir où ils l'ont emmené ?

— Je ne sais pas. Je vais voir. »

La maison était sens dessus dessous et nous étions tous à bout de nerfs. Siamak rugissait comme un lion, donnant des coups de poing et de pied dans les murs et les portes, maudissant la terre et le ciel. Massoud s'était réfugié derrière le canapé et faisait semblant de dormir. Je savais qu'il pleurait et souhaitait que personne ne vienne troubler son intimité. Shirin, qui était pourtant d'ordinaire une petite fille facile, percevait ce climat de tension et pleurnichait sans discontinuer. Quant à moi, bouleversée et décontenancée, j'essayais de chasser les pensées terrifiantes qui envahissaient mon esprit.

D'un côté, je maudissais Hamid et lui reprochais d'avoir une fois de plus saccagé nos vies ; de l'autre, je ne pouvais m'empêcher de me demander si l'on torturait toujours les prisonniers. Dans quel état était-il ? Il m'avait souvent dit que c'était au cours des quarante-huit premières heures qu'ils infligeaient les pires souffrances aux détenus. Y survivrait-il ? Ses pieds venaient à peine de reprendre une apparence normale. De quoi l'accusait-on exactement ? Serait-il déféré devant le Tribunal révolutionnaire ?

J'avais envie de hurler. Éprouvant le besoin d'être seule, je suis allée dans ma chambre et j'ai fermé la porte. J'ai posé les mains sur mes oreilles pour ne pas entendre les enfants et j'ai laissé couler mes larmes. J'ai aperçu mon reflet dans le miroir. J'étais pâle, j'avais l'air terrifiée, impuissante et hébétée. Que devais-je faire ? Que pouvais-je faire ? Si je n'avais pas eu les enfants, je serais partie vers les montagnes et les déserts et j'aurais disparu. Qu'allais-je faire d'eux ? J'étais comme un capitaine dont le navire est en train de sombrer et que les passagers regardent avec des yeux remplis d'espoir. Mais j'étais plus fracassée encore que mon navire. Qui me procurerait un canot de sauvetage pour m'enfuir, pour partir très loin ? Mes responsabilités étaient trop lourdes et je n'avais plus la force de les assumer.

Les pleurs du bébé étaient devenus plus bruyants et se transformaient peu à peu en cris déchirants. Je me suis levée instinctivement et j'ai séché mes larmes. Je n'avais pas le choix. Les enfants avaient besoin de leur mère. Ce navire emporté par la tempête n'avait pas d'autre capitaine que moi.

J'ai pris le téléphone et j'ai appelé Mme Parvin. Je lui ai expliqué en deux mots ce qui s'était passé et lui ai demandé de rester chez elle en attendant que je lui amène Shirin. Mme Parvin pleurait encore à chaudes larmes quand j'ai raccroché. Shirin s'était enfin calmée dans les bras de Massoud. Je savais qu'il ne supportait pas d'entendre sa sœur pleurer et cesserait de faire semblant de dormir pour la consoler. Assis à la table de la cuisine, Siamak avait le visage cramoisi, les maxillaires et les poings serrés, et je voyais palpiter les veines gonflées de ses tempes.

Je me suis assise à côté de lui. «Écoute, mon fils, si tu as envie de hurler, hurle. Hurle autant que tu voudras, mais expulse toute cette colère de toi.

— Ils se pointent ici, ils mettent la pagaille partout, ils arrêtent Papa, et nous, on est reste plantés là comme des imbéciles à les regarder faire ! a-t-il crié.

— Tu t'imagines que nous aurions pu les en empêcher ? »

Il a frappé des deux poings sur la table. Quand il les a relevés, il y avait du sang sur le tranchant de ses mains. Je les ai prises dans les miennes et les ai serrées très fort. Il s'est mis à crier des obscénités. J'ai attendu qu'il se calme.

«Tu sais, Siamak, lui ai-je expliqué alors, quand tu étais petit, tu te battais avec tout le monde et tu piquais des colères phénoménales. J'avais pris l'habitude de te prendre dans mes bras et tu me bourrais de coups de poing et de coups de pied jusqu'à ce que tu aies évacué ta colère. Si tu crois que ça peut te t'aider, viens là. »

Je l'ai serré contre moi. Il était bien plus grand et plus fort que moi et aurait aisément pu me repousser. Il ne l'a pas fait. Il a posé la tête sur mon épaule et il a pleuré. Quelques minutes plus tard, il a murmuré : « Maman, je ne sais pas comment tu te débrouilles pour être aussi calme et aussi forte ! »

J'ai eu envie de rire. Autant qu'il ait cette impression-là…, ai-je pensé.

Massoud nous observait, les yeux humides. Il portait toujours Shirin, endormie. Je lui ai fait signe et il l'a doucement posée par terre pour s'approcher de nous. Je l'ai serré dans mes bras, lui aussi, et nous avons versé tous les trois des larmes qui nous ont unis et réconfortés. Au bout de quelques instants, je me suis ressaisie. « Bon, les garçons, assez perdu de temps. Ce n'est pas en pleurant que nous aiderons votre père. Il nous faut un plan d'action. Vous êtes prêts ?

— Bien sûr ! ont-ils répondu d'une seule voix.

— Alors, dépêchez-vous d'aller préparer vos affaires. Vous allez passer quelques jours chez Mère, et Mme Parvin s'occupera de Shirin.

— Et toi, qu'est-ce que tu vas faire ? a demandé Massoud.

— Il faut que je passe chez votre grand-père voir si nous pouvons apprendre où est votre père. Nous réussirons peut-être à avoir des nouvelles de lui. Nous allons être obligés d'aller dans toutes sortes d'endroits ; il y a des centaines de comités gouvernementaux et de bureaux militaires.

— Je t'accompagne, a dit Siamak.

— Non, tu dois t'occuper de ton petit frère et de ta petite sœur. En l'absence de ton père, c'est toi qui es responsable de la famille.

— Premièrement, je ne veux pas aller chez Grand-Mère parce que ça dérangera la femme d'Oncle Ali ; elle insiste pour se couvrir devant moi et elle n'arrêtera pas de me harceler et de se plaindre. Deuxièmement, Mme Parvin s'occupera de Shirin, et Massoud est un grand garçon qui n'a pas besoin que je le surveille. »

Il avait raison, mais j'ignorais dans quelle situation exacte nous nous trouvions et je craignais que cet esprit jeune et exalté soit incapable d'affronter la réalité.

« Écoute, mon fils, ai-je repris. Tu peux te rendre utile autrement. On a besoin d'aide. Raconte à Oncle Ali ce qui s'est passé et demande-lui s'il ne connaîtrait pas quelqu'un dans un des comités. Il paraît que son beau-frère appartient aux Gardiens de la révolution. Au besoin, va parler à cet homme. Mais fais bien attention

409

à ne pas prononcer un mot qui puisse aggraver la situation de ton père.

— Évidemment. Je ne suis plus un gamin. Je sais ce qu'il faut dire.

— Tant mieux. Je voudrais aussi que tu passes chez Tante Faati et que tu racontes à Sadegh Agha ce qui est arrivé. Il connaît peut-être, lui aussi, des gens susceptibles de nous aider. Si tu préfères, tu peux rester chez eux. Pour le moment, la priorité est de savoir où on a conduit ton père. Je te dirai ce que tu peux faire d'autre ensuite.

— Tu ne veux pas que j'en parle à Oncle Mahmoud ? a suggéré Siamak. Il pourra sûrement nous aider, tu sais. Il paraît qu'il est le chef d'un des comités.

— Non. Après la dispute qu'il a eue avec votre père, ça m'étonnerait qu'il lève le petit doigt pour lui. Attendons un peu. Je viendrai vous voir dès que possible. Vous n'irez pas en classe demain. J'espère que d'ici à samedi la situation sera un peu plus claire. »

Loin d'être plus claire, elle est devenue encore plus nébuleuse et plus complexe. J'ai passé les deux jours suivants avec le père d'Hamid à rencontrer tous ses amis et connaissances, en vain. Ceux qui occupaient jadis une position influente avaient pour la plupart quitté le pays, les autres avaient perdu leur poste ou étaient en fuite.

« Les choses ont changé, a soupiré le père d'Hamid. Nous n'avons plus aucune relation. »

En désespoir de cause, nous avons entrepris de chercher Hamid nous-mêmes. Les responsables des départements et des divisions de la police affirmaient n'être au courant de rien, ne disposer d'aucune information, et ils nous ont conseillé de nous adresser à différents comités gouvernementaux. Là, on nous demandait de quel crime Hamid était accusé. Nous ne savions pas quoi répondre et, tremblante de peur et de nervosité, je bredouillais qu'à ma connaissance on lui reprochait d'être communiste. Personne n'a jugé bon de nous éclairer. Ou peut-être refusaient-ils pour des raisons de sécurité de nous révéler où Hamid était détenu.

Deux jours plus tard, plus épuisée que jamais et espérant trouver un peu d'aide et de soutien, je me suis rendue chez Mère. Faati et les enfants s'y trouvaient déjà et m'attendaient avec inquiétude.

« Tu aurais quand même pu téléphoner ! m'a reproché Siamak avec agacement.

— Figure-toi, mon chéri, que je n'ai pas pu. Tu ne peux pas imaginer ce que ça a été. Nous avons couru aux quatre coins de la ville et ne sommes rentrés chez ton grand-père que très tard, hier soir. J'ai dû passer la nuit là-bas parce que nous avions un nouveau rendez-vous à sept heures et demie ce matin. Mais toi, tu as parlé à ta grand-mère, je suppose ?

— Oui, mais je veux savoir ce que vous avez appris, Grand-Père et toi.

— Sois sûr que dès que j'aurai de bonnes nouvelles, tu en seras le premier informé. Maintenant, prenez vos affaires, nous rentrons à la maison. »

Je me suis alors tournée vers Ali : « Ali, vous connaissez beaucoup de gens, Mahmoud et toi, dans différents comités. Vous ne pouvez pas vous débrouiller pour savoir où ils ont emmené Hamid ?

— Pour être franc, ma sœur, ne compte pas sur Mahmoud. Il interdit même qu'on prononce le nom d'Hamid en sa présence. Quant à moi, il m'est impossible de poser cette question et d'enquêter ouvertement. Après tout, ton mari est un communiste. On risque de me mettre dans le même sac que lui et de m'accuser de mille crimes avant que j'aie eu le temps de dire ouf. Mais je vais chercher à me renseigner indirectement. »

Déçue, je me suis mordu les lèvres pour ne pas lui dire le fond de ma pensée. Malgré tout, j'avais besoin de lui.

« Sadegh prendra contact avec les rares personnes qu'il connaît, m'a assuré Faati. Ne te tracasse pas comme ça. Tu ne peux rien faire de plus. D'ailleurs, pourquoi tiens-tu à rentrer chez toi ?

— Je n'ai pas le choix. Tu n'imagines pas dans quel état est la maison. Il faut que je fasse un peu de rangement. Et puis les garçons doivent retourner en classe samedi.

— Alors, laisse-nous au moins Shirin. Tu vas devoir courir à droite et à gauche et tu l'auras dans les jambes. Tu sais que Firouzeh l'adore et joue avec elle comme si c'était une poupée. »

Firouzeh avait cinq ans et était aussi jolie et adorable qu'une fleur, mais Faati était enceinte de quatre mois de son deuxième enfant.

« Non, Faati. Dans ton état, tu ne peux pas t'occuper d'un bébé et, de toute façon, je préfère avoir les enfants avec moi. Si seulement Mme Parvin pouvait… »

Mme Parvin, qui avait pris tendrement soin de Shirin pendant ces deux jours et m'entendait avec regret parler de la ramener à la maison, a bondi sur ses pieds. « Je peux venir avec toi, bien sûr !

— Vous n'avez pas de travail ? ai-je demandé. Je ne voudrais pas abuser.

— Quel travail ? Dieu merci, je n'ai ni mari ni enfants et, en ce moment, plus personne ne veut de robes sur mesure. Je peux tranquillement rester chez toi une semaine, le temps que tu te retournes.

— Mme Parvin, vous êtes un ange ! Que ferais-je sans vous ? Et comment pourrai-je jamais vous remercier de toute votre bonté ? »

Nous avons passé tout le vendredi à ranger la maison.

« La première fois qu'ils ont mis la maison à sac, Père, que Dieu accorde le repos à son âme, a envoyé des employés pour m'aider, ai-je rappelé à Mme Parvin. Et maintenant, comme vous pouvez le constater, je suis seule et abandonnée de tous. Père me manque tant, j'aurais tellement besoin de lui ! »

Ma voix s'est brisée et Massoud, qui nous observait à mon insu, m'a pris la main : « Mais tu nous as, nous ! Nous allons t'aider. Pour l'amour de Dieu, ne sois pas triste ! »

J'ai ébouriffé ses jolis cheveux, j'ai plongé mon regard dans ses yeux pleins de bonté et je lui ai dit : « Je sais, mon chéri. Tant que vous serez près de moi, je n'aurai pas de chagrin, c'est promis. »

Cette fois, les forces de l'ordre n'avaient pas touché à l'appartement de Bibi ni à la cave, presque vide, au demeurant. Notre travail s'est donc limité aux pièces de l'étage, que nous avions presque remises en ordre à la fin de l'après-midi. Au moins, la maison avait l'air rangée. J'ai envoyé les garçons prendre un bain, je les ai obligés à terminer leurs devoirs laissés en plan et leur ai demandé de préparer leurs affaires de classe pour le lendemain. Mais Siamak était agité. Il ne voulait pas faire ses devoirs et ne cessait de m'agacer. J'avais beau savoir qu'il avait de bonnes raisons d'être déstabilisé, ma patience avait des limites.

J'ai fini par faire asseoir les deux garçons et leur ai dit sévèrement : « Vous voyez tout ce dont il faut que je m'occupe, vous savez que j'ai beaucoup de soucis et que j'ai tout le temps mal à la tête. Je suis obligée de tout gérer en même temps. Vous vous imaginez que mes réserves d'énergie sont inépuisables ? Si vous ne m'aidez pas et si vous ne faites qu'ajouter à mes tracas, je vais m'effondrer. La meilleure façon de m'aider, c'est de terminer gentiment vos devoirs. Ça me fera un sujet d'inquiétude de moins. Alors, c'est d'accord ? »

Massoud me l'a promis de tout son cœur, et Siamak l'a imité, non sans hésitation…

Le samedi, je me suis adressée une nouvelle fois à différents comités gouvernementaux. Le père d'Hamid donnait l'impression d'avoir vieilli de plusieurs années d'un coup et d'être sur le point de s'écrouler sous le poids de l'angoisse. J'avais pitié de lui et j'ai refusé qu'il m'accompagne partout.

J'ai eu beau passer la journée à courir à droite et à gauche, je n'ai obtenu aucun résultat. Personne ne voulait me répondre clairement. Il ne me restait qu'une solution : solliciter l'aide de Mahmoud. J'aurais préféré le faire par téléphone, mais je savais qu'il avait donné l'ordre à tous les membres de sa famille de répondre qu'il n'était pas là si j'appelais. À contrecœur, je suis allée chez lui et je me suis postée au coin de la rue en attendant son retour. Dès que je l'ai vu, j'ai sonné et je suis entrée immédiatement. Ehteram-Sadat m'a accueillie fraîchement. En m'apercevant dans la cour, Gholam-Ali m'a lancé joyeusement : « Bonjour, Tantine ! » Puis, se rappelant soudain qu'il n'était pas censé se montrer aimable avec moi, il s'est rembruni et s'est éloigné.

« Ça m'étonnerait que tu sois venue prendre des nouvelles de ma santé, a dit Ehteram-Sadat. Et si c'est Mahmoud que tu veux voir, je suis désolée pour toi. Il n'est pas là et je ne suis même pas sûre qu'il rentrera ce soir.

— Va le chercher. Je sais qu'il est là. Je dois absolument lui parler. Je l'ai aperçu à l'instant.

— Comment ? s'est-elle exclamée, feignant l'étonnement. Il est là ? Je ne l'ai pas vu.

— J'ai l'impression que tu ne vois jamais ce qui se passe sous ton toit. Dis-lui que je ne revendiquerai pas plus de deux minutes de son précieux temps. »

Ehteram-Sadat a fait la moue, a drapé son tchador autour de sa tête et s'est éloignée en grommelant. Je ne lui en voulais pas, car je savais qu'elle ne faisait qu'obéir aux ordres de Mahmoud. Elle est revenue quelques instants plus tard : « Il prie, m'a-t-elle annoncé, et on ne sait jamais combien de temps ça prendra.

— Ce n'est pas grave, ai-je répondu, j'attendrai. Au besoin, j'attendrai jusqu'à demain matin. »

Mahmoud a fini par arriver et a marmonné un vague bonjour accompagné d'un regard furieux. Toutes les cellules de mon corps se révulsaient en sa présence. J'ai pris la parole d'une voix étranglée : « Mahmoud, tu es mon frère aîné et je n'ai que toi. Père m'a confiée à toi. Pour l'amour de tes enfants, ne laisse pas les miens devenir orphelins. Aide-moi.

— Cette histoire ne me regarde pas, a-t-il bougonné. Ça ne dépend pas de moi.

— L'oncle d'Ehteram-Sadat a une grande influence au Tribunal révolutionnaire et dans les comités gouvernementaux. Demande-lui s'il accepterait de me recevoir. Tout ce que je veux, c'est savoir où se trouve Hamid et dans quel état il est. Emmène-moi chez l'oncle d'Ehteram, je t'en prie.

— Ah oui ? Tu veux que j'aille raconter partout que cet athée, cet impie, fait partie de ma famille ? Que je supplie qu'on l'épargne ? Non, non, ma chère, je tiens trop à mon honneur et au respect dont je jouis pour y renoncer comme ça.

— Tu n'auras pas besoin de dire quoi que ce soit, ai-je insisté d'une voix implorante. Je lui parlerai moi-même. Je ne veux même pas demander qu'on libère Hamid ou qu'on le gracie. Qu'ils le condamnent à la prison à perpétuité si ça leur chante. Seulement, je ne veux pas qu'on le torture… je ne veux pas qu'on l'exécute. » Et j'ai éclaté en sanglots.

Avec un regard triomphant et un petit sourire narquois, Mahmoud a secoué la tête : « Je constate avec plaisir que tu te souviens de nous quand tu es dans l'embarras. Jusqu'à présent, tous les mollahs étaient mauvais, tous les conservateurs aussi, il n'y avait ni Dieu ni Prophète. Je me trompe ?

415

— Arrête, frère. Quand m'as-tu entendue dire qu'il n'y a pas de Dieu et pas de Prophète ? Jusqu'à ce jour, je n'ai jamais manqué une seule prière. Et la plupart des mollahs sont bien plus larges d'esprit et plus éclairés que les hommes comme toi. N'est-ce pas toi qui racontais à qui voulait t'entendre que ton beau-frère était un révolutionnaire, un prisonnier politique qui avait été torturé en prison ? C'est le père de mes enfants ; n'ai-je pas le droit de savoir où il est et dans quel état il se trouve ? Pour l'amour de tes fils, aide-moi.

— Relève-toi, sœur, relève-toi et reprends-toi. Crois-tu que les choses soient aussi simples que ça ? Ton mari a pris la tête d'une révolte contre Dieu et contre l'islam, c'est un athée, et toi, princesse, tu voudrais qu'on le laisse tranquille pour qu'il puisse causer tous les ravages qu'il veut et jeter à bas notre pays et notre foi ?

« Parlons franchement. S'il était au pouvoir, aurait-il épargné le moindre d'entre nous ? Pour l'amour de tes enfants, dis-moi la vérité… Alors ? Te voilà bien silencieuse, tout d'un coup. Non, ma chère, tu t'es trompée sur toute la ligne. Dieu approuve que l'on fasse couler le sang de cet homme. J'ai consacré ma vie à l'islam, et maintenant tu voudrais que j'aille voir Haji Agha et que je l'oblige à commettre un péché pour sauver un impie qui a tourné le dos à Dieu ? Ne compte pas sur moi et, crois-moi, Haji Agha n'acceptera pas non plus qu'un ennemi de Dieu et de l'islam échappe à un juste châtiment. Même si le monde entier le suppliait, il accomplirait tout de même son devoir.

« Tu te crois encore du temps du Shah, où tu as pu sauver cet homme en faisant jouer tes relations ? Non, maintenant, il n'est plus question que de vérité et de vertu, de foi et de Celui qui a seul le pouvoir de pardonner. »

J'avais l'impression d'avoir reçu des coups de marteau sur la tête. J'avais les yeux brûlants, je frémissais de colère. Je me suis maudite d'être venue supplier Mahmoud. Quelle idée de réclamer de l'aide à cet hypocrite qui ignorait tout de Dieu ! Serrant les dents, je me suis enveloppée dans mon tchador et j'ai crié : « Dis-le ! Dis-le ! "Je me suis servi de lui tant qu'il m'a été utile, mais à présent il ne me sert plus à rien, je n'ai plus besoin de lui, je veux pouvoir me remplir la panse tout seul." Espèce de salaud ! Dieu s'afflige d'avoir des serviteurs tels que toi. »

Tremblante, je suis sortie de cette demeure en maudissant mon frère.

Au bout de deux semaines nous avons appris qu'Hamid était détenu à la prison d'Evin. Chaque jour, je mettais mon tchador et, avec ses parents ou seule, je m'y rendais pour essayer de prendre contact avec des employés de la prison ou d'autres personnes susceptibles de nous livrer des informations sérieuses. Le crime d'Hamid était incontestable. Ses accusateurs possédaient tant de photos, de discours et d'articles écrits de sa main qu'il était inutile de nier sa culpabilité. Je ne sais pas s'il a été jugé un jour ni, le cas échéant, quand.

Un mois et demi à peine après son arrestation, alors que j'étais venue une fois de plus à la prison accompagnée du père d'Hamid, on nous a introduits dans une pièce.

« J'ai l'impression que nous allons enfin être autorisés à le voir », ai-je chuchoté. Et nous avons attendu, frémissants d'impatience. Quelques minutes plus tard, un gardien est entré, chargé d'un paquet qu'il a posé sur la table. « Ce sont ses effets personnels », nous a-t-il dit.

Comme je le regardais fixement, sans comprendre, il m'a questionnée sèchement : « Vous n'êtes pas la famille d'Hamid Soltani ? Il a été exécuté avant-hier. Ce sont ses affaires. »

Ça a été comme une décharge électrique. Je me suis mise à trembler de tous mes membres. Je me suis tournée vers le père d'Hamid. Le visage livide, les deux mains sur sa poitrine, il s'est effondré sur une chaise. J'ai voulu m'approcher de lui, mais mes jambes refusaient de m'obéir. J'avais la tête qui tournait et, soudain, je n'ai plus rien senti du tout.

C'est le mugissement de la sirène de l'ambulance qui m'a fait reprendre conscience. J'ai ouvert les yeux.

Le père d'Hamid a été admis à l'unité de soins intensifs pendant qu'on me conduisait aux urgences. Il fallait que je prévienne ma famille. Je suis arrivée péniblement à retrouver de mémoire les numéros de téléphone de Faati et de Mansoureh et les ai donnés à l'infirmière.

Le père d'Hamid est resté à l'hôpital, tandis que j'ai été autorisée à sortir et à rentrer chez moi le soir même. Je n'arrivais pas à regarder mes enfants dans les yeux. J'ignorais ce qu'ils avaient appris et ne savais comment leur annoncer la nouvelle. Je n'avais pas la force d'articuler un mot ni même de pleurer. On m'avait administré tellement de sédatifs que je n'ai pas tardé à sombrer dans un sommeil noir et amer.

J'ai mis trois jours à émerger de cet état de choc et à cesser de délirer, et il a fallu trois jours au père d'Hamid pour perdre son dernier combat contre la mort et accéder à la paix et à la liberté éternelles. Je n'ai réussi à prononcer qu'une phrase : « Quelle chance il a, il ne souffre plus maintenant. »

Je l'enviais plus que tout au monde.

Les funérailles du père et du fils ont été célébrées ensemble, et nous avons pu pleurer Hamid sans crainte ni appréhension. J'avais le cœur brisé en voyant les visages affligés de mes fils, leurs yeux gonflés et leurs silhouettes menues toutes vêtues de noir. J'ai passé une grande partie de la cérémonie à revivre les souvenirs de mes années avec Hamid, dont le plus précieux était le long mois que nous avions passé ensemble sur le littoral de la Caspienne. Parmi les membres de ma propre famille, seules Mère et Faati ont assisté aux obsèques.

Nous sommes restés chez ma belle-mère jusqu'à la cérémonie du septième jour. Je ne savais même plus où était Shirin. Je posais régulièrement la question à Faati, mais n'entendais pas sa réponse et recommençais à l'interroger une heure plus tard.

La mère d'Hamid ne se remettait pas de cette immense douleur, au point que Faati craignait pour sa vie. Elle parlait sans discontinuer, et chaque mot qu'elle prononçait faisait sangloter tout le monde. Ce flot de paroles me déconcertait. Face à une tragédie, j'avais tendance à me réfugier dans le silence et à m'abîmer dans des idées noires, les yeux dans le vide. Tantôt, ma belle-mère prenait mes fils dans ses bras et prétendait reconnaître l'odeur de leur père. Tantôt, elle les repoussait en criant : « Sans Hamid, qu'ai-je à faire de ces garçons ? » De temps en temps, elle pleurait sur le sort de son mari et gémissait : « Si Morteza Agha était encore là, peut-être pourrais-je supporter cette épreuve », avant de remercier Dieu qu'il soit mort et que cette tragédie lui ait été épargnée.

Je savais que les enfants souffraient et que cette atmosphère irrespirable ne leur valait rien. Aussi ai-je demandé au mari de Faati, Sadegh Agha, de bien vouloir les prendre chez eux pendant quelques jours. Siamak ne demandait qu'à quitter cette maison, mais Massoud s'est accroché à moi : « J'ai peur que, si on te laisse, tu pleures tout le temps et qu'il t'arrive malheur. » J'ai dû lui promettre de prendre soin de moi et de veiller à ce qu'il ne m'arrive rien. Quand les enfants sont partis, j'ai eu l'impression d'un couvercle qui se retirait de mon cœur. Mes larmes, réprimées en leur présence, ont enfin jailli, et mon souffle a littéralement explosé hors de ma poitrine en même temps que mes sanglots.

Quand je suis rentrée chez moi, j'ai compris qu'il n'était plus question de perdre davantage de temps à pleurer. La situation était trop grave pour me permettre un deuil prolongé. Ma vie était sens dessus dessous : les enfants avaient pris du retard à l'école, alors que leurs examens de fin d'année approchaient ; et, surtout, je n'avais ni emploi ni autre source de revenus. Au cours des derniers mois, nous avions subsisté grâce au père d'Hamid, or il n'était plus là. Il fallait que je trouve une solution. Il fallait que je trouve du travail.

D'autres soucis me tracassaient. Un jour, chez ma belle-mère, j'avais surpris la tante d'Hamid et l'épouse de son oncle qui bavardaient à voix basse dans la pièce où je me reposais. C'est ainsi que j'ai appris que le grand-père d'Hamid avait légué à l'ensemble de ses enfants la maison où nous vivions. Par respect pour Bibi et pour le père d'Hamid qui subvenait à ses besoins et s'occupait d'elle, les oncles et tantes d'Hamid n'avaient jamais réclamé leur part d'héritage. Mais depuis la mort de Bibi et la disparition de leur frère, ils n'avaient plus aucune raison d'y renoncer. Quelques jours plus tard, j'ai également été témoin d'une discussion entre les beaux-frères d'Hamid. « La loi dit que, lorsque le fils meurt avant le père, ce qui est le cas d'Hamid, sa famille n'a pas droit à sa part de la succession, expliquait le mari de Monir. Vous pouvez poser la question à qui vous voulez… » Quelle étrange chose qu'au milieu de toute cette agitation j'aie surpris des conversations qui me concernaient directement.

Cette menace m'a tirée de mon chagrin plus tôt que je ne l'aurais cru et a atténué la peine due à la mort d'Hamid. Une angoisse dévorante agitait mes nuits sombres et solitaires. J'étais incapable de dormir, incapable de rester immobile. Je faisais les cent pas à travers la maison en réfléchissant, et il m'arrivait de parler toute seule comme si j'avais perdu la raison. J'avais l'impression que toutes les portes s'étaient refermées devant moi. Sans emploi, sans Hamid, sans son père, sans logement assuré, sans la moindre part d'héritage et portant de surcroît les stigmates de veuve d'un communiste exécuté, comment allais-je sauver mes enfants de cette mer déchaînée et les conduire dans un havre sûr ?

« Père, où es-tu ? Vois, ta prédiction s'est réalisée ! me lamentais-je. Ta fille est seule au monde, abandonnée de tous. Oh ! J'ai tant besoin de toi ! »

Une nuit, alors que j'errais comme d'habitude dans la maison telle une somnambule, la sonnerie du téléphone m'a fait sursauter. Étonnée par cet appel tardif, j'ai décroché. Une voix très lointaine a prononcé ces paroles : « Massoum, c'est toi ? Oh, Massoum ! Est-il vrai qu'Hamid… qu'Hamid est décédé ?

— Parvaneh ! Où es-tu ? Comment l'as-tu appris ? ai-je bredouillé tandis que les larmes se mettaient à ruisseler sur mon visage.

— C'est donc vrai ? Ils l'ont annoncé ce soir sur une des stations de radio iraniennes.

— Oui, c'est vrai. Hamid est mort, et son père aussi.

— Comment ? Pourquoi son père ?

— Il a fait un infarctus. Il est mort de chagrin.

— Oh, ma pauvre ! Tu dois être tellement seule ! Tes frères t'aident-ils un peu ?

— Mes frères ? Ils ne lèveraient pas le petit doigt pour me venir en aide. Ils n'ont pas assisté aux obsèques et n'ont même pas pris la peine de m'adresser leurs condoléances.

— Enfin, au moins tu as ton travail et tu n'as besoin de personne pour te faire vivre.

— Mon travail ? J'ai été victime des purges.

— Comment ça ? Quelles purges ? Qu'est-ce que ça veut dire ?

— Ça veut dire qu'ils m'ont virée.

— Mais pourquoi ? Comment vas-tu te débrouiller ? Avec deux enfants sur les bras, en plus…

— Trois.

— Trois ? Ça fait si longtemps qu'on ne s'est pas parlé ?

— Eh oui… deux ans et demi. Ma fille a dix-huit mois.

— Que Dieu leur fasse payer tous leurs méfaits ! s'est écriée Parvaneh. Tu te rappelles avec quelle passion tu les défendais ? Tu nous trouvais frivoles et immoraux, tu nous accusais de spolier le peuple, tu nous traitais de traîtres, tu disais que le pays allait à vau-l'eau à cause de gens comme nous et que le peuple devait reconquérir ses droits légitimes… Vois où tu en es aujourd'hui ! Si tu as besoin d'argent, si tu as besoin d'aide, je t'en prie, dis-le-moi. Tu veux bien ? »

La tristesse et les larmes m'étranglaient.

« Qu'y a-t-il ? a-t-elle repris. Pourquoi est-ce que tu ne dis rien ? Parle ! »

Je me suis soudain rappelé un vers que je lui ai récité :

Je ne crains pas les sarcasmes de l'ennemi,
mais fasse le ciel que je ne sois jamais digne
de la pitié d'un ami !

Parvaneh s'est tue pendant quelques secondes. « Pardon, Massoum, a-t-elle enfin repris. Excuse-moi. Je n'ai pas pu m'en empêcher, je te le jure. Tu me connais ; je parle sans réfléchir. Je suis affreusement triste pour toi et je ne sais pas quoi te dire. Je pensais que tu avais réalisé tes rêves, que tu étais heureuse. Je n'aurais jamais imaginé une chose pareille. Tu sais toute l'affection que j'ai pour toi. Tu es plus proche de moi que ma propre sœur. Si nous ne prenons pas soin l'une de l'autre, qui le fera ?

Jure-moi sur la vie de tes enfants que si tu as besoin de quelque chose, tu me le diras.

— Merci, oui, c'est promis. Rien que d'entendre ta voix, je me sens déjà mieux. Pour le moment, la chose dont j'ai le plus besoin, c'est de retrouver un peu d'assurance, et ton appel m'en a donné. Je ne veux plus jamais te perdre de vue. »

Envisageant différents emplois, j'ai songé une fois de plus à la couture, une activité que j'avais toujours détestée mais à laquelle je semblais ne pas pouvoir échapper. Mme Parvin m'a promis de m'aider, malheureusement elle n'avait presque plus de clients. Je savais qu'aucun service gouvernemental ne m'engagerait et que jamais les commissions d'embauche des sociétés et des organisations privées qui travaillaient avec ou pour le gouvernement ne me considéreraient comme une candidate sérieuse. Aussi ai-je commencé à chercher du travail dans de petites entreprises privées, sans succès. La situation économique était mauvaise et personne n'embauchait. J'ai même imaginé me lancer dans les conserves pour les vendre aux épiceries, ou prendre des commandes de gâteaux, de pâtisseries, ou d'autres plats. Mais comment trouver une clientèle ? Je n'avais aucune expérience dans ce domaine.

Je commençais à désespérer quand, un beau jour, M. Zargar m'a téléphoné. Contrairement à ses habitudes, il avait l'air très agité. Il venait d'apprendre la mort d'Hamid. Il m'a présenté ses condoléances et m'a demandé s'il pouvait passer me rendre visite avec quelques anciens collègues. Le lendemain, il s'est présenté chez moi avec cinq de mes amis du bureau. Revoir tous ces visages connus a ravivé ma peine et j'ai fondu en larmes. Les femmes ont pleuré avec moi. Le visage empourpré et les lèvres tremblantes, M. Zargar évitait de nous regarder. Quand nous nous sommes enfin calmées, il m'a demandé : « Savez-vous qui m'a télé-phoné hier pour me dire combien il était peiné de ce qui s'est passé ?

— Non. Je n'en ai pas la moindre idée.

— M. Shirzadi. Il appelait d'Amérique. En fait, c'est par lui que j'ai appris la nouvelle.

— Il habite toujours là-bas ? Je croyais qu'il était revenu après la révolution.

— C'est ce qu'il a fait, en effet. Vous ne pouvez pas imaginer dans quel état il était à son retour en Iran. J'ai rarement vu quelqu'un d'aussi enthousiaste et d'aussi heureux. Il avait rajeuni de dix ans.

— Mais alors, pourquoi est-il reparti ?

— Je ne sais pas. Je lui ai demandé : "Pourquoi partez-vous ? Votre rêve s'est réalisé !" Voilà tout ce qu'il m'a répondu : "Le rêve de toute une vie s'est résumé à ceci : la mort de l'espoir et l'espoir de la mort.

— Vous auriez dû le garder au bureau.

— Vous n'y pensez pas ! En ce moment, ils cherchent même à se débarrasser de moi !

— Tu ne sais pas ? a renchéri Mme Molavi. Ils ont constitué un dossier contre M. Zargar.

— Un dossier ? Comment ça ? Qu'est-ce que vous avez fait ?

— La même chose que vous.

— Mais ils n'ont rien à vous reprocher !

— Vous croyez ça ? est intervenu M. Motamedi. Aux yeux de ces gens-là, M. Zargar fait partie de ceux qui ont prospéré sous l'ancien régime ; ce n'est qu'un escroc arrogant et corrompu ! »

Tout le monde a ri.

« Vous êtes trop bon ! » s'est écrié M. Zargar.

J'avais envie de rire, moi aussi. Être accusé de faire partie des riches qui avaient profité du régime du Shah commençait à faire figure de compliment.

« Pendant un moment, ils m'ont cherché noise parce que mon oncle est un avocat connu, parce que j'ai fait des études à l'étranger et que j'ai une épouse étrangère, a expliqué M. Zargar. Rappelez-vous que le directeur du service ne pouvait pas me voir en peinture. Il en a profité pour essayer de se débarrasser de moi. Heureusement, ça n'a pas marché. » Puis il a ajouté : « Et vous, dites-moi, que faites-vous en ce moment ?

— Rien ! Je n'ai plus un sou et je cherche désespérément du travail. »

M. Zargar m'a rappelée plus tard dans la soirée : « Je n'ai pas voulu en parler devant les autres, mais si vous avez vraiment besoin de travail, je devrais pouvoir vous trouver quelque chose pour vous dépanner.

— Si j'ai besoin de travail ! Vous n'imaginez pas la situation dans laquelle je me trouve. » Et je me suis lancée dans une brève description de mes difficultés.

« Pour le moment, nous avons quelques articles et un livre à réviser et à dactylographier, a-t-il repris. Si vous parveniez à vous procurer une machine à écrire, vous auriez la possibilité de travailler chez vous. Ce n'est pas très bien payé, mais pas trop mal non plus.

— Je crois que, décidément, Dieu a fait de vous mon ange gardien. Pourtant je ne vois pas comment je pourrais travailler pour le service. Si les autorités l'apprennent, vous risquez gros.

— Elles n'ont pas besoin de le savoir. Nous établirons le contrat sous un autre nom et je vous apporterai personnellement le travail à faire. Vous n'aurez pas à passer au bureau.

— Je ne sais vraiment pas quoi dire, ni comment vous remercier.

— C'est parfaitement inutile. Vous accomplissez un excellent travail et peu de gens possèdent votre maîtrise de notre langue. Débrouillez-vous simplement pour trouver une machine. Je vous apporterai les documents demain après-midi. »

J'étais folle de joie, mais où dénicher une machine à écrire ? Celle que le père d'Hamid m'avait donnée plusieurs années auparavant pour m'entraîner était trop vieille. À ce moment précis, le téléphone a sonné à nouveau. C'était Mansoureh, la plus gentille et la plus raisonnable de toutes les sœurs d'Hamid. Je lui ai parlé de la proposition de M. Zargar.

« Je vais en discuter avec Bahman, m'a-t-elle répondu. Ça m'étonnerait que sa société n'en ait pas une qui ne leur sert à rien. Il pourrait sûrement te la prêter. »

J'ai raccroché, soulagée et heureuse, rendant grâce à Dieu de cette bonne journée.

C'est ainsi que j'ai commencé à travailler chez moi : je dactylographiais et révisais des textes, complétant occasionnellement cette activité par quelques travaux de couture. Mme Parvin était ma compagne, mon assistante et mon associée. Elle venait chez nous presque tous les jours pour s'occuper de Shirin ou pour coudre avec moi, et prétendait calculer méticuleusement la part qui me revenait de l'argent qu'elle gagnait. J'étais pourtant sûre qu'elle me donnait plus que mon dû.

Les années ne lui avaient rien retiré de sa beauté ni de son énergie, et j'avais peine à croire qu'elle n'ait pas eu d'homme dans sa vie depuis la mort d'Ahmad. Pourtant, ses yeux s'humectaient encore chaque fois qu'elle parlait de lui. Les gens pouvaient bien penser d'elle ce qu'ils voulaient, ça me laissait parfaitement indifférente. Cette femme délicieuse et généreuse m'avait plus aidée que ma propre famille. Elle était si bonne et si charitable qu'elle était toujours prête à sacrifier son propre confort et ses intérêts personnels à ceux d'autrui.

Faati faisait, elle aussi, tout son possible pour me seconder. Mais avec deux enfants en bas âge et un mari qui ne gagnait qu'un modeste salaire, elle avait suffisamment de problèmes sans devoir assumer les miens en plus. Durant cette période, tant de gens étaient en difficulté ! Les seuls membres de mon entourage à vivre mieux qu'avant étaient Mahmoud et Ali, qui continuaient à s'enrichir. J'avais appris qu'ils utilisaient la boutique de Père, qui appartenait désormais à Mère, pour stocker des marchandises subventionnées par le gouvernement qu'ils revendaient sur le marché libre bien plus cher qu'elles ne leur avaient coûté.

Mère était maintenant vieille et fatiguée et sa vie n'était pas toujours facile non plus. Je la voyais moins souvent et, quand il m'arrivait de passer chez elle, je faisais mon possible pour éviter mes frères. J'avais cessé d'assister aux réunions et aux fêtes de famille, jusqu'au jour où Mère m'a appelée pour m'annoncer, toute joyeuse, qu'après plusieurs années de vains efforts la femme d'Ali était enfin enceinte. Pour célébrer cette bénédiction et en rendre grâce à Dieu, elle donnait un dîner à la mémoire de l'imam Abbas et m'a invitée à les rejoindre.

« C'est merveilleux ! ai-je dit. Transmets toutes mes félicitations à la femme d'Ali, mais tu comprendras que je n'assiste pas à ce dîner.

— Ne dis pas ça. Il faut que tu viennes. Un dîner en mémoire de l'imam Abbas, comment oserais-tu refuser ! Ce serait de mauvais augure. As-tu vraiment besoin que de nouveaux malheurs s'abattent sur toi ?

— Non, Mère. Mais je n'ai pas envie de les voir, c'est tout.

— Tu n'as qu'à les ignorer. Viens au dîner, viens prier. Dieu t'aidera.

— Pour être franche, j'ai très envie d'assister à une commémoration religieuse ou de faire un pèlerinage pour pleurer un bon coup et vider mon cœur, mais je refuse de poser les yeux sur les êtres méprisables que sont mes frères.

— Pour l'amour de Dieu, cesse de dire ce genre de choses, m'a-t-elle réprimandée. Quoi qu'ils aient pu faire, ce sont tes frères. De plus, quel tort Ali t'a-t-il causé ? Si tu savais tout le temps qu'il a passé à appeler à gauche et à droite pour t'aider. Je l'ai bien vu, moi. » Et elle a continué à argumenter : « Si tu ne viens par pour eux, viens pour moi. Tu sais depuis combien de temps je ne t'ai pas vue ? Tu vas chez Mme Parvin et tu ne fais même pas un saut ici pour me saluer. Ne t'arrive-t-il jamais de penser que ta mère ne sera plus là bien long-temps ? »

Et elle a éclaté en sanglots, continuant de pleurer jus-qu'à ce que je lui promette enfin de venir.

Au cours de cette cérémonie de commémoration, j'ai pleuré sans discontinuer, j'ai demandé à Dieu de me donner la force de supporter le lourd fardeau de mon existence, et j'ai prié pour mes enfants et pour leur ave-nir. Mme Parvin et Faati pleuraient et priaient à côté de moi. Ruisselante de bijoux en or, Ehteram-Sadat était assise à l'autre bout de la pièce et évitait de me regarder. Mère égrenait son chapelet en murmurant des prières. Quant à la femme d'Ali, fière et radieuse, elle était assise à côté de sa mère et ne bougeait pas d'un pouce de peur de faire une fausse couche. Elle ne cessait de réclamer toutes sortes de mets, qu'on s'empressait de lui servir.

Après le départ des invités, nous avons commencé à ranger en attendant que Sadegh Agha, qui avait emmené les enfants, vienne nous chercher, Faati et moi. Quand ils sont arrivés, Mère a embrassé les enfants, les a fait asseoir dans la cour et leur a apporté de la soupe. À cet instant, Mahmoud est sorti dans la cour, suivi d'Ehteram-Sadat, qui a littéralement roulé dans la cour comme un gros ballon. Mère ne les a pas laissés repartir immédiatement. Elle a apporté de la soupe pour Mahmoud et ils se sont mis à chuchoter tous les deux. Je voyais bien qu'ils parlaient de moi, mais j'étais tellement blessée et tellement furieuse contre Mahmoud que je n'étais pas prête à accepter la moindre tentative de conciliation, même si je savais qu'un jour j'aurais peut-être besoin de lui. Qui plus est, je ne voulais pas que mes fils assistent ou participent à une conversation ou à une dispute entre mon frère et moi.

J'ai appelé Siamak et Massoud par la fenêtre : « Siamak, prends le sac du bébé, mets-le dans la voiture et attends-moi là-bas. Et toi, Massoud, prends Shirin s'il te plaît.

— Mais où vas-tu comme ça ? m'a arrêtée Mère. Les enfants viennent d'arriver et ils n'ont pas encore fini leur soupe.

— Il faut que j'y aille. J'ai du travail qui m'attend. »

J'ai appelé Siamak une deuxième fois, et il s'est précipité pour me prendre le sac des mains.

« Maman, tu savais qu'Oncle Mahmoud s'est acheté une nouvelle voiture ? m'a-t-il demandé. Nous allons y jeter un coup d'œil en t'attendant. » Et il a appelé Gholam-Ali pour qu'il l'accompagne.

« Maman, a crié Massoud, tu n'as qu'à prendre Shirin toi-même. Je vais avec eux. » Et tous les garçons se sont précipités dans la rue.

Mère avait admirablement organisé sa scène de réconciliation et, apparemment, Mahmoud s'y était bien préparé.

« Tu me demandes de ne pas mal agir, de ne pas être déloyal, l'ai-je entendu dire à Mère. J'ai sacrifié mes droits, j'ai passé outre aux insultes parce que le Prophète a dit qu'un musulman doit savoir pardonner. Mais je ne peux tout de même pas ignorer l'équité ni la justice, au nom de la foi, du Prophète et de Dieu. »

J'étais tendue, pourtant, connaissant Mahmoud, j'étais capable de voir dans ses commentaires alambiqués un semblant d'excuse. Mère m'a appelée dans la cour : « Ma fille, viens ici une minute. »

J'ai enfilé mon pull ; ce début mars était d'une agréable fraîcheur. Prenant Shirin dans mes bras, je suis sortie à contrecœur. À cet instant, nous avons entendu les garçons crier dans la rue et le benjamin de Mahmoud, Gholam-Hussein, est arrivé dans la cour hors d'haleine en hurlant : « Venez vite, Siamak et Gholam-Ali se battent ! »

La fille de Mahmoud nous a ensuite rejoints en courant : « Papa, dépêche-toi ! Il va tuer Gholam-Ali. »

Ali, Mahmoud et Sadegh Agha se sont précipités dans la rue. J'ai posé Shirin par terre, attrapé le tchador posé sur la rambarde, l'ai jeté hâtivement sur ma tête et leur ai emboîté le pas, me frayant un passage à travers la foule de gamins du quartier qui s'étaient massés autour d'eux. Ali avait coincé Siamak contre le mur et l'injuriait pendant que Mahmoud le giflait à toute volée. J'étais bien placée pour savoir que mon frère avait la main lourde et je sentais la brûlure de chaque coup à travers tout mon corps.

Folle de rage, j'ai hurlé : « Lâchez-le immédiatement ! » Et j'ai bondi sur eux. Mon tchador a glissé à terre au moment où je me jetais entre Siamak et Mahmoud. J'ai cherché à frapper Mahmoud au visage, mais mes poings n'atteignaient que ses épaules. Je l'aurais volontiers écharpé. C'était la deuxième fois qu'il maltraitait mes enfants. Parce qu'ils n'avaient pas de père pour les protéger, Mahmoud et Ali pensaient pouvoir leur faire ce qu'ils voulaient.

Sadegh Agha a écarté mes frères mais, les poings serrés, je continuais à monter la garde devant Siamak comme une sentinelle. Ce n'est qu'à cet instant que mes yeux se sont posés sur Gholam-Ali assis au bord du caniveau, en larmes. Sa mère lui massait le dos tout en marmonnant des insultes, les dents serrées. Le pauvre garçon avait encore du mal à respirer. Siamak l'avait flanqué par terre et il s'était cogné le dos contre le rebord en ciment du caniveau. Très inquiète, j'ai demandé instinctivement : « Ça va, Gholam-Ali ?

— Fiche-moi la paix ! a hurlé mon neveu, furieux. Toi et ton cinglé de fils ! »

Mahmoud a collé son visage contre le mien et, les traits déformés par la rage, il a grondé : « Écoute-moi bien, ils le pendront aussi, celui-là. Ces garçons sont la semence et la progéniture de ce mécréant, de cet impie. Ils finiront comme lui ! Crois-tu que tu serreras encore les poings lors de sa pendaison ? »

Hurlant et fulminant, j'ai poussé les enfants dans ma vieille voiture et n'ai cessé de pleurer et de jurer pendant tout le trajet. Je me suis maudite d'avoir accepté ce dîner, j'ai maudit mes fils, toujours prêts à agresser tout le monde comme des coqs de combat, j'ai maudit Mère, Mahmoud et Ali. Je conduisais imprudemment, aveuglée par les larmes que j'essuyais du revers de la main. Une fois chez nous, j'ai arpenté l'appartement, toujours furieuse. Les enfants me regardaient, les yeux humides.

Quand j'ai été un peu calmée, je me suis tournée vers Siamak : « Tu n'as pas honte de toi ? Combien de temps encore est-ce que tu vas t'attaquer aux autres comme un chien enragé ? Tu as eu seize ans le mois dernier. Quand commenceras-tu enfin à te comporter comme un être humain ? Et s'il lui était arrivé quelque chose ? Et s'il s'était cogné la tête sur le bord du trottoir ? Qu'est-ce qu'on aurait fait ? Ils t'auraient collé en prison jusqu'à la fin de tes jours, ou bien ils t'auraient pendu ! »

J'ai fondu en larmes.

« Pardon, Maman, a murmuré Siamak. Je regrette vraiment. Je jure devant Dieu que je n'avais pas l'intention de me battre. Mais si tu savais ce qu'ils ont dit ! D'abord, ils n'ont pas arrêté de se vanter de leur voiture et de se moquer de la nôtre, et ensuite ils ont dit qu'on mériterait d'être encore plus pauvres et plus misérables, parce qu'on n'est pas de bons musulmans et qu'on ne croit pas en Dieu. J'ai fait comme si je ne les entendais pas. Ce n'est pas vrai, Massoud ?... Ça ne les a pas empêchés de continuer, et ils se sont mis à raconter des horreurs sur Papa. Et ensuite, ils ont fait semblant d'être pendus, comme lui. Gholam-Hossein a tiré la langue en penchant la tête sur le côté et tout le monde a rigolé. Puis il a prétendu qu'on n'avait pas enterré Papa dans le cimetière musulman, qu'on avait jeté son cadavre aux chiens parce qu'il n'était qu'une ordure... Je ne sais pas ce qui m'a pris ; je n'ai pas pu me retenir. Je l'ai giflé. Gholam-Ali a voulu m'arrêter, je l'ai repoussé et c'est à ce moment-là qu'il est tombé et qu'il s'est cogné le dos... Maman, tu penses vraiment que je devrais les laisser raconter n'importe quoi et rester là comme un lâche sans réagir ? Si je ne l'avais pas frappé, la colère m'aurait tué cette nuit. Si tu les avais vus se moquer comme ça de Papa, tu comprendrais. »

Il s'est mis à pleurer. Je suis restée un moment à le regarder sans parler. J'aurais volontiers balancé une paire de gifles à Gholam-Hossein, moi aussi, et cette idée m'a fait rire.

« Entre nous, tu lui as collé une sacrée dérouillée ! ai-je lancé. Le pauvre gosse n'arrivait plus à respirer. Je me demande s'il ne s'est pas cassé une côte. »

Les garçons ont compris alors que j'étais capable de me mettre à leur place et que, dans une certaine mesure, je ne leur tenais pas rigueur de ce qui s'était passé. Siamak s'est séché les yeux et a gloussé : « Si tu t'étais vue bondir au milieu de la mêlée !

— Ils te frappaient !

432

— Ça m'était bien égal. J'aurais accepté de prendre encore une dizaine de claques pour pouvoir frapper Gholam-Hossein juste une fois de plus ! »

Nous avons tous ri. Massoud a sauté au milieu de la pièce et a entrepris de m'imiter. « Quand tu t'es précipitée dans la rue avec ton tchador, on aurait cru Zorro ! Petite comme tu es, tu t'es mise en garde comme Mohamed Ali ! Il aurait suffi qu'Oncle Mahmoud te souffle dessus pour que tu t'envoles sur le toit des voisins. Mais le plus marrant, c'est qu'ils avaient tous la trouille ! Ils restaient plantés là, la mâchoire pendante ! »

Massoud décrivait la scène avec tant d'humour que nous nous sommes écroulés par terre de rire.

C'était merveilleux. Nous étions encore capables de rire.

Le Nouvel An approchait, mais je n'étais pas d'humeur à me lancer dans de longs préparatifs. J'étais simplement soulagée que cette effroyable année touche enfin à son terme. Répondant à une lettre de Parvaneh, je lui écrivais : « Tu ne peux pas imaginer l'année que j'ai vécue. Chaque jour s'est accompagné d'un nouveau malheur. »

Sur l'insistance de Mme Parvin, j'ai tout de même cousu de nouveaux vêtements aux enfants. Mais notre modeste fête de Nouvel An s'est passée de grand nettoyage de printemps et je n'ai pas dressé la table du *haft sîn** comme le veut la tradition. La mère d'Hamid avait insisté pour que nous venions chez elle. C'était le premier Nouvel An depuis la mort d'Hamid et de son père, et toute la famille se réunissait autour d'elle. Mais je ne m'en sentais pas le courage.

Je n'ai pris conscience du début de la nouvelle année qu'en entendant les voisins pousser des cris de joie. La place vide qu'Hamid avait laissée dans notre demeure était douloureusement palpable. J'avais passé dix-sept débuts d'année avec lui. Même s'il n'était pas physiquement à mes côtés, j'avais toujours senti sa présence près de moi. Désormais, je n'éprouvais plus que solitude et vulnérabilité.

Massoud tenait une photo de son père et ne la quittait pas des yeux. Siamak était dans sa chambre, porte fermée, et refusait de sortir. Quant à Shirin, elle traînait dans l'appartement comme une âme en peine.

J'ai fermé la porte de ma chambre et j'ai pleuré.

Puis voilà que Faati, Sadegh Agha et leurs enfants sont arrivés sans crier gare, habillés de neuf et faisant grand tapage. Faati est restée ahurie devant l'atmosphère sinistre qui régnait chez nous. Elle m'a suivie à la cuisine. « Franchement, m'a-t-elle dit, tu m'étonnes ! Tu aurais quand même pu dresser la table du *haft sîn* pour tes enfants. Quand tu m'as dit que tu avais refusé d'aller chez ta belle-mère, j'ai cru que c'était parce que tu savais que, là-bas, on recommencerait inévitablement à pleurer et que tu ne voulais pas attrister tes enfants. Mais je vois que tu es encore pire qu'eux. Allez vite vous habiller. L'année est finie. J'espère que la nouvelle t'apportera le bonheur et rachètera toutes tes souffrances.

— Ça m'étonnerait », ai-je soupiré.

Les discussions sur la vente de la maison et sur notre inévitable déménagement ont commencé peu après les fêtes du Nouvel An. La mère d'Hamid et Mansoureh n'étaient pas d'accord et se sont élevées contre cette décision, mais les tantes et les oncles étaient résolus à vendre. Le marché immobilier, qui avait périclité après la révolution, au moment où il avait été question de confiscation et de redistribution des biens, s'était récemment redressé et les prix avaient légèrement augmenté. Ils tenaient à vendre la maison au plus vite, de crainte d'un nouveau repli du marché ou d'une mesure de confiscation du gouvernement.

Quand ils m'en ont informée officiellement, je leur ai adressé un message pour leur expliquer qu'il m'était impossible de quitter notre appartement avant la fin de l'année scolaire et que je ne me mettrais en quête d'une autre solution qu'à ce moment-là. Mais quelle autre solution ? J'avais déjà du mal à habiller et à nourrir mes enfants. Comment allais-je faire pour payer un loyer en plus ?

La mère et les sœurs d'Hamid se faisaient du souci pour nous, elles aussi. Elles ont d'abord proposé que nous allions habiter chez la mère d'Hamid. Mais je savais qu'elle ne supporterait pas les jeux bruyants des enfants, et je n'avais pas envie qu'ils soient étouffés et malheureux sous leur propre toit. Finalement, l'oncle d'Hamid a suggéré que leur famille retape les deux pièces et le garage en mauvais état situé au fond du jardin, afin de les mettre à notre disposition. Cela permettrait à la mère d'Hamid comme à nous-mêmes de conserver notre indépendance ; en même temps, elle ne serait pas seule et ses filles n'auraient plus à s'inquiéter.

Dans la mesure où mes enfants et moi n'avions droit à aucune part de l'héritage du père d'Hamid, j'ai accepté leur offre avec une profonde reconnaissance.

À la fin de l'année scolaire, les travaux de rénovation de l'annexe étaient presque achevés. Mais le comportement préoccupant de Siamak m'empêchait de préparer notre déménagement sereinement. Je sentais l'angoisse d'autrefois resserrer son étreinte autour de moi. L'après-midi, il rentrait plus tard que d'habitude, ne cessait de parler politique et semblait attiré par l'idéologie de certains mouvements. Cette pensée m'était insupportable. Souhaitant protéger mes enfants, qui avaient déjà suffisamment souffert, j'avais tout fait pour bannir la politique de notre vie. Peut-être était-ce précisément la raison de la curiosité et de l'intérêt croissants qu'elle inspirait à Siamak.

J'avais croisé certains de ses amis aux funérailles d'Hamid, où ils étaient venus nous aider. S'ils m'avaient semblé être de gentils garçons en bonne santé, je n'avais pas aimé leur façon de se parler constamment tout bas. On aurait pu croire qu'ils avaient continuellement des secrets à échanger. Au fil des semaines, ils se sont mis à venir chez nous plus souvent. J'étais contente que Siamak ait de bons camarades qui l'aident à sortir de sa coquille, pourtant cela ne m'empêchait pas d'être mal à l'aise. La voix de ma belle-mère disant : « Les amis d'Hamid ont causé sa perte » ne cessait de résonner à mes oreilles.

J'ai fini par apprendre que Siamak était devenu un membre convaincu des moudjahidin. À la moindre occasion, il se dressait sur ses ergots, poings serrés, pour prendre leur défense. Il rapportait leurs journaux et leurs bulletins d'information chez nous, ce qui me rendait folle. Lorsque nous parlions politique, nous finissions toujours par nous disputer et, loin de faciliter notre compréhension mutuelle, ces discussions contribuaient encore à éloigner Siamak de moi. Un jour, faisant de gros efforts pour rester calme, je lui ai parlé de son père et des ravages que la politique avait causés dans notre existence. Je lui ai rappelé les épreuves qu'avaient subies Hamid et ses amis, les drames qu'ils avaient vécus et la vanité finale de leurs espoirs. Enfin, je lui ai demandé de me promettre de ne pas s'engager sur cette voie.

D'une voix qui était désormais celle d'un adulte, Siamak m'a répondu : « Comment peux-tu me demander une chose pareille, Maman ? C'est complètement impossible. Tout le monde se passionne pour la politique. Il n'y a pas un élève de ma classe qui n'appartienne pas à un mouvement ou à un autre. La plupart sont des moudjahidin et ce sont vraiment de chics types. Ils croient en Dieu, ils prient et ils se battent pour la liberté du peuple.

— En résumé, ils se situent à mi-chemin entre ton père et ton oncle, et reproduisent leurs erreurs à tous les deux.

— Absolument pas ! Ils sont très différents. Ils sont vraiment sympas. Ce sont de bons amis et ils m'apportent un grand soutien. Tu ne comprends donc pas que, sans eux, je me retrouverais tout seul ?

— Ce que je ne comprends pas, c'est pourquoi tu te crois toujours obligé de t'accrocher à d'autres », ai-je rétorqué sèchement.

Il s'est hérissé et m'a regardée avec colère. J'avais commis une erreur, j'en étais consciente. Le visage baigné de larmes, j'ai repris d'une voix plus douce : « Excuse-moi. Mes mots ont dépassé ma pensée. C'est simplement que je ne peux pas supporter que la politique envahisse de nouveau cette maison. » Et je l'ai supplié de renoncer à cet engagement.

Tout ce que j'ai obtenu de Siamak a été la promesse de ne jamais adhérer officiellement à un mouvement ou à une organisation politiques, mais il a bien précisé que cela ne l'empêcherait pas de soutenir les moudjahidin, d'être un de leurs « sympathisants », comme il disait.

Sadegh Agha s'entendant bien avec Siamak, je lui ai demandé de lui parler et de le garder à l'œil s'il le pouvait. Mais la situation s'est aggravée. J'ai découvert que Siamak vendait le journal des moudjahidin dans la rue. Ses résultats scolaires en pâtissaient et il a réussi de justesse ses examens de fin d'année. Avant même la publication des notes, j'ai su qu'il avait échoué dans certaines matières.

Un jour, Sadegh Agha est venu m'avertir que les moudjahidin organisaient une grande manifestation le lendemain. Dès l'aube, je n'ai plus quitté Siamak des yeux. Il a enfilé son jean et ses baskets et m'a annoncé qu'il sortait faire une course. J'ai envoyé Massoud la faire à sa place. En fin de matinée, Siamak ne tenait plus en place. Il est sorti dans la cour, s'est affairé autour des plantes un moment avant de prendre le tuyau d'arrosage et de se mettre à arroser notre petit bout de jardin en surveillant la maison du coin de l'œil. J'ai fait semblant d'être occupée à la cave, mais je l'observais à travers le treillage d'osier. Il a lentement reposé le tuyau et a commencé à se diriger en catimini vers la porte d'entrée. J'ai gravi l'escalier de la cave quatre à quatre et ai atteint la porte avant lui. Les bras écartés, je lui ai barré le passage.

« Ça suffit ! a-t-il hurlé. Je veux sortir. Arrête de me traiter comme un gamin. J'en ai marre, à la fin !

— Tu ne sortiras pas d'ici aujourd'hui, à moins de me passer sur le corps ! » ai-je répondu sur le même ton.

Siamak a fait un pas vers moi. L'air farouche, Massoud s'est porté à mon secours et s'est interposé entre nous. Ne pouvant s'en prendre à moi, Siamak a retourné sa colère contre Massoud, qu'il a bourré de coups, tout en sifflant entre ses dents serrées : « Tire-toi, poule mouillée. Tu te prends pour qui ? Ne te mêle pas de ça, maigrichon. »

Lorsque Massoud a cherché à le raisonner, Siamak s'est mis à hurler : « Boucle-la ! Occupe-toi de tes oignons. » Puis il a frappé Massoud au visage si violemment que celui-ci a perdu l'équilibre.

J'ai fondu en larmes. « Moi qui croyais pouvoir compter sur mon fils aîné ! Moi qui pensais qu'il prendrait la place que son père a laissée. Je suis bien obligée de constater qu'il n'hésitera pas à me sacrifier à une bande d'étrangers, même si je le supplie, pour une fois, de ne pas sortir.

— Et pourquoi est-ce que je ne devrais pas sortir ? a-t-il aboyé.

— Parce que je t'aime et que je ne veux pas te perdre comme j'ai perdu ton père.

— Pourquoi n'as-tu pas empêché mon père, un communiste, d'agir comme il l'a fait ?

— Parce que je n'étais pas de taille à lui tenir tête. Il était plus fort que moi. Toi, tu es mon fils. Si je ne suis pas assez forte pour t'empêcher de faire des bêtises, je peux aussi bien être morte. »

Siamak a tendu le bras vers Massoud en hurlant : « Si tu ne me laisses pas sortir, je le tue.

— Non, tue-moi plutôt. Je mourrai de toute façon s'il t'arrive quelque chose, alors tu peux aussi bien le faire toi-même. »

Ses yeux brillaient de rage. Il m'a jeté un regard noir avant de faire demi-tour et de se diriger vers la maison. Il a retiré ses chaussures d'un coup de pied et s'est assis en tailleur sur le lit de bois disposé sur la terrasse, devant l'ancien appartement de Bibi.

Un quart d'heure plus tard, je me suis approchée de Shirin. « Va vite voir ton frère, lui ai-je dit, et fais-lui un bisou. Il est triste. »

Shirin a couru vers le lit, sur lequel elle a grimpé tant bien que mal, et elle a commencé à câliner Siamak. Il a repoussé sa main d'une tape et à grommelé : « Fiche-moi la paix. »

Je suis allée rechercher Shirin, je l'ai posée par terre et je me suis adressée à Siamak : « Mon fils, je comprends qu'il peut être très exaltant d'être membre d'un mouvement politique et de prétendre accomplir des actes héroïques. Sauver le peuple et l'humanité est un beau rêve, c'est sûr. Mais sais-tu ce qui se cache derrière ce rêve et comment il finira ? Pour quelle cause es-tu prêt à risquer ta vie ? Veux-tu vraiment te sacrifier pour qu'un groupe en élimine un autre et s'empare du pouvoir et de la richesse ? C'est ça que tu veux ?

— Non ! Tu n'y comprends rien. Tu ne connais pas cette organisation. Son objectif est que le peuple obtienne enfin justice.

— Mon chéri, ils prétendent tous cela. As-tu déjà entendu un de ceux qui briguent le pouvoir promettre qu'il ne veut pas apporter la justice au peuple ? Le problème est qu'ils sont convaincus que cette fameuse justice impose qu'ils prennent le pouvoir et qu'ils éliminent purement et simplement tous ceux qui leur font obstacle.

— Maman, as-tu lu un seul des livres qu'ils ont publiés ? As-tu entendu un seul des discours qu'ils ont prononcés ?

— Non, mon chéri. Il suffit que tu les aies lus et que tu les aies écoutés. Crois-tu qu'ils disent la vérité ?

— Oui, bien sûr. Si tu en avais fait autant, tu penserais comme moi.

— Et les autres groupes, les autres organisations ? As-tu lu leurs livres, à eux aussi ? As-tu écouté leurs discours ?

— Non, ce n'est pas la peine. Je sais ce qu'ils racontent.

— Attends, tu ne peux pas prétendre avoir trouvé la bonne voie et être prêt à lui sacrifier ta vie sans être mieux informé, ai-je objecté. Peut-être le message d'autres mouvements est-il encore plus convaincant ! Combien de théories, combien d'idéologies as-tu examinées et étudiées sans préjugés avant de te faire une opinion ? As-tu lu un seul des livres de ton père ?

— Non. Sa voie n'était pas la bonne. Ses camarades et lui étaient des athées ; peut-être même des gens hostiles à toute religion.

— Ça ne l'a pas empêché de penser, lui aussi, avoir trouvé la voie qui sauverait l'humanité et apporterait la justice à tous. Et il a fait ce choix après de longues années d'études et de réflexions. Et toi, toi qui ne sais pas le centième de ce qu'il savait, tu prétends qu'il s'est trompé et qu'il a perdu la vie en suivant le mauvais chemin. Tu as peut-être raison ; je le pense, moi aussi. Mais réfléchis un peu. Si, malgré son expérience, il a commis une erreur aussi grave, comment peux-tu être sûr de ne pas te tromper, toi aussi ? Tu ne connais même pas le nom des différentes écoles de philosophie et de pensée politiques ! Réfléchis, mon fils. La vie est ton bien le plus précieux. Tu ne peux pas la risquer pour une erreur, parce que personne ne te la rendra.

— Tu ne sais rien de cette organisation et tu la remets en cause sans aucune raison, s'est obstiné Siamak. Tu t'imagines que nos chefs cherchent à nous duper, c'est ça ?

— Tu as raison, je ne les connais pas. Ce que je sais, en revanche, c'est que quelqu'un qui exploite à ses propres fins les sentiments de jeunes gens naïfs et inexpérimentés n'est pas un individu honnête et correct. Je ne t'ai pas donné la vie pour te laisser la gâcher afin que je ne sais quel type puisse s'emparer du pouvoir. »

Je suis encore fière aujourd'hui de l'obstination et de la détermination avec lesquelles je l'ai empêché de sortir. En fin d'après-midi, la nouvelle des interpellations et des massacres s'est répandue et des troubles ont éclaté. Tous les jours, Siamak apprenait l'arrestation d'autres de ses amis. Les responsables des moudjahidin se cachaient ou étaient en fuite, mais les jeunes militants se faisaient tuer par dizaines. Chaque après-midi, la télévision diffusait les noms et l'âge de ceux qui avaient été exécutés, et nous écoutions avec horreur, Siamak et moi, ces listes interminables. Chaque fois que Siamak entendait le nom de quelqu'un qu'il connaissait, il rugissait comme un tigre pris dans un piège. Je me demandais ce qu'éprouvaient les parents de ces jeunes gens et de ces jeunes filles en entendant le nom de leur enfant à la télévision. Et, égoïstement, je rendais grâce à Dieu d'avoir réussi à empêcher Siamak de sortir ce jour-là.

Cette répression a donné lieu à des réactions très variées. Certains étaient en état de choc, d'autres étaient indifférents ou inquiets, et d'autres au contraire étaient satisfaits. Comment une société pouvait-elle avoir des attitudes aussi tranchées ? J'avais peine à le comprendre.

Un jour, j'ai croisé un ancien collègue passionné de politique. Me voyant préoccupée, il m'a demandé : « Que vous arrive-t-il, madame Sadeghi ? On pourrait croire que vous venez d'apprendre que tous vos navires ont sombré !

— Vous n'êtes pas inquiet, vous, de la situation et des informations qui nous parviennent ? me suis-je étonnée.

— Non ! Je trouve que tout va pour le mieux ! »

Nous devions emménager dans l'annexe de la maison de ma belle-mère au début de l'été. J'ai eu du mal à quitter l'appartement où j'avais vécu dix-sept ans. Chaque brique était chargée d'histoire et de souvenirs. Avec le temps, les événements les plus pénibles eux-mêmes m'étaient devenus chers. Nous appelions toujours le salon « la chambre de Shahrzad », et le rez-de-chaussée « l'appartement de Bibi ». L'odeur d'Hamid régnait encore dans tout notre logement et il m'arrivait de retrouver des affaires à lui dans les coins et les recoins des différentes pièces. Cette maison avait été le théâtre de certains des jours les plus heureux de ma vie.

Je me suis sermonnée : je n'avais pas le choix, il fallait que je me secoue. J'ai commencé à faire mes cartons. J'ai vendu certains objets, j'en ai jeté ou donné d'autres. Faati me disait : « Garde les bons meubles. Qui sait, peut-être t'installeras-tu un jour dans une maison plus spacieuse. Quel dommage de te débarrasser de tes canapés ! Tu les as achetés la première année de la révolution, tu t'en souviens ?

— Oh, je nourrissais tant d'espoirs ! J'étais convaincue qu'une vie merveilleuse m'attendait. Mais, tu sais, ces canapés ne me servent plus à rien. Je n'aurai jamais de maison plus grande, en tout cas pas dans un proche avenir, et notre nouveau logement est tellement petit ! D'ailleurs, crois-tu que je vais donner beaucoup de réceptions ? Je préfère n'emporter que ce dont nous avons vraiment besoin. »

Notre nouveau foyer était composé de deux pièces adjacentes et d'un garage qui avait été transformé en salon et en cuisine. La salle de bains et les toilettes se trouvaient dans un bâtiment contigu, mais on y accédait par l'extérieur. J'ai attribué une chambre à mes fils et partagé l'autre avec Shirin. Nous avons disposé les bureaux des garçons, le mien, la machine à écrire et la machine à coudre dans les chambres à coucher, et installé deux petits canapés, une table basse et la télévision au salon. Les trois pièces donnaient sur le grand jardin aménagé autour d'un bassin circulaire. La maison de ma belle-mère était située à l'autre bout du jardin.

Après avoir entièrement vidé notre ancien appartement, j'ai parcouru les pièces, passant la main sur les murs qui avaient été les témoins de ma vie, et je leur ai dit au revoir. Je suis montée sur le toit et j'ai retracé le trajet qu'avait suivi Hamid pour s'enfuir, jusqu'à la maison voisine. J'ai arrosé les vieux arbres de la cour, et j'ai jeté un coup d'œil dans l'appartement de Bibi à travers les vitres poussiéreuses. Il y avait eu tant de vie autrefois dans cette maison désormais silencieuse. J'ai séché mes larmes et, le cœur lourd, j'ai verrouillé les portes, prenant congé de ce chapitre de ma vie, de mon bonheur et de ma jeunesse. Et je suis partie.

7.

Les enfants étaient loin d'être ravis d'avoir déménagé. Toute cette agitation et toute cette confusion les déstabilisaient. Ils exprimaient leur mauvaise humeur en refusant obstinément de m'aider et de coopérer. Un bras sur les yeux, Siamak était affalé sur un lit, le matelas posé de travers, tandis que Massoud était dehors, accroupi près du mur, le menton sur les genoux, en train de dessiner des lignes sur les briques du sol avec des morceaux de plâtre laissés par les ouvriers. Heureusement, Shirin était chez Mme Parvin, ce qui me faisait un souci en moins.

Je n'avais pas la force de me charger seule de tout ce travail et ne voyais pas comment obliger les garçons à me donner un coup de main. Je savais que, quand ils se réfugiaient dans le silence, la moindre provocation ne manquait pas d'entraîner des crises de colère et de déclencher des bagarres. Je suis passée dans une des pièces, j'ai pris une profonde inspiration, ai avalé ma salive pour me débarrasser du nœud que j'avais dans la gorge. J'ai essayé de me calmer et de trouver l'énergie nécessaire pour m'occuper d'eux. Puis j'ai préparé du thé et j'ai filé à la boulangerie du coin qui venait de commencer la cuisson de l'après-midi. J'ai acheté deux pains sans levain et suis rentrée paisiblement à la maison. J'ai étalé un tapis dans le jardin, disposé le thé, le pain, du beurre, du fromage et une jatte de fruits, puis j'ai appelé les garçons. Ils devaient avoir faim car ils n'avaient grignoté qu'un sandwich à onze heures, avant que nous quittions notre ancienne maison. Ils n'ont pas réagi immédiatement, mais l'odeur de pain frais et le parfum des concombres que je pelais a fini par les attirer et, comme deux chats prudents, ils se sont avancés tout doucement et ont commencé à manger.

Persuadée que ce bon repas avait eu raison de leur maussaderie, je leur ai dit : « Écoutez, les garçons, j'ai sans doute eu encore plus de mal que vous à quitter le lieu où j'ai passé ma jeunesse et les jours les plus heureux de ma vie. Que voulez-vous ? C'était la seule solution. Nous sommes partis, c'est vrai, mais la vie continue. Vous êtes jeunes, vous avez l'avenir devant vous. Un jour, vous vous construirez votre propre maison, qui sera bien plus grande et bien plus belle que celle-ci.

— Ils n'avaient pas le droit de nous prendre notre maison, a grommelé Siamak, furieux. Ils n'avaient pas le droit !

— Bien sûr que si, ai-je répondu calmement. Ils en avaient retardé la vente aussi longtemps que leur mère était en vie. Après sa mort, il a bien fallu qu'ils procèdent enfin au partage de leur héritage.

— Ils ne venaient jamais voir Bibi ! C'est nous qui nous sommes occupés d'elle tout le temps.

— Peut-être, mais c'était bien normal. Nous vivions dans la même maison qu'elle. Il était de notre devoir de l'aider.

— En plus, nous n'avons touché aucune part de l'héritage de Grand-Père, a ajouté Siamak, très en colère. Toute la famille a eu une part sauf nous.

— C'est la loi, que veux-tu ? Quand un fils meurt avant son père, sa famille n'a droit à rien.

446

« — J'en ai assez, de ces lois qui sont toujours contre nous ! a protesté Massoud.

— Pourquoi ces histoires d'héritage vous tracassent-elles à ce point ? ai-je demandé. Et d'abord, d'où tenez-vous tout ça ?

— Tu crois qu'on est sourds ? a lancé Siamak. Nous l'avons entendu raconter mille fois, ne serait-ce qu'aux funérailles de Papa.

— De toute façon, nous n'en avons pas besoin, leur ai-je expliqué. Pour le moment, nous vivons dans la maison de votre grand-père, et la famille de votre père a dépensé beaucoup d'argent pour restaurer ce logement et le rendre confortable. Qu'est-ce que ça peut faire, qu'il soit à notre nom ou pas ? Nous ne payons pas de loyer, ce qui est un immense avantage. Vous grandirez tous les deux et vous vous construirez des maisons. Je n'aime pas entendre mes enfants parler d'argent et d'héritage. On dirait des vautours.

— Ils nous ont pris notre dû, s'est entêté Siamak.

— Parce que tu aurais envie de vivre dans cette vieille maison ? ai-je demandé en désignant le fond du jardin. J'ai d'autres projets pour vous, bien plus ambitieux. Vous entrerez bientôt à l'université, et ensuite vous commencerez à travailler. Vous serez médecins ou ingénieurs. Quand je pense aux maisons que vous vous construirez ! Toutes neuves, modernes, avec des meubles magnifiques ! Vous ne voudrez même plus poser les yeux sur cette ruine. Et moi, comme les mères d'autrefois, je courrai à droite et à gauche pour vous chercher de merveilleuses épouses. Oh, si vous saviez les jolies filles que je vais vous trouver ! J'irai chez tout le monde en chantant les louanges de mes fils médecins ou ingénieurs, de grands et beaux garçons qui ont de belles voitures et des maisons grandes comme des palais. Les filles tomberont comme des mouches. »

Les garçons souriaient de toutes leurs dents et avaient du mal à s'empêcher de rire devant la comédie que je leur jouais.

« Alors, Siamak Agha, tu les préfères blondes ou brunes ? ai-je poursuivi.

— Brunes.

— Et toi, Massoud, tu aimes mieux les filles au teint clair ou au teint hâlé ?

— Je veux qu'elle ait les yeux bleus, pour le reste, ça m'est égal.

— Bleus comme ceux de Firouzeh ? » l'ai-je taquiné.

Siamak a éclaté de rire : « Tu t'es trahi, vaurien !

— Quoi ? Qu'est-ce que j'ai dit ? Les yeux de Maman aussi sont bleus certains jours.

— Pas du tout ! Ils sont verts.

— De toute façon, je considère Firouzeh comme ma sœur, a précisé Massoud avec une feinte pudeur.

— C'est vrai, ai-je raillé. Il la considère comme sa sœur aujourd'hui, ce qui ne l'empêchera peut-être pas de la considérer comme son épouse quand elle sera un peu plus grande.

— Maman ! Tu vas te taire à la fin ! Et toi, Siamak, arrête de rire pour rien. »

Je l'ai serré contre moi en disant : « Oh, quel beau mariage j'organiserai pour toi ! »

Toutes ces bêtises me remontaient aussi le moral.

« Bon, les garçons, et si on arrangeait un peu la maison ?

— La maison ? a lancé Siamak. À t'entendre, on pourrait croire que c'est une vraie maison.

— C'en est une, bien sûr. Peu importe sa taille, ce qui compte, c'est la manière dont on l'aménage. Il y a des gens qui s'installent dans une cabane ou dans un sous-sol froid et humide et qui les arrangent si bien qu'ils finissent par être plus beaux et plus confortables que n'importe quel palais. Le logement de chacun est le reflet de son style, de ses goûts et de sa personnalité.

— Mais c'est tellement petit, ici !

— Ne crois pas ça ! Nous avons deux chambres et un salon, et ce beau et grand jardin qui nous offre un espace supplémentaire une bonne moitié de l'année. Nous allons y mettre des fleurs et des plantes, repeindre le bassin et y installer des poissons rouges. Les après-midi, nous mettrons le jet d'eau en marche et nous nous prélasserons tous les quatre. Alors, qu'en dites-vous ? »

L'attitude des enfants avait changé. Au lieu de la tristesse et de la déception qui voilaient leurs yeux une heure auparavant, ceux-ci brillaient d'excitation. Je devais en profiter sans perdre de temps.

« Eh bien, messieurs, debout ! La plus grande des chambres sera la vôtre. Allez l'arranger et la décorer comme vous voulez. La nouvelle peinture rend très bien, vous ne trouvez pas ? Je partagerai la petite chambre avec Shirin. Occupez-vous des gros meubles, je me chargerai du reste. La table ronde et les chaises vont dehors. Massoud, le jardin est entre tes mains. Quand nous nous serons installés, il faudra que tu observes bien et que tu décides ce dont tu as envie, quelles plantes et quelles fleurs tu veux que nous achetions. Et toi, Siamak Khan, je voudrais que tu fixes l'antenne sur le toit et que tu tires un câble téléphonique depuis chez Grand-Mère. Vous installerez les tringles à rideaux, Massoud et toi. À propos, n'oublions pas de nettoyer le lit en bois qui était chez Bibi et de l'apporter ici. Il nous sera sûrement utile au jardin. Il suffira de jeter un tapis dessus. Ce sera très commode si nous avons envie de dormir dehors. Vous ne croyez pas ? »

Enthousiastes, les garçons se sont mis à multiplier les suggestions. « J'aimerais bien qu'on ait d'autres rideaux pour notre chambre, a dit Massoud. Ceux de l'ancienne maison étaient trop foncés et trop épais.

449

— Tu as raison. Nous irons choisir un tissu à fleurs ensemble et je vous ferai des dessus-de-lit assortis. Je vous promets que vous aurez une chambre gaie et très élégante. »

C'est ainsi que mes fils ont fini par se résoudre à ce déménagement et que nous nous sommes adaptés à notre nouvelle existence. Une semaine plus tard, nous étions plus ou moins installés et, au bout d'un mois, nous pouvions admirer un jardin luxuriant, rempli de fleurs, un superbe bassin étincelant et des chambres agrémentées de rideaux et d'autres accessoires qui les égayaient beaucoup.

Mme Parvin était contente que nous ayons déménagé. Elle trouvait le trajet moins pénible qu'avant. La grand-mère des enfants était heureuse, elle aussi, que nous nous soyons installés près d'elle ; notre présence la rassurait, disait-elle. Chaque fois que les sirènes de la défense antiaérienne mugissaient et que l'électricité était coupée, nous courions chez elle pour ne pas la laisser seule. Les enfants s'étaient étonnamment bien accoutumés à l'état de guerre, qui faisait partie de leur vie quotidienne. Pendant les bombardements et les attaques de missiles, quand nous étions obligés de rester dans le noir, Shirin chantait pour nous et nous l'accompagnions. Tout le monde en oubliait son inquiétude, sauf Grand-Mère qui, terrifiée, ne quittait pas le plafond des yeux.

M. Zargar venait régulièrement me voir et m'apporter du travail. Nous étions devenus d'excellents amis. Nous nous faisions des confidences et je lui demandais conseil à propos des garçons. Il était seul, lui aussi, à présent. Sa femme et sa fille avaient regagné la France au début de la guerre.

« Ah, tiens, j'ai reçu une lettre de M. Shirzadi, m'a-t-il annoncé un beau jour.

— Que vous écrit-il ? Il va bien ?

— Pas vraiment, me semble-t-il. Il paraît très seul et plutôt déprimé. J'ai l'impression que le mal du pays le ronge. Le chagrin va le briser. Ses derniers poèmes sont des lettres d'exil qui vous déchirent le cœur. Je lui avais simplement écrit : "Vous avez de la chance d'être là-bas et de vivre confortablement." Vous ne pouvez pas imaginer ce qu'il m'a répondu.

— Quoi donc ?

— Je n'ai pas une aussi bonne mémoire que vous et j'ai beaucoup de mal à retenir les vers. Ce que je peux vous dire, c'est que c'était un long poème, d'une tristesse infinie, exprimant toute la douleur qu'il éprouve à devoir vivre à l'étranger.

— J'ai bien peur que vous n'ayez raison et que la solitude et la dépression ne finissent par l'emporter. »

Ma prédiction ne s'est réalisée que trop tôt, et notre malheureux ami a trouvé la paix éternelle, une paix qu'il n'avait peut-être jamais connue sur terre. J'ai assisté au service funèbre que sa famille a organisé à sa mémoire. M. Shirzadi a fait l'objet de nombreux éloges et de grands honneurs, mais le silence qui avait entouré sa poésie de son vivant s'est prolongé dans la mort.

M. Zargar m'a recommandée à plusieurs sociétés d'édition et j'ai commencé à travailler pour elles à domicile. Il m'a finalement trouvé dans une revue un poste à plein temps qui m'assurait un salaire sûr et régulier. Il n'était pas très élevé, mais je le complétais par les différents travaux que je continuais à effectuer chez moi.

J'ai inscrit les enfants dans l'établissement scolaire le plus proche de chez nous. Ils y sont d'abord allés en traînant les pieds et à contrecœur, malheureux d'être séparés de leurs amis. Pourtant, un mois plus tard déjà, ils ne parlaient presque plus de leur ancienne école. Siamak s'est fait de nombreux camarades et Massoud, toujours gentil et agréable, n'a pas tardé à gagner l'affection de tous. Shirin, qui avait maintenant trois ans, était une petite fille gaie et charmante. Elle dansait, parlait tout le temps et jouait avec ses frères. J'avais envisagé de la mettre à la garderie, mais Mme Parvin a protesté avec véhémence.

« Tu ne sais pas quoi faire de tes sous, ou quoi ? Quand tu n'es pas dans les bureaux de ta revue, tu passes ton temps à taper à la machine, à lire, à écrire ou à coudre. Et tu voudrais mettre cet argent durement gagné dans la poche d'étrangers ? Non, non, pas question. Je ne suis pas encore morte, tu sais. »

Je m'habituais progressivement à ma nouvelle existence. La guerre continuait à faire rage et les nouvelles étaient terrifiantes, mais j'étais tellement occupée que je ne prenais vraiment conscience de la guerre que lorsque les sirènes annonçant un bombardement aérien mugissaient. Et même alors, pour peu que nous soyons réunis, je n'étais pas vraiment inquiète. Je songeais que nous ne pourrions connaître plus belle mort que tous ensemble au même endroit.

Heureusement, les garçons n'avaient pas encore l'âge d'être appelés sous les drapeaux, et j'étais certaine que le conflit s'achèverait avant ce jour fatidique. Après tout, notre pays ne pouvait pas continuer à se battre indéfiniment. Et j'avais la chance que, contrairement à d'autres jeunes garçons, mes fils ne rêvent pas de partir pour le front.

Je me prenais à penser que mes épreuves étaient terminées et que j'allais enfin pouvoir vivre normalement et élever mes enfants dans un calme relatif.

Plusieurs mois ont passé. Le gouvernement continuait à réprimer impitoyablement les dissidents et les mouvements d'opposition. Les assassinats étaient monnaie courante. Les militants politiques se réfugiaient dans la clandestinité, les chefs de différentes organisations prenaient la fuite, la guerre se poursuivait et je recommençais à m'inquiéter pour mes fils et pour leur avenir, tout en les surveillant de près.

J'avais l'impression que mes discours, ajoutés aux événements récents, avaient produit leur effet et que Siamak avait pris ses distances avec ses amis moudjahidin. À l'approche du printemps, j'ai commencé à être plus sereine. Les garçons travaillaient dur pour leurs examens de fin d'année et j'essayais de les inciter à se préparer dès à présent aux épreuves d'entrée à l'université. Je voulais qu'ils soient concentrés sur leur travail scolaire au point de ne pas avoir le temps de penser à autre chose.

Par une nuit de printemps, j'étais en train de taper à la machine un document que je venais de réviser. Shirin dormait et la lampe de la chambre des garçons était encore allumée quand le tintement de la sonnette, suivi de coups frappés à la porte, m'a figée sur place. Siamak s'est précipité hors de sa chambre et nous nous sommes regardés, bouleversés. Massoud nous a rejoints, l'air ensommeillé. La sonnette ne cessait de carillonner. Nous nous sommes tous les trois dirigés vers la porte. J'ai écarté les garçons pour l'entrouvrir. Un homme l'a poussée et m'a brandi un morceau de papier sous le nez avant de me bousculer. Plusieurs Gardiens de la révolution se sont précipités à l'intérieur. Se glissant entre eux, Siamak est sorti en trombe et s'est mis à courir vers la maison de sa grand-mère. Deux gardiens l'ont poursuivi, l'ont attrapé et l'ont jeté au sol au milieu du jardin.

« Lâchez-le ! » ai-je hurlé.

J'ai voulu me précipiter vers lui, mais une main m'a retenue à l'intérieur de la maison. « Que se passe-t-il ? criais-je. Qu'a-t-il fait ? »

Un des Gardiens de la révolution, qui paraissait plus âgé que les autres, s'est tourné vers Massoud : « Va chercher le tchador de ta mère pour qu'elle se couvre. »

453

J'étais hors de moi. Je voyais l'ombre de Siamak, assis au jardin. Mon Dieu, qu'allaient-ils faire à mon garçon chéri ? J'imaginais déjà qu'on le torturait. J'ai poussé un cri et me suis évanouie. Quand je suis revenue à moi, Massoud m'aspergeait le visage d'eau et les hommes emmenaient Siamak.

« Vous ne prendrez pas mon fils ! ai-je hurlé en me précipitant à leur suite. Où le conduisez-vous ? Répondez-moi ! »

Le plus âgé des Gardiens de la révolution m'a jeté un regard compatissant et, dès que les autres ont été hors de portée d'oreille, il m'a chuchoté : « Nous l'emmenons à la prison d'Evin. Ne vous inquiétez pas, on ne lui fera aucun mal. Venez la semaine prochaine et demandez à voir Ezatollah Haj-Hosseini. Je vous donnerai personnellement de ses nouvelles.

— Prenez ma vie, mais je vous en supplie, ne touchez pas à mon fils ! ai-je supplié. Pour l'amour de Dieu, pour l'amour de vos enfants ! »

Il a secoué la tête, plein de pitié, et il est parti. Nous les avons suivis, Massoud et moi, jusqu'au bout de la rue. Les voisins écartaient leurs rideaux pour voir ce qui se passait. Quand le véhicule des Gardiens de la révolution a tourné à l'angle du pâté de maisons, je me suis effondrée au milieu de la chaussée. Massoud m'a traînée jusque chez nous. Je ne voyais plus que le visage pâle de Siamak et ses yeux terrifiés, j'entendais sa voix tremblante qui criait : « Maman ! Maman, pour l'amour de Dieu, fais quelque chose ! » J'ai eu des convulsions toute la nuit. J'ai cru mourir. Il n'avait que dix-sept ans et son crime le plus grave avait sans doute été de vendre le journal des moudjahidine au coin de la rue. De plus, cela faisait un certain temps qu'il n'avait plus de contacts réguliers avec leur mouvement. Pourquoi l'avait-on arrêté ?

Je ne sais comment je suis arrivée à sortir de mon lit le lendemain matin. Je n'avais de secours à attendre de personne, mais il m'était impossible de laisser mon enfant entre les griffes de ces gens sans réagir. J'avais l'impression de revivre sans cesse les mêmes scènes, si ce n'est que, chaque fois, le scénario était légèrement différent et que, chaque fois, je supportais encore plus mal ce qui se passait. Je me suis habillée. Massoud s'était endormi sur le canapé. Je l'ai réveillé doucement et je lui ai dit : « Ne va pas à l'école aujourd'hui. Attends l'arrivée de Mme Parvin et confie-lui Shirin. Ensuite, appelle ta tante Faati et raconte-lui ce qui s'est passé. »

Encore hébété, il m'a demandé : « Où vas-tu ? Il est encore très tôt, non ? Quelle heure est-il ?

— Cinq heures. Je vais chez Mahmoud. Je veux le voir avant qu'il parte au travail.

— Maman, non ! N'y va pas !

— Je n'ai pas le choix. La vie de mon fils est en danger et Mahmoud connaît beaucoup de monde. Je ne sais pas encore comment je vais faire, mais il faut absolument que je le persuade de me conduire chez l'oncle d'Ehteram-Sadat.

— Non, Maman. Pour l'amour de Dieu, n'y va pas. Il refusera de t'aider, c'est sûr. Tu as donc oublié ce qui s'est passé ?

— Non, mon chéri. Je n'ai rien oublié. Mais cette fois, c'est différent. Hamid était un étranger. Siamak est de son sang, c'est son neveu.

— Maman, tu ne comprends donc pas ?

— Comment ça ? Qu'est-ce que je ne comprends pas ?

— Je n'ai pas voulu te le dire, mais, hier après-midi, j'ai vu un de ces Gardiens de la Révolution au bout de notre rue.

— Et alors ?

— Il n'était pas seul. Il discutait avec Oncle Mahmoud et ils regardaient notre maison. »

Tout s'est mis à tourner autour de moi. Mahmoud aurait-il dénoncé Siamak ? Son propre neveu ? Je ne pouvais pas le croire. Je suis sortie de la maison en courant et j'ai pris la voiture. Je ne sais pas comment je suis arrivée chez Mahmoud. J'ai tambouriné à la porte comme une folle. Gholam-Hossein et Mahmoud ont fini par m'ouvrir, affolés. Gholam-Ali s'était engagé dans l'armée et était parti au front depuis un certain temps. Mahmoud était encore en vêtements d'intérieur.

« Espèce de salaud ! Tu as amené les Gardiens de la révolution chez moi ? ai-je hurlé. Tu as fait arrêter mon fils ? »

Il m'a regardée froidement. Je m'attendais à ce qu'il nie, qu'il se fâche, qu'il feigne d'être outré par mon accusation. Or c'est avec un calme imperturbable qu'il m'a répondu : « Ton fils est bien un moudjahid, non ?

— Non ! Mon fils est bien trop jeune pour prendre parti. Il n'a jamais appartenu à aucune organisation.

— C'est ce que tu crois, ma sœur… décidément, tu te seras enfoncé la tête dans le sable toute ta vie. Je l'ai vu, de mes propres yeux, vendre des journaux dans la rue.

— Et alors ? C'est à cause de ça ? À cause de ça que tu l'as fait jeter en prison ?

— Je n'ai fait que mon devoir. Ignores-tu les trahisons et les meurtres que commettent ces brigands ? Je n'ai pas l'intention de renier ma foi et de compromettre ma vie dans l'au-delà pour ton fils. J'aurais agi de même si le mien avait été en cause.

— Mais Siamak est innocent ! Il n'est pas membre des moudjahidin !

— Ce n'est pas mon problème. Il était de mon devoir d'informer les autorités de ses agissements. Le reste dépend du Tribunal islamique. S'il est innocent, ils le relâcheront.

— Ah oui, tu crois ça ? Et s'ils se trompent ? Et si mon fils est tué par erreur ? Tu seras capable de vivre avec ça sur la conscience ?

— En quoi cela me concernerait-il ? S'ils commettent une erreur, ce sont eux qui seront à blâmer. Et même si cela devait arriver, ce ne serait pas une tragédie. Il serait considéré comme un martyr, il irait au paradis et son esprit me serait éternellement reconnaissant de lui avoir évité de connaître le sort de son père. Ces gens trahissent notre pays et notre religion. »

Seule la colère me tenait encore debout.

« Personne ne trahit sa religion et son pays autant que toi, ai-je hurlé. Les gens de ton acabit détruisent l'islam. Quand l'ayatollah a-t-il prononcé de telles fatwas ? Tu es prêt à commettre n'importe quel forfait pourvu qu'il serve tes intérêts personnels, tout en te retranchant derrière ta foi et ta religion. »

Je lui ai craché au visage et je suis sortie. J'avais un mal de tête effroyable. Deux fois, je me suis pliée en deux sur le trottoir et j'ai rendu une bile amère. Je suis allée chez Mère. Ali était sur le point de partir travailler. Je l'ai attrapé par le bras et l'ai supplié de m'aider, de prévenir celles de ses relations qui avaient un peu d'influence, de demander à son beau-père d'intervenir. Il a secoué la tête en disant : « Ma sœur, je suis atterré, je te le jure. Siamak a grandi dans mes bras. Je l'aimais…

— Tu l'aimais ? ai-je crié. Tu en parles comme s'il était déjà mort !

— Non, tu comprends tout de travers. Ce que je veux dire, c'est que personne ne pourra ni ne voudra intervenir en sa faveur. Maintenant qu'il a été étiqueté comme moudjahid, tout le monde se détournera de lui. Ces mécréants ont commis tellement de crimes ! Tu ne te rends pas compte ? »

Je suis allée dans la chambre de Mère, je me suis laissée tomber au sol et me suis frappé la tête contre le mur en gémissant : «Les voilà, tes fils bien-aimés, prêts à tuer leur neveu, un garçon de dix-sept ans ! Et toi, tu me dis de ne pas prendre les choses tellement à cœur, de ne pas oublier que nous sommes du même sang !»

À cet instant, Faati est arrivée avec Sadegh Agha et leur bébé. Ils m'ont relevée et m'ont raccompagnée chez moi. Faati pleurait sans discontinuer et Sadegh Agha mordillait sa moustache.

«Sincèrement, je m'inquiète pour Sadegh, m'a chuchoté Faati. Et s'ils l'accusent d'être un moudjahid, lui aussi ? Il s'est disputé plusieurs fois avec Mahmoud et Ali pour des questions politiques.»

Les larmes ruisselaient sur mon visage.

«Sadegh Agha, allons à Evin, l'ai-je supplié. Ils accepteront peut-être de nous donner des nouvelles.»

Nous sommes allés à la prison, où tous nos efforts sont restés vains. J'ai demandé à voir Ezatollah Haj-Hosseini, mais on m'a répondu qu'il ne travaillait pas ce jour-là.

Hébétés, impuissants, nous sommes rentrés à la maison. Faati et Mme Parvin ont essayé de m'obliger à manger, mais j'étais incapable d'avaler quoi que ce soit. Je n'arrêtais pas de penser : Et Siamak, qu'est-ce qu'on lui donnera à manger ? Je pleurais, je me torturais en me demandant quelles démarches je pouvais faire, à qui m'adresser.

Soudain, Faati s'est exclamée : «Mahboubeh !

— Mahboubeh ?

— Oui ! Notre cousine Mahboubeh. Son beau-père est membre du clergé. Il paraît que c'est un homme important. Tantine nous a toujours dit qu'il était très bon et très correct.

— Mais oui, tu as raison !»

J'étais comme une femme qui se noie et se raccroche à un morceau de bois à la dérive. Je me suis levée, pleine d'espoir.

« Que fais-tu ? m'a demandé Faati.

— Je vais à Qum.

— Attends. Nous allons t'accompagner, Sadegh et moi. Nous partirons tous ensemble demain.

— Demain ? Il sera trop tard. Non, non, je vais me débrouiller, sois tranquille.

— Tu ne peux pas faire ça !

— Et pourquoi ? Je sais où habite notre tante. Elle n'a pas déménagé, si ?

— Non, mais tu ne peux pas voyager seule. »

Massoud, qui avait commencé à s'habiller, est intervenu : « Elle ne sera pas seule. J'irai avec elle.

— Mais tu as classe… et tu as déjà manqué les cours aujourd'hui.

— Et alors ? Ce n'est pas bien grave. Il n'est pas question que tu partes seule, un point c'est tout. C'est moi, l'homme de la maison, maintenant. »

Nous avons confié Shirin à Mme Parvin et sommes partis. Massoud a pris soin de moi comme d'une enfant. Dans le bus, il a essayé de s'asseoir bien droit pour que je puisse poser la tête sur son épaule et dormir. Il m'a obligée à manger quelques biscuits et à boire un peu d'eau. À notre arrivée, il m'a prise par la main et a trouvé un taxi. Il faisait nuit noire quand nous avons sonné chez ma tante.

Stupéfaite de nous trouver devant sa porte, à une heure pareille qui plus est, elle m'a dévisagée attentivement : « Que Dieu ait pitié ! Que s'est-il passé ? »

J'ai fondu en larmes. « Tantine, aide-moi. Voilà que je vais perdre mon fils maintenant. »

Ma cousine Mahboubeh et son mari Mohsen nous ont rejoints une demi-heure plus tard. Mahboubeh était toujours aussi gaie, elle avait juste un peu grossi et avait l'air plus mûre. Son mari était un bel homme, qui semblait intelligent et attentionné. Leur amour et leur affection réciproques étaient manifestes. Sans cesser de pleurer, je leur ai expliqué ce qui s'était passé. Le mari de Mahboubeh m'a réconfortée et a prononcé des paroles rassurantes.

« Il est impossible qu'ils l'aient arrêté sur la foi d'éléments aussi fragiles », m'a-t-il dit. Il m'a promis de me conduire chez son père le lendemain et de m'apporter toute l'aide qu'il pourrait. Je me suis un peu calmée. Ma tante m'a obligée à prendre un dîner léger, Mahboubeh m'a donné un sédatif et, après vingt-quatre heures de veille, j'ai sombré dans un sommeil profond et amer.

Le beau-père de Mahboubeh était un homme adorable, rempli de compassion. Touché par mon chagrin, il a tout fait pour me consoler. Il a passé plusieurs coups de fil, a noté quelques noms et quelques commentaires qu'il a remis à Mohsen avant de lui demander de me raccompagner à Téhéran. Pendant le trajet, je n'ai cessé de prier et de supplier Dieu de ne pas m'abandonner. Dès que nous sommes arrivés chez moi, Mohsen a entrepris de contacter différentes personnes et a fini par obtenir un rendez-vous à la prison d'Evin le lendemain.

À Evin, le gardien a échangé quelques plaisanteries avec Mohsen avant de lui dire : « Il ne fait pas de doute que c'est un sympathisant des moudjahidin, mais pour le moment ils n'ont rien de solide ni de probant contre lui. Il sera très vraisemblablement relâché dès que la procédure judiciaire normale aura suivi son cours. » Et il a demandé à Mohsen de transmettre ses salutations à son père.

Ces quelques paroles m'ont permis de tenir pendant dix mois. Dix mois de ténèbres et de souffrances. Chaque nuit, je rêvais qu'ils avaient ligoté les jambes de Siamak et lui fouettaient la plante des pieds. Sa chair collait au fouet et se détachait en lambeaux. Et chaque nuit, je me réveillais en hurlant.

Je crois que c'est une semaine après l'arrestation de Siamak que j'ai aperçu mon reflet dans la glace. J'avais l'air d'une vieille femme pitoyable, maigre, le teint cireux. Mais ce qui m'a le plus frappée était la mèche de cheveux blancs apparue subitement sur la partie droite de ma tête. Après l'exécution d'Hamid, il m'était arrivé de trouver quelques fils blancs dans ma chevelure, mais cette mèche était nouvelle.

J'étais régulièrement en relation avec Mahboubeh et, grâce à elle, j'ai pu assister avec son mari et son beau-père à une réunion organisée à la prison d'Evin à l'intention des parents de détenus. J'ai demandé des nouvelles de Siamak. L'employé de la prison qui le connaissait bien m'a répondu : « Ne vous inquiétez pas, il sera libéré. »

J'étais folle de joie, avant de me remémorer les propos d'une des autres mères présentes à cette réunion : « Quand ils disent "Il sera libéré", ils veulent dire libéré de la vie. »

L'horreur et l'espoir se disputaient en moi, et ce conflit me tuait. Je m'abîmais dans le travail simplement pour ne pas avoir le temps de penser.

Les rumeurs sur la réouverture des universités se sont confirmées. Je suis allée m'inscrire aux quelques modules qu'il me restait à valider pour atteindre enfin l'objectif pour lequel je m'étais si longtemps battue. Fronçant les sourcils, l'employé de l'administration m'a annoncé avec une froideur extrême : « Vous n'êtes pas autorisée à vous inscrire.

— Mais je suis une ancienne étudiante ! Il ne me manque que ces quelques modules pour avoir ma licence. En fait, j'ai déjà suivi les cours ; je n'ai que les examens à passer.

461

— Je regrette. Vous avez été rayée des registres.

— Comment ça ? Pourquoi ?

— Ne me dites pas que vous l'ignorez, a-t-il répliqué avec un sourire mauvais. Vous êtes veuve d'un communiste et mère d'un traître et dissident.

— Et je suis fière de l'un comme de l'autre, ai-je rétorqué, furieuse.

— Vous pouvez être aussi fière que vous le voulez, ça ne vous donne pas le droit d'assister aux cours ni d'obtenir un diplôme de l'université islamique.

— Savez-vous le mal que je me suis donné pour obtenir ce diplôme ? Si les universités n'avaient pas été fermées, j'aurais ma licence depuis des années. »

Il a haussé les épaules.

J'ai discuté avec plusieurs autres administrateurs, en vain. Accablée, j'ai franchi les portes de l'université. J'avais fait tous ces efforts en pure perte.

Le doux soleil de la fin février étincelait. Le froid mordant de l'hiver s'était dissipé et un doux parfum de printemps flottait dans l'air. Comme Sadegh Agha avait laissé ma voiture au garage pour une révision, je suis allée travailler à pied. Vers deux heures de l'après-midi, Faati m'a appelée : « Passe chez nous après ton travail. Sadegh est allé chercher ta voiture et il prendra les enfants au passage…

— Je n'ai pas tellement envie, ai-je répondu. Je préfère rentrer chez moi.

— Non, non, a insisté Faati. Il faut que tu viennes. J'ai à te parler.

— Il est arrivé quelque chose ?

— Non. Mais Mahboubeh a appelé ; ils sont de passage à Téhéran. Je leur ai demandé de venir nous voir. Ils auront peut-être des nouvelles. »

En raccrochant, je n'ai pu m'empêcher de m'interroger. Faati avait une drôle de voix et j'ai commencé à me tracasser. On venait de me confier un texte de dernière minute à revoir et je me suis mise au travail, mais j'avais du mal à me concentrer. J'ai appelé chez moi pour parler à Mme Parvin : « Vous voulez bien préparer Shirin ? Sadegh Agha va passer la prendre. »

Elle a ri. « Il est déjà là. Il attendait Massoud qui vient de rentrer. Ils vont tous ensemble chez Faati. Et toi, tu y vas quand ?

— Dès que j'aurai fini ici. » Puis j'ai ajouté : « Dites-moi la vérité, il s'est passé quelque chose ?

— Je n'en sais rien ! Mais s'il s'était passé quelque chose, Sadegh Agha me l'aurait sûrement dit. Cesse donc de t'inquiéter pour rien. Tu te fais du mal inutilement. »

Dès que j'ai eu fini de réviser mon texte, j'ai quitté le bureau et j'ai pris un taxi pour me rendre chez Faati. C'est elle qui m'a ouvert la porte, et je lui ai jeté un regard anxieux.

« Bonjour, ma sœur, a-t-elle dit. Pourquoi est-ce que tu me regardes comme ça ?

— Dis-moi la vérité, Faati. Que s'est-il passé ?

— Comment ça ? Il faut donc qu'il se passe quelque chose de particulier pour que tu viennes nous voir ? »

Firouzeh est arrivée, mi-courant, mi-dansant, et s'est jetée dans mes bras. Shirin l'a suivie en courant, elle aussi. Je me suis tournée vers Massoud. Il se tenait là, calme et pensif. Je l'ai rejoint et lui ai demandé tout bas : « Qu'est-ce qui se passe ?

— Je ne sais pas. On vient d'arriver. Mais ils sont bizarres, c'est sûr ; ils n'arrêtent pas de se chuchoter des trucs à l'oreille.

— Faati ! ai-je crié. Que s'est-il passé ? Parle, ou je vais devenir folle.

— Pour l'amour de Dieu, calme-toi. De toute façon, ce sont de bonnes nouvelles.

— C'est à propos de Siamak ?

— Oui. Il paraît qu'ils vont le relâcher avant le Nouvel An.

— Et peut-être même plus tôt, a ajouté Sadegh Agha.

— Qui vous l'a dit ? Comment l'avez-vous appris ?

— Du calme, a dit Faati. Assieds-toi, je vais chercher le thé. »

Massoud m'a pris la main. Sadegh Agha jouait avec les enfants en riant.

« Sadegh Agha, je vous en prie, dites-moi exactement ce que vous savez.

— Pas grand-chose, franchement. Faati en sait plus que moi.

— D'où tient-elle ces informations ? De Mahboubeh ?

— Oui. Je crois qu'elles se sont parlé. »

Faati est entrée avec le plateau de thé, suivie par Firouzeh qui gambadait, chargée d'une assiette de pâtisseries.

« Faati, pour l'amour de tes enfants, assieds-toi et répète-moi exactement ce que Mahboubeh t'a raconté.

— Elle m'a dit que tout était réglé et que Siamak n'allait pas tarder à être libéré.

— Quand ça ?

— Peut-être cette semaine.

— Oh mon Dieu ! Est-ce possible ? »

Je me suis laissée retomber contre le dossier du canapé. Faati, qui s'y attendait, m'a immédiatement tendu un flacon de gouttes de nitroglycérine et un verre d'eau. J'ai avalé le médicament et ai attendu d'avoir retrouvé mon sang-froid. Puis je me suis levée pour rentrer chez moi.

« Où vas-tu ? m'a demandé Faati.

— Il faut que j'aille ranger sa chambre. Si mon fils revient demain, tout doit être propre et en ordre. J'ai mille choses à faire.

— Assieds-toi. Tu ne peux donc jamais rester tranquille ? Écoute-moi bien, Mahboubeh pense qu'il rentrera peut-être ce soir. »

Je suis retombée sur le canapé. « Qu'est-ce que tu racontes ?

— Mahboubeh et Mohsen se sont rendus à Evin, pour être là s'ils le relâchaient aujourd'hui. Ne t'énerve surtout pas. Ils peuvent arriver d'un instant à l'autre. Reste calme. »

Agitée, folle d'impatience, je répétais sans discontinuer : « Que s'est-il passé ? Quand arriveront-ils ? »

Soudain, j'ai entendu Massoud crier : « Siamak ! », et mon fils est entré.

La joie et l'excitation ont failli avoir raison de mon pauvre cœur. J'ai bien cru qu'il allait exploser dans ma poitrine. Je me suis jetée dans les bras de Siamak. Il était plus maigre et plus grand qu'avant. Je ne parvenais plus à respirer, et quelqu'un m'a aspergé le visage avec de l'eau. J'ai repris mon fils contre moi. J'ai touché son visage, ses yeux, ses mains. Était-ce vraiment mon Siamak chéri ?

Massoud a longuement étreint son frère, lui aussi, et a pleuré pendant une heure. Comment ce garçon si doux et si gentil, qui avait si courageusement assumé toutes ses responsabilités et n'avait cessé de m'encourager à garder espoir, avait-il pu réprimer autant de larmes pendant aussi longtemps ?

Tout excitée par cette agitation, Shirin, d'abord un peu intimidée, a sauté dans les bras de Siamak en riant.

La nuit s'est passée dans une euphorie et un délire indescriptibles.

« Je veux voir tes pieds, ai-je dit.

— Arrête, Maman, a répondu Siamak en riant. Tu es ridicule ! »

La première personne que j'ai appelée était le beau-père de Mahboubeh. J'ai pleuré et je l'ai remercié, le noyant sous une avalanche de paroles affectueuses.

« Je n'ai pas fait grand-chose, a-t-il protesté.

— Bien sûr que si. Vous m'avez rendu mon fils. »

Les visites familiales se sont succédé sans interruption pendant quarante-huit heures. Mansoureh et Manijeh surveillaient de près leur mère, qui était devenue très fragile et avait tendance à oublier ou confondre les choses. Elle prenait Siamak pour Hamid.

J'avais fait tant de serments et de promesses à Dieu que je ne savais par où commencer. J'ai mis de côté mes autres obligations et nous sommes partis tous les quatre en pèlerinage au sanctuaire de l'imam Reza, à Mashad. De là, nous avons rejoints Qum pour remercier ma tante, Mahboubeh, son mari et mon ange sauveur, le beau-père de Mahboubeh.

Quelles douces journées ! Quel bonheur ! Je reprenais vie. Avec mes enfants à mes côtés, rien ne pouvait m'abattre.

Siamak allait bientôt avoir dix-huit ans. Il avait manqué une année de lycée, mais comme je l'avais inscrit avec un an d'avance, il n'était pas retard dans ses études. Malheureusement, le jour où il est allé s'inscrire, ils ont refusé de le prendre. Moi qui avais toujours espéré que mes enfants feraient des études supérieures, j'ai dû me résoudre à ce que mon fils ne puisse même pas passer son diplôme de fin d'études secondaires.

Siamak a été mortifié de ne pas pouvoir accomplir sa dernière année de lycée. Il était agité, nerveux. Je savais qu'il n'était pas bon pour lui de rester à la maison, de mener une vie oisive et déstructurée. D'autant plus que certains de ses anciens amis avaient commencé à revenir le voir. Siamak avait beau ne pas sembler s'intéresser beaucoup à eux, leur présence m'inquiétait.

Sachant que je travaillais dur et voyant avec quel souci d'économie je gérais notre quotidien, Siamak a pris la décision de chercher un emploi pour m'aider.

Mais quel genre de travail réussirait-il à trouver ? Il ne disposait pas du capital nécessaire pour monter une petite entreprise et n'avait aucune formation. De plus, la guerre avec l'Irak continuait à faire rage et son spectre se rapprochait de nous peu à peu. Un beau jour, alors que je ruminais ces pensées et ces soucis, Mansoureh est passée chez moi. Je lui ai confié mes inquiétudes.

« Figure-toi que c'est justement pour ça que je venais te voir. Il faut absolument que Siamak poursuive ses études. Dans notre famille, tous les membres de sa génération vont à l'université. Il n'est pas acceptable que Siamak n'ait même pas son diplôme de fin d'études secondaires.

— Je sais bien, ai-je acquiescé. Rien ne l'empêcherait de suivre les cours du soir et de passer ses examens. Mais il préfère travailler. Il dit que puisque, de toute façon, on ne lui permettra pas de s'inscrire à l'université, un diplôme de fin d'études secondaires ne lui servira à rien. Avec ou sans, il sera obligé de travailler, alors autant commencer tout de suite.

— Écoute, Massoum. Il y aurait peut-être une autre solution. Je ne sais pas comment Siamak le prendra, alors il vaudrait mieux que ça reste entre nous pour le moment.

— Bien sûr, ai-je répondu, étonnée. De quoi s'agit-il ?

— Tu sais qu'Ardeshir a fini le lycée l'année dernière. Il va bientôt être appelé pour faire son service militaire, et cette guerre n'en finit pas. Je ne veux pas qu'on l'envoie sur le front. De plus, comme tu le sais, il n'a jamais été très courageux. Il a une telle trouille que si ce n'est pas une balle qui le tue, ce sera la peur. Nous avons donc décidé de lui faire quitter le pays.

— Quitter le pays ? Mais comment ? Les jeunes en âge d'être incorporés n'ont pas le droit de franchir la frontière.

— C'est tout le problème. Il va être obligé de partir illégalement. Nous avons trouvé quelqu'un qui prend deux cent cinquante mille tomans pour faire passer la frontière à ces gosses. J'ai pensé que nous pourrions peut-être les envoyer ensemble, tous les deux. Comme ça, ils veilleraient l'un sur l'autre. Qu'en penses-tu ?

— Ma foi, pourquoi pas ? Mais comment réunir une somme pareille ?

— Ne t'inquiète pas pour ça. Si tu es un peu à court, nous t'aiderons. L'essentiel est qu'ils partent ensemble. Siamak est drôlement dégourdi, ce qui est loin d'être le cas d'Ardeshir. Il acceptera plus facilement de partir s'il sait que son cousin l'accompagne. Et nous serons moins inquiets, nous aussi.

— Mais où veux-tu qu'ils aillent ?

— Ils n'ont que l'embarras du choix. Tous les pays accueillent les réfugiés. Pendant un temps, ils auront droit à une aide financière qui leur permettra de terminer leurs études. Mais dis-moi, qu'est-ce qui te préoccupe le plus ? L'argent ?

— Non. Si c'est pour le bien de mon fils, je vendrai tout ce que j'ai et j'emprunterai ce qui manque. Mais je veux être certaine que c'est la meilleure solution. Accorde-moi une semaine pour y réfléchir tranquillement et en discuter avec lui. »

J'ai passé deux jours à me torturer l'esprit. Était-il raisonnable de mettre un garçon de l'âge de Siamak entre les mains d'un passeur ? Quel danger courrait-il en franchissant la frontière illégalement ? Il allait être obligé de vivre seul à l'autre bout du monde. S'il lui fallait de l'aide, à qui pourrait-il s'adresser ? J'avais terriblement besoin de conseils. J'ai exposé la situation à Sadegh Agha sous le sceau du secret.

« Franchement, je ne sais pas quoi te répondre, a-t-il dit. Toute situation comporte des risques, et cette solution est dangereuse, c'est indéniable. J'ignore tout de la vie à l'Ouest, mais je connais un certain nombre de gens qui ont cherché récemment à obtenir l'asile dans différents pays ; certains ont été expulsés… »

Le lendemain, M. Zargar est passé pour m'apporter du travail. Il était allé à l'université en Occident et son avis pouvait être précieux.

« Je n'ai aucune expérience de la traversée illégale de la frontière, bien sûr, et ne saurais vous dire le danger que cela représente. Mais je sais que de plus en plus de gens prennent ce risque. Si Siamak arrive à obtenir le statut de réfugié, ce qui sera certainement le cas en tant qu'ancien prisonnier politique, il n'aura pas de difficultés financières et, pour peu qu'il ait la volonté nécessaire, il pourra suivre une excellente formation. Le seul vrai problème, c'est la solitude de l'exil. De nombreux jeunes de son âge sombrent dans la dépression et souffrent de graves problèmes psychiques qui les empêchent de mener une vie normale, sans parler de réussir leurs études. Je ne voudrais pas vous inquiéter inutilement, pourtant je dois vous avertir que le taux de suicide est élevé parmi ces jeunes. Je pense que vous ne devriez l'envoyer à l'étranger que si vous connaissez quelqu'un sur place qui puisse vous remplacer plus ou moins et avoir l'œil sur lui. »

La seule personne que je connaissais à l'étranger et en qui j'avais confiance était Parvaneh. Je suis allée chez Mansoureh et je l'ai appelée de là-bas, craignant que notre téléphone ne soit sur écoute. Je lui ai exposé la situation, et Parvaneh m'a immédiatement répondu : « Il ne faut pas hésiter un instant ! Si tu savais le souci que je me fais pour lui ! Envoie-le ici par tous les moyens que tu peux, et je te jure de m'occuper de lui comme de mon propre fils. »

Sa sincérité et sa bonne volonté ont allégé mes soucis et j'ai décidé qu'il était temps d'aborder la question avec Siamak. Je ne savais absolument pas comment il allait réagir.

Profitant de ce que Shirin dormait, j'ai ouvert doucement la porte de la chambre des garçons et je suis entrée. Siamak était allongé sur son lit, à contempler le plafond. Assis à son bureau, Massoud faisait ses devoirs. Je me suis assise sur le lit de Massoud et leur ai annoncé : « Il faut que je vous parle, à tous les deux. »

Siamak s'est relevé d'un bond et Massoud s'est tourné vers moi en disant : « Que se passe-t-il ?

— Rien ! J'ai réfléchi à l'avenir de Siamak et il est temps de prendre une décision.

— Une décision ? Quelle décision ? a demandé Siamak d'un ton amer. Parce que nous avons le droit de prendre des décisions, maintenant ? Tout ce que nous pouvons faire, c'est dire oui à tous leurs ordres.

— Non, mon chéri, pas forcément. Ça fait huit jours que je me creuse la tête pour trouver le moyen de t'envoyer en Europe.

— En Europe ? Tu rêves ! De toute façon, tu n'auras jamais assez d'argent ! Tu sais ce que ça coûte ? Au moins deux cent mille tomans pour le passeur et autant pour vivre en attendant que la demande d'asile soit acceptée.

— Bravo ! Quelle précision ! Comment sais-tu ça ?

— Oh, je me suis renseigné ! Beaucoup de mes amis ont déjà quitté le pays, tu sais.

— Ah bon ? Pourquoi ne m'en as-tu pas parlé ?

— Pourquoi l'aurais-je fait ? Je savais que tu n'avais pas l'argent nécessaire et je ne voulais pas te chagriner inutilement.

— L'argent n'est pas un vrai problème. Si c'est pour ton bien, je me débrouillerai. Dis-moi simplement si tu as envie de partir, oui ou non.

— Bien sûr que oui !

— Et qu'est-ce que tu comptes faire là-bas ?

— Des études. Ici, je n'aurai jamais le droit de m'inscrire à la fac. Je n'ai aucun avenir dans ce pays.

— On ne te manquera pas trop ?

— Bien sûr que si, mais tu crois vraiment que je vais pouvoir rester ici éternellement à me tourner les pouces en te regardant taper à la machine et coudre ?

— Ça impose de quitter le pays illégalement. C'est très dangereux. Es-tu prêt à courir ce risque ?

— Le risque n'est pas plus grand que si je dois faire mon service militaire et que je suis envoyé sur le front, tu ne crois pas ? »

Il avait évidemment raison. Siamak serait incorporé dans moins d'un an, et cette guerre n'était visiblement pas près de s'achever.

« Il y a tout de même certaines conditions, et il faut que tu me promettes de les respecter et de ne jamais rompre ta promesse.

— D'accord. Et c'est quoi, ces conditions ?

— Primo, tu dois me promettre de ne pas prendre contact avec les groupes et les organisations politiques iraniens et ne les fréquenter sous aucun prétexte. Secundo, tu dois t'engager à étudier pour obtenir le plus haut diplôme possible et devenir un homme instruit et respectable. Enfin, je veux que tu ne nous oublies pas et que tu aides ton frère et ta sœur dès que tu le pourras.

— Inutile d'exiger de telles promesses, m'a répondu Siamak. Ça va de soi.

On dit toujours ça, et ensuite, on oublie.

— Comment veux-tu que je vous oublie ? Vous êtes toute ma vie. J'espère qu'un jour, je pourrai te rendre ton amour et tous les sacrifices que tu as faits pour nous. Sois sûre que je serai un étudiant sérieux et que je me tiendrai à l'écart de la politique. Pour tout te dire, j'en ai plus qu'assez de ces mouvements et de ces factions. »

Nous avons passé des heures à imaginer comment Siamak pourrait quitter le pays et à chercher des solutions pour réunir la somme nécessaire. Il reprenait vie, oscillant entre excitation et inquiétude, espoir et nervosité. J'ai vendu deux de nos tapis et les quelques bijoux qui me restaient. J'ai même vendu mon alliance et le petit bracelet en or de Shirin, et j'ai emprunté un peu d'argent à Mme Parvin. Malheureusement, ça n'était pas suffisant. Toujours plein d'égards pour moi et conscient de mes problèmes avant même que je les lui confie, M. Zargar est arrivé un jour avec cinquante mille tomans, qu'il m'a remis en les présentant comme un arriéré de salaire.

« Mais vous ne me devez certainement pas autant d'argent ! ai-je protesté.

— J'ai un tout petit peu complété.

— De combien ? Je veux savoir ce que je vous dois.

— Ce n'est pas grand-chose. Je ferai les comptes et je le retiendrai sur vos prochaines payes. »

Une semaine plus tard exactement, j'ai pu donner deux cent cinquante mille tomans à Mansoureh et lui annoncer en confidence que nous étions prêts. Elle m'a jeté un regard étonné : « Où as-tu trouvé tout cet argent ? J'avais mis cent mille tomans de côté pour toi !

— C'est vraiment gentil mais, comme tu vois, je me suis débrouillée.

— Et l'argent dont ils auront besoin pendant les quelques mois qu'ils passeront au Pakistan ? Tu as ce qu'il faut pour ça aussi ?

— Pas encore, mais je vais le trouver.

— Inutile. L'argent est là, à ta disposition.

— Entendu, ai-je dit, mais je te rembourserai dès que possible.

— Ce n'est pas la peine. C'est ton argent, la part qui revient à tes enfants. Si Hamid était mort une semaine

472

plus tard, la moitié de cette maison et du reste te serait revenue.

— Si Hamid n'était pas mort, ai-je rétorqué, ton père serait encore en vie. »

Prendre contact avec le passeur, un jeune homme maigre comme un clou, au teint foncé, vêtu de la tenue traditionnelle de sa province, n'a pas été une mince affaire. Son nom de code était Mme Mahin, et il n'acceptait de répondre au téléphone que si on demandait cette dame. Les garçons, m'a-t-il annoncé, devaient être prêts à partir à tout moment pour Zahedan, une ville du sud-est de l'Iran. Il s'est engagé à leur faire franchir sains et saufs la frontière du Pakistan avec le concours de quelques amis, puis de les conduire jusqu'aux bureaux des Nations unies à Islamabad. Il les dissimulerait sous des peaux de mouton et ils passeraient la frontière au milieu d'un troupeau.

J'étais terrifiée, mais j'ai tout fait pour masquer mon angoisse à Siamak. Avec son caractère aventureux et intrépide, il trouvait cette aventure plus grisante qu'effrayante.

La nuit où le passeur nous a avertis, les garçons ont pris la route de Zahedan en compagnie de Bahman, le mari de Mansoureh. Au moment de dire au revoir à Siamak, j'ai eu l'impression qu'on m'arrachait un membre. Je me demandais si j'avais bien fait et étais partagée entre la tristesse de la séparation et l'angoisse du danger qu'il courait. Cette nuit-là, je n'ai pas quitté mon tapis de prière. J'ai prié, pleuré et remis la vie de mon fils entre les mains de Dieu.

J'ai passé trois jours et trois nuits à me ronger d'inquiétude avant d'apprendre que les garçons avaient franchi la frontière sans encombre. Dix jours plus tard, j'ai pu parler à Siamak. Il était si loin et sa voix paraissait si triste…

Je n'ai plus vécu alors que dans la douleur de son absence. Il manquait aussi terriblement à Massoud, et les larmes que je versais chaque nuit ne faisaient qu'ajouter à sa peine. Mansoureh était encore plus abattue que nous. N'ayant jamais été séparée de son fils, ne fût-ce qu'un jour, elle était inconsolable. Je n'arrêtais pas de l'exhorter – et de m'exhorter du même coup – à rester forte : « Il faut être solides ! En des temps pareils, pour sauver nos enfants et leur assurer un avenir, nous devons, nous, les mères, supporter vaillamment notre souffrance. C'est le prix à payer pour être de bonnes mères. »

Quatre mois plus tard, Parvaneh m'a téléphoné d'Allemagne et a passé le combiné à Siamak. J'ai hurlé de joie. Il était arrivé ! Parvaneh m'a juré de bien s'occuper de lui, mais il devait d'abord rester quelques mois dans un camp de réfugiés. Contrairement à d'autres jeunes gens qui cédaient à l'oisiveté, Siamak a profité de cette période pour apprendre l'allemand, ce qui lui a permis d'être rapidement admis au lycée, puis à l'université. Il a fait des études pour devenir ingénieur mécanicien et n'a jamais oublié les promesses qu'il m'avait faites.

Parvaneh s'était débrouillée pour qu'il puisse passer ses jours de congé et ses vacances chez elle, et elle me tenait régulièrement informée de ses progrès. J'étais heureuse et fière de lui. J'avais le sentiment d'avoir accompli désormais le tiers de mes obligations de mère. Je travaillais d'arrache-pied et remboursais progressivement mes dettes. Massoud était plein de sollicitude à mon égard et avait pris notre existence en main. Tout en poursuivant ses études, il assumait parallèlement le rôle de père de famille, et son amour infaillible me comblait de bonheur et d'espoir. Quant à Shirin, sa vivacité, ses pitreries et ses babillages remplissaient notre maison de gaieté et de joie. J'avais trouvé la paix, temporairement du moins. Les soucis et les problèmes rôdaient toujours autour de nous, et la désastreuse guerre avec l'Irak semblait appelée à durer éternellement.

En ces jours où j'avais réappris à rire, M. Zargar est venu me rendre visite. L'air grave, les yeux rivés sur la table basse, il m'a demandée en mariage. Je savais que sa fille et son épouse françaises avaient quitté l'Iran plusieurs années auparavant, mais personne ne m'avait appris qu'il avait divorcé. C'était un homme raisonnable et instruit, parfaitement respectable à tous égards. Accepter sa proposition aurait évidemment réglé mes problèmes matériels, tout en comblant le vide affectif dont je souffrais. Je dois avouer, en effet, qu'il ne m'était pas indifférent. Je l'avais toujours beaucoup apprécié et admiré en tant qu'homme, et il était devenu pour moi un ami et un compagnon très cher, à qui je n'hésitais jamais à ouvrir mon cœur. Peut-être saurait-il m'offrir l'amour et l'affection dont j'avais toujours été un peu privée avec Hamid.

Depuis la mort de celui-ci, M. Zargar était le troisième homme à me demander de l'épouser. Dans les deux premiers cas, j'avais refusé sans un instant d'hésitation. En revanche, s'agissant de M. Zargar, je ne savais que faire. La raison aussi bien que le sentiment me poussaient à lui répondre favorablement. En même temps, les regards soupçonneux dont Massoud me couvait depuis un certain temps, son air agité et inquiet, ne m'avaient pas échappé. Un beau jour, il m'a lancé à brûle-pourpoint : « Maman, nous n'avons besoin de personne, n'est-ce pas ? S'il te faut quelque chose, tu n'as qu'à me le dire, je te l'apporterai. Et puis, demande à M. Zargar de ne pas passer aussi souvent, tu veux bien ? Il commence à m'agacer. »

J'ai compris qu'il était préférable de ne pas compromettre la paix dont nous jouissions enfin et de consacrer toute mon attention à mes enfants. Il me semblait de mon devoir de me placer entièrement à leur service ;

c'était à moi, et non à un étranger, de remplir la place laissée vacante par leur père. La présence de M. Zargar m'aurait sans doute été agréable, mais je ne pouvais me cacher qu'elle aurait mis mes enfants, et surtout mes fils, mal à l'aise et aurait été loin de faire leur bonheur.

Quelques jours plus tard, je me suis résolue, malgré mes regrets, à repousser la demande de M. Zargar, tout en le priant de ne jamais me priver de son amitié.

8.

Ma vie était ainsi faite qu'entre deux épisodes douloureux un sursis me permettait toujours de respirer et de reprendre des forces ; mais plus la période de calme était longue, plus brutale était le drame suivant. Consciente de cette réalité, je continuais à m'angoisser même quand tout allait bien en apparence.

Siamak arrivé à bon port, j'étais soulagée d'un grand poids. Mon fils aîné me manquait terriblement, bien sûr, pourtant, même si la souffrance de son absence me paraissait parfois intolérable, je n'ai jamais regretté de l'avoir envoyé à l'étranger, et jamais souhaité son retour. Je tenais de longs discours à sa photo et lui écrivais des lettres interminables dans lesquelles je lui racontais ce qui se passait chez nous. Quant à Massoud, il était si doux et si gentil qu'il ne me posait jamais aucun problème et que, même, c'était bien souvent lui qui résolvait les miens. Il traversait les années difficiles et tourmentées de l'adolescence avec calme et assurance. Se sentant responsable de Shirin et de moi, il assumait une grande partie de mes fardeaux quotidiens et je devais veiller à ne pas abuser de sa gentillesse et de son abnégation et à ne pas demander à ce tout jeune homme plus qu'il ne pouvait raisonnablement donner.

Massoud se mettait parfois derrière moi pour me masser la nuque. « Tu vas tomber malade à travailler comme ça, me disait-il. Va te coucher, repose-toi un peu. »

Et je lui répondais : « Ne t'en fais pas, mon chéri. Le travail ne rend pas malade. Et la fatigue s'efface toujours avec une bonne nuit de sommeil et deux jours de repos par semaine. Ce qui rend malade, c'est l'oisiveté, les pensées et les angoisses inutiles. Le travail est l'essence de la vie. »

Plus encore que mon fils, Massoud était mon partenaire, mon ami et mon conseiller. Nous parlions de tout et prenions les décisions ensemble. Je ne pouvais que lui donner raison : nous nous suffisions à nous-mêmes. Je m'inquiétais toutefois à l'idée que, plus tard dans la vie, des gens ne profitent exagérément de sa gentillesse et de son caractère accommodant ; il suffisait ainsi à sa sœur d'un baiser, d'une larme ou d'une prière pour obtenir de lui ce qu'elle voulait.

Massoud se conduisait comme un père avec Shirin. C'était lui qui était allé l'inscrire à l'école, lui qui discutait avec ses institutrices, l'accompagnait en classe tous les jours et achetait ce dont elle avait besoin. Lors des raids aériens, il allait la chercher dans sa chambre et l'obligeait à se cacher sous l'escalier. Leur affection mutuelle faisait mon bonheur mais, contrairement à la plupart des mères, je ne me réjouissais pas de les voir grandir. Cela m'effrayait, au contraire, et mes craintes s'aggravaient au fur et à mesure que la guerre se prolongeait.

Chaque année, j'essayais de me convaincre qu'elle serait finie avant l'année suivante et, surtout, avant que Massoud ne soit appelé sous les drapeaux. Mais la guerre durait toujours. Régulièrement, j'apprenais avec horreur que le fils de tel ou tel de nos voisins ou de nos amis était mort en martyr, et le jour où Gholam-Ali, l'aîné de Mahmoud, s'est fait tuer sur le front, j'en ai eu le cœur brisé. Je n'oublierai jamais notre dernière rencontre. J'avais été bouleversée de le découvrir un jour sur le seuil de ma maison. Je ne l'avais pas vu depuis de longues années et ne saurais dire si c'était l'uniforme qu'il portait ou l'étrange lueur qui brillait au fond de ses yeux qui le faisait paraître bien plus que son âge. Ce n'était plus le même Gholam-Ali.

Je l'avais accueilli avec surprise. « Il s'est passé quelque chose ?

— Faut-il un événement extraordinaire pour que tu m'ouvres ta porte ? m'avait-il demandé d'un ton de reproche.

— Non, mon chéri, tu es toujours le bienvenu. Je suis surprise, c'est tout, parce que c'est la première fois que tu viens chez nous. Entre, je t'en prie. »

Gholam-Ali paraissait mal à l'aise. Je lui avais servi une tasse de thé et j'avais commencé à lui poser des questions banales sur sa famille, sans évoquer l'uniforme qu'il portait ni le fait qu'il se soit engagé volontairement dans l'armée et ait déjà été envoyé sur le front. Je crois que j'avais peur d'aborder ce sujet. Cette guerre n'était que sang, souffrance et mort. Quand je m'étais enfin tue, il avait dit : « Ma tante, je suis venu te demander pardon.

— Pardon ? Mais de quoi ? Qu'as-tu fait, ou qu'as-tu l'intention de faire ?

— Tu sais qu'on m'a envoyé au front. Je ne suis qu'en permission et je m'apprête à y retourner. C'est la guerre et, avec la grâce de Dieu, je deviendrai un martyr. Si j'ai cette chance, je voudrais que tu me pardonnes la façon dont ma famille et moi-même vous avons traités, tes fils et toi.

— Que Dieu te garde ! Ne dis pas des choses pareilles. Tu as la vie devant toi. Que Dieu retienne à jamais le jour où il t'arrivera malheur.

— Ce ne sera pas un malheur, ma tante, ce sera une bénédiction. Je n'ai pas de plus cher désir que de mourir en martyr.

479

— Il ne faut pas dire ça, avais-je répété. Pense à ta pauvre mère. Si elle t'entendait parler, elle serait folle de douleur... Pour tout t'avouer, je ne comprends pas comment elle a pu te laisser partir à la guerre. Ne sais-tu donc pas que le consentement et l'approbation de tes parents sont plus importants que tout le reste ?

— Si, je le sais. Et j'ai obtenu son approbation. Au début, elle n'arrêtait pas de pleurer. Mais je l'ai conduite à l'hôpital où sont soignées certaines victimes de guerre et je lui ai dit : "Tu vois comment l'ennemi traite les nôtres, comment il détruit leurs vies ? Il est de mon devoir de défendre l'islam, mon pays et notre peuple. Veux-tu réellement t'opposer à mon devoir religieux ?" Mère est vraiment une femme de foi. Je me demande si ses convictions religieuses ne sont pas beaucoup plus solides que celles de mon père. Elle m'a répondu : "Qui suis-je pour contester la volonté de Dieu ? Sa satisfaction est la mienne."

— Très bien, mon chéri, mais tu devrais au moins attendre d'avoir fini ta dernière année de lycée. Si Dieu le veut, la guerre sera alors terminée et tu pourras travailler et mener une vie confortable. »

Il avait répliqué, avec un petit rire : « Comme mon père, c'est ça ? C'est ce que tu veux dire, n'est-ce pas ?

— Oui. Qu'y a-t-il de mal à cela ?

— Tu es pourtant bien placée pour le savoir ! Non, ce n'est pas ce que je veux ! Le front, c'est autre chose. C'est le seul endroit où je me sente proche de Dieu. Tu ne peux pas imaginer ça. Tout le monde est prêt à donner sa vie, tout le monde partage le même idéal. Personne ne parle d'argent ni de prestige, personne ne se vante, personne ne cherche à faire du profit. S'il y a rivalité, c'est uniquement en dévotion et en abnégation. Si tu voyais ces gars essayer de dépasser les autres pour être en première ligne ! C'est la vraie foi, sans hypocrisie, sans tromperie. C'est là que j'ai rencontré de véritables musulmans, qui n'attachent aucune valeur aux biens matériels. Je me sens en paix en leur compagnie. Je suis proche de Dieu. »

Les yeux baissés, j'avais réfléchi aux paroles de ce jeune homme mû par une foi profonde, de ce jeune homme qui avait trouvé sa vérité. La voix triste de Gholam-Ali avait finalement rompu le silence.

« Quand j'ai commencé à travailler l'après-midi à la boutique de Père, j'ai été consterné par certains de ses agissements. Je trouvais à redire à tout. Tu n'as pas encore vu notre nouvelle maison, si ?

— Non. Mais j'ai entendu dire qu'elle est très grande et très belle.

— Oui, elle est grande. Plus grande que tu ne peux l'imaginer. On s'y perdrait. Mais tu sais, ma tante, c'est une maison qui a été confisquée, volée si tu préfères. Tu comprends ? Avec tous ses grands discours sur la foi et la dévotion, je ne sais pas comment Père peut habiter là. Je n'arrête pas de lui dire : "Père, la religion n'approuve pas que tu occupes cette maison ; son propriétaire légitime ne t'a pas donné son consentement." Tu sais ce qu'il me répond : "Au diable son propriétaire ! C'était un escroc, un voleur qui a fui après la révolution. Tu t'inquiètes vraiment à l'idée que ma présence ne plaise pas à monsieur le voleur ?" Je suis troublé par ce qu'il dit et par ce qu'il fait. Ça me donne envie de fuir. Je ne veux pas être comme lui. Je veux être un vrai musulman, moi. »

Je l'avais invité à dîner avec nous. Quand il avait récité sa prière du soir, la pureté de sa foi et de ses convictions m'avait fait frissonner. Au moment de me dire au revoir, il m'avait chuchoté : « Prie pour que je devienne un martyr. »

Le vœu de Gholam-Ali avait été exaucé et il m'a fallu longtemps pour m'en remettre. Pourtant, je n'arrivais pas à me convaincre d'aller chez Mahmoud lui présenter mes condoléances. Mère était furieuse contre moi, elle m'accusait d'avoir un cœur de pierre et de nourrir des rancunes aussi tenaces que celles du chameau. Mais il m'était impossible de mettre le pied dans cette maison.

Quelques mois plus tard, j'ai rencontré Ehteram-Sadat chez Mère. Je l'ai trouvée terriblement vieillie, brisée ; elle avait la peau du visage et du cou qui pendait. En la voyant, j'ai fondu en larmes. Je l'ai serrée dans mes bras. Que dire à une mère qui a perdu son enfant ? Lorsque j'ai murmuré la formule traditionnelle de condoléances, elle m'a repoussée doucement. « Pas besoin de condoléances ! a-t-elle murmuré. Tu devrais me féliciter. Mon fils est devenu un martyr. »

J'étais sans voix. Je l'ai regardée, incrédule, et ai essuyé mes larmes du revers de la main. Comment pourrait-on féliciter une mère qui a perdu son fils ?

Après son départ, je me suis tournée vers Mère : « La mort de son fils ne la chagrine vraiment pas ?

— Ne crois pas ça ! Si tu savais comme elle souffre ! Elle se console comme elle peut, que veux-tu. Heureusement qu'elle a la foi, ça l'aide à supporter sa souffrance.

— Tu as probablement raison à propos d'Ehteram, mais je suis certaine que Mahmoud aura su exploiter le martyre de son fils à son avantage.

— Que Dieu me prenne la vie ! Comment peux-tu dire des choses pareilles ? m'a réprimandée Mère. Ils ont perdu leur fils et toi, tu les critiques dans leur dos ?

— Je connais Mahmoud. Ne cherche pas à me faire croire qu'il n'a pas profité de la mort de son fils ! C'est impossible ! D'où crois-tu qu'il a tout cet argent ?

— Il est marchand. Pourquoi es-tu aussi jalouse de lui ? Le destin offre sa part à chacun.

— Allons, tu sais parfaitement que l'argent propre et honnête ne coule jamais à flots. Oncle Abbas est marchand, lui aussi, non ? Et il a monté son commerce trente ans avant Mahmoud. Comment expliques-tu qu'il ne possède encore qu'une boutique alors qu'Ali, qui vient de commencer, ramasse de l'argent à la pelle ? Il paraît qu'il vient de signer l'acte d'achat d'une maison qui vaut plusieurs millions de tomans.

— Voilà que tu t'en prends à Ali, maintenant ! Dieu soit loué, il existe des gens comme mes fils, intelligents et pieux, et Dieu les aide. D'autres sont comme toi, ils n'ont pas de chance. C'est Dieu qui en décide et tu ne devrais pas te montrer aussi rancunière. »

Après cela, je ne suis plus allée voir Mère pendant un long moment. J'allais régulièrement chez Mme Parvin mais évitais soigneusement de frapper à la porte d'à côté. Peut-être avait-elle raison, après tout, peut-être étais-je jalouse. Néanmoins je ne pouvais pas admettre qu'en des temps où le peuple souffrait de la guerre et de toutes sortes de difficultés, mes frères s'enrichissent de jour en jour. Non ! Ce n'était ni moral ni humain. C'était déshonorant.

*

J'ai passé cette période de répit dans une pauvreté relative, en travaillant dur et en m'inquiétant pour l'avenir.

Un an après le départ de Siamak, la mère d'Hamid a succombé à un cancer qui s'était rapidement généralisé. Son désir de mourir était manifeste et je suis convaincue qu'elle a tout fait pour hâter les progrès de la maladie. Malgré la gravité de son état, elle ne nous a pas oubliés dans son testament et a fait promettre à ses filles de ne jamais nous mettre à la porte de notre maison. Je savais que Mansoureh n'était pas étrangère à cette disposition, et par la suite elle a tout fait pour respecter le vœu de sa mère, quitte à s'opposer à ses sœurs.

Comme le mari de Mansoureh était ingénieur, il a rapidement entrepris de raser la vieille maison pour la remplacer par un immeuble résidentiel de trois niveaux. Pendant les travaux, il a soigneusement évité de toucher à notre côté du jardin, de manière à ce que nous n'ayons pas à déménager. Pendant deux ans, nous avons vécu dans la boue, la poussière et le bruit, jusqu'à ce que ce beau bâtiment neuf soit terminé. Il était formé de deux appartements de cent mètres carrés au rez-de-chaussée et au premier, le dernier étage consistant en un unique vaste logement occupé par Mansoureh et sa famille. Ils nous ont attribué un des appartements du rez-de-chaussée, tandis que le mari de Mansoureh installait ses bureaux dans l'autre. Manijeh était propriétaire des appartements du premier étage : elle occupait l'un et louait l'autre.

Quand Siamak a appris que nous disposions d'un appartement, il s'est mis en colère : « Ils auraient dû nous en donner un deuxième pour que tu puisses le louer et en tirer un revenu. Et encore, ça n'aurait représenté que la moitié de ce qui aurait dû nous revenir normalement.

— Mon garçon chéri, ai-je répondu en riant. Tu as vraiment de la suite dans les idées ! C'est très gentil et très attentionné de leur part de nous avoir donné cet appartement. Ils n'y étaient absolument pas obligés. Essaie de voir les choses comme ça : nous avons maintenant un nouveau logement magnifique qui ne nous a rien coûté. Nous avons toutes les raisons du monde d'en être heureux et reconnaissants. »

Notre appartement a été le premier terminé, ce qui nous a permis de nous y installer pendant que l'autre côté du jardin était rénové, lui aussi. Pour la première fois, nous avions chacun un espace à nous ! Shirin n'était pas une compagne de chambre très agréable et j'étais soulagée d'être débarrassée de ses gamineries, de ses jeux et de son désordre. Elle-même était ravie de ne plus avoir à supporter mon goût de l'ordre et mes constantes récriminations. Quant à Massoud, il adorait sa nouvelle chambre, très lumineuse, tout en considérant qu'elle était toujours également celle de Siamak.

Les années passaient, rapides comme l'éclair. Massoud était en dernière année de lycée et la guerre n'était toujours pas terminée. Chaque fois qu'il réussissait ses examens, mon angoisse augmentait.

« Pourquoi te dépêcher comme ça ? lui disais-je. Prends ton temps, tu peux très bien passer ton diplôme un ou deux ans plus tard.

— Tu préférerais que j'échoue ?

— Et alors ? Qu'y a-t-il de mal à cela ? Ce que je voudrais, c'est que tu restes au lycée jusqu'à la fin de la guerre.

— Surtout pas ! Il faut que je me dépêche de terminer pour pouvoir te décharger de certaines de tes responsabilités. Je veux travailler. Et ne t'inquiète pas pour ces histoires d'armée. Je te promets d'être reçu à l'examen d'entrée à l'université. Comme ça, je bénéficierai encore de plusieurs années de sursis. »

Comment lui faire comprendre que le processus de sélection l'éliminerait impitoyablement ?

Massoud a passé son diplôme de fin d'études secondaires avec d'excellentes notes et a travaillé jour et nuit pour se présenter aux examens d'entrée à l'université. Il savait à présent que, en raison du passé de notre famille, il y avait peu de chances qu'il soit admis. Pour me consoler et peut-être pour se remonter le moral, il ne cessait de répéter : « Je n'ai jamais eu la moindre activité politique et au lycée on a toujours été content de moi. Mes professeurs me soutiendront. »

Cela n'a servi à rien. Sa candidature a été rejetée au motif que des membres de sa famille avaient participé à des activités politiques. Quand il a appris la nouvelle, il a tapé du poing sur la table, a jeté ses livres par la fenêtre et a fondu en larmes. Et moi, qui voyais s'évanouir tous les espoirs d'avenir que j'avais placés en lui, j'ai pleuré avec lui.

Je n'avais qu'une idée en tête : lui épargner les horreurs de la guerre. Il ne restait que quelques mois avant qu'il ne soit obligé de se présenter au bureau de recrutement. Siamak et Parvaneh m'ont appelée pour me conseiller d'envoyer Massoud en Allemagne par tous les moyens. J'ai malheureusement été incapable de le convaincre.

« Je ne peux pas vous laisser seules, Shirin et toi, s'obstinait-il. Et puis où trouverons-nous l'argent nécessaire ? Tu viens à peine de finir de rembourser ce que tu avais emprunté pour Siamak.

— Ce n'est pas un problème. Je me débrouillerai toujours pour obtenir l'argent qu'il faut. Le plus difficile, c'est de trouver un passeur digne de confiance. »

Je ne me trompais pas. Mon unique piste était un numéro de téléphone et le nom de code de « Mme Mahin ». Lorsque j'ai appelé, un homme a décroché et s'est présenté comme Mme Mahin, mais je n'ai pas reconnu l'accent du jeune homme auquel j'avais parlé quelques années auparavant. Mon interlocuteur s'est alors mis à me poser d'étranges questions et j'ai compris que c'était un piège. J'ai immédiatement raccroché.

J'ai demandé de l'aide au mari de Mansoureh. Quelques jours plus tard, il m'a annoncé que les passeurs qui avaient fait franchir la frontière à Siamak et Ardeshir avaient tous été arrêtés et que les contrôles avaient été renforcés. J'ai appris par d'autres sources que des jeunes gens avaient été appréhendés en cherchant à quitter le pays et qu'il arrivait aux passeurs de voler l'argent de leurs protégés et de les abandonner dans les montagnes ou en plein désert.

« Pourquoi te tracasses-tu comme ça ? m'a demandé Ali d'un ton venimeux. Tu crois que ton gamin vaut mieux que les autres ? Ils ont tous le devoir de se battre pour leur pays, exactement comme Gholam-Ali.

— Ce sont les gens comme toi qu'on devrait envoyer au front, parce qu'ils profitent de tous les avantages de ce pays, ai-je répliqué. Nous sommes comme des étrangers ici, nous ne jouissons d'aucun droit. Vous, vous avez l'argent, le prestige, le confort, alors que mon fils, malgré son talent, n'est pas autorisé à faire des études ni à travailler. Il est rejeté par tous les comités de sélection à cause des convictions de certains membres de sa famille, convictions qu'il n'a jamais partagées. Alors, pourquoi devrait-il mourir pour son pays ? Pour quelle religion est-il censé sacrifier sa vie ? »

Je n'avais alors qu'une idée en tête, protéger mon fils, et je ne savais comment m'y prendre. Je ne trouvais aucun moyen sûr et fiable de lui faire quitter le pays. Et loin de se montrer coopératif, Massoud ne cessait de me contredire.

« Pourquoi t'affoles-tu comme ça ? me demandait-il. Deux années de service militaire, ce n'est pas la mer à boire. Tout le monde est obligé de le faire, moi comme les autres. Ensuite, j'obtiendrai un passeport et je pourrai quitter le pays en toute légalité. »

C'était une logique que je me refusais à admettre.

« Le pays est en guerre ! Comment peux-tu prendre ça à la légère ? Que ferais-je s'il t'arrive quelque chose ?

— Qui t'a dit que tous ceux qui partent à la guerre se font tuer ? Beaucoup en reviennent sains et saufs. Si tu réfléchis bien, tout ce qu'on fait comporte des risques. Tu crois vraiment que quitter le pays clandestinement est moins dangereux ?

— Il y a aussi beaucoup de jeunes qui se font tuer, tu sais. Tu as oublié Gholam-Ali ?

— Allons, Maman. Tu dramatises toujours. Ce qui est arrivé à Gholam-Ali t'a chamboulée, mais je te jure de rentrer vivant. D'ailleurs, il n'est pas impossible que la guerre soit finie au moment où je serai appelé ou bien quand j'aurai fini ma période d'instruction. Je ne te savais pas aussi trouillarde ! Tu es la seule femme que je connaisse qui n'ait pas peur des sirènes ni des raids aériens. Combien de fois ne nous as-tu pas dit : "Il n'y a pas plus de risque que notre maison soit touchée que d'avoir un accident de voiture, et on ne passe pas son temps à s'inquiéter à cette idée."

— Quand vous êtes avec moi, Shirin et toi, je n'ai peur de rien, lui ai-je expliqué. Mais si tu savais dans quel état je suis quand les sirènes se déclenchent sans que vous soyez à mes côtés ! En fait, si je pouvais t'accompagner au front, je ne me ferais aucun souci et je n'aurais pas peur.

— Vraiment ? Quelle bonne idée ! Tu me vois aller leur expliquer que je ne partirai pas sans ma mère ? Je veux ma maman ! »

Cela se passait toujours comme ça avec lui. Nos disputes se terminaient immanquablement par des blagues et des rires, et par un baiser sur la joue.

Le jour où Massoud est parti suivre sa formation militaire avec des milliers de jeunes gens de son âge a fini par arriver. J'essayais de rester optimiste. Mes jours et mes nuits étaient comme un tapis de prière déployé devant Dieu et je levais les mains vers lui, le suppliant que la guerre s'achève rapidement, pour que mon fils puisse rentrer à la maison.

Cela faisait sept ans maintenant que ce conflit pesait sur nos vies, mais son horreur ne m'était jamais apparue aussi crûment. Tous les jours je voyais passer les processions funèbres en l'honneur des martyrs et je me demandais si le nombre de soldats morts et blessés avait soudainement augmenté ou s'il y en avait toujours eu autant. Partout où j'allais, je rencontrais des mères dans la même situation que moi. J'avais l'impression de les reconnaître instinctivement. Livrées au destin, nous nous réconfortions mutuellement d'une voix étranglée, le regard chargé d'angoisse, conscientes d'être de piètres menteuses.

Massoud a terminé sa période d'instruction. Le miracle que j'espérais encore ne s'est pas produit, la guerre ne s'est pas terminée. Tous mes efforts pour obtenir une affectation moins dangereuse avaient été vains. Un beau matin, j'ai pris la petite main de Shirin dans la mienne et nous sommes allées assister au départ de Massoud pour le front. Dans son uniforme, il avait l'air plus âgé et ses doux yeux étaient remplis de crainte. Je n'ai pas pu retenir mes larmes.

« Maman, je t'en prie. Il faut que tu sois forte et que tu prennes soin de Shirin. Tu vois comme la mère de Faramarz est courageuse, tu vois avec quel calme les autres parents disent au revoir à leurs fils ? »

Je me suis tournée vers eux. À mes yeux, toutes les mères pleuraient, même si leurs larmes restaient invisibles.

« Ne t'inquiète pas, mon chéri, ça va aller, lui ai-je dit. Dans une heure, je me serai calmée, et dans quelques jours je me serai habituée à ton absence. »

Il a embrassé Shirin et a essayé de la faire rire. Puis il m'a chuchoté à l'oreille : « Promets-moi que tu seras toujours aussi belle, en aussi bonne santé et aussi solide le jour où je reviendrai.

— Et toi, promets-moi de revenir entier. »

J'ai gardé les yeux rivés sur son visage jusqu'au dernier moment puis, impulsivement, je me suis mise à courir le long du train quand il a démarré. J'aurais voulu graver ses traits dans ma mémoire.

Il m'a fallu une semaine pour admettre que Massoud était parti, mais je ne m'y suis jamais habituée. Il me manquait terriblement, je m'inquiétais à chaque instant des dangers qu'il courait. De plus, ma vie quotidienne se ressentait de son absence. Son départ m'a fait prendre conscience de l'aide qu'il m'avait apportée et de tous les fardeaux qu'il m'avait épargnés. J'ai songé que, égoïstes que nous sommes, il nous faut bien peu de temps pour considérer comme un dû l'aide qu'on nous accorde et pour oublier la générosité d'autrui. Obligée désormais de me débrouiller seule, j'appréciais enfin tout ce que Massoud avait fait pour moi et j'avais le cœur serré chaque fois que j'accomplissais une tâche dont il avait pris l'habitude de se charger.

« J'ai été ravagée au moment de l'exécution d'Hamid, ai-je confié à Faati. Mais la vérité est que sa disparition n'a eu aucune incidence sur ma vie quotidienne, parce qu'il n'avait jamais assumé la moindre responsabilité à la maison. Nous avons pleuré la mort d'un être cher, et quelques jours plus tard nous avons repris notre train-train. L'absence d'un homme qui aide vraiment et qui participe à la vie de famille est beaucoup plus tangible et, du coup, on a beaucoup plus de mal à s'y habituer. »

Il nous a fallu trois mois pour apprendre à vivre sans Massoud. Shirin, qui avait toujours été une petite fille pleine d'entrain, ne riait plus autant et se réveillait au moins une fois par nuit, en larmes. Quant à moi, seule la prière m'apportait un semblant de paix. Je restais assise des heures durant sur mon tapis de prière, oublieuse de ma propre existence et de tout ce qui m'entourait. Je ne me rappelais même pas que Shirin n'avait pas dîné et ne remarquais pas qu'elle s'était endormie sur ses livres de classe ou devant la télévision.

Massoud nous appelait quand il le pouvait. Chaque fois, j'étais rassérénée l'espace de vingt-quatre heures, avant que l'angoisse ne ressurgisse, gagnant en force et en élan à chaque instant, telle une pierre qui dévale une pente.

Jusqu'au moment où je suis restée sans nouvelles de lui pendant deux semaines. Folle d'inquiétude, j'ai appelé les parents de ses camarades partis pour le front avec lui.

« Il est trop tôt pour vous inquiéter, m'a dit prosaïquement la mère de Faramarz. Votre fils vous a donné de mauvaises habitudes. Ils ne sont pas partis en vacances chez leur tante, vous savez, et ne peuvent pas appeler chaque fois qu'ils en ont envie. Il leur arrive d'être envoyés dans des coins où ils n'ont pas accès à une baignoire, et encore moins à un téléphone, pendant de longues semaines d'affilée. Attendez au moins un mois. »

Un mois sans nouvelles d'un être cher pris sous une grêle de balles et d'obus ! J'ai attendu, attendu, essayant de remplir mes journées en m'abrutissant de travail, mais mon esprit refusait de coopérer et j'avais le plus grand mal à me concentrer.

Au bout de deux mois, je me suis décidée à m'adresser aux autorités militaires pour essayer d'obtenir des informations. J'aurais dû le faire plus tôt, mais je redoutais tellement leur réponse ! Je me suis arrêtée devant le bâtiment, les jambes flageolantes. Je n'avais pas le choix, il fallait entrer. On m'a dirigée vers une grande pièce, déjà bondée. Des hommes et des femmes pâles, aux yeux rougis, faisaient la queue dans l'espoir d'apprendre où et comment leurs fils avaient péri.

Quand je me suis assise devant le bureau de l'administrateur, j'avais les genoux qui tremblaient et mon cœur battait si fort qu'il couvrait presque tous les autres bruits. Pendant un moment qui m'a semblé interminable, l'employé a consulté ses fichiers avant de me demander : « Quel est votre lien avec le soldat Massoud Soltani ? » Ma bouche s'est ouverte et refermée plusieurs fois avant que j'arrive à lui déclarer que j'étais sa mère. Ma réponse n'a pas paru le satisfaire. Il a froncé les sourcils et s'est replongé dans ses fiches. Puis il a relevé les yeux vers moi. « Vous êtes seule ? m'a-t-il demandé avec une amabilité et un respect de pure forme. Son père ne vous a pas accompagnée ? »

Mon cœur n'a fait qu'un bond. J'ai dégluti péniblement, essayé de retenir mes larmes et, d'une voix que je ne reconnaissais plus, j'ai répondu : « Non. Il n'a pas de père. Dites-moi ce qui se passe ! » Et, haussant le ton : « Qu'y a-t-il ? Je veux savoir ce qui lui est arrivé.

— Rien, madame, ne vous inquiétez pas. Gardez votre calme.

— Où est mon fils ? Pourquoi suis-je sans nouvelles de lui ?

— Je ne sais pas.

— Comment ça, vous ne savez pas ? ai-je hurlé. Qu'est-ce que ça signifie ? Vous l'envoyez là-bas, et maintenant vous prétendez que vous ne savez pas où il est ?

— Madame, il y a eu des engagements militaires très violents dans la région et certains secteurs de la frontière ont changé de mains. Nous n'avons pas encore reçu d'informations précises sur nos troupes, mais les recherches sont en cours.

— Je ne comprends pas. Si vous avez repris ce territoire, vous y avez forcément trouvé quelque chose. »

J'étais incapable de prononcer le mot « corps », mais il a compris à demi-mot.

« Non, madame, pour le moment, aucun corps portant la plaque d'identité de votre fils n'a été retrouvé. Je n'ai pas d'autre information à vous livrer.

— Quand en aurez-vous ?

— Nos hommes inspectent la zone. Il est trop tôt pour se prononcer. »

Quelques personnes m'ont aidée à me relever, des parents qui attendaient qu'on leur donne le même genre de nouvelles. Une femme a demandé à celle qui la précédait dans la file de lui garder sa place et m'a raccompagnée jusqu'à la porte. Cette queue ressemblait à s'y méprendre à celles que faisaient les gens pour acheter des aliments subventionnés et autres fournitures.

Je ne sais pas comment je suis rentrée à la maison. Shirin était encore à l'école. J'ai arpenté les pièces vides en appelant mes fils. L'écho de ma voix résonnait à travers tout l'appartement. Siamak ! Massoud ! Je répétais leurs noms, de plus en plus fort, comme s'ils se cachaient quelque part, comme s'ils allaient finir par répondre à mes appels. J'ai ouvert le placard de leur chambre. J'ai humé leurs vieux vêtements et je les ai serrés contre ma poitrine. Je ne me souviens plus du reste.

Shirin m'a trouvée en rentrant de classe et a appelé ses tantes. Elles ont appelé un médecin qui m'a fait une injection de sédatif. J'ai plongé dans un sommeil agité de cauchemars.

Sadegh Agha et Bahman ont poursuivi l'enquête. Une semaine plus tard, ils m'ont annoncé que le nom de Massoud figurait sur la liste des soldats portés disparus. Je ne comprenais pas le sens de cette expression. S'était-il transformé en fumée, s'était-il volatilisé ? Mon fils si courageux avait-il péri de telle façon qu'il n'était rien resté de lui ? Qu'il aurait aussi bien pu ne jamais exister ? Non, non, c'était impossible. Je ne pouvais pas rester les bras croisés.

Je me suis rappelé qu'une de mes collègues m'avait raconté qu'on avait retrouvé son neveu dans un hôpital un mois après sa disparition. Il n'était pas question d'attendre que ces bureaucrates se bougent. Ces réflexions m'ont occupée la nuit entière, puis, quand je me suis levée au matin, ma décision était prise. Je suis restée sous la douche une demi-heure pour dissiper les effets des sédatifs et des somnifères, je me suis habillée et je me suis regardée dans la glace. Tous ces cheveux blancs…

Mme Parvin, qui ne m'avait pas quittée pendant ces jours difficiles, m'a observée avec étonnement : « Que se passe-t-il ? Où vas-tu ?

— Je vais chercher Massoud.

— Tu ne peux pas partir seule ! Ils ne laisseront jamais une femme seule pénétrer dans une zone de guerre.

— Je peux au moins me renseigner dans les hôpitaux de la région.

— Attends ! Je vais appeler Faati. Sadegh Agha pourra peut-être prendre un congé pour t'accompagner.

— Non. Il n'est pas question que ce pauvre homme mette sa vie et son travail entre parenthèses simplement parce qu'il a la malchance d'être mon beau-frère.

— Dans ce cas, demande à Ali, ou même à Mahmoud, a-t-elle insisté. Ce sont tout de même tes frères. Ils ne vont pas te laisser y aller seule.

— Vous savez bien que si, lui ai-je répondu avec un rire amer. Dans les moments les plus douloureux de ma vie, ils m'ont abandonnée avec plus de cruauté qu'aucun étranger ne l'aurait jamais fait. De toute façon, je préfère être seule. Comme ça, je pourrai prendre mon temps pour chercher mon pauvre fils. Si quelqu'un m'accompagne, je risque de devoir rentrer à la maison même si toutes mes tentatives sont restées infructueuses. »

J'ai pris le train pour Ahvaz. La majorité des passagers étaient des soldats et j'ai partagé mon compartiment avec un couple qui partait, lui aussi, à la recherche de son fils. À cette différence près qu'ils savaient, eux, qu'il avait été blessé et qu'il était soigné dans un hôpital de la ville.

Le printemps à Ahvaz n'avait rien à envier au plus torride des étés, et c'est là qu'au bout de près de huit ans j'ai découvert le vrai visage de la guerre. Je ne voyais autour de moi que tragédie, souffrance, destruction, chaos. Pas le moindre visage souriant. L'agitation était générale, les gens s'affairaient mais, à l'image de fossoyeurs ou de proches venus assister à un enterrement, leurs gestes et leurs expressions étaient dénués de toute joie et de tout entrain, tandis qu'une crainte constante, une angoisse voilée se lisaient au fond de leurs regards. Je n'ai adressé la parole qu'à des êtres éplorés.

Je suis passée d'un hôpital à l'autre en compagnie de M. et Mme Farahanı, les voyageurs que j'avais rencontrés dans le train. Ils ont retrouvé leur fils, blessé au visage. L'image de cette famille réunie m'a brisé le cœur. J'ai songé que, même si Massoud était défiguré, il me suffirait de l'ongle de son petit orteil pour le reconnaître. Peu m'importait qu'il soit mutilé, qu'il lui manque un bras ou une jambe. Je ne voulais qu'une chose : qu'il soit vivant pour que je puisse le serrer contre moi.

Le spectacle de tous ces jeunes gens blessés, invalides et estropiés, hurlant de douleur, me rendait folle. Le cœur serré, je pensais à leurs mères et je m'interrogeais : Qui est responsable de cette tragédie ? Comment avons-nous pu être aussi inconscients, comment avonsnous pu imaginer que la guerre se limitait aux raids aériens ? Nous n'avons jamais pris toute la mesure de ce drame.

J'ai cherché partout, j'ai fait le pied de grue dans tous les bureaux de l'armée, toutes les administrations, et j'ai fini par rencontrer un soldat qui avait vu Massoud la nuit de l'opération militaire. Les blessures du jeune homme étaient presque guéries et il n'allait pas tarder à être transféré à Téhéran. Avec un sourire qui se voulait rassurant, il m'a dit : « J'étais avec Massoud, nous marchions ensemble. Il se trouvait à quelques pas devant moi quand les explosions ont commencé. J'ai été touché et j'ai perdu connaissance. Je ne sais pas ce qui est arrivé aux autres, mais j'ai entendu dire que la plupart des blessés et des martyrs de notre escadron ont déjà été retrouvés et identifiés. »

Tous mes efforts étaient vains. Nul ne savait ce qu'était devenu mon fils. L'expression « porté disparu » me faisait l'effet d'un marteau qui s'abattait encore et encore sur ma tête. Je me suis résignée à regagner Téhéran avec un fardeau de souffrance qui me semblait mille fois plus lourd encore qu'à l'aller. Je suis rentrée chez moi complètement hébétée, je suis allée droit dans la chambre de Massoud, comme si j'avais oublié de faire quelque chose d'important. Fouillant dans ses vêtements, j'ai remarqué que ses chemises avaient grand besoin d'être repassées. Mon Dieu, les chemises de mon fils étaient fripées ! Je me suis mise à repasser comme si ma vie en dépendait, l'esprit exclusivement concentré sur les plis invisibles de ses vêtements. Chaque fois que je les tenais à contre-jour, ses chemises me paraissaient froissées et je recommençais mon travail, encore et encore…

Mansoureh parlait sans discontinuer, mais une infime fraction seulement de mon cerveau avait conscience de sa présence. « Faati, c'est encore pire qu'avant, l'ai-je soudain entendue dire. Elle perd complètement la tête. Ça fait deux heures qu'elle repasse la même chemise. Il aurait encore mieux valu qu'elle apprenne qu'il était au nombre des martyrs. Elle pourrait au moins faire son deuil. »

Je me suis précipitée hors de la chambre comme un chien enragé. « Non ! ai-je hurlé. Si on m'apprend qu'il est mort, je me tue. Il n'y a que l'espoir qu'il soit encore de ce monde qui me maintienne en vie. »

Pourtant je me rendais bien compte, moi aussi, que ma santé mentale ne tenait plus qu'à un fil. Je me surprenais fréquemment à parler à Dieu à haute voix. J'avais rompu avec lui ; ou, plus exactement, je le considérais désormais comme une puissance impitoyable et hostile.

496

J'étais comme un être vaincu qui a renoncé à la vie, un être qui a abandonné tout espoir de salut et qui, dans ses derniers instants, trouve le courage de dire à son bourreau ce qu'il a sur le cœur. Je lui parlais avec irrespect. Dieu était devenu pour moi une idole avide de sacrifices qui m'obligeait à lui immoler un de mes enfants. J'étais obligée de faire un choix parmi les trois. Parfois, je décidais de lui sacrifier Siamak ou Shirin pour sauver Massoud, puis, déchirée de culpabilité et emplie d'une profonde haine pour moi-même, je recommençais à pleurer : que penseraient-ils de moi, me demandais-je, s'ils savaient que je serais prête à donner la vie de l'un pour racheter celle de l'autre ?

Je n'étais plus bonne à rien. Il fallait même que Mme Parvin m'oblige à faire ma toilette. Mère et Ehteram-Sadat se répandaient en conseils, invoquant l'honneur et la gloire des martyrs. Mère cherchait à m'inspirer la crainte de Dieu. « Tu dois te soumettre à ses desseins. C'est lui qui décide du destin de chacun. Si telle est sa volonté, tu dois l'accepter. »

Et moi, je hurlais comme une folle : « Je ne veux pas de ce destin-là ! Dieu peut se le garder ! Tu ne crois pas que j'ai déjà assez souffert, non ? Tout ce temps où je suis allée de prison en prison, où j'ai lavé le sang qui maculait les vêtements de ceux qui m'étaient le plus cher, où j'ai pleuré, travaillé jour et nuit et élevé mes enfants en dépit des difficultés ? Et tout ça pour quoi ? Pour ça ?

— Ne parle pas ainsi ! s'est écriée Ehteram-Sadat, horrifiée. C'est une épreuve que Dieu t'envoie.

— Combien de temps encore faudra-t-il que je subisse ces épreuves ? Dieu, pourquoi continues-tu à me les imposer ? Veux-tu prouver ton pouvoir à une créature aussi misérable que moi ? Je ne veux pas subir tes épreuves ! Je veux mon enfant, un point c'est tout.

Recale-moi à tes fichues épreuves si tu ça t'amuse, mais rends-moi mon fils !

— Que Dieu t'épargne ! m'a sermonnée Ehteram-Sadat. Ne provoque pas son courroux ! Crois-tu que tu es la seule femme dans ton cas ? Toutes celles qui ont un fils de l'âge de Massoud sont dans la même situation que toi. Certaines ont quatre ou cinq fils qui sont déjà devenus des martyrs. Pense à elles et cesse de te montrer aussi ingrate !

— Crois-tu que je remercie Dieu quand je vois le malheur des autres ? ai-je crié. Mon cœur saigne pour elles. Mon cœur saigne pour toi. Mon cœur saigne pour moi, parce que j'ai perdu mon fils de dix-neuf ans et que je n'ai même pas un cadavre à serrer dans mes bras… »

Je commençais peu à peu à me faire à l'idée que Massoud était mort. C'était la première fois que j'évoquais son cadavre. Mais ces querelles et ces discussions à n'en plus finir étaient loin de me remonter le moral. J'avais perdu le compte des jours et des semaines. J'avalais des calmants par poignées et errais dans un univers crépusculaire, entre veille et sommeil.

Un matin, je me suis réveillée la gorge si sèche que j'ai cru étouffer. Je me suis dirigée vers la cuisine et j'ai eu la surprise d'y trouver Shirin en train de laver la vaisselle. Je n'aimais pas qu'elle abîme ses petites mains à faire des corvées ménagères.

« Shirin, pourquoi n'es-tu pas à l'école ? » me suis-je étonnée.

Elle m'a adressé un sourire plein de reproches. « Maman, ça fait un mois que les vacances ont commencé ! »

Je suis restée bouche bée. Où m'étais-je égarée ?

« Et tes examens ? Tu as passé tes examens de fin d'année ?

— Oui, a-t-elle répondu d'un ton grognon. Il y a longtemps ! Tu ne t'en souviens plus ? »

Non, je ne m'en souvenais pas, et je ne me rappelais pas non plus qu'elle était devenue aussi maigre, pâle et triste. Quelle égoïste j'avais été ! Enfermée dans mon chagrin pendant tous ces mois, j'avais oublié jusqu'à son existence, j'avais oublié ma petite fille, qui était peut-être aussi affligée que moi. Je l'ai prise dans mes bras. J'ai eu l'impression qu'elle attendait ce moment depuis très longtemps. Elle cherchait à se blottir plus étroitement encore contre moi et nous avons pleuré ensemble, toutes les deux.

« Pardonne-moi ma chérie, pardonne-moi. Je n'avais pas le droit de t'oublier. »

Voir Shirin aussi malheureuse, aussi assoiffée d'amour et aussi désespérée m'a tirée de mon apathie et de ma stupeur. J'avais un autre enfant qui avait besoin de moi.

Le cœur brisé, j'ai repris ma routine quotidienne. J'ai essayé de passer plus de temps au travail et de ne pas me ménager. À la maison, j'étais incapable de me concentrer sur quoi que ce soit, mais j'ai pris la ferme résolution de ne plus jamais pleurer devant Shirin. Il fallait qu'elle mène une vie normale, elle avait besoin de distractions et de joies. Cette petite fille de neuf ans avait suffisamment souffert. J'ai demandé à Mansoureh si elle voulait bien l'emmener avec eux quand ils iraient passer quelques jours dans leur villa, au bord de la Caspienne. Et puisque Shirin refusait de me laisser seule à Téhéran, je les ai accompagnés.

La villa n'avait pas changé depuis dix ans et la côte du Nord, toujours aussi belle, ne demandait qu'à me faire revivre les plus belles heures de ma vie. Les rires des garçons qui jouaient ensemble résonnaient à mes oreilles. Je sentais le regard ardent d'Hamid posé sur moi. Je restais assise des heures durant à le regarder s'amuser avec les enfants. Il m'est même arrivé un jour de ramasser leur ballon et de le leur renvoyer. Mais le moindre bruit importun suffisait à dissiper ces douces illusions. Mon Dieu, que ce bonheur avait été court ! Le destin ne m'avait accordé que ces quelques jours de vie familiale sans nuage. Tout le reste avait été chagrin et souffrance.

Partout où se posait mon regard, des souvenirs ressurgissaient. J'ouvrais parfois instinctivement les bras pour embrasser mes bien-aimés avant de revenir brutalement à moi et de regarder alentour, chavirée, espérant que personne ne m'avait vue. Un soir où j'étais assise sur la plage, plongée dans mes pensées, j'ai senti la main d'Hamid sur mon épaule. Sa présence ne m'a pas surprise et j'ai murmuré : « Oh, Hamid, je suis si fatiguée… » Il m'a serré l'épaule, j'ai posé la joue sur sa main et il m'a caressé les cheveux tendrement.

La voix de Mansoureh m'a fait sursauter.

« Mais où étais-tu ? Je te cherche partout depuis une heure ! »

Je sentais encore la chaleur de la paume d'Hamid sur mon épaule et me suis demandé comment un rêve pouvait paraître aussi concret. Si la folie consiste à perdre tout contact avec la réalité, j'avais indéniablement atteint ce stade. Pourtant, que c'était agréable ! Je n'avais qu'à m'abîmer entièrement dans cet état et passer le restant de mes jours dans de plaisantes chimères, dans la douce liberté de la démence. La tentation me poussait au bord du gouffre. Seule Shirin et mes responsabilités à son égard m'ont dissuadée de franchir le pas.

Il fallait que je rentre chez nous, j'en étais consciente. Je redoutais soudain que ces fantasmes ne m'emportent pour de bon. Nous n'étions là que depuis trois jours quand j'ai refait mes bagages pour regagner Téhéran.

Par une chaude journée du mois d'août 1988, à deux heures de l'après-midi, les employés de la revue où je travaillais se sont mis à bondir dans tous les sens en poussant des cris de joie. Tout le monde se congratulait. Alipour a ouvert la porte de mon bureau et a hurlé : «La guerre est finie !» Je n'ai pas bougé. Comment aurais-je réagi si on m'avait annoncé cette nouvelle un an plus tôt ?

Cela faisait bien longtemps désormais que je n'avais plus mis les pieds dans les services de l'administration militaire. En tant que mère d'un soldat porté disparu, j'avais droit à tous les égards, mais les formules de regrets des fonctionnaires étaient aussi pénibles à mes oreilles que les insultes que j'avais essuyées devant les grilles de la prison en tant que mère d'un moudjahid et épouse d'un communiste. Je ne les supportais pas.

*

Plus d'un mois s'était écoulé depuis la fin de la guerre. Les écoles n'avaient pas encore rouvert. Un beau matin, à onze heures, la porte de mon bureau s'est ouverte à la volée. Apercevant Shirin et Mansoureh sur le seuil, je me suis levée d'un bond, horrifiée, n'osant pas leur demander ce qui les amenait. Shirin s'est jetée dans mes bras en sanglotant. Mansoureh se tenait devant moi, le visage ruisselant de larmes.

« Massoum ! Il est vivant ! Il est vivant ! »

Je suis retombée sur ma chaise, j'ai rejeté la tête en arrière et fermé les yeux. Si c'était un rêve, je voulais ne jamais me réveiller. Shirin me tapotait le visage de ses petites mains. « Maman, réveille-toi, suppliait-elle. Pour l'amour de Dieu, réveille-toi ! » J'ai ouvert les yeux. Elle m'a expliqué en riant : « Le quartier général a

501

téléphoné. C'est moi qui ai répondu. Ils ont dit que le nom de Massoud est sur la liste des prisonniers de guerre ; la liste des Nations unies.

— Tu es sûre ? Tu as peut-être mal entendu. Il faut que j'aille voir par moi-même.

— Non, non, c'est inutile, est intervenue Mansoureh. Quand Shirin est arrivée chez moi dans tous ses états, je les ai appelés immédiatement. Le nom de Massoud et tous les renseignements le concernant figurent sur la liste. Il devrait être bientôt libéré dans le cadre d'un échange de prisonniers. »

Je ne sais plus ce que j'ai fait. Peut-être ai-je dansé comme une folle, peut-être me suis-je agenouillée par terre pour prier. Heureusement, Mansoureh a empêché mes collègues d'entrer dans mon bureau et personne ne m'a vue dans cet état. Il fallait impérativement que je me rende en un lieu sacré. Que je demande pardon à Dieu de mes blasphèmes ; autrement, ce bonheur risquait de me glisser entre les doigts comme un filet d'eau. Le site le plus proche auquel Mansoureh a pu penser était le sanctuaire de Saleh.

Sur place, je me suis accrochée à la clôture entourant le tombeau en répétant inlassablement : « Dieu, j'avais tort, pardonne-moi. Dieu, toi qui es grand, toi qui es miséricordieux, il faut me pardonner. Je te promets de rattraper toutes les prières que j'ai manquées. Je ferai l'aumône aux pauvres... »

En repensant aujourd'hui à ces journées, je me rends compte que j'avais réellement perdu l'esprit. Je parlais à Dieu comme un enfant à son camarade de classe. Je définissais les règles du jeu et veillais soigneusement à ce qu'aucun de nous ne les enfreigne. Je le suppliais quotidiennement de ne pas se détourner de moi. Comme une amante qui se réconcilie avec son bien-aimé après une longue brouille, j'étais à la fois impatiente et inquiète. Je ne cessais de le supplier dans l'espoir qu'il oublierait mon ingratitude passée et comprendrait ma situation.

Je reprenais vie. La joie avait refait son apparition sous mon toit. Le rire de Shirin résonnait à nouveau dans notre logement. Elle courait et jouait, jetait ses bras autour de mon cou et m'embrassait.

Je savais que l'existence des prisonniers de guerre était dure et épuisante, je savais que Massoud souffrait, mais je savais aussi que cela ne durerait pas éternellement. Il était vivant, et rien d'autre n'avait d'importance. Je passais mes journées dans l'attente de sa libération. Je faisais le ménage, je rangeais l'appartement de fond en comble, je pliais et repliais ses vêtements. Les mois s'écoulaient, chacun plus pénible que le précédent, mais l'espoir de le revoir m'aidait à tenir.

Enfin, une nuit d'été, on m'a rendu mon fils. Depuis plusieurs jours déjà, les rues du quartier avaient été décorées de lampions et de banderoles en l'honneur de son retour, tandis que les fleurs, les friandises et les sirops imprégnaient notre demeure du parfum de la vie. Notre appartement était bondé. Il y avait beaucoup de gens que je ne connaissais pas. J'ai été ravie de voir ma cousine Mahboubeh avec son mari. Quand j'ai découvert que son beau-père était venu, lui aussi, je me suis précipitée pour lui baiser la main. Cet homme était à mes yeux l'incarnation de la piété et de l'amour.

Mme Parvin avait pris les choses en main, comme d'habitude. Mansoureh, Faati, Manijeh et Firouzeh, qui était devenue une ravissante jeune fille, s'activaient depuis plusieurs jours déjà pour tout préparer. La veille, Faati m'avait regardée attentivement et m'avait dit : « Ma sœur, tu dois te teindre les cheveux. Si ton fils te voit comme ça, il va tomber raide ! »

J'ai accepté. J'aurais tout accepté. Faati m'a teint les cheveux et m'a épilé les sourcils. Firouzeh riait en disant : « On pourrait croire que Tantine se marie ! Elle est belle comme une fiancée.

— Oui, ma chérie, c'est comme si je me mariais. Mais c'est encore beaucoup mieux. Crois-moi, je n'étais pas aussi heureuse le jour de mon mariage. »

J'ai enfilé une jolie robe verte, la couleur préférée de Massoud. Shirin portait la robe rose que je venais de lui acheter. Au début de l'après-midi, nous étions prêtes et nous piaffions d'impatience. Mère est arrivée avec Ali et sa famille, accompagnés d'Ehteram-Sadat. J'ai trouvé ma belle-sœur anéantie. Son chagrin si longtemps réprimé ne faisait que s'aggraver avec le temps. J'essayais d'éviter de croiser son regard, un peu honteuse que mon fils soit vivant alors qu'elle avait perdu le sien.

« Pourquoi as-tu fait venir Ehteram ? ai-je demandé à Mère discrètement.

— Elle y tenait. Ça te dérange ?

— Ses regards envieux me mettent mal à l'aise.

— Tu es complètement ridicule ! Elle ne t'envie absolument pas. C'est la mère d'un martyr ; son statut est bien plus élevé que le tien. Dieu la tient en très haute estime. Tu t'imagines vraiment qu'elle pourrait te jalouser ? Voyons, elle est très heureuse et tu n'as pas à te faire de souci pour elle. »

Peut-être Mère avait-elle raison, peut-être la foi d'Ehteram-Sadat était-elle suffisamment forte pour la soutenir. Je me suis efforcée de ne plus penser à elle, mais j'ai continué à éviter son regard.

Shirin rallumait constamment le petit brasero sur lequel nous faisions brûler de la rue officinale et qui s'éteignait en permanence.

Il était neuf heures passées et je commençais à m'impatienter quand le cortège est enfin arrivé. Malgré les calmants que j'avais avalés et le temps que j'avais eu pour me préparer à cet événement, je me suis mise à trembler de tous mes membres et je me suis évanouie. Quel doux moment que celui où j'ai ouvert les yeux dans les bras de Massoud !

Massoud avait grandi, mais il était maigre et pâle. L'expression de ses yeux n'était plus la même. Ce qu'il avait enduré l'avait sans doute fait mûrir. Il boitait et souffrait visiblement. Son attitude, ses insomnies et les cauchemars qui l'agitaient quand il arrivait à s'endormir n'ont pas tardé à me faire saisir l'ampleur des épreuves qu'il avait traversées. Mais il n'aimait pas en parler.

J'ai tout de même appris que, blessé et plus mort que vif, il avait été fait prisonnier par l'armée irakienne et avait été soigné dans plusieurs hôpitaux. Certaines de ses plaies n'étaient pas encore guéries. Par moments, il souffrait atrocement et était pris d'accès de fièvre. Le médecin estimait qu'une opération délicate pourrait venir à bout de sa claudication. Après avoir repris des forces, il a effectivement subi une opération, qui a été un succès. Je le soignais et le cajolais comme un enfant. Chaque instant que je passais à ses côtés m'était précieux. Je restais assise à le regarder dormir. Dans le sommeil, son beau visage ressemblait à celui d'un enfant. Je l'ai surnommé en moi-même Dieudonné. Son retour était vraiment un don de Dieu.

Massoud a peu à peu retrouvé sa santé physique, cependant, ce n'était plus le jeune homme énergique et plein d'entrain d'autrefois. Il ne dessinait plus. Il n'avait aucun projet d'avenir. Il arrivait que ses amis, d'anciens soldats et compagnons de détention, des hommes de tous âges, passent le voir, ce qui le distrayait un moment. Puis il retombait aussitôt après dans son mutisme et se repliait sur lui-même. Je demandais à ses anciens camarades de ne pas le laisser trop longtemps seul.

J'ai décidé de parler sérieusement de la dépression de Massoud avec l'un de ces anciens combattants,

M. Maghsoudi, qui allait jouer plus tard un rôle clé dans la vie de mon fils. Il avait une cinquantaine d'années, un visage qui respirait la bonté et semblait avoir de l'expérience ; Massoud lui vouait un profond respect. « Ne vous en faites pas, m'a-t-il dit. Nous sommes tous plus ou moins dans le même état. En plus, ce pauvre garçon a été grièvement blessé. Il finira par récupérer. La meilleure solution serait qu'il se mette au travail.

— Mais il est très intelligent et très doué, ai-je objecté. Je veux qu'il fasse des études.

— Excellente idée ! En tant qu'ancien combattant, il sera admis d'office à l'université. »

J'étais aux anges. J'ai empilé tous les livres de Massoud et je lui ai annoncé : « Ta convalescence est terminée. Il faut que tu fasses des projets d'avenir et que tu finisses ce que tu as laissé en plan. Le plus important, ce sont tes études. Tu vas t'y remettre dès aujourd'hui.

— Non, Maman, c'est trop tard pour moi, a doucement protesté Massoud. Mon cerveau ne fonctionne plus comme avant et je n'aurai pas la patience d'étudier et de me préparer aux examens d'entrée. Je ne serai jamais reçu.

— Mais si, mon chéri. Tu peux bénéficier des quotas de places et des avantages réservés aux anciens combattants qui veulent s'inscrire à l'université.

— Comment ça ? Si je n'ai pas le niveau requis, peu importe que je sois un ancien combattant ou non. Je ne serai pas reçu.

— Si tu t'y mets, tu obtiendras d'aussi bonnes notes que n'importe qui, ai-je insisté. Le droit de passer un diplôme universitaire a été accordé à tous les anciens combattants.

— Autrement dit, j'ai le droit de prendre la place de quelqu'un qui la mérite plus que moi. Non, non, je refuse.

— Tu as droit à cette place ; un droit qui t'a été injustement refusé il y a quatre ans.

— Et parce qu'ils me l'ont refusé à ce moment-là, je devrais en priver quelqu'un d'autre ? a-t-il objecté.

— Juste ou injuste, c'est la loi. T'es-tu résigné à ce qu'elle te soit toujours contraire ? Mon chéri, tu vois que, dans certains cas, elle peut t'être utile. Tu t'es battu, tu as souffert pour ces gens et pour ce pays. Maintenant, ils veulent t'en récompenser. Tu ne devrais pas refuser. »

Nos discussions se sont poursuivies à n'en plus finir, mais j'ai obtenu gain de cause. Firouzeh n'a pas été étrangère à ma victoire. Elle était encore au lycée et passait chez nous tous les jours avec ses livres de classe pour que Massoud l'aide à faire ses devoirs, ce qui l'obligeait à travailler, lui aussi. En voyant ses traits si doux et si avenants, le visage de Massoud s'éclairait. Ils étudiaient, bavardaient et riaient ensemble. De temps en temps, j'insistais pour qu'ils laissent un peu tomber leurs livres et sortent s'amuser.

Le dossier d'inscription de Massoud à l'Institut d'architecture de l'université a été accepté. Quand je l'ai embrassé et félicité, il s'est écrié en riant : « Entre nous soit dit, je n'y avais pas droit. Mais je suis drôlement content tout de même ! »

Puis il s'est mis à chercher du travail.

« Un garçon de mon âge ne devrait plus être à la charge de sa mère, c'est gênant », répétait-il souvent. Il lui arrivait même d'envisager de laisser tomber la fac. Je suis retournée voir M. Maghsoudi, qui occupait une position assez élevée dans un ministère.

« Nous pouvons l'embaucher, bien sûr, m'a-t-il assuré. Sans que ses études aient à en pâtir. »

Massoud a réussi haut la main les examens nécessaires, il a franchi avec succès les procédures de sélection et les entretiens de rigueur, qui n'étaient guère qu'une formalité, d'ailleurs, et il a été engagé. Tous les stigmates que nous portions semblaient avoir été effacés d'un coup de baguette magique. Massoud était devenu précieux pour notre pays. Et, en tant que mère d'un ancien combattant, je faisais l'objet d'un immense respect et je me voyais proposer des emplois et des avantages qu'il m'arrivait de devoir refuser.

La radicalité de ce changement était comique. Quel monde bizarre ! Sa bienveillance n'avait pas plus de fondement concret que son hostilité.

9.

Mes journées s'écoulaient paisiblement, dans une agréable routine. Mes trois enfants étaient en bonne santé, ils réussissaient bien et étaient très occupés par leur travail ou leurs études. Et nous étions à l'abri du besoin. Je gagnais correctement ma vie tandis que Massoud touchait un salaire plus que confortable. En tant qu'ancien combattant, il bénéficiait également d'une aide financière pour l'achat d'une voiture et d'un logement. Siamak, qui avait terminé ses études et avait trouvé un emploi, nous proposait régulièrement de nous envoyer de l'argent.

Depuis la fin de la guerre, Parvaneh avait commencé à revenir régulièrement en Iran. À chacune de nos retrouvailles, le poids des années disparaissait et nous retrouvions notre jeunesse. Toujours aussi drôle et espiègle qu'autrefois, elle me faisait mourir de rire. Je n'oubliais pas non plus ma dette à son égard. Pendant dix ans, elle s'était occupée de mon fils comme une mère. Siamak continuait à passer ses congés chez elle, et Parvaneh me donnait régulièrement de ses nouvelles. Je fermais les yeux, cherchant à reconstituer en esprit toutes ces années que je n'avais pas vécues avec lui. L'envie taraudante de le revoir était la seule ombre qui assombrissait parfois mon horizon.

Cela faisait deux ans que Siamak insistait pour que je lui rende visite en Allemagne. Mais mon inquiétude au sujet de Massoud et la nécessité de m'occuper de Shirin, qui était encore bien jeune, m'en avaient empêchée. Finalement, ne supportant plus son absence, j'ai décidé de répondre à son invitation. Quelle angoisse ! Plus la date de mon départ approchait, plus j'étais nerveuse. Je me demandais comment j'avais pu rester dix ans sans le voir – les difficultés de la vie m'avaient tellement absorbée qu'il m'était arrivé de passer des journées entières sans regarder sa photo.

Hamid disait souvent : « Le stress et la mélancolie sans fondement sont des caractéristiques de la bourgeoisie... Ce sont des émotions insipides dans lesquelles on se complaît quand on a le ventre plein et qu'on ne se soucie pas du malheur des autres. » Il avait peut-être raison, néanmoins la douleur d'être séparée de Siamak ne m'avait jamais quittée. Impuissante à y remédier, j'avais réprimé ces sentiments, allant jusqu'à refuser de m'avouer combien j'avais envie de le voir. À présent qu'un calme relatif était revenu dans mon existence, j'avais bien le droit de regretter l'absence de mon fils et de n'avoir plus cher désir que de le retrouver.

Shirin avait l'air particulièrement émue quand je lui ai dit au revoir et, avec une effronterie bien dans sa manière, elle m'a lancé : « Ce n'est pas que tu partes qui m'embête, c'est qu'ils ne m'aient pas donné de visa à moi aussi. » C'était une petite chipie de quatorze ans qui, assurée de l'amour qu'on lui prodiguait, n'hésitait jamais à exprimer ce qui lui passait par la tête. Malgré ses protestations, je l'ai confiée à Massoud, Faati, Mansoureh et Firouzeh, puis j'ai pris l'avion pour l'Allemagne.

Après avoir franchi la douane, je suis arrivée dans le hall de l'aéroport de Francfort et j'ai regardé autour de moi, le souffle court, frémissante d'impatience. Un beau jeune homme s'est dirigé vers moi. Je l'ai dévisagé attentivement. Seuls ses yeux et son sourire m'étaient familiers. Les mèches de cheveux ébouriffées qui lui retombaient sur le front m'ont fait penser à Hamid. Malgré toutes les photos de Siamak que j'avais chez nous, je m'attendais encore à retrouver un adolescent affublé d'un trop long cou. Or c'était un homme de haute taille, très digne, qui me tendait les bras. J'ai posé la tête sur sa poitrine et il m'a serrée contre lui. Quel plaisir de se blottir comme un petit enfant dans les bras de son fils ! Ma tête arrivait à peine au niveau de son épaule. J'ai respiré son odeur et pleuré de joie.

J'ai mis un moment à remarquer la présence près de nous d'une jolie jeune fille, très affairée à nous photographier. Siamak me l'a présentée. J'ai eu peine à croire que c'était Lili, la fille de Parvaneh. Je l'ai prise dans mes bras : « Mon Dieu, que tu as grandi ! Et que tu es belle ! J'avais vu des photos de toi, mais franchement elles ne sont pas à la hauteur de la réalité. » Elle a ri de bon cœur.

Lorsque nous sommes montés dans la petite voiture de Siamak, il m'a annoncé : « Nous allons d'abord passer chez Lili. Tante Parvaneh a préparé à déjeuner et elle nous attend. Ce soir, ou demain, si tu préfères, je te conduirai dans la ville où j'habite. C'est à deux heures de route.

— Bravo ! me suis-je écriée, tout heureuse. Tu n'as pas oublié le persan et tu le parles encore sans accent.

— Je ne risquais pas de l'oublier, tu sais. Il y a beaucoup d'Iraniens, ici. Et Tante Parvaneh refuse de me répondre si je lui parle dans une autre langue que le persan. Elle est encore plus intransigeante avec ses propres enfants. Pas vrai, Lili ? »

Pendant le trajet, j'ai commencé à prendre conscience que l'attirance entre Lili et Siamak dépassait l'amitié et les liens de famille.

Parvaneh habitait une maison aussi belle que confortable. Elle nous a accueillis avec une joie débordante. Surprise d'abord de trouver Khosrow, son mari, aussi vieilli, j'ai fini par me convaincre qu'après tout c'était parfaitement normal. Cela faisait quatorze ou quinze ans que je ne l'avais pas vu et il devait se faire exactement la même remarque à mon sujet. Leurs enfants avaient grandi. Laleh parlait persan avec un accent prononcé et Ardalan, né en Allemagne, le comprenait mais était incapable de nous répondre dans cette langue.

Parvaneh a insisté pour que nous passions la nuit chez elle, mais nous avons préféré repartir aussitôt pour la ville de Siamak en promettant à ma vieille amie de revenir le week-end suivant. Il me fallait au moins une semaine pour renouer vraiment avec mon fils. Nous avions tant de choses à nous dire et pourtant, quand nous nous sommes enfin retrouvés en tête à tête, je n'ai pas su par où commencer ni comment combler l'abîme de toutes ces années de séparation. Siamak me posait des questions sur les différents membres de la famille et je lui répondais qu'ils allaient bien et qu'ils lui passaient le bonjour. Puis je lui demandais : « Le temps est toujours agréable ici ? Si tu savais comme il fait chaud à Téhéran… »

Ce n'est qu'au bout de vingt-quatre heures que la glace a été brisée pour de bon et que nous avons commencé à échanger des propos plus intimes. Heureusement, c'était le week-end et nous avions tout notre temps. Siamak m'a décrit les épreuves qu'il avait traversées après nous avoir quittés, les dangers qu'il avait affrontés lors de la traversée de la frontière, son existence dans le camp de réfugiés, avant d'évoquer ses études et finalement son travail. Je lui ai raconté ce que Massoud avait subi, ces terribles journées où je l'avais cru mort et son retour. J'ai parlé de Shirin, de ses bêtises

512

et de sa susceptibilité, qui me faisait plus penser à lui qu'à Massoud.

Le lundi, comme Siamak travaillait, je me suis promenée dans son quartier. Je découvrais avec ravissement combien le monde était vaste et beau et j'avais envie de rire en songeant à la vanité qui nous poussait à nous croire au centre de l'univers.

J'ai appris à faire les courses. Je préparais le dîner et j'attendais le retour de Siamak, et tous les soirs il m'emmenait visiter autre chose. Nous n'arrêtions pas de parler, mais nous avons rapidement cessé de discuter politique. Il avait été absent si longtemps qu'il comprenait mal le nouveau climat qui régnait en Iran et les problèmes concrets de notre pays. Il lui arrivait d'employer des mots et des expressions datés qui me rappelaient les premiers jours de la révolution, et je ne pouvais m'empêcher de rire en l'entendant.

Il a fini un jour par se fâcher : « Pourquoi est-ce que tu te moques tout le temps de moi ?

— Je ne me moque pas, mon chéri. C'est simplement que, parfois, tu dis des choses tellement bizarres !

— Comment ça, bizarres ?

— On a l'impression d'écouter une station de radio étrangère.

— Comment ça ?

— Oui, une des stations iraniennes qui émettent depuis l'étranger, surtout celles des mouvements d'opposition. Les présentateurs font exactement comme toi, ils mélangent les fausses informations et les vraies et utilisent des expressions que plus personne n'emploie depuis des lustres. Un enfant lui-même saurait immédiatement qu'ils ne vivent pas en Iran. Et il leur arrive de dire des choses franchement drôles, ou vraiment agaçantes. À propos, es-tu toujours un sympathisant des moudjahidin ?

— Non ! Pour tout t'avouer, je ne comprends pas certaines de leurs décisions et je les trouve même inacceptables.

— Quoi, par exemple ?

— Aider l'armée irakienne pour attaquer l'Iran ; se battre contre les troupes iraniennes. Je me demande parfois ce qui se serait passé si j'étais resté à leurs côtés et si je m'étais retrouvé nez à nez avec Massoud sur le champ de bataille. C'est un cauchemar récurrent qui me réveille en sursaut au milieu de la nuit.

— Dieu merci, te voilà enfin devenu raisonnable.

— Ne crois pas ça. Ces derniers temps, je pense beaucoup à Papa. C'était un grand homme, n'est-ce pas ? Nous devrions être fiers de lui. Il y a beaucoup de gens ici qui partagent ses idées. Ils m'ont appris des choses que je ne savais pas à son sujet et ont très envie de te rencontrer pour que tu leur parles de lui. »

Je lui ai jeté un regard méfiant. Continuerait-il éternellement à idéaliser ainsi son père ? Je ne voulais pas ternir l'image qu'il avait de lui et le priver d'un orgueil légitime, mais ce besoin et cette dépendance témoignaient à mes yeux de son immaturité persistante.

« Écoute, Siamak, j'ai horreur de tout ce cinéma. Tu sais que je ne partageais pas les idées de ton père. C'était un homme bon et honnête, mais il avait des défauts et des travers, comme chacun d'entre nous. Le plus grave était son intolérance. Pour lui et pour ceux qui partageaient ses convictions politiques, le monde était divisé en deux. Ceux qui n'étaient pas avec eux étaient contre eux, et ce qui émanait de l'autre camp était condamnable par définition. Même dans le domaine artistique, ils considéraient que les seuls vrais artistes étaient ceux qui partageaient leur point de vue ; les autres n'étaient que des imbéciles. Si je lui disais que j'aimais bien tel ou tel chanteur ou que j'estimais qu'Untel était un bon poète, ton père rétorquait que ce chanteur ou ce poète soutenait le Shah ou était anticommuniste et que, par conséquent, son travail ne valait rien. Il était capable de me culpabiliser parce que j'appréciais une chanson ou un poème !

Ces gens-là n'avaient pas d'opinions à eux, pas de goûts personnels. Tu te rappelles le jour où l'ayatollah Taleghani est mort ? Nos voisins, M. et Mme Dehghani, qui étaient des partisans de la faction de gauche, sont venus chez nous je ne sais combien de fois parce qu'ils ne savaient pas ce qu'ils devaient faire. Avant sa mort, l'ayatollah avait critiqué les émeutes au Kurdistan, et les Dehghani se demandaient comment réagir à sa mort. Ils ont passé la journée à courir après les responsables de gauche pour essayer de savoir s'ils devaient prendre le deuil ou non. Finalement, on a annoncé que l'ayatollah avait été un défenseur du peuple et qu'il fallait pleurer sa mort. Mme Dehghani a soudain éclaté en sanglots et a pris le deuil. Tu t'en souviens ?

— Non ! a bougonné Siamak.

— Moi, si. Je voudrais tellement que tu ne te fondes que sur tes réflexions personnelles, tes propres convictions, que tu pèses le pour et le contre de chaque option par des lectures et des enseignements, et qu'ensuite tu en tires toi-même tes conclusions et prennes ta décision en toute indépendance ! L'idéologie pure est un piège, elle engendre des préjugés et des a-priori, elle fait obstacle à la réflexion et aux opinions personnelles. Et, surtout, elle transforme les gens en fanatiques incapables de faire la part des choses. Si tu le souhaites, je veux bien expliquer ça à tes amis et leur exposer leurs erreurs et celles de ton père.

— Maman, mais qu'est-ce que tu racontes ? a demandé Siamak, fâché. Nous devons préserver sa mémoire. C'était un héros !

— J'en ai plus qu'assez, de l'héroïsme. Mes souvenirs sont tellement amers que je n'ai aucune envie de les ressusciter. Tu ferais mieux d'oublier tout ça et de penser à ton avenir. Tu as la vie devant toi, à quoi bon ruminer le passé ? »

Je ne sais pas dans quelle mesure Siamak a admis le bien-fondé de mes propos, ni si mes arguments ont eu le moindre effet sur lui, mais nous nous sommes mis tacitement d'accord pour éviter dorénavant toute discussion politique.

Impatiente de découvrir les secrets de son cœur, je l'ai interrogé sur Parvaneh et sa famille. Et il a fini par se laisser aller à quelques confidences.

« Si tu savais comme Lili est gentille et intelligente ! Elle fait des études de gestion. Elle doit finir cette année et, après, elle cherchera du travail.

— Tu es amoureux d'elle ? lui ai-je demandé.

— Alors ça ! Comment as-tu deviné ? »

J'ai ri : « Je l'ai su dès que je vous ai vus ensemble à l'aéroport. Ce genre de choses n'échappe jamais à une mère, tu sais.

— On voudrait se fiancer, mais ce n'est pas si facile.

— Ah bon ? Pourquoi ?

— Sa famille n'est pas d'accord. Tante Parvaneh est vraiment sympa, c'est sûr. Elle a été une mère pour moi et je sais qu'elle éprouve beaucoup d'affection pour moi. Mais, dans ce cas précis, elle soutient son mari.

— Et que dit Khosrow ?

— Je l'ignore. Il n'approuve pas ce projet et veut nous imposer toutes sortes de contraintes et de conditions. Il pense encore comme les Iraniens du siècle dernier. On a du mal à croire qu'il a fait ses études ici et qu'il y vit depuis tant années.

— Mais que dit-il ? ai-je insisté.

— Quand on lui explique qu'on veut se fiancer, il répond : "Non, c'est impossible !"

— Vraiment ? Ne t'en fais pas. Je vais discuter avec eux et essayer de comprendre ce refus. »

Parvaneh n'était absolument pas hostile à cette relation, bien au contraire.

« Je considère Siamak comme mon propre fils, m'at-elle assuré. Il est iranien, il parle notre langue et nous nous entendons très bien. Je redoute toujours que mes enfants épousent des Allemands avec qui je serais incapable de nouer une vraie relation. Je sais tout de Siamak ; je sais même qui étaient ses ancêtres. Il est intelligent, il a fait de brillantes études, il réussit et a un brillant avenir devant lui. En plus, Lili et lui s'aiment, ce qui est l'essentiel.

— Alors, où est le problème ? ai-je demandé. Il paraît que Khosrow Khan n'est pas du même avis que toi.

— Si, si, nous sommes parfaitement d'accord. Le problème, c'est que nous ne voyons pas les choses de la même manière, les enfants et nous. Nous sommes restés profondément iraniens et il y a des choses que nous avons du mal à admettre, alors que nos enfants ont grandi ici et sont incapables de comprendre notre point de vue. Figure-toi que ces deux jeunes parlent de longues fiançailles.

— Parvaneh, excuse-moi, mais, là, je ne te suis plus ! S'ils veulent rester fiancés un bon moment, un an, même, quelle importance ? C'est courant en Iran, maintenant. Ils ont peut-être envie de mieux se connaître, ou de mettre un peu d'argent de côté avant de se marier, ou alors ils veulent simplement prendre le temps de réfléchir.

— Que tu es naïve ! s'est-elle exclamée. Tu ne comprends donc pas ce qu'ils veulent dire quand ils parlent de longues fiançailles ? En réalité, il s'agit de concubinage. Comme d'autres jeunes de leur entourage, ils veulent s'installer ensemble sans se marier. Au bout de cinq ans, ils décideront s'ils ont envie de rester ensemble ou non. Si c'est oui, ils officialiseront leur union ; sinon, ils se sépareront. Et peu importe qu'ils aient un enfant à ce moment-là ! S'ils se séparent, l'un des deux s'en chargera ! »

J'ai ouvert de grands yeux. « C'est impossible ! ai-je protesté, ébahie. Je ne peux pas croire qu'ils envisagent une chose pareille.

— Bien sûr que si, Massoum. Tous les soirs, sans exception, Lili et Khosrow se disputent à ce sujet. Khosrow n'acceptera jamais un tel arrangement. Et je pense que tu ne lui donneras pas tort.

— Évidemment ! me suis-je écriée, effarée. Eh bien, ils ne manquent pas de culot, ces jeunes ! Si Mahmoud et les autres savaient ça ! Je comprends mieux maintenant pourquoi Khosrow Khan s'est montré aussi froid et aussi distant. Le pauvre homme ! Je dois avouer que Siamak me surprend. A-t-il oublié d'où il vient ? S'est-il vraiment occidentalisé à ce point ? En Iran, il suffit encore qu'un jeune homme ait l'audace de bavarder avec une jeune fille pour que le sang coule, et ce monsieur prétend vivre pendant cinq ans avec la fille d'un autre sans l'épouser ! Franchement, ça me dépasse ! »

Cette nuit-là, la discussion s'est poursuivie jusqu'à l'aube. Siamak et Lili alléguaient qu'il était essentiel de mieux se connaître avant de s'épouser et ajoutaient que le mariage n'était qu'un chiffon de papier sans aucune valeur, tandis que nous leur rappelions l'importance de la structure familiale, la nécessité d'une union en bonne et due forme et le respect dû aux liens de parenté. La conclusion a été que, pour nous faire plaisir, les enfants accepteraient de se plier à la procédure « stupide et sans valeur » du mariage et que si, un jour, ils ne s'entendaient plus, ils pourraient toujours faire annuler ce « chiffon de papier » et obtenir le divorce. Nous avons également décidé que le mieux serait qu'ils se marient pendant mon séjour, dès qu'ils auraient aménagé leur nouveau logement et seraient prêts à commencer leur vie commune.

« Je te remercie de tout cœur ! a soupiré Khosrow. Tu ne peux pas imaginer quelle épine tu m'enlèves du pied !

— Quel monde bizarre, ai-je répondu. Décidément, j'ai bien du mal à m'y faire. »

Le mariage de Lili et de Siamak a été le point culminant de mon séjour en Allemagne, rempli par ailleurs de douceur et d'agrément. J'étais ravie d'avoir une bru aussi gentille, aussi intelligente et aussi charmante qui était, de surcroît, la fille de Parvanch. Mon bonheur était tel que je n'avais aucune envie de rentrer en Iran.

Les merveilleux souvenirs de cette période de ma vie resteraient à jamais gravés dans mon cœur. Et j'emportais avec moi de nombreuses photographies qui viendraient décorer plus tard les murs, les étagères et les tables de mon logement.

Les années heureuses passent toujours trop vite. En un clin d'œil, Shirin s'est retrouvée en terminale tandis que Massoud terminait son dernier semestre universitaire. Son projet et son mémoire de fin d'études l'occupaient beaucoup, et son emploi lui imposait des responsabilités nouvelles. Mais ces soucis n'étaient pour rien dans son récent mutisme. Quelque chose le tracassait ; je voyais bien qu'il avait envie de me parler mais qu'il hésitait. Cela me surprenait, car nous avions toujours été très ouverts et très à l'aise l'un avec l'autre. Je l'ai pourtant laissé se débattre avec ses doutes. Enfin, un soir où Shirin avait été invitée à la fête d'anniversaire d'une amie, il est venu s'asseoir à côté de moi. « Maman, m'a-t-il dit, est-ce que tu serais très fâchée si je décidais de vous quitter, Shirin et toi, pour aller m'installer ailleurs ? »

Mon cœur s'est serré. Que s'était-il produit pour qu'il veuille nous quitter ? Cherchant à garder mon sang-froid, j'ai répondu : « Tous les enfants quittent leurs parents un jour ; évidemment, tout dépend de la raison pour laquelle ils le font.

— C'est souvent pour se marier.

— Se marier ? Tu as l'intention de te marier ? me suis-je étonnée. Mon chéri, c'est merveilleux ! Je ne rêve que de ça ! »

La vérité était que j'avais déjà beaucoup pensé au mariage de Massoud. Depuis des années, je rêvais du jour où il épouserait Firouzeh. Ils étaient très proches et s'aimaient tendrement depuis leur enfance.

« Dieu merci ! a soupiré Massoud. J'avais peur que tu ne sois pas d'accord.

— Quelle idée ! Félicitations ! Maintenant, dis-moi, quand veux-tu que nous organisions la cérémonie ?

— Doucement, Maman ! Il faut d'abord demander sa main et être sûrs qu'elle accepte de devenir mon épouse.

— Que tu es bête ! Elle sera d'accord, ça va de soi. Comment pourrait-elle trouver mieux que toi ? Sa famille t'adore depuis que tu es petit. Et je ne te cacherai pas qu'ils ont fait plusieurs fois des commentaires voilés pour essayer de comprendre pourquoi tu ne te déclarais pas. Pauvre Firouzeh ! Elle en a plus souffert que quiconque. Elle n'a jamais pu me cacher son secret. Ses yeux le dévoilaient. Oh, cette chère enfant ! Elle fera une si jolie mariée ! »

Massoud m'a regardée fixement. « Firouzeh ? Mais qu'est-ce que tu racontes ? Je considère Firouzeh comme ma sœur. Exactement comme Shirin. »

J'étais pétrifiée. Comment avais-je pu me tromper à ce point ? Cette intimité, ces regards appuyés, ces longues heures à échanger des confidences : tout cela ne reflétait donc qu'une affection fraternelle ? Je me suis maudite d'avoir parlé trop vite.

520

« Alors, qui est-ce ? » ai-je demandé en faisant un gros effort pour dissimuler ma déception. Mais la froideur de mon ton me trahissait.

« La cousine de Mina, Ladan, a répondu Massoud. Elle a vingt-quatre ans. Si tu savais comme elle est belle ! Elle vient d'une famille très respectée. Son père travaillait au ministère des Transports. Il est à la retraite, maintenant.

— Je les connais, bien sûr ! Et alors, petit gredin, ça dure depuis combien de temps, cette histoire ? Pourquoi ne m'en as-tu jamais rien dit ? »

Je me suis mise à rire, cherchant à lui faire oublier ma réserve initiale. Ma bonne humeur l'a rassuré et il m'a tout raconté.

« J'ai fait sa connaissance il y a trois mois, mais nous nous sommes avoué nos sentiments que depuis un mois.

— Tu ne la connais que depuis trois mois et tu veux déjà l'épouser ? Eh bien, tu ne perds pas de temps, toi !

— Pourquoi dis-tu ça, Maman ? Il y a bien des hommes qui demandent la main d'une jeune fille sans même l'avoir vue.

— C'est vrai. Mais il existe deux sortes de mariages, vois-tu. Le premier répond à des questions de raison et d'intérêts particuliers, l'autre repose sur l'amour. Dans un mariage traditionnel, quelqu'un s'occupe des présentations et la famille du marié demande officiellement la main de la jeune fille. C'est ce que j'appellerais un mariage du premier type. Dans ce cas, on examine avec attention la situation des deux parties, les deux familles exposent ce qu'elles attendent de cette union, les aînés pèsent le pour et le contre, trouvent des compromis, et ce n'est que lorsqu'ils sont certains que toutes les conditions sont réunies que le jeune couple entre en jeu et est autorisé à se rencontrer occasionnellement. S'ils s'apprécient, ils se marient et on espère qu'ils finiront par s'aimer.

« Dans un mariage du second type, en revanche, un mariage qui repose sur l'amour, deux êtres sont liés par des sentiments profonds et réciproques et le reste ne compte guère. Leur amour les rend aveugles à certains obstacles éventuels, et ils s'y adaptent tant bien que mal. En cas d'opposition de leurs familles, ils en assument la responsabilité, ils tiennent tête à tout le monde et se marient sans tenir compte des arguments logiques et rationnels. J'ai l'impression que tes projets relèvent du second type. Dans ce cas, il est préférable que le couple se connaisse très bien et soit certain que son amour est suffisamment fort et durable pour surmonter les risques d'incompatibilité et pour résister à la désapprobation extérieure. Alors, penses-tu vraiment que trois mois suffisent pour nouer un lien aussi solide et parvenir à un véritable amour ?

— Excuse-moi, Maman, mais tu recommences à philosopher, a lancé Massoud avec impatience. Je veux que mon mariage soit un mélange des deux types que tu décris. Pourquoi être amoureux et réunir toutes les conditions nécessaires seraient-ils forcément incompatibles ? Le vrai problème, à mon sens, c'est que tu ignores tout de l'amour. D'après ce que tu m'as raconté, deux ou trois jours après ton mariage tu n'avais même pas encore eu l'occasion de regarder ton mari de près. Sans vouloir te vexer, il me semble que tu es mal placée pour porter un jugement sur l'amour. Ladan dit que c'est comme une pomme qui te tombe sur les genoux. Ça se passe en une fraction de seconde. Quelle jolie image de l'amour, tu ne trouves pas ? C'est une fille si sensible, si remarquable ! J'ai hâte que tu fasses sa connaissance. »

J'avais le cœur serré. J'aurais tant voulu lui confier qu'à une certaine époque j'aurais donné ma vie pour celui que j'aimais ! Je me suis retenue à grand-peine. « Tu me demandes ce que je sais de l'amour ? ai-je tout de même répliqué. Et toi, que sais-tu de moi ? Comme

l'a écrit Forough : *Toutes mes blessures sont des bles-*
sures d'amour.

— Mais tu ne m'as jamais rien dit.

— Je ne t'ai rien dit maintenant non plus. Sache simplement que tu n'es pas le seul ici à avoir une certaine
idée de l'amour.

— Alors que devons-nous faire, selon toi ?

— Rien, justement. Prendre votre temps, mettre
votre amour à l'épreuve et éviter de vous emballer.

— Impossible ! s'est écrié Massoud. Elle a déjà un
prétendant. Sa famille a demandé sa main et ses parents
risquent de la marier d'un jour à l'autre. Nous nous per-
drions pour toujours !

— C'est un bon test. Si elle t'aime vraiment, elle
n'acceptera pas d'en épouser un autre.

— Tu ne sais rien de sa situation ; sa famille fait
pression sur elle. S'il y a quelqu'un qui devrait pouvoir
comprendre ça, c'est toi.

— Massoud, c'est une jeune fille instruite et intelligente, et d'après ce que tu viens de me raconter, ses
parents sont des gens raisonnables. Ils n'ont rien à voir
avec ce que pouvaient être tes grands-parents il y a trente
ans. Si elle leur explique qu'elle ne veut pas se marier
tout de suite, ils comprendront et ne la forceront certainement pas. Les choses ont tellement évolué !

— Qu'est-ce qui a évolué ? a protesté Massoud.
Notre culture est restée la même. Les familles estiment
toujours qu'une fille doit avoir un seul but dans la vie, se
marier, et elles peuvent l'y obliger. En fait, ses parents
ont déjà voulu la marier quand elle avait dix-huit ans,
mais elle s'y est opposée.

— Dans ce cas, rien ne l'empêche de s'y opposer un
an de plus, ai-je rétorqué patiemment.

— Maman ! Tu n'es pas objective ! Tu n'as qu'à dire
franchement que tu ne veux pas qu'on se marie.

— Je n'ai aucune raison de le faire. Je ne la connais pas. C'est peut-être une fille sensationnelle. Je ne dis qu'une chose : attendez.

— Nous n'avons pas le temps !

— Très bien, me suis-je emportée. Dans ce cas, veux-tu avoir l'amabilité de m'expliquer ce que je suis censée faire ? »

Bondissant sur ses pieds, il a posé une feuille de papier devant moi.

« Voilà leur numéro de téléphone. Appelle-les immédiatement et débrouille-toi pour aller les voir après-demain. »

Je ne savais plus où j'en étais. D'un côté, je n'avais aucune envie de me laisser imposer sa volonté. De l'autre, je me demandais si je n'étais pas de parti pris contre cette jeune fille. Je me rappelais comment Mère avait renâclé et fait traîner les choses quand Mahmoud avait annoncé qu'il voulait épouser Mahboubeh. Par ailleurs, c'était la première fois que mon fils sollicitait mon aide avec une telle passion. Je ne pouvais pas refuser. Pourtant l'image des visages déçus de Firouzeh, Faati et Sadegh Agha m'obsédait. Quel coup cruel nous allions leur infliger !

« Tu es sûr que tu ne veux pas réfléchir encore un peu ?

— Je te répète, Maman, qu'on n'a pas le temps ! Son père lui a dit que si elle avait quelqu'un d'autre en tête, ce quelqu'un d'autre devait se présenter avant la fin de la semaine. Autrement, Ladan épousera le prétendant qu'ils lui ont choisi. »

Acculée, j'ai pris le téléphone et j'ai appelé ces gens. Ils attendaient manifestement mon coup de fil et ont su immédiatement qui j'étais.

Massoud était tout heureux. Visiblement soulagé d'un grand poids, il ne cessait de me houspiller.

« Il faut vite aller acheter des pâtisseries pour demain. Il sera bientôt trop tard ! »

Je n'étais vraiment pas d'humeur à ça et n'avais pas fini mon travail, mais je craignais qu'il n'interprète un refus comme un nouveau signe de désapprobation. Je ne voulais pas le priver de ce bonheur. Dans la voiture, il n'a pas cessé de parler, alors que je ne pensais qu'à Firouzeh et à Faati. N'était-ce pas la présence de Firouzeh qui lui avait redonné goût à la vie et qui avait ranimé son intérêt pour les études ? Qu'avait-il bien pu se produire ? Moi qui croyais si bien connaître mon fils, comment avais-je pu commettre pareille erreur ?

Toujours fine et perspicace, Shirin n'a pas mis long-temps à sentir que Massoud n'était pas dans son état habituel.

« Que se passe-t-il ? Massoud a l'air fou de joie.

— Rien du tout, ai-je répondu. Raconte-moi plutôt cette fête d'anniversaire. Tu t'es bien amusée ?

— C'était génial. On a mis de la musique et on a dansé. À propos, il faudra que je lance des invitations et que j'organise une fête ici pour mon anniversaire. Je suis déjà allée chez tous les autres, et je n'ai jamais donné de fête. On pourrait faire ça le mois prochain, qu'est-ce que tu en penses ?

— Mais ton anniversaire n'est qu'en septembre !

— Et alors ? C'est juste un prétexte. Il ne se passe jamais rien chez nous, alors je peux bien inviter mes amis, pour une fois.

— Qui te dit qu'il ne se passe jamais rien ? Tu vas peut-être pouvoir inviter tes amis à un mariage. »

Les yeux écarquillés, Shirin s'est tournée vers Massoud. « Un mariage ? Quel mariage ?

— Mon mariage, a répondu Massoud. Le mariage de ton frère. Ça te plairait que je me marie ?

— Toi ? Que tu te maries ? Non, franchement, ça ne me plairait pas, a répondu Shirin sans ménagement. Mais évidemment, ça dépend de la fille.

— Nous ne la connaissons pas, suis-je intervenue. Ils se sont rencontrés et sont tombés amoureux l'un de l'autre.

— Ce n'est quand même pas cette pimbêche qui appelle sans arrêt ? a lancé Shirin. Si, c'est elle ? Je savais bien qu'il y avait anguille sous roche. Maman, tu sais, c'est cette casse-pieds qui téléphone et qui raccroche aussitôt. »

Massoud a répliqué, cramoisi : « Comment ça, une casse-pieds ? Elle est timide, c'est tout. Quand elle appelle et que ce n'est pas moi qui réponds, elle est gênée, alors elle raccroche.

— Timide ? s'est esclaffée Shirin. Il lui arrive de parler, tu sais. Elle ne se gêne pas pour demander : "Massoud Khan est-il là ?" Et quand je lui demande son nom, elle répond d'un air de sainte-nitouche qu'elle rappellera plus tard. Ça m'a l'air d'être une sacrée frimeuse, oui !

— Ça suffit ! a grondé Massoud avant de se tourner vers moi. À propos, il faudrait commander des fleurs pour demain. Et n'oublie pas de mettre ce que tu as de plus chic. »

Je l'ai regardé avec étonnement. « On croirait que tu as déjà fait ça plusieurs centaines de fois ! Tu connais bien les usages, apparemment.

— Pas vraiment. C'est Ladan qui m'a expliqué comment amadouer ses parents.

— Je vous accompagne, a annoncé Shirin.

— Pas question, ai-je répliqué. Tu viendras la prochaine fois.

— Et pourquoi ? Il faut que je la voie. Je suis sa future belle-sœur et je suis censée approuver le choix de mon frère !

— Quand la belle-sœur n'est qu'une gamine, certainement pas, a rétorqué Massoud.

— Je ne suis pas une gamine ! J'ai dix-huit ans ! Maman, dis quelque chose, je t'en prie.

— Massoud, qu'y a-t-il de mal à ce qu'elle nous accompagne ? Normalement, c'est en effet la mère et la sœur du prétendant qui vont demander la main de la jeune fille. Et cesse de la traiter de gamine. À son âge, j'étais déjà mère.

— Non, Maman, pas demain, je t'en conjure, ce n'est pas une bonne idée. La prochaine fois. »

Shirin a eu beau bouder et pleurer, rien n'a pu fléchir Massoud. Il avait apparemment reçu des ordres précis et il n'était pas question d'y déroger.

La corbeille de fleurs était tellement énorme qu'elle n'entrait pas dans la voiture. Nous sommes arrivés, non sans mal, à la caser dans le coffre, que nous avons été obligés de laisser entrouvert.

« Était-il vraiment nécessaire d'apporter tant de fleurs ? ai-je demandé.

— Ladan a dit : "Apportez le plus gros bouquet possible pour qu'on ne risque pas de le confondre avec ceux des autres."

— Quelle bêtise ! »

Ils habitaient une vieille maison immense. Les pièces regorgeaient de meubles anciens et je crois bien qu'ils avaient un exemplaire de tous les vases de porcelaine qu'il m'était arrivé de voir un jour dans des boutiques. Les canapés et les fauteuils étaient de style classique, hauts sur pieds, avec des accoudoirs dorés et des tapisseries rouges, jaunes et orange. Les murs étaient ornés de copies de tableaux anciens dans de lourds cadres ornés tarabiscotés et les fenêtres agrémentées de tentures rouges à doublure dorée, avec des glands... Cette maison ressemblait plus à un hôtel ou à un restaurant qu'à un foyer douillet et confortable.

La mère de Ladan, qui devait avoir à peu près le même âge que moi, avait les cheveux teints en blond platine et était lourdement maquillée. Elle portait des sandales à hauts talons sans collants et fumait des cigarettes à la chaîne. Son père était un monsieur très digne aux cheveux poivre et sel, avec une pipe au coin de la bouche. Il n'a cessé de parler de sa famille, de leur prestige et de leur situation d'autrefois, de leurs éminents parents et de leurs voyages à l'étranger.

Quant à moi, j'ai passé l'essentiel de mon temps à écouter, et la soirée a été consacrée à des présentations très simples et à des échanges de banalités. Je savais qu'ils attendaient que j'aborde le sujet qui nous avait réunis, mais j'estimais qu'il était trop tôt. Quand j'ai demandé à pouvoir aller aux toilettes, la mère de Ladan a insisté pour me conduire dans la partie de la maison où se trouvaient les pièces privées et les chambres à coucher. Elle tenait à me faire tout visiter. Même dans le salon réservé à la famille les sièges étaient tapissés de couleurs voyantes, et je n'ai pas vu un seul endroit plus ou moins confortable. Cherchant à être polie, j'ai remarqué : « Vous avez une très belle maison.

— Voulez-vous voir le reste des pièces ? m'a-t-elle demandé avec empressement.

— Non, non, merci. Je ne voudrais pas être indiscrète.

— Oh, je vous en prie. Suivez-moi. »

Et, posant la main dans mon dos, elle m'a poussée vers les chambres. J'avais horreur de ça mais, en même temps, un mélange de curiosité et de malveillance m'a incitée à me laisser faire. Chaque chambre était équipée de rideaux lourds et luxueux, ornés d'ouvrages de passementerie. Le reste du mobilier était tout aussi chargé.

« Pourquoi ne leur as-tu rien dit ? s'est plaint Massoud pendant le trajet de retour.

— Dit quoi ? Ce n'était qu'une première rencontre ! »

Il s'est détourné et n'a plus prononcé un mot.

Quand nous sommes arrivés la maison, Shirin en voulait toujours à Massoud et refusait de lui adresser la parole. Elle s'est donc tournée vers moi : « Alors, raconte ! Que s'est-il passé au palais ?

— Rien de spécial. »

Déjà furieuse d'avoir dû rester à la maison, elle a ronchonné : « Très bien, tais-toi ! Je suis une étrangère à vos yeux, pire : je ne suis même pas un être humain. Tu me prends pour une enfant, une espionne ; tu me caches tout.

— Non, ma chérie. Tu te trompes, l'ai-je consolée. Laisse-moi le temps de me changer et je te raconterai ce qui s'est passé. »

Elle m'a suivie dans ma chambre et s'est assise sur le lit, jambes croisées.

« Allez, vas-y !

— Pose-moi des questions et je te répondrai, ai-je proposé en commençant à me déshabiller.

— Comment est-elle ? »

J'avais beau me creuser la tête en quête d'une caractéristique marquante, rien ne me venait à l'esprit. « Elle est assez petite. Un peu plus petite que moi. Mais nettement plus lourde.

— Elle est grosse, c'est ça ?

— Non, pas grosse, bien en chair, c'est tout. Il faut reconnaître que je suis maigre comme un clou ; ce n'est pas parce qu'on pèse plus que moi qu'on est gros.

— Et le reste ?

— Il me semble qu'elle a le teint clair. Mais comme elle était très maquillée et que la pièce n'était pas très bien éclairée, je ne suis pas vraiment sûre. Je crois qu'elle a les yeux bruns. Elle a les cheveux teints en châtain clair, presque blond.

— Oh ! Et comment était-elle habillée ?

— Une jupe noire serrée, au-dessus des genoux, une veste à motifs noirs, roses et violets.

— Les cheveux raides ?

— Je ne crois pas, non. Bouclés, mais j'ai trouvé qu'il y avait beaucoup trop de boucles.

— Super ! s'est-elle écriée. Quelle déesse ! Et Papa et Maman ?

— Ne parle pas comme ça, ce n'est pas convenable. Ils ont l'air parfaitement respectables. Sa mère doit avoir le même âge que moi ; elle était très maquillée, elle aussi. Très bien habillée, je dois en convenir. Et leur maison est pleine de belles porcelaines, d'antiquités, de rideaux à glands et de mobilier doré, dans le genre classique.

— Et c'est une fille comme ça que veut épouser mon frère, lui qui était devenu un tel fanatique après la guerre qu'il piquait une crise si j'étais un tout petit peu maquillée et ne cessait de râler parce que je portais mon foulard trop en arrière sur la tête ? Que vont dire ses copains du Hezbollah ?

— Franchement, j'ai du mal à comprendre, moi aussi. J'ai l'impression que le monde marche à l'envers.

— Bon, mais à part ça, elle t'a paru sympa ?

— Que veux-tu que je te dise ? »

À cet instant, je me suis retournée pour découvrir Massoud, appuyé contre le chambranle de la porte, qui me fixait avec un regard blessé, plein de reproches. Il a secoué la tête et a regagné sa chambre sans un mot.

Chacune de nos visites n'a fait que souligner plus crûment les profondes divergences entre nos deux familles. J'étais bien obligée de constater à quel point Massoud et Ladan étaient mal assortis. Massoud ne voyait rien de tout cela. Il était tellement amoureux qu'il était aveugle au reste. Il ne me parlait plus qu'avec la plus grande retenue, et je préférais me taire. Les seules paroles que nous échangions à ce sujet portaient sur nos visites et sur celles de la famille de Ladan. Je l'accompagnais et écoutais les conversations, sans me livrer au moindre commentaire et sans prendre part aux discussions.

J'ai ainsi appris que, pour leur fille aînée, les parents de Ladan avaient réclamé une dot de cent pièces d'or mais que leur gendre leur avait promis de doubler ce montant. J'ai même appris où la famille avait acheté l'alliance de sa cousine du côté maternel qui venait de se marier, combien avait coûté la robe de la mariée et quelles pierres précieuses étaient enchâssées dans la parure que sa cousine du côté de son père portait à la cérémonie.

Je savais évidemment que tout cela n'était pas vrai ; il leur arrivait même de se contredire. « Oh, quelle chance vous avez ! m'exclamais-je avec une parfaite hypocrisie. Vous avez assisté à au moins dix mariages au cours de ces dernières semaines ! » Ils se taisaient et échangeaient un regard. Je voyais bien qu'ils commençaient à s'ennuyer. Ils recommençaient alors à discuter pour savoir s'il valait mieux organiser le mariage dans le courant de l'été ou à l'automne.

Je ne savais pas quoi faire. Malgré mes efforts, j'étais incapable d'éprouver la moindre sympathie pour cette jeune fille et ne voyais pas comment nouer des relations amicales avec ces gens superficiels qui ne pensaient qu'à l'argent, aux vêtements, aux coiffures et au maquillage. D'un autre côté, je ne voulais pas m'engager dans un débat avec Massoud. J'avais peur que le moindre commentaire, la moindre observation ne soient interprétés comme des critiques. Il fallait qu'il découvre par lui-même qu'ils n'étaient pas faits l'un pour l'autre.

Finalement, sous la pression de Ladan, c'est Massoud qui a abordé le sujet et, avec dans la voix une rancœur et une froideur que je ne lui connaissais pas, il m'a demandé : « Bon, Maman, ça va durer encore longtemps, ce petit jeu ?

— Quel jeu ?

— Ton refus de parler de Ladan et moi, et de nos projets.

— Que veux-tu savoir ?

— Ton opinion !

— Ce qui m'intéresse le plus, c'est la tienne. J'imagine que tu connais un peu mieux la famille de Ladan, maintenant. Qu'en penses-tu ?

— Je me fiche pas mal de sa famille ! C'est elle que j'aime.

— On grandit tous au sein d'une famille dont on partage les origines et les valeurs.

— Parce qu'il y a quelque chose qui ne te plaît pas dans leurs origines ? Ils ont beaucoup de classe. »

J'ai marqué une pause. C'était un mot qui n'existait pas dans le vocabulaire de Massoud.

« Beaucoup de classe…, ai-je répété. Qu'est-ce que tu entends par là ? Comment définis-tu les gens qui ont de la classe ?

— Je ne sais pas, moi, s'est-il emporté. Quelle question ! Ce sont des gens respectables, voilà tout !

— Qu'est-ce qui te permet de l'affirmer ? Les objets précieux dont ils s'entourent ? Le fait qu'au lieu de penser au confort et à la beauté, ils préfèrent ce qui coûte cher ? Qu'ils parlent sans cesse de vêtements et de couleur de cheveux ? Ou bien qu'ils ne cessent de dire du mal des autres dans leur dos et d'être obsédés par leurs rivalités ?

— Mais tu aimes les belles choses, toi aussi ! a protesté Massoud. Tu râles tout le temps parce que ma chemise et mon pantalon ne sont pas assortis, et dès que

532

tu veux acheter un meuble, tu vas traîner dans une centaine de magasins avant de te décider.

— Mon chéri, apprécier la beauté et vouloir meubler joliment sa maison signifie qu'on aime la vie, et je
n'ai évidemment rien contre ça. La vie de chacun est le
miroir de ses goûts, de ses pensées et de sa culture.

— Et en voyant leur maison, tu t'es rendu compte
que leur pensée et leur culture ne te plaisaient pas ?

— Pas toi ?

— Non !

— Est-ce que tu as aperçu chez eux une seule bibliothèque, même petite ? Les as-tu jamais vus lire un livre ?
Les as-tu entendus parler d'un ouvrage d'érudition,
d'un objet d'art ou d'une antiquité sans en mentionner
le prix ?

— Tu dis vraiment n'importe quoi ! Tout le monde
n'exhibe pas ses livres. Et pour quelle raison aurais-tu
envie de voir leurs livres ?

— Pour mieux connaître leurs goûts littéraires.

— Allons ! Nous avons nous-mêmes des livres tellement différents ! Toutes les sectes, tous les camps sont
représentés. Qui pourrait en conclure quelque chose sur
nos goûts littéraires ?

— N'importe quel penseur, n'importe quel intellectuel.

— Et comment ?

— Tu trouveras dans la bibliothèque d'un communiste des livres consacrés à cette idéologie, depuis les
rudiments jusqu'aux théories les plus avancées. Il aura
surtout des romans de Maxime Gorki et d'autres écri-
vains russes. Et aussi les ouvrages de Romain Rolland,
ce genre de textes. Très peu d'écrits portant sur d'autres
philosophies et idéologies. Les rayonnages d'un intellectuel non communiste comprendront quelques manuels de base sur la théorie communiste, qu'il n'aura lus

qu'à moitié. Le reste sera ce que les communistes appellent de la "littérature bourgeoise"…

Posséder des livres d'Ali Shariati ne reflète pas forcément de vraies tendances islamistes, parce que, après la révolution, les gens ont acheté ses ouvrages. Mais les bibliothèques des musulmans fervents sont bourrées de livres de prières, d'ouvrages sur la théorie et la philosophie islamiques, de recueils de conseils sur la bonne pratique religieuse, et ainsi de suite. En revanche, les étagères de nationalistes regorgent de biographies d'hommes politiques et contiennent tout un assortiment d'écrits sur l'histoire iranienne. Par ailleurs, une personne instruite possède quelques livres sur son domaine d'étude et sur sa spécialité.

— Mais pourquoi attaches-tu une telle importance à leurs tendances intellectuelles et politiques ?

— Parce que ma vie entière a été influencée par différents groupes politiques et par leurs convictions, et que j'aimerais bien savoir à qui j'ai affaire, cette fois.

— Je croyais que tu détestais la politique ! Tu nous as même fait promettre de ne pas nous en mêler !

— Sans doute, mais vous ai-je jamais demandé de ne pas lire et de ne pas vous instruire ? Comme tout être intelligent, vous devez connaître les différentes écoles de pensée pour être capables de distinguer le bien du mal et ne pas être le jouet de ceux qui ambitionnent de prendre le pouvoir. Ladan t'a-t-elle déjà parlé de ses lectures ou de ses idées, de ses points de vue sur telle ou telle question ? Tu es un artiste de talent. Avez-vous les mêmes goûts en matière d'art ? Et, surtout, si je songe aux convictions religieuses que tu professes depuis que tu as été prisonnier de guerre, je ne comprends pas comment tu peux être à l'aise dans une famille pour qui l'islam se résume à un dîner de commémoration en l'honneur de l'imam Abolfazl qu'ils organisent avec un faste digne d'un mariage ! Ce sont des partisans du

Shah, ils attendent le retour du prince héritier. Pas pour des raisons politiques, mais parce que, sous son régime, la consommation d'alcool était autorisée et que les femmes pouvaient aller à la plage en bikini. Avec le parcours qui a été le nôtre, de quoi penses-tu que nous pourrions discuter avec ces gens-là ? Massoud, mon chéri, cette fille n'a rien de commun avec toi. Elle ne s'habillera jamais comme tu le souhaiterais. Vous vous disputerez chaque fois que vous voudrez sortir.

— Ne t'inquiète pas pour ça, Maman. Elle m'a dit qu'elle était même prête à porter le tchador si je le lui demandais.

— Et tu l'as crue ? De toute façon, ça ne plaide pas en sa faveur non plus. Une jeune fille dotée d'un caractère affirmé, qui a des idées et des principes à elle, ne devrait pas être aussi influençable.

— La voilà trop influençable, maintenant, a-t-il lancé sèchement. Alors qu'elle n'a dit ça que parce qu'elle m'aime. Non, Mère, tu cherches des excuses. Personne ne trouve grâce à tes yeux, sauf nous.

— Pas du tout, mon chéri, ne crois pas ça. Je suis certaine que ce sont des gens très bien ; meilleurs que nous, peut-être. Mais ils sont tellement différents !

— Non, non, ce n'est qu'un prétexte.

— Tu m'as demandé mon avis, et je te l'ai donné. Il s'agit de ta vie, de ton avenir, et tu sais qu'il n'y a rien qui compte davantage pour moi.

Mais Maman, je l'aime ! Quand elle parle, quand elle rit, je me sens tout drôle. Je n'ai jamais rencontré de fille aussi féminine qu'elle. Elle n'est pas comme les autres. »

Je suis restée muette. Il avait raison, évidemment. Comment avais-je pu être aveugle à ce point ? Massoud était fasciné par cette fille parce qu'elle était différente des autres femmes de sa vie. Elle affichait la féminité que les femmes de son entourage s'étaient toujours employées à dissimuler. Pour être honnête, il y avait une certaine coquetterie dans son attitude, dans ses gestes, et même dans sa voix au téléphone. Elle était séduisante et charmante. Autrement dit, c'était une enjôleuse. Il n'était que trop naturel que mon fils si naïf, qui n'avait aucune expérience de ces artifices, en soit profondément troublé. Comment lui faire comprendre que l'attirance qu'il éprouvait n'avait rien à voir avec l'amour et ne constituait pas le fondement solide d'une vie commune ? Dans de telles circonstances, tous les mots, toute la logique du monde ne pouvaient qu'être impuissants ; ils ne feraient que renforcer son obstination et sa résistance.

« Je n'ai pas d'autre désir que le bonheur de mes enfants, ai-je repris. Et je suis convaincue que ce bonheur dépend d'une union qui repose sur l'amour et sur la compréhension. Je respecte ton choix et je ferai ce que tu me demanderas, même si cela va à l'encontre de ma volonté. Je n'y mets qu'une condition : que vous restiez fiancés pendant un an. Vous apprendrez ainsi à mieux vous connaître parce que vous aurez la liberté de passer plus de temps ensemble. Cela te permettra aussi de faire des économies et de préparer un mariage qui leur convienne ; comme tu as pu le constater, ils ne se contenteront pas de peu. »

Malgré ses objections initiales, la famille de Ladan a fini par se rendre à ma détermination et par accepter de longues fiançailles. J'étais certaine que leurs craintes ne tenaient pas à de quelconques convictions religieuses ; ils voulaient simplement s'assurer que le mariage aurait bien lieu. Ils ont décidé d'organiser une somptueuse fête de fiançailles pour permettre aux membres de leur grande famille de rencontrer le futur époux et en ont fixé la date à la semaine suivante. Je ne pouvais plus me taire. Il me restait à prévenir ma famille. Mais comment annoncer la nouvelle à Faati, Firouzeh et Sadegh Agha ?

Un matin, je suis allée voir Faati et j'ai commencé à parler du sort, de la destinée et de la volonté de Dieu. Elle m'a écoutée un moment, avant de me jeter un regard soupçonneux. « Ma sœur, que se passe-t-il ? m'a-t-elle demandé. Qu'est-ce que tu cherches à me faire comprendre au juste ?

— Tu sais que j'ai toujours rêvé de venir te voir un jour pour te parler de Firouzeh et te demander sa main pour Massoud. Il semblerait malheureusement que Dieu en ait décidé autrement. »

Le visage de Faati s'est assombri. « J'avais bien l'impression qu'il se tramait quelque chose. Maintenant, dis-moi, c'est Dieu qui en a décidé autrement, ou bien c'est toi ?

— Comment peux-tu dire une chose pareille ? J'aime Firouzeh plus que Shirin. Cette union était mon plus cher désir et, dans mon esprit, c'était une affaire entendue. Et voilà que Massoud a perdu la tête, va savoir pourquoi, et est tombé amoureux d'une autre. Il n'a plus que ces mots à la bouche : "Je la veux", et il m'a obligée à aller demander la main de cette fille. Ils vont se fiancer. »

J'ai aperçu alors la silhouette de Firouzeh, figée sur le seuil, tenant le plateau de thé. Faati a couru le lui prendre des mains. Firouzeh a posé sur moi des yeux qui demandaient silencieusement : Pourquoi ? La déception et le chagrin s'imprimaient sur son visage, mais, peu à peu, une ombre de colère et d'outrage s'y est ajoutée. Elle a fait volte-face et s'est réfugiée précipitamment dans sa chambre.

« Depuis qu'elle est toute petite, tu répètes que Firouzeh appartient à Massoud, m'a lancé Faati, fâchée. Ils ont toujours été si proches ! Ne viens pas me raconter que Massoud ne l'appréciait pas.

— Bien sûr que si, il l'appréciait, et il l'apprécie toujours. Mais il prétend n'éprouver pour elle que des sentiments fraternels. »

Faati a éclaté d'un rire amer et est sortie du salon. Je savais qu'elle mourait d'envie de me dire un certain nombre de choses, mais qu'elle tenait sa langue par respect pour moi. Je l'ai suivie à la cuisine.

« Ma chérie, tu as de bonnes raisons d'être fâchée, lui ai-je dit. Si tu savais dans quel état cette histoire me met. Tout ce que j'ai réussi à faire, c'est à retarder la date de ce mariage ridicule. J'ai exigé que leurs fiançailles durent un an, et j'espère que ce garçon finira par ouvrir les yeux.

— Écoute, Massoum, s'il est tombé amoureux, on ne peut que souhaiter leur bonheur. Tu ne devrais pas jouer les belles-mères acariâtres et espérer une séparation avant même les fiançailles.

— Oh, Faati, si tu savais, ai-je soupiré. S'ils avaient ne fût-ce qu'un point commun, je ne serais pas aussi désespérée. Tu ne peux pas imaginer à quel point ils sont différents. Je ne dis pas que c'est une mauvaise fille, simplement, elle n'est pas pour nous. Tu le constateras par toi-même. D'ailleurs, je serai contente d'avoir ton avis. Je l'ai peut-être mal jugée parce que j'étais hostile d'emblée à ce mariage. Mais je me conduis comme il se doit, je tiens ma langue. Shirin, en revanche, refuse de voir cette fille. Si Massoud entendait ce qu'elle raconte sur elle, il ne prononcerait plus jamais nos noms, et je le perdrais pour toujours.

— Il faut bien qu'elle ait des qualités, pour que Massoud y tienne autant, a remarqué Faati. Et, après tout, c'est à lui qu'elle doit plaire.

— Veux-tu que je parle à Firouzeh ? Je suis vraiment désolée pour elle. »

Faati a haussé les épaules. « Elle n'est peut-être pas d'humeur à t'écouter.

— Au pire, elle me mettra dehors. Ça n'a pas d'importance. »

J'ai frappé doucement et j'ai entrouvert la porte. Firouzeh était allongée sur son lit. Ses jolis yeux bleus étaient rougis et son visage baigné de larmes. Elle m'a tourné le dos pour que je ne voie pas qu'elle pleurait. J'avais le cœur serré. Je ne supportais pas de voir cette adorable fille aussi malheureuse. Je me suis assise au bord de son lit et lui ai caressé le dos.

« Massoud ne te mérite pas, ai-je murmuré. Crois-moi, il le regrettera. Le seul perdant dans cette affaire, c'est lui. Je ne comprends pas pourquoi, après toutes les souffrances et les épreuves qu'il a endurées, Dieu ne lui accorde pas une vie tranquille et heureuse. Je n'espérais qu'une chose : qu'il la vive avec toi. Malheureusement, il n'en est pas digne. »

Ses épaules menues étaient secouées de sanglots, pourtant elle n'a pas prononcé un mot. Je ne connaissais que trop bien la douleur d'un amour désespéré. Je me suis levée et suis rentrée chez moi, épuisée et brisée.

Du côté de notre famille, les fiançailles ont rassemblé Mère, Faati, Sadegh Agha, les tantes de Massoud et Mme Parvin. Massoud, toujours aussi beau et arborant un élégant costume avec cravate, se tenait à côté de Ladan, qui revenait de chez le coiffeur. Vêtue d'une robe de dentelle, elle avait dans les cheveux des fleurs confectionnées dans la même guipure.

« Incroyable ! s'est étranglée Shirin. Vous avez vu le fiancé ! Quand je pense que Massoud prétendait détester les cravates ! Il les comparait à des laisses, vous vous rappelez ? Que lui est-il arrivé ? Maintenant, c'est lui, le petit chien ! Oh, si seulement ses collègues du ministère le voyaient ! »

J'essayais d'avoir l'air heureuse et ravie, mais en vérité j'étais terriblement mal à l'aise. J'avais fait de si beaux rêves pour le mariage de Massoud ! J'avais toujours imaginé que ce serait le plus beau soir de ma vie. Et voilà que… Shirin était d'une humeur de dogue et critiquait tout. Chaque fois que quelqu'un s'approchait du jeune couple pour le féliciter et lui souhaiter beaucoup de bonheur, elle se détournait en faisant : « Beurk ! » Je la réprimandais constamment, lui reprochant sa grossièreté, et j'avais beau la prier de se conduire correctement pour l'amour de Massoud, elle m'ignorait royalement. Et quand la famille de Ladan a insisté pour que la sœur du fiancé exécute ce qu'ils appelaient la « danse du couteau » et tende à Ladan le couteau du gâteau tout en dansant, Shirin a refusé, indignée, en lançant : « Je déteste ces singeries. »

Massoud nous jetait des regards noirs. Je ne savais pas quoi faire.

Firouzeh s'est mariée trois mois à peine après les fiançailles de Massoud. J'ai été, semble-t-il, la dernière informée de l'imminence de cette union. Je savais qu'elle ne manquait pas de prétendants, mais n'aurais jamais imaginé qu'elle se déciderait aussi vite. Dès que j'ai appris la nouvelle, je suis allée voir ma nièce.

« Ma chérie, pourquoi te précipites-tu comme ça ? Tu devrais prendre le temps d'apprendre à aimer quelqu'un dans le calme, l'esprit ouvert, un homme qui saura apprécier un bijou aussi précieux que toi.

— Non, Tantine, a-t-elle répondu avec un rire amer. Je ne serai plus jamais amoureuse comme ça. J'ai demandé à mes parents de choisir quelqu'un qui me convienne. Bien sûr, je n'éprouve aucune antipathie pour Sohrab. C'est un homme bon et raisonnable. Je pense qu'avec le temps j'oublierai le passé et que je finirai par l'apprécier comme il le mérite.

— Oui, bien sûr, ai-je dit en pensant : la flamme qui brûle dans ton cœur ne s'éteindra jamais. Mais, tout de même, j'aurais préféré que tu attendes encore un an, ou peut-être moins, qui sait ? Ça m'étonnerait que les fiançailles de Massoud tiennent longtemps. Il y a déjà des signes de friction.

— Non, Tantine. Même si Massoud arrivait là, maintenant, s'il se jetait à mes pieds, rompait ses fiançailles et demandait ma main, je refuserais. Quelque chose s'est irrémédiablement brisé dans mon cœur. Je l'ai tellement idolâtré ! Ça ne sera plus jamais comme avant.

— Tu as raison et je te prie de me pardonner. Je n'aurais pas dû dire ça, c'était stupide. Mais si tu savais combien j'ai souhaité que tu sois ma bru un jour !

— Je t'en prie, Tantine. Ça suffit ! Tu aurais mieux fait de ne jamais m'en parler. C'est ce qui a causé mon malheur. Dès que j'ai ouvert les yeux sur le monde, je me suis considérée comme ta bru et comme l'épouse de Massoud. Et maintenant j'ai l'impression d'être une femme que son mari a trompée sous ses yeux, alors qu'en réalité le pauvre Massoud n'a aucun tort à mon égard. Nous n'avions pris aucun engagement l'un envers l'autre, et il a parfaitement le droit de décider de son avenir et d'épouser la femme qu'il aime. Ce sont tous tes discours qui m'ont donné de fausses illusions. »

Par bonheur, Sohrab était un homme d'une grande gentillesse et d'une remarquable sagesse, instruit et séduisant. Issu d'une famille cultivée, il étudiait en France. Un mois après leur mariage, le jeune couple s'est envolé pour Paris. Le cœur gros et les larmes aux yeux, je suis allée leur dire au revoir avec Faati et le reste de la famille, et je leur ai souhaité un bonheur éternel.

Les fiançailles de Ladan et de Massoud n'ont duré que sept mois. Massoud ressemblait à un homme qui se réveille brusquement d'un profond sommeil.

« Nous n'avions rien de commun ! Figure-toi que je pouvais lui parler pendant des heures d'architecture, d'art, de religion et de culture, sans qu'elle s'y intéresse le moins du monde. Au début, pourtant, elle avait manifesté une telle passion pour tous ces sujets ! En réalité, elle ne pensait qu'aux vêtements, aux coiffures et au maquillage. À rien d'autre. Aucun sport, même, ne l'accrochait. Tu ne peux pas imaginer à quel point ses idées et ses réflexions étaient superficielles ! Les seuls moments où elle se montrait attentive, c'est quand il était question d'argent. Quels gens bizarres, vraiment ! Ils étaient prêts à se priver de nourriture, à supporter toutes les avanies et à s'endetter jusqu'au cou pour pouvoir se pavaner dans de nouvelles tenues à une réception. Leur notion de la respectabilité et de la réputation était à cent lieues de tout ce à quoi nous sommes habitués. »

J'ai poussé un soupir de soulagement, tout en regrettant amèrement que cette erreur lui ait fait perdre l'adorable Firouzeh, d'autant plus que je sentais qu'il s'en repentait, lui aussi. Le mariage de Firouzeh a probablement été le premier de plusieurs coups qui ont fini par le réveiller, trop tard malheureusement.

Massoud s'est replongé dans le travail, il s'est réconcilié avec Shirin, et notre foyer a retrouvé sa paix et sa chaleur d'antan. Cependant, il s'en voulait encore de m'avoir blessée et cherchait un moyen de se racheter.

Un jour, il est rentré très excité. « Bonnes nouvelles ! Ton problème est réglé !

— Mon problème ? Je n'ai pas de problème ! ai-je répliqué.

— Ton problème avec l'université. Je sais que tu as toujours rêvé de terminer ta licence et de poursuivre tes études. Je n'ai jamais oublié ta tête le jour où ils ont refusé de t'inscrire. J'ai parlé à plusieurs personnes, et notamment au directeur de l'Institut de littérature ; nous étions à l'armée ensemble. Il a accepté que tu passes les quelques modules qui te manquent pour obtenir ta licence. Ensuite, tu pourras faire un master. Et telle que je te connais, tu finiras certainement par décrocher un doctorat ! »

Des pensées contradictoires se bousculaient dans ma tête. J'étais bien obligée de m'avouer que ce morceau de papier avait perdu tout attrait à mes yeux.

« J'avais autrefois une camarade de classe qui s'appelait Mahnar, ai-je raconté à Massoud. Je me souviens d'une maxime qu'elle aimait tant qu'elle l'avait recopiée joliment sur une feuille et l'avait punaisée au mur : "J'ai obtenu tout ce que j'ai jamais désiré le jour où je ne l'ai plus désiré."

— Comment ça ? Tu n'as plus envie de ce diplôme ?

— En effet, mon chéri. Je suis désolée que tu aies perdu ton temps avec ça.

— Mais pourquoi ?

— Pendant des années, on m'a privée de ce droit. La moindre des pertes qui en a résulté a été que je n'ai pas pu bénéficier des augmentations de salaire qui m'auraient été si utiles pendant ces années difficiles. Et maintenant, au prix de mille requêtes et de mille interventions extérieures, ils sont prêts à me faire une fleur !… Non merci. Je n'en veux pas. On reconnaît aujourd'hui mes connaissances et mes compétences, mon travail de secrétaire de rédaction me permet de gagner l'équivalent de ce que toucherait quelqu'un qui a passé son doctorat. Personne ne me demande plus quels diplômes j'ai obtenus. Cette simple éventualité me donne envie de rire.

« De plus, la manière dont ces gens-là délivrent les diplômes et les titres leur a fait perdre toute valeur à mes yeux. C'était par mon mérite que je voulais obtenir ma licence, pas par charité. »

Shirin est entrée à l'université cette année-là, en faculté de sociologie. J'étais heureuse et fière que mes trois enfants aient pu suivre des études supérieures. Ma fille s'est rapidement fait de nouveaux amis. Comme je souhaitais surveiller discrètement ses fréquentations, je l'ai encouragée à les inviter chez nous. Cela me rassurait. J'ai ainsi rencontré peu à peu tous ses camarades, et notre appartement est devenu un de leurs repaires favoris. Bien que leur présence m'ait souvent dérangée dans mon travail en m'empêchant de me concentrer, m'ait privée de ma tranquillité et m'ait obligée à consacrer plus de temps à la cuisine et au ménage, je supportais de bon cœur tous ces inconvénients.

Deux ans plus tard, au début de l'hiver, nous avons eu la joie, Parvaneh et moi, de fêter la naissance de notre première petite-fille. Je suis allée en Allemagne pour la venue au monde de cet adorable bébé que Siamak et Lili ont baptisé Dorna. Nous étions en extase devant elle, Parvaneh et moi, et ne cessions de nous disputer pour savoir à qui elle ressemblait le plus. J'avais beau être grand-mère désormais, j'étais si heureuse que je ne m'étais pas sentie aussi jeune et aussi pleine d'énergie depuis au moins dix ans.

Quand Dorna a eu deux mois, j'ai dû me résoudre à m'arracher à elle, car je tenais à être en Iran pour le Nouvel An. Je ne voulais pas non plus laisser Shirin et Massoud seuls trop longtemps.

À mon retour, j'ai rapidement remarqué un changement : il y avait parmi les amis de Shirin un jeune homme que je ne connaissais pas encore. Elle me l'a présenté sous le nom de Faramarz Abdollahi, en précisant qu'il préparait son doctorat. Je l'ai salué en ces termes : « Bienvenue dans le giron de ces éminents sociologues ! Vous parvenez à les supporter ? »

— Ce n'est pas facile, je dois l'avouer ! » a-t-il répondu en riant.

Je l'ai dévisagé avec curiosité.

« Oh, Faramarz, tu te moques encore de nous ? a protesté Shirin avec une feinte indignation.

— Je ne me le permettrais pas, ma chère ! Voyons, tu es le joyau de notre petit cercle ! »

Shirin a gloussé et j'ai songé : c'est donc bien ça !

Après le départ de ses amis, Shirin m'a demandé ce que je pensais d'eux.

« Je les connaissais déjà presque tous, et ils n'ont pas beaucoup changé depuis la dernière fois.

— Et les nouveaux ? Ceux que tu ne connaissais pas encore ?

— La grande fille qui était sur le canapé n'était pas encore venue, si ?

— Non, c'est vrai. Elle s'appelle Negin. C'est la fiancée du garçon qui était assis à côté d'elle. Ils sont vraiment sympas. Ils se marient le mois prochain et on est tous invités.

— Ah, très bien ! Ils forment un joli couple.

— Et les autres ? a insisté Shirin.

— Quels autres ? Il y avait d'autres têtes nouvelles dans votre groupe ? »

Je savais que ses questions n'étaient qu'une façon détournée de me demander ce que je pensais de Faramarz, mais je ne résistais pas au plaisir de la taquiner.

Elle a fini par se lasser. « Ne me fais pas croire qu'un homme aussi grand peut passer inaperçu !

— Ils sont tous grands. De qui parles-tu ?

— De Faramarz ! a-t-elle lâché, exaspérée. Tu lui as drôlement tapé dans l'œil. Tu sais ce qu'il m'a dit ? "Ta mère est incroyablement belle. Elle devait avoir un succès fou dans sa jeunesse." »

J'ai ri. « Quel charmant jeune homme !

— C'est tout ce que tu trouves à dire sur lui ?

— Comment veux-tu que je te donne un avis sur un jeune homme avec qui j'ai à peine échangé quelques mots ? Et si tu me parlais un peu de lui ? Comme ça, je saurai si son caractère est conforme à son apparence.

— Que veux-tu que je te dise ?

— Tout ce que tu sais à son sujet. Même si ça te paraît sans intérêt.

— Il est le deuxième d'une famille de trois enfants, il a vingt-sept ans et a fait de bonnes études. Sa mère est professeur et son père, qui est ingénieur, passe la majeure partie de son temps en voyage. Il travaille dans la société de son père.

— Ah bon ? Mais ça n'a rien à voir avec les études qu'il fait ! Il n'est pas à la fac de sociologie ?

— Non ! Il prépare un doctorat de technologie.

— Alors qu'est-ce qu'il fabrique avec votre groupe ? Comment l'as-tu rencontré ?

— C'est un super copain de Soroush, le fiancé de Negin. Comme ils étaient toujours fourrés ensemble, on le voyait souvent. Il s'est vraiment intégré à la bande à peu près au moment où tu es partie en Allemagne.

— Très bien. Quoi d'autre ?

— Comment ça ?

— Ce ne sont que des informations générales. Parle-moi un peu de son caractère.

— Qu'est-ce que j'en sais, moi ?

— Allons, allons ! Tu veux me faire croire qu'il est devenu ton ami parce qu'il est le deuxième enfant d'une famille de trois, parce que sa mère est professeur, son père ingénieur et qu'il est étudiant en technologie ?

— Tu es infernale, Maman, on ne peut jamais discuter avec toi ! À t'entendre, on pourrait croire que c'est mon petit copain.

— Qu'il le soit ou non, ça m'est bien égal. Ce que je veux savoir pour le moment, c'est quel genre de garçon il est.

— Ça t'est bien égal ? Ça ne te ferait rien que nous soyons très intimes ?

— Écoute, Shirin, tu vas avoir vingt et un ans, tu es adulte. J'ai confiance en toi et je pense t'avoir élevée correctement. Je sais que tu n'as pas manqué d'amour dans ta famille et que tu ne risques donc pas de perdre la tête au premier témoignage d'affection. Tu connais tes droits et tu as assez de caractère pour ne pas laisser quelqu'un les bafouer, tu respectes les règles de la religion et de la société, tu es intelligente et raisonnable, et tu as de la jugeote. Tu n'es pas du genre à céder à une impulsion ou à un caprice.

— Vraiment ? C'est comme ça que tu me vois ?

— Bien sûr ! Il t'arrive souvent de réfléchir et de prendre des décisions plus rationnellement que moi, et tu ne te laisses pas emporter par tes émotions comme il m'arrive de le faire.

— Tu parles sérieusement ?

— Douterais-tu de toi-même ? Mais peut-être éprouves-tu des sentiments si forts que tu as peur qu'ils n'affectent ton jugement ?

— Oh oui, Maman ! Si tu savais comme ça m'angoisse !

— Tant mieux ! Ça veut dire que ton cerveau fonctionne encore correctement.

— Franchement, je ne sais pas quoi faire.

— Parce que tu crois que tu devrais faire quelque chose ?

— Eh bien oui, sans doute.

— Détrompe-toi. La seule chose que tu aies à faire, ce sont tes études et des projets d'avenir. Il faut aussi que tu apprennes à mieux te connaître et à beaucoup mieux le connaître.

— Mais je pense sans arrêt à lui. J'ai envie de le voir plus souvent, de passer plus de temps avec lui…

— Écoute, tu le vois à la fac et tu peux l'inviter ici autant que tu veux. Uniquement en ma présence, ça va de soi. J'aimerais apprendre à mieux le connaître, moi aussi.

— Tu n'as pas peur que… je ne sais pas, moi… que j'aille trop loin ?

— Non. Je te fais plus confiance qu'à mes propres yeux. De toute façon, si une fille a envie d'aller trop loin, on aura beau l'enchaîner, elle ira quand même. C'est à nous d'avoir un minimum de freins intérieurs, et je suis sûre que tu n'en manques pas.

— Merci, Maman. Je me sens tellement mieux maintenant que je t'ai parlé. Et sois tranquille, je n'ai pas encore complètement perdu la tête. »

Après les fêtes du Nouvel An, un jour où Shirin était sortie, Massoud est venu s'asseoir à côté de moi et m'a dit : « Maman, il faut que je prenne une décision très importante pour mon avenir.

— Ça tombe bien, je voulais justement t'en parler. Mais je dois t'avouer que la façon traditionnelle de choisir une épouse ne m'enchante pas vraiment. Je préférerais que tu trouves une fille qui te plaît, qui est faite pour toi, que tu connais bien. En fait, j'espérais que tu rencontrerais quelqu'un à l'université ou à ton travail.

— Pour être franc, j'ai commis une telle erreur la dernière fois que je suis pétrifié de peur. Ça m'étonnerait que je retombe aussi passionnément amoureux. Il y aurait pourtant une solution raisonnable, parfaitement convenable à tous égards. Si tu estimes que c'est une bonne idée, j'irai de l'avant. Pour tout t'avouer, la plupart de mes amis sont mariés à présent et je commence à me sentir un peu seul. »

Le souvenir de Firouzeh m'a serré le cœur. « Eh bien parle-moi de cette solution, ai-je soupiré.

— M. Maghsoudi a une fille de vingt-cinq ans qui fait des études de chimie à la fac. Il ne m'a pas caché qu'il ne serait pas mécontent que je devienne son gendre.

— M. Maghsoudi est un homme merveilleux et je suis convaincue que sa famille est charmante. Il y a tout de même un problème, vois-tu.

— Ah bon ? Lequel ?

— Il est sous-directeur du ministère ; c'est un poste politique.

— Allons, Maman ! Tu charries ! Ne me raconte pas que tu as peur qu'il finisse en prison, ou pire, qu'il soit exécuté ?

— Bien sûr que si, j'ai peur ! Tu sais bien que la politique et les jeux politiques me terrifient. Voilà pourquoi je me suis inquiétée quand tu as commencé à travailler là-bas et pourquoi je t'ai fait promettre de ne jamais accepter de poste sensible ni de nomination politique.

— Si tout le monde pensait comme toi, qui gouvernerait le pays ? Excuse-moi, mais je crois que tu devrais aller consulter un psychologue ! »

Malgré mes réserves, Massoud a décidé de demander la main de cette jeune fille. Nous étions sur le point de partir, Shirin et moi, pour nous rendre chez M. Maghsoudi, quand Massoud nous a arrêtées : « Est-ce que je peux vous demander une faveur ? Par respect pour M. Maghsoudi, vous voulez bien porter un tchador ? »

Mon sang n'a fait qu'un tour : « Écoute, mon chéri, aurais-tu oublié que nous sommes des êtres humains ? Que nous sommes capables de penser par nous-mêmes, d'avoir des principes et des convictions à nous, et que nous n'avons certainement pas l'intention de faire semblant d'être ce que nous ne sommes pas ? Sais-tu combien de fois dans ma vie j'ai dû me couvrir ou me découvrir la tête en fonction des idées que se faisaient les hommes sur la bienséance ? J'ai porté le tchador à Qum, j'ai porté le foulard à Téhéran, quand j'ai épousé ton père il n'a pas voulu que je porte le moindre hijab, puis la révolution est venue et j'ai dû porter un foulard et un manteau qui me descendait jusqu'aux pieds, alors que le jour où tu as voulu épouser Mlle Ladan, tu as tenu à ce que je sois élégante et à la mode. À l'époque, tu n'aurais pas protesté si j'avais mis une robe décolletée, et maintenant que tu veux épouser la fille de ton patron, tu voudrais que je porte le tchador ? Non, Massoud. Je n'ai peut-être pas su tenir tête à beaucoup de gens dans ma vie, mais je tiendrai tête à mon fils, sois-en sûr. Sache qu'une femme d'âge mûr comme moi, qui a connu les bons et les mauvais côtés de la vie, est capable de penser par elle-même et de choisir librement ses vêtements. Nous irons là-bas habillées comme d'habitude. Il n'est pas question de nous déguiser pour leur faire plaisir. »

Atefeh était une jeune fille pieuse, réservée et surtout très raisonnable. Elle était blonde, avec de grands yeux noisette. Sa mère, qui a conservé un hijab complet même lorsqu'elle était seule avec Shirin et moi, était un peu collet monté. Quant à M. Maghsoudi, pour qui j'éprouvais toujours une profonde reconnaissance, il s'est montré charmant et courtois, comme à son habitude. Il avait pris un peu de poids, ses cheveux avaient blanchi et il ne cessait de tripoter son chapelet. Dès que nous sommes arrivés, il s'est mis à discuter travail avec Massoud, ignorant complètement le véritable objet de notre présence sous son toit.

Bien que l'atmosphère de leur maison m'ait un peu rappelé celle qui régnait chez Mahmoud, mon impression n'a pas été négative. Curieusement, ce climat de foi et de piété m'inspirait plutôt un sentiment de paix et de calme. Loin de la crainte du péché et des anges de l'enfer qui rôdait chez mon frère, c'étaient plutôt les anges de l'amour et de l'affection que je sentais voleter autour de nous. Le rire et la joie n'étaient pas prohibés dans cette demeure. Au point que Shirin qui, échaudée par l'attitude de ses oncles, n'appréciait guère les familles très religieuses, s'est rapidement prise de sympathie pour Atefeh. Elles se sont mises à bavarder comme deux vieilles amies.

Les négociations se sont déroulées rapidement et sans anicroche, ce qui nous a permis de célébrer le mariage de Massoud et d'Atefeh au milieu du printemps. Bien que Massoud ait profité quelques années plus tôt des avantages que lui offrait le ministère pour acheter un bel appartement, M. Maghsoudi a insisté pour qu'ils s'installent au premier étage de leur maison, qui était vide et qu'il avait réservé à Atefeh.

J'ai fait de gros efforts pour dissimuler mon chagrin le jour où Massoud a rangé ses affaires. Je l'ai aidé à faire ses bagages sans cesser de blaguer et de le taquiner. Mais après son départ je me suis assise sur le lit de sa chambre vide, les yeux fixés sur les murs. Le cœur gros, j'avais soudain le sentiment que notre appartement avait perdu son charme. Les oisillons s'envolent, ai-je songé, et bientôt ils auront tous déserté le nid. Pour la première fois, l'idée de l'avenir et de la solitude qui m'attendait m'a accablée.

Shirin, qui venait de rentrer, a entrouvert la porte. « Il est parti ? a-t-elle demandé. Que c'est vide !

— Eh oui, les enfants finissent toujours par partir. Mais dans son cas, tout est pour le mieux. Dieu merci, il est vivant et en bonne santé, et je l'ai enfin vu marié.

— Quoi qu'il en soit, Maman, on se retrouve drôlement seules, maintenant.

— C'est vrai, mais nous sommes ensemble et toi, au moins, tu ne partiras pas avant plusieurs années.

— Plusieurs années ?

— Tu n'envisages quand même pas de te marier avant d'avoir terminé tes études. Je me trompe ? »

Elle a pincé les lèvres et haussé les épaules. « Qui sait ? Je vais peut-être me marier dans quelques mois.

— Quoi ? Il n'en est pas question ! ai-je répondu fermement. Pourquoi es-tu pressée comme ça ? Tu ne devrais même pas y songer avant d'avoir fini la fac.

— Il peut y avoir des circonstances...

— Quelles circonstances ? Ne laisse personne te monter la tête. Étudie tranquillement et trouve un emploi. Il faut que tu puisses te débrouiller seule pour ne pas être dépendante de ton mari, les mains liées, obligée d'accepter toutes les humiliations. Ensuite seulement tu commenceras à envisager de te marier. Il sera encore largement temps. Une fois que tu auras une maison et une famille sur le dos, ce sera pour toujours. La seule période d'insouciance que tu connaîtras, ce sont tes années de jeunesse et de célibat. Elles passent vite, crois-moi, et ne reviennent jamais. Pourquoi voudrais-tu abréger la meilleure période de ta vie ? »

Massoud venait fréquemment me voir, toujours avec le même refrain : « Tu en as assez fait, tu devrais arrêter de travailler. À ton âge, tu as bien droit à un peu de repos.

— Mon fils, j'aime mon travail, protestais-je invariablement. C'est plutôt un passe-temps pour moi, maintenant. Je me sentirais inutile si j'y renonçais. »

Ce qui ne l'empêchait pas de revenir régulièrement à la charge. Je ne sais pas comment il a réussi à se procurer le récapitulatif de tous mes emplois et à m'obtenir une pension de retraite. Si j'étais évidemment contente de toucher un revenu régulier, je n'avais pas pour autant l'intention de renoncer à mon emploi et continuais à m'occuper de certains projets. De plus, Massoud me donnait régulièrement de l'argent, et j'en avais donc plus qu'il ne m'était nécessaire.

Il gagnait un salaire confortable, pourtant son emploi ne lui apportait pas beaucoup d'autres satisfactions. Personnellement, je ne souhaitais pas qu'il continue à travailler pour le gouvernement. Je le harcelais sans répit : « Tu es un artiste, un architecte, pourquoi t'es-tu empêtré dans un poste gouvernemental plein de tracasseries et où, en plus, tu t'ennuies ? Les possibilités d'avancement sont illusoires dans ce genre d'emploi. Pour peu que la clique pour laquelle tu travailles quitte le pouvoir, tu te retrouveras le bec dans l'eau. Tu ne devrais accepter que des postes pour lesquels tu sais que tu es vraiment qualifié. Vous tous, qui êtes si pieux, qui êtes des croyants si fervents, comment se fait-il que, dès que le prestige et la position sociale sont en jeu, vous deveniez aussi irresponsables et arrivistes ? Pourquoi êtes-vous prêts à accepter n'importe quelle fonction ?

— Maman, tu veux que je te dise quel est ton problème ? Tu as fait trop de mauvaises expériences. Mais ne t'inquiète pas, j'en ai plein le dos, moi aussi, de cette bureaucratie. Avec quelques amis, on a décidé de monter notre propre boîte. Je resterai au ministère jusqu'à la fin de mon contrat. Et dès que notre société sera opérationnelle, je démissionnerai. »

Malgré mes efforts pour éluder le sujet, j'ai été obligée quelques mois plus tard de céder à Shirin et de discuter de ses projets de mariage. Faramarz avait réussi son doctorat et s'apprêtait à partir pour le Canada. Ils avaient l'intention de se marier avant son départ afin qu'il puisse demander un permis de séjour pour Shirin en même temps que pour lui. Je tenais à ce qu'elle poursuive ses études, mais ils m'ont expliqué qu'il faudrait à peu près un an pour qu'elle obtienne les papiers nécessaires, ce qui lui laisserait largement le temps de préparer son diplôme.

L'idée de me séparer de Shirin me peinait profondément, néanmoins ma fille était si heureuse et si enthousiaste que je lui dissimulais soigneusement mon chagrin. La cérémonie de mariage a eu lieu, et Faramarz est parti peu après. Il devait revenir dès qu'il aurait pu s'occuper du permis de séjour de Shirin et qu'elle aurait passé son diplôme. Nous avions décidé d'organiser à ce moment-là une vraie cérémonie de mariage, après laquelle les deux jeunes mariés s'envoleraient ensemble pour le Canada.

J'avais l'impression de m'être acquittée de mes responsabilités en dépit de toutes les épreuves. Mes enfants avaient tous fait de solides études, ils suivaient leur voie et leurs efforts étaient couronnés de succès. Pourtant, cette satisfaction ne m'empêchait pas de me sentir vide, sans but dans l'existence, un sentiment que j'avais toujours éprouvé après les examens de fin d'année au lycée. J'avais l'impression de ne plus avoir d'objectif. Je remerciais Dieu avec plus de zèle que jamais, de crainte qu'il ne me juge ingrate et ne m'en tienne rigueur. Et je me consolais en me répétant qu'heureusement, il me restait un peu de temps ; Shirin devait encore passer toute une année à Téhéran. Néanmoins, je ne pouvais ignorer l'ombre que commençaient à projeter sur moi les nuages noirs de la vieillesse et de la solitude.

10.

Plus la date du départ de Shirin pour le Canada approchait, plus j'étais déprimée et angoissée. Je cherchais à me détacher de mes enfants, je ne voulais pas en être réduite à me cramponner à eux comme une mère abusive et les obliger à se tracasser constamment pour moi. J'essayais de voir plus de monde, d'élargir le cercle de mes amis et de trouver d'autres activités pour meubler mon temps libre, de plus en plus important au fil des mois. Il n'était pas facile, cependant, de faire de nouvelles connaissances à mon âge et j'avais rompu avec une grande partie de ma famille. Mère, très âgée désormais, habitait chez Mahmoud et refusait obstinément de séjourner chez nous de temps en temps. Quant à moi, il n'était pas question que je mette les pieds chez mon frère. Je ne la voyais donc pas souvent. Mme Parvin avait beaucoup vieilli, elle aussi, et n'était plus aussi énergique et active qu'autrefois. Elle restait tout de même la seule personne sur laquelle je pouvais compter en cas de besoin. Faati était morose depuis le mariage de Firouzeh et son départ d'Iran. Nous étions moins proches que par le passé ; à l'évidence, elle nous reprochait l'éloignement de sa fille et la souffrance qu'il lui causait. En revanche, je rencontrais toujours régulièrement mes anciennes collègues de travail et continuais à voir occasionnellement M. Zargar. Il s'était remarié quelques années auparavant et paraissait heureux.

Mes seuls moments de joie, les seules heures où j'oubliais mes soucis étaient les séjours de Parvaneh à Téhéran. Nous bavardions, nous riions et nous replongions dans les souvenirs des jours heureux de notre jeunesse. Sa mère était tombée malade cette année-là et Parvaneh passait plus de temps en Iran que d'ordinaire.

« Quand Shirin seras partie, tu n'auras qu'à louer ton appartement et aller vivre quelques mois par an chez chacun de tes enfants, m'a-t-elle conseillé.

— Pas question ! Je perdrais toute indépendance et toute estime de moi ! Je ne voudrais surtout pas m'imposer dans leur vie. On n'est plus à l'époque où l'on trouvait commode et normal que plusieurs générations habitent sous le même toit.

— T'imposer ? Ils seraient probablement enchantés, et t'en seraient sûrement reconnaissants ! Ils devraient avoir à cœur de te rembourser du mal que tu t'es donné pour eux.

— Comment peux-tu dire des choses pareilles ! Tu me rappelles ma grand-mère. Je l'entends encore : "Élever des garçons, c'est comme faire frire des aubergines, ça boit beaucoup d'huile, mais ensuite il s'agit de leur faire dégorger tout ça." Ce n'est pas ce que j'attends de mes enfants. J'ai agi pour moi, c'était mon devoir. Ils ne me doivent rien. De toute façon, je tiens à garder mon indépendance.

— Ton indépendance ? Et pour quoi faire ? Pour rester chez toi à te morfondre pendant qu'ils t'oublient, en paix et la conscience tranquille ?

— Tu dis n'importe quoi ! Toutes les révolutions du monde, sans exception, ont eu lieu parce que les gens réclamaient l'indépendance. Et toi, tu voudrais que je renonce à la mienne de mon plein gré ?

— Massoum, les années ont passé si vite et les enfants ont grandi si rapidement ! a soupiré Parvaneh. C'était le bon temps. Si seulement il pouvait revenir !

— Surtout pas ! me suis-je récriée. Je ne voudrais pas revivre une seule heure de mon passé. Dieu merci, ces jours-là sont révolus. Et le reste, espérons-le, filera aussi vite. »

Les chaudes journées d'été sont arrivées. Je préparais le trousseau de Shirin, ce qui me permettait d'aller souvent faire des courses avec elle ; ou bien je trouvais une autre excuse pour passer la journée en sa compagnie. Par un après-midi torride, je venais de m'allonger pour me reposer quand le tintement inattendu et insistant de la sonnette d'entrée m'a fait bondir sur mes pieds. J'ai couru à l'interphone.

« C'est moi ! Ouvre vite !

— Parvaneh ? Que se passe-t-il ? Je t'attendais plus tard dans l'après-midi !

— Tu vas m'ouvrir, oui, ou bien tu veux que je défonce la porte ? »

J'ai appuyé sur la commande d'ouverture. Parvaneh a mis moins d'une seconde à gravir les marches. Elle était toute rouge et des perles de sueur s'accrochaient à son front et à sa lèvre supérieure.

« Qu'y a-t-il ? ai-je demandé. Que t'arrive-t-il ?

— Entrons, vite ! »

Effarée, j'ai reculé dans l'appartement. Parvaneh a arraché son foulard, s'est débarrassée de son manteau et s'est laissée tomber sur le canapé.

« De l'eau, de l'eau bien fraîche ! » a-t-elle haleté.

Je lui en ai immédiatement apporté un verre.

« Je te donnerai du sorbet après. Mais d'abord, dis-moi ce qui se passe. Tu vas me faire mourir !

— Devine ! Devine qui j'ai vu aujourd'hui ! »

J'ai senti mon cœur tomber comme une pierre au fond de ma poitrine. Je savais. Son attitude et l'état dans lequel elle se trouvait me renvoyaient à une image vieille de trente-trois ans.

« Saiid ! ai-je murmuré d'une voix étranglée.

— Alors, toi ! Comment as-tu deviné ? »

Nous étions redevenues deux adolescentes qui s'échangeaient des confidences à voix basse à l'étage de la maison de Père. J'avais le cœur qui battait exactement comme autrefois, tandis qu'elle était tout aussi excitée et agitée.

« Raconte-moi tout ! Où l'as-tu vu ? Comment va-t-il ? Est-ce qu'il a beaucoup changé ?

— Attends ! Chaque chose en son temps. Je suis allée à la pharmacie chercher des médicaments pour ma mère. Le pharmacien me connaît bien. Il avait de la visite. Ils étaient derrière le comptoir et je ne voyais pas le visage de son invité, parce qu'il me tournait le dos. Sa voix m'a tout de même paru familière, et comme il n'avait pas l'air mal, à en juger par ses cheveux et par sa silhouette, j'avais très envie de voir son visage. L'assistant du pharmacien m'a remis les médicaments, mais je ne voulais pas repartir sans voir cet inconnu de plus près. Je me suis donc approchée du comptoir et j'ai dit : "Bonjour, docteur. J'espère que vous allez bien. Pourriez-vous me dire combien de comprimés de somnifère on peut prendre en une seule prise ?" Tu vois ça ? Quelle question idiote ! Du coup, son invité s'est retourné et m'a regardée avec étonnement. Oh, Massoum ! C'était lui ! Tu ne peux pas imaginer ce que j'ai éprouvé. J'étais dans tous mes états.

— Il t'a reconnue ?

— Oui, Dieu le bénisse ! Quel homme intelligent ! Après toutes ces années, il m'a reconnue malgré mon foulard, mon manteau et mes cheveux teints ! Il a hésité un instant, bien sûr, mais j'ai immédiatement retiré mes lunettes de soleil et je lui ai souri pour qu'il me voie mieux.

— Vous vous êtes parlé ?

— Bien sûr ! Tu n'imagines quand même pas que j'ai encore peur de tes frères ?

— Comment est-il ? Est-ce qu'il a beaucoup vieilli ?

— Il a les cheveux complètement blancs au niveau des tempes ; le reste est poivre et sel. Et il porte un pince-nez. Il n'avait pas de lunettes à l'époque, si ?

— Non.

— Évidemment, il a quelques rides, mais, dans le fond, il n'a pas tellement changé. Les yeux, surtout ; il a exactement les mêmes yeux.

— Qu'est-ce que vous vous êtes dit ?

— Les civilités habituelles. Il m'a d'abord demandé des nouvelles de Père. Je lui ai dit qu'il était mort depuis longtemps. Il m'a présenté ses condoléances. Je ne me suis pas dégonflée et je lui ai demandé : "Alors, où vivez-vous maintenant ? Qu'est-ce que vous faites ?" Il m'a répondu : "J'ai passé de longues années en Amérique." J'ai demandé : "Alors vous ne vivez plus en Iran ?" Il a répondu : "Si, je suis revenu il y a quelques années et j'ai commencé à travailler ici." Je ne savais pas comment lui demander s'il était marié et s'il avait des enfants. Alors je me suis contentée d'un : "Et comment va votre famille ?" Comme il avait l'air surpris, je me suis empressée de préciser : "Votre mère et vos sœurs." Il a dit : "Malheureusement, Mère est décédée il y a une vingtaine d'années. Mes sœurs sont mariées et ont toutes des enfants. Maintenant que je suis revenu en Iran et que je suis seul, je les vois plus fréquemment." J'ai tendu l'oreille, tu penses, et j'ai retenté ma chance. "Seul ?" ai-je répété. Il a dit : "Oui, ma famille est restée en Amérique. Que voulez-vous ? Les enfants ont grandi là-bas, ils sont habitués à cette vie et ma femme n'a pas voulu les laisser." J'avais obtenu l'essentiel des informations qui pouvaient nous intéresser et j'ai eu peur d'être grossière si j'insistais. Alors j'ai dit : "Je suis très heureuse de vous avoir rencontré. Prenez mon numéro de téléphone. Si vous avez le temps, je serais contente de vous revoir. »

J'ai murmuré, consternée : « Il ne t'a pas parlé de moi ?

— Mais si, attends ! Pendant qu'il notait mon numéro de téléphone, il m'a demandé : "Et votre amie, comment va-t-elle ? Vous la voyez toujours ?" J'ai eu du mal à garder mon calme. J'ai dit : "Oui, oui. Bien sûr, elle serait très heureuse de vous revoir, elle aussi. Appelez-moi cet après-midi, nous pourrons peut-être organiser quelque chose." Si tu avais vu comme ses yeux ont brillé ! Il m'a demandé si j'étais sûre que ça ne poserait pas de problème. J'ai l'impression qu'il a toujours une trouille bleue de tes frères. J'ai répondu qu'il n'avait aucun souci à se faire. Et puis je lui ai rapidement dit au revoir et j'ai filé jusqu'ici sur les chapeaux de roues. Je rends grâce à Dieu de n'avoir pas eu d'accident. Alors, qu'est-ce que tu dis de ça ? »

Mille idées dansaient la farandole dans ma tête. Elles dansaient vraiment ; et refusaient de s'arrêter pour me laisser analyser ce que je pensais…

« Hou hou… tu es là ? a repris Parvaneh. Qu'est-ce que je dois lui dire, s'il appelle tout à l'heure ? Tu veux que je lui propose de passer demain ?

— De passer ? Où ça ?

— Chez moi, ou bien ici. Débrouille-toi pour connaître les projets de Shirin, c'est tout.

— C'est quel jour, demain ?

— Lundi.

— Je ne sais absolument pas ce qu'elle a prévu de faire.

— Laisse tomber. On n'a qu'à se retrouver chez moi. Ma mère fera la sieste et ne se rendra compte de rien.

« — Mais à quoi bon concocter des plans pareils ? Ça n'a aucun sens !

— Tu parles d'une sainte-nitouche ! a protesté Parvaneh. Ne me dis pas que tu n'as pas envie de le revoir ! Après tout, c'était un bon ami. Et puis on ne fait rien de mal !

— Je ne sais pas… Je suis tellement tourneboulée que je suis incapable d'aligner deux pensées cohérentes.

— C'est bien toi, ça !

— Mon cerveau est paralysé. J'ai les mains et les genoux qui tremblent.

— Allons ! Tu n'as plus seize ans tout de même !

— Voilà exactement le problème. Je n'ai plus seize ans. Le malheureux va partir à reculons en me voyant.

— Arrête ! Nous ne sommes pas les seules à avoir vieilli. Lui aussi. En plus, à en croire Khosrow, tu es comme un tapis de Kerman, tu te bonifies avec l'âge.

— Tais-toi. Nous sommes des vieilles dames, maintenant, tu le sais aussi bien que moi.

— Peut-être, mais l'essentiel, c'est que les autres ne le sachent pas. Il suffit de ne pas le leur dire.

— Tu crois qu'ils sont aveugles ? Nous avons changé, c'est évident. C'est bien simple, je ne supporte plus de me regarder dans la glace.

— Ne dis pas des choses pareilles ! À t'entendre, on pourrait croire que nous avons quatre-vingt-dix ans au lieu de quarante-huit ! s'est écriée Parvaneh.

— À d'autres ! Tu sais très bien que nous en avons cinquante-trois !

— Bravo ! Excellent ! a-t-elle lancé, railleuse. Tu es si douée en maths que tu aurais pu devenir un nouvel Einstein ! »

C'est à cet instant que Shirin est rentrée. Comme deux enfants surprises à faire des bêtises, nous avons immédiatement cessé de nous chamailler, Parvaneh et moi, et avons repris un semblant de dignité. Shirin a embrassé Parvaneh sur les deux joues et a gagné sa chambre sans nous prêter grande attention. Nous avons échangé un regard et avons éclaté de rire.

« Tu te rappelles quand on cachait nos papiers dès qu'Ali arrivait ? » lui ai-je demandé.

Parvaneh a regardé sa montre. « Oh mon Dieu ! Tu as vu l'heure ? J'ai dit à ma mère que j'en avais pour un quart d'heure. Elle doit se faire un sang d'encre. » Elle a poursuivi en enfilant son manteau. « Je ne reviendrai pas aujourd'hui. S'il appelle, je lui proposerai de venir chez moi demain à six heures, c'est plus sûr. Mais viens plus tôt, toi... enfin, je te passerai un coup de fil. »

Après son départ, je me suis rendue dans ma chambre et me suis assise devant ma coiffeuse. J'ai examiné attentivement mon visage dans le miroir, cherchant à retrouver celle que j'étais à seize ans. J'ai observé les rides qui se creusaient autour de mes yeux quand je souriais. Deux autres rides distinctes partaient de mes narines pour rejoindre la commissure de mes lèvres. Les jolies fossettes arrondies de mes joues qui, selon Mme Parvin, se creusaient de plus d'un centimètre quand je souriais, s'étaient transformées en deux longs sillons parallèles aux plis qui entouraient ma bouche. Ma peau, jadis si lisse et si fraîche, était pâle et flasque et de petites taches déparaient mes joues. Mes paupières n'étaient plus tendues comme autrefois tandis que des cernes sombres ternissaient l'éclat de mes yeux. Mes cheveux luxuriants d'un brun acajou qui cascadaient jusqu'à ma taille étaient beaucoup moins épais et moins longs. Fins et rêches, ils laissaient apparaître leurs racines blanches malgré des teintures régulières. L'expression même de mon regard avait changé. Non, je n'étais plus la jolie fille dont Saiid était tombé amoureux. J'étais encore là, perplexe, cherchant à retrouver mon image d'autrefois dans le miroir quand la voix de Shirin m'a brutalement ramenée sur terre.

« Qu'est-ce qui t'arrive, Maman ? Ça fait une heure que tu es en transe devant la glace. Je ne savais pas que tu aimais ton miroir à ce point !

— Aimer mon miroir ? Non ! Si je pouvais, je les briserais tous.

— Pourquoi ? Tu connais le proverbe : "Brise-toi, car il ne sert à rien de briser un miroir." Qu'est-ce que tu y vois ?

— Moi, et toutes mes années.

— Je croyais que ça t'était égal de vieillir. Tu as toujours accepté de parler librement de ton âge, contrairement à beaucoup d'autres femmes.

— C'est vrai, mais il y a des jours où quelque chose, une simple photo parfois, te rappelle le passé. Alors, tu te regardes dans la glace et, d'un coup, tu te rends compte que l'image que tu as en face de toi est toute différente de celle que tu pensais y trouver. C'est très dur. Tu as l'impression de tomber dans un trou.

— Mais je t'ai toujours entendue dire que chaque âge a sa beauté.

— Oui, sans doute, mais celle de la jeunesse est incomparable.

— Tu devrais entendre mes amis parler de toi ! "Ta maman est une vraie dame, elle est tellement gracieuse." Voilà ce qu'ils disent.

— Shirin chérie, ma grand-mère était une femme d'une grande bonté. Elle n'aurait jamais dit d'une fille qu'elle était laide, alors elle disait qu'elle était aimable. Et comme tes amis ne veulent pas dire : "Ta mère est complètement décatie", ils disent que je suis gracieuse.

— Maman ! Ça ne te ressemble pas de parler comme ça. Pour moi, tu seras toujours la plus belle. Si tu savais comme j'aurais voulu te ressembler quand j'étais petite ! J'étais jalouse de toi. Il y a quelques années encore, c'était toujours toi que les gens regardaient, et pas moi. J'étais triste de ne pas avoir les yeux de la même couleur que toi, et de n'avoir pas le teint aussi clair et la peau aussi lisse.

— Ne sois pas ridicule ! Tu es bien plus jolie que je ne l'ai jamais été. J'ai toujours été si pâle qu'on me croyait malade. Alors que toi, avec tes yeux étincelants, ton superbe teint couleur de blé et tes fossettes, tu es irrésistible !

— Mettons. Mais pourquoi est-ce que tu t'es mise à repenser à ta jeunesse comme ça ?

— Ça doit être un des effets de l'âge, tu sais. Quand les gens vieillissent, leur passé prend d'autres nuances. Les mauvais jours eux-mêmes leur paraissent radieux. Quand on est jeune, on pense à l'avenir, à ce qu'on fera l'année suivante, on se demande où on sera dans cinq ans, et on voudrait que le temps passe plus vite. Alors qu'à mon âge on n'a plus d'avenir devant soi, on est arrivé au sommet de la pente, si tu veux, alors on se retourne tout naturellement vers le passé. »

Parvaneh m'a appelée en fin d'après-midi pour m'annoncer qu'elle avait tout arrangé pour le lendemain à six heures. J'ai passé la nuit dans une excitation fébrile. J'essayais de me convaincre que nous ferions mieux, Saiid et moi, de ne pas nous revoir, qu'il était préférable de conserver le souvenir des êtres jeunes et beaux que nous avions été. Je me suis rappelé que, durant toutes ces années, chaque fois que j'enfilais une jolie robe et que j'étais satisfaite du reflet que me renvoyait la glace, je me disais que peut-être, je le rencontrerais à la réception ou au mariage où j'allais, ou que je le croiserais dans la rue. J'avais toujours espéré que, si nous nous revoyions un jour, je serais au zénith de ma beauté.

Le lendemain, Parvaneh m'a appelée de bonne heure. « Comment vas-tu ? Je n'ai pas fermé l'œil de la nuit.

— Moi non plus », ai-je répondu en riant.

Elle s'est alors mise à me bombarder d'instructions.

« Pour commencer, refais ta teinture.

— Je l'ai faite il n'y a pas longtemps.

— Peu importe, refais-la quand même ; les racines n'ont pas très bien pris la couleur. Ensuite, prends un bain bien chaud. Puis tu rempliras une jatte d'eau froide, tu ajouteras beaucoup de glaçons et tu te plongeras la figure dedans.

— Je vais me noyer !

— Mais non, idiote ! Fais-le plusieurs fois. Tu prendras ensuite une des crèmes que je t'ai rapportées d'Allemagne. La verte. C'est un masque au concombre. Tu étales ça sur ton visage, puis tu t'allonges et tu te reposes. Au bout de vingt minutes, tu retireras le masque et tu te mettras une bonne couche de crème jaune. Débrouille-toi pour être ici à cinq heures pour que je t'arrange un peu et que je te maquille.

— M'arranger ? Hé ! Ce ne sont pas des fiançailles, quand même !

— Qui sait ? Ça viendra peut-être !

— Tu devrais avoir honte de toi ! À mon âge ?

— Tu recommences avec ton âge ? Si je t'entends encore prononcer ce mot une seule fois, je jure devant Dieu que je te frappe.

— Et qu'est-ce que je vais mettre ?

— La robe grise qu'on a achetée ensemble en Allemagne.

— Non, c'est une robe du soir. Ça n'ira pas du tout.

— Tu as raison. Mets le tailleur beige. Non. Le chemisier rose, tu sais, celui qui a un col de dentelle un peu plus pâle.

— Merci, ai-je dit. Je vais bien trouver quelque chose. »

Moi qui n'avais jamais supporté les tralalas, j'ai fini par suivre presque tous les conseils de Parvaneh. J'étais allongée, le masque vert sur le visage, quand Shirin est entrée dans ma chambre.

« Tu te bichonnes drôlement, aujourd'hui, a-t-elle remarqué, surprise. Qu'est-ce qui t'arrive ?

— Rien, ai-je répondu avec le plus grand naturel. Parvaneh a insisté pour que j'essaye le masque qu'elle m'a donné, alors j'ai décidé de lui faire plaisir. »

Elle est sortie en haussant les épaules.

J'ai commencé à me préparer à trois heures et demie. J'ai soigneusement séché mes cheveux, que j'avais déjà enroulés sur des bigoudis. Puis je me suis habillée tout aussi soigneusement. Je me suis examinée dans le miroir en pied et je me suis dit : j'ai sûrement pris au moins dix kilos depuis la dernière fois qu'on s'est vus... C'est bizarre, quand j'étais maigrichonne, j'avais les joues bien rondes, et maintenant que j'ai grossi, j'ai les traits beaucoup plus creusés qu'avant.

Aucun des vêtements que j'avais préparés ne me plaisait. Une pile de chemisiers, de jupes et de robes n'a pas tardé à s'amonceler sur mon lit. Appuyée au chambranle de la porte, Shirin m'a demandé : « Où vas-tu ?

— Chez Parvaneh.

— Et tu fais tout ce foin pour Tante Parvaneh ?

— Elle a retrouvé plusieurs de nos anciennes amies et elle les a invitées. Je n'ai pas envie qu'elles me trouvent vieille et laide.

— Ha ha ! Toujours les rivalités d'adolescentes...

— Non, il ne s'agit pas de rivalité. C'est plus compliqué. Se revoir comme ça, ce sera un peu comme si on se regardait dans un miroir après plus de trente ans. J'aimerais bien qu'on se retrouve un peu telles que nous étions en ce temps-là ; autrement, nous aurons l'impression d'être en présence d'étrangères.

— Elles sont combien ?

— Qui donc ?

— Les invitées de Tante Parvaneh ! »

J'étais embarrassée. J'avais toujours été une piètre menteuse. « Je ne sais pas vraiment, ai-je bredouillé. Elle a retrouvé une ancienne amie et cette ancienne amie doit en prévenir d'autres. Il peut y en avoir une seule aussi bien que dix.

— Tu ne m'as jamais parlé de tes anciennes amies. Comment s'appelle celle qui viendra à coup sûr ?

— J'avais des amies et des camarades de classe, bien sûr, ai-je poursuivi en éludant sa question, mais je n'ai jamais été aussi proche d'elles que de Parvaneh.

— Incroyable, a-t-elle murmuré. J'ai du mal à imaginer comment nous serons dans trente ans, mes copines et moi. Oh là là ? Une bande de vieilles gâteuses, c'est sûr. »

Je n'ai pas relevé. J'essayais désespérément de trouver une excuse à lui présenter si elle manifestait l'envie de m'accompagner. Mais, comme d'habitude, Shirin préférait être avec des jeunes de son âge ou même rester seule à la maison plutôt que de passer un moment en compagnie de « vieilles gâteuses ». Finalement, j'ai enfilé une robe en lin brun chocolat ajustée à la taille et des sandales brunes à hauts talons.

Il était plus de cinq heures et demie quand je suis arrivée chez Parvaneh. Elle m'a inspectée de la tête aux pieds avant de rendre son jugement : « Pas trop mal. Entre, et laisse-moi faire.

— Écoute, Parvaneh, je n'ai pas envie que tu me transformes en pot de peinture. Je suis comme je suis. Après tout, j'ai vécu…

— Tu es très bien comme tu es. Je vais juste ajouter un tout petit peu d'ombre à paupières marron, un trait d'eye-liner et une touche de mascara. Tu devrais aussi mettre un soupçon de rouge à lèvres. Ça suffira largement. Quelle chance tu as, ta peau est encore lisse comme un miroir.

— C'est ça. Un miroir craquelé.

— Les craquelures sont très discrètes, crois-moi. De toute façon, il n'a pas de bons yeux. Si tu préfères, on peut s'installer à l'intérieur, il ne fait pas très clair, et comme ça il n'y verra rien du tout.

— Arrête ! ai-je protesté. On pourrait croire que tu essaies de refiler une marchandise périmée à un client ! Non, non, nous serons mieux au jardin. »

À six heures tapantes, un coup de sonnette nous a fait bondir sur nos pieds.

« Je te jure sur la vie de ma mère que ça fait dix minutes qu'il est planté devant la porte à attendre qu'il soit six heures pour sonner, m'a chuchoté Parvaneh. Il est encore plus ému que nous, j'en suis sûre. »

Elle a appuyé sur le bouton de l'interphone qui ouvrait la porte donnant sur la rue et s'est dirigée vers le jardin. Elle s'est arrêtée à mi-chemin et s'est retournée. Je n'avais pas bougé d'un pouce. Elle m'a fait signe de la suivre, mais j'étais incapable d'avancer. Par la fenêtre, j'ai vu Parvaneh inviter Saiid à s'approcher de la table et des chaises de jardin. Il portait un costume gris. Il avait un peu épaissi et ses cheveux étaient poivre et sel. Je ne distinguais pas son visage. Quelques instants plus tard, Parvaneh est rentrée, très énervée : « Qu'est-ce que tu fabriques encore ici ? Tu n'as quand même pas l'intention de sortir en apportant le plateau de thé, comme une future épouse !

— Arrête ! l'ai-je implorée. Mon cœur va éclater. Je n'ai pas pu te suivre, j'ai les jambes paralysées.

— Pauvre chou ! Nous feras-tu la grâce de nous accorder ta présence, maintenant ?

— Non… attends encore un peu !

— Comment ça ? Il m'a demandé si tu étais là et j'ai dit que oui. C'est grossier, voyons, allez, viens. Arrête de te conduire comme si tu avais quatorze ans.

— Attends… il faut que je me ressaisisse un peu.

— Enfin, que veux-tu que je lui dise ? Que la dame s'est pâmée ? C'est franchement impoli ! Il est assis là, dehors, tout seul.

— Dis-lui que je suis avec ta mère et que j'arrive tout de suite. Oh mon Dieu ! Je ne l'ai même pas saluée ! » Et j'ai filé comme une flèche jusqu'à la chambre de sa mère.

Je n'aurais jamais cru qu'on pouvait être pris d'une telle panique à mon âge. Je m'étais toujours considérée comme une femme raisonnable et calme, et j'avais connu tellement de hauts et de bas dans mon existence qu'il me semblait que plus rien ne pouvait m'émouvoir. Par le passé, plusieurs hommes m'avaient manifesté de l'intérêt, mais je n'avais jamais été aussi nerveuse et aussi émue depuis mon adolescence.

« Ma chère Massoum, Parvaneh a de la visite ? Qui est-ce ? m'a demandé Mme Ahmadi.

— Une de ses amies.

— Tu la connais ?

— Oui, oui. Je l'ai rencontrée en Allemagne. »

Puis j'ai entendu la voix de Parvaneh : « Massoum chérie, viens vite nous rejoindre. Saiid Khan est là. »

Je me suis regardée dans la glace et j'ai passé les doigts dans mes cheveux. Je crois que Mme Ahmadi me parlait encore quand je suis sortie de sa chambre. Surtout, ne pas réfléchir. Je me suis précipitée au jardin et, d'une voix dont j'essayais désespérément de réprimer le tremblement, j'ai lancé : « Bonjour ! »

Saiid a sursauté, il s'est levé d'un bond et m'a dévisagée. Il s'est immédiatement repris et a répondu aimablement : « Bonjour ! »

Nous avons échangé quelques amabilités formelles et notre nervosité s'est légèrement dissipée. Parvaneh est rentrée chercher le thé, nous laissant en tête à tête, Saiid et moi. Nous ne savions pas quoi dire. Il avait vieilli, bien sûr, mais le regard de ses charmants yeux bruns était toujours celui que j'avais gardé à l'esprit, celui que j'avais senti peser sur ma vie pendant toutes ces décennies. Dans l'ensemble, je l'ai trouvé plus posé et plus séduisant encore qu'autrefois. Si seulement je pouvais lui faire la même impression, ai-je pensé. Parvaneh est revenue et nous avons bavardé de tout et de rien. Nous nous sommes détendus progressivement, et nous lui avons demandé, Parvaneh et moi, de nous raconter où il avait vécu et ce qu'il avait fait.

« Je veux bien répondre si chacun de nous en fait autant…, a-t-il répliqué.

— Moi, je n'ai rien à raconter, a enchaîné Parvaneh. J'ai mené une vie très ordinaire. Après avoir obtenu mon diplôme de fin d'études secondaires, je me suis mariée, j'ai eu des enfants et je suis allée m'installer en Allemagne. J'ai deux filles et un fils. Je vis toujours en Allemagne, mais, en ce moment, je passe beaucoup de temps ici parce que ma mère est malade. Si sa santé s'améliore, je l'emmènerai là-bas avec moi. Voilà. Comme vous voyez, il ne m'est rien arrivé de très palpitant. » Elle m'a alors désignée du doigt en ajoutant : « Ce qui est loin d'être son cas. »

Saiid s'est tourné vers moi. « Alors, vous devez absolument me raconter votre vie. »

J'ai jeté un coup d'œil implorant à Parvaneh.

« Pour l'amour de Dieu, ne dis rien ! » s'est-elle écriée. Puis elle s'est adressée à Saiid : « On pourrait écrire un livre entier sur sa vie. Si elle commence, elle n'aura pas fini avant demain matin. En plus, je sais déjà tout et je n'ai pas la moindre envie d'entendre cette histoire une fois de plus. Vous feriez mieux de nous parler de vous.

— J'ai passé mon diplôme universitaire un peu plus tard que prévu, a obtempéré Saiid. J'ai ensuite été exempté de service militaire parce que mon père était mort et que j'étais fils unique. J'étais donc considéré comme soutien de famille. Après l'université, je suis retourné à Rezaiyeh, où j'ai ouvert une pharmacie avec l'appui financier de mes oncles. Notre situation s'est améliorée, la valeur des biens de mon père a augmenté, j'ai aidé mes sœurs à se marier, puis j'ai vendu la pharmacie et suis revenu à Téhéran avec ma mère. Je me suis associé à plusieurs de mes anciens camarades de fac qui avaient décidé de monter une société d'importation de produits pharmaceutiques. Notre entreprise a pris de l'essor et nous avons commencé à fabriquer aussi des produits de beauté et de parapharmacie.

Ma mère me harcelait pour que je me marie. J'ai fini par céder et j'ai épousé Nazy, la sœur d'un de mes associés, qui venait de quitter le lycée. Nous avons eu des enfants, des jumeaux. Qu'est-ce qu'ils ont pu faire comme bêtises, ces deux-là ! Ils nous ont donné tellement de fil à retordre que j'ai décidé que nous n'en aurions pas d'autres. Après la révolution, la situation était très confuse et personne ne savait ce que deviendrait notre entreprise. Et quand la guerre a éclaté, nos perspectives d'avenir sont devenues encore plus sombres. La famille de Nazy a quitté le pays, et elle s'est mise en tête que nous devions en faire autant. Les frontières étaient fermées à ce moment-là, ce qui nous aurait obligés à émigrer illégalement. Nazy a eu beau insister, j'ai tenu bon pendant deux ans, jusqu'à ce que la situation se décrispe un peu. Ma mère était alors gravement malade, je crois que le chagrin causé par mon départ imminent a hâté sa mort. J'étais profondément déprimé. J'ai vendu tout ce que nous possédions. La seule décision raisonnable que j'ai prise a été de conserver mes parts de l'entreprise. Nous avons d'abord gagné l'Autriche, où un autre frère de Nazy s'était établi. Nous y sommes restés le temps d'obtenir les papiers nécessaires pour nous installer en Amérique.

Nous avons dû repartir de zéro, ce qui n'a pas été facile. Mais, bon, nous sommes restés et nous nous sommes fixés aux États-Unis. Les enfants étaient contents. Il ne leur a fallu que quelques années pour devenir de vrais Américains. Comme Nazy voulait absolument progresser en anglais, elle nous a interdit de parler persan à la maison. Ce qui fait que les garçons ont oublié leur langue maternelle. Je travaillais du matin au soir et nous vivions confortablement. J'avais tout ce dont on peut rêver, excepté le bonheur. Mes sœurs, mes amis, Téhéran et Rezaiyeh me manquaient. Nazy, elle, avait sa famille et ses amis autour d'elle, et mes enfants étaient heureux, eux aussi, avec leurs copains d'école et de quartier. Mais ils vivaient dans un monde que je n'avais jamais connu et dont j'ignorais tout. Je me sentais seul, j'avais l'impression de ne pas être à ma place.

À la fin de la guerre, j'ai appris que la situation s'était améliorée et que beaucoup de gens commençaient à revenir en Iran. J'en ai fait autant. L'entreprise avait poursuivi ses activités et les perspectives économiques n'étaient pas mauvaises. Je me suis remis au travail. J'ai remonté la pente et j'ai retrouvé le moral. J'ai acheté un appartement, mais quand je suis retourné en Amérique pour chercher Nazy, elle n'a pas voulu me suivre. Elle avait une excuse en or, les enfants… Elle avait raison, bien sûr. Comment aurions-nous pu les arracher à une culture dans laquelle ils étaient parfaitement intégrés ? Finalement, nous avons décidé que, puisque je pouvais gagner plus d'argent en Iran, je continuerais à y travailler, et que Nazy resterait aux États-Unis jusqu'à ce que les garçons soient assez grands pour pouvoir se débrouiller seuls. Ça fait six ou sept ans que nous vivons ainsi. Les enfants sont adultes, maintenant, et ils se sont installés dans d'autres États, mais Nazy n'a toujours pas l'intention de revenir. Une fois par an, je vais passer quelques mois là-bas… Le reste du temps, c'est solitude et travail. Je sais que ce n'est pas une vie très saine, il n'empêche que je n'ai rien fait pour y remédier. »

Parvaneh me donnait des coups de pied sous la table et regardait Saiid avec un sourire espiègle à peine dissimulé que je ne connaissais que trop bien. J'étais triste pour lui. J'avais toujours espéré qu'un de nous deux au moins connaîtrait le bonheur et je découvrais que, selon toute évidence, il était encore plus seul que moi.

« Bon, à vous maintenant », a-t-il dit alors en se tournant vers moi.

Je lui ai parlé de mon mariage précipité avec Hamid, de sa gentillesse, de ses activités politiques, de ses années de prison et de son exécution. J'ai évoqué mon travail, mes études universitaires et toutes les épreuves que j'avais endurées pour élever mes enfants. J'en suis venue pour finir aux dernières années, à la réussite de mes enfants, à ma tranquillité actuelle. Nous bavardions comme trois bons amis qui se retrouvent après de longues années, et nous n'avons pas vu le temps passer.

La sonnerie du téléphone nous a fait sursauter. Parvaneh est allée répondre et m'a appelée quelques instants plus tard : « C'est Shirin. Il paraît qu'il est déjà dix heures ! »

« Où es-tu, Maman ? m'a demandé Shirin, fâchée. Tu as l'air de bien t'amuser, dis donc. Je commençais à m'inquiéter.

— Pour une fois que c'est toi qui as des raisons de te faire du souci, ça nous change un peu. Nous bavardions et nous n'avons pas pris garde à l'heure. »

Au moment où nous partions, Saiid a proposé de me raccompagner chez moi.

« Non, elle a sa voiture, est intervenue Parvaneh avec son culot habituel. En plus, je ne vous autorise pas à vous parler hors de ma présence. »

573

Saiid a éclaté de rire, tandis que je jetais un regard noir à Parvaneh.

« Hé quoi ? Qu'est-ce que tu as à me regarder comme ça ? s'est-elle écrié. Je veux savoir ce que vous vous dites... Vous voyez, Saiid Khan ? Elle n'a pas vraiment changé. Quand on était petites, elle n'arrêtait pas de me seriner : "Ne parle pas comme ça, c'est grossier, ne fais pas ça, ce n'est pas convenable." Cinquante ans plus tard, c'est toujours pareil.

— Ça suffit, Parvaneh ! ai-je bougonné. Cesse de dire des bêtises.

— Je dis ce que je pense, c'est tout. Je le jure devant Dieu, si jamais j'apprends que vous vous êtes rencontrés dans mon dos, ça ira mal pour vous. Je tiens à être là à chacun de vos rendez-vous. »

Saiid riait toujours. Je me suis mordu la lèvre et j'ai repris : « Évidemment, tu seras là...

— Dans ce cas, pourquoi ne pas prévoir maintenant notre prochaine réunion ? Ne me dites pas que vous n'avez pas envie de vous revoir. »

Désireuse de mettre fin à cette discussion, j'ai proposé : « Retrouvons-nous chez moi, la prochaine fois.

— Très bien, parfait, a acquiescé Parvaneh. Quand ?

— Mercredi matin. Shirin part à la fac à dix heures et ne sera pas de retour avant la fin de l'après-midi. Venez donc déjeuner tous les deux. »

Parvaneh a applaudi. « Super ! a-t-elle dit joyeusement. Je demanderai à Farzaneh de s'occuper de Mère. Ça vous irait, mercredi, Saiid Khan ?

— Je ne voudrais pas être importun.

— Pensez-vous ! ai-je protesté. J'en serai enchantée. »

Il a rapidement pris note de mon adresse et de mon numéro de téléphone et nous nous sommes quittés, tout heureux à l'idée de nous retrouver deux jours plus tard.

Je suis rentrée chez moi, mais je n'avais même pas encore eu le temps de me changer quand le téléphone a sonné. C'était Parvaneh, qui riait de bonheur. « Quelle chance ! Il n'est pas marié !

— Bien sûr que si. Tu ne l'as pas écouté ou quoi ?

— Ce dont il a parlé, c'est d'une séparation, pas d'un mariage. Tu n'as donc rien compris ?

— Le pauvre homme… Tu es vraiment une chipie. Avec la grâce de Dieu, sa femme reviendra et ils recommenceront à vivre normalement.

— Allons ! Après tant d'années, je continue à me demander si tu es vraiment idiote ou si tu fais semblant.

— Ils sont toujours officiellement mari et femme, ai-je insisté. Ils ne sont pas séparés légalement, et il n'a pas été question de divorce. Comment peux-tu te permettre de porter un jugement aussi hâtif sur les relations d'autrui ?

— Attends, comment définis-tu une séparation ? s'est-elle obstinée. Tu crois qu'il est absolument nécessaire de signer un papier ? Non, Massoum. Ça fait sept ans qu'ils ne partagent plus rien, aucune émotion, aucune préférence, aucun mode de vie, aucun moment, aucun lieu. Ils sont séparés, un point c'est tout. Fais un peu marcher ta cervelle, tu veux ? Tu crois vraiment qu'avec la société permissive qu'ils ont là-bas, cette dame reste seule, à pleurer toutes les larmes de son corps parce qu'elle est séparée d'un homme pour lequel elle n'est même pas prête à faire un rapide voyage en Iran ? Et te figures-tu que, pendant sept ans, ce monsieur vit aussi innocemment que Jésus-Christ dans le chaste souvenir de sa bien-aimée ?

— Dans ce cas, pourquoi ne pas divorcer légalement ? ai-je rétorqué.

— Pourquoi le feraient-ils ? Cette femme est bien trop intelligente pour ça. Elle a un mulet qui bosse, qui gagne des tonnes d'argent et les lui envoie. En plus, c'est un mulet qui ne lui donne aucun souci… il n'a pas besoin qu'on lui prépare à déjeuner et à dîner, pas besoin qu'on lui lave et qu'on lui repasse ses vêtements. Elle serait bien bête de lâcher cette poule aux œufs d'or. Quant à lui, soit il n'a pas eu envie de se remarier, soit il a des biens en Amérique dont il serait obligé de céder la moitié à cette dame en cas de divorce. Pour le moment, il n'a pas vu la nécessité de faire la démarche.

— Mon Dieu, tu as de ces idées, toi !

— J'ai vu un millier de cas de ce genre. La situation de Saiid et de sa femme est peut-être particulière, mais ils ont un point commun avec tous les autres : ce mari et cette femme ne seront plus jamais mari et femme l'un pour l'autre. Crois-moi. »

J'ai préparé notre rencontre du mercredi avec une énergie juvénile que je ne croyais plus posséder. J'ai nettoyé et rangé l'appartement, j'ai cuisiné et je me suis pomponnée. Quelle merveilleuse journée nous avons passée tous les trois ! Nos petites réunions se sont poursuivies sur le même modèle, occupant une place croissante dans mon existence.

J'étais transformée. Je prenais soin de moi, je me maquillais, je m'achetais de nouvelles robes. J'ai même fouillé dans la penderie de Shirin pour lui emprunter des vêtements. Le monde avait pris de nouvelles couleurs à mes yeux. J'avais à nouveau un but dans la vie. Je travaillais et m'acquittais de mes autres tâches avec passion et enthousiasme. Je ne me sentais plus seule, vieille, inutile et oubliée. J'avais même l'air plus jeune. Mes pattes-d'oie étaient moins visibles, les rides qui entouraient ma bouche moins creusées. J'avais le teint plus frais, plus éclatant. Une agréable impatience faisait battre mon cœur plus vite. Je frémissais de plaisir chaque fois que j'entendais le téléphone sonner. Je baissais la voix instinctivement et répondais à mots couverts, par bribes de phrases. J'évitais le regard inquisiteur de Shirin. Je savais qu'elle avait remarqué quelque chose, mais elle ignorait à quoi était dû ce changement.

« Maman, m'a-t-elle dit une semaine après le début de nos rendez-vous, tu es de bien meilleure humeur depuis que tu as retrouvé tes anciennes amies. »

Une autre fois, elle a lancé sur le ton de la plaisanterie : « Maman, je t'assure, tu es bizarre en ce moment. Il y a quelque chose de louche.

— Comment ça, "quelque chose de louche" ? Et qu'est-ce que j'ai de bizarre ?

— Tu fais des trucs que tu ne faisais pas avant. Tu te maquilles, tu sors beaucoup, tu es gaie, tu chantes. Je ne sais pas, moi, mais tu n'es plus comme avant.

— Ah oui ?

— Si tu n'avais pas l'âge que tu as, on pourrait croire que tu es amoureuse. On dirait une gamine. »

Nous avons jugé préférable, Parvaneh et moi, de présenter Saiid à Shirin. À mon âge, il était ridicule de faire des cachotteries et d'être terrifiée à l'idée que ma fille me surprenne en sa compagnie. Il nous fallait tout de même trouver une bonne raison pour justifier ses visites. Après en avoir longuement discuté, nous avons décidé de le présenter comme un ami de la famille de Parvaneh récemment revenu en Iran après avoir vécu à l'étranger ; nous le voyions occasionnellement, pour des motifs professionnels, comptions-nous expliquer. Saiid avait en effet traduit plusieurs articles en persan et m'avait sollicitée pour les corriger et les dactylographier.

Shirin a donc rencontré Saiid à plusieurs reprises. J'étais curieuse de connaître son opinion à son sujet, mais je craignais d'éveiller ses soupçons. Finalement, elle a abordé le sujet elle-même.

« Où Tante Parvaneh a-t-elle déniché ce type ?

« — Je te l'ai dit, c'est un ami de sa famille. Pourquoi ?

— Oh, comme ça… Pour un vieux, il n'est pas si mal.

— Un vieux ?

— Eh bien oui, il est vieux. Mais il est très raffiné et très courtois. Pas du tout le genre de Tante Parvaneh.

— Comment peux-tu dire une chose pareille ! Tous les amis et parents de Tante Parvaneh sont très corrects.

— Ah oui ? Alors, pourquoi est-elle comme ça, elle ?

— Qu'est-ce que tu entends par là ?

— Enfin, tout de même, elle est un peu cinglée, non ?

— Tu devrais avoir honte de toi, ai-je rétorqué, fâchée. Je ne t'autorise pas à parler de ta tante en ces termes. Parce que c'est un défaut pour toi d'être gaie et drôle ? Quand elle est là, on se sent plus jeune.

— Exactement ! Et tu es, toi aussi, toute guillerette et pleine d'entrain. En plus, vous n'arrêtez pas de vous chuchoter des trucs.

— Tu es jalouse ? Tu ne supportes pas que j'aie une seule amie ?

— Je n'ai jamais dit ça ! Ça me fait plaisir de te voir aussi dynamique et d'aussi bonne humeur. Simplement, elle a l'air d'oublier son âge, voilà tout. »

Pendant l'été, nous nous sommes vus tous les trois au moins un jour sur deux. Au début du mois de septembre, Saiid nous a invitées à venir visiter une propriété qu'il avait achetée au nord de Téhéran, près du mont Damavand. Quelle journée magnifique ! Quels souvenirs radieux ! Les montagnes jaillissaient vers le ciel et la brise nous apportait la fraîcheur de leurs sommets enneigés. L'air était pur et embaumait ; les feuilles des peupliers blancs aux minces branches qui entouraient la propriété palpitaient comme de gros sequins, changeant de couleur sous un soleil éclatant. Quand le vent se renforçait, le bruit des feuilles qui dansaient évoquait celui de milliers de mains qui applaudissaient, célébrant la vie et les beautés de la nature. Le long des petits cours d'eau, des masses de pétunias se prélassaient dans leur odeur suave. Les arbres étaient chargés de fruits paradisiaques. Des pommes, des poires, des prunes jaunes et des pêches veloutées luisaient sous le soleil. Ma vie avait compté bien peu de moments où j'aurais voulu arrêter le temps. Ce jour-là a été du nombre.

Nous étions si heureux et tellement à l'aise ensemble tous les trois ! Nous parlions librement comme de vieux amis, sans la moindre gêne. Parvaneh exprimait souvent tout haut ce que je pensais mais aurais été incapable de verbaliser. Sa vivacité et sa franchise nous faisaient rire aux éclats. Je ne pouvais pas me retenir. C'était comme si ce rire prenait sa source dans les cellules les plus profondes de mon être et venait s'épanouir sur mes lèvres. J'en trouvais le son plaisant, en même temps qu'étrange. Il m'arrivait même de me demander si c'était vraiment moi qui riais ainsi.

Tard dans l'après-midi, après une longue promenade revigorante, nous nous sommes assis sur la terrasse, à l'étage de la villa, pour admirer le coucher du soleil. Nous grignotions des pâtisseries en buvant du thé quand Parvaneh a pris le taureau par les cornes.

« Saiid, j'ai une question à vous poser. Pendant toutes ces années, nous nous sommes demandé, Massoum et moi, pourquoi vous aviez disparu après cette fameuse nuit. Pourquoi n'êtes-vous pas revenu ? Pourquoi n'avez-vous pas envoyé votre mère demander sa main ? Les épreuves que la vie vous a imposées à tous les deux auraient pu vous être épargnées si aisément ! »

J'étais atterrée. Nous avions toujours soigneusement évité d'aborder ce sujet, conscientes de la gêne que j'en éprouverais et de l'embarras certain dans lequel cela plongerait Saiid. J'ai jeté un regard sévère à mon amie. « Parvaneh !

— Quoi ? Il me semble que nous sommes suffisamment proches à présent pour pouvoir parler de tout, et surtout d'une question aussi importante, qui a changé votre vie. Saiid, vous n'êtes pas obligé de répondre, vous savez.

— Si, si, je tiens à m'expliquer. En réalité, ça fait un bon moment que je mourais d'envie d'évoquer cette nuit et ce qui s'est passé à l'époque, mais j'avais peur de contrarier Massoum.

— Massoum, tu es contrariée ? m'a demandé Parvaneh.

— Non. En fait, j'aimerais bien savoir…

— Ce soir-là, ignorant ce qui s'était passé chez vous, je travaillais à la pharmacie quand Ahmad a fait irruption dans la boutique et s'est mis à hurler des injures. Il était complètement soûl. Quand le docteur Ataii a essayé de le calmer, Ahmad s'est jeté sur lui. Je me suis précipité pour protéger le docteur, et Ahmad a commencé à me frapper. Les habitants du quartier sont venus voir ce qui se passait. J'étais bouleversé et mortifié. En ce temps-là, j'étais tellement timide que je n'avais même pas l'audace de fumer une cigarette en public, et Ahmad était là, à hurler que j'avais dévoyé sa sœur. Et voilà que, soudain, il a brandi un couteau ! Heureusement, des gens se sont interposés avant qu'il ait pu me blesser gravement. En partant, Ahmad a juré qu'il me tuerait s'il me revoyait dans les parages. Le docteur Ataii m'a conseillé de ne pas venir travailler pendant quelques jours, le temps que l'agitation retombe. De toute façon, j'étais en piteux état. J'arrivais à peine à bouger et un de mes yeux était tellement enflé que je n'y voyais rien. Heureusement, mes blessures étaient superficielles. On m'a fait deux, trois points de suture au bras, c'est tout.

Le docteur Ataii m'a rendu visite quelques jours plus tard. Il m'a appris qu'Ahmad passait à la pharmacie tous les soirs, complètement ivre, pour faire du scandale. Il hurlait : "Si on m'empêche de tuer ce porc immonde ici, personne ne pourra m'empêcher de faire ce que je veux chez moi. Je tuerai cette fille impudique, et ce salopard pourra bien pleurer jusqu'à la fin de ses jours." Sur ces entrefaites, le docteur Tabatabaii a appris au docteur Ataii qu'il avait été appelé chez vous, Massoum, que vous aviez été cruellement battue et que vous étiez en danger. Le docteur Ataii m'a dit : "Pour le bien de cette pauvre innocente, éloigne-toi pendant quelques mois. Je parlerai ensuite personnellement à son père et tu pourras aller avec ta mère demander sa main."

Je suis venu plusieurs fois jusqu'à votre maison, tard dans la nuit, espérant vous apercevoir, fût-ce derrière une vitre. J'ai fini par laisser tomber la fac, je suis rentré à Rezaiyeh et j'ai attendu des nouvelles du docteur. Je pensais que nous nous marierions et que vous viendriez vivre là-bas avec ma mère jusqu'à ce que j'aie passé mon diplôme. J'ai attendu, attendu, mais il ne m'a pas donné le moindre signe de vie. J'ai fini par rentrer à Téhéran. Je suis allé le voir. Il a commencé à me sermonner : je devais poursuive mes études, j'avais toute la vie devant moi, j'oublierais vite ce qui s'était passé. J'ai d'abord cru que vous étiez morte. C'est alors qu'il m'a appris que votre famille s'était dépêchée de vous marier. J'étais au désespoir. Il m'a fallu six mois pour m'en remettre et pouvoir recommencer à vivre. »

Les fraîches journées de la mi-septembre annonçaient l'approche de l'automne. Parvaneh s'apprêtait à regagner l'Allemagne. Sa mère se portait mieux et les médecins estimaient qu'elle était en état de voyager. Nous étions assis tous les trois dans le jardin de la maison de Parvaneh. J'avais posé un mince châle autour de mes épaules.

« Parvaneh, ton départ m'attriste encore plus que d'habitude, lui ai-je dit. Je vais me sentir si seule sans toi.

— Que Dieu entende la vérité que recèle ton cœur ! a-t-elle lancé. Vous n'avez cessé de le prier et de le supplier de vous débarrasser enfin de moi ! Mais promettez-moi de m'envoyer des lettres et de m'écrire chacun des mots que vous échangez tous les deux. Mieux encore, achetez un magnétophone et enregistrez vos conversations. »

Cette fois, Saiid n'a pas ri. « Ne vous inquiétez pas pour ça, a-t-il dit en secouant la tête. Il va falloir que je parte, moi aussi. »

Nous nous sommes redressées sur nos chaises, Parvaneh et moi, et j'ai demandé d'une voix haletante : « Où allez-vous ?

— En Amérique. J'y retourne toujours au début de l'été pour passer trois mois avec Nazy et les garçons. Cette année, j'ai différé mon départ. Pour être franc, je n'avais aucune envie de partir… »

Je me suis laissée retomber sur mon siège. Nous sommes restés silencieux.

Quand Parvaneh est rentrée chercher du thé, Saiid en a profité pour mettre sa main sur la mienne, qui était posée sur la table, et pour me dire : « Je voudrais vous parler avant mon départ. Retrouvez-moi pour déjeuner demain au restaurant où nous sommes allés la semaine dernière. J'y serai à une heure. Venez, je vous en prie. »

Je savais ce qu'il voulait me dire. Tout l'amour que nous avions éprouvé l'un pour l'autre dans notre jeunesse s'était embrasé de plus belle. Le lendemain, je suis arrivée au restaurant, nerveuse et inquiète. Assis à une petite table au fond de la salle, Saiid regardait par la fenêtre. Après les salutations d'usage, nous avons commandé à déjeuner. Nous étions silencieux, l'un comme l'autre, perdus dans nos pensées. Nous n'avons presque pas touché à nos assiettes.

« Massoum, a-t-il enfin dit après avoir allumé une cigarette, vous devez savoir à présent que vous avez été mon seul véritable amour. Le destin a placé bien des obstacles sur notre chemin et nous avons beaucoup souffert, l'un comme l'autre. Mais peut-être veut-il se rattraper à présent et nous faire découvrir son autre visage. Je repars pour l'Amérique afin de régler définitivement les choses avec Nazy. Il y a deux ans, je lui ai dit que, si elle n'acceptait pas de venir vivre avec moi en Iran, il nous faudrait divorcer. Pourtant, nous n'avons entrepris aucune démarche en ce sens, ni l'un ni l'autre. Maintenant, elle a ouvert un restaurant et j'ai l'impression qu'elle s'en sort bien. Selon elle, nous avons tout intérêt à vivre là-bas. Quoi qu'il en soit, il faut que nous prenions une décision. Je ne supporte plus cette vie instable, sans attache. Si j'étais sûr de vous, si je savais que vous voulez bien m'épouser, j'aurais l'esprit plus clair, je pourrais prendre ma décision en toute connaissance de cause et exposer fermement mon point de vue… Alors, qu'en dites-vous ? Accepterez-vous de m'épouser ? »

J'avais beau m'y attendre et avoir été certaine, dès le jour où je l'avais revu, qu'il me poserait cette question tôt ou tard, je n'en ai pas moins eu la gorge nouée. Je ne pouvais plus parler. En toute sincérité, j'étais incapable de lui répondre.

« C'est que… Je ne sais pas, ai-je bredouillé.

— Comment ça, vous ne savez pas ? Après tout ce temps, au bout de plus de trente ans, vous n'êtes toujours pas capable de prendre une décision seule ?

— Saiid, mes enfants… comment vais-je expliquer cela à mes enfants ?

— Vos enfants ? Quels enfants ? Ils sont tous adultes et solidement établis. Ils n'ont plus besoin de vous.

— Si vous saviez comme ils sont susceptibles pour tout ce qui me concerne. Ils vont être terriblement perturbés. Leur mère… à cet âge…

— Pour l'amour de Dieu, pour une fois, pensons à nous, et rien qu'à nous. Après tout, nous avons, nous aussi, droit à un peu de bonheur dans cette vie, vous ne croyez pas ?

— Il faut que je leur en parle.

— Très bien, parlez-en avec eux, mais donnez-moi votre réponse le plus vite possible. Je pars samedi en huit et je ne peux plus retarder ce voyage ; en plus, je dois m'arrêter en Allemagne pour une réunion de travail. »

J'ai filé chez Parvaneh et je lui ai tout raconté. Elle a bondi sur ses pieds : « Espèces de cachottiers ! a-t-elle crié. Vous l'avez quand même fait ! Vous vous êtes quand même tout dit, en mon absence ! Ça fait plus de trente ans que j'attends de voir ta réaction le jour où il te ferait sa demande, et tu m'as trahie !

— Parvaneh…

— Aucune importance, je te pardonne. Mais, pour l'amour de Dieu, mariez-vous dans les jours qui viennent, avant mon départ. Je tiens absolument à être là. J'en ai tant rêvé !

— Je t'en prie, Parvaneh, arrête ! ai-je supplié. Me marier ? À mon âge ? Que diraient mes enfants ?

— Qu'est-ce qu'ils ont à dire ? Tu leur as donné ta jeunesse, tu t'es toujours sacrifiée pour eux. Il est grand temps que tu penses un peu à toi. Pourquoi serais-tu condamnée à vieillir seule ? À mon avis, ils vont même être drôlement contents pour toi.

— Tu ne comprends pas. J'ai peur qu'ils soient embarrassés devant leurs conjoints. Il faut tout de même que je pense à leur honneur et à leur réputation.

— Ça suffit ! a-t-elle crié. Je ne veux plus t'entendre parler d'honneur et de réputation. J'en ai plein le dos ! D'abord, tu devais penser à l'honneur de ton père, puis à celui de tes frères, à celui de ton mari, et maintenant à l'honneur de tes gosses… Je te jure que, si je t'entends prononcer ce mot encore une fois, je me jette par la fenêtre !

— Ah oui ? Quelle fenêtre ? Ta maison est de plain-pied.

— Tu n'imagines quand même pas que je vais me jeter du haut de la Tour Eiffel parce que Sa Majesté se préoccupe de l'honneur de ses enfants ? De toute façon, je ne vois pas ce que ce mariage aurait de déshonorant. Beaucoup de gens se marient plusieurs fois. On t'offre la chance de passer le restant de ta vie dans la paix et le bonheur, et tu hésites ? Enfin, tu es un être humain, Massoum, et tu as un certain nombre de droits. »

J'ai passé toute la nuit à me demander comment présenter la chose à mes enfants. Je cherchais à imaginer comment chacun réagirait et ce qu'ils me répondraient dans le meilleur et dans le pire des scénarios. J'étais comme une adolescente qui tape du pied devant ses parents et affirme : "Oui, c'est lui que je veux. Je veux l'épouser." À plusieurs reprises, j'ai envisagé de renoncer complètement à cette idée, d'oublier Saiid et de recommencer à vivre comme avant. Mais son visage si doux et si bon, ma crainte de la solitude et la réalité de cet ancien amour demeuré si vivace dans nos cœurs m'en ont empêchée. Comment me passer de lui, désormais ? Je me suis tournée et retournée dans mon lit, sans parvenir à une décision.

Parvaneh m'a appelée de bonne heure le lendemain matin.

« Alors, tu leur as parlé ?

— Non ! Quand voulais-tu que je le fasse ? Au milieu de la nuit ? En plus, je ne sais pas quoi leur dire.

— Allons ! Ce ne sont pas des étrangers ! Tu as toujours parlé très librement à tes enfants. Ne viens pas me raconter que tu ne sais pas comment leur présenter une affaire aussi simple.

— Simple ? Parce que tu trouves que c'est simple, toi ?

— Parles-en d'abord à Shirin. C'est une femme, elle comprendra mieux. Les garçons ont souvent tendance à être stupides et bornés dès qu'il s'agit de leur maman.

— Je ne peux pas ! C'est trop difficile.

— Tu veux que je le fasse pour toi ?

— Toi ? Non ! Il faut que je prenne mon courage à deux mains, ou alors que je laisse tomber.

— Laisser tomber quoi ? Tu as perdu la tête ? Au bout de toutes ces années, tu retrouves ton amour d'enfance et tu voudrais y renoncer ? Pour rien, sans la moindre raison, en plus ? Tu sais quoi ? Je vais venir chez toi et nous en parlerons à Shirin ensemble. Ce sera plus facile. À deux contre une… nous lui tiendrons tête sans difficulté. Au besoin, on pourra toujours lui taper dessus. Je serai là vers midi. »

Après le déjeuner, Shirin a pris son manteau et nous a annoncé : « Il faut que j'aille voir mon amie Shahnaz. Je n'en ai pas pour très longtemps.

— Shirin chérie, je suis venue exprès pour te voir, a protesté Parvaneh. Où vas-tu comme ça ?

— Excuse-moi, Tantine, je ne peux pas y échapper. On nous a donné un dossier à faire pour le trimestre d'été. Si je le rends à temps, je n'aurai plus qu'un trimestre de cours pour achever ma licence… De toute façon, je serai de retour avant la fin de votre sieste.

— Je ne trouve pas correct que tu sortes alors que ta tante Parvaneh est venue te voir, ai-je fait remarquer. Elle repart pour l'Allemagne dans quelques jours.

— Tantine n'est pas une étrangère. Et je ne sortirais pas si je n'y étais pas obligée. Faites une petite sieste et préparez du thé. En rentrant, j'achèterai le gâteau que Tantine aime tant et nous nous installerons sur le balcon pour le manger en prenant le thé. »

Nous nous sommes allongées sur mon lit, Parvaneh et moi.

« On dirait un film, ton histoire, a-t-elle murmuré.

— Oui, un film indien.

Qu'est ce que tu trouves à redire aux films indiens ? Les Indiens sont des gens comme les autres et ils mènent des vies riches en événements.

— Oui, en événements bizarres. En événements hautement improbables dans la vraie vie.

— Parce que tu trouves que les films qu'on réalise dans les autres pays sont moins bizarres, moins éloignés de la réalité ? Comment s'appelle encore ce grand type, cet Américain ?... Arnold. Il détruit à lui seul toute une armée. Ou l'autre, qui fait tomber six cents personnes d'une seule prise de karaté, qui saute d'un avion et bondit dans un train, puis sur le toit d'une voiture, qui s'envole dans un bateau et qui en cours de route descend trois cents personnes sans récolter une seule égratignure...

— Où veux-tu en venir ?

— Dieu, ou le destin, ou ce que tu voudras t'offre une chance merveilleuse. Ne pas la saisir serait te montrer ingrate. »

Nous étions déjà sur le balcon quand Shirin est revenue avec le gâteau.

« Oh, quelle chaleur, a-t-elle gémi, tout essoufflée. Je vais vite me changer. »

587

J'ai jeté un regard désespéré à Parvaneh, qui m'a fait signe de rester calmement assise. Shirin n'a pas tardé à nous rejoindre. Je lui ai servi du thé et elle s'est mise à bavarder avec nous. Parvaneh a attendu un moment propice pour lui demander : « Ma chérie, ça te dirait d'aller à un mariage ?

— Génial ! s'est écriée Shirin. Je meurs d'envie d'assister à un grand mariage ; avec beaucoup de musique et de danse, pas comme ceux qu'on célèbre chez Oncle Mahmoud et Oncle Ali. Qui est-ce qui se marie ? Est-ce que les mariés sont beaux ? Je déteste les vilains couples. Est-ce qu'ils sont cool ?

— Parle correctement, ma chérie, l'ai-je reprise. Que signifie "cool" ?

— Ça veut dire branché. C'est un mot super. S'il ne te plaît pas, c'est seulement parce que c'est une expression qu'utilisent les jeunes. » Puis elle s'est tournée vers Parvaneh : « Dieu merci, Maman n'est pas devenue prof de littérature persane ; autrement, elle nous aurait tous obligés à parler comme des intellos.

— Tu vois la langue de vipère que c'est ? ai-je lancé à Parvaneh. Tu lui dis un mot, elle t'en renvoie dix à la figure.

— Arrêtez de vous disputer pour rien, a remarqué Parvaneh. Il est tard, il va falloir que j'y aille.

— Allons, Tantine, je viens d'arriver !

— C'est ta faute, a rétorqué Parvaneh. Je t'avais demandé de rester avec nous.

— Mais tu ne m'as pas encore dit qui se marie.

— Qui aimerais-tu que ce soit ? »

Shirin s'est inclinée contre son dossier et a bu quelques gorgées de thé avant de répondre : « Je ne sais pas.

— Et si c'était ta mère ? »

Shirin a recraché son thé et a éclaté de rire. Nous avons échangé un regard, Parvaneh et moi, et avons esquissé un sourire contraint. Shirin riait sans pouvoir s'arrêter. On aurait cru qu'elle venait d'entendre la plaisanterie la plus drôle du monde.

«Qu'est-ce qui te prend? a maugréé Parvaneh. Ça n'a rien de comique.

— Mais si, Tantine. Tu imagines Maman en robe de mariée, la tête couverte d'un voile, au bras d'un vieillard bossu appuyé sur une canne? Je suppose que ce serait à moi de tenir la traîne de la mariée! Je vois d'ici le marié titubant essayer de passer une bague au doigt ridé de la mariée de ses mains tremblantes? Tu imagines ça? Tu ne trouves pas que c'est à mourir de rire?»

Humiliée et furieuse, j'ai baissé les yeux et me suis tordu les mains.

«Ça suffit, a lancé Parvaneh avec colère. À t'entendre, on pourrait croire que ta mère a cent ans. Vous autres, les jeunes, vous êtes devenus d'une insolence et d'un sans-gêne! C'est incroyable! Et ne t'en fais pas, le futur marié tient très bien sur ses jambes. D'ailleurs, il est bien plus bel homme que ton Faramarz.»

Shirin en est restée bouche bée. «Ne le prends pas comme ça, voyons, a-t-elle fini par murmurer. J'ai vu une scène de ce genre au cinéma. Bon, qu'est-ce que tu voulais dire au juste?

— Si ta mère décidait de se remarier, elle aurait le choix entre un certain nombre d'excellents partis.

— Pour l'amour de Dieu, Tantine, arrête. Ma mère est une dame. Elle a deux brus, deux petits-enfants et elle va bientôt se séparer de sa fille unique et adorée.» Elle s'est tournée vers moi. «À propos, Maman, Faramarz vient de m'annoncer que mon permis de séjour canadien ne devrait pas tarder à arriver. Il viendra probablement en Iran pendant les fêtes de janvier, pour que nous puissions organiser la célébration de mariage et repartir ensemble.»

Il s'agissait du mariage de ma fille, ce qui exigeait un minimum d'intérêt de ma part. Pourtant je n'ai pu que secouer la tête en murmurant : « Nous en parlerons plus tard.

— Qu'est-ce que tu as, Maman ? Tu es fâchée parce que j'ai dit que tu étais vieille ? C'est la faute de Tantine, aussi. Elle dit des trucs tellement drôles.

— Qu'est-ce que j'ai dit de drôle ? a lancé Parvaneh sèchement. Dans les pays occidentaux, il y a des gens qui se marient à quatre-vingts ans et ça ne fait rire personne. Leurs enfants et leurs petits-enfants sont très contents pour eux et ils organisent une grande fête en leur honneur. Et je te rappelle que ta mère est encore jeune.

— Tantine, tu as vécu là-bas trop longtemps. Tu es complètement occidentalisée. Les choses ne se passent pas comme ça, ici. Moi, par exemple, je serais terriblement gênée. En plus, Maman ne manque de rien, je ne vois pas pourquoi elle voudrait se marier.

— Tu es sûre de ce que tu dis ?

— Oui ! Elle a un bel appartement, elle a son travail, elle part en voyage, en vacances, Massoud s'est donné un mal de chien pour qu'elle touche une pension, et ses deux fils lui donnent tout ce dont elle peut avoir besoin. En plus, quand je serai mariée, elle viendra au Canada m'aider à m'occuper de mes enfants.

— Tu parles d'une faveur ! » a lancé Parvaneh, indignée.

Je ne supportais plus de les entendre discuter. Je me suis levée, j'ai débarrassé et suis rentrée. J'ai bien vu que Parvaneh parlait à toute vitesse et que Shirin lui jetait des regards noirs. Parvaneh a fini par prendre son sac à main et par me suivre à l'intérieur. En enfilant son manteau et son foulard, elle a chuchoté : « Je lui ai expliqué que, dans la vie, on n'a pas seulement des besoins matériels, mais aussi des besoins affectifs et sentimentaux. Je lui ai dit que l'homme qui veut t'épouser est celui qui nous a rendu visite ici plusieurs fois. »

Shirin était restée assise, les coudes sur la table, la tête entre les mains. Après le départ de Parvanch, je l'ai rejointe sur le balcon. Elle s'est tournée vers moi, les larmes aux yeux : «Maman, dis-moi que Tante Parvaneh a menti. Dis-moi que ce n'est pas vrai.

— Qu'est-ce qui n'est pas vrai ? Que Saiid m'a demandé de l'épouser ? Si, c'est vrai. Mais je ne lui ai pas encore donné ma réponse. »

Elle a poussé un soupir de soulagement. «Ouf ! À entendre tante Parvaneh, j'ai cru que l'affaire était réglée. Tu ne ferais jamais ça, rassure-moi ?

— Je ne sais pas. Peut-être que si.

— Maman, pense un peu à nous ! Si tu savais tout le respect que Faramarz a pour toi. Tu devrais l'entendre faire l'éloge de ta moralité, de ta correction, de ton dévouement ! Il dit qu'une mère comme toi, on devrait se mettre à genoux devant elle. Et tu voudrais que je lui annonce que ma mère rêve de se remarier ? Si tu fais ça, tu détruiras d'un coup l'image que nous avons de toi et que nous vénérons depuis tant d'années.

— Ce que j'ai l'intention de faire n'est ni un crime ni un péché qui pourrait vous inciter à douter de mes mérites», ai-je rétorqué fermement.

Elle s'est levée, a repoussé sa chaise et s'est précipitée dans sa chambre. Quelques minutes plus tard, le cliquetis du téléphone m'a appris qu'elle composait un numéro. J'étais certaine qu'elle appelait Massoud. L'orage a éclaté, ai-je pensé.

Massoud est arrivé une heure plus tard, visiblement affolé. Assise sur le balcon, je faisais semblant de lire le journal. Shirin a échangé quelques mots avec lui à voix basse avant que Massoud ne me rejoigne dehors, les sourcils froncés.

« Hé ! bonjour, toi ! ai-je lancé. C'est gentil de venir nous voir.

— Excuse-moi, Maman, j'ai eu tellement de travail que je ne sais même plus si on est le jour ou la nuit.

— Mais pourquoi, mon chéri ? Pourquoi t'obstines-tu à conserver cet emploi administratif qui ne t'apporte aucune satisfaction ? Je croyais que tu voulais monter ta propre société et t'occuper d'art et d'architecture ? Ce travail ne te convient absolument pas, tu le sais aussi bien que moi. Tu as beaucoup vieilli ces derniers temps, et je ne sais pas quand je t'ai entendu rire pour la dernière fois.

— J'ai trop de responsabilités pour laisser tomber. Et puis le père d'Atefeh dit que chacun a le devoir de prêter son concours…

— De prêter son concours à qui ? l'ai-je interrompu. Au peuple ? Crois-tu que tu serais moins utile à la société si tu travaillais dans un domaine qui t'intéresse ? Quand tu as commencé, tu n'avais aucune expérience de l'administration. Ils n'auraient jamais dû te proposer cet emploi, et toi, tu n'aurais pas dû l'accepter.

— Ce n'est pas la question, m'a-t-il interrompue avec impatience. Qu'est-ce que c'est que ces bêtises que m'a rapportées Shirin ?

— Shirin dit beaucoup de bêtises. De laquelle parles-tu ? »

À cet instant, Shirin est arrivée avec le plateau de thé et s'est assise à côté de Massoud, comme si elle voulait clairement délimiter la ligne de front. « Maman ! a-t-elle bougonné. Tu sais bien de quoi il parle : de ce type qui t'a demandée en mariage. »

Ils ont pouffé de rire en se jetant un regard oblique. J'étais furieuse, mais je me suis efforcée de ne pas me laisser décontenancer et de garder mon sang-froid.

« Après la mort de votre père, un certain nombre d'hommes m'ont demandée en mariage.

— Je sais bien, a dit Massoud. Certains étaient d'une obstination à faire peur. Tu étais une très jolie femme, pleine de qualités. Tu crois que je n'ai jamais remarqué leurs regards langoureux et la manière dont ils te couraient après ? Comme d'autres enfants dans la même situation, je faisais des cauchemars où je te voyais épouser un étranger. Tu ne peux pas savoir combien de nuits, au fond de mon lit, j'ai imaginé que j'assassinais M. Zargar. La seule chose qui m'apaisait était la confiance que j'avais en toi. Je savais que jamais tu ne nous abandonnerais pour suivre l'élan de ton cœur. Je savais que tu étais la meilleure mère du monde, la plus dévouée, que nous comptions plus que tout à tes yeux et que tu nous ferais toujours passer avant tout le reste. Je n'arrive pas à comprendre ce qui s'est passé et ce qu'a bien pu faire ce type pour que tu nous oublies.

— Je ne vous ai pas oubliés, et je ne vous oublierai jamais. Je te rappelle que tu es adulte, alors, je t'en prie, cesse de parler comme un petit garçon tourmenté par son complexe d'Œdipe. Tant que vous étiez petits et que vous aviez besoin de moi, il était de mon devoir de vous consacrer mon existence. J'ignore si j'ai eu raison de le faire, mais je savais que de jeunes garçons comme Siamak et toi n'accepteraient pas facilement la présence d'un beau-père, même s'il était de bon conseil et m'aidait à surmonter les épreuves de la vie. À l'époque, la seule chose qui comptait pour moi était votre bien-être et votre bonheur. Mais la situation a changé. Vous êtes adultes tous les trois, j'ai accompli mon devoir de mon mieux et vous n'avez plus besoin de moi. Tu ne crois pas que j'ai enfin le droit de penser à moi, de choisir mon avenir librement et de prendre les décisions qui ont le plus de chances de m'apporter le bonheur ? En réalité, ça vous faciliterait la vie, à vous aussi. Vous n'auriez pas à régler les problèmes d'une mère seule et vieillissante, que le temps rendra forcément plus exigeante et plus acariâtre.

— Maman, je t'en prie. Tu es notre fierté et notre honneur. Pour moi, tu restes l'être le plus précieux qui existe à la surface de la terre, et jusqu'à ma mort je serai ton fidèle esclave, je ferai tout ce que tu voudras, je te donnerai tout ce dont tu as besoin. Je te le jure, si je ne suis pas venu te voir ces derniers jours, c'est uniquement parce que j'ai été terriblement occupé, mais je n'ai pas cessé de penser à toi un instant.

— Voilà exactement ce que je veux dire ! Tu es un homme marié, tu es père de famille et tu as une montagne de problèmes et de responsabilités. Pourquoi devrais-tu ne penser qu'à ta mère ? Vous devez penser à votre propre vie, tous les trois. Je ne veux pas être une source d'inquiétude, une obligation et une charge pour vous. Je préfère que vous sachiez que je ne suis pas seule, que je suis heureuse et que vous n'avez pas à vous soucier de moi.

— Inutile, a insisté Massoud. Nous ne te laisserons jamais seule. Nous voulons être à ton service, avec amour et respect, et nous efforcer de te rembourser, ne fût-ce qu'une infime partie de ce que tu as fait pour nous.

— Il n'en est pas question, mon chéri ! Vous ne me devez rien. Tout ce que je veux, c'est passer le restant de mes jours en compagnie d'un homme capable de me donner la paix et la tranquillité dont j'ai toujours rêvé. Est-ce trop demander ?

— Maman, tu me surprends. Tu ne comprends vraiment pas dans quelle situation effroyable tu vas nous mettre ?

— Une situation effroyable ? Est-ce un acte immoral et impie que je m'apprête à commettre ?

— Maman, c'est contre la tradition, ce qui est tout aussi inadmissible. La nouvelle ferait l'effet d'une bombe. Te rends-tu compte du scandale, de l'embarras dans lequel ça nous plongerait ? Que diraient mes amis, mes collègues, mes subalternes ? Et, surtout, crois-tu que je pourrais encore me présenter le front haut devant la famille d'Atefeh ? » Il a ajouté, en se tournant précipitamment vers sa sœur : « Shirin, surtout, pas un mot en présence d'Atefeh, c'est promis ?

— Et que se passerait-il si elle l'apprenait ?

Ce qui se passerait ? Elle perdrait tout le respect qu'elle a pour toi. L'idole que je lui ai décrite se briserait instantanément. Elle en parlerait à ses parents et, au ministère, on serait rapidement au courant.

— Et alors ?

— Tu sais ce qu'ils raconteraient dans mon dos ?

— Non, mais je serais heureuse de l'apprendre.

— "À son âge, Monsieur le directeur a un nouveau beau-père. Hier soir, il a donné la main de sa mère à un pauvre type, un bon à rien." Comment pourrais-je supporter une honte pareille ? »

J'avais un nœud dans la gorge et j'étais incapable de prononcer un seul mot. Comment les laisser parler en ces termes de mon bel amour, de mon amour si pur ? Un marteau me battait impitoyablement les tempes. Je suis rentrée, j'ai avalé deux analgésiques et me suis assise dans le noir, sur le canapé, la tête appuyée contre le dossier.

Shirin et Massoud ont continué à discuter un moment sur le balcon. Mais Massoud devait partir et ils ont fini par rentrer. Au moment de lui dire au revoir, Shirin, qui ne m'avait pas vue dans l'obscurité, a lancé : « Tout ça, c'est la faute de Tante Parvaneh. Elle n'a pas le moindre bon sens. Notre pauvre Maman ne songerait jamais à faire une chose pareille. C'est elle qui lui a fourré cette idée dans la tête.

— Je n'ai jamais aimé Tante Parvaneh, a renchéri Massoud. Je l'ai toujours trouvée vulgaire. Elle ne tient aucun compte des convenances. Un soir où elle était chez nous, elle a voulu serrer la main à M. Maghsoudi ! Le pauvre homme était affreusement gêné. Tu peux être sûre que si Tante Parvaneh était à la place de Maman, elle se serait déjà remariée cent fois. »

Je me suis levée, j'ai allumé une petite lampe et j'ai répliqué : « Parvaneh n'a rien à voir avec ça. Tout être humain a le droit de décider de sa vie.

— Oui, bien sûr, Maman, c'est ton droit. Mais serais-tu prête à exercer ce droit au prix de l'honneur et de la réputation de tes enfants ?

— Excuse-moi, j'ai mal à la tête. Je vais aller me coucher. Il est bien tard, tu sais. Tu ferais mieux d'aller retrouver ta femme et ton fils. »

Malgré les sédatifs que j'avais pris, j'ai passé une nuit agitée. Des pensées contradictoires se bousculaient dans mon esprit. D'un côté, je m'en voulais de blesser mes enfants. Le visage las et préoccupé de Massoud et les larmes de Shirin m'obsédaient. D'un autre côté, ce rêve de liberté m'attirait irrésistiblement. J'avais tellement besoin de me dégager, pour une fois, de toute responsabilité et de m'affranchir de mes chaînes ! Le désir de vivre enfin pour moi, l'amour que m'inspirait Saiid, la crainte de le perdre me broyaient le cœur.

Le jour s'est levé, sans que j'aie la force de me lever. Le téléphone a sonné plusieurs fois. Shirin est allée répondre mais la personne qui était au bout du fil raccrochait systématiquement. Je savais que c'était Saiid. Il était trop préoccupé pour avoir envie de parler à Shirin. Le téléphone a sonné encore une fois ; cette fois, Shirin a prononcé un bonjour très sec et a aboyé grossièrement : « Maman, c'est Mme Parvaneh, décroche. »

J'ai pris le téléphone.

« Alors maintenant, je suis Mme Parvaneh ! a-t-elle lancé. C'est tout juste si Shirin n'a pas poussé un juron en reconnaissant ma voix.

— Je suis navrée. Ne sois pas fâchée.

— Oh, ça m'est bien égal. Mais toi, dis-moi, comment vas-tu ?

Pas très bien, je dois dire. J'ai un mal de tête qui ne me lâche pas.

— Et Massoud, vous l'avez mis au courant ? Il est aussi négatif que Shirin ?

— Pire encore !

— Quels égoïstes ! Décidément, tes enfants ne pensent qu'à leur propre bonheur. Ils ne comprennent pas que... Et puis après tout, c'est ta faute. Tu t'es toujours sacrifiée pour eux, tu leur as tout passé. Ils sont devenus tellement culottés qu'ils ne peuvent même pas envisager que tu aies des droits, toi aussi. Bon, alors, qu'est-ce que tu vas décider ?

— Je n'en sais rien. Il faudrait déjà que je reprenne un peu mes esprits.

— Le pauvre Saiid est à moitié mort d'inquiétude. Il dit que ça fait deux jours qu'il est sans nouvelles de toi. Chaque fois qu'il appelle, c'est Shirin qui décroche. Comme il ignore tout de la situation, il ne sait pas s'il vaut mieux qu'il lui parle ou qu'il se tienne à l'écart pour le moment.

— Dis-lui de ne plus m'appeler. Je lui téléphonerai moi-même.

— Et si on allait se promener au parc tous les trois un peu plus tard, cet après-midi ? a proposé Parvaneh.

— Non. Je ne suis pas d'humeur à ça.

— Je te rappelle que je ne suis là que pour quelques jours encore et que Saiid part bientôt, lui aussi.

— Je ne peux pas, vraiment, je ne me sens pas bien. Je tiens à peine debout. Donne-lui le bonjour de ma part. Je te rappellerai tout à l'heure. »

J'ai relevé les yeux pour découvrir Shirin adossée à la porte, l'air furibond. Elle avait écouté notre conversation. J'ai raccroché et je lui ai demandé : « Tu as besoin de quelque chose ?

— Non…

— Alors pourquoi restes-tu plantée là à jouer les cerbères ?

— Mme Parvaneh n'était pas censée lever le camp un de ces jours ? Quand est-ce qu'elle se tire ?

— Exprime-toi correctement, tu veux ! Tu devrais avoir honte de parler de ta tante sur ce ton.

— Quelle tante ? Je n'ai qu'une tante, c'est tante Faati.

— Ça suffit ! Si je t'entends encore une seule fois tenir ce genre de propos sur Parvaneh, tu auras affaire à moi ! C'est compris ?

— Toutes mes excuses, a répliqué Shirin d'un ton sarcastique. J'ignorais que Mme Parvaneh avait une telle valeur à tes yeux.

— Eh bien, tu le sais, maintenant. Et puis va-t'en. J'ai envie de dormir. »

Il était près de midi quand Siamak m'a téléphoné. J'en ai été surprise, car il n'était pas dans ses habitudes de m'appeler à une heure pareille. Shirin et Massoud avaient dû être si pressés de lui annoncer la nouvelle qu'ils n'avaient même pas attendu qu'il rentre du travail. Après un bonjour glacial, il a attaqué de front : « Qu'est-ce que c'est que cette histoire que m'ont racontée les petits ?

— Quelle histoire ?

— Il paraît que tu as l'intention de te recaser ? »

Je souffrais d'entendre mon propre fils me parler sur ce ton. Mais j'ai répondu fermement : « Ça te pose un problème ?

— Pas qu'un peu ! Après avoir eu un mari comme mon père, comment peux-tu avoir l'audace de prononcer le nom d'un autre homme ? Tu trahis sa mémoire. Contrairement à Massoud et Shirin, je n'en fais pas une question d'honneur et je ne trouve pas bizarre qu'une femme de ton âge puisse avoir envie de se remarier. Mais ce que je ne supporte pas et ce que je ne tolérerai pas, c'est que la mémoire de mon père, un martyr, soit traînée dans la boue. Tous ses partisans comptent sur nous pour continuer à vénérer son image, et toi, tu envisages de le remplacer par je ne sais quel clodo ?

— Qu'est-ce que tu racontes, Siamak ? Quels partisans ? À t'entendre, on pourrait croire que ton père était un prophète ! Sur un million d'Iraniens, il n'y en a pas un qui ait entendu parler de lui ! Pourquoi te vantes-tu comme ça, pourquoi exagères-tu toujours ? Je sais que tes amis t'y encouragent, et toi, tu es tellement naïf et crédule que ça te plaît de jouer le rôle de fils d'un héros. Ouvre un peu les yeux ! Les gens adorent créer des idoles. Ils fabriquent un personnage grandiose pour pouvoir se dissimuler derrière lui, pour qu'il parle en leur nom, pour qu'en cas de danger il leur serve de bouclier, soit puni à leur place et leur laisse le temps de prendre la fuite. C'est exactement ce qu'ils ont fait avec ton père. Ils l'ont placé en tête de ligne et l'ont acclamé, mais quand il s'est retrouvé en prison, ils ont tous fichu le camp et quand il a été exécuté, ils l'ont renié. Par la suite, ils ont passé leur temps à le critiquer et à dresser la liste de ses erreurs. Et peux-tu me dire ce que nous a apporté l'héroïsme de ton père ? Qui est venu frapper à notre porte pour nous demander comment la famille de leur héros s'en sortait ? Les plus audacieux et les plus intrépides d'entre eux marmonnaient à peine bonjour quand ils nous croisaient dans la rue.

Non, mon fils, tu n'as pas besoin de héros. Je pouvais comprendre ce désir quand tu étais enfant, mais tu es adulte, maintenant, et personne ne te demande d'être un héros, ni de suivre l'exemple d'un héros. Garde ton indépendance d'esprit et compte sur ton intelligence et sur tes connaissances pour choisir les responsables auxquels tu accorderas ton soutien, mais dès que tu auras l'impression qu'ils s'engagent dans une mauvaise direction, retire-leur ta voix. Tu ne devrais suivre aucun individu, aucune idéologie qui t'ordonne de tout accepter aveuglément. Tu n'as pas besoin de mythes. Que tes enfants voient en toi un homme au caractère bien trempé, capable de les protéger, pas quelqu'un qui a lui-même besoin de protection.

— Ha !... Maman, tu n'as jamais compris la grandeur de Père ni l'importance de sa lutte ! »

Chaque fois qu'il cherchait à placer Hamid sur un piédestal, Papa devenait Père, comme si ce terme affectueux était trop modeste pour un tel colosse.

« Et toi, tu n'as jamais compris les malheurs que j'ai subis à cause de lui. Ouvre les yeux, mon fils. Sois réaliste. Ton père était quelqu'un de bien, j'en conviens, mais en tant que père de famille, en tout cas, il avait des faiblesses et des défauts. Nul n'est parfait.

— Quoi qu'ait pu faire mon père, il a toujours agi pour le bien du peuple, s'est obstiné Siamak. Il voulait créer un pays socialiste où régneraient l'égalité, la justice et la liberté.

— Oui, c'est ça, et moi, j'ai vu comment le pays qui était son modèle, l'Union soviétique, s'est disloqué au bout de soixante-dix ans seulement. Son peuple était malade du manque de liberté. Quand ce pays s'est effondré, j'ai pleuré pendant des journées entières, et des mois durant je me suis demandé pour quoi au juste ton père était mort. Tu n'as pas vu les habitants des républiques du sud de cette superpuissance affluer en Iran, cherchant désespérément du travail ? Tu n'as pas vu ces malheureux débraillés, déconcertés, ignorants ? C'était donc ça, le paradis pour lequel ton père a donné sa vie ? Je remercie le ciel qu'il n'ait pas vécu assez longtemps pour voir ce qu'était devenu l'État qui incarnait tous ses espoirs.

— Maman, que comprends-tu à la politique et à ces questions-là ? De toute façon, ce n'est pas pour discuter de ça que je t'appelle. Notre problème immédiat, c'est toi et tes projets. Je ne supporterai pas de voir qui que ce soit prendre la place de mon père. Un point c'est tout. »

Et il a raccroché.

Il était inutile de discuter avec Siamak. Ce n'était pas moi qui étais en jeu, c'était son père, et je devais être sacrifiée sur l'autel de son idole.

Tard dans l'après-midi, Massoud, Atefeh et leur adorable petit garçon qui me rappelait tant Massoud enfant sont passés me voir. En prenant mon petit-fils des bras d'Atefeh, je lui ai dit : « Bienvenue, ma chère Atefeh. Voilà un bon moment que je n'ai pas vu ce petit blondinet.

— C'est la faute de Massoud, a-t-elle répondu. Il est tellement pris par son travail ! Aujourd'hui, il a annulé une réunion et il est rentré de bonne heure. Il voulait venir vous voir, a-t-il dit, parce que vous étiez un peu souffrante. Cela faisait longtemps que nous ne vous avions pas rendu visite et, comme je m'ennuyais à la maison, je l'ai obligé à m'emmener.

— Tu as eu raison. Tu m'as manqué, et ce petit bonhomme aussi.

— Je suis désolée que vous soyez souffrante, a repris Atefeh. Que vous arrive-t-il ?

— Rien de grave. J'ai eu très mal à la tête, c'est tout, mais ces enfants font toujours une montagne d'un rien. Je ne voulais surtout pas vous déranger.

— Je t'en prie, Maman, a protesté Massoud, ça ne nous dérange pas. C'est notre devoir. Pardonne-moi d'avoir été si occupé ces derniers temps que je t'ai négligée et n'ai pas pris soin de toi comme tu le mérites.

— Je ne suis pas un enfant et je n'ai pas besoin que tu t'occupes de moi, lui ai-je répondu sèchement. Je n'ai besoin de personne, et toi, tu ferais mieux de t'occuper de ta femme et de ton fils. Je ne veux pas que tu quittes ton travail et que tu viennes me voir simplement parce que c'est ton devoir. C'est très embarrassant pour moi. »

Avec un regard surpris, Atefeh a repris son fils qui s'était mis à pleurer et est allée le changer. Je me suis réfugiée à la cuisine, comme souvent, et j'ai commencé à laver des fruits, laissant ainsi à Shirin le temps d'informer Massoud des derniers rebondissements afin qu'ils puissent préparer leur manœuvre suivante. Atefeh n'a pas tardé à revenir au salon. Elle cherchait désespérément à comprendre quel était le mystérieux objet de leurs chuchoteries. Ayant apparemment surpris quelques mots, elle a demandé : « Qui ? Qui se marie ? »

Embarrassé, Massoud a lancé : « Personne ! »

Shirin s'est précipitée à son secours : « Ce n'est qu'une vieille amie de Maman dont le mari est mort il y a quelques années. Et maintenant, alors que cette dame a des gendres, des brus et des petits-enfants, elle s'est mis en tête de se remarier.

— Quoi ! s'est écriée Atefeh. Il y a des femmes, je vous jure ! Pourquoi ne leur explique-t-on pas qu'à leur âge elles ne devraient songer qu'à faire de bonnes actions, à dire leurs prières correctement et à observer les jeûnes prescrits ? Il est temps pour elles de se tourner vers Dieu et de songer à l'au-delà. Mais non, elles continuent à céder à leurs caprices, à leurs désirs… c'est incroyable ! »

J'étais là, la jatte de fruits en main, à écouter le sermon éloquent d'Atefeh. Massoud s'est tourné vers

Shirin en évitant mon regard. J'ai posé la jatte sur la table. « Et si tu conseillais à cette femme de creuser sa tombe pour s'y coucher tout de suite ? Ça serait plus simple, non ? ai-je lancé.

— Pourquoi dis-tu des choses pareilles ? a maugréé Massoud. La vie spirituelle est beaucoup plus gratifiante que la vie matérielle. À un certain âge, on devrait s'efforcer de mener ce genre d'existence, c'est indéniable. »

L'attitude de mes propres enfants face à mon âge et aux femmes de ma génération m'a fait comprendre pourquoi certaines refusent de révéler leur date de naissance et la dissimulent comme un secret inavouable.

Le lendemain, je m'apprêtais à me rendre chez Parvaneh quand Shirin est entrée dans ma chambre, tout habillée, prête à sortir. « Je t'accompagne, m'a-t-elle annoncé.

— Non merci. C'est inutile.

— Tu ne veux pas que je vienne avec toi ?

— Non ! Aussi loin que remontent mes souvenirs, j'ai toujours eu un gardien. Sache que je déteste ça. Je vous suggère d'arrêter immédiatement, tous autant que vous êtes, de vous conduire comme ça. Autrement, je partirai pour le désert et la montagne et vous n'entendrez plus jamais parler de moi. »

Pendant que Parvaneh préparait ses valises, je lui ai confié tout ce qui s'était passé.

« Franchement, je n'arrive pas à comprendre que nos enfants soient aussi impatients de nous expédier dans l'autre monde, a-t-elle dit. La réaction de Siamak m'étonne. Il devrait comprendre, tout de même ! Quel destin tu auras eu, ma pauvre !

— Mère disait toujours : "Le destin de chacun est écrit à l'avance, il a été défini, et même si le ciel descendait sur la terre, il ne changerait pas." Je me demande souvent ce que cette vie m'a apporté. Ai-je jamais eu une destinée à moi ? Ou n'ai-je été qu'un élément dérisoire du destin des hommes de ma vie, d'hommes qui m'ont tous, d'une manière ou d'une autre, sacrifiée sur l'autel de leurs convictions et de leurs objectifs ? Mon père et mes frères m'ont sacrifiée à l'idée qu'ils se faisaient de leur honneur, mon mari m'a sacrifiée à son idéologie et à ses grands projets, et j'ai payé le prix des gestes héroïques et du devoir patriotique de mes fils.

Et moi, qui ai-je été en réalité ? L'épouse d'un rebelle et d'un traître ou celle d'un héros qui se battait pour la liberté ? La mère d'un dissident ou celle d'un combattant de la libération ? Combien de fois m'ont-ils portée au pinacle avant de me précipiter au fond de l'abîme ? Je n'ai pourtant mérité ni l'un ni l'autre. Ils ne m'ont pas vénérée pour mes compétences et mes vertus, et ne m'ont pas condamnée non plus pour mes propres erreurs.

C'est comme si je n'avais jamais existé, comme si je n'avais jamais eu de droits. Quand ai-je vécu pour moi-même ? Quand ai-je travaillé pour moi-même ? Quand ai-je eu le droit de choisir et de décider ? Quand m'ont-ils demandé : "Que veux-tu ?"

— Tu es au bout du rouleau, a remarqué Parvaneh, et tu ne sais plus où tu en es. Je ne t'ai jamais vue te plaindre comme ça. Ça ne te ressemble pas. Il faut que tu leur tiennes tête, il faut vivre ta vie.

— Tu sais, je n'en ai plus envie. Ce n'est pas que j'en sois incapable. Je pourrais le faire, mais je n'en tirerais plus aucun plaisir. Je suis vaincue. C'est comme si rien n'avait changé en trente ans. Malgré ce que j'ai subi, je n'ai même pas réussi à faire évoluer les mentalités sous mon propre toit. Le moins que j'attendais de mes enfants, c'était un peu de compassion et de compréhension. Mais ils ne sont pas prêts, eux non plus, à me considérer comme un être humain doté d'un minimum de droits. Ils ne tiennent à moi que dans mon rôle de mère perpétuellement à leur service. Rappelle-toi ce vieux proverbe : "Personne ne nous veut pour nous-mêmes, tout le monde nous veut pour lui-même." Ils se contrefichent de mon bonheur et de mes désirs.

Ce projet de mariage ne m'inspire plus aucune passion, pas même un minimum d'enthousiasme. J'ai perdu tout espoir, si tu veux. Leur réaction a souillé ma relation avec Saiid. Quand j'entends ceux que je croyais les plus proches de moi, ceux dont j'étais convaincue qu'ils m'aimaient, ceux que j'ai élevés de mes propres mains, tenir ce genre de propos sur Saiid et moi, je ne peux qu'imaginer ce que les autres diront. Ils vont nous traîner dans la boue, tu peux en être sûre.

— Qu'ils aillent au diable ! a lancé Parvaneh. Ils n'ont qu'à dire ce qu'ils veulent, personne ne t'oblige à les écouter. Sois forte, fonce ! Le désespoir te va très mal, tu sais. Rejoins vite Saiid, c'est la seule chose que tu aies à faire. Lève-toi vite et appelle-le. Le pauvre ! Il doit être fou d'inquiétude. »

Cet après-midi-là, Saiid est passé chez Parvaneh pour me voir. Elle n'avait plus le goût d'assister à nos conversations et nous a laissés seuls.

« Saiid, je suis navrée, ai-je murmuré. Ce mariage est impossible. J'ai été condamnée à ne jamais connaître le bonheur, à ne jamais mener une vie paisible. »

Saiid m'a regardée, effondré.

« Toute ma jeunesse a été ravagée par cet amour funeste, a-t-il remarqué. Même dans les heures les plus heureuses de ma vie, au fond de moi-même, j'étais triste et seul. Je ne dis pas que je n'ai jamais été attiré par une autre femme, je ne dis pas que je n'ai jamais aimé Nazy, mais toi, tu es l'amour de ma vie. Quand je t'ai retrouvée, je me suis dit que Dieu m'avait enfin accordé sa bénédiction et que, pour la deuxième moitié de mon existence, il voulait me montrer ce que pouvaient être les joies terrestres. Les jours les plus heureux et les plus paisibles que j'ai connus sont ceux que nous avons passés ensemble au cours de ces deux derniers mois. Comment veux-tu que je renonce à toi maintenant ? Je me sens plus seul que jamais. J'ai plus besoin de toi que jamais. Je te supplie de bien vouloir réfléchir encore. Tu n'es pas une enfant, tu n'es plus la fille de seize ans qui avait besoin de la permission de son père, tu peux prendre tes décisions en toute liberté. Ne m'abandonne pas une nouvelle fois. »

J'avais les yeux noyés de larmes.

« Et mes enfants ?

— Tu approuves leur point de vue ?

— Non, bien sûr. Leurs arguments n'ont aucun sens à mes yeux. Ils ne sont dictés que par l'égoïsme et par la défense de leurs propres intérêts. Mais ils ne changeront pas d'avis. Ils me condamneront et ils souffriront, ils seront perturbés et contrariés. Je n'ai jamais supporté de les voir dans la peine. Comment pourrais-je aujourd'hui commettre un acte qui leur inspirera de la honte, de l'humiliation et du chagrin ? Je m'en voudrais éternellement d'être la cause des regards de mépris et de dédain de leurs conjoints, de leurs collègues et de leurs amis.

— Ils en souffriront peut-être un moment, puis ils oublieront.

— Et si ce n'est pas le cas ? Et si ce mariage leur reste sur le cœur pour le restant de leurs jours ? Et s'il détruit irrémédiablement l'image qu'ils ont de moi ?

— Ils reviendront tôt ou tard à de meilleurs sentiments, a insisté Saiid.

— Et sinon ?

— Que veux-tu y faire ? Peut-être est-ce le prix de notre bonheur ?

— Et je le ferais payer à mes enfants ? Non. Je ne peux pas.

— Pour une fois, suis ton cœur et libère-toi de ces entraves, a-t-il supplié.

— Non, mon cher Saiid… Je ne peux pas.

— Tes enfants ne sont qu'un prétexte, voilà ce que je pense.

— Je ne sais pas, peut-être. Je crois que j'ai perdu courage. Leurs réflexions ont été tellement blessantes. J'étais loin de m'attendre à une réaction aussi cruelle de leur part. Pour le moment, je suis trop fatiguée, trop déprimée pour prendre une décision d'une telle importance. J'ai l'impression d'avoir cent ans. Et puis je ne veux pas agir par rancune ni pour me prouver que je suis forte. Je suis navrée, mais dans ces conditions, je ne peux pas te donner la réponse que tu souhaites.

— Massoum, nous allons nous perdre à nouveau !

— Je sais. J'ai l'impression de me suicider, et ce n'est pas la première fois. Pourtant, sais-tu ce qui est le plus douloureux pour moi ?

— Non !

— C'est que, les deux fois, ce sont des êtres que j'aime qui m'ont condamnée à mort. »

Parvaneh est repartie pour l'Allemagne.

J'ai revu Saiid plusieurs fois. Je lui ai fait promettre de se réconcilier avec sa femme et de rester en Amérique. Après tout, une vie de famille, même dépourvue de chaleur et d'intimité, était sûrement préférable à la solitude…

Après lui avoir dit au revoir, je suis rentrée chez moi. Un vent d'automne glacial soufflait en rafales. J'étais épuisée. Le fardeau de ma solitude pesait plus lourdement que jamais sur mes épaules et mes pas étaient plus vacillants, plus faibles. J'ai serré mon cardigan noir autour de moi et j'ai levé les yeux vers le ciel gris.

Oh ! Quel long hiver m'attendait…

LISTE DES PERSONNAGES

Ahmad, grand frère de Massoumeh
M. et Mme Ahmadi, parents de Parvaneh
Akbar, militant du Parti communiste
Ali, petit frère de Massoumeh
Amir-Hossein, amour de jeunesse de Mme Parvin
Ardalan, fils de Parvaneh
Ardeshir, fils de Mansoureh
Asghar Agha, un des prétendants de Massoumeh
Docteur Ataii, pharmacien du quartier
Atefeh, épouse de Massoud, fille de M. Maghsoudi
Bahman Khan, époux de Mansoureh
Bibi, grand-mère maternelle d'Hamid
Dariush, petit frère de Parvaneh
Dorna, fille de Siamak et Lili, première petite-fille de
    Massoumeh
Ehteram-Sadat, cousine de Massoumeh du côté de sa
    mère, épouse de Mahmoud
Faati, petite sœur de Massoumeh
Faramarz Abdollahi, fiancé de Shirin
Farzaneh, petite sœur de Parvaneh
Firouzeh, fille de Faati, nièce de Massoumeh
Gholam-Ali, fils aîné de Mahmoud
Gholam-Hossein, second fils et dernier-né de Mahmoud
Grand-Mère, grand-mère paternelle de Massoumeh

Grand-Maman Aziz, grand-mère maternelle de Massoumeh

Haji Agha, mari de Mme Parvin

Hamid Soltani, mari de Massoumeh, militant communiste

Khosrow, mari de Parvaneh

Ladan, fiancée de Massoud

Laleh, deuxième fille de Parvaneh

Lili, fille aînée de Parvaneh

Mahboubeh, cousine de Massoumeh du côté de son père

Mahmoud, frère aîné de Massoumeh

Manijeh, la plus jeune sœur d'Hamid, belle-sœur de Massoumeh

Mansoureh, sœur aînée d'Hamid, belle-sœur de Massoumeh

Maryam, camarade de classe de Massoumeh

Massoud, deuxième fils de Massoumeh

Massoumeh (Massoum) Sadeghi, narratrice et personnage principal du roman

Mehdi, mari de Shahrzad, coresponsable de l'organisation communiste à laquelle appartient Hamid

Mohsen Khan, mari de Mahboubeh

Monir, sœur aînée d'Hamid, belle-sœur de Massoumeh

Mostafa Sadeghi (Mostafa Agha), père de Massoumeh

M. Maghsoudi, compagnon d'armes de Massoud, futur supérieur et beau-père de Massoud

M. Motamedi, vice-président de l'organisme gouvernemental où travaille Massoumeh

Nazy, épouse de Saiid

Oncle Abbas, oncle paternel de Massoumeh

Oncle Assadollah, oncle paternel de Massoumeh

Oncle Hamid (Hamid Agha), oncle maternel de Massoumeh

Parvaneh Ahmadi, meilleure amie de Massoumeh

Mme Parvin, voisine de la famille de Massoumeh

Sadegh Agha, mari de Faati, beau-frère de Massoumeh

Saiid Zareii, pharmacien, assistant du docteur Ataii

Shahrzad (Tante Sheri), amie d'Hamid, coresponsable de l'organisation communiste à laquelle il appartient

Shirin, fille et dernière-née de Massoumeh

M. Shirzadi, chef de service dans l'organisme gouvernemental où travaille Massoumeh

Siamak, fils aîné de Massoumeh

Sohrab, mari de Firouzeh

Tante Ghamar, tante maternelle de Massoumeh

Tayebeh (Mère), mère de Massoumeh

Zahra, fille et deuxième enfant de Mahmoud

M. Zargar, supérieur de Massoumeh dans l'organisme gouvernemental où elle travaille

Zari, sœur aînée de Massoumeh, décédée quand Massoumeh avait huit ans

GLOSSAIRE

Agha : titre honorifique signifiant « monsieur ».

Haft-Sîn : littéralement les « sept *s* ». Ce terme désigne une table traditionnelle que l'on dresse pour *Norouz*, le Nouvel An iranien, au début du printemps. La table des *haft sîn* comprend sept objets dont le nom commence par la lettre *s* de l'alphabet persan et qui symbolisent la renaissance, la santé, le bonheur, la prospérité, la joie, la patience et la beauté. Ces sept objets sont des pommes, des germes de céréales, du vinaigre, de l'ail, du sumac, du *samanu* (une sorte de pudding crémeux à base de germe de blé) et du *senjed* (de la pâte de jujube séché). Y figurent aussi un miroir, des bougies, des œufs décorés, des pièces de monnaie, un poisson rouge et de l'eau de rose.

Hijab : désigne le voile porté par les musulmanes et, plus généralement, la tenue vestimentaire préservant la pudeur féminine approuvée par l'islam. Dans la tradition iranienne, les formes les plus courantes de *hijab* sont le foulard et le tchador. Dans l'Iran postrévolutionnaire, les femmes se sont également vu imposer le port d'une longue tunique ou d'un manteau amples.

Khan : titre donné jadis aux aristocrates ou aux chefs tribaux, utilisé aujourd'hui comme titre honorifique signifiant « monsieur ».

Korsi : meuble traditionnel de la culture iranienne. Il s'agit d'un brasero placé sous une table basse, elle-même recouverte de couvertures. On prend place sur des tapis autour du *korsi* et on glisse ses jambes sous les couvertures. C'est un moyen relativement bon marché de se réchauffer en hiver, les tapis et les couvertures conservant la chaleur. Pendant les mois où le froid sévit, la plupart des activités familiales se déroulent autour du *korsi*.

Sofreh : élément du rituel nuptial. Un tissu fin, souvent brodé de fils brillants d'or et d'argent, est étalé sur le sol et l'on y dispose différents aliments et objets traditionnellement associés au mariage, parmi lesquels un miroir entouré de deux chandeliers, un plateau d'épices multicolores, un assortiment de douceurs et de pâtisseries, un gros pain sans levain, des œufs peints, un plat de feta et de fines herbes, deux gros pains de sucre, un flacon d'eau de rose, un petit braséro sur lequel on fait brûler de la rue officinale ainsi qu'un Coran ou un Divan d'Hafez ouverts.

Savak : Police secrète du temps du shah.

RÉALISATION : IGS-CP À L'ISLE-D'ESPAGNAC
IMPRESSION : CPI FRANCE
DÉPÔT LÉGAL : MAI 2016. N° 129439 (3016977)
IMPRIMÉ EN FRANCE

La Couturière
Frances de Pontes Peebles

Emilia et Luzia, les sœurs orphelines, sont inséparables. Un jour, Luzia est enlevée par les *cangaceiros*, de terribles bandits. Dans ce Brésil âpre et violent des années 1930, Emilia nourrit toujours un infime espoir : et si Luzia avait survécu ? Se cacherait-elle sous les traits de la Couturière, cette femme réputée impitoyable, devenue chef des mercenaires ?

« Un véritable petit bijou littéraire. »

L'Express

« LES GRANDS ROMANS » DE POINTS
DES ROMANS QUI TRAVERSENT L'HISTOIRE

L'Espionne de Tanger
María Dueñas

Sira, jeune espagnole passionnée, crée à Tétouan un atelier de couture qui fait le bonheur des riches expatriées. Talentueuse, elle devient vite leur confidente. Quand la guerre éclate, la maîtresse de l'ambassadeur d'Angleterre lui fait une proposition : être un agent des forces alliées. Témoins des alliances entre nazis et franquistes, les robes de Sira changeront-elles le sort de l'Europe ?

« *Un merveilleux roman dans la meilleure tradition du genre, avec amour, mystère, tendresse, et personnages audacieux.* »
Mario Vargas Llosa

« *Un destin de femme peu banal sur un rythme trépidant.* »
L'Express

L'Empereur
aux mille conquêtes
Javier Moro

Pedro, l'héritier de la dynastie des Bragance, doit faire un choix qui bouleversera l'avenir du Brésil. Rejoindre son père, le roi João, au Portugal, où il affronte la révolution ou rester pour assurer l'unité de son pays d'adoption ? Impulsif et idéaliste, Pedro se décide à embrasser le destin du Brésil, qu'il mènera vers l'indépendance et la modernité.

« Un ouvrage fascinant, exaltant et remarquablement écrit. »

Le Parisien

Les Eaux mortes du Mékong
Kim Lefèvre

La jeune Mây, 15 ans, devine la présence
de l'ennemi depuis la cave où elle se cache.
De ce lieutenant français installé dans sa
maison au bord du Mékong, Mây ne connaît
que la voix... Prise dans le tourbillon de la
guerre d'Indochine, face aux interdits que
lui impose sa culture, Mây devra choisir
entre son père, veuf inconsolé, et son amour
pour le soldat français.

L'Amante du pharaon
Naguib Mahfouz

Courtisane d'une beauté inouïe, Rhodopis a
un cœur de pierre. Lorsque son regard croise
celui du jeune pharaon, Mérenrê II, elle est
parcourue d'un étrange frisson. Que lui
arrive-t-il? Cette passion dévorante détourne
peu à peu le roi de ses devoirs et remet en
cause le fragile équilibre politique du régime.
Une fabuleuse histoire aux airs de conte des
Mille et une nuits.

Prix Nobel de littérature

*« Un roman à lire pour être
dépaysé, pour traverser tous les
cercles des passions humaines et
en ressortir ébloui par la maîtrise
du romancier à manipuler ses
personnages et ses lecteurs. »*

Art Sud

Dans le Pavillon rouge
Pauline Chen

Sous la dynastie des Qing, la jeune Daiyu, est accueillie à Pékin au sein de la famille de sa mère qui vient de mourir. Sa grand-mère, Dame Jia, règne telle une impératrice. En tombant amoureuse de son cousin, Daiyu s'attire les foudres de la matriarche et déterre malgré elle de vieux secrets. Entre passions et trahisons, elle louvoie dans l'univers fastueux d'une aristocratie prête à tout…

« Audacieux et inoubliable… La vie quotidienne au cœur du palais de Rongguo, dont la majestueuse façade cache de scandaleux secrets et mensonges. »

Chicago Tribune